Horst A. Mangasser

Weisse Adler

Mein Dank

für die Hilfe bei den Recherchen zu diesem Buch, ohne die ich nicht zu den Kenntnissen und Erkenntnissen gekommen wäre, geht in Bosnien und Herzegowina an Goran Andjic, Elena Bregovic, Milena Batkovic und Milan Kokic. In Serbien an Slobodan Nikolić und Aleksandra Stojanovic; in Kroatien an Andrija Kovac und Darija Čolak. Natürlich geht mein Dank auch an alle, die ungenannt bleiben wollen oder ungenannt bleiben müssen.

Für die Prüfung der medizinischen Fakten und für die fachliche Unterstützung danke ich Martina Kupsch in München.

Für die wichtigen Informationen zu den Asylfragen danke ich Gisela Seidler in München; Christiane Germann im BfMuF in Nürnberg; Hermann Bücheler im KVR in Müchen und Holger Berwinkel im AA in Berlin.

Nicht zuletzt möchte ich mich bei meiner lieben Frau bedanken, die mich in allen Belangen zu diesem Buch bedingungslos unterstützt hat.

Lektorat: Littera Augsburg / Titelgrafik: belleville
Umschlagkarte: http://www.mapcruzin.com/free-bosnia-maps.htm

Horst A. Mangasser

Weisse Adler

Roman

belleville

Gesamtherstellung: TZ-Verlag-Print-GmbH, Roßdorf
ISBN 978-3-943157-77-2 – www.belleville-verlag.de

Dieses Buch ist
allen gewidmet, die gelitten haben
und die leiden.

I

Sarajevo – Freitag, 9. April 1993 – Jelica

Jelica war kurz vor der Dämmerung erwacht, hatte sich aufgerichtet, die Beine aus dem wärmenden Bett geschoben und minutenlang am Rande der Matratze gesessen, unschlüssig und willenlos. Sie hatte ihre Haare nach hinten geschoben, dabei aber nur einen Perlenohrring gefühlt. Suchend war sie mit flacher Hand über das Laken gefahren und hatte den zweiten in der Nähe ihres Kopfkissens ertastet. Ein Geschenk ihres Mannes zu Ankas Geburt.

Sechzehn Jahre waren seit damals vergangen, glückliche Jahre, wenn auch festgefügt in die unumgänglichen Strukturen einer autoritären, sozialistischen Republik. Der Wind des Wandels hatte heftig zu wehen begonnen. Die alten Strukturen waren zerbrochen und nichts mehr wie zuvor.

Vom unablässigen Hämmern der Geschütze während der Nacht war einmal mehr der Schlaf geraubt worden. Endlich Morgen. Sie war vorzeitig aufgestanden, ins Bad, am Ende des Flurs, geschlichen, um sich mehr dürftig als wirklich Zähne zu putzen und zu waschen. Sie hatte das Fenster geöffnet, um die kühlende Morgenluft hereinzulassen. Ein leichter Wind wehte Duftspuren des Rasierwassers durch den Raum, das Mirko ab und zu benutzte und das sich mit seinem Geruch so erotisch vermischte.

Mit geschlossenen Augen atmete Jelica diese winzigen, unsichtbaren Partikel ein. Auf der Höhe der Koševo-Kliniken[1] brannten Häuser. Flüchtig angekleidet, ohne über ihre verlorenen Träume nachzudenken, ging sie in die Küche, um heißes Wasser für einen schwarzen Kaffee mit viel Zucker zu bereiten.

Als der Geruch des frischen Kaffees sich langsam ausbreitete, stand sie, gerade achtunddreißig Jahre alt, mit noch offener Bluse, leicht zitternd am Fenster des Elternhauses und sah hinaus. An klaren Tagen war die Sicht über das weite Tal frei, bis hinüber nach Grbavica[2] und zu den Mahalas[3] auf der anderen Seite des Taleinschnitts, in dem sich die Stadt ausbreitete. Kraftlos, erschöpft und deprimiert, glitt ihr Blick dann über den unbestellten Garten.

Nach dem strengen Winter und dem mäßig warmen Frühjahr war es, sogar im übertragenen Sinn, ein heißer Sommer geworden in diesem elenden Jahr. Die Sonne vermochte zu dieser frühen Zeit die dicke Schicht des Nebels nicht aufzulösen. Im Tal, in der Stadt, bedeutete die Nebeldecke Leben und Überleben. Während sich dieses graue Vlies aus Wasserdampf über die Senke legte, wurde weniger geschossen und gestorben. Beschränkte es doch die Sicht der Heckenschützen und Kanoniere, die sich auf den Hügeln vor der Stadt, auf den Dachterrassen und oberen Stockwerken der Hochhäuser südlich der Miljacka[4] mit todbringendem Material eingerichtet hatten. Der Nebel behinderte die Sicht auf die Stadt, er bot Schutz und erlaubte das Notwendigste an Versorgung.

Jede Nacht war der Widerschein der Mündungsfeuer unzähliger Haubitzen, Granatwerfer und Panzer zu sehen, die von den Hügeln herab die Stadt weiter in Trümmer legten. Das Bersten der Mauern und das Klirren der Scheiben konnte man bis hier herauf hören, oft sogar die Schreie der Menschen.

Die Geschosse trafen auch die Bäume der Allee, die in ostwestlicher Richtung angelegt worden war und zerfetzten sie, wie sie die Menschen zerfetzten. Aus den zerborstenen Überbleibseln der Bäume wurde von den Bewohnern Brennholz gemacht.

Die gepriesene Leichtigkeit des Seins in dieser einst multikulturellen Metropole war endgültig zur Legende geworden. Seit dem 6. April des vergangenen Jahres[5] hatte es nur noch Tränen, Tod und Verderben gegeben. Barbaren waren losgelassen.

Vergeblich bemühten sich Milošević'[6], Mladić'[7] und Karadžić'[8] Schergen zu erklären, dass die unzähligen Stellungen, die Granatwerfer, die Schlächter in Uniform, die man heranschaffte, dem Schutz der Bürger dienten. Die wie ein Ring um die Stadt liegenden Anhöhen mit ihren Siedlungen, im Süden vielfach von Serben bewohnt, waren längst zu Aufmarschstellungen der VRS-[9] und JVA-Soldaten geworden. In denen Sondereinheiten[10] und das bosnischen Korps der JNA ihre Aktionszentren eingerichtet hatten. Die Scharfschützen, die Sarajevo, vor allem die Zivilbevölkerung, auch von eroberten Hochhäusern aus ins Visier nahmen, stammten auch aus diesen Sondereinheiten.

Wenn der Wind aus Nordnordwest die Geräusche der schweren Kämpfe, die auch dort oben, im Bereich des Berges Zuc, tobten, heruntertrug, weckte das einen starken Fluchtinstinkt. Und doch warf man nicht alles über Bord und rannte davon. Wohin denn auch?

Das von Jelicas Eltern gebaute Haus war in die Jahre gekommen. Es stand am Rande einer Zone, die der Nebel früher freigab, im Norden der Stadt. Je nach Wetterlage und Windheftigkeit, in der Sonne über dem Nebel, mitten im grauen Schleier, zumeist jedoch im feuchttrüben Bereich unterhalb. Die Umgebung fast ländlich, befand es sich in den letzten Ausläufern der Stadt. Jetzt allerdings nahe einer militärischen Hölle. In guten Zeiten weit außerhalb des Smogs, der sich an schwülen Tagen im Talkessel sammelte. Kein direkter Durchgangsverkehr vor den Anwesen am Anstieg. Mit freundlichen, hilfsbereiten Nachbarn, bis noch vor nicht allzu langer Zeit. Die Luft war frischer, reiner gewesen. Auch gab es im auslaufenden Sommer heftige Böen, die den Regen quer auf die Fensterscheiben prasseln ließen.

Mit einem großen Fest, vielen Verwandten, Freunden und Kollegen, war vor über fünfundzwanzig Jahren der Umzug der Eltern aus dem Zentrum Sarajevos in dieses Haus gefeiert worden. Nichts Besonderes, Großartiges. Keine Villa wie die der Funktionäre, ein ganz normales Haus, wie überall in diesem ansteigenden Stadtteil. Die Eltern waren stolz auf die großen, hellen Zimmer und den geräumigen Keller, der in den Hang betoniert worden war. Wenig später konnten noch Wände für eine Garage neben diesem Keller, zwischen den Betonstelzen, die den südöstlichen Teil des Hauses trugen, hochgezogen werden.

Der Vater, Marco Coric, 1922 in Zagreb geboren. Ein Patriot, wenn es um die Einheit Jugoslawiens und die Anerkennung gleicher Rechte der verschiedenen Volksgruppen und Religionsgemeinschaften ging. Von schlanker, sportlicher Statur und einem römisch anmutenden Profil. Er war als Tiefbauingenieur einem interessanten Angebot von Belgrad nach Sarajevo gefolgt. Dort hatte er für viele Jahre eine zufriedenstellende Aufgabe bei der

Stadtbehörde gefunden. Doch es war ihm nur wenig Zeit geblieben, sich am Standard, den er für seine Familie hatte erarbeiten können, zu erfreuen.

In Stenje, im südlichen Mazedonien, *am wunderschönen Prespasee*, wie er immer betont hatte, war er seiner Frau Aneta zum ersten Mal begegnet. Amor hatte seinen Köcher leer geschossen. Nach wenigen Monaten wurde heimlich geheiratet. Diese Heimlichkeit, in hohem Maße ungehörig, stiftete in beiden Familien enormen Verdruss.

Aneta, Jelicas Mutter, war eine resolute, stämmige Frau, mit ausgeprägten weiblichen Formen und stetem Feuer in den Augen, wie es Frauen aus dem Süden oft eigen ist. Ihr Naturell voller Leidenschaft, Tatendrang und nie zu bremsender Aktivität. Mit der baldigen Geburt der Töchter Jelica und Elena ging sie in grenzenloser Fürsorge für die Familie auf.

Marcos Leben endete 1989 plötzlich und unerwartet durch einen schweren Myokardinfarkt. Seither hatte Aneta unter sehr schweren Depressionen, immerwährender Müdigkeit und viel Gewichtsverlust gelitten. Bis es zu einer Niereninsuffizienz kam. Sie starb ein knappes Jahr nach Marcos Tod.

Ein großer Abschnitt in Jelicas Erinnerungen war mit den Eltern der Mutter, insbesondere der geliebten Großmutter, in Stenje belegt. Schönste Kindheitstage, Sommerferien am warmen See. Vertraute Gerüche, endlos große Apfelgärten und die Abende vor dem Haus neben der Oma. Im Rücken, die durch die intensive Sonne aufgeheizten Steinwände, an denen die Großmutter wieder und wieder das Märchen von dem Prinzen erzählen musste, der die hölzerne Nymphe erwählte und nicht glücklich mit ihr wurde. Geborgenheit allenthalben, Sehnsuchtsgerüche und Sehnsuchtsgeräusche, warmes Licht, Wärme und viele Heimat vermittelnde Stimmen.

Diese Großeltern waren nicht mehr, auch die Eltern nicht. So wurde das Erbe in Sarajevo angetreten. Jelicas Schwester Elena verzichtete, früh ahnend was auf sie zukommen könnte an Arbeit und Kosten. Jelica hatte *Ja* gesagt und gehofft, die Belastung würde nicht zu groß, weder finanziell noch kräftemäßig, weder für sie noch für Mirko, ihren Mann, der ihre Entscheidung kommentarlos akzeptiert hatte.

Von ihren Plänen, das neue Zuhause nach ihren Wünschen einzurichten, konnte bei den drohenden militärischen Auseinandersetzungen nicht viel realisiert werden. Die Küche, ja, modern und bequem, bis ins Detail. Neue Betten und Schränke für die Schlafzimmer und ein paar kleinere Möbelstücke. Die dunklen Türen blieben vorerst und die einfachen Fenster. Im großen Wohnzimmer, in dem sie sich während der letzten Monate kaum aufgehalten hatten, hingen noch der vielarmige, aus Messing gefertigte Leuchter an der Decke und die gestickten Bilder der Mutter an den Wänden, die sie an vielen Winterabenden gefertigt hatte.

Gehäkelte Deckchen, bei Mirko Verdruss erzeugend, zierten die Anrichte, den Rauchtisch und die Abdeckung des auf geschnitzten Füßen in der linken Ecke stehenden Jugendstilklaviers. Der Elfenbein-Klaviaturbelag war, bis auf eine Taste, noch im Urzustand, und die in den aufgesetzten Rahmen angebrachten Messingbeschläge für Kerzenhalterungen noch vorhanden und intakt.

Spuren der vielen heißen Sommer und kalten Winter waren an der Fassade des Hauses überdeutlich zu sehen, eine Renovierung überfällig. Alle Fenster und Türen seit Jahren ohne Anstrich, die Zu- und Ableitungen in schlechtem Zustand. Eine Grundstückseinfriedung zur Straßenseite war geplant. Lediglich die über hundert Rosenstöcke, die Marco aus allen Landesteilen noch zu Lebzeiten herangeschafft und gepflanzt hatte, versuchten Jelica und Mirko zu pflegen.

An der Westfront des Hauses ließ sich, über eine Treppe nach oben, an der ein schmiedeeisernes Geländer Halt bot, der Eingang zur Wohnung im Obergeschoss erreichen. Auf dem Straßenniveau kam man über einen kleinen Weg mit roten Betonplatten zur Hauptwohnung, in der Jelica und ihre Schwester glückliche Jahre verbracht hatten. Nach dem Ende der Gymnasialzeit ging Jelica zum Studium nach Belgrad. Die Zwillingsschwester ihrer Mutter, Tante Esma, war ihrem Mann von Mazedonien in die Hauptstadt gefolgt und hatte im Stadtteil Stari Grad eine schöne, geräumige Wohnung bezogen. Die Familien waren feste Gefüge. Alle standen füreinander ein, der Zusammenhalt war groß und so bot es sich an, dass Jelica während des Studiums bei ihnen ihr vorübergehendes Zuhause hatte.

Trostlos lag er jetzt da, der einstmals schöne Garten des Elternhauses am Hang. Das Obst verfaulte an den Bäumen. Die reifen Beeren würden vom Ungeziefer bald verzehrt sein. An eine Ernte war nicht zu denken. Man konnte diesen einsehbaren Teil des Gartens nicht betreten, ohne dass man unweigerlich ins Blickfeld der Scharfschützen geriet. Bis hinunter zu dem kleinen Bach, der aus den Bergen kommend an der unteren Ecke das Grundstück durchquerte, erstreckte sich die grüne Fläche. Der Bach, an dem sich Jelica und ihre Schwester früher so gerne aufgehalten hatten. Von den alten Pflaumenbäumen waren jetzt schon viele Äste abgebrochen, da sie die Last der Früchte nicht mehr tragen konnten und niemand bereit war, das Risiko einzugehen, die Bäume mit Stützen zu versehen.

Jelica schloss die Augen und ergriff mit der linken Hand den Messingknauf des alten Fensters. Sie berührte mit ihrer Wange die kalte Scheibe und erschrak. So kalt, so unisoliert. Doppelglas, natürlich, jedoch in einem Standard, der längst überholt war. Isolierende Luftleere befinde sich heute zwischen den Scheiben, kann man lesen. Und diese Luft hier, zwischen dem Glas, wo kam die her? Fremde Luft, keine Luft von hier. Fremde Luft wie in den Reifen der Kanonen, wie in den Geschosshülsen, mit dem explosiven Material, das hier jetzt allerorten den Tod brachte. An allen Tagen und in den Nächten.

Zweifellos trugen einige Staaten dazu bei, dass das Elend zu einer nicht endenden Fortsetzung wurde. In den Straßen, den Wäldern, auf den Pritschen in der Klinik. Sie waren mitverantwortlich, dass Föten aus den Leibern ihrer Mütter herausexplodierten und unbeachtet verbluteten.

So viel Beklemmendes. Wie viel Zeit würde bleiben, bis sich der nächste brutal kalte Winter einstellte. Schlimmer vielleicht noch als der vergangene, als das Wohnzimmer zu einem gemeinsamen Schlafraum umfunktioniert werden musste. Die Wärme des schönen alten Herdes, in der Küche beheizt, machte die Nächte überlebbar. Es war großes Glück, dass Jelica und Mirko sich trotz der begonnenen Renovierung für den Erhalt dieses guten Stücks entschieden hatten. Selbst Eis musste geschmolzen werden, um an Wasser zu kommen, und an Hygiene war nicht wirklich zu denken, alles war nur noch trostlos. Sie wollte diese Gedanken abschalten. Schönes aufrufen in ihrem Herzen. Durch ihren Kopf jedoch liefen, wie der Abspann eines Films, die vergangenen Jahre. Die Jahre, seit sie mit ihrer Familie aus Belgrad zurück nach Sarajevo in dieses Haus, zu ihrer kranken Mutter gezogen waren. Die Wochen, in denen sie versucht hatten, eine gleichwertige, zufriedenstellende Anstellung in einer der großen Kliniken dieser Stadt zu bekommen.

Die Zeit, als sie ihre Kinder Anka und Jan bei der deutschen Schule in Belgrad abmelden mussten. Als die Tochter ihre Schulfreundinnen zurücklassen und ihren privaten Violinunterricht aufgeben musste. Als sie selbst, trotz vieler mahnender Worte von Verwandten, Freunden und Nachbarn, das gewohnte Leben hinter sich gelassen hatte. Bis die Mutter schließlich gestorben war, die Mitbewohner und Mieter der Obergeschosswohnung geflohen. Sie ließen irgendwann eine kleine Nachricht und alte Möbel zurück und entschuldigten sich in dem kurzen Schreiben dafür, dass sie Hals über Kopf nach Ungarn zu ihren Verwandten gefahren seien, um der Hölle zu entkommen.

Jelicas zarter Körper mit den mädchenhaften Gliedern, dem schmalen, ovalen, fein geschnittenen Gesicht und den dunklen Augen spiegelte sich, als sie sich wieder aufrichtete, matt in der Scheibe. Sie nickte sich selbst zu, als wollte sie sich vergewissern, dass das Spiegelbild ihr eigener Körper und nicht die verschwommene Reflexion eines anderen Menschen war.

Wie kraftvoll und durchsetzungsstark war sie in den zurückliegenden Jahren gewesen. Auf ein Ziel gerichtet, hatte sie nicht losgelassen, bis sie angekommen war. Beruflich wie privat wusste sie immer ihren Weg zu gehen. Nun war sie machtlos, vieles lief nicht mehr in ihrem Willen, das Schicksal war zum Gestalter geworden.

Alles voll Not, Angst und Sorge. Sie spürte, dass sogar Aussehen und Erscheinung sich verändert hatten. Umzug von Belgrad, Tod der Mutter, Krieg, die oft panische Angst. Das alles war zu viel für den Zusammenhalt ihrer Familie, für den zarten Körper einer Frau und ihre empfindliche Seele.

Einsam war es geworden im und um das Haus hier oben. Der regelmäßige Verkehr von Schul- und Linienbussen in die Außenbezirke war eingestellt worden, nachdem Belagerung und intensiver Beschuss ihren Anfang genommen hatten. Mit dem Rest der ABiH[11], der in der Stadt noch vorhanden war, hatte man versucht aus dem Zentrum auf das tägliche Granatfeuer zu antworten und wichtigere Punkte zu verteidigen, als den äußeren Stadtrand. Nur wenige Soldaten waren an letztmöglicher, uneinsehbarer Stelle weiter oben als Alarmrotte belassen worden.

Die Versorgung mit dem Lebensnotwendigsten war von Tag zu Tag schlechter geworden. Die Lebensmittel und Bedarfsgüter, die noch zu bekommen waren, wurden unbezahlbar. Die Preise stiegen täglich. Das Geld reichte vielen Menschen nicht, die wichtigsten Dinge zu bezahlen. Hätte Jelicas Mutter in der friedvollen Vergangenheit nicht immer wieder frisches Obst und Gemüse aus dem eigenen Garten in unzähligen Gläsern und Dosen konserviert, es wäre unmöglich gewesen, die Ernährung der Familie zu sichern.

Die meisten Männer waren eingezogen worden, zu kämpfen und gegebenenfalls auch zu sterben – für was, für wen? Die Bevölkerung litt entsetzlich. Selten gab es Elektrizität, noch seltener Telefonverbindung, und Wasser kam kaum noch aus den Leitungen.

Unten in der Stadt war die Gefahr groß, Wasser zu besorgen und dabei erschossen zu werden, allgegenwärtig. Kaum eine Woche war vergangen, als Jelica auf dem Weg zur Klinik sah, dass einer der Wassertankwagen aus der Einmündung der Dolina in die Maršala Tita fuhr. Als er um die Ecke gebogen war, hatte das Geballer von den Hochhäusern begonnen. Es war auf alles geschossen worden, was sich bewegte. Kinder, Frauen, alte Männer waren zu Schießscheiben geworden. Danach blieben drei Verwundete, zwei Frauen und ein kleiner Junge mit Schusswunden liegen.

Jelica hatte stets einen Teil des Inhalts ihres Notfallkoffers bei sich und half in solchen Situationen, soweit es ihr möglich war. Es hätte schlimmer kommen können, wie alles immer schlimmer kommen kann. Ein Jahr zuvor waren siebzehn Tote zu beklagen. Sie war Zeuge der langen Reihe Toter und hatte fassungslos bei den nebeneinanderliegenden Kinderleichen gestanden.

Noch Stunden später, wenn die Bilder wieder deutlich aus dem Gedächtnis aufgetaucht waren, hatte sich ihr Körper verkrampft und eine Pause notwendig werden lassen. Es brauchte zu viel Zeit, bis man auf die Idee kam, in den einsehbaren, in nordsüdliche Richtung verlaufenden Straßen, aus alten Frachtcontainern und einigen zerschossenen Straßenbahnwaggons behelfsmäßige *Schutzwälle* zu errichten, um die Menschen notdürftig gegen die Heckenschützen abzuschirmen.

Eine senkrechte Falte war über ihrer Nasenwurzel erschienen, die Grübchen in ihren Wangen, die Mirko, immer wenn sie bei einem Lächeln auftauchten, küssen wollte, waren schon lange nicht mehr zu sehen. Einzelne feine Strähnchen ihrer langen dunkelbraunen Haare hingen, farblos geworden, herab. Der Krieg hatte den Alltag verkommen lassen. Aufstehen, Körperpflege, wenn überhaupt noch Wasser vorhanden war. Anziehen, einen schwarzen Pulverkaffee bereiten.

Den Zeitpunkt erwischen, zu dem Wasser und Elektrizität in den Leitungen vorhanden waren, um die übervolle Waschmaschine in Betrieb zu nehmen, war selten zu realisieren und nur in immer größer werdenden Abständen möglich. Drei Kilowatt Verbrauch waren den Haushalten zugestanden worden, falls überhaupt Energie eingespeist wurde. Wenig Wäsche konnte Jelica gegen kleines Trinkgeld in der Wäscherei der Klinik unterbringen, nicht regelmäßig und nicht legal.

Bevor sie sich täglich auf den Weg machte, schaute sie in die Schlafzimmer der Kinder. Waren sie wach, konnte sie sich verabschieden, von Anka, ihrer Tochter, die mit ihren sechzehn Jahren zu erwachsen sein musste. Ein wichtiger Abschnitt in diesem jungen Leben hatte nie wirklich stattfinden können. Sie hatte kaum

Teenager sein können und mit ihren Freundinnen nicht die ersten Räume des Erwachsenenseins betreten dürfen. Die Entwicklung ihres Körpers und die Veränderungen des Wesens hatte sie nicht bewusst wahrnehmen können, und jenen Teil der pubertierenden Seele, der nicht mit Eltern austauschbar ist, freilassen, anvertrauen dürfen. Sie hatte vor einiger Zeit angefangen Tagebuch zu führen und es schließlich wieder gelassen. Lange gab es kein Theater mehr, kein Konzert, einzig das eigene Spiel ihrer geliebten Violine, das war noch möglich.

Jelica bekam beklemmende Zustände, wenn sie daran dachte, dass sie zur monatlichen Hygiene für sich und ihre Tochter Tampons in der Klinik *beschaffen* musste. Sie sah keine andere Möglichkeit. Das Leben war nicht mehr lebendig und auf ein Minimum reduziert worden. Und jeden Tag das verdammt schlechte Gewissen, das sich pünktlich einstellte, wenn sie etwas später als Mirko, der zur Klinik oft schon im Morgengrauen mit dem Fahrrad unterwegs war, das Haus verlassen musste und die Kinder an vielen Tagen alleine blieben.

Routine war der Tagesanfang immer nur, bis Jelica mit der alten Velosolex[12] ihres verstorbenen Vaters über die abwärtsführende Straße hinunter in die Stadt kam. Routine, bis ihr das täglich andere Elend den Atem nahm.

Die große Klinik, in der Jelica tätig war, bestand ursprünglich aus vier Blöcken. Aus dem Haupthaus mit vierzehn Etagen. Zwei weiteren Häusern, östlich und westlich, etwas nach hinten versetzt, aber direkt am Haupthaus angebaut. Diese hatten je acht Etagen, der vierte Block, hinter dem Haupthaus, war auf sechs begrenzt und über Querverbindungen sicher erreichbar.

Was war das in für eine Arbeit. In einem Krankenhaus, in dem die obersten Etagen des Haupthauses außer Dienst genommen wurden. Von Scharfschützen waren Patienten in ihren Betten erschossen worden und ebenso Personal auf den Fluren wie in den Arbeitsräumen. Eine große Klinik, in der ganze Seitenflügel stillgelegt waren. In der es oft kein Wasser gab und nicht genügend Treibstoff, mit dem man die Notstromaggregate hätte ununterbrochen zum Laufen bringen können. Ultraschallgeräte und Computertomographen konnten nicht durchgehend benutzt werden. Operationsbesteck zu sterilisieren war zu einem immer größeren Risiko geworden.

Die feinen Dampfstreifen des Kaffees aus dem Becher, den Jelica vor der Brust mit den schmalen Fingern ihrer Hände umklammert hielt, beschlugen ihre Brillengläser. *Wie gut,* dachte sie, *müsste es sein, überhaupt nichts mehr zu sehen, keine zerrissenen, verstümmelten Körper, keine Toten. Einfach Ruhe finden.*

Sie versuchte diese Gedanken auszublenden, als Mirkos Bild aus dem Gedächtnis kam. Mirko, größer als sie, mit den Schultern eines Profisportlers, optimistisch bis zur Peinlichkeit. Ihre große Liebe schon zur Studentenzeit in Belgrad, von Anfang an. Die dunklen Haare und die hellen Augen, welch ein Kontrast. Mit dem Grübchen im Kinn, das, sobald er lachte, immer hin- und herwippte. Ihr Mann und schließlich Vater ihrer Kinder. Es war, als sie Studenten waren, eine wunderbare Zeit gewesen.

Der Glaube an eine gute gemeinsame Zukunft nach dem Militärdienst schien unerschütterlich. Gegen den Willen des Apparates, wie er es nannte, konnte er zwei Studienabschlüsse machen. Nach der Feinmechanik hatte er sich ins Elektronikstudium gestürzt. Jelica verzichtete während Mirkos langer Studienzeit endgültig darauf, weiter Deutsch und Italienisch zu pauken und Philologie mit dem Diplom zu beenden.

Sie ließ sich zur Notfallassistentin, Kranken- und anschließend zur OP-Schwester ausbilden. Das tägliche Leben, so nahe es geht, bei Mirko zu verbringen, war ihr Wunsch gewesen und sein Ziel, Medizin- und Hygienetechnik zu studieren. Möglichst in der gleichen Klinik, nur getrennt durch Räume und Etagen, wollten sie nach Studium und Ausbildung arbeiten. Er schaffte es und wurde leitender Ingenieur der Medizintechnik dieses großen Krankenhauskomplexes.

Mirko war am Abend zuvor mit einem Kollegen in der Klinik geblieben. Dringende Reparaturen standen an. Dazu mussten einige Ersatzteile mühevoll angefertigt werden. In schlimmer Vorahnung überkamen Jelica mehr und mehr Angst und Verzweiflung, dass das gnadenlose Unheil uniformierter Männer, oben, am Rande der Stadt, nicht mehr allzu entfernt sein könnte. So intensiv wie in der zurückliegenden Nacht waren die Schüsse automatischer Waffen und Mörser selten zu hören gewesen. So nah, so laut und bedrohlich.

Als Telefonverbindungen noch dauerhaft funktionierten, gab es Austausch mit Freunden und Verwandten. Gegenseitiger Trost, Mut und Hoffnung konnte bei gelegentlichen Besuchen in Dunkelheit und bei Nebel vermittelt werden. Nun waren die Menschen glücklich, wenn es stundenweise trinkbares Wasser gab und ab und zu Elektrizität zur Verfügung stand. Oder genügend Holz und Gas gefahrlos erhältlich waren, um eine warme Suppe für die Kinder zu kochen und einen Raum zu erwärmen.

Ohne Strom war es nicht möglich, sich über die ausländischen TV-Sender ein Bild der militärischen Lage um die Stadt und im Land zu machen. Nur ein kleines Radio lieferte ihnen auf Kurzwelle hin und wieder glaubwürdige Nachrichten. Selten konnten sie nach der Arbeit bei einem Straßenverkäufer ein Exemplar der sporadisch erscheinenden Zeitung *Oslobodjenje* bekommen. Eingeschränkte Infos, mehr nicht.

Beängstigende Stille jetzt in enger und weiterer Umgebung des Hauses. Wenn Anka, ihre Tochter, durchschlafen konnte, war sie immer früh aus ihrem Bett gekrochen. Nach der Zeit im Bad und dem kleinen Frühstück, sobald die Eltern sich auf den gefährlichen Weg gemacht hatten, war sie in die jetzt leere Wohnung im Obergeschoss gegangen, um auf ihrer Violine zu üben. Mit der Musik ließ sie sich hinwegtragen in eine andere Welt, voller Frieden, voller Träume, Hoffnung und Zuversicht.

In die Küche kommend, überraschte sie Jelica.

„Mama, guten Morgen."

Jelica, gedankenverloren, erschrak, drehte sich um und sah ihre Tochter barfuß, in ihrem dünnen Nachthemdchen, in der zum Korridor offenen Tür stehen.

„Du bist wach …? Guten Morgen, mein Schatz, bitte, zieh dir was über, du erkältest dich sonst noch."

Jelica tat die wenigen Schritte um den Tisch, stellte beim Spülbecken ihren Kaffeebecher ab und ging zu Anka, sie lehnte sich an den Türrahmen und nahm ihre Tochter in die Arme. Eng an ihre Mutter geschmiegt, den vertrauten Duft wahrnehmend, fühlten beide eine selten gewordene Nähe und Geborgenheit.

„Mama“, begann Anka das Gespräch, „ich konnte lange nicht einschlafen und habe darüber nachgedacht, was sein wird, wenn der Krieg einmal ein Ende hat. Wenn du und Papa, wenn wieder normale Arbeit möglich ist. Wenn ich mit Jan wieder zur Schule kann, Freundinnen treffen und das Leben normal sein wird. Wenn überhaupt ...“

„Das wird wohl noch etwas dauern“, unterbrach Jelica sie.

„Nein, warte, ich bin noch nicht zu Ende. Ich meine, es ist doch möglich, dass wir Menschen begegnen, von denen wir wissen, was sie in diesem Krieg getan haben? Kann man mit denen einfach so weiterleben wie zuvor?“

„Nein – nicht wirklich, glaube ich. Wenn ich an das Geschehene vor einem Jahr in Dobrinja[13] und in anderen Mahalas denke. Als man die Häuser beschossen hatte, um sie anschließend in die Luft zu sprengen und es keinen der Beteiligten interessiert hatte, wie viele Menschen noch darin gewesen waren. Ich kann mir kaum vorstellen, dass die Überlebenden den Tätern irgendwann die Hand reichen werden.“

„Ja, Mama, Mörder bleiben Mörder und ich weiß, dass es für Kriege Regeln geben soll, obwohl ich das überhaupt nicht verstehe, was wird mit denen?“

„Neulich haben sie sich in der Klinik darüber unterhalten, dass ein gewisser Borislav Herak[14], ein 23 Jahre alter Serbe, hier in Sarajevo geboren und aufgewachsen, als Kriegsverbrecher verurteilt wurde. Vielleicht ist das ein Teil der Antwort. Im Grunde weiß ich nicht, was sein wird und was wir fühlen werden, ob wir ebenso viel Wut in uns tragen. Ob wir wieder lustig sein und lachen können. Wer von den dafür Verantwortlichen einmal Rechenschaft verlangen kann und wird. Wir alle sind nur ein Teil von Etwas, ein Teil kroatisch, bosnisch, serbisch, und wir, als Familie, haben uns nie wirklich zu einem, nur zu einem Teil, zugehörig gefühlt und Hass entwickelt, ohne Grund.“

„Wie kann man Menschen hassen, nur weil man plötzlich realisiert, dass sie einen serbischen oder kroatischen Namen haben?"

„Anka, weder ich noch dein Papa, und ich vermute die meisten unserer Freunde, mit all der sogenannten Bildung, der langen Ausbildung, wir werden euch nie erklären können, wie das entstehen konnte. Es gibt keine wirklich verständlichen Gründe, obgleich oft historische, lange zurückliegenden Ereignisse genannt werden, in denen aber auch künstlich Gegensätze geschaffen wurden.

Dein Opa Marco wurde in Zagreb geboren und Oma Aneta in Mazedonien. Papas Vater stammte, wie du weißt, aus Italien und seine Mama aus Slowenien. Was sind wir demnach für eine Mischung? Bist du Serbin, nur weil du in Belgrad geboren wurdest? Ist man ein Feind der Muslime, nur weil man getauft ist? Wir waren alle immer nur Jugoslawen. Das ist nun endgültig vorbei. Darum ist es für uns so schwer, gültige Begründungen für dieses Desaster zu finden, die Begründungen anderer zu verstehen und zu akzeptieren."

„Onkel Erik hat es gut. Er lebt in Deutschland und muss keine Angst um sich und Tante Darinka haben."

„Er hat nun ebenso Angst wie wir. Angst um uns, um die Familie und seine Freunde. Er hat sicher Angst, dass er seine Heimat nicht mehr erkennen wird, wenn er wieder einmal kommen kann. Ich hoffe, wir haben bald Zeit, in aller Ruhe über alles ausführlicher zu reden."

Jelica wandte den Kopf, um auf die alte Küchenuhr über der Eckbank zu blicken und hob den Arm, um die Zeit mit der ihrer Armbanduhr zu vergleichen. Sie drehte Anka um, strich ihr zärtlich über den Kopf, mit einem Kuss auf die Wange löste sie sich von ihr und schloss die Knöpfe ihrer Bluse, ergriff den über dem Stuhl hängenden Rock und zog ihn an. Die wenigen Schritte zur Garderobe auf dem Flur folgte Anka ihrer Mutter und half beim Überziehen des alten graugrünen Gabardinemantel, von dem Jelica annahm, dass er, wenn sie das Haus verließ, eine gewisse Tarnung bot.

„Lass mich noch kurz nach Jan sehen, vielleicht ist er schon wach."

Schnell und leise war sie an der Tür des Zimmers, das zwischen Ankas und dem Elternschlafzimmer lag, und öffnete dieses vorsichtig. Als sie sah, dass der zehnjährige Sohn fest schlief, schloss sie mit einem Lächeln die Tür, kam zurück zur Garderobe und schlüpfte in ihre daruntерstehenden, ausgetretenen Ballerinas. Der Tag begann sich zu entwickeln.

„Anka, ich muss jetzt los."

Mit einem zarten Kuss auf die Stirn ihrer Tochter verabschiedete sie sich und bat sie, ein Bündel der ins Kraut schießenden Möhren, die auf der Hausseite des Gartens wuchsen, zu holen und sich dabei unbedingt zu beeilen.

„Dein Papa wollte versuchen, ein Stück Geflügel zu bekommen oder etwas Fleisch. Jedenfalls etwas, das unseren eintönigen Speiseplan etwas aufbessert. Ich weiß nicht, ob das möglich sein wird", rief sie ihrer Tochter noch zu, als sie aus der Tür ins Freie trat.

Über die Straßenseite des Hauses erreichte sie die schräge Abfahrt zur Garage und kam zur alten Velosolex, mit der sie täglich den Weg hinunter in die Ebene zurücklegte. Meistens im Leerlauf, um keine Aufmerksamkeit durch das Geräusch des Motors – der sich unterhalb des Lenkrads über dem vorderen Rad befand – zu verursachen, aber auch um Treibstoff zu sparen. Den Weg zu Fuß, abwärts, konnte man relativ leicht hinter sich bringen. Am Abend, müde und ausgelaugt, mit den schrecklichen Bildern des Tages im Kopf, war es besser, sich eine Wegstrecke auf dem alten Gefährt tragen zu lassen.

Der Familienwagen, ein VW-Golf, den sie mit wenig Fahrleistung 1990 kaufen konnten, war ein Jahr zuvor, im August 1992, in Flammen aufgegangen. Jelica war die Sagrdžije hinuntergefahren, als mitten in der Baščaršija[15], am Taubenplatz, Granaten einschlugen. Sie floh mit dem Wagen auf den kleinen Busparkplatz hinter der Nationalbibliothek. Es schien eine gute und sichere Stelle für den Wagen zu sein. Als der heftige Beschuss der Nationalbibliothek begann, musste sie das Auto stehen lassen, zu Fuß in die rückwärtigen Straßen fliehen und sich auf Umwegen nach Hause durchschlagen. Sie wollte mit dem Wagen keine größere Zielscheibe abgeben.

Zusammen besuchten sie am darauffolgenden Wochenende, wieder über Umwege, den Stadtmarkt, auf dem nur noch wenige Mutige geringe Überschüsse aus den eigenen, noch nicht zerstörten Gärten zu überhöhten Preisen anboten. Jelica hatte geplant, Anka in der Musikakademie an der Ecke der Josipa Štadlera vorübergehend abzumelden und wollte bei dieser Gelegenheit mit Mirko den Wagen holen. Als sie um die Ecke der Kračule gebogen waren, sahen sie das ausgebrannte Wrack.

Eine Brandgranate, die der Nationalbibliothek gegolten hatte, war eingeschlagen und das Familienauto getroffen. Viele dieser großkalibrigen Geschosse trafen in jener Nacht ihr Ziel. In dem einmaligen Gebäude der Nationalbibliothek wurden Hunderttausende wertvolle Bücher und Dokumente innerhalb weniger Stunden durch unbegreifliche Zerstörungswut vernichtet. Dort, am Ende der Altstadt, wo die Ebene an der Miljacka endet, die Straßenbahn einen großen Bogen fährt, um hinter der Nationalbibliothek wieder in den Westen zu gelangen, wo die Straße den Fluss verlässt und sich steil anhebt, um in einer Rechtskurve nach Pale[16] abzubiegen, waren zuvor weiter oben serbische Geschützbatterien aufgebaut worden.

Jelica dachte an dieses Ereignis, als sie kurz danach auf die Höhe von Ervins Haus, das auf der linken Straßenseite etwas zurückversetzt stand, kam. Der gebürtige Ungar, Ervin Bajor, war gerade in seinem zerschlissenen roten Morgenmantel dabei, mit viel Krafteinsatz das große Eisentor, das sein Grundstück sichern sollte, zu öffnen. Als er das leise Schnurren der rollenden Räder vernahm, winkte er Jelica hektisch zu und bedeutete ihr anzuhalten.

„Guten Morgen, Jelica, hast du heute Nacht die Granatwerfer und Maschinengewehre gehört? Ich habe den Feuerschein brennender Häuser gesehen. Ich glaube, einige Einheiten haben die Stellungen verlassen und kommen weiter herunter. Wir sollten sehr vorsichtig sein. Schau, drüben am Fenster, dort habe ich mir meine alte Meffert[17] bereitgelegt."

Ervins kleine, lebendigen Augen und seine energische Stimme standen im Widerspruch zu seiner Figur. Die Nase wirkte etwas zu groß bei den eingefallenen Wangen und der sonnengegerbten

Gesichtshaut. Er war hager, ohne ein Gramm Überschussfett und hatte graue, schüttere Haare. An mehreren Fingern sah man Gichtknoten. Und dass das Rheuma ihn sehr plagte, war nicht zu übersehen.

„Jó reggelt – guten Morgen, Ervin."

Sie versuchte ihn in seiner Muttersprache zu begrüßen, was ihm stets Freude bereitete. Trotz der guten Beziehungen zu den Nachbarn war er nach dem Tod seiner Frau ein einsamer, alter Mann geworden. Die Nachbarn unterhalb und neben ihm hatten ihre Häuser verlassen müssen und konnten fliehen. Zwei Straßen weiter oben, noch innerhalb der Siedlung, waren abseits der Hauptstraße, nach dem Beschuss, die ersten drei Häuser in Flammen aufgegangen und ausgebrannt. Rundum alles liebe Menschen, über viele Jahre nette Nachbarn und urplötzlich war, so kam es ihm jedenfalls vor, ein unsichtbares großes *S,* ein *K,* ein *B,* oder weiß der Teufel was für ein Zeichen auf der Stirn. Sie waren zu Feinden gemacht. Demnach Serben, Kroaten, Bosniaken. Menschen und Nachbarn wie seit Jahren, aber doch inzwischen Feinde – angeblich. *Wie und woran, zum Teufel,* stellte er sich die Frage, *war das auszumachen?* Am Haarschnitt, in den Augen, der Länge der Beine? Wer hatte die Lebensläufe, Geburtsurkunden gesehen, wer beobachtet, in welche Kirche wer ging, welcher ethnischen Gruppe ein Name wirklich und unverwechselbar zuzuordnen war?

Die Vornamen seien ein Kriterium, wurde behauptet. Eiszeit, zwischen ehemaligen Nachbarn, früheren Kollegen, und *das sei wohl das Perfideste,* meinte Ervin, zwischen Verwandten, ja sogar zwischen Eheleuten. Vertrauen war ein Fremdwort geworden und aus dem Wortschatz gestrichen.

Seit Ervin als Jagdaufseher Titos verabschiedet wurde und vor einigen Jahren mit seiner Frau aus Bugojno – einer Stadt nordwestlich Sarajevos – zurück nach Sarajevo gekommen war, hatte er nur einmal den Entschluss gefasst, die Entfernung bis in seine alte Heimat, nach Pécs in Ungarn, zurückzulegen. Oft hatten Jelica und Mirko bei einem Glas guten Wein mit Ervin und anderen Nachbarn und Freunden zusammengesessen. In entspannter, fröhlicher Runde, am großen Tisch hinter dem Haus. Die Tafel war stets reichlich gedeckt, wer immer dazukam, die Atmosphäre blieb entspannt, herzlich, voll Zuneigung und Vertrauen. Die Kinder wurden integriert und dem jugoslawischen Sozialismus eine fröhliche Stirn geboten. Ervin berichtete ab und zu von seiner Tätigkeit in Bugojno. Als er in der großen Villa Titos, die dort am Rande der Stadt gebaut war, mehrfach den Staatschef getroffen hatte. Der das riesige vor dieser Stadt liegende Waldgebiet *Koprivnica* zu einem seiner bevorzugten Jagdreviere erklärt hatte. Der Kroate Tito war lange tot und seine Villa von kroatischen Truppen (HVO) gesprengt worden.

„Ich weiß nicht, was wir tun sollen“, rief Jelica ihm zu, „wenn die Tschetniks[18] sich wirklich bis zu uns wagen, werden sie die Häuser zerstören und niederbrennen, keiner wird ihnen entkommen, Beispiele gibt es genügend dafür. Es wird leichter für sie sein, hier bei uns herumzuschießen, als unten auf die beweglichen Ziele zu ballern.“

„Ich werde nicht weggehen“, erwiderte Ervin, „ich werde bleiben und wenn sie es versuchen, werden es nicht wenige sein, die mit mir gehen. Zielen kann ich noch. Ich habe mein Leben gelebt und die meiste Zeit war es gut.“

„Ervin, wir haben Kinder, wir müssen leben, wir können es uns nicht so einfach machen. Ich hoffe, es ist bald wieder Zeit für ein Gespräch. Bitte entschuldige, ich muss jetzt weiter. In der Klinik warten sie auf mich.“

Sie löste die Bremse und ließ das motorisierte Fahrrad hinüber auf die andere Straßenseite und weiter bergab rollen.

„Denke daran, ich helfe euch, wenn ich gebraucht werde“, rief Ervin Jelica nach, drehte sich um und sah hinter sich zum Fenster, das zum Tor und zur Straße lag. Am halb geöffneten Fensterflügel war das Gewehr deponiert, das ihm zum Abschied aus Titos Dienst feierlich überreicht worden war. Er nahm es stets gerne in die Hände. Die Leidenschaft des Jägers war nie erloschen, aber er war sich durchaus bewusst, dass er die dreieinhalb Kilogramm schwere Waffe, mit dem nachträglich erworbenen, aufgesetzten Hensoldt-Zielfernrohr, nicht mehr freihändig würde verwenden können, dazu fehlte ihm die Kraft.

Langsam schlurfte er zum hinteren Eingang des kleinen Hauses. Als zu befürchten war, dass diese *neuen Feinde* irgendwann auf sein Heim zukommen könnten, hatte er sich in dem Raum, der ihm einen Überblick zur Straße ermöglichte, eingerichtet. Von einem alten Bekannten konnte er einen gebrauchten Holzofen erwerben und ein Loch für das Ofenrohr kurzfristig in die Wand brechen. Der Abfluss der Dachrinnen wurde in Wasserfässer, die er hinter dem Haus aufgestellt hatte, umgeleitet, und das Tor seiner Garage, in der er sein altes italienisches Auto versteckte, repariert. Er war, und das betonte er immer wieder, *gerüstet und bereit*.

Jelica war gezwungen, schon fast in der Stadt, an der Ecke zur Avde Jabučice stark zu bremsen, um eine lahmende Katze, die offenbar auf der Suche nach Nahrung war, nicht zu überfahren. Sie fuhr kurz Zickzack, kam wieder auf die rechte Straßenseite, als eine unglaubliche Explosion Gassen und Häuser erzittern ließ. Sie strauchelte kurz, fing sich wieder und bog um die Ecke zur Kranjčevića. Nicht weit entfernt sah sie den im vorderen Teil brennenden Bus, den Sekunden zuvor ein großes Geschoss, mit der sich anschließenden Explosion, getroffen hatte.

Der Nebel war lichter, die Straße fast menschenleer. Etwas weiter auf das Stadtzentrum zu, liefen ein kleiner Junge, an der Hand einer alten Frau, rasch an der Abdeckung der Häuserfront entlang, ohne sich umzudrehen, die Explosion ignorierend. Jelica fuhr noch wenige Sekunden längs der Häuser, weiter in die Richtung des brennenden Busses, sprang von ihrem Motorfahrrad, ließ es an eine Hauswand fallen und rannte hinüber zum Bus. Sie stolperte über herumliegende Trümmer, verlor dabei einen ihrer Ballerinas, stoppte kurz, um wieder in den Schuh zu schlüpfen.

Alles, was sie beim Näherkommen durch den noch herumfliegenden Dreck sah, war ein mit Blut getränktes, etwa zehn Jahre altes Kind, das in zerfetzter Kleidung und voller Splitter mit dem Oberkörper halb aus einem der zerrissenen Fenster des Busses hing. Jelica konnte zunächst nicht erkennen, ob noch weitere Personen im Bus waren und verwundet oder tot. Den Fahrer musste die explodierende Granate, die direkt auf die Fahrerkabine gekracht war, in viele Stücke zerrissen haben. Alle Scheiben des Busses und der umliegenden Häuser waren zerborsten, die Straßenlampen der Umgebung zerstört und das halbe Dach, mit anderen Teilen, über die breite Straße zur gegenüberliegenden Seite geschleudert worden. Es musste ein entsetzlich schweres Kaliber gewesen sein. Jelica rannte, ohne einen Gedanken daran zu verschwenden, dass die Heckenschützen darauf warteten, in ihren Zielfernrohren lebende Objekte zu entdecken, die kurze Entfernung zu dem schwer verwundeten Kind. Es war, so sah es aus, drinnen kein weiterer Fahrgast erkennbar. Nach wenigen Augenblicken kamen aus dem gegenüberliegenden Haus zwei junge Männer zum Wrack des Busses gerannt. Einer sprang über die herumliegenden Trümmerteile und bestieg durch die gesprengte Tür die Reste des Fahrgastraums, hob den kleinen Körper von innen an, um ihn vorsichtig nach außen in Jelicas und die Arme des zweiten Mannes gleiten zu lassen.

Das Mädchen war schwerstverwundet. Von Glassplittern der Scheiben war ihr Gesicht zerschnitten und entstellt. Der linke Arm war durch die Explosion bis zum Oberarm abgerissen. Die Nerven des vorhandenen Stumpfs ließen diesen immer wieder grotesk zucken. Am linken Bein klaffte eine riesige Wunde, tief bis auf die Knochen. Sie blutete stark und stammelte immer wieder kaum verständlich „… nicht, Mama, traurig“, immer diese wenigen leisen Worte. Jelica strich mit zwei Fingern zart über die noch intakte Stelle des Gesichts, um sie zu trösten: „… ganz ruhig, wir sind bei dir …“

Der Schock verhinderte die Wahrnehmung der unvorstellbaren Schmerzen, die das Mädchen haben musste, sie war ganz ruhig. Der junge Mann, der in den Bus gehechtet war, sprang mit angesengten Haaren zurück auf die Straße. Zu dritt trugen sie die Kleine, eine lange Blutspur hinter sich lassend, schnell in den Schatten der Häuser. Da die Klinik nur wenig weiter lag, rannten sie, auf Jelicas Bitte, das Kind vorsichtig haltend, an der Häuserfront entlang, zum Eingang der Notaufnahme unweit hinter der Pförtnerloge.

Goran, der Pförtner, der die Explosion hatte verfolgen können, sah sie kommen und verständigte Jelicas Kollegen. Als sie den geöffneten Eingang erreichten, übernahmen zwei Mediziner und ein Helfer das Kind, legten es auf eine der rollenden Liegen und schoben diese im Laufschritt durch eine Gasse neugieriger Patienten zu einem der Notaufnahmeräume, um dort die Erstversorgung vorzunehmen und den Versuch, die gefährlichen Blutungen des Mädchens zu stillen.

Wenige Minuten, nachdem Jelica total erschöpft und außer Atem den Notaufnahmeraum ebenfalls erreicht hatte, zuckte der Körper des Mädchens noch einmal heftig. Dann lag sie ganz still und atmete nicht mehr. Zwei Kollegen unternahmen eine Reanimation – sie blieb chancenlos. Einer der Ärzte hob vorsichtig den kleinen leblosen Körper auf, legte ihn in ein weißes, ausgebreitetes Tuch und wickelte ihn ein. Nachdem ihm die Tür geöffnet wurde, trat er hinaus in den langen Flur, um die Reste dieses jungen Lebens ins Basement, in den Totenraum zu bringen, der die vielen Patienten aufnahm, denen nicht mehr zu helfen war.

„Herz-Kreislauf-Versagen, zu großer Blutverlust und kaputte Organe", flüsterte ein Kollege Jelica zu und hob dabei die Schultern, als müsse er sich entschuldigen. Sie tat wenige Schritte rückwärts, stand flach, Arme und Hände an die kalten, weißen Fliesen der Wand gepresst, Tränen schossen ihr in die Augen, ihr Körper verkrampfte sich, sie begann heftig zu zittern, schaute nach oben und rutschte bewusstlos zu Boden.

Als sie zu sich kam, lag sie in einem Nebenraum, auf derselben Liege, auf der die Kollegen versucht hatten, dem Mädchen das Leben zu retten. Luka, Kollege und Gynäkologe, stand neben ihr.

„Jelica, wie geht es dir?"

„Luka, was ist?"

Die Erinnerungen an das kleine Mädchen und die Geschehnisse kurz zuvor kamen zurück. Entsetzen in den Augen, nahm sie einen Teil ihrer geballten Faust in den Mund, um den Schrei zu unterdrücken. Nach wenigen Minuten atmete sie tief durch und schaute zu Luka auf.

„Luka, es geht nicht mehr, ich schaffe das nicht."

„Jelica, alles wird gut, ich werde Mirko holen, er ist unten in seinem Büro, ich bin gleich zurück."

Mit zitternder Stimme fragte sie: „Ist er okay? Er kam letzte Nacht nicht nach Hause."

„Sie konnten die Sachen erst gegen Morgen fertigstellen, du weißt, wie mühsam das alles ist."

„Luka, wie soll das weitergehen? Unsere Kinder wollen Antworten und wir können sie ihnen nicht geben."

„Gleich, Jelica, ich bin gleich zurück."

Luka verließ den Raum, ging zum nahe liegenden Treppenhaus und hinunter ins Untergeschoss, schritt rasch an den Räumen vorbei, die zu Krankenzimmern umfunktioniert worden waren, und kam zu Mirkos Büro. Als er anklopfte und keine Antwort bekam, trat er ein und fand Mirko noch tief im Schlaf auf einer schmalen Liege. Es musste tatsächlich schon gegen Morgen gewesen sein, als sie die notwendigen Arbeiten beendet hatten.

„Mirko, guten Morgen."

Mirko erwachte, erschrocken sah er sich um, erkannte Luka und erwiderte den Gruß.

„Luka, was ist passiert? Wie spät ist es schon?"

„Mirko, deine Jelica liegt oben, sie ist zusammengebrochen. Bitte komm mit."

Mirko rutschte von der Liege. Sie verließen das Büro, um über die Treppen ins Erdgeschoss zu gelangen.

„Mirko – Jelica schafft das seelisch nicht mehr. Die Hilflosigkeit, das ganze Elend, die vielen Verwundeten und Toten – das ist trotz der jahrelangen Klinikarbeit für ein Wesen wie Jelica zu viel. Wir können bald nichts mehr machen. Kein Personal, kein Material, ich habe es ebenfalls langsam satt."

Sie erreichten das Erdgeschoss.

„Drüben in 26", Luka wies auf den Raum, in dem Jelica lag, klopfte Mirko, eher trostlos als aufmunternd, auf die Schulter und ging weiter zu seiner Abteilung. Als Mirko den Raum betrat, in dem seine Frau lag, richtete sie sich auf, nahm ihn, als er nahe genug war, in die Arme und begann tief schluchzend zu weinen. Er streichelte das Gesicht und die Haare, um sie zu beruhigen, küsste sie und wischte immer wieder die Tränen ab.

„Mirko, ich schaffe das nicht, es wird zu viel."

„Jelica, wir schaffen das zusammen …"
„Nein, weil es nicht mehr geht. Selbst wenn ich die Arbeit hier aufgeben würde, schaffe ich es nicht. Die Tschetniks kommen immer näher, weiter von den Hügeln herunter, der Ring um die Stadt wird täglich etwas enger, die ganze Nacht haben sie intensiv geschossen, lauter als je zuvor."
„Liebling, ich habe es gehört", erwiderte Mirko ruhig.
„Heute Morgen sah ich wieder in Brand geschossene Häuser. Es wird zu gefährlich, wir können die Kinder nicht mehr alleine lassen. Wenn die kommen, ist es das Ende. Wir wissen nie, wenn wir uns am Abend auf den Heimweg machen, ob das Haus mit unseren Kindern noch existiert."
„Liebes, lass uns nach der Arbeit darüber reden."
„Nach der Arbeit – nach der Arbeit –, wann soll das sein, Mirko?"
„Wie bist du runtergekommen?"
„Wie immer."
„Wo ist dein Mofa?"
„Das ist nicht wichtig, wir sind wichtig."
„Aber wenn du das nicht hast, kommst du weder gut rauf noch runter und die Kinder werden länger warten."
„Es liegt an der Häuserfront, bei dem Bus."
„Bei welchem Bus?"
Mit tränenerstickter Stimme, immer wieder unterbrochen von tiefem Schluchzen, schilderte sie die Ereignisse und wie es letztlich zum Zusammenbruch gekommen war.
„Lass mich das Rad holen."
„Es ist zu gefährlich, Mirko."
„Ich werde vorsichtig sein", erwiderte Mirko, küsste sie und ging zur Tür, um über den langen Korridor zum Ausgang zu gelangen. Als er sich dem großen Portal näherte, sah er draußen, auf dem Weg zu den Treppenstufen, Goran mit schnellen Schritten zum Pförtnerhaus zurückkommen. Er hatte einen alten Besen in der Hand und einen leeren Metalleimer über den Kopf gestülpt, den er vorne etwas anhob, um nicht zu stolpern. Er trug diese groteske Maskerade als Schutz. Von oben regnete es wieder Glassplitter.

Scharfschützen waren erneut am Werk. Mirko sah das motorisierte Fahrrad, das an der Wand lehnte.

Goran kam auf ihn zu, nahm den Eimer vom Kopf, zeigte auf das Vehikel und sagte: „Einer der Jungs, die dabei gewesen waren, hat es gebracht, als ich dabei war die Blutspur zu entfernen. Jelica kann beruhigt sein."

„Lieber Goran, das würde sie im Moment am allerwenigsten beunruhigen. Trotzdem schön, danke."

Er ging zurück zu Jelica. Als er vorsichtig den Raum betrat, sah er, dass sie eingeschlafen war. Er setzte sich an das freie Ende der Liege, legte die Arme darauf, seinen Kopf dazwischen, lauschte ihrem Atem und schlief nach kurzer Zeit ebenfalls ein. Sie hatten, wie sie sich lange danach erzählten, in dieser Stunde vergleichbare Träume, in denen sie sich in eine glückliche Vergangenheit entführen ließen.

Träume als Fluchtpunkte ihrer Seelen, vom Unterbewusstsein gesteuert. Wie eine Notbremse der Psyche. Sie fühlten sich im warmen Wind auf der Promenade von Rovinj, schlenderten über den Markt in Belgrad und standen im Sommerregen auf dem Oberdeck der Fähre nach Cres, als jemand an der Tür klopfte und die guten Träume unterbrach. Edber, ein junger Assistenzarzt aus der orthopädischen Chirurgie, war mit schnellen Schritten auf den Raum zugelaufen, in dem beide eingeschlafen waren. Er klopfte ungeduldig, als keine Antwort kam, trat er geräuschvoll ein. Sie wachten erschrocken auf. Mirko sah überrascht an die Decke, wo die Beleuchtung wieder einmal mit allen Lampen brannte.

„Hallo, ihr beiden. Luka sagte mir, wo ich euch finde. Mirko, wir brauchen dich oben, eine Pumpe setzt immer wieder aus – es eilt."

„Liebling, bitte bleibe hier, du musst nicht sofort wieder aktiv werden. Ich komme, sobald ich fertig bin, zurück."

Er eilte hinauf und traf gleich hinter der großen Tür auf Luka.

„Luka, du bist wohl überall?"

„Ja, leider, wieder haben sich zwei Kollegen abgesetzt, einer nach Belgrad und der andere Richtung Süden. Man kann es ihnen nicht verdenken, jeder hat Angst. Nun springe ich hin und her. Bitte beeile dich, es kann nur eine Kleinigkeit sein."

Jelica war auf ihrer Liege nicht wieder eingeschlafen. Sie war aufgestanden, hatte Kleidung und Haare in Ordnung gebracht, die gröbsten Spuren ihres von den Tränen verwaschenen Augen-Make-ups entfernt und war in den Raum zurückgekehrt, in dem sie den Zusammenbruch hatte. Von den Kollegen ließ sie sich ein Medikament geben und ging in den Waschraum, um die Kapsel zu schlucken und ihr Aussehen zu kontrollieren.

Mit angstvollen Blick sah sie sich im Spiegel und erschrak. Die Haare hingen ihr wie Zotten um den Kopf, und die zuvor versuchte grobe Entfernung der verwaschenen Schminke schien ihr nicht gelungen. Sie wusch sich, brachte die Haare in Ordnung und als sie sich akzeptabel fand, ging sie hinaus auf den Flur, um am Ende des langen Korridors über einen Quergang in die zweite Etage zu ihrer OP-Station zu gelangen. Als sich vor der Station die automatische Tür öffnete, erschrak sie heftig. Zu ungewöhnlich war es, dass Strom vorhanden war, der auch diese Elektronik funktionieren ließ. Schon kurz hinter der sich schließenden Tür wurde sie von einer Kollegin gerufen.

„Jelica, Jelica, du musst uns helfen, bitte beeil dich und komm so schnell es geht zu OP 7."

Sie wusste, was das bedeutete, lief zum Garderobenraum, entkleidete sich teilweise, wechselte in den Waschraum, um ihre Arme und Hände keimfrei zu machen. Sie zog sich um. Im OP-Gewand mit der notwendigen Bedeckung betrat sie nach wenigen Minuten den Einleitungsbereich vor dem Operationsraum, um sich für die Assistenz einer schweren Hüftverletzung vorzubereiten. Als sie nach Stunden, in denen sechs weitere, nicht minder komplizierten Fällen *vom Tisch* waren, ohne dabei einen Toten zurückgelassen zu haben, wurde es Abend. Die Arbeit zwischen den Operationen war nur unterbrochen von immer gleichen Vorbereitungen und Überprüfungen des Materials und der Technik im OP-Raum und ohne eine größere Pause im Casino. Als sie aus dem Fenster sah, ging die Sonne unter.

In ihrem Arbeitsbereich folgte anschließend noch einmal die Entsorgung der verwendeten Bestecke, Siebe und Geräte. Die Vollzähligkeitskontrolle, die Vorbereitung der OP-Tische, die Überprüfung der Instrumente, des Materials und so weiter. Sie war wieder in Funktion und dachte darüber nach, an wie vielen Tagen sie noch die Kraft dazu haben würde.

Nachdem die Kollegen der Nachtschicht übernommen und sie wieder ihre Privatkleider trug, lief sie den langen Weg zurück und am Ende des Flurs die vielen Stufen hinunter ins Untergeschoss zu Mirkos Büro. Beim Eintreten sah sie Mirko vor einem Berg von Akten sitzen. Mit einem tiefen Seufzer stieß er all die schlechte Luft der letzten Stunden aus, stand hinter seinem alten Schreibtisch auf, ging auf Jelica zu und nahm sie in die Arme.

„Liebling, ich hab dich gesucht. Dann habe ich Sabira getroffen, die mir sagte, dass du schon wieder arbeitest. Ich wollte nicht stören. Wir sollten jetzt hier ein Ende machen. Das war kein guter Tag. Nur Ärger für mich, und für dich purer Stress, der schon begann, bevor du hier angekommen warst."

Mirko hielt Rücksprache mit dem leitenden Oberarzt. Keine weitergehenden Wünsche wurden geäußert, die Akten konnten bis zum nächsten Morgen ruhen. Es stand ihnen der Heimweg auf ansteigenden Straßen in der Dunkelheit bevor. Sie verließen die Klinik über den Ausgang, der auf die eingezäunte Freifläche mit den Fahrradständern führte. Es brannten keine der vielen Straßenlampen. Solange sich nicht die Nebeldecke bildete, bot diese unangenehme Dunkelheit ein gewisses Maß an Sicherheit, sofern man dieses Wort überhaupt verwenden durfte. Mirko ging zum zweiten Metallständer und hob sein Rad heraus.

„Jelica, bitte halte das kurz, ich hole dein Moped vom Eingang."

„Mirko – nein …"

Bevor sie weiterreden konnte, war Mirko um die Ecke der Hausfront verschwunden, um die Velosolex zu holen. Er kam mit dem motorisierten Fahrrad zurück, bog den etwas schiefen Lenker und den kleinen Motor über dem Vorderrad wieder gerade. Nach wenigen Schritten bat er Jelica: „Fahr voraus, du kannst schon etwas Abendbrot vorbereiten. Die Kinder warten bestimmt und ich bin auch bald zu Hause."

„Nein, Mirko, nicht nach diesem Tag, bitte schick mich jetzt nicht weg!"

„Liebling, ich schicke dich nicht weg. Ich dachte nur, dass es leichter für dich ist. Wenn es oben zu steil wird, werden wir beide laufen und du könntest doch fahren."

Jelica drehte sich zu ihm und küsste ihn.

„Danke."

„Komm, wir tauschen und ich schleppe dich!"

„Gut, machen wir."

Mirko nahm das Moped, warf den Motor an und saß auf. Er half Jelica, indem er das alte Fahrrad festhielt. Als sie saß, nahm er ihre Hand, gab Gas und zog sie neben sich her, bis sie das steilere Stück der Auffahrt erreichten.

„Lass uns den Rest laufen, die alte Kiste schafft das nicht."

„Gut – es wird uns nicht schaden, so spät ist es ja noch nicht. Ich freue mich auf zu Hause, Mirko."

Gedankenverloren, jeder für sich wieder bei den Ereignissen des Tages, liefen sie auf die Anhöhe zu. Sie waren nur wenige Minuten unterwegs, als sie den alten Ervin mit seinem rostigen Auto und auf Standlicht geschalteten Scheinwerfern auf sich zukommen sahen. Er erkannte sie und kam mit leicht quietschenden Bremsen zum Stehen, öffnete das Fenster und bat Jelica und Mirko, die Velosolex und Mirkos altes Fahrrad auf die Ladefläche zu legen, dann öffnete er die Tür.

„Kommt, steigt ein."

Jelica und Mirko nahmen im Auto Platz, Ervin holte bei der nächsten Kreuzung aus und drehte den Wagen in die Gegenrichtung. Zu dritt fuhren sie in gemäßigtem Tempo bergan.

„Einen schönen Abend, ich wollte euch abholen."

Das gab es noch nie, dass Ervin ihnen entgegengefahren war, um sie abzuholen. Es machte sie unruhig.

„Ervin, guten Abend – was ist los? Ist etwas passiert? Bitte, sage es uns", drängte ihn Jelica.

„Es ist nur, es gab zunächst sehr viel Gewehrfeuer über den Tag. Viel Schießerei meine ich. Zwischendrin auch von schwerem Gerät. Für kurze Zeit war auch Elektrizität eingespeist, doch ich konnte nirgends etwas entdecken. Immer nur die vielen Schüsse und splitterndes Glas habe ich gehört. Zuerst bei Iwans Haus, der

Obsthändler, der etwas oberhalb wohnt, ihr wisst. Schließlich hat es weiter unten geknallt und später noch etwas näher, schließlich bei euch.

Von den Kindern habe ich nichts gesehen und gehört. Ich habe mein Gewehr genommen und bin in die Richtung eures Hauses gelaufen, als alles ruhig blieb, wollte ich nicht näher nachschauen. Auch als es dunkel wurde, war kein Licht zu sehen, nicht eine Kerze, und es war mir nicht wirklich klar, ob die Tschetniks im Hinterhalt lagen."

Jelica hatte Tränen in den Augen.

„Die Kinder!"

„Liebling", versuchte Mirko zu beruhigen und drückte sie fest an sich, „es muss doch bei uns nichts passiert sein, vielleicht verhalten sie sich nur sehr ruhig, um keine Aufmerksamkeit zu erregen."

„Dieser Wahnsinn."

Ervin schaltete einen Gang herunter, gab etwas mehr Gas, um die Geschwindigkeit beizubehalten, und steuerte dem Ziel zu.

II

Am selben Tag – Anka und Jan

Anka war am Morgen, nachdem ihre Mutter hinunter in die Klinik gefahren war, ins Bad gegangen, hatte die Zähne geputzt, sich gewaschen und ihre langen, dunklen Haare kräftig gebürstet. Nur mit einem Slip bekleidet stand sie gegenüber dem großen Spiegel und betrachtete sich mit Wohlwollen. Ihr schön gegliedertes, schmale Gesicht, die reine Haut, leuchtenden, dunklen Augen und die makellosen Zähne. Vollendete Proportionen, kein *Babyspeck* mehr und kein Muskel zu wenig, sie gefiel sich.

Nach dieser Begutachtung drehte sie sich zur verriegelten Tür, öffnete sie leise, um ihren Bruder durch die entstehenden Geräusche nicht zu wecken, und verschwand in ihrem Zimmer. Sie zog aus dem zweiten Schubfach hinter der Schranktür vorsichtig einen, unter den Hemdchen liegenden, sehr fein gearbeiteten und mit Spitze verzierten Büstenhalter hervor. Leise ging sie zurück ins Bad und streifte ihn zum allerersten Mal über.

Die Dreizehn soll deine Glückszahl sein, war der Spruch ihrer Mama, die ihr das schöne Stück zum dreizehnten Geburtstag geschenkt hatte. Damals war noch nicht abzusehen gewesen, wie sie sich entwickeln und wann aus dem Kind eine junge Frau werden würde. Nun waren ihre Brüste groß genug, um die schön verzierten Körbchen zu füllen und die dämlichen Sportbüstenhalter in der Wäsche verschwinden zu lassen. Es gefiel ihr sehr, als sie sich, nachdem sie den neuen Büstenhalter trug, wieder und wieder vor dem Spiegel drehte, um den korrekten Sitz von Trägern und Körbchen zu überprüfen. In bester Laune zog sie den Pullover darüber, ihre lange blaue Hose, ihre Söckchen und die Slipper an.

Es war an der Zeit, ihren sechs Jahre jüngeren Bruder zu wecken, ein kleines Frühstück zu bereiten und das wenige an Arbeit zu verrichten, das ihre Eltern erwarteten. Nicht zu vergessen, die großen wuchernden Möhren, um die ihre Mutter gebeten hatte, in einer *Blitzaktion* aus dem Garten zu holen.

Sie tat die wenigen Schritte über den Flur zum Zimmer des Bruders, klopfte leise, und als er nicht antwortete, trat sie vorsichtig ein. Jan lag wie ein Embryo zusammengerollt, das Kissen vor die Brust gedrückt, und schlief noch fest. Sie beugte sich zu ihm, fasste ihn sanft an der Schulter, schob diese etwas hin und her und mit gedämpfter Stimme weckte sie ihn.

„Jan, aufwachen, du hast genug geschlafen. Heb deine Träume für heute Abend auf, komm, wir frühstücken zusammen."

Jan reagierte missmutig, stöhnte und rieb sich die Augen.

„Warum weckst du mich so früh?"

„Es ist nicht mehr so früh, wenn du zu lange schläfst, kannst du heute Abend nicht einschlafen. Geh nun ins Bad."

Jan rollte sich in Zeitlupe aus dem Bett und schlich sich in gleicher Weise über den Korridor hinüber ins Bad. Da, wie seit längerer Zeit, keine *Waschkontrolle* der Eltern mehr stattfand, war seine Katzenwäsche in wenigen Minuten erledigt. Er kam in die Küche zum gemeinsamen Frühstück.

„Ich danke dir fürs Frühstück", murmelte er, nachdem er Platz genommen hatte.

„Wieso bedankst du dich heute? Das machst du doch sonst nicht."

„Na, heut ist es anders, du schaust so erwachsen aus."

„Das bin ich auch."

„Gehst du nach oben zum Üben?"

„Ich glaub nicht, es hat angefangen zu regnen. Es ist blöd, dass man nicht durch das Haus nach oben kommt und mir reicht es, wenn ich die Möhren im Regen holen muss. Ich werde hier bleiben und in der Küche üben."

„Was willst du mit Möhren?"

„Mama hat mich gebeten."

„Ich bin in meinem Zimmer. Ich will noch zeichnen. Solange die Schießerei so weit weg ist, haben wir Ruhe. Rufst du mich, wenn du später etwas zu essen machst?"

„Natürlich."

Nach dem kurzen Frühstück zog Jan sich in sein Zimmer zurück.

Nur einzelne, weit entfernte Schüsse unterschiedlicher Kaliber waren zu hören, in der weiteren Umgebung des Hauses herrschte Stille.

Anka beseitigte die Spuren in der Küche, ging in ihr Zimmer, nahm aus der Ecke neben ihrem Bücherregal den Violinkasten und kam zurück, um zu üben. Kurz vor Mittag unterbrach sie das Spiel für einen kleinen Sprint über den Balkon und lief die Treppe hinunter in den Garten zu den Möhren. Sie benötigte nur Sekunden, bis ein großer Bund herausgerissen war. Genauso schnell war sie zum Haus zurückgelaufen, hatte das Kraut entfernt und die Wurzeln etwas gesäubert.

Sie war gerade dabei, die Teller, auf denen sie für sich und Jan etwas zum Essen zubereitet hatte, wieder zu reinigen, als kurz hintereinander Salven von Schüssen automatischer Gewehre zu hören waren. Erschrocken und wie gelähmt sahen sich die Geschwister an. Anka gewann die Fassung und versuchte ihren Bruder zu beruhigen. Sie erklärte ihm, mehr um ihn zu besänftigen denn aus eigener Sachkenntnis, dass die Lautstärke von der geänderten Windrichtung herrührte.

„So laut war das noch nie", rief Jan, als er sich wieder murrend in sein Zimmer zurückzog.

Wenige Stunden später wurden mit ohrenbetäubendem Lärm und extremem Geklirre Scheiben im Westen der Obergeschosswohnung durch starkes Gewehrfeuer zerlegt. Anka erstarrte: *Oh Mama,* schoss es in den Kopf, *was wäre mit mir, hätte ich nicht in der Küche geübt?* Sie ließ Bogen und Instrument sinken, legte beides hastig auf dem Tisch ab, rannte zum Zimmer ihres Bruders und rief: „Jan, beeile dich, wir müssen runter in die Garage, vielleicht schießen die in alle Fenster und nicht nur oben."

Sie sah Jan, den Kopf auf seinen Schreibtisch gedrückt und mit den Händen beide Ohren zuhaltend. Es hatte den Anschein, als versuchte er die Gewehrsalven zu ignorieren, indem er sich taub stellte. Er hob den Kopf und trotzig antwortete er: „Es hat doch schon wieder aufgehört, dort unten kann ich nicht malen."

„Was ist dir lieber, noch ein wenig malen oder weiterleben? Pack deine Sachen, alles was du, wenn wir ganz aus dem Haus müssen, mitnehmen möchtest, es eilt."

„Ich will aber nicht weg."

Sie ging rasch auf ihn zu, nahm ihn in den Arm, streichelte ihm über den Kopf, damit wurde ihm klar, dass sie es ernst meinte. Anka verließ sein Zimmer, schloss die Tür und ging zurück in die Küche, um ihre wertvolle Violine in Sicherheit zu bringen.

Eine wertvolle Violine, in der sie, als sie damals mit einer kleinen Taschenlampe in das linke f-Loch[19] gesehen hatte, einen eingeklebten Zettel entdeckte, auf dem *Petrus Joes Fratresq Mantegatia Mediolani in Via S. Margaritae anno 1756* stand.

Von ihrem Opa war die Violine zu ihr gekommen. In einer schon fast feierlichen Zeremonie war sie ihr zum achten Geburtstag geschenkt worden. Schon damals wollte sie beginnen täglich intensiv zu üben. Das große musikalische Talent und ein eidetisches Gedächtnis[20], wie ihre Violinlehrerin in Belgrad es nannte, waren sehr früh erkannt worden. Anka war mit der seltenen Gabe ausgestattet, ganze Reihen von Notenblättern, Partituren, Ereignissen, Personen und Situationen wie fotografische Dateien im Gedächtnis zu speichern, um sie bei Bedarf und jederzeit abrufen zu können. Das Instrument war ein Familienstück. Opa Enzo, der 1910 in Ventimiglia/Italien zur Welt gekommen war, hatte dies mehrfach betont. Schon der Vater ihres Großvaters und dessen Vater hatten diese Violine gespielt.

Hastig trug sie das Instrument zu dem alten, abgegriffenen Kasten, deponierte es in der vorgesehenen Mulde, klemmte den Bogen an die Halterung im Deckel und schloss diesen. Zurück in ihrem Zimmer nahm sie eine Sporttasche, füllte sie mit Trainingsanzug, einigen Kleidungsstücken, Waschzeug und Kosmetik, zog ihre blauen Turnschuhe an und ging hinüber zum Zimmer des Bruders. Lediglich der Schlafanzug und ein paar Socken waren auf Jans Bett gelandet, er zog es vor, die Gefahr zu ignorieren und die Kolorierung des gezeichneten Bildes fortzusetzen.

„Jan, was soll das. Wir können nicht hier oben bleiben, versteh das doch endlich. Vielleicht, wenn Mama und Papa zurück sind, dass wir wieder hier heraufkommen können – wenn nichts Schlimmes passiert. Nun pack das Wichtigste zusammen, wir werden später, ich meine wenn es ganz dunkel wird, versuchen, den *Brennofen* unten anzumachen."

Mirko war nach der Teilrenovierung auf die Idee gekommen, den alten kleinen Ofen, mit dem der Schwiegervater seine, wie er es nannte, *Werkstatt* im Winter beheizt hatte, mit einer alten Destillierblase zu versehen, um aus dem überschüssigen Obst Schnaps zu brennen. Jan erinnerte sich an die wenigen Male, die der alte Ofen angezündet wurde und rief: „Nein, das halte ich nicht aus, der stinkt so schrecklich."

„Gut, dann zünden wir etwas Holz im Räucherschrank an."

„Puh, der stinkt ja noch mehr", warf der Bruder ein.

„Gestank – Kälte, mal sehen, was dir lieber ist."

Sie nahm neben einer weiteren Sporttasche rasch einiges aus dem Schrank ihres Bruders und sortierte es hinein. Mit dem Gepäck und dem Violinkasten gingen sie über den Balkon vor der Küche die Treppe hinunter in den Kelleranbau mit der danebenliegenden Garage. Anka deponierte die Taschen hinter der Tür und sah sich um. Aus Angst um ihre Violine brachte sie den zerschlissenen Instrumentenbehälter hinter den auf der linken Seite aufgeschütteten Holzhaufen und deckte ihn mit mehreren alten Säcken ab. Kaum hatte sie sich aufgerichtet, gab es eine heftige Explosion, irgendwo in östlicher Richtung. Relativ nah musste eine Mörsergranate eingeschlagen sein. Jan wurde ganz blass, kam leicht zitternd, angsvoll und langsam auf sie zu und schmiegte sich an seine große Schwester.

„Mach dir keine Sorgen, das war weiter oben und betrifft uns nicht."

„Aber vielleicht haben sie die Nachbarn getroffen."

„Wenn wir unser Leben nicht riskieren wollen, können wir jetzt nicht hinaus und nachsehen. Außerdem gibt es kaum noch Nachbarn, also beruhige dich."

Absolute Stille trat ein, kein Schreien, kein Jammern, keine Geräusche weiterer Schüsse drangen in den Kellerraum. Nur die Tropfen, die in gleichmäßigen Abständen aus einer lange nicht benutzten und nicht ganz dichten Wasserzapfstelle fielen, konnte man hören. Anka legte eine alte Decke, die sie im Regal neben der

Tür fand, auf die grob gezimmerte Bank an der Wand. Ging zur Tür, schob sie fast zu und vergewisserte sich, dass das große metallene Garagentor daneben auch geschlossen war. Nur eines der beiden Fenster, die zur Rampe an der Seite des Hauses führten, war noch geöffnet. Die frische Luft war notwendig und tat ihnen gut.

Eine Weile saßen sie schweigend nebeneinander auf der Bank, bis Jan begann von der Schule zu erzählen, die beide lange nicht mehr hatten besuchen können. Er plauderte von den Fächern, die er besonders mochte, und jenen, die er abscheulich fand. Von den Freunden, die er ebenso lange nicht sehen konnte, den Träumen und den Ängsten, die ihn ständig begleiteten.

Anka hörte geduldig zu, obwohl ihre Gedanken abschweiften und zurückgingen in die Zeit, als sie noch in Belgrad und in der deutschen Schule war. Als noch Regeln, Ordnung und Freunde vorhanden waren. Die aufregende Zeit der ersten Stunden bei ihrer Violinlehrerin. Die Sporttage, Kinonachmittage. Später die Stunden im Sommer hier im Zentrum Sarajevos, mit Eisschlecken oder einem Bummel durch die Gassen der Baščaršija. Ihre geistige Abwesenheit fiel Jan auf.

„Du hörst mir ja gar nicht zu."

„Doch, ich höre dir zu, nur manchmal denke ich an meine Schule. Sollen wir den Herd oder den Räucherofen anmachen? Frierst du? Bald wird es dunkel und wir sehen nichts mehr."

„Nein, warten wir noch ein wenig."

„Vielleicht hast du recht, wenn wir ihn jetzt anzünden, verrät uns der Rauch vielleicht und die wissen, dass hier noch jemand anwesend ist."

Plötzlich wieder viele Gewehrsalven, noch näher. Lauter, viel extremer und beängstigender als sie am Vormittag waren. Wenige Minuten später vernahmen sie Stimmen, Männerstimmen und weitere Schüsse, die dem Klang nach oben das Haus trafen.

„Pst, Jan, nicht reden, die sind ganz nah. Es hört sich an, als hätten sie den Hauseingang beschossen."

Polternde Schritte über ihnen. Sie waren in der Wohnung. Türenschlagen, Gerumpel und immer wieder der Lärm schwerer Teile, die krachend auf den Boden oben in der Wohnung fielen.

Ich glaube, die nehmen unsere Wohnung auseinander, das kann ich Jan in diesem Augenblick nicht sagen, ging es Anka durch den Kopf. Nach langen Minuten wurde das Gepolter schwächer und die Stimmen kamen näher, wurden lauter. Jan begann erneut zu zittern, Angst kroch Anka in den Nacken. Sie hörten schwere Stiefel und mehrere Männer sprechen, es musste immer noch oben im Haus sein. Plötzlich waren die Stiefelschritte auf dem Balkon und auf der Treppe, die von der Küche herunterführte, und direkt über ihnen erneut mehrere Männerstimmen.

Anka hörte einen Mann auf Serbokroatisch sagen: „Scheint leer zu sein, ziel mal auf die Tür!"

Dann gab es einen Stoß ohrenbetäubenden Gewehrfeuers aus einer automatischen Waffe.

„Lass weitersehen", war zu hören.

Bedrohlich kamen die Stiefelschritte näher, Schritt für Schritt die Treppe herunter. Für einen Augenblick verharrten die Soldaten, es war absolute Stille, bis plötzlich, mit einem groben, lauten Fußtritt, die angelehnte Tür aufgestoßen wurde.

„Schaut mal – ist ja doch nicht leer", rief der Uniformierte, der zuerst den Raum betrat und die automatische Waffe an der Hüfte haltend auf die Bank zielte, auf der Anka und Jan saßen.

„Nicht schießen, wir sind alleine", rief Anka dem Soldaten zu.

Als er antwortete, „Wer weiß das schon", erschienen noch zwei Uniformierte an der Tür. Einer so groß wie jener, der zuerst den Raum betreten hatte, aber wesentlich schmächtiger, und ein Dritter, fast einen Kopf größer als die anderen.

Alle trugen Uniformen, doch keiner hatte eine Kopfbedeckung wie es beim Militär üblich ist. Der Dritte, der größte der Gruppe, hielt eine Pistole in der Hand und war dem Anschein nach der Anführer. Da von oben keine Geräusche mehr zu hören waren, schien es, als seien keine weiteren Soldaten dabei.

Anka musterte die Männer und vernahm Alkoholausdünstungen. Der mit der automatischen Waffe war, so schätzte sie ihn, vielleicht fünfundzwanzig Jahre alt. Mit sehr kurz geschnittenem Haar, wie man es auf Bildern von Gefangenen sehen konnte. Als sie ihn näher betrachtete, fiel ihr die Narbe auf, die senkrecht durch seine linke Augenbraue verlief, und sie sah, dass ihm ein Stück des linken Ohrläppchens fehlte. Ihr *Klick* funktionierte und die Szene war in ihrem Gedächtnis abgelegt. Der Schmächtigere, den sie etwas jünger einschätzte und dessen Haare etwas länger gehalten waren, trug außer einem Messer, das an der Seite seines Gürtels hing, keine Waffe, aber ein Gerät, das sie als eine batteriebetriebene Lampe erkannte. Er machte auf sie zunächst einen schwachen, weibischen Eindruck mit seinen wulstigen Lippen und seinen schräg stehenden Augen. Auch dieser Eindruck war bei ihr innerhalb von Sekunden gespeichert.

Jan zitterte am ganzen Körper, Anka legte ihren Arm um seine Schultern und zog ihn an sich, sie war relativ gefasst, als der Gruppenführer rief: „Komm!"

Anka schaute zu Jan und wieder zurück, als müsse sie erst sondieren wer denn nun gemeint sei.

„Komm!", rief er erneut, in erhöhter Lautstärke und mit ausgestrecktem Arm auf Anka deutend.

Um Zeit zu gewinnen, wollte Anka wissen: „Wohin?"

Mit lauter Stimme schrie er: „Hier."

Er benahm sich wie ein Hundehalter, der seinen ungehörigen Köter ruft.

Anka löste sich von Jan, stand langsam auf und ging schräg auf ihn zu. Als er den Kopf wieder hob, nachdem er die Pistole in sein Holster geschoben hatte, kam das, was sie immer als ihren *Klick* bezeichnete. Eine der gespeicherten Dateien war präzise zurück in ihrem Bewusstsein.

Zwischen einen Meter achtzig und einen Meter neunzig groß, schmutzig, unrasiert und extrem ungepflegt. Mit längeren, zotteligen, strähnigen Haaren stand er aufrecht vor ihr, sie erkannte ihn sofort. Im Gedächtnis war sein Bild gespeichert, seit es an der Infotafel in der deutschen Schule in Belgrad angeheftet gewesen war. *Franco Barić, der an dieser Schule als Aushilfssportlehrer ...* usw., war daruntergeschrieben.

Sie erinnerte sich, dass er als Aushilfssportlehrer tätig gewesen war und dass er die Schule und seinen Job kurzfristig hatte verlassen müssen, weil er sich Mädchen gegenüber *unkorrekt verhalten* haben sollte. Es wollte ihnen damals keiner erklären, warum er wirklich verschwinden musste und aus was diese Unkorrektheit bestanden hatte.

Als sie jetzt in seine Reichweite kam, streckte er langsam den linken Arm aus, ergriff ihren rechten Oberarm und riss sie zu sich. Der erste mächtige Ekel kam in ihr auf.

„Ich hab nicht gewusst, dass hier Zigeuner leben, mit schönen Töchtern", grölte er zu den anderen gewandt, und zu Anka, „na, was machen wir denn nun?"

„Besser, wir machen nichts", erwiderte Anka, „meine Eltern kommen gleich."

„Das sollten sie lieber nicht tun, sie sollten noch lange dort bleiben, wo sie sind, wenn sie gesund und am Leben bleiben wollen – vorerst."

Und zu seinen Begleitern gewandt: „Zigeuner hassen uns doch, uns Tschetniks?"

„Wir sind keine Zigeuner, wir sind alle aus Belgrad", wandte Anka trotzig ein.

„Sogar in Belgrad gab es Zigeuner – ich kann mich gut erinnern!"

Er ließ den Arm los und krallte mit der rechten Hand fest in die Mitte des Ausschnitts ihres Pullovers.

Anka schrie ihn in deutscher Sprache an: „Lass mich los, ich will das nicht."

Sichtlich irritiert hielt er kurz inne, schaute nach links und nach rechts, als könne ihm jemand eine Erklärung für die deutschen Wörter geben, die er offenbar verstanden hatte. Nach Bruchteilen von Sekunden fing er sich und erwiderte auf Serbokroatisch: „Sie will das nicht, die kleine Zigeunerin. Ich bestimme hier, was du willst und du willst, was ich will – alles was ich will – verstanden?"

Seinen Begleitern rief er zu: „Dass draußen alles klar ist."

Der Soldat mit der automatischen Waffe verließ den Raum, um von außen den Eingang zu sichern. Der zweite, der Schmächtigere, postierte sich nahe der Tür. Der Anführer ließ Anka los. Als sie sich dabei etwas abwandte, um ihre Position zu verlassen und um etwas Abstand zu gewinnen, schrie er: „Hierbleiben!"

Er knöpfte sich in aller Ruhe seine schmutzige Uniformjacke auf, griff danach blitzschnell mit beiden Händen Ankas Pullover und riss ihn auf. Er streifte ihn rasch von ihren Armen und warf ihn zum Holzhaufen. Mit höhnischem Grinsen tatschte er dann mit der linken Hand, wie in Zeitlupe, in die Mitte des schönen, neuen Büstenhalters und zerriss mit einem plötzlichen, heftigen Ruck den Steg zwischen den Schalen. Anka stolperte leicht auf ihn zu und versuchte, die Körbchen mit den anhängenden Trägern durch das Heben ihrer Arme aufzufangen. Als sie die Sinnlosigkeit erkannte, ließ sie die Arme sinken. Die zerrissenen Reste rutschten langsam auf den Boden.

Halb nackt stand sie zitternd vor ihm, die Arme über ihrem Oberkörper kreuzend. Nie in ihrem Leben hatte, außer ihrer Mama und der Gynäkologin, irgendjemand sie so entblößt gesehen. Vor den fremden Männern, ihrem Bruder und nicht zuletzt vor sich selbst wollte sie versinken. Hilflosigkeit, unbeschreibliche Scham und Entsetzen krochen in sie.

In der Sekunde, in der er mit seiner rechten Hand nach ihrem Arm griff, um ihn von ihrer linken Brust wegzureißen, schlug sie ihm mit der geballten Faust und dem ganzen Zorn, den die Situation heraufbeschwor, mit voller Wucht auf die Handoberfläche. Eine Mischung aus Entsetzen, Hass und Angst schnürte ihr fast die Luft ab. Unablässig rollten Tränen aus ihren Augen, liefen über die Wangen und tropften auf die Arme, mit denen sie versuchte, ihre Nacktheit zu bedecken. Er nahm die getroffene Hand, hob sie in Augenhöhe, betrachtete in Ruhe die rot angelaufene Oberfläche, grinste wie ein Geisteskranker, holte blitzschnell aus und schlug ihr mit Gewalt ins Gesicht. Der kleine Bruder, der dies aufmerksam beobachtete, schrie auf. Als der Anführer es hörte, wandte er sich, langsam den Kopf drehend, zu Jan und rief: „Halt dein Maul, du Kröte, du kommst später dran."

Anka hatte die Hände hochgerissen, um das Gesicht vor weiteren Schlägen zu schützen. Er griff nach ihrem linken Arm, streckte das rechte Bein nach außen und mit einer weiten, schnellen Bogenbewegung, gleich einem Balletttänzer, schlug er ihr wuchtvoll die Füße weg. Anka stürzte vor dem Brennholzhaufen zu Boden. Blitzschnell schob er beide Stiefel zwischen ihre Schenkel, öffnete, als sei er zum Urinieren angetreten, lässig seine Uniformhose und ging zwischen ihren Beinen langsam auf die Knie.

Sie versuchte sich verzweifelt zu befreien, ihre Beine über seine Arme zu heben, um ihre Schenkel wieder zu schließen, gegen seinen trainierten Körper war sie chancenlos. Wieder grinsend ergriff er ihre Oberarme und drückte sie auf den Boden. Als er für einen kurzen Augenblick, den er benötigte, um seinen Gürtel zu öffnen und sich einigermaßen den Unterleib frei zu machen, einen von Ankas Armen freigab, erwischte Anka mit diesem ausgestreckten Arm sein Gesicht und grub mit ihren Fingernägeln tiefe rote Furchen in seine Wange.

Er ließ den anderen Arm los und tat so, als öffnete er sein Pistolenholster, um die Waffe herauszuholen, schlug ihr aber blitzschnell, abwechselnd links und rechts, ins Gesicht.

„Du verdammte Schlampe, was glaubst du, ich …“

Blut spritzte aus Ankas Nasenöffnungen. Mit Gewalt ergriffen seine großen Hände ihre Knie. Er bog sie gewaltsam nach außen, verharrte einen Augenblick, um ihre Schenkel plötzlich und mit seiner ganzen Kraft auseinanderzudrücken, bis hinunter zum schmutzigen, mit Platten belegten Boden. Anka empfand einen blitzartigen, höllisch brennenden Stich und stieß einen lauten Schrei aus.

Widerlich, entsetzlich stinkend und mit glibbrigen Speichelfäden, die aus dem übel riechenden Mund auf ihr Gesicht tropften, hing er schräg über ihr und tat, als wollte er sie liebkosen. Er riss ihr mit einem plötzlichen Griff die Hose herunter und ihren Slip in zwei Teile. Als sie sich mit letzter Kraft aufbäumte und versuchte, wieder sein Gesicht zu erreichen, verkrallten sich ihre Fingernägel nur noch im Stoff seiner Uniformjacke.

Er packte in der Mitte ihres Kopfes die Haare und schlug den Kopf mehrfach heftig auf den Boden. Es knackte, als habe jemand einen trockenen Holzstab durchgebrochen. Anka ließ kurz vor ihrer Bewusstlosigkeit alle ihr bekannten Heiligen Revue passieren, um einen zu finden, der ihre Qualen beenden könnte. Sie sah mit schwindender Wahrnehmung einen großen roten Blitz in das

Monster über sich fahren, sah wie sein Leib aufgerissen wurde und eine graublutige Masse sich über sie ergoss, dann verlor sie das Bewusstsein. Sie spürte nicht mehr, dass aus der Platzwunde am Hinterkopf Blut sickerte und nahm die anschließende brutale Vergewaltigung nicht wahr.

Die letzten, fast horizontal stehenden Strahlen der untergehenden Sonne warfen bizarre Schatten in den Raum. Jan war vor Entsetzen starr, mit weit aufgerissenen Augen sah er, was seiner geliebten Schwester angetan wurde. Als der weibische Soldat sich im Raum umdrehte und die mitgebrachte Lampe anschaltete, um das Geschehen vor dem Holzstoß, den die wenigen Strahlen der Sonne nicht erreichten, genauer verfolgen zu können, war es für Jan nicht mehr erträglich. Er sah seine einzige Chance, den entsetzlichen Bildern zu entfliehen und versuchte, durch das offene Fenster über die Rampe auf die Straße zu entkommen.

Der Anführer wandte den Kopf um und sah gerade noch die Umrisse des Jungen, der auf der schrägen Betonfläche verschwand. Er schrie laut in Richtung Tür: „Idiot – schläfst du da draußen, oder was?"

Der Angerufene reagierte und versuchte, um die Hausecke rennend, mit mehreren Stößen aus seiner automatischen Waffe Jan zu treffen. Einige Minuten später hatte der Vergewaltiger seinen widerlichen Akt vollendet, kam schnaufend auf die Knie. Er erhob sich, ordnete seine Kleidung und bedeutete dem bewaffneten Soldaten, der zwischenzeitlich in den Raum gekommen war: „Nun bist du dran, komm, zeig was du drauf hast."

„Danke", erwiderte dieser, „ich hatte im *Vilina Vlas*[21], dort in *Višegrad*[22], neulich eine Tote. Erstmalig und aus Versehen, du weißt schon, wegen dem Alkohol. Da habe ich festgestellt, dass ich es doch lieber lebendig mag."

„Wo ist der Junge?", fragte der Anführer

„Liegt irgendwo da oben, hab ihn erwischt."

Er nahm seine Pistole aus dem Holster. In der Annahme, dass der Junge erschossen und dem Mädchen das Genick gebrochen war, befahl er den Rückzug.

„Wir sollten zurück."

Auf dem gleichen Weg, den sie gekommen waren, verließen sie den Raum. Der Gruppenführer ging voraus und die beiden Jüngeren folgten im Gänsemarsch. Die sich entfernenden Stiefelschritte waren lange zu hören, bis endlich in ziemlicher Distanz der Motor eines Fahrzeugs ansprang. Kurz danach verschwanden die Motorgeräusche in der Ferne.

Als sich das Bewusstsein wieder in Ankas malträtierten Kopf quälte, war Totenstille und absolute Dunkelheit. Nebel war aufgestiegen. Es dauerte eine Weile, bis sie sich der Situation und dem Geschehenen bewusst wurde und sich einigermaßen orientieren konnte. Sie fror entsetzlich und zitterte am ganzen Körper. Die schwere Gehirnerschütterung verursachte höllische Kopfschmerzen und ekelerregenden Schwindel. Das Brennen im Bereich ihres Geschlechts trieb ihr Tränen in die Augen, in denen Salven von Blitzen und Leuchtfeuern hin- und herschossen.

Langsam kam sie in die Realität zurück und begriff, was geschehen war. Sie erhob den Oberkörper und noch sitzend rief sie mit gedämpfter Stimme ihren Bruder. Als keine Antwort kam, versuchte sie sich langsam zu erheben, was ihr mühevoll gelang. Sie öffnete die geballte Faust, um den Stofffetzen der Uniformjacke, den sie offenbar herausgerissen hatte und der sich noch in der zuvor verkrampften Hand befand, auf den Boden fallen zu lassen. Sie wischte sich damit noch durch den Schritt, als sei es möglich, alles Geschehene wegzuwischen, es brannte höllisch, dann fiel der Fetzen zu Boden. Sie musste sich am Holzstoß und am Türrahmen, dessen Umrisse sie sah, festhalten. Würgender Ekel schnürte ihr den Hals zu. Breitbeinig stand sie auf dem Boden, hielt sich mit den Händen fest und versuchte durch schüttelnde Bewegungen ihres Unterleibs, die das Dröhnen und den Schwindel in ihrem Kopf um ein Vielfaches verstärkten, die Körpersäfte ihres Peinigers aus sich herauszuschütteln.

Nach mehreren Versuchen nahm sie einen der Säcke, den sie mit viel Mühe ertasten konnte, legte ihn über die Schulter und kramte auf den Boden nach den Resten ihrer Hose, die nahe bei dem aufgeschütteten Holz lagen. Nach minutenlangem Suchen konnte sie die Stoffreste greifen. Sie begann, sich mit einer Hand festklammernd, die Fetzen ihrer Hose anzuziehen und die greifbaren Teile ihres Pullovers überzustreifen. Das war sehr schwierig und blieb ohne jeden wärmenden Nutzen. Den alten Jutesack nahm sie, um die nicht bedeckten Teile ihres Oberkörpers auf der Suche nach dem kleinen Bruder zu verhüllen, und tastete sich, immer wieder leise *Jan* rufend, an der Wand entlang. Mit entsetzlicher Angst, ihn tot in einer Ecke des dunklen Raums zu finden. Doch auf den Flächen, die sie in der Dunkelheit und benommen, wie sie war, mit einer Hand absuchen konnte, lag er nicht. Anka verließ wankend, mit verzerrtem Gesicht, den Kellerraum, ging um die Hausecke und schleppte sich in kleinen Schritten die Rampe hinauf in Richtung Straße. Mehrfach erbrach sie sich gebückt in das Grünzeug neben der Betonfläche. Leise rief sie immer wieder den Namen ihres Bruders.

Als sie es geschafft hatte, auf die Höhe des vorderen Teils des Hauses zu kommen, vernahm sie ein Stöhnen. Sie folgte den Lauten und fand Jan hinter den Rosen, die einmal der ganze Stolz ihres Opas gewesen waren, dicht an der Hauswand liegend. Anka tastete sich zu ihm vor, kniete sich nieder, begann zu weinen und nahm seinen Kopf zwischen die Hände.

„Jan, Jan, was haben sie mit dir gemacht?"

„Geschossen, in mein Bein geschossen."

Der Bruder lag, was sie zunächst nicht sehen konnte, schräg mit dem Kopf auf dem Kies. Unter seinen auf den Betonplatten eng beieinanderliegenden Beinen war eine große Blutlache entstanden.

„Jan, Mama und Papa kommen hoffentlich bald. Bleib ruhig liegen, ich kann dir beim Aufstehen nicht helfen. Ich weiß nicht, wo du getroffen wurdest und ob es überhaupt möglich ist, dass du dich erhebst. Mir ist selbst so entsetzlich übel und es tut so weh."

Den Jutesack, den sie beim Niederknien fallen gelassen hatte, rollte sie zusammen, hob Jans Kopf vorsichtig an und schob ihn unter den Nacken.

„Jan, bleib so liegen, ich versuche die Decke, die wir unten auf der Bank benutzten, zu holen, du wirst damit nicht mehr so sehr frieren."

Wankend, mit trippelnden Schritten ging Anka in den Kellerraum zurück, tastete sich zur Bank und nahm die Decke an sich. Sie suchte den Ausgang. Als sie die Tür erreichte, schlug sie sich den Kopf am Rahmen an. Es dauerte einige Sekunden, bis die Sternenwolke aus ihrem Kopf verschwunden war. Verwirrt ging sie weiter und schleppte sich erneut Schritt für Schritt zu ihrem Bruder zurück, ohne zu wissen, wie es wirklich um ihn stand. Als sie die alte Decke über ihm ausgebreitet hatte, tat Jan, als fühlte er sich etwas besser. Eine panische Angst ergriff Anka, dass er das Bewusstsein verlieren und am Ende nicht mehr aufwachen würde. Eine für beide nicht enden wollende Zeit kniete sie zitternd neben ihm, hielt seine Hand, streichelte ihn und sprach immer wieder in kurzen Abständen beruhigend auf ihn ein.

Nach einer für die Kinder gefühlten Ewigkeit waren Motorgeräusche zu hören. Nicht die Geräusche geländegängiger Militärfahrzeuge, eher der Motor eines Privatwagens. Als sich das Fahrzeug näherte, wusste Anka, dass es Ervin war.

Ervin parkte seinen Wagen vor seinem Grundstück. Mit Jelica und Mirko eilte er das kurze Stück die Straße hinauf und hinüber zum Haus. Es musste etwas passiert sein, kein Lichtschimmer war im Gebäude zu sehen. Als sie sich näherten und Anka die Stimmen erkannte, rief sie: „Hier sind wir, hier bei den Rosen."

Mirko und Jelica begannen in die Richtung, aus der sie Anka hörten, zu laufen, Mirko stolperte über den Absperrdraht und wäre um ein Haar der Länge nach in die Rosen gestürzt. Als sie die Kinder erreichten, breitete sich Entsetzen aus. Mit einem Kloß im Hals, zitternd, mit Gänsehaut und Tränen in den Augen, beugte Jelica sich zu ihren Kindern.

„Mein Gott, was ist das?"

„Mama, wir müssen Jan ins Haus bringen, sie waren hier, er wurde beschossen und friert entsetzlich."

Ervin war unverzüglich zurückgelaufen, um seine noch funktionierende Batterielampe aus dem Wagen zu holen. Er kam und leuchtete, während sie gemeinsam versuchten Jan anzuheben. Er schrie und schlug um sich. Vorsichtig transportierten sie ihn zu dritt durch die noch offen stehende Haustür in sein Zimmer und legten ihn auf sein Bett.

Im Haus hatten die Soldaten wie Vandalen gehaust. Die Schubladen lagen auf dem Boden und der Inhalt war in den Räumen verbreitet. Nirgends war etwas am ursprünglichen Platz geblieben. Schränke waren geleert, auch dieser Inhalt in der Wohnung verstreut und mehrere Fensterscheiben zerschlagen.

Ervin gab Mirko die Lampe und zog sich in die dunkle Küche zurück. Weil die Lampe stets auf Jan gerichtet war, realisierten die Eltern zu diesem Zeitpunkt nicht, was Anka widerfahren war, wenngleich ihr unsicherer Gang ihnen befremdlich erschien. Jelica eilte ins Schlafzimmer, um den Notfallkoffer zu holen. Da sie ihn immer an der gleichen Stelle deponierte, war es leicht, in der Dunkelheit danach zu greifen.

„Mirko, bitte bringe mir die Schere aus der Küche, ich muss Jan die Kleidung wegschneiden."

Mirko kam mit der Schere und Jelica schnitt vorsichtig Jans Hosenbeine der Länge nach auf und dann ab. Sie warf die blutigen mit Dornen gespickten Fetzen am Bettende auf den Boden. In gleicher Weise entfernte sie, soweit es ohne Umlegung möglich war, schnell die restliche Kleidung. Als Jan nackt war, konnten sie mithilfe der Lampe sehen, dass er am rechten Bein einen Kniedurchschuss hatte, auf der linken Seite einen Schuss durch die äußere Seite des Oberschenkels und einen Streifschuss an der Hüfte.

Mit Mull tupfte Jelica vorsichtig den Bereich um die Wunden etwas sauber, entnahm dem Notfallkoffer eine Ampulle Bupivacain, ein schnell wirkendes Lokalanästhetikum. Sie zog das Präparat in eine Spritze auf und injizierte es im Bereich der verlaufenden Nerven über dem zerschossenen Knie ihres Sohnes in den Oberschenkel. Zitternd stöhnte Jan und biss die Zähne so heftig aufeinander, dass lautes Knirschen zu hören war.

Eine zweite Injektion mit Benzodiazepin, einem beruhigenden und Schlaf anstoßendem Mittel, injizierte Jelica in den Arm. Als nach Minuten die Wirkung der Medikamente einsetzte, reinigte und desinfizierte sie die Wundränder um die Verletzungen.

„Mirko, hole mir doch die Metalllineale, die du für deine Arbeiten immer verwendet hast. Ich muss Jans Knie damit schienen."

Mirko ging ins Schlafzimmer, tastete sich im Dunkeln durch das angerichtete Durcheinander bis zur Schublade des kleinen Schreibtischs in der Ecke und fand die Lineale. Nachdem er sie Jelica gereicht hatte, umband sie diese zunächst mit Mull, um damit Ober- und Unterschenkel zu fixieren, soweit das möglich war. Nachdem die Medikamente bei Jan wirkten und er kaum noch reagierte, deckten Jelica und Mirko ihn mit einem Laken und zwei leichten Decken zu.

Anka war vorsichtig an der Wand entlang zur Toilette gegangen, dort hatte sie sich würgend erbrochen und anschließend den Mund gespült. Sie war zurück in ihr Zimmer geschlichen und konnte im Dunkeln eine ihrer Blusen greifen, diese überziehen und aus der Schublade einen Slip nehmen, den sie, endlich von den Fetzen befreit, anzog. Sie war geräuschlos weinend zurück in den Korridor getreten, um an der offenen Zimmertür ihres Bruders zu warten. Jelica stand an Mirko gelehnt vor Jans Bett.

Es war nicht mehr die Welt, in der sie optimistisch aufopfernde Arbeit in einer Klinik machte. Es war der völlige Zusammenbruch. Die soliden Wände, das Fundament ihrer Welt begann sich aufzulösen, zu zerbröseln. Sie hatte das Gefühl, als sei sie in einen nicht endenden Sturz geraten. Sie drehte sich zu Mirko, legte ihren Kopf an seine Brust und ein heftiger Weinkrampf schüttelte ihren Körper. Als Mirko sie streichelnd und mit ruhigen Worten zu trösten suchte, wurde sie etwas ruhiger und beide verließen langsam den Raum, ohne die Tür zu schließen, und standen Anka gegenüber. Als sie ihre Tochter im Licht von Ervins Lampe ansahen, trat das gleiche Entsetzen in ihre Augen wie zuvor bei Jans Anblick. Jelica schlug die Hände vors Gesicht, rang nach Luft und rief: „Kind, was haben sie mit dir gemacht?"

Das Blut war aus Jelicas Gesicht gewichten, leichenblass lehnte sie sich an den Türpfosten. Mirko sprang zu ihr, um sie zu stützen, es schien, als stürzte sie jeden Augenblick vor ihnen zu Boden. Zitternd, mit geschwollenem, verschmiertem Gesicht und blutunterlaufenen Augen stand ihre Tochter vor ihnen. Angst und Scham überkam die Eltern, dass sie den erbärmlichen Zustand ihrer Tochter nicht früher erkannt hatten.

Mit Ervins Lampe leuchteten sie Anka erneut ab. Die zerzausten, blutverschmierten und am Hinterkopf total verklebten Haare, das geschwollene Gesicht, Striemen und blaue Flecke an beiden Armen, vom Hals bis zur Brust, den Beinen und blutverkrustete Rinnsale an den Innenseiten ihrer Schenkel. Jelica war so geschockt, dass sie sich an Mirko festhalten musste, um nicht doch noch den Boden unter ihren Füßen zu verlieren. Anka sah ihre Mutter erschrocken an.

„Mama, mir ist schwindelig. So, als wäre es nicht mehr mein Kopf. Es brennt entsetzlich zwischen meinen Beinen. Sie haben es mit mir schlimm gemacht."

Anka hatte nicht mitbekommen, dass nur einer der Soldaten sie derart geschunden hatte. Mit zitternder Stimme brachte sie eine kurze Beschreibung des Geschehenen heraus.

„Wir hatten, vor Beginn des Krieges, einmal darüber gesprochen, was passieren könnte, wenn Soldaten in ein Haus kommen und Mädchen finden. Jetzt waren sie da, sie haben uns gefunden. Zu dritt kamen sie, mit Waffen und in Uniform."

Spontan nahmen die Eltern Anka in die Arme und führten sie hinüber in die Küche. Dort halfen sie ihr Platz zu nehmen, und Mirko, voll grenzenloser Wut, wollte mehr über die Täter wissen.

„Anka, welcher Art Soldaten waren das? Hast du etwas erkannt?"

Jelica, den Ernst ihres Zustandes erkennend, wollte diese Informationen in diesem Augenblick nicht hören.

„Mirko", rief sie ihm streng zu „das bringt uns im Augenblick nicht weiter", und zu Anka gewandt, „Kind, lass uns in dein Zimmer gehen, du musst dich hinlegen."

Gemeinsam führten sie Anka vorsichtig in ihr Zimmer. Nachdem sie das Bett erreichten und Jelica geholfen hatte, Anka bis auf den Slip zu entkleiden und hinzulegen, nahm sie die Lampe und ging die wenigen Schritte in Jans Zimmer, um von dort den Koffer mit dem medizinischen Material zu holen. Zurück bei Anka, injizierte sie die Medikamente wie zuvor bei Jan. Sie musste die Verschmutzungen an Ankas Körper notdürftig reinigen und wollte das nicht ohne Betäubung tun. Einige Minuten später stand Mirko am Fußende und Jelica, die Anka zugedeckt hatte, saß an der Bettkante und hielt die Hand ihrer Tochter. Als die Medikamente wirkten, bat sie Mirko, sich zu Ervin in die Küche zu begeben.

„Anka, ich möchte sehen, wie schlimm es ist, darf ich? Ich muss dich doch versorgen."

„Ja, Mama."

Sie entfernte vorsichtig den Slip. Als Anka völlig entkleidet auf dem Bett lag, sah Jelica das ganze Ausmaß der Verletzungen. Blau unterlaufene Flächen, die zum Teil schon gelbgrüne Verfärbungen annahmen, vom Haaransatz bis zu den Knien. Sie drehte Ankas Kopf vorsichtig zur Seite und sie sah die große Platzwunde am Hinterkopf. Kratzspuren zogen sich vom Nabel bis zu den seidig dunklen Haaren ihrer Scham. Wieso dies? Sie kam zur Überlegung, dass es durch eine Gürtelschnalle oder Ähnliches verursacht worden war. Sie untersuchte Anka vorsichtig, bevor sie ihr eines der leichten Nachthemdchen überstreifen konnte. Bei der Frage: „Anka, kannst du mich noch verstehen?", bewegte sie nur noch den Kopf langsam hin und her. Jelica streichelte ihr gequältes Kind zärtlich. Anka reagierte kaum noch und erwiderte halb narkotisiert: „Mama, ich bin so müde."

Mit Tränen in den Augen entgegnete Jelica: „Mein Schatz, es muss so schlimm gewesen sein. Sie haben dir den Damm eingerissen. Ich muss das noch desinfizieren."

Als sie die Wunde desinfizierte, war ein weitgehend narkotischer Zustand erreicht. Anka spürte nicht das brennende Ziehen, das die Desinfektionsflüssigkeit auf offenen Wunden verursachen kann. Jelica packte den Unterleib ihrer Tochter in Mullbinden und sterile Tücher und verband den Kopf, bevor sie wieder zurück zur gegenüberliegenden Seite der Wohnung, in die Küche ging. Der Rest ihrer Kraft war investiert, sie war am Ende.

Weinend und zitternd setzte sie sich an den Tisch zu Mirko und schmiegte sich eng an ihn. Mirko diskutierte beim Schein der angezündeten Kerzen mit Ervin das Geschehene. Als Jelica dazukam, unterbrachen sie das Gespräch und sahen sie an, als erwarteten sie einen Bericht.

„Schatz, was ist mit Anka geschehen?“

Mit zitternden Lippen berichtete Jelica: „Es muss fürchterlich gewesen sein, sie haben sie so brutal vergewaltigt, dass der Damm eingerissen ist, am Hinterkopf hat sie eine große Platzwunde. Sie müssen sie auf den Boden oder an die Wand geschlagen haben. Der Schwindel und die Wunden weisen auf eine schwere Gehirnerschütterung hin.“

Mirko drehte sich leicht, er wollte seine tränengefüllten Augen nicht sehen lassen. Dann schlug er plötzlich wütend mit der Faust auf den Tisch und schrie: „Diese verdammten Schweine, Verbrecher allesamt!“

Er schluckte und konnte nicht vermeiden, dass Tränen über seine Wangen rollten, als er sagte: „Wir müssen mit den Kindern morgen früh in die Klinik. Der Riss bei Anka wird genäht werden müssen und ihr Kopf versorgt. Außerdem sollten wir verhindern, dass sie schwanger wird.“

„Darf ich euch morgen früh fahren?“, fragte Ervin, seinen Blick auf den Tisch gerichtet. Beide nickten Ervin zu, der wenig später mit den Schultern zuckte und sagte: „Es ist schon spät, ich kann nichts mehr für euch tun, besser, ich lasse euch nun alleine. Es war ein entsetzlicher Tag und ihr braucht Ruhe.“

„Ja, Ervin, und vielen, vielen Dank, dass du uns gefahren hast und für deine Hilfe.“

Als Mirko den Dank ausgesprochen hatte, flackerte im Korridor das Licht, es blieb dunkel in der Küche, nur der leere Kühlschrank war angesprungen. Mirko stand auf, bediente den Schalter und die große Lampe über dem Esstisch gab überraschend blendende Helligkeit. Elektrizität war da, aber für wie lange?

„Mirko, im Flur ging eben die Glühbirne kaputt“, bemerkte Ervin, der aufgestanden war, und an der Tür stand.

„Ervin, noch einmal, Dank. Wann können wir morgen fahren?“

„Wann immer es sein soll, ich finde in dieser Nacht sicher keinen Schlaf mehr. Doch ich muss mich ausruhen.“

„Lass uns fahren, bevor der Nebel sich verflüchtigt, wir müssen keine zusätzlichen Gefahren provozieren“, bat Mirko.

„Ich melde mich früh genug.“

Mirko löschte die auf dem Tisch stehenden Kerzen, ging hinter Ervin her und gab ihm die Lampe zurück. Ervin hob die Hand zu einem kurzen Gruß und verließ leise das Haus, um schräg gegenüber zu seinem Anwesen zurückzukehren. Angekommen, lud er das Motorfahrrad und Mirkos Fahrrad von der Ladefläche und schob beide langsam zu Mirkos und Jelicas Grundstück. Er lief mit kleinen, leisen Schritten die schräge Auffahrt an der Seite des Hauses hinunter und deponierte die Velosolex und das Rad an der hinteren Hauswand. So leise wie er gekommen war, schlich er zurück, betrat durch den Seiteneingang sein Haus und war kurz darauf in seinem *aufbereiteten Beobachtungsraum*. Er setzte sich in den Sessel, der ihm den Blick auf die Straße ermöglichte, und wartete auf den Morgen.

Eng aneinandergeschmiegt waren Jelica und Mirko in ihrer Küche und sahen hinaus in die dunkle Nacht und hinunter auf die Stadt im Tal, in der durch den Nebel nur wenig an Beleuchtung zu sehen war. Eine abendliche Vorsichtsmaßnahme und Sparzwang. Die Gedanken verließen das Leid der Kinder, die fast hoffnungslose Situation, und verweilten in der Stadt, die Sarajevo einst war und die sie, aus der Sicht an diesem Abend, nie wieder sein würde. Voller Lebensfreude, Kultur und Toleranz. Mit leichten Sommern und herrlichen Wintern, in denen man sich auf den umliegenden Bergen im Schnee austoben konnte.

Mirko küsste Jelica, strich ihr zärtlich über das Haar, nahm sie in die Arme und trockneten Tränen. In den letzten Wochen seltene Wärme und Vertrautheit breiteten sich aus. Sie löschten das Licht in der Küche, gingen kurz ins Bad und waren bald danach in ihrem Schlafzimmer.

In dieser schrecklichen Nacht liebten sie sich. Sie investierten den Rest ihrer Kräfte in verzweifelte Leidenschaft. Sie klammerten sich wie Liebende vor dem Gang zum Schafott, mit den Reserven, die ihnen geblieben waren. Als seien sie beide sich nicht sicher, dass sie mit ihrem Partner den kommenden Tag noch erleben würden. Total erschöpft und mit allem, was geschehen war, im Kopf, konnten sie nicht so bald einschlafen. Sie unterhielten sich leise und suchten nach einer Möglichkeit, ihre Kinder in

Sicherheit zu bringen. Dass dieser Überfall aller Wahrscheinlichkeit nach nicht der einzige bleiben würde, davon gingen sie aus. Die Kinder in Sicherheit, alles Weitere wäre zu ertragen, aber nicht der Verlust eines oder sogar beider Kinder.

„Luka“, begann Mirko nach einer Zeit des Nachdenkens, „hat mir in der vergangenen Woche gesagt, dass nächsten Donnerstag wieder ein von der UNPROFOR[23] begleiteter Kinder-Konvoi aus der Stadt nach Slowenien geplant ist und einen Tag später noch einer, mit schwerstverwundeten Kindern, an die Küste im Süden, zu einem Lazarettschiff. Außerdem sprach er von geplanten Transporten in Kinderheime durch die deutsche Volkswagenstiftung. Alle Transporte würden jedoch ohne Begleitung eines Elternteils abgewickelt.“

„Nein, Mirko, ohne dass einer von uns die Kinder begleiten kann und wir sicher sein dürfen, dass sie am Ziel von Verwandten aufgenommen werden, das möchte ich nicht, das ist mir zu gefährlich. Auch der Transport nach Slowenien würde doch nur Sinn machen, wenn wir meine Cousine in Izola[24] verständigen könnten. Wer vergibt denn diese Plätze?“

„Soweit mir bekannt ist, UNPROFOR in Zusammenarbeit mit dem Roten Kreuz.“

„Und für den Konvoi der verwundeten Kinder?“

„Der ist Kindern vorbehalten, denen wir, das heißt unsere Klinikleitung und die Kollegen im Koševo-Krankenhaus, mit unseren begrenzten Mitteln nicht mehr helfen können. Die Plätze werden ähnlich vergeben. Vielleicht kann hierbei unser Management mitreden.“

„Wie sollen die an die Küste kommen, wenn nicht Kompanien von bewaffneten Blauhelme sie begleiten?“

„Angeblich geht es, begleitet von weißen und gepanzerten UN-Fahrzeugen, bis nach Omis, südlich von Split, dort unten wird, so sagt man, nicht mehr gekämpft. Vor der Küste soll das Lazarettschiff liegen, ein französisches.“

„Mirko, das macht keinen Sinn. Entweder einer von uns begleitet die Kinder, oder wir können sicher sein, dass sie bei Verwandten gut untergebracht sind. Lass uns versuchen, Izola anzurufen.“

„Das wird schwierig, wenn wir überhaupt Kontakt bekommen, müssten wir bald die Klinikleitung einschalten. Nur, die Frage dabei ist, wie soll ich es der medizinischen Direktion gegenüber vertreten?"

„Liebling, sind Vergewaltigung, Demütigung, Qualen und endlose Pein bei Anka nicht genug und die Schüsse auf Jan, mit ebensolchen fürchterlichen Schmerzen und den unabsehbaren Folgen?"

„Ich verspreche dir, dass ich es versuchen werde. Keiner weiß, wie das alles weitergeht, wie viele Jahre wir noch belagert werden, ob wir alle fliehen und alles zurücklassen müssen, ich will es versuchen."

„Danke, Liebling – wir glauben daran, ja? Ich bin so müde", erwiderte Jelica, „wir sollten nun schlafen, ich schaue noch schnell einmal nach den Kindern."

Jelica stand auf, ging leise über den Flur zu Ankas Zimmer. Die Türen der Kinderzimmer waren offen gelassen. Sie schaute schräg durch die Tür zu Ankas Bett, es war ruhig. Anka atmete sehr laut, schlief jedoch fest. Als sie nach wenigen Schritte zu Jans Zimmer kam, vernahm sie ein leises Stöhnen und fragte flüsternd: „Jan, bist du wach?"

Als Jan nicht antwortete, war klar, sein Stöhnen war nicht auf die Verletzungen zurückzuführen. Zu Mirko ins Bett zurückgekehrt, nahm Jelica seine Hände, als wollte sie ihn hochziehen. Als er sich aufsetzte, umklammerte sie ihn mit solchen unerwarteten Heftigkeit, dass er erschrocken ihren Kopf in die Hände nahm und sie zärtlich liebkoste.

„Komm, mein Schatz, lass uns nun endgültig schlafen, es ist spät und morgen müssen wir früh bei den Kindern sein."

Er wischte ihre letzten Tränen weg und nach wenigen Minuten schliefen sie.

Ein neuer Morgen ohne Granatwerfersymphonie und Geschützdonner zog herauf. Stürmische Winde aus Südost drückten auf die Fenster des Hauses, dass diese leicht vibrierten. Den Takt dazu schlug die nicht geschlossene Tür zum Kellerraum, in dem niemand mehr gewesen war, seit Anka sich am Vorabend auf die

Suche nach ihrem Bruder gemacht hatte. Ein klapperndes Metallstück an der Garage ergänzte unangenehm die Türschläge im Hof.

Für Jelica begann, auch aus diesem Grund, der Morgen noch früher als üblich. Sie wachte verschwitzt auf und wollte nicht in den schrecklichen Albtraum zurückfallen. Ein Traum, in dem sie sich *weggespült* vorkam. Tief, in ein Abwassersystem gezogen, so fürchterlich, dass sie sich in der glitschigen und stinkenden Röhre nirgends halten konnte, unablässig abwärts, immer schneller.

Als sie erwacht war, hatte sie ein Körpergefühl, als sei die Teilnahme an einer schlimmen Expedition gerade erst vorüber. Sie stand langsam auf und nach erfolglosem Versuch, das Licht im Bad einzuschalten, zündete sie die immer bereitstehenden Kerzen an. Der zurückliegende Abend konnte nicht *verarbeitet* sein.

Die nervöse Erregtheit und die Gedanken an den Zustand der Kinder nahmen ihr die Ruhe. Sie wandte sich vom Waschbecken und ging hinüber zu Ankas Zimmer. Ihre Tochter schlief so fest wie in der Nacht. Bei der Kontrolle an Jans Tür, das Gleiche. Er schlief ebenso ruhig und fest. Erleichtert eilte sie zurück ins Bad, nahm sich dabei mehr Zeit als üblich und fühlte sich danach etwas besser. In ihrem weißen Morgenmantel kam sie in die Küche und begann, das kleine Frühstück zu bereiten.

Mit einem Räuspern erschien nach wenigen Minuten Mirko an der Tür. Er sah, dass sie im Bad gewesen war, ging zu ihr, küsste sie zärtlich und verschwand zur Morgentoilette. Als er zurück in die Küche kam, hielt Jelica ihre Tasse mit heißem Kaffee bereits zwischen den Händen. Mirko küsste sie, goss sich Kaffee ein und schweigend nahmen sie das Frühstück zu sich. Nach Minuten der Stille startete Mirko mit gewohnter Routine den Versuch, den Tag zu planen.

„Liebling, wie wollen wir das heute machen? Wenn Ervin uns runterfährt, kann er vielleicht warten, bis geklärt ist, was mit Anka und Jan geschehen soll."

„Ja, in jedem Fall hinunterfahren", erwiderte Jelica, „aber er wird heimfahren können. Jan muss operiert werden. Ob die wahrscheinlich vorhandenen Trümmer seines Knies fixiert werden können, ist fraglich, und wie problematisch das mit dem Kreuzband ist, muss sich auch erst zeigen. Anka wird in jedem Fall genäht werden. Ein Riss von fast drei Zentimetern im Damm, das kann nicht problemlos ohne Naht heilen. Die Platzwunde am Kopf müssen die Kollegen erst prüfen. Mit der schweren Gehirnerschütterung braucht sie unbedingt Bettruhe."

„Glaubst du, dass wir Luka bitten können, die Kinder zu versorgen? Ihm vertraue ich am meisten."

„Ich hoffe, er ist heute da, dann wird er es machen. Wenn er orthopädische Hilfe braucht, Kerima ist eine erfahrene Orthopädin und vielleicht kann ich assistieren. Anka wird ein paar Tage bleiben müssen, wenn die Untersuchung nicht noch mehr ergibt. Sollten wir eine Chance haben, die Kinder auf den Konvoi an die Adria zu bringen, müssen wir prüfen, ob die Zeit reicht, um noch einmal mit ihnen hier herauf zu kommen."

„Das bedeutet, dass wir vernünftig planen müssen, was die Dinge anbelangt, die wir für die eventuelle Reise vorbereiten müssen. Ich werde Ervin bitten, uns, wenn es dazu kommen sollte, mit all dem Gepäck noch einmal zu fahren."

„Mirko, wir müssen Ervin für diesen Aufwand den Kraftstoff entgelten, denkst du daran?"

„Ja, natürlich. Nun lass uns nach den Kindern sehen und sie aufwecken, falls sie noch schlafen."

Die Türen der Kinderzimmer standen offen, als sie zunächst Ankas Zimmer betraten. Jelica beugte sich langsam über ihre schlafende Tochter, um sie mit einem leisen Streicheln zu wecken. Nach wenigen Sekunden reagierte Anka abrupt, riss die Augen auf, hob den Oberkörper leicht an und stieß einen Schrei aus. Jelica ließ sich auf die Bettkante fallen, nahm Anka fest in ihre Arme und hielt sie fest.

„Anka, keine Angst, ganz ruhig, wir sind bei dir, alles wird gut, nichts passiert, alles gut."

Als ihre Tochter dies realisierte, fing sie heftig an zu weinen. Alle Demütigungen, die Brutalität, der Hass und die Schmerzen, die sie vor wenigen Stunden erfahren hatte, kamen ins Bewusstsein und schienen sie zu lähmen. Jelica hielt sie fest in ihren Armen. Alles was sie nun hätte von sich geben können, an Trost und Erklärungen, wäre nur die völlig sinnlose Aneinanderreihung von Wörtern oder Phrasen gewesen.

„Papa geht und kümmert sich ums Frühstück."

Damit komplimentierte sie Mirko aus dem Raum. Sie wollte sich nicht nur um die körperlichen Wunden ihrer Tochter kümmern. Ihr war klar, dass die Überwindung der seelischen Verletzungen und das Trauma, Jahre bedürfen, bis sie in den Hintergrund treten, wenn es überhaupt möglich sein würde.

„Anka, mein Mädchen, beruhige dich. Es wird keiner mehr kommen und dir so etwas zufügen, dafür garantiere ich. Lass mich deine Verletzungen versorgen, bevor du aufstehst – bitte."

„Mama, ich weiß nicht, ob ich stehen kann, mir ist so schlecht. Ich fühle mich so elend, alles dreht sich. Ich bin so schwach und dieses schreckliche Brennen. Ich muss mich doch waschen. Was ist mit Jan, Mama, ist er sehr schwer verwundet, sein Bein ganz kaputt?"

„Jan schläft noch, sein Knie wurde direkt getroffen und wenn er aufwacht, wird er leiden. Ich werde ihm noch eine Injektion geben und dir verbinde ich die Wunden und helfe dir beim Aufstehen, wir werden das zusammen schaffen. Und gegen die Übelkeit haben wir noch etwas. So fühlst du dich beim Frühstück etwas besser. Du möchtest doch ein kleines Frühstück?"

„Ja, Mama, etwas."

Als sie den Verband am Kopf abnahm, sah sie, dass die Wunde trocken war und sich nicht entzündet hatte. Vorsichtig legte sie einen neuen Verband an und kümmerte sich danach um den Riss zwischen Scheide und Anus. Ankas Immunsystem schien zu funktionieren. Diese Wunde war ebenfalls in einem *guten Zustand.* Sie war nicht entzündet noch nässend, würde aber ohne Naht nicht heilen, davon war Jelica überzeugt. Nachdem sie eine antibiotische Salbe aufgetragen und den Verband erneuert hatte, entnahm sie dem Koffer eine kleine Plastikdose, die sie in ihrem Notfallkoffer immer mit sich führte und in der sich die Medikamente befanden.

„Schatz, bleibe noch liegen, ich hole etwas zu trinken, damit du diese Kapseln schlucken kannst", dabei ließ sie zwei gelbliche und eine weiße Kapsel auf die Bettdecke rollen. Jelica eilte in die

Küche, nahm ein Glas aus dem Schrank, füllte es halb mit Wasser aus dem Krug, ging zurück zu Anka und reichte ihr das Glas in die leicht zitternden Hände.

„Bitte, Anka, schluck das und bleib im Bett. Ich werde mich um Jan kümmern, der schläft noch. Wenn ich fertig bin und ihn versorgt habe, helfe ich dir ins Bad."

Anka schluckte die Kapseln, trank den Rest des Wassers und ließ sich mit geschlossenen Augen zurück in die Kissen sinken, nachdem sie ihrer Mutter das Glas gegeben hatte.

„Ja, Mama – ich warte."

Jelica eilte zu ihrem Sohn, um ihn zu wecken und sich um seine Wunden zu kümmern. Dass der Schuss in Jans Knie eine größere Sache werden würde, war vorauszusehen. Sie rief Mirko, überzeugt, dass seine Gegenwart wichtig war, wenn sie nach dem traumatischen Abend Jan wiedersahen. Mirko kam aus der Küche, nahm Jelika an der Hand und beide gingen die wenigen Schritte zu Jans Zimmer. Als sie eintraten, lag Jan wach und mit offenen Augen an die Zimmerdecke starrend in seinem Bett.

„Guten Morgen, Jan, wie geht es dir?"

Der Junge reagierte nicht und starrte weiter in den Raum, als habe er nicht verstanden, dass seine Eltern ihn begrüßten.

„Jan, Mama und Papa sind hier, wir müssen heute mit euch in die Klinik", begrüßte Mirko noch einmal seinen Sohn, als er etwas näher an sein Bett getreten war.

„Lebt Anka noch?", erwiderte Jan, ohne den Kopf zu bewegen. Er konnte sich offenbar nicht mehr an das Geschehen nach den Schüssen erinnern.

„Ja, mein Junge, sie wird gleich aufstehen und ins Bad gehen. Wenn sie fertig ist, helfen wir dir dorthin. Zuvor muss Mama aber deine Wunden versorgen."

„Wo haben die mich getroffen? Wann ist das wieder gut?"

„Jan", erwiderte Jelica, „das wird nicht so schnell gehen. Bevor wir in der Klinik eine Röntgenaufnahme gemacht haben, kann man das nicht sagen. Nun sag uns, wie schlimm es heute ist, mit den Schmerzen, meine ich."

„Muss ich lange in der Klinik bleiben?"

„Wir werden sehen, lass mich erst einmal schauen, wie es mit deinen Wunden aussieht. Wenn es notwendig wird, dass du in der Klinik bleibst, wird Papa immer in der Nähe sein, das weißt du. Hab keine Angst!“

„Ja“, erwiderte er, „es tut weh, aber nicht so doll wie gestern. Papa, warum haben die Anka so wehgetan?“

Der Satz war noch nicht ausgesprochen, als Tränen über seine Wangen liefen.

„Und warum haben die auf mich geschossen? Du bist doch kein Soldat, warum sind die so böse auf uns?“

„Jan“, entgegnete Mirko, „die sind böse auf alles und auf jeden und wissen wahrscheinlich selbst nicht genau warum. Irgendwann werden sie es erklären müssen. Bitte lass Mama nun die Wunden versorgen.“

Mirko verließ Jan und Jelica begann mit der Behandlung der Streifschusswunde, die einer schweren Hautabschürfung glich. Unerwartet schlürfte Anka zu Jan ins Zimmer. Sie ging langsam auf ihn zu, als er die Arme ausstreckte, umklammerte sie ihn mit zitternden Händen.

„Ich konnte nichts machen, Jan, es tut mir so leid.“

Jan, jetzt ganz der *starke Bruder.*

„Och, es geht, wir konnten beide nichts machen. Und du, tut es bei dir sehr weh?“

„Es ist auszuhalten. Wir müssen noch ins Krankenhaus, damit wir bald wieder ganz gesund werden. Lass dich jetzt von Mama behandeln und wenn du danach im Bad warst, frühstücken wir zusammen, ja?“

Jan nickte. Als Anka in Richtung Bad verschwinden wollte, rief Jelica hinterher: „Anka, bitte die Wunden nicht waschen. Ich weiß, wie du dich fühlst. Es könnte sich entzünden und viel schlimmer werden.“

Anka hielt sich am Türrahmen fest und nickte, bevor sie ins Bad ging. Jelica begutachtete den Durchschuss an Jans linker Hüfte, der zu weit außen lag, um wichtige Nerven oder Blutgefäße verletzt zu haben. Das Einschussloch war von hinten sauber und rund, Flüssigkeit war herausgesickert und die Öffnung an der Vorderseite, durch die das Projektil den Körper wieder verlassen hatte, war ausgefranst.

Sie versorgte die Wunden, bevor sie sich Jans Knie ansah. Als der Verband gelöst war und Jan das Bein leicht anhob, biss er auf die Zähne und stöhnte heftig. Sie würde noch vor dem Frühstück weitere Medikamente geben müssen.

Vom Schuss ins Knie war, so sah es zunächst aus, schräg seitlich das untere Drittel des Oberschenkels durchschlagen worden und Jelica konnte nicht ausschließen, dass das vordere Kreuzband zumindest teilweise durchtrennt war. Mit der Erfahrung der letzten Monate und den vielen Patienten mit Schusswunden, die auf den OP-Tischen gelandet waren, erlaubte sie sich diese vorsichtige Diagnose zu stellen.

Die Schusskanäle, die durch die Projektile geschlagen wurden, mussten so bald wie möglich *debridiert* werden. So nennt man diese *Reinigung,* die sehr wichtig ist, um die in der Wunde verbliebenen losen Fasern, Knochen- und Hautteilchen zu entfernen. Eine hochgradige Sepsis, eine Blutvergiftung, könnte sonst folgen. Jelica nahm eine gründliche Reinigung und die Desinfektion des Knies vor.

„Jan, ich werde dir weitere Medikamente geben. Bitte versuche nicht alleine aufzustehen, bleib im Bett, bis die Medikamente wirken, dann helfen wir dir. Du darfst das verletzte Bein in keinem Fall belasten."

Mirko war aus der Küche herübergekommen, um Jans Zustand zu sehen, und Jelica ging zurück, ein Glas Wasser holen. Sie wollte Jan die Kapseln schlucken lassen.

„Papa", Jan begann erneut an zu weinen, „ich konnte Anka nicht helfen. Sie waren so böse. Sie hat sich gewehrt, er hat sie so schlimm geschlagen und sich auf sie gestürzt. Es war so schrecklich, dass in meinem Kopf alles durcheinander ging, ich musste da unten weg."

Mirko nahm ihn in den Arm. Schluchzend klammerte sich Jan an seinen Vater.

„Jan, nicht einmal wir hätten Anka helfen können. Du musst nicht traurig sein und Anka weiß das auch. Die Soldaten waren bewaffnet und jeder, der sich eingemischt hätte, wäre erschossen worden. Wir versuchen euch in Sicherheit zu bringen. So etwas wie gestern wird nie wieder geschehen, ich verspreche es."

Jelica kam aus der Küche mit dem Glas zurück.

„So", rief sie, mit dem Versuch Optimismus zu verbreiten, „wie geht es meinen Männern?"

„Jan ist traurig, dass er Anka nicht helfen konnte. Ich habe ihm erklärt, dass das keiner hätte tun können. Die Soldaten waren bewaffnet", erläuterte Mirko, und Jelica ergänzte: „Jan, Papa hat recht. Diese Männer zu stoppen ist nur Soldaten möglich, die gleiche Waffen haben. Anka geht es wieder einigermaßen, du hast sie doch gesehen."

„Geht Anka mit ins Krankenhaus und bleiben wir dann auch zusammen?"

„Natürlich geht sie mit, sie muss, wie du, richtig versorgt und untersucht werden. Aber zusammenbleiben, ich vermute, das wird ein Problem. Oder möchtest du mit auf ein Mädchenzimmer?"

Diese Frage zwang Jan ein kleines Lächeln ins Gesicht, er schüttelte heftig mit dem Kopf und sagte: „Nein, Mama, nein, nur das nicht."

„Na siehst du. Du kommst zu den Männern und Anka wird bei den Frauen untergebracht. Ihr seid im selben Haus und Papa ist da, das weißt du. Möchtet du noch etwas warten, wegen der Medikamente, oder willst du nun aus den Federn? Wir werden dir im Bad helfen."

Jelica und Mirko halfen Jan aus dem Bett und stützten ihn. Als er fast aufrecht stand, kam ein schreckliches Jaulen über seine Lippen, er kniff die Augen zu.

„Jan, bitte tritt nur mit dem gesunden Bein auf. Wir helfen dir. Mach ganz langsam. Ja, so ist es gut."

Unter den Schultern gefasst und langsam humpelnd halfen ihm die Eltern ins Bad. Jelica bereitete Zahnputzzeug und die Waschsachen vor und überließ ihn Mirko. Die zerschnittene Kleidung des Vorabends musste beseitigt werden, und an einer der Jeans von Jan wollte sie an der betreffenden Seite die Hosenbeinnaht auftrennen.

Beim Frühstück wurde sein Bein hochgelegt. Anka fütterte ihn mit kleinen Schnittchen, als plötzlich das Telefon klingelte. So ungewohnt war dieses Signal, dass alle erschraken. Mirko realisierte als Erster, dass es das Telefon auf der kleinen Kommode im Korridor war. Seit Wochen war die Leitung stumm gewesen. Mirko sprang auf, eilte aus der Tür und griff nach dem Hörer. Es überraschte ihn ein weiteres Mal, als sich eine Kollegin aus der Klinik meldete.

„Mirko, guten Morgen, Dara hier."

„Dara, guten Morgen, wir sind erschrocken, als es eben läutete. Seit langer Zeit funktioniert das Telefon wieder einmal. Ich freue mich, dass du anrufst."

„Mirko, ist Jelica in der Nähe?"

„Ja, Dara, wir sind beim Frühstück."

„Kann ich sie kurz sprechen?"

„Aber natürlich, einen Moment bitte, ich hole sie."

Mirko ging zurück in die Küche.

„Jeli, Dara ist dran, sie möchte dich sprechen."

„Mama", wollte Jan wissen, „wer ist Dara?"

„Gleich, Jan, gleich, lass mich erst zum Telefon gehen."

Mirko gab die Erklärung.

„Dara – Doktor Dara Boksic, ist eine liebe Kollegin und Freundin aus der Klinik. Sie macht zurzeit überwiegend Dienst in der Notaufnahme."

„Mirko", erklärte Jelica, als sie nach einem längeren Gespräch aufgelegt hatte und zurück in der Küche war, „Dara hat mir mitgeteilt, dass der Plan geändert wurde und ich heute bei ihr sein muss. Das ist gut, mit einer Freundin zu arbeiten. Stanko wird nicht kommen, vielleicht nie mehr kommen. Er hat, wie viele andere, das *Handtuch geworfen*. So ist das in diesen Zeiten. Ich habe geschildert, was mit den Kindern geschehen ist und dass wir deshalb später antreten. Sie wird die Papiere vorbereiten und mit Luka sprechen."

„Mama", wollte Jan wissen, „was heißt Handtuch schmeißen?"

„Papa kann dir das besser erklären, es kommt, glaube ich, vom Boxkampf."

Mirko fügte die Erklärung an und sagte: „Jan, wenn beim Boxen einer der Beteiligten keine Chance mehr hat, wenn es also offensichtlich ist, dass er verlieren wird, weil der Gegner überlegen ist, wirft sein Trainer, der außen am Ring den Kampf verfolgt, ein Handtuch in den Ring. Der Kampf ist damit aus, und der Unterlegene wird nicht weiter verprügelt. Im übertragenen Sinn nimmt man den Ausspruch für Menschen, die etwas aufgeben, weil sie keine Chance mehr sehen, dass es besser werden könnte."

„Bitte, Mirko", meldete sich Jelica, „noch funktioniert das Telefon, darum rufe alle an, die du erreichen kannst. Vor allem Izola wegen des Konvois. Die wollen wissen, was hier los ist und wie es uns geht, und vielleicht kannst du erfahren, welche Geschäfte bei uns in der Stadt geöffnet haben. Wer unten wohnt, weiß doch etwas mehr als wir."

„Ist gut, solange es funktioniert, versuche ich es. Und du bist so lieb und sprichst danach mit deiner Schwester in Neum[25]."

Mirko ging, um im Flur die Telefongespräche zu führen. Anka erhob sich unsicher, aber abrupt vom Tisch und sah in die Runde, bevor sie Jelica ansprach: „Mama, ich muss noch hinunter."

„Was, wo hinunter?"

„Ich hatte gestern, bevor das losging, die Violine mit in den Keller genommen. Ich habe sie hinter dem Holz versteckt und ich muss sie holen."

„Soll ich das nicht lieber machen?"

Jan kaute weiter auf seinen Haferflocken, die ihm Jelica nach den Schnittchen noch gegeben hatte, und sah seine Schwester fragend an.

„Nein", erwiderte Anka, „ich mach das schon."

Sie stand auf, nahm ihren Pullover vom Stuhl und zog ihn über, trat aus der Küche und ging mit verhaltenen Schritten über den Balkon und die Treppe hinunter. Die letzten Stufen nahm sie noch langsamer. Sie blickte auf die nicht geschlossene Kellertüre und ihr Körper begann heftig zu zittern. So stand sie einen Augenblick an der untersten Stufe still, schritt dann auf die Kellertüre zu und alles fing an sich zu drehen. Sie tapste die wenigen Meter zurück zur Treppe, um sich am Geländer festzuhalten. Kraftlos sank sie auf eine der unteren Stufen. Unablässig zitternd mit einem Weinkrampf, auf die Tür zu dem Raum blickend, der mit so viel Leid, Erniedrigung und Würdelosigkeit verbunden war. Jelica, voller Vorahnung, kam aus der Küche auf den Balkon und zur Treppe.

„Anka, mein Gott, was ist?"

Zwei Stufen auf einmal nehmend rannte sie die Treppe hinunter zu ihrer Tochter, nahm sie in die Arme, strich ihr zärtlich über den Kopf und versuchte sie zu beruhigen.

„Komm nach oben, ich hole deine Violine."

Sie führte Anka hinauf und setzte sie in der Küche auf einen Stuhl. Anka hatte den unteren Teil ihres Pullovers mit ihren Händen vor das Gesicht gezogen und weinte hemmungslos. Jelica stand davor und zog Ankas Kopf zu sich heran. Als es ihr nach Minuten gelang sie etwas zu trösten, drehte Anka ihren Stuhl zur Wand und schwieg. Jelica strich ihr weiter liebevoll über den Kopf. Jan schaute voll Mitleid zu seiner Schwester, griff nach ihrer Hand, um sie zwischen seine Hände zu legen und zu liebkosen.

„Ich gehe nun hinunter", sagte Jelica, „hol dein Instrument und bin gleich wieder zurück, soll ich das tun?"

Anka nickte und schwieg weiter. Ihre Mutter verließ die Küche und war kurz danach im Keller. Sie blieb vor dem Holzstoß stehen, als sie den großen Blutfleck, der durch die Kopfwunde verursacht wurde, sah und die Fetzen der zerrissenen Kleidung, musste sie schlucken.

Um den Holzhaufen laufend, entfernte sie die alten Säcke, die über dem Violinkasten lagen, nahm ihn an sich und drückte ihn wie ein Baby an ihre Brust. Sie wusste, dass Ankas Musik auf lange Zeit eine der wenigen Möglichkeiten sein würde, das, was geschehen war, in den Hintergrund zu drängen. Sie näherte sich langsam dem Ausgang und entdeckte den einzelnen Stofffetzen, den Anka am Abend von der Uniform gerissen hatte. Sie bückte sich und nahm an, dass er ein Stück der Uniformjacke eines der Peinigers sei.

Bei näherer Betrachtung merkte sie, dass es ein Patch, ein Aufnäher der Uniform sein musste. Er war rund und zeigte auf schwarzem Grund einen äußeren und einen inneren gelben Ring. Zwischen den gelben Ringen waren im oberen Teil in kyrillischer Schrift und in weißer Kontur die Wörter *Beli Orlovi* (Weiße Adler[26]) gestickt. Im zweiten kleineren Kreis stand ein bekrönter, ebenso in weißer Kontur gestickter Doppelkopfadler, der ein Schild mit einem roten Kreuz in der Mitte auf dem Körper trug. Der untere Teil war nicht genau zu entziffern, da ein Drittel des Patch mit Blut verschmiert war. Jelica schloss das noch offen stehende Seitenfenster, verließ den Raum und zog die Tür fest hinter sich zu.

Sie sah die an der Hausecke verstreut liegenden Geschosshülsen und nahm eine auf. Mit der Violine unterm Arm, den Stofffetzen und die Geschosshülse in der anderen Hand haltend versuchte sie die Ursache des in der Nacht so unangenehm laut schlagenden Geräuschs an der Kellertür zu finden, was ihr nicht gelang. Sie verließ den Hof und schritt langsam aufwärts zurück zur Küche, in der Anka immer noch, das Gesicht verdeckt haltend, auf dem Stuhl saß.

„Anka, ich hab die Violine geholt und dieses verschmierte Stoffstück gefunden. Können wir vielleicht damit eine Erklärung über die Täter finden?"

Anka ließ ihre Hände sinken, der hochgezogene Pullover rollte nach unten, sie drehte langsam den Kopf zu ihrer Mutter. Mit tränennassen Augen sah sie ihre Mutter an. Mirko hatte die Telefonate beendet und kam zurück in die Küche.

„Anka, was ist mit dir? Tut es weh?"

„Natürlich", erwiderte Jelica, „sie hat Schmerzen und zurzeit vor allem seelische. Sie wollte ihre Violine von unten holen, das war verständlicherweise zu viel für sie."

Mirko nahm Ankas Kopf zwischen seine Hände und sah sie voller Zuneigung und Zärtlichkeit an.

„Du musst in nächster Zeit nicht in den Keller gehen, du solltest diesen verdammten Raum überhaupt meiden."

Als Jelica ihm das Patch und die Patronenhülse reichte, studierte Mirko zunächst den Aufnäher für wenige Sekunden, um schließlich fluchend festzustellen: „*Beli Orlovi*, das waren gestern Mitglieder der Sondereinheit *Weiße Adler*.

Die machen einen Teil der Drecksarbeit für die VRS- und JVA-Leute. Vergleichbar mit *Arkans Tiger*[27], oder wie die *Crvene Beretke* (Rote Barette)[28] und andere. Anka, wie sahen die Typen aus? Wie kriminelle Straßenköter, oder? Was konntest du erkennen? Für den Täter-Opfer-Bericht ist es sinnvoll, dass du dich auch an Details erinnerst, um diese Verbrecher später zur Verantwortung ziehen zu können."

„Später, Mirko, später – wann soll das sein, später?" Jelica wollte es nicht zu einer Art *Verhör* kommen lassen und Mirko stoppen.

„Ja, später, ich habe den Glauben an Recht und Gerechtigkeit noch nicht ganz aufgegeben, so mutlos uns das macht. Irgendwann wird es Konsequenzen geben müssen."

Mirko schob die Patronenhülse von einer Hand in die andere.

„Entweder eine Kalaschnikow oder eine Zastava M70, beide haben das Kaliber 7,62. Mit der Zastava hatten die versucht, uns beim Militär das Schießen beizubringen."

Anka war ruhiger geworden und wandte sich, langsam und leise sprechend, zu ihren Eltern: „Den Größten der Soldaten", begann sie leise und mit schleppender Stimme, „der mit mir den Anfang machte, den habe ich erkannt und die anderen nur gesehen, als sie mir noch nichts getan haben. Ich war nicht mehr bei Bewusstsein, nach dem Ersten."

„Wie ist das möglich, du kennst doch keine Soldaten?", kam es mit Erstaunen von ihrer Mutter.

„Es war *Franco Baric*, er war kurze Zeit als Sportlehrer an der Schule in Belgrad, durfte die Schule jedoch nicht mehr betreten", gab sie ganz langsam sprechend von sich. Sie drehte sich zu Mirko, der wieder das Patch in der Hand hielt, und bat ihren Vater: „Papa, darf ich das bitte haben?"

„Ich weiß zwar nicht, wofür du das brauchst, aber bewahre es so auf, dass du es nicht ständig im Blick hast und es dich nicht andauernd an diesen verfluchten Abend erinnert, ja?"

Sie nickte, nahm den gestickten Adler und ließ ihn in der Tasche ihrer Hose mit dem Gedanken verschwinden, es als eine Art *Reliquie ihrer Pein* aufzubewahren. Danach schnüffelte sie an sich, als habe sie unangenehmen Geruch wahrgenommen.

„Mama, wann darf ich mich richtig waschen? Du weißt schon."

„Liebes, bevor wir deine Verwundungen dem Arzt gezeigt haben und der entschieden hat, geht das leider nicht."

Das Frühstück war beendet. Mirkos Versuche, Kontakt mit Slowenien herzustellen, waren gescheitert. Jelica war zum Telefon gegangen und bei dem Versuch, ihre Schwester in Neum an der Küste zu erreichen, war sie erfolgreicher.

Mirko kam in Jans Zimmer und sah ihn in seinem Bett sitzen. Das verwundete Bein lag auf der Bettdecke, mit dem gesunden Bein stützte er sich leicht am Boden ab. Der Vater half ihm beim weiteren Ankleiden und ein paar Sachen für die Klinik zu packen, als es draußen an die Eingangstür pochte. Mirko eilte zur Haustüre. Ervin stand davor. Als er Mirko sah, wollte er sofort wissen, in welchem Zustand die Kinder waren.

„Ervin, guten Morgen. Es wird schon wieder werden. Jedenfalls die äußerlichen Wunden. Kompliziert wird die Behandlung von Jans Knie. Wir müssen die Röntgenaufnahmen abwarten."

Er führte Ervin in die Küche, bat ihn Platz zu nehmen und bot ihm einen Kaffee an. Anka blickte auf und begrüßte Ervin leise.

„Danke, ich habe gefrühstückt, als es noch dunkel war."

Sehr zurückhaltend schaute er zu Anka und fasste den Mut sie zu fragen: „Na, Kleines, wie geht es dir heute?"

„Danke, Ervin, es geht und es wird bestimmt noch besser."

Jelica rief Ervin aus dem Schlafzimmer ein Willkommen zu. Mirko packte weiter Jans Sachen.

„Mama", wandte sich Anka zu ihrer Mutter, als diese zurück in die Küche kam, „ich möchte die Violine nicht hier lassen, kann ich sie mitnehmen?"

„Mitnehmen kannst du sie. In der Klinik, im Krankenzimmer kannst du nicht spielen und die Violine auch nicht dort lassen, es wird zu viel gestohlen. Papa kann sie in seinem Büro einschließen."

„Prima", erwiderte sie, „das ist gut. Ich geh nun meine Tasche packen."

„Ervin", bat Jelica den Nachbarn, „bitte nimm einen Augenblick Platz, wir müssen noch ein wenig Ordnung machen, so können wir nicht gehen."

„Jelica, sorge dich nicht“, erwiderte Ervin, nahm sich einen Stuhl, zog ihn etwas vom Tisch weg und setzte sich,

Als die schlimmsten Spuren des Vandalismus beseitigt schienen und gepackt, die Familie angekleidet und das Haus verschlossen war, nahmen zuerst Jelica und Anka auf der Rückbank in Ervins altem Auto, das er bis vor das Haus gefahren hatte, Platz. Mirko und Ervin führten den Jungen unter den Achseln zum Wagen. Jan hüpfte langsam und behutsam auf dem gesunden Bein, dann setzten sie ihn quer zur Fahrtrichtung und er konnte sein verletztes Bein über den Schoß von Anka und Jelica legen.

„Soll ich heute mit euch in der Klinik bleiben, bis alles fertig ist?“, wollte Ervin wissen.

„Nein, Ervin, das ist nicht notwendig, die Kinder werden stationär aufgenommen und wir kommen wie üblich zurück, sobald wir Schluss machen können“, antwortete Mirko.

„Gut, so nehmen wir die Räder mit.“

Mit schnellen Schritten eilte er über die Schräge hinunter zur Garage, um die Räder zu holen. Mirko sah dies, stieg aus dem Wagen und lief hinter ihm her. Mit den Rädern kamen sie zurück, packten diese auf die Ladefläche und nahmen Platz im Wagen. Die Nebeldecke war noch dicht und große Zwischenfälle nicht zu befürchten.

Als sie die Klinik erreichten, stand schon eine fahrbare Liege für Jan bereit. Ohne zu murren, ließ er sich darauflegen und gemeinsam schoben sie ihn zur Aufnahme. Dara kam ihnen entgegen.

„Guten Morgen zusammen, schön, mal wieder die ganze Familie zu sehen, obwohl die Umstände nicht so begeisternd sind.“

„Dara, darf ich dir Ervin vorstellen. Ervin ist ein lieber Freund und Nachbar, er hat uns hergefahren.“

„Ich wollte gerade fragen, wie ihr kommen konntet, guten Morgen, Ervin. Wunderbar, dass es doch noch solche Nachbarn gibt.“

Dara tat, was für die Aufnahme der Kinder zu tun war. Machte die ersten Voruntersuchungen und nahm Blut. Bei Jan zog sie einen Orthopäden hinzu und ließ ihn anschließend von der Röntgenabteilung abholen. Anka wurde in Lukas Obhut gebracht. Das Wichtigste für die Kinder war getan.

In die Stadt schlug wieder schwerstes Artilleriefeuer ein. Einstürzende Häuser, weit fliegende Trümmer. Zerfetzte, Sterbende und Tote überall. Zersplitterndes Glas, geborstene Leitungen, ein gigantisches Staubinferno und Chaos. Die Frage war, wer trotz herrschendem Embargo den Nachschub an Munition und Waffen lieferte. Keiner vermochte darauf eine schlüssige Antwort zu geben. Die Sorgen der Menschen waren von ganz anderer Art.

Es war ein Tag wie viele Tage seit Wochen, mit Notfällen, ungezählt und unbeschreiblich. Herbeigekarrt von den wenigen Sanitätswagen, herbeigeschafft mit kleinen Lastwagen, mit geschäftlichen und privaten Pritschenwagen und oft mit großen zerschossenen Limousinen.

Immer wieder ein Rückstau in den Fluren der Klinik, in Rollstühlen, auf Pritschen, in Betten. Die Anlage glich wieder eher einem Kriegslazarett als einer Stadtklinik. Blutende, jammernde und bewusstlose Männer, Frauen und immer wieder Kinder. Zutiefst traumatisiert, denen man den Anblick verstümmelter Leiber gerne erspart hätte. Wie meistens, so auch an diesem Morgen, vor jeder Tür wartende Patienten, ungeduldig, voller Angst und in der Befürchtung, dass ihnen die Hilfe nicht, vielleicht nicht schnell genug, zuteilwerden könnte.

Dara war nach der Begrüßung und den Vorbereitungen für die Kinder und der Übergabe in einen der hinteren Aufnahmeräume zurückgeeilt. Sie musste an diesem Tag zusätzlich mit *normalen* Notfallpatienten fertig werden und nicht nur Schuss- und Granatwunden versorgen. Wie sie zuvor telefonisch vereinbart hatten, sollte Jelica assistieren, sobald die Kinder entsprechend versorgt wären.

Dara war von ihren fünfunddreißig Lebensjahren sechs an dieser Klinik, zwei Jahre in Wien am AKH im Bereich Innere Medizin und zwei Jahre in Bern ausschließlich in einer Palliativklinik gewesen. Dort sei sie, betonte sie einmal, *ziemlich gereift,* weil es nur um Sterben und Begleitung bis in den Tod gegangen sei. Und nun, täglich diese Schicksale, deren Gewaltigkeit und Wirkung sie nicht mehr an sich heranlassen wollte. Anamnese und Hilfe in jeder Form ja, Details persönlicher Schicksale nein.

Sie wollte, um alles in der Welt, überleben, emotional überleben. Wenn irgend möglich wenig belastete, fröhliche Zeiten genießen, nicht überfrachtet, erdrückt vom schweren Schicksal der Patienten und den Erinnerungen daran. Wieder hatte sie mit den vielen Kollegen einen Teil des Notdienstes und der Aufnahme übernommen. Sie hatte den weißen Kittel mit dem Namensschild *Dr. Dara Boksic, Ärztin,* übergezogen. Jelica war noch unterwegs bei den Kindern.

Der erste Patient, ein blutender Notfall. Dara konnte ihn, er war in einem komatösen Zustand, nur noch zur Amputation des lediglich über wenige Sehnen mit dem Körper verbundenen linken Beines weiterleiten. Der zweite Patient kam mit einem Schulterblattdurchschuss, der ihm zwar Sorgen bereitete, den er aber offenbar nicht allzu wichtig nahm, da keine lebenswichtigen Organe in Mitleidenschaft gezogen worden waren. So versuchte er vor Dara seine Geschichte auszubreiten, statt den Mund zu halten und alles Notwendige über sich ergehen zu lassen.

„Ich bin Kroate, wie du. Die Boksic – ich hab's auf deinem Schild gelesen – sind doch Kroaten?"

„Was spielt das für eine Rolle, sei ruhig und halte den Mund", ermahnte sie ihn.

„Kannst du dir vorstellen, mein Nachbar war es, er hat mich mit dem Gewehr aus dem Haus geholt und auf die Straße getrieben wie ein Stück Vieh, seit vielen Generationen sind unsere Familien befreundet gewesen, verstehst du?"

„Ich verstehe und würde gerne die Wunde versorgen, oder legst du keinen Wert darauf? Du kannst mir allenfalls noch sagen, wie dein Name ist, wie alt du bist, ob du weitere Krankheiten hast. Außerdem, ob die Papiere am Empfang von dir ausgefüllt wurden und dass deine Verletzung von einem Schuss herrührt."

„Ja, aber, ich will's dir trotzdem sagen."

„Was? Welche Krankheiten du hast?"

„Nein, hab ich nicht und neunundfünfzig Jahre bin ich alt und eine kleine Landwirtschaft war meine. Bela Krajic mein Name. Und mein Nachbar, *es tut mir leid,* hat er gesagt, *ich muss das tun, sonst bin ich das nächste Opfer*. Als weiter unten im Dorf eine

Gruppe Bewaffneter ohne Uniformen weitere Männer vor sich hertrieben, befahl er mir schneller zu laufen, verstehst du?"

„Ja, aber es interessiert mich nicht."

„Also, hinter unserem Ort, da bei den Obstwiesen, hatten sie eine ziemlich große Grube ausgehoben, in der ich später sah, dass schon tote Männer darin lagen, Männer, die ich kannte, nur Zivilisten. *Also*, hat mein Nachbar gesagt, *du rennst auf die Grube zu und ich werde schießen, natürlich über dich hinweg*, hat er gesagt und das sollte ich ihm glauben."

„Wenn du nicht bald den Mund hältst", fuhr ihn Dara an, „werde ich dir eine Spritze geben und dich damit zum Schweigen bringen."

„Nein, bitte – keine Spritze, ich bin gleich fertig."

„Nun halte bitte den Mund."

„Also, hat er gesagt, *du lässt dich in die Grube fallen, so als hätte ich dich getroffen. Keine Sorge,* sagte er noch, *wir können die Grube jetzt nicht zuschütten, wir müssen auf den Bagger warten, und wenn alle weitergezogen sind, haust du ab. Das wird nicht schwierig, ein Versteck wirst du finden.*

Weißt du was, er schoss wirklich und er hat wohl so gezittert, dass er nicht über mich, sondern in meine Schulter schoss, bevor ich in die Grube sprang, in der ich mich tot stellte und froh war, dass der Bagger nicht kam, um mich zu beerdigen. Ich konnte entkommen, mit der Hilfe von Freunden. Die untersuchten später die Grube auf Überlebende und brachten mich hierher zu euch."

Dara schluckte, sie sah die Leichen, die zu den vielen, die sich nur schwer aus ihrem Kopf lösten, dazukamen. Wie viele, dachte sie, von denen, die es überlebt haben, sind irre geworden? Sie sah das zerstörte Leben all derjenigen, die um Familie, Freunde, Besitz und ihr Zuhause beraubt worden waren. Sie versuchte, die *Wand,* die sie geglaubt hatte aufbauen zu können, einigermaßen zu halten.

„Was glaubst du", erwiderte sie, „wie viele solcher Geschichten wir uns täglich anhören müssen?"

„Ich wollt's dir doch nur sagen, wie's passiert ist", erwiderte er.

„Ich weiß es nun und jetzt ist es gut, ich werde dir den Schusskanal reinigen und das wird dir nicht gefallen. Es wird wehtun.

Und von den wenigen Narkosemitteln, die wir noch haben, weiß ich nicht, ob ich sie einsetzen soll."

„Ich könnte ja vielleicht Slibowitz trinken, das soll ja helfen."

„Wir sind hier nicht im Wilden Westen, obwohl Tausende sich so benehmen. Narkosemittel dieser Art sind nicht in unserem Depot, beiß die Zähne aufeinander und sei froh, dass wir dir helfen, ja?"

„Ja, aber ich habe trotzdem große Angst."

„Nicht schlecht, vielleicht wirst du ja ohnmächtig, so wie du zitterst, merkst du dann sowieso nichts davon."

„Gut, fang an."

„Bitte beuge dich etwas nach vorne."

Als sie begann, eine Spritze mit dem Lokalanästhetikum aufzuziehen, mit dem sie das Schmerzempfinden im Bereich der Verwundung betäuben wollte, sah der Patient sie mit aufgerissenen Augen an, stöhnte dumpf und wurde bewusstlos. Mit großer Mühe konnte sie verhindern, dass er von der Liege kippte, auf der er saß. Am linken Arm und der unverletzten Schulter zog sie ihn zurück. Er lag noch nicht richtig, als Jelica die große Schiebetür öffnete und den Raum betrat. Sie erkannte die Situation, sprang auf Dara zu und half den Patienten zu lagern. Die Wunde wurde desinfiziert, an den Rändern entfernte sie mit einem Skalpell die losen Hautteile, bevor sie die Injektionen setzte.

„Dara, entschuldige meine Verspätung, die Kinder sind jetzt versorgt, Jan ist im OP und Anka noch halb narkotisiert, nachdem Luka den Riss genäht hat, ich werde später nach ihnen schauen. Ich habe mich sehr gefreut, dass du angerufen hast und dass wir uns verabreden konnten. Wir haben über eine Woche nichts voneinander gehört."

„Es läuft nicht wie geplant", erwiderte Dara. Sie sah dabei sehr traurig und nachdenklich aus, atmete tief ein, als wollte sie etwas Bedrückendes loswerden.

„Dara, wir sind doch Freundinnen, vertrau mir, was ist los?"

„Bob hat Probleme mit den Papieren."

Der angeschossene Patient stöhnte nur einmal laut, blieb aber bewusstlos. Dara kontrollierte seinen Puls und die Atmung, ohne

Unregelmäßigkeiten feststellen zu können. Als sie das Narkosemittel mit kleinen Injektionen um die Wunde verteilt hatte, begann sie den Schusskanal zu reinigen. Um an die Austrittsöffnung, an der das Projektil den Körper wieder verlassen hatte, zu gelangen, versuchten sie den Patienten umzudrehen. Dabei erwachte er, stöhnte, öffnete die Augen und sah Dara erstaunt an.

„Sie sind es."

„Ja", erwiderte sie, „ich bin es immer noch. Kannst du dich einmal umdrehen?"

Laut stöhnend drehte er sich mühsam um und Dara schob ihm eine Lage Mull unter die offene Wunde.

„Bitte schließ jetzt die Augen."

Wenn er die Spritze sehen würde, die sie wieder zur Hand nahm, könnte er erneut wegtreten und seine Bewusstlosigkeit würde die Versorgung kaum erleichtern. Er hielt die Augen nicht wirklich geschlossen, blinzelte, sah die Spritze und *verließ* den Raum erneut in einen unruhigen Traum.

„Mein Gott – Männer", war Daras Kommentar.

„Ich dachte, das mit den Papieren sei in trockenen Tüchern, so euphorisch, wie du zuletzt geklungen hast", setzte Jelica das begonnene Gespräch in Englisch fort, um dem Patienten, falls er unbemerkt wieder zu sich kommen sollte, keine Informationen zu geben, die ihn nichts angingen. Um keinerlei Verdacht aufkommen zu lassen, antwortete Dara leise ebenfalls in Englisch.

„Einen Presseausweis bekomme ich nächste Woche, doch ohne ausländischen Pass geht es nicht. Es ist extrem schwierig, einen gefälschten Pass der Schweiz zu bekommen, nun versucht es Bob mit einem österreichischen oder einem deutschen."

Dara säuberte den Kanal, desinfizierte die Wunde und beide hoben den Bewusstlosen an, um die Öffnung auf der anderen Seite mit einem losen Mullverband zu versehen. Sie ließen ihn wieder sinken und er kam erneut zu sich.

„Was ist los, was macht ihr?"

„Wir sind gerade dabei, dich zu verbinden. Vielleicht kannst du noch wenige Minuten ruhig liegen, dann sind wir fertig."

Dara fixierte alles mit Heftpflaster.

„So, Bela, das war's, du must den Verband auf der Wunde lassen und in einer Woche kommst du wieder vorbei."

Sie reichte ihm noch einen Blisterstreifen mit Tabletten.

„Die musst du dreimal jeden Tag nehmen, morgens, mittags und abends, damit wird es erträglich bleiben und sich nicht entzünden, hast du das verstanden?"

Benommen hob er seine Beine von der Liege, nickte mit dem Kopf, sah sich im Raum um, blickte zum Fenster und meinte: „Nun muss ich wohl sehen, wie ich zu meinen Verwandten nach Vratnik komme."

„Du meine Güte, das ist ja ganz im Osten der Stadt, glaubst du, dass du das schaffen wirst? Stehen dort nicht Tschetniks?"

„Ich versuche es, sonst komme ich zurück."

„Bela, das wird nicht gehen, wir sind hier kein Hotel."

„Gut", antwortete er und stieg von der Liege. Mit kleinen Schritten bewegte er sich zum Ausgang, drehte sich um und hob müde die Hand.

„Danke euch – Kroaten sind gut, oder?"

„Nicht alle, Bela", antwortete Dara, „nicht alle."

Er sah sie mit hochgezogenen Augenbrauen fragend an.

„Hältst du deinen Nachbarn für einen guten Kroaten?", setzte Dara noch einmal nach.

Bela zog die Schultern hoch.

„Der war ja keiner."

Dann verließ er den Raum.

Dara trug einen Teil der Patientenschilderung in einen *Täter-Opfer-Erfassungsbogen* ein. Diese Dokumente sollten später, so die Theorie, den Behörden übergeben werden, um die Schuldigen zur Verantwortung ziehen zu können. Sie schaute Jelica an, um sie zu erinnern, dass die Ereignisse des Vorabends, alles was Anka und Jan über sich ergehen lassen mussten, noch zu erfassen waren. Jelica versuchte das unterbrochene Gespräch fortzusetzen.

„Dara, wenn Roberts Presse-Vertrag hier ausläuft und er in der Schweiz einen Job bekommt, warum nicht gleich die Hochzeit? Macht euch auf den Weg zur Schweizer Botschaft. Dort stellt ihr den Hochzeitsantrag und nach kurzer Zeit ist alles, was notwendig ist, vorhanden. Ich meine, mit Schweizer Urkunden würde es keine Probleme mehr geben. Kein Bosniake würde euch bremsen. Mit den Papieren, die du jetzt hast, würden sie dich als bosnische Medizinerin an keiner der neuen Grenzen durchlassen."

„Es ist schon jedes Mal ein großes Problem und kreuzgefährlich, Bob im Holiday Inn zu sehen", erwiderte sie.

„Aber, so ist es doch ebenso wenig eine Zukunft, ich kenne die Schwierigkeit, zum Holiday Inn zu gelangen. Wenn diese verdammten Heckenschützen einen von euch erwischen, ist alles zu spät. Selbst die Jacke mit den großen Presse-Buchstaben, die Bob öfter trägt, wird ihn nicht schützen."

„Jelica", Dara sah ihre Freundin mit festem Blick an, „es gibt da noch eine andere Möglichkeit. Bob hat inzwischen gute Kontakte zur UNPROFOR. Es ist eine Fahrt an Mostar vorbei, entlang der Neretva, bis zur Küste und nach Split geplant. Wenn es mit den Ausweisen zeitnah möglich wird, können wir uns vielleicht an diesen Konvoi hängen. Obwohl das nicht völlig legal ist."

„Das klingt zu gut, so es denn klappt", erwiderte Jelica.

Kurz nachdem der Patient Bela gegangen war – die Freundinnen hatten diese wenigen Sätze gewechselt – war hektisches Klopfen an der Tür zu vernehmen. Jelica öffnete und ein zwei Meter großer, stämmiger Mann, mit einem steifen Bein, Stoppelbart und Kurzhaarschnitt, kam hereingestürmt. Er trug ein etwa vierjähriges Mädchen auf den Armen und schrie in den Raum.

„Sie wird sterben, sie wird sterben, sie bekommt keine Luft, sie erstickt. Hilfe, helfen Sie!"

„Dorthin", rief Dara und deutete auf die an der linken Seite stehende Liege. Die Kleidung über dem Brustkorb war zerfetzt, ein bleistiftdickes Metallstück war bis zur Lunge eingedrungen. Dara rief Jelica zu: „Schnell Beatmung und Saugdrainage und ruf im OP an."

Dara schnitt die Kleidung des Mädchens vom Körper, prüfte Blutdruck und Bewusstsein. Sie stellte fest, dass die Lunge noch nicht zusammengefallen war und das Kind reale Chancen besaß zu überleben. Alles ging schnell und professionell. Nach wenigen Minuten der Vorbereitung kamen Assistenten, um das Kind im

Laufschritt zur Notoperation zu bringen. Beim Zweimetermann sah man Tränen in den Augen, als er stammelte: „Und nun, und nun, was wird aus ihr?"

Dara ging zu ihm.

„Es wird wieder gut, ist das Ihre Tochter?"

„Nein, meine Enkelin, sie haben im geschlossenen Hof gespielt, dann hörte ich diese fürchterliche Explosion. Als ich aus dem Fenster sah, lag sie auf den Betontrümmern, ich bin zu ihr gerannt, die anderen Kinder waren verschwunden. In aller Eile habe ich das Metallstück mit einem Werkzeug aus der Garage am Beton abgeschnitten. Ich hatte gelesen, dass man das in einem solchen Fall nicht herausziehen soll."

„Das war sehr klug von Ihnen, damit konnten Sie möglicherweise der Kleinen das Leben retten. Sorgen Sie sich nicht, die Kollegen tun alles, um ihr zu helfen. Wir müssen jetzt noch Papierkram erledigen."

Als sie den Riesen in den Warteraum geschickt hatte, lehnten sich die Freundinnen erschöpft an die an der Wand stehende Liege und begannen danach, Boden, Liegen und Becken zu säubern.

„Dara, wir wollen unsere Kinder, nach allem, was in unserem Haus passiert ist, auch in Sicherheit bringen. Es wird zu gefährlich."

„Das wundert mich schon lange, dass ihr dort noch sein könnt. Wie sich die Tschetniks oder deren Vasallen verhalten, habt ihr erlebt. Es wird gewiss nicht besser, eher schlimmer."

„Ja – wir machen uns Vorwürfe. Du wirst von den geplanten Kindertransporten gehört haben. Nach Slowenien und zu einem Lazarettschiff an der Küste. Oder einem weiteren Transport, der nach Deutschland geplant ist? Vielleicht", ergänzte Jelica, „ist es möglich, die Kinder auf den Konvoi zu bringen, der nach Slowenien geht. Wir wollen nicht, dass die beiden irgendwo in einem Heim landen und die Verwandtschaft in Izola haben wir nicht erreicht."

„Jelica, ich habe eine andere Idee und werde mit Robert reden. Wenn es gelingt, dass wir uns der kleinen Gruppe von UN-Fahrzeugen, die nach Split fahren müssen, anhängen, können die Kinder vielleicht mit uns fahren. Eventuell mit dir zusammen. Das wäre eine gute Lösung."

„Das wäre wunderbar. Auf dem direkten Weg zur Küste, dort wohnt meine Schwester. Ich habe sie heute morgen nach dem Gespräch mit dir angerufen. Es gibt bei ihnen keine Kampfhandlungen mehr, auch wenn es an der Küste nicht viel besser ist als bei uns, was die Versorgung anbelangt."

„Die Idee gefällt mir, die Kinder zu deiner Schwester, und wenn du mitfährst, kommst du auch irgendwann zurück. Bob muss dir einen provisorischen Presseausweis ausstellen. Das ist kein Problem, einige seiner Informanten in der Stadt haben einen bekommen. Bitte bring morgen ein Bild mit, egal was für eins und drücke die Daumen, dass der Plan realisierbar sein wird."

„Ich werde mit Mirko reden, ist das gut so?"

„Aber ja. Übrigens, heute Abend will unser Chef eine Rede *zur Lage* halten. Sehen wir uns dabei noch?"

„Wann kam diese Einladung?"

„Er hat versucht, alle persönlich zu erreichen, was wohl nicht funktionierte."

„Wir werden trotzdem dabei sein, ich muss Mirko Bescheid sagen. Kannst du gegen Mittag, wenn der Druck etwas schwächer wird, kurz alleine weitermachen? Ich möchte nach den Kindern schauen und schnell zu Mirko hinunter."

„Ist gut, ich mach das schon."

„Danke."

Einigen Schwerstverletzten konnten sie an diesem Vormittag nicht mehr helfen und das Leben nur für Stunden verlängern. Diese Patienten wurden im Tiefparterre zum Totenraum gebracht. Im Schutz des Nebels und der Nacht wurden sie auf der freien Fläche unweit der Klinik bei unzähligen anderen beigesetzt. Auf dem Totenfeld, das einem *Säulenwald* glich, waren Hunderte, zumeist weiße Stelen errichtet. Zwei für jeden Toten, eine am Kopfteil und eine zweite am Fußende des Grabes.

Jelica sah auf die Uhr.

„Dara, glaubst du, ich könnte jetzt schnell gehen?"

„Natürlich, geh nur – bis gleich."

Jelica verließ den Raum, trat auf den Korridor hinaus und suchte den schräg gegenüberliegenden Toilettenraum auf. Als sie zurück im Flur war, stockte ihr der Atem. Vor der Tür des Raums, den sie verlassen hatte, erkannte sie in der langen Reihe der eingelieferten Wartenden Ankas Freundin Stanka.

Sie trat an die Liege und sprach das Mädchen an.

Stanka reagierte auf nichts, schüttelte nur den Kopf von einer auf die andere Seite. Am seitlichen Hinterkopf sah Jelica eine große Wunde. Von der Schulter an war die Kleidung blutdurchtränkt.

Jelica fasste die Liege und rollte sie direkt an die Tür. Nach dem Stoß, den die Liege verursachte, öffnete Dara. Jelica schob Stanka in den Raum. In Englisch rief sie ihrer Freundin zu: „Dara, schnell, eine Freundin von Anka, ihre Liege stand vor der Tür."

„Jelica, sofort, eine Sekunde, ich bin gleich fertig."

Der Patient, dem sie einen Verband angelegt hatte, verließ nach wenigen Sekunden humpelnd den Raum. Dara erkannte den kritischen Zustand der jungen Patientin auf der Liege. In Eile schnitten die Freundinnen die Kleidung vom Oberkörper.

„Hoher Blutverlust und Schock, hypovolämisch[29], wie es scheint. Wir müssen sie intubieren, bevor wir die Verletzung am Schädel versorgen können."

Jelica rief die Kollegen im Schockraum an und nach einigen Minuten wurde die Kleine weitergereicht. Sie war, danach sah es aus, alleine unterwegs gewesen, als sie ins Schussfeld der Sniper[30] geraten war. Ein Schuss hatte am Hinterkopf ein Stück des Schädelknochens weggesprengt und ein weiterer Schuss im linken Oberarm eine Fleischwunde verursacht.

Dara lehnte sich an die Fensterbank neben Jelica, holte tief Luft und sah Jelica, die nur noch den Kopf schüttelte, fragend an. „Wolltest du nicht zu Mirko?"

„Eigentlich schon. – Ich kann Anka das nicht erzählen. Vor wenigen Wochen waren wir noch alle zusammen in dem provisorischen Kellerkino drüben bei der Kirche. Dass uns nun ihre Freundin fast unter den Händen wegstirbt, wäre zu viel. Ich hoffe, die Kollegen bringen sie wieder auf die Beine. Dann ist immer noch Zeit für diese Neuigkeit."

„Ich gehe davon aus, dass nur ein kleiner Teil des Hinterhauptbeins[31] abgesprengt und dass dabei keine größere Hirnverletzungen verursacht wurden."

„Du Optimistin, ich schicke dir den Nächsten rein und gehe schnell zu Mirko hinunter. Anschließend zu den Kindern, vielleicht auch umgekehrt."

An der Reihe war ein auf der nächsten Liege wartendes, abgemagertes, blasses Kind. Jelica schob die Liege zu Dara hinein und ging durch mehrere Gruppen Wartender über das Treppenhaus in den dritten Stock, um nach Jan zu sehen. Als sie die Tür geöffnet hatte, sah sie, dass sein Bett, das zweite in einer Fünferreihe, leer war. Sie wusste dass Jan bei den OP-Kollegen in guten Händen war.

Neben seinem Bett lag zur Tür hin ein Junge von circa fünf Jahren. Er hatte, wie sie später erfuhren, mitansehen müssen, wie seine Eltern erschossen wurden und war nur durch das Eingreifen eines serbischen Offiziers mit dem Leben davongekommen. Seit diesem traumatischen Erlebnis sprach er kein Wort mehr. Kein Laut kam über seine Lippen. Zwei ältere Männer, in der Reihe neben ihm, waren durch herabfallende Trümmer schwer verletzt worden und der Letzte, hinten im Zimmer, durch mehrere Schüsse im Unterleib erheblich verwundet.

Eine Etage weiter hinauf durch das Treppenhaus, lag im zweiten Raum des langen Korridors Anka mit drei älteren Frauen. Zwei waren mit lebensbedrohlichen Verletzungen durch Granatsplitter eingeliefert worden. Die dritte hatte schwersten Brandwunden. Sie war in ihrem brennenden Haus durch Trümmer eingesperrt gewesen. Bevor Jelica das Zimmer betreten konnte, kam ihr Luka entgegen.

„Ich wollte gleich zu dir hinunterkommen. Einige Sorgen kann ich dir nehmen. Die Naht bei Anka war problemlos zu machen. Sie wird nicht schwanger werden, ich habe dafür gesorgt. Trotzdem sollten wir sie ein paar Tage hier behalten, die Gehirnerschütterung und die Wunde am Hinterkopf brauchen etwas mehr Zeit."

„Und Jan?"

„Euer Söhnchen, das ist schwieriger. Durak musste eine erste Operation vornehmen. Ich war bis eben dabei. Es sind nicht nur die Gelenkrollen, die etwas abbekommen haben, wie du vermutet hattest, auch das Kreuzband wurde beschädigt. Die Knochensplitter, die wir bei der Aufnahme gesehen haben, mussten heraus."

„Danke, Luka", sie umarmte ihn und gab ihm einen Kuss auf die Wange, „wunderbare Kollegen."

„Soweit noch Kollegen da sind, versuchen sie alles, und nun schau mal rein bei Anka."

Mit einem „Dank noch einmal" ging sie zum Raum, in dem Anka lag. Sie hatte das erste Bett neben der Tür bekommen. Als Jelica das Zimmer betrat, sah Anka sie mit zusammengekniffenen Lippen und feuchten Augen an. Jelica setzte sich zu ihr an den Rand des Bettes und ergriff die Hand.

„Anka, Liebes, was ist mit dir?"

„Mama, ich glaube, die sagen mir nicht wirklich, was los ist, wahrscheinlich ist es sehr viel schlimmer, als wir glauben sollen."

„Kind, wie kommst du auf so etwas? Eben habe ich vor dieser Tür mit Luka gesprochen. Er hat dich versorgt und mir versichert, dass alles in Ordnung ist. Dass es sogar besser ist als zunächst angenommen. Du musst nur wenige Nächte bleiben, dann werden wir sehen, wie es weitergeht."

„Und was ist mit Jan?"

„Bei deinem Bruder ist es etwas schwieriger, vor allem das Knie. Der Schuss ging so weit zur Mitte des Knies, dass beide Gelenkrollen verletzt wurden. Sie haben die Knochensplitter herausoperiert. Das dauert bei ihm etwas länger, und später wird eine weitere Operation notwendig, die Zeit wird es zeigen."

„Er tut mir so leid, ich habe Angst um ihn und ich kann ihm nicht helfen."

„Anka, die Kollegen tun alles, um ihm die Schmerzen zu ersparen. Ich möchte nicht, dass du ganz alleine im Haus bleibst, wenn du hier raus kannst. Du solltest, sobald es geht, morgens mit uns in die Klinik kommen. Wenn aufstehen erlaubt ist, kannst du zu Papa ins Büro und Violine spielen – nur nicht zu lange, das geht denen sonst auf den Geist."

„Das ist prima, bitte sagt uns Bescheid, bevor ihr nach Hause fahrt am Abend?"

„Natürlich. Ich muss jetzt runter zu eurem Vater. Nach unserem Dienst haben wir so etwas wie eine Zusammenkunft. Unser Chef will eine Erklärung zur Lage abgeben und Papa weiß noch nichts davon. Also, Liebes, ich komme am Nachmittag oder am Abend mit Papa wieder. Und wir schauen auch nach Jan."

„Gut, Mama, bis später."

Wesentlich entspannter als noch vor wenigen Minuten ließ Anka sich in die Kissen zurückfallen. Jelica ging hinunter ins Untergeschoss zu Mirkos Büro, um ihn zu informieren. Sie traf ihn nicht an. Er war zu einer schwierigen Operation in den OP-Bereich gerufen worden. Als Kardiotechniker musste er Geräte überwachen. Auf dem Rückweg, traf Jelica auf einen Kollegen aus dem Untergeschoss, der versprach sobald er zurück sei Mirko zu informieren.

Jelica war kurz danach wieder im Notaufnahmeraum. Unablässig kamen Fahrzeuge: weiße der UN, Privatwagen und die wenigen Sanitätsfahrzeuge, die noch unterwegs waren, brachten Patienten. Schwer verletzt, verstümmelt, oft am Übergang zwischen Leben und Tod. Der Schall explodierender Mörsergranaten donnerte über der Stadt. Jelica bewunderte Dara, die bei den schwersten Fällen immer die Ruhe bewahrte und den Überblick behielt.

Dann trat ein junger Soldat ein, in fremder Uniform und der Erscheinung nach ein arabischer Söldner, mit einer Brustverletzung. Er war geistig völlig klar und versuchte den tapferen Helden zu spielen. Beim ersten Augenschein konnte Dara, bis auf die sichtbare und offene Verletzung, keine Wunden erkennen.

Er war mit zwei anderen Söldnern, sie nannten sich *Special group*, aufgebrochen, die Sniper in dem einzeln stehenden Hochhaus bei der Aifelov-Brücke *auszuräuchern*. Sie hatten beobachtet, dass in diesem neunstöckigen Haus, das nur noch als Fassade mit zerschossenen Fensterhöhlen, gesprengten Türeingängen und halben Treppen erkennbar war, immer wieder Scharfschützen abgelöst wurden. Außer der Ablösung dieser Zweier- und Dreiergruppen, jeweils zu einem festgelegten Zeitpunkt, konnten sie keine Truppenbewegungen in der Nähe ausmachen. Zwei Tage zuvor hatte man beobachtet, dass zwei Scharfschützen mit reichlich Material im neunten Stock *eingezoge*n waren und ausgiebig von ihren Präzisionswaffen Gebrauch gemacht hatten.

Sieben Zivilisten waren innerhalb kürzester Zeit von ihnen liquidiert worden. Zwei auf einem Motorrad, die trotz wahnwitziger Geschwindigkeit entlang der Miljacka von ihren Sitzen katapultiert wurden. Einer schlug auf dem Geländer auf und fiel ins Wasser, sein Partner blieb neben dem umgestürzten Motorrad liegen.

Einen älteren Radfahrer, der eine mehr östlich liegende Kreuzung überqueren wollte, hatten sie von seinem Drahtesel geschossen. Zwei Frauen, die einen Sack zwischen sich trugen und einen Hauseingang an einer der in nordsüdlichen Richtung verlaufenden Straßen betreten wollten, waren in dem Augenblick, als sie die Türklinke berührten, weitere blutige Opfer. Und zwei Kinder. Ein Teenager, eine große Wasserflasche aus Plastik tragend, die wohl kurz zuvor beim Tankwagen in einer der Querstraßen gefüllt worden war, blieb tot auf dem Bürgersteig zurück. Ein kleineres Mädchen, das mehrfach mit einer Puppe im Arm die besagte Brücke über die Miljacka gemütlich schlendernd betreten hatte, wurde auf der Brücke erschossen. Diesem Treiben der Sniper auf dem Vilica Towerso, wie sie das Gebäude nannten, ein Ende zu bereiten, war ihr Entschluss.

„Das mit den Kindern hätten sie nicht tun dürfen“, erklärte der Söldner in schlechtem Englisch und erregt rief er auf arabisch: „*Ya wlad al-scharmuta* (Hurensöhne)“.

„Es werden viele Kinder ermordet“, sagte Dara, obwohl sie in den letzten Wochen immer abblockte, wenn vom Kampfgeschehen und dessen Folgen berichtet wurde.

„Besonders das Kind auf der Brücke, das Mädchen mit der Puppe. Es ging nur spazieren und die haben es einfach getötet. Es lag dort bis es dunkel wurde, mit der Puppe im Arm. Wir haben alles beobachtet und festgestellt, dass zwei Sniper beteiligt waren“, fuhr er fort, bei jedem Wort überlegend, ob es richtig sei.

„Was habt ihr getan?“

„Wir hatten das Hochhaus schon lange im Blick. Die waren so clever, dass keiner unserer Schützen sie von hier aus erwischen konnte. Schließlich haben wir eine Dreiergruppe gebildet. Wir sind nach Sonnenuntergang unter der Brücke hinüber, durch ein dickes trockenes Entwässerungsrohr kamen wir unbemerkt in ihre Nähe."

„Da drüben wimmelt es von Tschetniks, wie kann das klappen?", wollte Jelica wissen, während Dara den Söldner untersuchte und feststellte, dass er zwei Einschüsse in der Brust hatte.

In der zurückliegenden Nacht gaben dicke, rasch über den Himmel ziehende Wolken immer wieder den Mond frei, dabei war es relativ hell. Trotzdem haben sie es versucht und wurden nicht bemerkt. Als sie bis zu den Trümmern der Häuser nicht auf Widerstand gestoßen waren, sind sie über das zerschossene Treppenhaus hinauf. Zwei Stunden hatten sie für den Aufstieg gebraucht, bis sie das Flachdach erreichen konnten, berichtete der Soldat und ergänzte seine Schilderung.

„Die Scharfschützen waren mit Vorbereitungen beschäftigt, als wir ankamen, Sie standen auf den Begrenzungsmauern des nur noch zur Hälfte stehenden Liftschachtaufbaus. Einen haben wir sofort getroffen, der Zweite konnte das Feuer erwidern und hat mich erwischt. Danach sind diese Verbrecher, mit den Waffen in den Händen, über die Mauerreste im offenen Liftschacht in die Tiefe gestürzt. So schnell es möglich war, sind wir auf demselben Weg zurück. Schon unter der Brücke im Fluss haben wir *allahu akbar* gerufen. Wir waren glücklich das uns dies gelungen war und hatten keine Angst. Es waren alles Ungläubige, versteht ihr?"

Dara hörte zu, ließ es aber nicht wirklich an sich heran. Sie vermied es, Bilder und Zusammenhänge herzustellen. Was sie auf keinen Fall wollte, ihm die möglicherweise erwartete Hochachtung zollen und respektvolle, wohlwollende Äußerungen von sich geben. Die Getöteten waren vielfache Mörder. Was aber, so ihre Gedanken, sind die wirklichen Motive, diese unter Lebensgefahr zu liquidieren? Müssen wir hier *Gotteskrieger* haben, die vermeintlich Andersgläubige töten? Reicht es nicht, Verbrecher zu bestrafen? Routiniert machte sie die notwendigen Vorarbeiten und ließ den Araber dann in die Chirurgie bringen.

Das alles war schon lange nicht mehr die normale Routine einer Klinik. Jeder arbeitete hoch konzentriert und in permanenter

Anspannung, bis auf die wenigen Augenblicke, in denen den Kolleginnen ein Schmunzeln zu entlocken war. Eine Patientin wurde hinauskomplimentiert. Sie wollte ein Quartier für die Nacht und hatte ihre Krankheit simuliert.

Von der Sonne wurden die restlichen Matten des aufgekommenen Nebels zerlegt und die Heckenschützen erhielten erneut freies Schussfeld. Obwohl der Weg über die Straßenkreuzungen bis zur Klinik durch diesen Umstand noch lebensgefährlicher geworden war, blieb der Strom der eingelieferten Patienten gleich.

Der Abend schob sich erneut neblig über das Tal. Es verringerte sich die Zahl der Schwer- und Schwerstverwundeten. Die Ablösung traf ein und der größte Teil des medizinischen Personals des Tagesdienstes kam im Casino zusammen. Nur wenige Lampen brannten, die Rollos der Speisen- und Getränkeausgabe waren heruntergelassen. Bedrückende Stimmung lag über dem Ganzen. Die Mitarbeiterinnen und Mitarbeiter der verschiedenen noch funktionierenden Abteilungen suchten sich entsprechende Plätze.

Kein Podest, kein Rednerpult war für den Chef bereitgestellt. Zunächst unterhielten sich die Kolleginnen und Kollegen an den Tischen. Als der angekündigte Zeitpunkt für das Referat überschritten war, wurden sie zunehmend ungeduldig. Mit fünfzehn Minuten Verspätung erschien der Klinikchef, Professor Becirevic, sah etwas erstaunt in die Runde und begann mit einer Begrüßung.

Eine Stunde und zwanzig Minuten referierte er danach über Engpässe in allen Bereichen, über schwindenden Personalstand. Die Mangelsituation in der Ernährung der Patienten und des Personals. Er sprach über fehlendes Verbandmaterial, Antibiotika, Desinfektionslösungen, Orthesen und wichtige Medikamente. Material für die Anästhesie oder Schmerztherapie. Nichts war im erforderlichen Maß vorhanden. Er berichtete über die Verbrechen, die überall im Land von Soldaten, Söldnern und Zivilisten aller Seiten begangen wurden und begangen werden.

Detailliert ging er auf die Vernichtungslager in den verschiedenen Landesteilen ein. Lager, in denen Menschen, die nicht zur jeweiligen Volks- oder Religionsgemeinschaft gehörten, zu Tode gequält wurden. Ein wesentlicher Punkt seiner Ausführungen war der Hinweis, dass sich an diesen perversen Verbrechen alle ethnischen Gruppen beteiligten und in nicht wenigen Fällen auch Bosniaken.

„Eines der schlimmsten Lager", so seine Aussagen, *„steht in einem über Umwege zu uns gelangten Bericht, soll sich in den ehemaligen Bergwerkshallen in Omarska befinden. Gefangene Männer wurden dort gezwungen, ihren Mitgefangenen Geschlechtsteile abzubeißen. Kinder sollen bei vollem Bewusstsein in großen Fabriköfen verbrannt worden sein. Von den perversen Verbrechern, die Frauen ohne Betäubung die Brüste abtrennten, von Massenvergewaltigungen und der Tötung Tausender Unschuldige, in überwiegend von bosnischen Serben eingerichteten Lagern wird berichtet.*

Ich will mich nicht in den Grausamkeiten wiederholen und nur noch kurz erwähnen, dass es viele kleinere und größere Lager landauf und landab gibt, in denen vergleichbar brutal und menschenverachtend gehandelt wird. Fest steht, wer sich gegen die Resolutionen der Vereinten Nationen und gegen die Genfer Konvention[32] stellt und Verbrechen dieser Art fordert, billigt oder deckt, muss zur Rechenschaft gezogen werden."

Über einen kurzen philosophischen Diskurs kam er auf die Orientierungslosigkeit und Hinhaltetaktik, nicht nur der aus den Blöcken ausgescherten Staaten, auch der etablierten Politik der europäischen Länder. Er hielt es für eine werteverwässernden Schaukelpolitik und weitgehende Standpunktlosigkeit.

„Es ist bekannt", fügte er noch ein, *„dass sich innerhalb des Stadtbereichs von Sarajevo und innerhalb des Staates mafiöse Strukturen ausgebreitet haben. Sie sind für die astronomischen Preissteigerungen und für das Verschwinden von Hilfsgütern verantwortlich. Bekannt ist ebenso, dass die Korruption bis zu Personen in den höchsten Etagen des Staates reicht. Wenn das Verbrechen dieser ethnischen Vernichtung ein Ende haben wird, brauchen unsere Stadt und unser Land enorme Kraft und starken Willen.*

Diese Auswüchse sind den Ländern im Westen ebenso bekannt wie die Gräueltaten. Möglicherweise ist dies ein Hinweis auf die Politik, die einen Schritt nach vorne wagt und danach wieder zwei zurück macht. Statt Menschenrechte und Menschenwürde permanent in Sonntagsreden zu würdigen, sollten sie wirksamer eingreifen und diesen Verbrechen, Massakern und ethnischen Säuberungen ein Ende bereiten.

Es ist nicht zu leugnen, dass nicht nur der Chauvinismus, der Vertreter der in diese Kriege verwickelten Teilstaaten, bekanntermaßen von den jeweils im Ausland lebenden Landsleuten noch mehr geschürt wird als von jenen, welche die Vernichtung vor Ort vollziehen möchten. Ich, und da bin ich nicht alleine, finde es unerträglich, dass das Feld Kräften überlassen wurde, die schon vor den kriegerischen Auseinandersetzungen über Waffen verfügten. Ich habe es zuvor erwähnt, das sind große Teile des organisierten Verbrechens. Sie füllen sich die Kassen und verschlimmern das Elend der Bevölkerung. Zur Einordnung appelliere ich an Ihre analytische Kompetenz.“

Zum Ende seiner Auslassungen berichtete er von einem Verbrechen, das sich am Vortag, fast in Sichtweite der Klinik, an der Miljacka ereignet hatte. Zwei Journalisten, ein deutsch Sprechender und ein Amerikaner, sollen beteiligt gewesen sein. Sie wohnen offenbar, wie alle internationalen Pressevertreter, im Holiday Inn.

„Ein etwa acht Jahre altes Mädchen wurde mit dem Versprechen einer schönen Puppe mehrfach veranlasst, über die Miljacka-Brücke zu gehen, um den Pressevertretern ganz bestimmte Aufnahmen zu ermöglichen. Als sie die Puppe erhalten hatte und noch ein letztes Mal über die Brücke ging, beendeten die Scharfschützen ihr Leben. Bis zur Dunkelheit lag sie tot in ihrem Blut. Eine perfide, verbrecherische Veranlassung für ein Pressefoto.“

„Haben wir heute am Morgen schon von einem arabischen Söldner erfahren“, berichtete Jelica leise an Mirko gewandt.

Der Chef fuhr fort und bat um Vertrauen. Dahingehend, dass sich Kolleginnen und Kollegen nicht einfach absetzten. Er versicherte, dass keinerlei Fragen gestellt und keine Schwierigkeiten gemacht würden, ganz gleich, wer bei ihm vorspräche. Dass auf der anderen Seite Dienstpläne immer nur mit Personal gemacht werden könnten, das verfügbar sei. Mit nachdenklichem Beifall bedankten sich die Anwesenden für seine Ausführungen. Als Dara, Jelica und Mirko sich von ihren Stühlen erheben wollten, sahen sie Nura Sirco, Ärztin und Kollegin, mit ihrem Freund Boris, einem Mitarbeiter Mirkos, das Casino betreten. Dara stand auf und ging auf sie zu.

„Nura, Boris, schön, dass ihr doch noch kommt, lasst uns noch ein wenig zusammensitzen, schaut, wer alles da ist."

Dara brachte die beiden Freunde zum Tisch. Mirko und Jelica standen auf und begrüßten die Kollegin und Boris.

„Schön, euch einmal zusammen zu sehen. Was der Chef vorgetragen hat, war nicht sehr aufmunternd. Es ist unglaublich, dass wir schon immer unter einer großen Anzahl schlimmster Verbrecher den Alltag verbracht haben", leitete Mirko das Gespräch ein.

„Von welchen Abgründen war die Rede, haben wir etwas verpasst?", wollte Nura wissen.

„Entschuldigt, wir konnten wirklich nicht früher kommen und zu trinken gibt's hier nichts?", stellte sie fragend fest, als sie sich umblickend die heruntergelassenen Rollos sah.

Mirko schilderte Nura und Boris die vorgebrachten Ereignisse, soweit er sie noch auf die Reihe brachte. Zuletzt fügte er in drastischer Weise den Bericht über das Verbrechen an dem Mädchen, das auf der Brücke erschossen wurde, an. Nura nahm den Faden wieder auf. Mit feuchten Augen reagierte sie auf diese Details.

„Das klingt alles so unwahrscheinlich und reißt Wunden in mir. Ich dachte, dass wir das Höchste an Schweinereien und Verbrechen schon auf unseren Tischen hatten, aber dies … Man möchte zunächst alles totschweigen, unter den Teppich kehren, und hoffen, dass es kein Außenstehender je erfährt, weil man sich so abgrundtief schämt. Auf der anderen Seite sollte die ganze Welt erfahren, was hier, in der Mitte Europas, geschieht und vor allem, dass man es geschehen lässt."

„Man kann es nicht als Aktionen geistig Minderbemittelter abtun. Wie ist es sonst möglich, dass Menschen, die wie wir hier in dieser Stadt lange leben und zum Teil hier aufgewachsen sind, Bildung und in vielen Fällen sogar universitäre Ausbildung erhalten haben, diese Universität gibt es schließlich seit 1531, versuchen, diese Stadt inklusive der darin lebenden Menschen zu vernichten", kam Boris zu Wort.

Nura zog die Stirn in Falten.

„Bitte lasst uns den Abend nicht so beenden. Wir machen alle einen guten Job und wir versuchen zu retten, was möglich ist. Daran wollen wir glauben. Auch wenn der hippokratische Eid nicht überall in den Fluren hängt."

Jelica gähnte, Dara sah auf die Uhr und schreckte auf.

„Puhh, ich habe Robert versprochen, gegen neun bei ihm zu sein. Der Tag war lang genug, ich werde abdampfen."

Zu ihr gewandt, wollte Boris wissen: „Musst du heute wieder ganz alleine um die gefährlichen Ecken flitzen?"

„Flitzen ist gut – ja, alleine. Robert kommt später als normal. Die US-Vertretung hatte zu einer Pressekonferenz geladen."

„Mirko, lass uns noch zu den Kindern gehen, bevor wir das Haus verlassen", schlug Jelica vor.

„Das ist doch selbstverständlich, die warten schon auf unseren Gute-Nacht-Kuss."

Nura schaute Boris herausfordernd an.

„Auch ich warte auf meinen Gute-Nacht-Kuss, aber das dauert vermutlich noch etwas, bis ich den bekomme. Möglicherweise erst, wenn wir zu Hause sind."

Sie standen langsam auf und schlenderten zum Ausgang. An der großen Tür, die das Casino von der Freifläche zu den Treppen trennte, verabschiedeten sie sich.

„Dara, sei vorsichtig, wir wollen dich morgen gesund sehen."

„Ist gut, das Gleiche gilt für euch. Euer Weg ist der weitere und wie ich glaube, der gefährlichere."

„Ja, mir auch. Mirko will in den kommenden Tagen – wenn alles ruhig bleibt – die zerschossenen Fenster dicht machen, das Wetter wird vielleicht schlechter und wenn Feuchtigkeit hineinkommt, vergrößert sich der Schaden und die Arbeit mehr."

„Das muss ich erst prüfen und Material habe ich noch nicht. Dara, komm gut nach Hause, bis morgen."

Zuerst breitete Mirko die Arme aus, um sich von Dara und Nura zu verabschieden. Der Gedanke, dass es jederzeit jeden treffen konnte, ließ den *Gute-Nacht-Wunsch* aller wärmer und herzlicher ausfallen.

„Jelica, ich bin morgen wieder auf dem Parkett, sorge dich nicht und kommt gut heim."

Winkend verschwanden Dara, Nura und Boris über die Treppe nach unten zum Ausgang.

Mirko und Jelica eilten über den langen Korridor in die andere Richtung, um zu Anka zu kommen. Als sie das Zimmer betraten, saß Anka in ausgeglichener Stimmung auf ihrem Bett und las.

„Wunderbar, ich hatte schon befürchtet, dass euch nach der *Predigt* des Chefs die Lust auf einen Besuch bei uns vergangen ist und ihr längst auf dem Heimweg seid."

„Anka, das traust du uns zu? Wir wären sogar gekommen, wenn es zwei Stunden länger gedauert hätte. Wie geht es dir denn jetzt?", wollte Jelica wissen.

„Ich darf mich nicht duschen, das ist das Schlimmste. Noch ist es nicht so fürchterlich langweilig, wie ich geglaubt habe. Bin sehr gespannt, was es morgen noch an Unterhaltung gibt, und Papa ist hoffentlich immer zu erreichen."

„Natürlich, wenn deine Mutter wieder viele Stunden im OP beziehungsweise der Notaufnahme verbringen muss, bin ich im Haus und schaue rein. Nach den zwei, drei Nächten, die du hier oben liegen wirst, musst du einige Zeit bei mir im Büro absitzen. Den ganzen Tag kannst du nicht bei Jan sein."

„Papa, das wird sich regeln, was ich unbedingt möchte, ist meine Violine. Ich will endlich wieder spielen."

„Schatz, ich habe es dir schon gesagt, das wirst du, wenn etwas Zeit vergangen ist, unten im Büro bei Papa machen können. Wir wollen jetzt noch zu Jan und danach heimwärts."

„Kommt gut nach Hause und bitte – wenn ihr am Morgen hier ankommt, lasst euch bei mir sehen, ja?"

„Aber ja, ich wünsche dir eine gute und erholsame Nacht, und wenn etwas ist, du darfst jederzeit läuten."

Jelica nahm Anka in den Arm, küsste sie und klopfte Mirko anschließend auf die Schulter.

„Ja, Mama."

„Auch von mir", Mirko nahm seine Tochter gleich fest in den Arm und küsste sie, „alles Liebe und Gute, bis morgen."

Sie verließen winkend den Raum, um eine Treppe tiefer zu dem Zimmer zu gelangen, in dem Jan lag. Als sie eintraten, sahen sie, dass er schlief. Jelica ging hin, streichelte ihrem Sohn über den Kopf, gab ihm einen zarten Kuss und plötzlich schlug Jan seine Augen auf. Er breitete die Arme weit aus und zog seine Mutter an sich, um sie lang umschlungen festzuhalten.

„Jan, Papa ist auch da!"

„Ich weiß."

Als er Jelica losließ, streckte er die Arme nach seinem Vater aus. Mirko bückte sich und hielt Jan fest in den Armen.

„Wie geht es meinem Sohn?"

„Oh – es geht schon, Papa. Es hat wehgetan, nicht so doll wie beim Schießen, aber doch ganz tüchtig."

„Und nun?", wollte Jelica wissen.

„Mama, es ist gut jetzt. Mir ist etwas schwindelig, die Schwester sagt, es kann von der Medizin kommen."

„Das ist richtig. Ich möchte nicht, dass du leidest. Wenn die Wirkung der Medikamente nachlässt, ruf bitte die Schwester."

„Ja, Mama, sogar tief in der Nacht, darf ich sie rufen."

„Das ist gut, dafür arbeitet sie. Zeig mal dein Bein!"

„Da sieht man nichts."

Er schlug die Bettdecke zurück.

„Schau, das ist so dick eingepackt und eine Schiene hab ich dran. Ob ich mich damit umdrehen kann?"

„Möglicherweise nicht, du sollst ja ziemlich ruhig liegen, sonst reißt du die Drainage ab, den Beutel dort, in den die Flüssigkeit tropft", ermahnte ihn Mirko.

„Ja, es tut nicht so weh, wenn ich ruhig liege, ich weiß."

„Jan, Papa und ich, wir fahren jetzt gleich heim. Sobald wir morgen wieder hier sind, kommen wir vorbei."

„Sollen wird dir noch etwas einpacken?"

„Ja, mein Malzeug, bitte."

Sie verabschiedeten sich von ihrem Sohn und gingen hinunter ins Büro. Mirko meldete sich beim leitenden Oberarzt ab und sie traten den Heimweg an. Eine ruhige Nacht mit einer dicken Nebeldecke, die der plötzliche Kälteeinbruch für kurze Zeit provoziert hatte, lag über der Stadt. In gewohnter Weise ließ sich Jelica von Mirko, der das Moped angeworfen hatte, so weit ziehen, wie der schwache Motor das schaffen konnte. Langsam legten sie, die Räder schiebend, die letzten paar Hundert Meter zu Fuß zurück.

Als sie bei Kerzenschein in der Küche saßen und Jelica den Gaskocher brennen ließ, nachdem der Tee aufgesetzt war, kam es wieder heftig über sie. Es war ihr zum Heulen, als sie Mirko von Daras Vorschlag berichtete. Sie dachte an die Fahrt durch feindliches Gelände, an die große Gefahr, an den Mann, den sie zu Hause zurücklassen sollte, um ihre Kinder in Sicherheit zu bringen.

Mirko musste alle Zärtlichkeit aufwenden, sie zu trösten. Wie ein fernes Gewittergrollen mit Wetterleuchten waren die in rascher Folge abgefeuerten Geschosse zu hören, die wieder verstreut in der Stadt einschlugen. In dieser Nacht hatten sie mehr die westlichen Bereiche, südlich von Koševo, im Visier. Mirko und Jelica nahmen es nicht nur der Müdigkeit wegen kaum mehr wirklich wahr. Die Abende und Nächte, die das gleiche grausame Schauspiel boten, waren unzählig geworden.

„So ein verdammter Mist, ohne die Kinder, ich weiß, sie sind versorgt, aber ohne sie ist das hier noch schlimmer. Ich denke daran, was du tun wirst, wenn ich mit den Kindern tatsächlich auf einen Konvoi komme und du alleine bist."

„Liebling, ich repariere die Fenster. Könnte auch sagen, ich werde die Löcher dicht machen, damit der Regen nicht hereinprasselt und vielleicht durch die Decke träufelt."

„So sachlich, so profan, wie kannst du nur. Ich schmelze voller schwieriger Gedanken fast dahin und du – du reparierst Löcher. Pfeif auf die Löcher, halt mich und wärme mich lieber, bitte."

„Komm schlafen, da können wir uns gegenseitig wärmen."

Wenig motiviert, noch anderes zu unternehmen, blieben sie bei Kerzenschein kurz im Bad. Im Schlafzimmer, eng beieinanderliegend und sich umfassend, schliefen sie kurz darauf ein.

Nach einer traumlosen Nacht begann der Tag für Jelica und Mirko ausnahmsweise zur gleichen Zeit. Der Tag, der laut ursprünglichem Dienstplan ein freier Tag mit den Kindern hätte sein sollen.

Vom Alltäglichen bestimmt, gingen sie ins Bad und danach tranken sie ihren Kaffee gemeinsam. Die notwendigen Dinge wurden gepackt. Jelica kramte noch ein kleines Bild von sich aus einer Schublade im Wohnzimmer und schmunzelte, als sie sich darauf mit kurzen Haaren sah. Sie nahm das Malzeug für Jan aus dessen Raum, das war's. Die Kinder waren nicht im Haus, keiner musste darauf Rücksicht nehmen. So konnten beide außergewöhnlich früh unterwegs sein.

Das Granatfeuer durch den tief liegenden Nebel unterbrochen, kamen sie gefahrlos in der Klinik an. Der erste Weg brachte sie zu Jan. Er schlief noch, als sie sein Zimmer betraten, und es schien alles in Ordnung. Ohne ihn zu wecken, gingen sie über die große Treppe hinauf zu Anka. Sie war nicht nur munter, sie war schon in dem kleinen Waschraum gewesen, hatte sich frisch gemacht und frisiert. Auf das kleine Frühstück wartend saß sie im Bett, erfreut und überrascht, die Eltern zu sehen.

„Schön, euch so früh hier zu sehen."

„Ja, mein Schatz, was sollen wir oben im Haus, ohne euch?"

„So schlimm?"

„Nein, nicht so schlimm, aber warum sollten wir dort Zeit absitzen, wenn wir hier gebraucht werden."

„Hast ja recht, Mama. Komm, setzt euch."

Sie streckte die Arme aus, um die Eltern zu begrüßen.

„War der Heimweg gut? Und war alles in Ordnung, Papa?"

„Ja, außer, dass es wieder keine Elektrizität gab."

„Wie viele Nächte muss ich bleiben, Mama, und wann kann ich mich endlich duschen? Ich glaube nicht, dass ich das noch sehr lang aushalte."

„Vielleicht noch zwei Nächte, mal sehen, was Luka meint. Und was die Dusche anbelangt, auch dazu muss ich Luka fragen."

„Und Jan, wann darf Jan raus?"

„Frühestens, wenn die Wunden einigermaßen zu sind und seine Drainage entfernt ist. Zudem braucht er eine an seine Größe angepasste Schiene, ich hoffe, die kümmern sich darum."

Jelica saß neben Anka, legte den Arm um sie, küsste sie auf die Wange und erhob sich.

„Schatz, wir müssen uns nun langsam unserem Job nähern und wollen noch einmal zu Jan schauen, der schlief eben noch."

„Vielleicht darf ich nach dem Frühstück zu ihm."

„Ich denke doch, du musst der Schwester Bescheid sagen. Eine Treppe runter, er ist jetzt auf 316. Wir sehen dich später."

„Natürlich, bis dann."

Mit einem leichten Winken verließen sie Ankas Zimmer und gingen erneut zu Jan. Sie sahen, dass er immer noch schlief, möglicherweise hatte ihm die Nachtschwester zusätzliche Medikamente gegeben. Jelica holte die Zeichensachen aus ihrem Beutel und legte sie auf den Nachttisch. Leise verließen sie den Raum, gingen den Hauptaufgang hinunter. Während Mirko auf sein Büro zusteuerte, eilte Jelica zu ihrer Garderobe, um sich für den Dienst mit ihrer Freundin vorzubereiten.

Die Freundinnen begrüßten sich, als hätten sie eine schwere Prüfung überstanden. Jelica gab Dara das kleine Bild, mit der Bitte, es nur weiterzugeben, wenn absolut kein Problem entstand.

„Aber ich habe doch schon mit Robert gesprochen, er würde sich freuen, wenn das so genauso läuft, wie wir es gestern besprochen haben."

„Etwas Angst habe ich schon."

„Jelica, du hast hier und dort oben in eurer *Frontstellung* so viel Mut, also sorge dich nicht."

Der Korridor vor dem Notaufnahmeraum hatte sich mit Patienten gefüllt. Viele Liegen längs der Wände waren mit wartenden Opfern belegt. Sie mussten, wie an jedem Morgen, zunächst den neuen Belegungsplan studieren. In fast allen Krankenzimmern war die Bettenzahl verdoppelt worden. Die von Geschossen zerstörten Räume und die geschlossenen Etagen fehlten immer deutlicher.

Sie hatten den Plan noch in den Händen, als die Tür gehämmert wurde und das, wie Mirko es nannte, *brutale Geschäft* begann. Das Leid der Menschen unsäglich und die Angst in den Augen unübersehbar. Wenige auf den Straßen und Plätzen aufgesammelt. Oft auch aus Trümmern geborgen, unter umgestürzten Mauern herausgezogen. Von umherfliegenden Resten der Häuser und Splittern der Geschosse schwer verletzt. Nicht diese Verletzungen alleine waren das Problem. Der Schmutz, der Dreck, der mit den Patienten eingeliefert wurde, war kaum zu bewältigen.

Sepsis war das Stichwort. Die *Blutvergiftung*, die durch Keimbelastung in den Wunden entstand. Unter dem kriegsbedingten Alltag und den nicht ausreichenden Antibiotika stieg die Sterblichkeitsrate täglich. Als ähnlich ernsthaftes Problem erwies sich Tetanus. Auch beim sogenannten *Wundstarrkrampf* sind Bakterien der Auslöser. In vielen Patientenaugen konnten Jelica und Dara die größten Befürchtungen reduzieren. Bis zur Erschöpfung wandten sie alles, was die zurückliegenden Jahre an Wissen und Erfahrung eingelagert hatten, an. Als Mediziner und auch als Seelsorger. An vielen Tagen sah man zwischen der Ärztin Dara und der Assistentin Jelica kaum noch ein Unterschied in ihren Tätigkeiten. Dara musste viele Aktionen, die unter normalen Bedingungen Ärzten vorbehalten waren, auf Jelica übertragen, um die Todesrate nicht noch weitersteigen zu lassen. Wie sollte man in diesen Situationen über Leben, Sinn, Gerechtigkeit, Nutzlosigkeit plaudern. Gemeinsames Leiden kann Zuneigung kreieren und im Kollektiv zu Hass und Zynismus führen. Die Erbärmlichkeit eines Krieges machte Atheisten aus vormals Gläubigen und aus Atheisten oft auch überzeugte Gläubige.

Die Kolleginnen philosophierten, mit großen Pausen und oft nur in Halbsätzen über die Sinnlosigkeit all dessen, was um sie herum geschah. Sie wollten die dümmliche Weisheit, dass keine Ereignisse so schlecht, so schlimm sein konnten, dass ihnen nicht doch etwas Positives innewohnte, nicht wirklich akzeptieren.

Am darauffolgenden Tag, einem Montag, musste Mirko außerhalb der Klinik Besorgungen machen. Jelica ging in der ersten Pause hinüber in die Neurochirurgie, um sich nach Stanka zu erkundigen. Im Stationszimmer traf sie auf den diensthabenden Arzt, einen jungen Kollegen, den sie nicht näher kannte. Bereitwillig gab er ihr die medizinischen Details über Stankas Zustand und die eingeleitete Therapie.

Als sie nach der kurzen Unterhaltung das Krankenzimmer betrat, in dem Ankas Freundin lag, sah sie in einem Bett nahe der Tür eine Patientin, die einen Kopfverband trug, der nur ein Auge frei ließ. Sie lag ruhig, fast bewegungslos. Neben Stanka, zur Fensterseite, waren drei weitere Betten belegt. Zwei sehr junge Mädchen, die, so sah es aus, schwere Rückgratverletzungen hatten. Sie lagen fast bewegungslos in Gipsschalen. Nur die Patientin am Ende der Reihe, direkt am Fenster, saß wie Stanka aufrecht im Bett und las.

Stankas Kopf bedeckte ein riesiger Verband, der bis auf die Schulter reichte. Das Gesichtsfeld war frei. Mit geweiteten Augen sah sie sehr erfreut, mit einem kleinen Lächeln zu Jelica.

„Frau Amata, wie schön, Sie zu sehen. Wie geht es Ihnen bei der vielen Arbeit hier im Haus? Wer hat Ihnen gesagt, dass ich hier bin, es funktioniert doch nichts?"

„Stanka, ich freue mich so sehr, dass es dir besser geht. Ich habe dich bei deiner Ankunft gesehen und in die Notaufnahme geschoben. Mit dem Stationsarzt hatte ich eben ein kurzes Gespräch, er scheint optimistisch zu sein. Wie ist es passiert?"

„Ich kann mich an nichts wirklich erinnern. Ich weiß nur, dass ich in der Musala unterwegs zu meiner Oma war, die ganz alleine lebt. Es gab einen fürchterlichen Knall und hier bin ich aufgewacht. Nur einzelne Bilder, wie aus einem langen Film herausgeschnitten, tauchen ab und zu auf."

„Wie fühlst du dich nun, wie groß sind die Schmerzen?"

„Wenn ich die Medikamente nicht nehme, habe ich starke Kopfschmerzen. Der Arzt meint, es komme von den noch vorhandenen Schwellungen im Kopf, die sich langsam zurückbilden."

„Ich hoffe sehr, dass du wieder ganz gesund wirst und dich, wenn diese schreckliche Zeit ein Ende hat, mit Anka treffen und Musik machen kannst. Anka ist hier, sie liegt in der Gynäkologie. Ich werde ihr von dir erzählen, sie kann dich bestimmt bald besuchen. Du hast doch nichts dagegen?"

„Nein, natürlich nicht, aber mein Gott, was ist mit ihr passiert?"

„Besser, sie wird es dir selbst erzählen."

„Ist es sehr schlimm?"

„Nein, nun nicht mehr, körperlich hat sie das Ärgste überstanden. Freue dich auf ihren Besuch. Kommen deine Mutter und vielleicht deine Schwester?"

„Ja, wenn es nicht zu gefährlich ist, am Abend, da ist es sicherer."
„Weißt du etwas Neues von deinem Papa?"
„Zweimal konnte er uns eine Nachricht zukommen lassen. Er ist nun nicht weit von dem großen See, dem Blidinje Jezero, entfernt. Wir haben uns sehr gefreut, dass er uns über das Rote Kreuz ein Paket schicken konnte, mit Lebensmitteln und vielen süßen Sachen. Wir hoffen, dass es ihm weiterhin gut geht und er gesund nach Hause kommt."
„Ich wünsche es ihm und euch, vor allem wünsche ich, dass all das Leid und die Angst bald ein Ende haben mögen, so können wir nicht mehr lange weitermachen. Und dir Stanka eine baldige Genesung. Ich sage Anka, wo du liegst, sie wird dich besuchen, ich verspreche es."
„Ich freue mich riesig, wirklich. Wir mögen uns sehr, sie ist meine beste Freundin. Die gemeinsame Musik gibt uns so viel. Immer, wenn wir zusammen waren, hatten wir schöne Stunden und uns fielen lustige Sachen ein.
„Ich weiß, Stanka, dass euch immer etwas einfällt, und ich fand es wunderbar, dass Anka es mir danach erzählt hat."
Jelica sah auf ihre Armbanduhr.
„Nun sollte ich zurück an meine Arbeit. Noch mal alles, alles Gute für dich. Grüße deine Mutter und deine Schwester von mir. Ich komme wieder vorbei, ja?"
„Danke für Ihren Besuch, ich habe mich sehr gefreut und viele Grüße an Anka, Ihren Mann und an Jan. Der muss einsam dort oben sein, so alleine im Haus."
„Nein, Stanka, Jan liegt ebenfalls hier. Auch darüber darfst du mit Anka reden. Bis bald, schone dich und werde gesund."
Jelica stand vom Bettrand auf, nahm Stankas Hand, drückte diese an ihre Wange und legte den Arm langsam auf die Bettdecke zurück. Sie sah die vielen Fragezeichen in den Augen des Mädchens, als sie das Zimmer leicht winkend verließ.

Mirko kam am Nachmittag zurück. Im Eingangsbereich stieß er mit Omid Faraji zusammen. Omid, kleiner als Mirko, einundfünfzig Jahre alt. Eine sehr gepflegte Erscheinung, mit gebräunter

Haut, kleinem Schnauzbart und grauen Schläfen. Im Iran war er geboren, konnte in Wien Soziologie studieren und promovieren. In seine Heimat zurückgekehrt, wurde ihm eine Professur angeboten, die er annahm. Als er in seinen Publikationen andeutungsweise Thesen vertrat, die nicht mit dem konform gingen, was die Mullahs von ihm erwarteten, bekam er Probleme.

Er nahm einen Lehrauftrag in Heidelberg an, wurde dort aber nie heimisch. Er kam sich, wie er in einem Gespräch erwähnt hatte, *immer respektiert vor*, hatte oft das Gefühl, ein *Geduldete*r zu sein. Trotzdem brachte Heidelberg ihm Glück. Er lernte Alma, eine attraktive Medizinstudentin kennen. Alma stammte aus Goražde, einer Kleinstadt fünfzig Kilometer südöstlich von Sarajevo. Sie taten sich zusammen und zogen, nachdem Alma ihr Studium abgeschlossen hatte, nach Sarajevo, um zu heiraten.

Alma bekam im Klinikkomplex Koševo in Sarajevo eine gute Anstellung, und Omid einen Zeitvertrag an der Universität. Als der Lehrauftrag nicht verlängert wurden, zog er sich zurück und publizierte nur noch. An einem fröhlichen Sommerabend zehn Jahre zuvor, sie waren ausgegangen und hatten entsetzlich schlecht gegessen, war Omid auf die Idee gekommen, selbst ein kleines Restaurant zu eröffnen, um es neben seiner Tätigkeit als Publizist zu betreiben. Klein und sehr fein war es schließlich geworden, in der Nähe der alten orthodoxen Kirche, mit nur sechs Tischen, in einer der Straßen, die von der Baščaršija hinauf nach Mihrivode verliefen.

Mirko und Jelica kannten seit dem Ende des ersten Jahres in Sarajevo die Farajis und waren enge Freunde geworden. Mirko sah Omid zuerst und umarmte ihn.

„Omid, was treibt dich hierher, schön, dass wir uns wenigstens so einmal sehen."

„Mirko, wie geht es dir und wie geht es Jelica und den Kindern? Ich bin hier, weil ich meine alte Nachbarin bei euch abgeliefert habe. Galle, Magen, so etwas in der Richtung. Die Tochter liegt leider krank zu Hause. Sie konnte ihre Mutter nicht bringen."

„Die Kolleginnen und Kollegen werden sich darum kümmern. Jelica geht es gut und die Kinder liegen beide hier."

„Mirko, was ist passiert?“

„Wir erzählen es euch, wenn wir mehr Zeit haben. Die Tschetniks haben unser Haus überfallen. Als wir in der Klinik waren und die Kinder alleine im Haus.“

„Wir müssen uns sehen. Wenn die Kinder hier versorgt sind, könntet ihr doch heute Abend zu uns kommen. Alma hat seit längerer Zeit wieder einmal frei. Wir machen ein gutes Essen, ich habe noch was im Keller.“

„Ich dachte, bei dir ist alles kaputt. Als wir unser Auto holen wollten, sahen wir die verbretterten Fenster und nahmen an, dass ihr gar nicht mehr im Land seid.“

„Nein, nicht alles ist kaputt. In der Nacht, in der das Haus schräg gegenüber getroffen wurde, haben die Trümmer unsere Scheiben zerschlagen. Die alten Paletten im Hof, aus denen ich mir Regale bauen wollte, mit denen habe ich die Fenster vernagelt, und im Keller meinen alten Gebetsraum geteilt. Im vorderen Teil treffen wir uns, im hinteren wird gebetet. Für heute Abend haben noch zwei befreundete Paare zugesagt. Keine Angst, die kommen nur zum Essen und plaudern, nicht zum Beten – vorausgesetzt, die Schießerei ist nicht zu gefährlich. Wir würden uns sehr freuen, wenn ihr endlich wieder einmal mit dabei sein könntet.“

„Ich werde mit Jelica reden. Uns würde eine Abwechslung guttun. Doch wie geht Kochen, wenn du keine Elektrizität hast?“

„Kein Problem, für unser Aggregat haben wir noch ein paar Kanister Treibstoff und zwei volle Gasflaschen.“

„Omid, ich würde mich freuen, wenn das klappt und Jelica wird genauso empfinden.“

„Das ist gut, Alma wird sich ebenso freuen. Bis später, Mirko.“

Die Freunde verabschiedeten sich. Mirko eilte in sein Büro und Omid trat, immer zwei Treppen abwärts auf einmal nehmend, auf Umwegen den Heimweg an.

Völlig erschöpft kam Jelica gegen Abend zu Mirko ins Büro.

„Genug, Mirko, für heute ist es genug. Beim besten Willen, ich bin so erledigt, ich muss abschalten. Wir waren heute noch nicht bei unseren Kindern, ich konnte nicht weg. Schande über uns, lass uns das so schnell es geht nachholen.“

„Liebling, was hat dich so kaputt gemacht?"

„Wir mussten wieder zwei Kinder runterbringen."

„Verdammt."

„Von Trümmern so schwer getroffen, dass sie nicht überlebten. Wir besuchen zuerst unsere beiden Kinder und sorgen danach für eine kleine Abwechslung. Vielleicht ins Kellerkino, falls Vorstellung ist. Oder in eines der kleinen Restaurants, die in der Nähe der Gazi Husrev Moschee, in der Baščaršij, ab und zu geöffnet haben."

Mirko zog die Stirne in Falten, als hielt er gar nichts von der Idee.

„Mirko ist schon klar, dass wir mit dem kleinen Gehaltsabschlag, den wir zurzeit erhalten, keine großen Sprünge machen können. Ganz abgesehen von der Gefahr, die unterwegs lauert, ganz egal wo unser Ziel sein wird."

Das passt ja wie verabredet, dachte Mirko und stand lächelnd vor ihr.

„Was ist los, warum plötzlich so entspannt?"

„Nein, im Gegenteil. Als ich zurückkam, habe ich Omid getroffen, der gerade seine Nachbarin eingeliefert hatte."

„Und, wie geht es den beiden, was sprach er?"

„Er hat uns für heute Abend eingeladen, zum Essen und Reden. Im Keller wurde sein Gebetsraum geteilt. Ein Teil zum Beten und ein Teil zum Wohnen. Es kommen noch zwei, mit ihm und Alma befreundete Pärchen. Wer das sein wird, hat er nicht gesagt."

„Das ist ausgezeichnet, wir brauchen beide dringend etwas, das uns auf andere Gedanken bringt. Die Kinder sind hier versorgt, lass uns das machen, nachdem wir bei Anka und Jan waren."

„Wir werden einen Umweg nehmen müssen."

„Das ist mir wiederum egal, wenn wir sicher zu Alma und Omid und zurückkommen."

„Ich packe zusammen, dann sehen wir hinauf zu den Kindern."

Mirko unternahm den vergeblichen Versuch, seinen chaotischen Schreibtisch aufzuräumen. Er stapelte um, ließ es sein und wusch sich am Waschbecken in der Ecke die Hände.

„Schatz, let's go."

Gut gelaunt stiegen sie aufwärts zu Jans Krankenzimmer. In den wenigen Minuten, die ihnen bis zur Tür blieben, erzählte Jelica vom Besuch bei Stanka.

„Nun kommt ihr ja doch noch", rief Jan ihnen entgegen, als sie eintraten.

„Ich hab schon gar nicht mehr daran geglaubt, euch heute noch zu sehen."

„Wie geht es meinem Sohn?", entgegnete Mirko.

„Ich war lange außer Haus und Mama hatte so viel schwere Fälle, bei denen sie mithelfen musste, es ging leider nicht früher."

Jelica umarmte und küsste Jan, und seinem Papa reichte er, ganz männlich, die Hand.

„Ich könnte ja eigentlich aufstehen, wenn ich könnte."

„Um Gottes willen, Jan, alles, nur das nicht", stoppte ihn Jelica.

„Erst muss die Drainage herunter und, so ganz ohne Schiene am Bein und ohne Stöcke, das geht nicht."

„Wie lange wird das dauern?"

„Ich glaube, an der Schiene wird schon geschraubt und die Drainage, vielleicht morgen, hab etwas Geduld, Jan."

„Hab ich ja. Ihr versprecht, dass ich morgen nicht so lange auf euch warten muss, ja?"

„Versprochen", gab Jelica zurück.

„Anka hat mich heute besucht. Ich habe mich toll gefreut, wir konnten lange reden."

„Na siehst du, es war doch nicht so einsam."

„Jan, wir sehen noch nach Anka und für heute Abend haben Papa und ich eine Einladung von Omid und Alma. Wir haben die lange nicht gesehen. Versprochen, morgen sind wir länger bei dir."

„Sagt Anka, dass sie morgen wieder zu mir kommen soll und sagt Omid und Alma viele Grüße."

„Machen wir, leg dich jetzt flach und ruhe dich aus."

Sie verabschiedeten sich von Jan, winkten noch kurz an der Tür und wandten sich der Treppe nach oben zu.

Als sie in den Raum kamen, sah Anka die Eltern fragend an.

„Je später der Abend…, ich kenne das ja schon. Heute habt ihr euch aber Zeit gelassen. Was war los?"

„Anka, guten Abend, wir waren so beschäftigt, und Papa musste außer Haus einiges erledigen. Wie schaut es heute bei dir aus?"
„Es brennt ein wenig, aber sonst ist alles prima. Ich könnte mitgehen, doch niemand wagt darüber zu reden."
„Jetzt lass dich doch erst einmal richtig begrüßen", sagte Mirko und umarmte seine Tochter. Jelica tat es ihm gleich und antwortete: „Anka, solange Luka kein grünes Licht gibt, wäre das nicht gut."
„Und wann gibt er grünes Licht? Oder traut er sich nicht?"
„Er ist Arzt und er will dein Bestes."
Anka drehte traurig den Kopf: „Ja, ja, mein Bestes."
Jelica nahm den Kopf ihrer Tochter in beide Hände und sah die traurigen Augen.
„Anka, sei nicht traurig. Ich habe noch eine Neuigkeit, die dich vielleicht tröstet."
Anka sah fragend auf.
„Stanka ist hier."
Auf Ankas Stirn traten tiefe Falten und Angst stand in den Augen. „Wo, Mama, wo?"
„Sie liegt in der Neurochirurgie. Unterwegs zu ihrer Oma wurde sie angeschossen. Es geht ihr schon wieder besser und sie wird keine bleibenden Schäden davontragen. Ich habe sie besucht und dich angekündigt. Wie findest du das?"
„Darf ich sie besuchen? Und hast du ihr von mir erzählt?"
„Nein, ich habe ihr gesagt, dass du hier liegst und dass du ihr alles selbst berichten wirst. Alles, was mit euch, mit dir und Jan geschehen ist."
„Danke, Mama."
„Ich habe da noch eine schöne Idee", ergänzte Jelica.
Sie sah zu Mirko, der lächelnd nickte, obwohl er noch nicht wusste, was sie meinte.
„Papa soll die Violine nehmen und sich mit dir vor Stankas Tür treffen. Wenn er sich überzeugt hat, dass sie im Zimmer ist, spielst du ein kleines, nicht zu lautes Stück, bevor du ins Zimmer gehst. Wie findest du das?"
„Super, das wird sie glücklich machen und sehr freuen."

„Gut, so machen wir das. Wie wäre es um drei Uhr morgen Nachmittag?"

„Prima, Mama."

„Wenn ich mich nicht mehr melde, ist es für Papa in Ordnung, und es bleibt dabei, ja? Du musst hinüber in Block B. Wir haben nur noch die Verbindungskorridore in der dritten Etage und im Parterre. Wenn du bei Jan warst, kannst du im gleichen Flur weiterlaufen. Merk dir B211."

„Ja."

„Mirko, geht das, ja?"

„Das muss gehen."

„Wir wollen uns nicht zu lange aufhalten, Anka."

„Warum, Mama, was ist los?"

„Alma und Omid haben uns für ein kleines Essen eingeladen."

„Oh, gibt es die beiden noch und geht es ihnen gut? Ich wusste nicht, dass die überhaupt noch hier sind. Wir haben lange nichts von ihnen gehört."

„Doch, die sind noch hier. Wo sie in der letzten Zeit immer waren", erklärte Mirko.

„Das Restaurant ist geschlossen und die Fenster vernagelt, weil die fliegenden Trümmer des Nachbarhauses alle Scheiben zerschlagen haben. Es geht ihnen offensichtlich trotzdem gut."

„Das freut mich, grüßt sie lieb von mir", und nach einigen nachdenklichen Sekunden, „ihr müsst dort nicht alles erzählen."

„Schatz, wenn wir gefragt werden, sollten wir nicht unter allen Umständen lügen."

„Gut, aber eine Lüge ist eine Lüge und wenn man etwas nicht sagt, ist es etwas anderes."

„Du hast recht, sie gehören jedoch zu unseren besten Freunden und würden das vielleicht merken."

„Nun gut, wann müsst ihr dort sein?"

„Wir sollen kommen, wenn wir hier fertig sind."

„Wir machen das morgen mit Stanka, ja?"

„Anka, das ist versprochen. Ich werde noch mit Luka reden, damit er weiß, was los ist, wenn du nicht im Zimmer bist. Es ist besser, dass du der Stationsschwester Bescheid gibst, sobald du die

Station verlässt. Das gilt ebenso für die Besuchen die du bei deinem Bruder machen möchtest."

„Das versteht sich doch von selbst."

Sie verabschiedeten sich mit viel Zuneigung. Auf dem Weg zum rückwärtigen Ausgang der Klinik überlegte Mirko intensiv, welcher der Wege hinüber zur Baščaršija am wenigsten gefährlich sein würde. Sie zogen es vor, sich nördlich der Ferhadija-Straße zu bewegen. Durch das viele Auf und Ab in den kleinen Straßen würden es circa zwei Kilometer sein, bis sie das Haus der Freunde erreichten.

Etwas außer Atem, aber ohne nennenswert in Gefahr geraten zu sein, kamen sie nach einer guten halben Stunde am Haus von Alma und Omid an. Es sah zunächst aus, als sei es unbewohnt. Sie gingen durch die kleine Einfahrt zum Hinterhaus. Mirko klopfte mehrfach an die schwere Tür. Nach einigen Minuten öffnete Alma geräuschvoll und bat sie schnell herein. Im Vorraum zur Treppe, die in das Kellergeschoss führte, begrüßten sie sich lange und herzlich. Mirko hob danach die Nase und schnüffelte wie ein Spürhund. Ein verführerischer Duft strömte die schmale Treppe herauf. Unten waren die Stimmen der Gäste zu hören. Omid erschien an der untersten Stufe, winkte aufgeregt hinauf und rief Jelica und Mirko hinunter.

„Kommt, traut euch nur, wenn einer fällt, fange ich ihn auf."

Unten angekommen, begrüßte Omid die beiden und stellte ihnen seine anwesenden Freunde vor. Der zu einem Partyraum abgeteilte Keller war gemütlich eingerichtet. Ein einzelner größerer Tisch war eingedeckt. Etwas versteckt brannten zwei Lampen in den Nischen.

Das Aggregat, das die Elektrizität erzeugte, war nur leise in einem entfernteren Raum zu hören. Der Tisch war mit orientalischen Kerzenhaltern und brennenden Kerzen dekoriert. Auf einem kleinen Beistelltisch, den eine Silberplatte mit arabischen Schriftzeichen zierte, stand auf einer Warmhalteplatte die Vorspeise, die den Duft bis hinauf zum Eingang verströmt hatte.

Die Freunde, ein etwas älteres Paar, waren, wie sich im Verlauf des Abends herausstellte, ein Professor der Kunstakademie mit seiner Frau. Die jüngere Frau erkannte Jelica als die Mitarbeiterin des städtischen Museums. Ihr Begleiter outete sich später als arbeitsloser Flugzeugmechaniker. In freundschaftlicher Verbundenheit begrüßten sich alle mit Umarmungen. Jelica und Mirko nahmen nach Almas Wunsch zwischen den beiden Pärchen Platz.

In dem ganzen Elend, der Trostlosigkeit und den vielen Entbehrungen, kam Jelica und Mirko diese Einladung unwirklich, wie aus Tausendundeiner Nacht vor. Nach der ersten Unterhaltung servierte Alma den überbackenen Schafskäse mit Olivenöl, Knoblauch und Oliven, Sirniza genannt. Dazu reichte sie Somun, frisches Weißbrot. Jelica staunte und dachte, *unglaublich, wie lange hatten wir kein frisch gebackenes Brot.*

Es gab Tee, Säfte und Mineralwasser. Nach dem appetitanregenden Schafskäse versuchte sich Omid als Kellner und brachte aus der Küche einen großen gusseisernen Topf mit Bosanski Lonac, dem unvergleichlich duftenden Gemüseeintopf mit einer leckeren Fleischeinlage.

Die Stimmung an diesem Abend war zu keiner Minute ausgelassen, aber zu jeder Zeit harmonisch und voller Zuneigung. Alle empfanden diese wenigen Stunden wie ein nicht wiederholbares Glück. Und die Angst, diese Räume bald verlassen zu müssen, war zu spüren.

Nachdem Mirko kurz geschildert hatte, was mit den Kindern geschehen war, entstand in der Unterhaltung eine Pause. Keiner der Anwesenden bog das Gespräch auf die Themen der Belagerung. Auf Not, Tod, Leid, Verlust und Trauer. Über schöne, vergangene Jahre, über das Erlebte in fremden Ländern und über Visionen, die Zukunft betreffend, unterhielt man sich noch, als Alma mit verschiedenen, herrlich süßen Baklava-Zubereitungen an den Tisch kam und Omid einen bosnischen Kaffee servierte.

Als sie sich nach über drei Stunden dankbar und herzlich verabschiedeten, gab ihnen Alma ein Päckchen mit Süßspeise für die Kinder mit. Sie traten hinaus in die Nacht und sahen, dass Wolken und Nebelfetzen sich aufgelöst hatten. Starker Wind war aufgekommen und ein fast voller Mond beleuchtete die Stadt.

„Kein gutes Zeichen“, bemerkte Omid.

Der Professor verließ das Haus mit seiner Frau in nördlicher Richtung. Das jüngere Paar wohnte, wie sich bei Tisch herausgestellt hatte, in der Baščaršija, eine Straße weiter unten. Jelica und Mirko hatten den weitesten Weg vor sich. Wieder zwei Kilometer zurück in den Osten, hinter der Klinik die Räder holen und nach Hause fahren. Sie wählten aus Sicherheitsgründen erneut die Strecke nördlich der katholischen Kathedrale.
Die Stadt war fast stillgelegt. Die wenigen Fahrzeuge, die unterwegs waren, fuhren mit weit überhöhten Geschwindigkeiten und stoppten, wenn überhaupt, nur in der Abschirmung großer, stabiler Gebäude. Die kleine Anzahl Passanten, überwiegend alte Menschen, liefen ohne große Eile ihren Zielen zu. So, als sei es ihnen im Grunde gleich, wann sie der Tod erreichen würde. Durch die Kugel eines Scharfschützen oder auf biologischem Weg, altersbedingt. Selten waren Soldaten der ABiH zu sehen.

Kaum ein Drittel des Wegs hatten Jelica und Mirko zurückgelegt, als innerhalb weniger Minuten das todbringende Trommelfeuer aus den Bergen und den Häusern jenseits der Miljacka mit Leuchtspurmunition begann. Es folgten unzählige Mörsergranaten größeren Kalibers. Sie rannten Deckung suchend von Haus zu Haus um ihr Leben.

An der Kathedrale angekommen, fühlten sie sich zunächst sicherer. Bis zu diesem Zeitpunkt hatte keiner der Kanoniere es gewagt, dem stattlichen, repräsentativen Gotteshaus nennenswerten Schaden zuzufügen, warum auch immer. Sie verharrten an der nördlichen Ecke der großen Kirche. Mirko hielt Jelica an der Hand, um mit ihr bei der nächsten Feuerpause hinter die Mauern des gegenüberliegenden Hauses zu rennen. Es war plötzlich sehr still. Als sie loslaufen wollten, erschraken sie durch den widerlich quietschenden Ton einer Tür. Diese öffnete sich nach außen. Ein Priester, ein alter Mann und drei Frauen traten aus einer Nebentür des Gotteshauses.

Die ältere der Frauen hakte sich in gebückter Haltung bei dem Mann ein, die jüngeren blieben nebeneinander stehen und unterhielten sich flüsternd. Jelica sah, dass eine der Frauen ein Baby im Arm hielt. Bis auf das Kleinkind waren alle schwarz gekleidet.

Mirko legte seinen Arm um Jelica und flüsterte: „Sieht aus, als hätten sie eine Nottaufe vollzogen."

Sie nickte ihm zu, als die nächste große Attacke mit Geschützfeuer begann. Rundum Bersten, Tod, Vernichtung. Aus zwei verschiedenen Richtungen klangen dann entsetzliche Schreie an ihre Ohren. Südöstlich der Kathedrale war ein Haus in Brand geraten. Um die Ecke schauend konnte Mirko erkennen, wie einige Menschen versuchten aus dem brennenden Gebäude ins Nachbarhaus zu flüchten.

Mirko hielt Jelica fest im Arm. Er spürte ihre selbst auferlegte Verpflichtung, den schreienden Menschen, unter der Gefahr, das eigene Leben zu verlieren, zu Hilfe zu eilen. Er fühlte ihr Zittern, spürte die Hilflosigkeit und wusste, dass sie Tränen in den Augen hatte. Der Priester, der vor den anderen aus dem Gotteshaus getreten war, ein aus Italien stammender Pater, stand wenige Schritte neben der Gruppe, hob beide Arme in die Höhe und fing mit ausgestreckten Händen ein Lamento zwischen Gebet und Gezeter an.

„Madonna. Perché non li mondi a vanuelo (warum schickst du sie nicht zum Teufel), was ist das? Warum müssen wir so bestraft werden? Was haben diese Unschuldigen getan? Ihr da drüben, ihr Hurensöhne, habt ihr keine Familien. Was ist mit der Scheiße in euren Köpfen, fahrt zur Hölle!", schrie er laut in seiner Muttersprache mit wütender, zitternder Stimme.
Er hatte viele Jahre zuvor mit seinem überschäumenden Temperament im San Lorenzo Dom zu Grosseto in Italien den Bischof geohrfeigt und ihn der Lüge bezichtigt. Er wurde ins damals noch existierende Jugoslawien versetzt und das für Bosnien zuständige kroatische Kirchenoberhaupt hatte ihn nach Sarajevo beordert. Nach diesem Lamento schwiegen die Waffen erneut für kurze Zeit, als sei die Verfluchung des Geistlichen gehört worden. Mirko riss Jelica an der Hand, hinüber hinter die Häuser der anderen Straßenseite. Die Gruppe aus der Kirche, mit dem Baby, folgte ihnen. Nur der Pater blieb an der Kathedrale stehen, drehte sich mehrfach, schimpfte noch etwas und verschwand wieder in der Kirche. Keuchend liefen Mirko und Jelica, gefolgt von der Gruppe, die

nächsten hundertdreißig Meter bis zu einer weiteren in Nord-Süd-Richtung verlaufenden Straße.

Gefahrlos konnten sie diese überqueren, bevor der Geschosshagel erneut einsetzte. Sie drängten sich in einen Hauseingang, als es minutenlang nur Glas und Dachziegeln regnete. Sie konnten schon die Spitze sehen, bei der sich die Basekije-Straße, der sie gefolgt waren, mit der einen Block weiter südlich verlaufenden Straße zur Maršala-Tita vereinigt.

Die Einschläge wurden nicht weniger, als sie eng an der Häuserzeile darauf zuliefen. Mirko hatte den Eindruck, die schwarz gekleidete Gruppe folge ihnen ohne Ziel. Bevor sie den großen Platz erreichten, drehte er sich zu ihnen, um die jungen Frauen zu fragen, in welcher Richtung ihr Ziel sei.

„Wir müssen noch ein ganzes Stück weiter in den Osten, wo ist Ihr Zuhause?"

Die Frau mit dem Baby auf dem Arm antwortete kaum hörbar mit schluchzender Stimme: „Unsere Tante wohnt in dem Teil, der Mejtas heißt."

„Sie sollten die Straße dort drüben Richtung Norden nehmen, immer geradeaus. Bleiben Sie immer ganz dicht an der linken Häuserfront, vermeiden Sie die Straße."

Sie murmelte leise ein *Danke*, wandte sich zu den anderen. Sie liefen los, in die Richtung, die Mirko ihnen gezeigt hatte. Als sie allein waren, nahm Mirko Jelica in den Arm und zog sie in die Nische einer alten Toreinfahrt, um nicht von Mauerfetzen, Dachziegeln und Fensterteilen getroffen zu werden, die von oben herabfielen.

„Scheiße, dass dieser schöne Abend so enden musste. Jeli, ich glaube nicht, dass es gut wäre, nun hier weiterzurennen. Lass uns nördlicher gehen, die Dalmatinska rauf und anschließend quer durch den Veliki Park."

„Gut, rennen wir."

Als sie, bei Beschuss ohne Pause, immer wieder in Etappen und jede Gelegenheit für Deckung nutzend, zum Veliki Park kamen, lag dieser unter Dauerfeuer. Mit einem Sprint, immer wieder hinter dicken Bäumen Deckung suchend, schafften sie die Durchquerung schadlos. Durch den anschließenden kleinen Meli Park war es einfacher. Danach mussten sie erneut eine Straßenkreuzung überqueren.

Minuten, in denen die Geschosse weiter westlich einschlugen, nutzten sie, die Straßen zu überqueren, um wieder bei der gegenüberliegenden Häuserzeile Schutz zu suchen. Die Mauern der Häuser waren nur noch einige Schritte entfernt, als für Sekundenbruchteile das zischende Geräusch einer sich nähernden Granate zu vernehmen war. Mit infernalischem Lärm explodierte sie in der Nähe. Mirko verspürte in der gleichen Sekunde ein Stechen in der Hüfte. Beide wurden heftig an die Wand des Hauses geschleudert.

Mirko warf der gewaltige Druck über die Beine seiner an der Hauswand liegenden Frau, er kroch über sie, um sie vor herabfallenden Trümmerteilen und weiteren Explosionen zu schützen. Als sich Dreck und Staub gelegt hatten, keine weiteren Granaten eingeschlagen waren und der erwartete Trümmerregen weniger geworden war, drehte Mirko sich auf die Seite.

„Jeli, Liebling, sag etwas, bitte. Wo hat es dich erwischt?“

Er packte ihre Schulter, hob den Kopf, Jelica öffnete die Augen.

„Ich spüre keine Verletzungen, alles ist gut. Nur hören kann ich schlecht, verstehst du mich? Was ist mit dir?“

„Alles gut, Jeli, kannst du aufstehen?“

„Ja, ich glaube schon, aber alle Knochen tun mir weh.“

Mirko versuchte sich aufzusetzen. Als er die Sitzposition noch nicht erreicht hatte, schrie er plötzlich auf.

„Oh, verdammt, das tut weh.“

Er fasste an seine rechte Hüfte. Als er die Hand wegnahm und im Mondlicht ansah, war sie voll Blut.

„Jeli, ich glaube, irgendetwas hat mich getroffen.“

Jelica, die bei dem Schrei die Hand vor den Mund schlug und ihn mit angsterfüllten Augen ansah, nahm seine Hand.

„Mirko, bitte, bleib sitzen, ich muss das ansehen. Was tut außerdem noch weh, kannst du deine Beine bewegen?“

Jelica drehte sich, lauschte in den Himmel, um das Geräusch abgefeuerter Granaten früh erkennen zu können. Ein Soldat hatte ihr gesagt, *solange du sie hörst, wirst du nicht getroffen*, viel Trost konnte sie in diesem Augenblick daraus nicht ziehen. Weiter entfernt waren unzählige Explosionen zu vernehmen. Jelica kniete sich vor Mirko, zog seine Jacke und das Hemd zur Seite, um vorsichtig die Lende abzutasten. Eine Handbreit über dem Beckenkamm wurden ihre Finger vom heraussickernden Blut rot.

„Mirko, wahrscheinlich ein Schuss, vielleicht ein Splitter. Kannst du aufstehen?"

„Ja, muss ich ja wohl."

Mirko kam mit schmerzverzerrtem Gesicht auf die Knie, sie versuchten sich gegenseitig zu stützen und standen auf. Jelica prüfte ihre Arme und Beine, stöhnte, blies sich den Staub aus den Augen und schüttelte den Dreck vom Kopf.

„Meine Rippen, meine Schulter und mein Knie tun weh, sind aber nicht kaputt, sonst könnte ich mich nicht so gut bewegen."

Langsam laufend, sich gegenseitig haltend, erreichten sie die Klinik. Najdan, der Nachtdienst in der Pförtnerloge hatte, kniff die Augen zusammen, als wollte er nicht glauben, was er sah.

Mirko und Jelica kamen schleichend auf ihn zu. Er rannte sofort hinaus, um Jelica zu unterstützen.

„Verdammt, was ist passiert?"

„Najdan, schnell", antwortete Jelica, „Mirko wurde getroffen."

Als sie den Haupteingang erreicht hatten, rannte Najdan voraus und kam wenig später mit einem Kollegen der Nachtschicht zurück. Mirko verweigerte den Transport auf einer Liege. Zu Fuß ließ er sich in den Waschraum der Mediziner bringen. Im Waschraum klappten sie die an der Wand befestigte Notliege herunter. Jelica zog Mirko die Jacke, das Hemd und Unterhemd aus.

„Ist doch alles nicht so schlimm", brachte er ungewollt heftig hervor.

Jelica hielt seine Hand, als er sich umständlich auf die schmale Liege rollte. Sie schoben die Hose ein wenig herunter. Schräg nach hinten war eine sechs Zentimeter lange und ein Zentimeter breite Wunde. Nach Form und Verlauf sah es wie ein Schuss aus.

„Mirko, wir müssen das desinfizieren und nähen. Möchtest du Anästhesie? Teilweise, ganz?"

„Quatsch", erwiderte Mirko, „nähe es zu, es geht schon."

„Wenn du meinst, beiß mal die Zähne aufeinander."

Ehe Mirko überhaupt reagieren konnte, hatte der ältere Kollege, der dazugekommen war, die Wunde zusammengedrückt und dabei einen Metallsplitter entdeckt, den er gekonnt herauszog.

„Mirko, schau dir das an", sagte der Mediziner, als er Mirko den herausgezogenen Splitter in die Hand gab.

„Puh, was mag das sein? Von einer Granate ist es nicht."

„Vielleicht Teil eines Türbeschlags oder eines Briefkastens", versuchte Jelica ihn abzulenken, als die Kollegen sich bereit machten, die Wunde zu säubern und zu nähen.

„Mirko, bevor wir nähen, lass uns den Bereich um die Wunde etwas betäuben."

„Macht nur, die Lage ist nicht die beste, mir tun schon alle Gräten weh."

„Hört, hört, auf dieser wunderbaren Liege tun ihm die Gräten weh. Weiß der Teufel, wo du beziehungsweise wo ihr heute Abend gewesen seid."

„Bis auf die letzten zwei Stunden", erwiderte Jelica, „war es ein wunderbarer Abend."

„Aber in eure Burg, dort auf dem Hügel, kommt ihr heute nicht mehr."

„Das ist wahr. Mirko hat unten ein Notbett und für mich wird sich noch eine Pritsche finden."

„Ich kann mir nicht vorstellen, dass der Splitter die Wunde gerissen hat, ein Schuss scheint beteiligt gewesen zu sein", sagte der ältere Kollege, nachdem er die Wunde aus allen Winkeln eingehender inspiziert hatte. Der jüngere der Ärzte setzte um die Wunde kleine Injektionen. Nach einer kurzen Wartezeit und einer zusätzlichen Desinfektion nähten sie die Wunde. Mirko ließ es über sich ergehen. Als die Wunde versorgt und Mirko mit Antibiotika versehen war, verließ er die Liege, stand vor Jelica und nahm sie vorsichtig in den Arm.

„Verdammter Mist, Jeli, der Abend hatte so schön begonnen."

„Jetzt bist du versorgt, nun lass uns ganz langsam hinuntergehen."

Mirko bedankte sich bei den Kollegen für die schnelle Hilfe, versprach am nächsten Tag vorstellig zu werden. Jelica half ihm beim Überstreifen des blutverschmierten Hemds, nahm seine Jacke auf den Arm und sie verließen den Raum in Richtung seines Büros. Unten angekommen, bat er Jelica: „Bitte schau hinten in den letzten Raum am Ende des Flurs, dort liegen Feldbetten und hol eins davon herüber."

Jelica führte ihn zunächst ins Büro, bevor sie aus dem hinteren Raum ein olivgrünes Feldbett brachte.

„Jeli, ich schlafe auf dem Feldbett, schau mal in den Spind dort drüben, da sind noch Decken."

„Kommt überhaupt nicht infrage, wer ist verwundet, du oder ich? Möchtest du zu allem, was passiert ist, noch mit mir streiten?"

„Nein, Liebling, nur das nicht."

Mirko saß auf seinem Schreibtischstuhl, während Jelica das Notbett richtete, auf dem er schon so oft die Nacht verbracht hatte, und für sich das Feldbett, bei dem sie die mit Segeltuch bespannte Fläche zunächst mit zwei Decken in eine weichere Liege verwandelte.

„Ich hole noch Laken, so ist das nichts."

Sie sprach es und verschwand. Im ersten Stock, in einem zu den Patientenzimmern durchgängigen Schrank, fand sie Laken, frische Halbkissen und Handtücher, die sie mitnahm. Sie entkleideten sich bis auf die Unterwäsche. Mirko lag zuerst, schnaufte mehrfach heftig und schlief sofort ein. Jelica drehte den Schreibtischlampenschirm zur Seite, um das Licht zu dämpfen, und versuchte auf dem Feldbett eine geeignete Lage zu finden. Obwohl schwerer Geschützdonner die Nacht lang anhielt, schliefen sie bis in die frühen Morgenstunden.

Der Andrang in den Fluren und den aufnehmenden Stationen war während der Nacht groß und wurde nach Tagesanbruch nicht geringer. Die Schreie der Schwerstverwundeten und das Stöhnen der Verletzten, die nicht weit davon entfernt waren, ihr Leben zu verlieren, wurden bis in die Stockwerke hinauf und hinaus bis zur Pförtnerloge und hinunter in Mirkos Büro gehört.

Jelica und Mirko waren aufgewacht und hatten sich etwas frisch gemacht. Jelica erneuerte den Verband an Mirkos Lende. Er zog einen alten, dünnen Pulli an, den er noch im Spind hatte, und darüber seinen weißen Arbeitskittel. Jelica versuchte ihre eingestaubte Kleidung zu säubern, um wenigstens auf dem Heimweg am Abend einigermaßen ordentlich zu erscheinen. Sie konnte schlecht durchatmen, die Rippen waren durch den Sturz geprellt, und die tintenblaue, schmerzende Schulter überraschte sie.

Eine Kleinigkeit zum Essen wurde besorgt und ein heißer Kaffee aufgebrüht. Der *Unrat* der Nacht und die blutige Kleidung beseitigt. Mirko wandte sich seiner Arbeit zu. Jelica war nach oben gegangen, um sich für den Dienst mit Dara vorzubereiten, als Luka vorbeikam. Er unterbrach ihre Vorbereitungen kurz, um sie auf den neuesten Stand in der Behandlung der Kinder zu bringen.

„Jelica", begann er, „nur kurz ein paar Infos. Ankas Wunde hat sich etwas entzündet, eine Entlassung sollten wir heute und morgen nicht planen. Jan ist mit seinem Knie inzwischen gut vorangekommen. Die Drainage haben wir eben entfernt, die Wunden heilen gut. Die Techniker passen ihm, in Zusammenarbeit mit den Orthopäden, eine Gehschiene an, das Knie muss vollständig entlastet werden, wenn er seine Gehversuche macht."

„Luka", entgegnete Jelica, „schön, dass du dich meldest. Die Kinder kriegen ja nicht so wirklich mit, was los ist."

„Deshalb bin ich hier. Mirko wird bei der Schienenanpassung für Jan mitwirken können. Wir haben kaum noch Orthesen und eine Erwachsenenschiene muss gekürzt und umgepolstert werden."

„Weiß Mirko schon, worum es geht?"

„Nein, ich werde später hinuntergehen und mit ihm reden."

„Danke, Luka, hast du die Story der vergangenen Nacht schon mitbekommen?"

„Nein, was war?"

„Wir waren bei Freunden und auf dem Rückweg sind wir voll in den Granathagel geraten. Ich hatte Glück, Mirko hat ein Metallsplitter, vielleicht sogar ein Schuss erwischt, in die Lende. Wir sind sofort zurückgekommen. Die Kollegen konnten den Splitter entfernen und die Wunde mit sieben Stichen nähen. Bei allem, was wir täglich sehen, ist das gewiss nichts Besonderes. Für den, in diesem Fall Mirko, wohl doch. Aber mein Mirko sitzt schon wieder am Schreibtisch."

„Womit bewiesen ist, man soll sich nachts nicht herumtreiben. Doch lassen wir die Scherze, Jelica, ich werde später nach ihm schauen. Nun lass dich nicht von der Arbeit abhalten und bitte, mach langsam, soweit das geht. Wenn was Besonderes auftaucht, melde ich mich."

Er strich ihr sanft über die Schulter und eilte weiter. Jelica war anschließend für wenige Minuten bei Jan und bei Anka gewesen, um nicht wieder den ganzen Tag ohne Besuch verstreichen zu lassen. Als sie Ankas Krankenzimmer betreten hatte, sah sie ihre Tochter wieder lesend im Bett. Nach der herzlichen Begrüßung kam die unangenehme Mitteilung.

„Schatz, du wirst heute noch nicht mitkommen können. Luka hat mir vor wenigen Minuten gesagt, dass sich deine Wunde leicht entzündet hat."

Nach diesem Satz traten Tränen in Ankas Augen, große Trostlosigkeit lag in ihrem Blick. Jelica versuchte sie mit dem Hinweis auf den bevorstehenden Besuch bei Stanka und die Musik zu trösten.

„Mama, wie war der Besuch gestern Abend?"

„Der war wunderbar, nur danach, auf dem Weg zurück, hatten wir Glück, dass wir es lebend bis hier geschafft haben."

„War der Beschuss wieder so heftig?"

„Ja, eine Explosion hat uns vor ein Haus geschleudert. Papa wurde an der Lende verletzt und musste genäht werden. Ich habe eine Rippenprellung und blaue Flecken, das konnte ich erst heute am Morgen wirklich spüren."

„Oh Gott. Was ist nun mit Papa?"

„Wir sind zurückgekommen, er ist schon wieder bei der Arbeit. Es geht ihm gut. Du kennst doch deinen Papa, der steckt das weg."

„Omid und Alma, haben die das mitbekommen?"

„Nein, wir hatten es schon bis durch den Veliki Park geschafft. Da fällt mir ein, dass Alma uns noch Süßigkeiten für euch mitgegeben hat. Ich hab das ganz vergessen, die müssen in Papas Jacke ziemlich vermatscht sein."

„Sind sicher noch vermatscht köstlich.“

„Wir bringen sie euch gegen Abend, wenn du bei Stanka gewesen bist. Ich werde Papa noch einmal daran erinnern, dass er die Violine mitnimmt. Und jetzt muss ich zurück an die Arbeit, ich werde erwartet.“

Mutter und Tochter verabschiedeten sich. In besserer Stimmung erwartete Anka den Nachmittag.

Jelica erinnerte Mirko an den Termin bei Stanka. Er nahm zum verabredeten Zeitpunkt die Violine aus dem Stahlschrank, ging hinüber zur Neurochirurgie, und Anka, die schon ungeduldig wartete, fiel ihm gleich um den Hals.

„Das ist so schön, Papa.“

„Bitte, Anka, nicht so stürmisch, ich bin nicht ganz in Ordnung.“

„Entschuldige, Mama hatte es mir erzählt und ich hab es schon wieder vergessen. Tut es sehr weh?“

„Wenig, wenn man mich nicht zu heftig drückt. Anka, wenn du loslegst mit der Violine, bitte nicht zu laut und nicht zu lange auf dem Flur musizieren.“

Mirko öffnete ganz leise die Tür zum Krankenzimmer, sah Stanka auf dem Bett sitzen und aus dem Fenster sehen. Er schloss die Tür wieder leise. Anka entnahm dem Kasten ihr Instrument und den Bogen und sah ihren Vater an.

„Etwas Romantisches, Papa?“

„Romantisches ist im Krankenhaus immer gut.“

Anka überlegte kurz, nahm Violine und Bogen auf und begann die *Romanze in A-Dur, op. 94 Nr. 2, von Robert Schumann* zu spielen. Nach wenigen Minuten hielt sie es nicht mehr aus, ließ es leise ausklingen und den Bogen sinken. Mit dem Instrument in der Hand betrat sie das Krankenzimmer.

Stanka hatte die Hände vor ihren Mund haltend zu weinen begonnen, als sie ihre Freundin vor der Tür musizieren gehört hatte, und schluchzte heftig, als Anka den Raum betrat. Mirko ging hinter ihr, Anka drückte ihm Bogen und Violine in die Hand. In schnellen Schritten eilte sie ans Bett der Freundin, um sie zu umarmen und ihre Tränen laufen zu lassen. Mirko stand gerührt am Bettende. Als die Mädchen die tränenreiche Begrüßung beendeten, räusperte er sich mehrfach.

„Stanka, darf ich dich nun auch begrüßen?“

Stanka ließ Ankas Hände los, richtete sich etwas auf und streckte Mirko die Rechte entgegen.

„Natürlich, Herr Amata, guten Tag und Entschuldigung, es ist so schön, dass Anka spielt und bei mir ist.“

„Ich wollte sehen, wie es dir geht und werde euch gleich alleine lassen. Machst du Fortschritte, Stanka?“

„Ja, es geht mir täglich besser.“

„Das ist wunderbar, so wird es keine allzu große Belastung, wenn Anka bei dir ist.“

„Anka ist nie eine Belastung“, erwiderte sie und sah Mirko an.

„Nein, das ist sie bestimmt nicht. Es gibt viel zu erzählen und ich muss wieder an meine Arbeit. Anka, ich nehme die Violine mit, das ist sicherer.“

„Ja, Papa, bis heute Abend.“

Mirko verabschiedete sich von Stanka, gab seiner Tochter einen flüchtigen Kuss und verließ den Raum, um zurück ins Basement zu seinem Büro zu gehen.

Anka blieb zwei Stunden bei Stanka. Die Mädchen berichteten gegenseitig, was ihnen widerfahren war, und Anka ergänzte ihre Schilderung mit den Details zu Jans Verletzungen und versprach ihrer Freundin, sie nach der Visite am nächsten Tag zu besuchen.

Als es an diesem Dienstag auf den Abend zuging, die Extremfälle weniger wurden und Jelica neben Dara eine kleine Pause machte, läutete das Telefon im Behandlungsraum. Dara überlegte erst und nahm dann den Hörer doch ab.

„Dara, ich bin hier bei Goran in der Pförtnerloge, kann ich dich eine Minute sehen, ich muss gleich weiter. Ich habe Nachricht von Alex und will das nur persönlich machen.“

„Robert, du überraschst mich, einen Moment bitte.“

„Jelica, Robert ist draußen bei Goran, ich gehe schnell für eine Minute zu ihm, ja?“

„Ist schon gut, ich beschäftige mich zwischenzeitlich mit einem Patienten.“

Dara ging hinaus und lief so schnell es ging zur Pförtnerloge, dort begrüßte sie Robert mit einem Kuss.

„Robert, was ist los?"

Vom kleinen Pförtnerraum aus gingen sie die breite Treppe zum Haupteingang hoch und Robert reduzierte seine Stimme zu einem Flüsterton.

„Schatz, am Donnerstag ist es so weit. Noch zwei Tage, ich habe die Papiere, auch den Ausweis für Jelica. Du solltest das morgen unbedingt mit deinem Chef regeln."

„Mein Gott, das ging aber jetzt schnell."

„Der Termin von Alex, das heißt, der Konvoi steht fest. Wenn wir zusammen hier wegwollen, geht es nur so oder gar nicht."

„Ich spreche mit Jelica, wenn sie es auf die Reihe bringt mit den Kindern, die liegen ja beide noch hier, wird es gut. Ich wünsche und hoffe es für sie, sie ist total am Ende. Sollte sie es nicht schaffen, würde mich das sehr, sehr traurig machen, wir müssten alleine los. Danke, Bob, bis heute Abend."

„Okay, Schatz, bis heute Abend."

Robert gab ihr einen zarten Kuss und verschwand wieder über die Treppe. Dara, ganz in Gedanken noch mit den Neuigkeiten beschäftigt, lief zurück zu Jelica, die hatte einen schwierigen Patienten und wartete schon auf sie.

In den letzten Stunden des Dienstes unterhielten sich die Freundinnen in englischer Sprache über die Details. Jelica konnte es nicht erwarten, Mirko zu treffen, um mit ihm diese Neuigkeiten zu besprechen. Kaum hatten sie an das Nachtteam übergeben und Jelica sich von Dara verabschiedet, eilte sie den Flur entlang, zur Treppe, die hinunterführte zu ihrem Mann. So bald wie möglich wollte sie die Neuigkeit Mirko berichten.

Sie fand Mirko und seinen Kollegen in dem kleinen Werkstattraum neben Mirkos Büro. Mirko war mit der schwierigen Instandsetzung eines Beatmungsgerätes beschäftigt, Boris half ihm dabei. Dass er nicht alleine war, passte Jelica in diesem Augenblick nicht. Einerseits drängte es sie, mit Mirko über den kommenden Donnerstag zu reden, andererseits hatte sie Angst davor.

„Hallo, immer noch beschäftigt?"

„Mist", gab Boris von sich, „wenn die richtigen Ersatzteile fehlen."

Mirko nahm Jelicas hektisch-ungeduldigen Zustand wahr.

„Du hast aufgehört für heute, sollen wir zu den Kindern gehen?"

„Das ist eine gute Idee."

„Boris, bitte versuche noch die Schläuche anzupassen und dann lass es gut sein für heute."

„Alles klar, Mirko, jetzt ist Kinderbesuch angesagt, die warten sicher schon."

Mirko nahm seine blutbefleckte Jacke von der Garderobe und klopfte Boris auf die Schulter.

„Bis morgen, Boris, schönen Abend."

Jelica hängte an: „Ade, Boris, grüße Nura, falls du sie noch triffst heute Abend."

„Danke, Jelica, mach ich."

Sie verließen die kleine Werkstatt und gingen zu Jelicas Garderobe. Als sie sich umgezogen hatte, nahmen sie die schmale Treppe am Ende des Korridors.

„Mirko, mach langsam, ich muss mit dir reden."

„Ich habe schon gemerkt, dass etwas brennt. Können wir das nach dem Besuch bei den Kindern besprechen, bitte?"

„Ja, eigentlich kommt es auf eine Stunde nicht an."

„Gut, lass uns zu Jan schauen."

Mirko nahm trotz seiner Verwundung immer zwei Stufen auf einmal. Jelica zog ihn an seinem Jacket, um ihn etwas zu bremsen, und fühlte die kleinen Päckchen, die noch in der Jackentasche steckten.

„Vergiss die Süßigkeiten für die Kinder nicht."

„Du meine Güte, ja. Die hab ich ganz vergessen und ausschauen werden die nicht mehr allzu gut."

„Das ist egal, die schmecken auch noch verdrückt. Nun mach langsamer, wir müssen nicht außer Puste sein, wenn wir ins Zimmer kommen."

„Du hast recht, wir sind ja nicht auf der Flucht."

„Noch nicht, mein Schatz, noch nicht."

„Das heißt?"

„Später, Mirko, später."

Als sie Jans Krankenzimmer betraten saß er in seinem Bett und strahlte die Eltern mit einem Gesichtsausdruck an, als wollte er ihnen entgegenspringen.

„Jan, Liebling, wie geht es dir heute?"

„Mama, Papa, so gut geht es mir, die Laufschiene steht schon da. Schau nur hier auf der anderen Seite."

Er drehte sich etwas und beugte sich zur anderen Bettseite, dass Jelica Angst hatte, er würde aus dem Bett fallen.

„Um Gottes willen, Jan, langsam. Stell dir vor, du fällst aus dem Bett. Es würde alles von vorne beginnen."

„Nein, nein, ich pass schon auf. Danke für die Malsachen."

Mirko nahm Jans Kopf und küsste ihn auf die Stirn.

„Wunderbar, dass es aufwärts geht. Den Rest kriegen wir auch noch hin."

„Ja, Papa, das wird schon. Morgen soll ich laufen lernen. Das klingt, als wäre ich ein Baby."

Jelica war zur anderen Seite des Bettes gegangen und hatte die Schiene gehoben, um sie anzusehen.

„Nein, Jan, dass du kein Baby bist, weiß jeder. Mit einer solchen Schiene am Bein ist das Laufen wesentlich schwieriger als ohne das Monstrum und keiner von uns möchte, dass du hinfällst und alles von vorne beginnt."

„Du wirst nicht immer einen neben dir haben, der dich auffängt und mit der Schiene, das ging schneller, als ich befürchtet hatte", ergänzte Mirko.

„Anka hat mich besucht, ich hab mich sehr gefreut. Ich glaube, sie war zwei Stunden bei mir. Morgen kommt sie wieder und sie hat gesagt, dass es bei ihr wieder etwas wehtut unten. Du weißt schon, da wo die Soldaten …"

„Ja, Jan, wir wissen, dass sich die kleine Wunde etwas entzündet hat, aber das wird besser. Doktor Luka kümmert sich darum."

„Ihr arbeitet hier und so ist das viel einfacher für uns. Ich habe drangedacht, dass das gut ist."

„Für uns ist es schön, tagsüber in der Nähe zu sein und euch mehrfach zu besuchen. Nachdem Anka bei dir war, wollen wir sie jetzt auch noch besuchen, und morgen sind wir wieder hier. Vielleicht erleben wir deine ersten Schritte."

„Schon möglich, wenn Zeit ist."

„Ich muss noch auf den Dienstplan schauen. Falls ich morgen im Operationsbereich arbeiten muss, kommt Papa zu dir, bevor ich dich am Abend sehen kann. Dürfen wir dir jetzt eine gute Nacht wünschen?"

„Ja, sagt Anka viele Grüße, sie soll morgen bei mir bleiben."

„Machen wir. Papa hat noch etwas von Alma und Omid."

Mirko zog die zerdrückten Päckchen mit den Süßigkeiten aus der Jackentasche und gab Jan eines davon.

„Mhm, das riecht schon so gut."

„Jan, nicht alles auf einmal aufessen, ja?"

„Nein, ich heb mir immer etwas auf, heute will ich nur mal ein wenig kosten."

„Natürlich, und nun gute Nacht, schlaf gut und sei vorsichtig."

Sie nahmen beide ihren Sohn noch einmal in den Arm, küssten ihn zärtlich und verließen den Raum wieder, um Anka eine gute Nacht zu wünschen. Auf dem Flur kam ihnen Nura entgegen.

„Nura", begrüßte sie Mirko, „was ist nun los, ich dachte, du hast inzwischen einen gemütlichen Abend mit Boris?"

„Schönen Abend, ihr beiden, ja, ich hatte auch auf einen früheren Feierabend gehofft. Die haben mich kurzfristig zurückgepfiffen, obwohl ich Rufbereitschaft habe, es hätte Dara treffen sollen, sie ist nicht erreichbar, beziehungsweise war schon weg."

„Und wie lange soll das gehen?"

„Noch zwei Sachen sind angesagt, danach ist endlich Schluss."

„Wir wünschen es dir, wir sind auf dem Heimweg und wollen noch kurz bei Anka reinschauen."

„Kommt gut heim, ich muss weiter, bis morgen."

Nura fasste beide an den Armen und ging zur Treppe.

„Bis morgen, Nura."

Als sie langsam die Tür zu Ankas Zimmer öffneten, sahen sie schon durch die halb geöffnete Tür, dass sie fest schlief. Die Bettnachbarin nickte und hob die Hände gefaltet an die Wange, indem sie ihren Kopf schräg darauflegte, um anzudeuten, dass Anka tatsächlich sehr tiefen Schlaf gefunden hatte. Sie winkten der Patienten und schlossen die Tür wieder. Entspannt und langsam über die schmale hintere Treppe gehend, steuerten sie dem Ausgang zu. Auf dem Weg nach draußen war Mirko neugierig.

„Schatz, was gab es vorhin so Wichtiges?"

Ohne Umschweife kam Jelica zum Thema.

„Der Konvoi an die Adria, an den sich Dara und Robert anhängen wollen, der geht am Donnerstag."

Mirko, überrascht, schwieg einige Minuten.

„Liebling, hat es dir die Sprache genommen?"

„Nein, Jelica, ich habe nachgedacht. Glaubst du, die Kinder sind bald so weit, dass sie das mitmachen können?"

„Dara hat das so arrangiert, dass ich die Kinder begleiten kann. Wir haben doch darüber gesprochen."

„Ja, natürlich haben wir darüber geredet. Dass ich so plötzlich ganz alleine bin, überrascht mich jetzt etwas."

„Ist nur für kurze Zeit, ich versuche, so schnell es geht zurückzukommen."

Mirko blieb stehen und sah Jelica an.

„Warte, ich hole die Räder."

„Mirko, ich gehe mit."

Gemeinsam, Hand in Hand, liefen sie den Fußweg zu den Radständern auf der anderen Seite des Hauses.

„Ich habe Angst um euch, um meine Familie. Was auf der Strecke bis hinunter ans Meer los ist, kann ich mir vorstellen. Es ist nicht auszuschließen das ihr zwischen die Fronten geraten könntet. Meine Angst ist doch verständlich?"

„Mirko, wir fahren nicht auf eigene Faust. Die UN-Leute sind dabei und das bedeutet Schutz für uns."

„Die bringen dich nicht zurück zu mir."

„Sicher nicht, es wird einen Weg geben. Wenn ich nicht voraussehen kann, das diese oder jene Rückfahrmöglichkeit sicher ist, warte ich auf die nächste. Ich möchte heil wieder zu dir zurück."

Mirko kettete das unten am Ständer gesicherte Motorfahrrad ab und nahm sein eigenes oben vom Ständer und inspizierte es kurz.

„Wir reden zu Hause weiter, ja?"

„Ja, Liebling."

Jelica bestieg Mirkos Rad, fuhr wenige Meter, und als Mirko mit dem laufenden Motor der Velosolex neben ihr ankam, nahm er ihre Hand und zog sie in gewohnter Weise auf den Heimweg. Nach wenigen Metern musste er stehen bleiben und die Seite wechseln, da das Ziehen schmerzhaft war. Auf dem letzten Teilstück, das sie wie immer zu Fuß zurücklegten, sahen sie kurz vor dem eigenen Haus auf der anderen Straßenseite Ervin Bajor bei der Arbeit.

„Ervin", rief Mirko, „was hast du denn so Wichtiges zu tun bei Dunkelheit, können wir dir helfen?"

Ervin sah erschrocken auf. Als er Mirko und Jelica erkannte, freute er sich und wischte sich die Hände an dem grauen Kittel ab, den er übergezogen hatte.

„Schön, euch zu sehen, ist nun endlich Feierabend? Wie geht es den Kindern? Bei mir war nur das neue Rohr des Ofens durch den Wind verrutscht. An diesem Haus ist so manches zu machen. Wenn es Material gäbe, hätte ich wochenlang Arbeit."

„Den Kindern geht es jetzt gut, Ervin", gab Jelica Auskunft.

„Und das Neueste – Mirko hat nichts dagegen, dass ich es dir heute schon sage."

Mit einer Bitte im Blick blickte sie zu Mirko, dessen Gesicht in der Dunkelheit kaum zu sehen war.

„Am Donnerstag kann ich die Kinder zu meiner Schwester an die Adria bringen, wir hoffen, dass sie dort sicherer sind als hier. Vor allem aber hoffen wir, gesund dort hin- und wieder zurückzukommen. Ein Patient hat mir berichtet, dass um Mostar erneut schwere Kämpfe ausgebrochen sind."

„Das ist ja mal eine gute Nachricht. Ich meine, dass ihr die Kinder in Sicherheit bringen könnt. So etwas wie neulich muss man nicht öfter haben. Die Kinder nicht und wir alle nicht. Ich freue mich für euch. Sehe ich euch noch und die Kinder, bevor ihr die nicht ganz gefahrlose Reise antreten werdet?"

„Die Kinder", versuchte Mirko zu erklären, „werden wohl nicht mehr hier heraufkommen. Jelica verabschiedet sich in jedem Fall von dir, Ervin."

„Wenn die Kinder nicht mehr kommen, muss ich hinunter, um ihnen alles Gute zu wünschen."

„Aber, Ervin, wir können sie doch von dir grüßen."

„Papperlapapp, ich will die sehen, bevor sie entschwinden."

„Ervin, sobald du unten bist, komm zu mir ins Büro. Ob Jelica Zeit hat, wissen wir ja nicht."

„Wäre morgen schon möglich?"

„Ervin, heute ist Dienstag, wir haben nur noch den Mittwoch."

„Ja, stimmt, ich komme eventuell morgen."

„Bis morgen, Ervin."

„Bis morgen, schlaft gut."

„Gute Nacht."

Ervin trottete zurück in sein Haus und Jelica ging mit Mirko die letzten Meter bergan. Mirko sah hinauf zu den kaputten Fenstern, die in der Dunkelheit nur als Höhlen wahrnehmbar waren. Die Räder wieder unten an der Garage deponiert, stiegen sie die Treppe zum Balkon hinauf. Mirko lief um das Haus zum Haupteingang, um Jelica über die Küchentür hineinzulassen. In der dunklen Küche griff Mirko nach Jelica und hielt sie schweigend minutenlang fest. Dann half er ihr aus dem leichten Mantel, ging damit zur Garderobe im Flur und befreite sich selbst von seiner dicken, schmutzigen Jacke. Nachdem er seine Schuhe abgestellt hatte, brachte er Jelica ihre Hausschuhe in die Küche, half beim Wechseln und nahm die zwei großen bereitstehenden Kerzen, um sie anzuzünden. Nachdenklich saßen sie am Esstisch.

„Schatz, wir wissen beide, dass die Kinder nicht mehr ins Haus kommen können, das heißt, dass wir entsprechend packen müssen. Und wir wissen nicht, wie lange sie weg sind."

„Und deine Sachen natürlich", ergänzte Mirko.

„Wir könnten, wie wir schon einmal besprochen haben, Ervin morgen früh bitten, uns das Gepäck zu bringen. Ich kann es im Büro lagern."

„Das ist das Vernünftigste. Nun mache ich uns erst einmal eine gute Suppe, möchtest du?"

„Eine prima Idee. Soll ich schon mal Sachen der Kinder auf das jeweilige Bett räumen?"

„Tu das. Was ich nicht einpacke, schiebe ich zurück. Die Teile, die ich für mich brauche, muss ich selbst zusammensuchen."

Sie zündete zusätzlich ein halbes Dutzend Kerzen an. Für sich, damit sie in der Küche die Übersicht behielt, und für Mirko, der in den Kinderzimmern die notwendigen Dinge der Kinder auf die Betten räumen wollte.

Jelica ging in den kleinen Nebenraum der Küche, in dem die noch vorhandenen *trockenen* Vorräte in schmalen Regalen gelagert waren. Nahm ein noch von ihrer Mutter eingekochtes Glas mit Tomaten und bereitete in der Küche eine Suppe, während Mirko sich in Jans Zimmer zu schaffen machte. Wenig später rief sie in den Korridor hinaus: „Mirko, kommst du, die Suppe ist fertig."

Mirko kam in die Küche und schüttelte den Kopf.

„Ich wusste gar nicht, dass unsere Kinder so viel Kram haben, es wird schwierig das Richtige auszusuchen und einzupacken, insbesondere für Anka. Bekanntermaßen sind junge Damen äußerst kritisch. Wir müssen gut auswählen und sollten vielleicht die Taschen, die wir mit in die Klinik genommen haben, morgen zurücknehmen, so haben wir mehr Möglichkeiten."

„Machen wir. Jetzt lass dir erst einmal die Suppe schmecken. Da wir keine Beilage haben und kein Brot holen konnten, habe ich etwas mehr gemacht."

Sie genossen die kleine Mahlzeit und machten anschließend Wasser heiß, um das Geschirr spülen zu können. Dann blieb noch Zeit, sich wieder um die Kindersachen zu kümmern, vor allem diese zu sortieren. Kurz nach zehn schien es beiden genug. Jelica sah Mirko bittend an, und er verstand. Sie löschten die Kerzen in den Kinderzimmern. Jelica nahm eine der Kerzen und verschwand kurz in den kleinen Vorratsraum. Als sie mit einer Flasche Wein zurück in die Küche kam, begann Mirko an zu lachen.

„Schatz, wir zelebrieren doch noch nicht den Abschied, außerdem wäre das eher ein trauriger denn ein beglückender Anlass."

„Nein, nur so. Wir haben selten Zeit für uns und ich dachte, das passt heute. Machst du bitte die Flasche auf?"

Mirko nahm die Flasche, die ein paar Jahre im hinteren Regal gelagert war, zog den Flaschenöffner aus einer der Schubladen und entfernte den Korken. Jelica hatte zwei Gläser aus dem Schrank genommen und Mirko schenkte ein. Eine Stimmung seltener Vertrautheit lag über allem, Jelica setzte sich auf Mirkos Schoß, zog seinen Kopf an ihre Brust und sie verharrten für Minuten mit dem Gefühl der Untrennbarkeit. Sie ergriffen die Weingläser, prosteten sich zu und wünschten ein glückliches Ende der bevorstehenden Odyssee.

„Jeli", unterbrach Mirko die stille zärtliche Atmosphäre, „in mir macht sich große Beklemmung breit. Ich spüre eine tiefe Angst und wie ich den Abschied überstehe, weiß ich jetzt noch nicht."

„Mirko, mein starker Mann, ängstlich und sentimental, das kenne ich gar nicht. So finde ich die Situation wieder positiv, ich lerne neue Seiten an dir kennen", sagte sie mit einem Lächeln.

Und Mirko erwiderte: „Es ist alles so oberflächlich geworden. Ich meine jetzt nicht das Leid und die Angst. Angst wird nie oberflächlich sein. Ich meine dieses endlos schnelle Dahineilen, von einer Sache zur nächsten, was ist uns in den vergangenen Monaten an Zeit geblieben. Zeit für uns, nur für uns. Mir scheint, als hätten wir das Lachen völlig verlernt."

„Ja", antwortete Jelica, „wenn du daraufhinweisen willst, dass das, was wir täglich sehen und erleben, keinen Anlass zum Lachen gibt. Gut, ja, so ist das richtig, aber sehr oft denke ich an die Zeit unserer *Schwerelosigkeit.* Es bleiben nicht viele Minuten für Muße, für Entspannung. Mirko, ich bin so ausgebrannt. Du weißt das und wenn ich nicht den Rest an Willen mobilisieren könnte, würde ich wesentlich öfter in die Knie gehen. Es ist für dich nicht gut und für mich und unser Vorhaben, wenn ich bemerke, dass du dich in eine depressive Stimmung fallen lässt. Bleiben wir in gewisser Weise fatalistisch und was fast noch wichtiger ist, bleiben wir Optimisten. Irgendwann wacht die Welt auf und realisiert, was hier geschieht, oder den Verbrechern geht das Pulver aus. Vielleicht auch beides, das wäre der Idealfall."

Sie begaben sich mit je zwei Kerzen in der Hand ins Bad und danach prozessionsartig in ihr Schlafzimmer. Die Zeit vor dem Einschlafen wurde, trotz Müdigkeit, zu einem der seltenen Höhepunkte in dieser von Sorge, Angst und Frustration geprägten Zeit.

Sich gegenseitig mit Leidenschaft bis zur Erschöpfung *einatmend*, schliefen sie tief ineinander ein.

Jelica und Mirko erwachten in der gleichen Position, als es schon hell geworden war. Sie lösten sich, lachten und neckten sich, wer wohl wen hätte wecken müssen. Jelica machte sich nach dem Aufstehen daran, das winzige Frühstück – nur noch Zwieback war im Haus – zu arrangieren, während Mirko sich im Bad erfrischte. Als Jelica ins Bad kam, um Mirkos Wunde zu versorgen und im Vorbeigehen in die Kinderzimmer sah, lächelte sie, als sie das hinterlassene Chaos erblickte.

Nach dem kurzen Imbiss, bereit für den neuen Tag und die Abfahrt zur Klinik, blieben sie wenige Minuten bei Ervin stehen, um ihm mitzuteilen, dass sie nicht fertig geworden waren. Ervin versprach, sie am nächsten Morgen mit *Sack und Pack* zur Klinik zu bringen.

Bei strahlendem Sonnenschein, wieder jede Gefahr ignorierend, ging es abwärts zur Klinik. Ohne Zwischenfälle konnten sie die Räder an die Stellplätze bringen. Wie an jedem Morgen der vergangenen Tage war das Erste ein Besuch bei den Kindern. Als sie zu Anka kamen, waren neue Patientinnen neben ihrer Tochter in frischen Betten. Anka saß auf ihrer Matratze und sah interessiert zum Fenster. Als sie ihre Eltern bemerkte, sprang sie auf, war vergnügt und begrüßte Mirko und Jelica stürmisch.

„Guten Morgen, was macht deine Wunde, Papa?“

„Es geht ganz gut, wenn ich an all das Leid der Patienten denke, geht es mir blendend.“

„Das ist gut, schaut mal, die beiden“, dabei wies sie auf die Betten, die neben ihr standen, „die wurden entlassen und ich möchte bitte heute Abend mit euch gehen und in meinem eigenen Bett schlafen. Bitte, bitte, veranlasst das.“

„Anka, Liebes“, erwiderte Jelica, „das hängt doch nicht von uns ab. Das müssen die Ärzte entscheiden, und nachdem sie es überaus gut gemeint haben, will ich ihnen nicht ins Handwerk pfuschen.“

„Aber mit Doktor Luka reden.“

„Wir wollen sehen, was sich machen lässt. Morgen ist so oder so Entlassung. Es geht an die Adria, zu Tante Elena und Onkel Giovanni. Dort seid ihr sicherer."

Von einem Moment auf den anderen fielen bei Anka die Mundwinkel nach unten, sie wandte trotzig den Kopf und schaute mürrisch zur Wand.

„Was soll denn das jetzt, wollt ihr uns los sein!", rief sie.

„Und glaubt jemand wirklich, dass Jan das aushält, der ist doch immer noch schwer krank?"

„Anka, sei lieb", ermahnte Mirko sie zärtlich, „wir werden alles klären. Wenn das klappt mit dem Transport, ist es die einzige Chance, euch in Sicherheit zu wissen und ich bin dafür. Übrigens, ihr seid nicht allein, Mama fährt mit."

Versöhnlicher drehte sie sich wieder zu ihren Eltern.

„Gott sei Dank. Und wie lange sollen wir dort bleiben?"

„Bis es ungefährlich ist zurückzukehren", erklärte Jelica.

„Du bleibst die ganze Zeit bei uns."

„Nein, mein Schatz, das geht nicht. Erstens will ich euren Vater nicht so lange in dieser Unsicherheit alleine lassen und zweitens werde ich hier in der Klinik gebraucht. Vielleicht hast du in den wenigen Tagen gemerkt, dass das Personal immer weniger wird?"

„Aber wir reden noch, ja?"

„Natürlich bis ins letzte Detail. Jetzt wollen wir zu Jan und an die Arbeit. Wir kommen heute Mittag, spätestens heute Abend und möglicherweise darfst du mit uns heim."

„Ich beiß mir auf die Zunge, Grüße an Jan und sagt ihm, dass ich zu ihm komme."

„Bis dann."

Als sie nach wenigen Minuten in Jans Zimmer blickten, schlief er noch fest. Sie störten ihn nicht und verließen leise wieder den Raum. Jelica griff Mirko an den Arm.

„Mirko, fairerweise sollten wir einen Termin beim Chef machen. Ich muss mich doch für die Tage der Abwesenheit befreien lassen. Urlaub kann man das zurzeit ja nicht nennen."

„Das ist gut, ich hatte auch daran gedacht. Komm, lass uns runter zu Selma gehen, im Sekretariat wird sich hoffentlich nicht viel geändert haben, sie kann uns kurzfristig einen Termin beim Chef eintragen."

Kurz danach waren sie im Sekretariat, Selma war anwesend und gut gelaunt.

„Guten Morgen, Selma", begrüßten sie gleichzeitig die Kollegin.

„Wir brauchen heute unbedingt noch einen Termin beim Chef", erklärte Mirko.

„Guten Morgen, wie geht es euch nach dem Desaster mit den Kindern?"

„Danke, Selma, jetzt geht es schon wieder", erklärte Mirko.

„Wenn ihr zusammen hier aufkreuzt, ist sicher was im Busch, ich merke das. Vielleicht großes Abseilen geplant? Bitte nicht. Es sind schon zu viele liebe Kollegen verschwunden und Ersatz gibt es nicht."

„Selma", ergänzte Jelica, „ich muss mich kurz freistellen lassen."

„Wegen der Kinder?"

„Ja, ich will sie zu meiner Schwester nach Neum bringen. Wir möchten das dem Chef selbst sagen."

„Ich kann mir nicht vorstellen, Jelica, wie du dort hinkommen willst. Es wird gekämpft, überall, bei Mostar sollen Gefechte sein."

„So wie es geplant ist, könnte es mit der UNPROFOR klappen, in Konvoi mit den Blauhelmen."

„Nun gut, meinen Segen hat die ganze Familie und ich wünsche euch und den Kindern alles Gute."

„Danke, wir hoffen alle auf ein gutes Ende."

Selma sah in die Terminübersicht und bat Jelica und Mirko, am frühen Nachmittag noch einmal zu kommen, dann sei der Chef frei und anwesend.

„Dara war hier, sie kommt um dieselbe Zeit."

„Danke, Selma, das stört uns nicht, bis später."

Mirko wollte mit Boris die Reparatur vom Vortag beenden und musste gegen Mittag wegen einer schwierigen Operation im OP-Bereich zur Überwachung sein. Jelica und Dara hatten in der Notaufnahme erneut extreme Fälle zu versorgen und in die Spezialabteilungen weiterzuleiten. Als sie eine kleine Pause gegen Mittag im Casino machen konnten, war Mirko wieder frei und zu ihnen gestoßen. Gemeinsam, fast schweigend, hatten sie das immer kleiner werdende Gericht zu sich genommen.

Wenig später waren Dara und Jelica im Sekretariat und Mirko kam von unten. Zunächst erklärte Jelica sich dem Klinikchef und erbat für die nächsten vier bis sechs Tage, ab dem folgenden Donnerstag, die Freistellung und Mirko erklärte die Details. Der Chef, zunächst sprachlos, zog die Stirn in Falten, schaute eine Weile aus dem Fenster in den verhangenen Himmel.

Die Trauer über den Niedergang seiner einst so erfolgreichen Klinik war zu spüren. Er gab zu verstehen, dass er sehr wohl von dem Überfall auf die Kinder wisse, Verständnis für den Transport in den Süden habe und dies unterstützen werde. Noch weniger erfreut schien er von Daras völligem Ausscheiden. Sie sei unersetzbar, eine Oberarztstelle war sein letztes Angebot. Als er sie nicht umstimmen konnte, wünschte er etwas kurzsilbig alles Gute und bat um die Anschrift in der Schweiz, da er so schnell kein qualifiziertes Zeugnis ausstellen könne.

„So bleibt mir nur, Sie alle mit den besten Wünschen gehen zu lassen, Mirko bleibt uns vorerst treu, hoffe ich."

Sie verabschiedeten sich vom Chef. Wieder im Treppenhaus, bat Jelica: „Mirko, lass uns zu Luka gehen. Ich muss wissen, wie es mit Anka steht, ob sie mit uns nach Hause kann."

„Gut, ihr beiden", rief Dara ihnen zu und eilte nach unten zur Notaufnahme. Mirko nickte, nahm Jelica an der Hand. Atemlos kamen sie in der dritten Etage an. Luka sei, so die Assistentin, unten im vierten Notaufnahmeraum.

Als sie das Erdgeschoss erreichten, kam Dara ihnen atemlos entgegen.

„Oh Gott, Jelica, gut, dass du endlich kommst, schnell, komm bitte rüber in Raum zwei, ich warte auf dich."

Ohne eine Erklärung abzuwarten, bat Jelica ihren Mann alleine zu Luka zu gehen und eilte zum Garderobenraum. Wenige Minuten später stand sie neben Dara vor einem schwer verwundeten Kind.

Mirko suchte Luka und öffnete die Tür zur Notaufnahme Vier. Dort sah er zwei Personen auf Liegen ausgestreckt. Luka und ein weiterer Arzt bemühten sich hektisch um diese. Sie standen mit ihren weißen Schuhen in einer großen Blutlache. Als Luka aufsah, nickte Mirko ihm nur kurz zu und schloss die Tür sofort wieder.

Die Sonne, die sich durch die Wolken gezwungen hatte, verschwand hinter den Bergen, das Getrampel im Haus wurde weniger, als Luka zu Mirko ins Büro kam.

„Mirko, du wolltest zu mir?“

„Ja, Luka, war wohl nicht der richtige Moment.“

„Ein verdammter Scheißtag war das. Sechs Arme und ebensoviele Beine wären noch zu wenig an solchen Tagen. Für heute reicht es mir.“

„Wir wollten dich fragen, ob etwas dagegensteht, dass wir Anka heute mit nach Hause nehmen. Du weißt von unseren Plänen, die Kinder an die Adria zu bringen. Mit Anka wird es offenbar kein großes Problem. Wie muss oder wird das mit Jan weitergehen?“

„Vorschlag: Ich rufe Durak dazu, er kann zu Jan mehr sagen.“

„Eine gute Idee. Wann müssen Ankas Fäden gezogen werden?“

„Damit kann man noch gut zehn Tage warten, Jelica kann das machen, wenn sie dabei ist. Sonst müsst ihr einen Arzt oder eine Krankenschwester finden, es sollte Desinfektionslösung vorhanden sein.“

Wenige Minuten später kam der Orthopäde Durak.

„Mirko, ich konnte es nicht glauben, als ich erfahren habe, was geplant ist. Wäre ich in der gleichen Situation, würde ich es wohl genauso machen.“

„Ja, deshalb die Frage an dich. Was müssen wir mit Jan beachten, was muss möglicherweise gemacht werden und wann? Und ich wollte euch herzlich bitten, uns Verbandzeug, Medikamente und die Entlassungspapiere für beide mitzugeben. Wenn möglich sollte darin detailliert stehen, was passiert ist. Vielleicht sogar in englischer Sprache. Wir wissen nicht, wo und mit wem Jelica es zu tun haben wird.“

„Das ist außer Frage“, begann Luka, „dass wir euch für die erste Zeit entsprechend versorgen. Zu Anka reicht der Hinweis, dass sie sich nur vorsichtig waschen und noch nicht duschen darf. Weder die Kopfwunde noch die Naht im Schritt sollten sich aus welchen Gründen auch immer entzünden. Ansonsten ist beim Töchterchen bis auf die seelischen Probleme alles gut."

„Und zu deinem Stammhalter", ergänzte Durak, „die Fleischwunde ist trocken und heilt gut und sein Knie bedarf später einer größeren Operation. Daraus wird in absehbarer Zeit hier nichts, das ist klar. Die Wunden heilen gut, ohne Schiene darf er nicht laufen. Er würde nicht nur starke Schmerzen bekommen, es könnte noch mehr kaputt gehen. Darauf sollte Jelica unbedingt achten."

„Sie ist jetzt noch bei Dara. Ich werde es ihr sagen. Bringt ihr mir die Medikamente und alles Weitere?"

„Ich komme noch einmal herunter und schaue gleich bei Jelica und Dara vorbei, bevor ich gehe. Wenn du nicht hier sein solltest, packe ich das auf den Schreibtisch", beendete Durak seinen kurzen Besuch.

„Und du, Luka?"

„Jelica kommt bestimmt noch zu mir und zu Anka gehe ich gleich, um noch zwei Sätze zu sprechen. Jan bleibt heute bei uns und du bleibst uns hier sowieso erhalten."

„Luka, vielen Dank. Wir sind morgen noch zusammen, bevor Jelica zum vereinbarten Treffpunkt gehen muss."

„Zu dritt und mit Gepäck, darf ich euch später nach oben fahren? Noch läuft meine alte Kutsche."

„Luka, das kann ich nicht verlangen."

„Hast du doch nicht. Soll ich oder nicht? Will mich ja nicht aufdrängen."

„Prima, Luka, wenn du kannst."

„Kannst ist gut, ich bin seit sechs Uhr hier."

„Ich warte mit den Ladys, bis du kommst."

Mirko arbeitete mit Boris weiter, bis Jelica fertig angezogen für den Heimweg eintraf.

„Mirko, ich gehe rauf zu Anka und hole sie ab, bitte bleibe hier, bis wir kommen, ja?"

„Jelica, Luka hat angeboten uns nach Hause zu fahren."

„Das ist toll, bin gleich zurück."

Jelica verließ das Büro und nahm die breite Haupttreppe hinauf zu Ankas Zimmer. Fertig angezogen, mit gepackter Tasche, saß sie auf der Bettkante. In euphorischer Stimmung begrüßte sie ihre Mutter, froh, endlich aus der Klinik zu kommen.

„Mama, ich bin so froh, dass Doktor Luka gesagt hat, ich kann gehen. Obwohl die Fäden mich ständig kitzeln und piksen und ich Angst vor der Fahrt an die Adria habe."

„Anka, du musst dir deshalb nicht den Kopf zerbrechen. Wir fahren unter dem Schutz der UN. Sicherer geht es zurzeit nicht. Hast du alles eingepackt? Ich muss nicht nachschauen? Gut, die Violine lassen wir unten bei Papa, bis es losgeht."

„Ich habe alle Ablagen kontrolliert, alles ist in der Tasche."

„Wir müssen Jan noch eine gute Nacht wünschen und dann zu Papa runtergehen. Luka will uns heimfahren."

„Das ist prima."

Sie verabschiedete sich von den Patientinnen, die das Zimmer mit ihr geteilt hatten. Als sie zu Jan kamen und er Anka angezogen sah, entschloss er sich zunächst mit keinem mehr zu sprechen. Anka setzte sich an seine Bettkante, nahm ihn in den Arm und strich ihm zärtlich über den Kopf.

„Jan, morgen sind wir alle wieder hier. Mit Mama fahren wir zu Tante Elena und Onkel Giovanni. Ist das nicht gut? Wenn wir dich heute mitnehmen würden, wäre das doch eine unnötige Quälerei für dich."

Jans Mitteilungsbedürfnis war wieder erwacht. Er sah seine Mama und Anka mit großen Augen an.

„Bis morgen, versprochen, Mama?"

„Versprochen, Jan, wir fahren morgen, du, Anka und ich."

Sie verabschiedeten sich von ihm, wünschten eine gute Nacht und trafen sich im Büro mit Mirko und Luka.

„Gut", gab Luka das Kommando, „lasst uns losfahren, ich gehe davon aus, dass es bei diesem Nebel keine Probleme gibt."

Über den Hinterausgang, an den Fahrradständern vorbei, waren sie in wenigen Minuten am Mitarbeiterparkplatz. Luka hielt Jelica die Beifahrertür auf. Mirko und Anka nahmen auf der Rückbank Platz. Die wenigen Kilometer aufwärts waren schnell geschafft.

Jelica sah Luka fragend an: „Luka, mach uns die Freude und komm noch auf einen Tee mit uns hinein."

„Jelica, lass mich lieber nach Hause fahren, die warten ja schon, dass ich komme."

„Verständlich, wir danken dir für die Fahrt und für die Betreuung unserer Kinder. Wir sehen uns morgen."

Mirko bedankte sich und Anka, indem sie Luka in den Arm nahm. Sie standen am Eingang zum Vorgarten und winkten ihm, als er losfuhr. Der Abend war mit Packen und Ordnen gefüllt. Anka hatte den Großteil ihrer Garderobe herausgeräumt. Als Jelica die verschieden großen Haufen von Ankas Schrankinhalt sah, war sie zunächst sprachlos.

„Anka, eine große Reisetasche, mehr geht nicht. Wenn jeder von uns eine große Tasche hat und das Handgepäck und deine Violine, wie groß glaubst du, ist das Fahrzeug? Robert und Dara verlassen für immer das Land, sie müssen alles mitnehmen, was sie nicht verschenken können oder wollen."

„Ja, ja, ist ja gut, ich sortiere schon."

Zweimal wurde ein- und wieder umgepackt. Jelica hatte für sich und Jan je eine Tasche gefüllt und ihre große Handtasche mit allem gepackt, was sie *im schnellen Zugriff* haben musste, oder wollte. Darunter die kleine alte Damenpistole, die von Mirkos Großvater stammte. *Als letzte Möglichkeit der Verteidigung,* waren ihre Gedanken, während sie die Waffe mit der noch vorhandenen Munition vorsichtig, ganz unten in ihrer Tasche, versteckte. Man konnte nie wissen, welcher Art Konfrontationen und Bedrohungen sie und ihre Kinder ausgesetzt sein würden, sobald sie keinen militärischen Schutz mehr erhielten. Seit dem Umzug hatte die winzige Waffe ganz hinten im Kleiderschrank gelegen und Jelica glaubte, dass sie die Einzige sei, die noch daran dachte. Als alles gepackt und fertig war, musste unbedingt noch die Frage des Geldes, das sie mitnehmen wollte, mitnehmen musste, geklärt werden.

„Mirko, was meinst du, wie viel Geld wir für die Reise benötigen?"

„Ich will nicht, dass du den Lieben in Neum auf der Tasche liegst. Zum Glück haben wir die Reserven bis heute nicht angegriffen. Nimm nur genug mit. Ich kann hier nichts damit anfangen. Auch das wenige an deutscher Währung, das noch in der Box ist, und die meisten Dollars. Außerdem die Travellerschecks. Wobei ich nicht wirklich glauben kann, dass du diese überhaupt einlösen kannst. Die meisten Banken wurden von den jeweiligen Gegnern geplündert. Nimm sie trotzdem mit, niemand weiß wirklich, was los sein wird."

„Gut, zur Sicherheit. Wenn wir telefonieren, sag ich dir, ob das in Neum schon wieder oder noch möglich ist."

„Ja, Liebling. Ich bin heilfroh, dass die Verbrecher die Box und deinen Schmuck nicht gefunden haben. Alles, was du nicht mitnehmen willst, bringe ich in meinem Stahlschrank im Büro unter. Wer weiß, was hier oben noch alles passiert. Vergiss den kleinen Ordner mit den Papieren der Kindern nicht. Auch die Schulpapiere, das könnte wichtig sein und die Unterlagen der Klinik solltest du morgen noch dazuheften."

Der Rest war bald erledigt. Jelica bereitete einen kleinen Imbiss mit Konservenrotkraut und den eingekochten Birnen zu.

„Dies ist kein Abschiedsmahl und keine Beerdigung, jetzt seid mal bitte etwas lustiger."

„Gut gesagt, ich weiß das wohl. Geht mir genauso, im Grunde sind wir alle sehr traurig, dass die widerlichen Umstände uns zwingen, Abschied zu nehmen. Abschied von diesem Ort, an dem wir erst, von meinen Kindheitserinnerungen abgesehen, angefangen hatten richtig zu leben."

Bei diesen Sätzen füllten sich Jelicas Augen mit Tränen. Mirko stand auf, ging zu ihr, nahm zärtlich ihren Kopf in die Hände und drückte ihn an sich.

„Schatz, die paar Kilometer. Ist doch nicht aus der Welt. Die Kinder sind hoffentlich sicher und du bald wieder hier. Sei nicht traurig, es wird alles gut."

„Und wenn ich an dich denke, wie du dir hier vielleicht ein Süppchen kochen wirst. Das ist ganz schrecklich, eine fürchterliche Vorstellung für mich."

„Mama, Papa", meldete sich Anka, „warum so schwere Gedanken? Schaut die vielen Familien, in denen Väter und Brüder jetzt irgendwo mit Uniform im Dreck liegen, oder sogar kämpfen und keiner weiß wo."

„Ja, Schatz, du hast recht, machen wir das Beste daraus. Was meinst du, Jelica?"

„Ich räume noch das Geschirr weg und dann sollten wir schlafen gehen. Anka kann es ja kaum erwarten, wieder einmal in ihrem eigenen Bett zu liegen."

Mirko wurde am Morgen, dem Donnerstag der Abreise, durch einen lauten Knall früh aus dem Schlaf gerissen. Er musste sich einige Minuten konzentrieren. Es war für ihn nicht deutbar, ob der Knall aus seiner Träume stammte, ob er von der Detonation einer Granate kam, vielleicht die Explosion eines Panzergeschosses gewesen war. Rundum blieb alles ruhig, als er sich vorsichtig, um Jelica nicht zu stören, aus dem Bett schälte. Er wollte, bevor alle wach waren, zu Ervin gehen, um mit ihm über den Transport in die Klinik zu sprechen.

Nach einer Katzenwäsche kleidete er sich rasch an und sah mit seiner alten Kleidung und unrasiert ein wenig aus, als habe er fernab der Zivilisation genächtigt. Er lief den kurzen Weg zum Nachbarn, der noch früher aufgestanden war und ihm die Tür öffnete, als Mirko das Haus noch nicht erreicht hatte. Sein Aussehen fiel ihm sofort auf.

„Mirko, was ist los, willst du so deine Lieben verabschieden?"

„Wieso?"

„Du siehst nicht wirklich gut aus."

„Ich werd's noch ändern, Ervin. Das Blut und das Loch sind von gestern. Auf dem Heimweg habe ich mir zur Abwechslung einen Splitter eingefangen."

Bei dieser Erklärung zog er sein Hemd und seine Unterwäsche hoch.

„Schau, da haben sie mich wieder zusammengeflickt. Ist nicht wirklich schlimm, nur unangenehm."

Er stopfte die Kleidung wieder in die Hose und grinste.

„Ich wollte kurz mit dir sprechen, ob es dabei bleibt. Jelica und die Kinder verlassen uns und haben ihr Gepäck bereits fertig."

„Mirko, versprochen ist versprochen, und verabschieden wollte ich mich ebenfalls von den Kindern."

„Anka ist gestern mitgekommen und Jan liegt noch, bis wir kommen, in der Klinik."

„Die armen Kinder, ich hoffe, die können sich erholen, nach allem, was passiert ist."

„Das hoffen wir und insbesondere, dass die Kinder bleiben können und Jelica gesund zurückkommt."

„Es wird schon gut gehen."

„Ich bin am Fenster, wenn ihr bereit seid, bitte geh kurz auf die Straße und gib mir ein Zeichen. Ich mache den Wagen dann sofort klar."

„Ervin, das ist so gut, wen sollten wir bitten, wenn wir dich nicht hätten?"

„Lass es gut sein, Mirko, und nun geh und rasiere dich, vielleicht wartet dein Schatz schon."

„Dank dir, bis später."

„Bis später."

Mirko ging mit schnellen Schritten zurück zum Haus. Jelica hatte geglaubt, ihn bei der Garage beziehungsweise im Keller zu hören und erschrak schrecklich, als er plötzlich so ungepflegt in der Küche vor ihr stand.

„Mirko, was ist los, wo warst du?"

„Bei Ervin, um ihm Bescheid zu sagen. Wir haben vereinbart, dass wir ihm ein Zeichen geben und er mit dem Wagen herüberkommt, uns zu holen."

„Du musst noch ins Bad, du schaust so nicht sehr gut aus. Und bitte zieh dir etwas anderes an."

„Wieso gefalle ich dir nicht mehr?"

„Nicht wirklich, mein Schatz."

„Ist Anka schon auf?"

„Ja, ich glaube, sie ist im Bad fertig. Wenn du kommst, können wir eine Kleinigkeit frühstücken."

Mit kondensierter Milch hatte sie einen Griesbrei gekocht und Zimt mit Zucker bereitgestellt. Dazu gab es Zwieback. Danach beseitigten Jelica und Anka die Reste in der Küche, wuschen die

Geschirrteile ab und brachten ihre Gepäckstücke hinaus in den Korridor.

„Schatz“, rief Jelica zu Mirko, „ich muss die Unordnung noch beseitigen, so kann ich das Haus nicht verlassen. Und noch etwas, Mirko, ich habe darüber nachgedacht, wovon sich Ervin seit Monaten ernährt. Es beschämt mich, dass wir darüber nie mit ihm gesprochen haben. Ich will ihm, bevor wir gehen, ein paar der Konserven geben. Bist du damit einverstanden?“

„Natürlich, ganz schön unaufmerksam, dass es uns erst heute einfällt. Der arme Ervin wird immer dünner und wir stellen keine Überlegung an, woran es wohl liegen mag.“

Jelica ging rasch durch die Küche zum Vorratsraum, nahm eine leere Pappschachtel vom oberen Regalbrett und füllte sie mit Gläsern und Dosen aus den restlichen Vorräten, die sie noch mehrfach vorfand. So perfekt eingemachte Lebensmittel, dass sie noch Jahre haltbar waren. Sie schob noch zwei kleine Flaschen Kondensmilch dazwischen und trug den Karton in den Flur, nahe der Eingangstür. Als die Nährmittelversorgung für Ervin erledigt war, eilte sie von einem Zimmer ins nächste, um noch ein wenig aufzuräumen, was seit dem Vandalismus herumgelegen hatte.

„Was machst du denn noch, Jelica?“

„Ich habe für Ervin etwas gepackt, und wie das hier aussieht… Wenn ich nicht zu Hause sein kann und du vielleicht einmal mit einem Kollegen hier heraufkommst. Was müsste der von mir als Hausfrau denken, wenn ich nicht das Allergröbste doch noch aufräume.“

„Jelica, das lässt sich alles erklären.“

„Nein, das muss jetzt erledigt werden.“

Die Aufräumarbeiten nahmen eine halbe Stunde in Anspruch, bis Mirko hinausging, um Ervin das zuvor vereinbarte Zeichen zu geben. Wenige Minuten später stand der Wagen vorm Haus und wurde beladen. Als Ervin zum Eingang des Hauses kam, drückte Jelica ihm den Karton mit den Lebensmitteln in die Hände.

„Ervin, sei so gut und bring den Karton noch schnell in dein Haus und bitte jetzt keinen Protest. Wenn wir es nicht übrig hätten, könnten wir es dir nicht geben.“

„Aber, ich …" Ervin wollte trotzdem mit großen Augen intervenieren. Jelica lächelte ihn an und schnitt ihm das Wort ab.

„Ervin, bitte, mach mir die Freude und bring das ganz schnell nach Hause, ja?"

„Widerspruch zwecklos, ich sehe schon."

Er tat wie ihm befohlen und war kurze Zeit später zurück. Anka lief aus dem Haus, begrüßte Ervin herzlich und saß als Erste in seinem Fahrzeug. Jelica kam hinzu und Mirko vergewisserte sich, dass alle Türen des Hauses verschlossen waren, bevor auch er in den Wagen stieg. Die Fahrt in die Klinik verlief nachdenklich und schweigsam. Ervin überkam eine in den letzten Monaten nicht gekannte Traurigkeit. Bald war keiner mehr in seiner Umgebung, der ihm nahestand, mit dem er reden konnte.

Er parkte seinen alten Wagen auf dem Parkplatz, auf dem nur wenige Fahrzeuge standen. Einige davon schienen schon sehr lange unbewegt und waren völlig eingedreckt. Sie nahmen das Gepäck auf. Ervin griff nach Ankas Tasche, sie sprang hinzu und konnte nicht verhindern, dass er sie fest im Griff hatte.

„Ervin, du bist lieb, aber du musst nicht mein Gepäck schleppen."

„Was kann ich denn sonst noch für dich tun, wenn du nun bald verschwunden bist. Ist doch so traurig genug."

„Sei nicht traurig, wir melden uns, sobald es möglich ist, und du glaubst nicht, wie oft unsere Gedanken auch bei dir sein werden."

„Das hast du lieb gesagt, danke dafür."

Im Eingangsbereich, in Sichtweite des Empfangs, wurde das gesamte Gepäck deponiert. Jelica ermunterte sie, zusammen zu Jan zu gehen und ihn abzuholen. Als sie sein Zimmer betraten, war das Bett leer und Jan war mit all seinen Sachen verschwunden. Jelica erschrak, Anka blieb der Mund offen.

„Guten Morgen, kann uns vielleicht einer sagen, wo unser Jan geblieben ist?"

Der Patient an der Fensterseite meldete sich.

„Morgen – ja, der Doktor hat ihn angezogen und mitgenommen, hinunter."

„Du meine Güte", entgegnete Jelica zu Mirko gewandt, „er sitzt wahrscheinlich schon bei dir im Büro."

„Schönen Dank, alles Gute. Lass uns schnell runtergehen."

„Bitte nicht zu schnell, Papa", bremste ihn Anka.

„Nein, Anka, nur so schnell du und Papa es können", erwiderte Jelica und sah auf ihre Armbanduhr.

„Wir haben noch mehr als zwei Stunden bis zur Abfahrt und bis dort hinüber sind es nur wenige Minuten zu Fuß. Hoffentlich ist es einigermaßen sicher."

„Mama", sagte Anka zu ihrer Mutter, „ich muss unbedingt zu Stanka. Ich kann unmöglich fahren, ohne mich von ihr zu verabschieden. Darf ich das sofort machen?"

„Natürlich, aber komm erst kurz mit hinunter in Papas Büro, ich hoffe, dein Bruder ist dort."

Leise gingen sie zusammen mit Ervin über die schmale Treppe am Korridorende und hinunter. Dort empfing sie, auf Papas Bürostuhl sitzend und strahlend, Jan. Boris hatte ihn unterhalten und ihm erklärt, wofür die vielen Apparate notwendig waren, die herumstanden. Eine herzliche Begrüßung folgte und ein Hinweis auf das, was nun zu tun war.

„Jan, Anka und ich müssen uns im Haus noch verabschieden. Anka bei Stanka und ich bei meinen Kolleginnen und Kollegen. Anka, bitte grüße deine Freundin und erkläre ihr, dass wir nicht mehr alle vorbeikommen können, und bitte bleib nicht zu lange. Luka wird, glaube ich, bald hier sein. Ervin, hast du noch so viel Zeit?"

„Jelica, mehr als mir lieb ist. Ich habe doch alle Zeit der Welt und überlege selbst schon, wie ich aus der Stadt vielleicht herauskommen kann. Soll ich euch zum Treffpunkt bringen?"

„Danke, vielen Dank. Das wäre unnötig gefährlich für dich. Es ist ja nicht weit und wir müssen die bekannten Schleichwege nehmen, die für deinen Wagen viel zu schmal sind. Mirko wird uns zu Fuß hinbringen und wir wollen keine zusätzlichen Gefahren riskieren."

„Ich werde, wenn ihr abmarschiert, zurückfahren und die Dinge auf mich zukommen lassen, weiterhin wachsam sein und mich immer wieder bei Mirko melden, es sei denn, ich finde einen Weg hinaus. Ich hoffe so sehr, euch alle gesund wiederzusehen."

Nach vierzig Minuten kam Anka vom Besuch bei ihrer Freundin zurück. Sie hatte rot unterlaufene Augen. Alle konnten erkennen, dass sie bei der Verabschiedung von ihrer Freundin geweint hatte.

Jan ging, als sie sich auf einen der Bürostühle gesetzt hatte, zu ihr, umarmte sie und versuchte sie zu trösten.

„Wenn ich mitgegangen wäre zu Stanka, hätte ich bestimmt auch weinen müssen. Wir wissen ja nicht, wann wir uns wiedersehen, das ist traurig."

„Jan, nun ist es gut, lass Anka in Ruhe. Es fällt uns doch allen nicht leicht und eine Urlaubsreise wird das wirklich nicht."

Es kam der Zeitpunkt des Aufbruchs. Die letzten Vorbereitungen waren getroffen. Als sich Jelica und die Kinder in der Klinik verabschiedet und Ervin sich auf den Heimweg gemacht hatte, war Mirko, die Taschen der Kinder tragend, mit zum Treffpunkt gegangen. Mirkos anschließende Verabschiedung verlief zwangsläufig tränenreich. Er hatte es vorgezogen, den Akt abzukürzen und so schnell es möglich war, wieder in Richtung Klinik zu verschwinden. Sich in seine Arbeit zu vertiefen, und nicht wirklich realisieren zu müssen, dass er seine Familie abreisen sah.

III

Donnerstag, 17. Juni 1993 – Flucht

Hinter den als Sicht- und Feuerschutz zwischen den Häuserlücken aufgestellten, zerschossenen Straßenbahnwaggons und den danebenstehenden rostigen Containern hielten die drei weißen Fahrzeuge der UN-Soldaten. Dazwischen auch der dunkle, zivile Wagen von Robert, dem Schweizer Journalisten. Zwei der Fahrer und vier weitere kanadische Blauhelmsoldaten saßen verteilt in den Autos, während der dritte Fahrzeuglenker noch eine der blauen UN-Fahnen in eine vorgefertigte Hülse am Fensterholm eines Wagens anbrachte. Der Marschbefehl des kleinen Konvois lautete: *Die Dokumente nach Split bringen und die Fahrzeuge nach Zagreb zum UN-Hauptquartier.*

Robert hatte in den zurückliegenden Monaten die guten Beziehungen zu Offizieren der Blauhelmtruppe genutzt. Unter anderem gaben das kriminelle Verhalten einiger Presse-Kollegen, aber mehr noch die Angst, das Verhältnis zu Dara und die gemeinsame Zukunft zu gefährden, Anlass, seinen Vertrag mit der Agentur in Genf nicht erneut zu verlängern und in seine Heimat zurückzukehren.

Alex, leitender Offizier der bevorstehenden Mission, prüfte alle Fahrzeuge, indem er jedes noch einmal eingehend inspizierte. Als er zu Robert kam, reichte er ihm ein Handfunkgerät: „Damit ihr wisst, was los ist, und warum die verschiedenen, eventuell unterwegs notwendig werdenden Maßnahmen ergriffen werden."

Jelica, die mit den Kindern in Roberts Wagen auf der Rückbank saß, hatte das Fenster heruntergelassen, den Kopf an die Stütze gelegt und verfolgte die nervöse Unruhe der Männer. Sie drehte den von Robert erhaltenen provisorischen Presseausweis, den sie in der Hand hielt, hin und her. Mit glasigen Augen dachte sie an Dara, die noch nicht am Treffpunkt eingetroffen war. Wenn ein Scharfschütze sie auf dem Weg zu diesem verabredeten Platz erwischt haben sollte, würde sie nicht nur eine ihrer besten Freundinnen verloren haben, der ganze Fluchtplan müsste als gescheitert angesehen werden und das Stückchen Pappe in ihrer Hand wertlos sein.

„Robert, ich kann meine Leute nicht mehr länger hinhalten. Was ist mit Dara, es wird ihr doch nichts passiert sein?“, wandte sich der Blauhelmoffizier Alex wieder an Robert, der an seinem Landcruiser neben der geöffneten Tür gelehnt stand und voller Unruhe eine Zigarette nach der anderen rauchte. Robert sah den Offizier fragend an, schaute auf seine Armbanduhr, trat die halb gerauchte Zigarette auf dem Boden aus, zuckte mit den Schultern und ging zu den *Schutzschild-Containern* hinüber, um in die Richtung zu sehen, aus der Dara vor einer halben Stunde hätte erscheinen müssen. Er konnte sie nicht sehen und wandte sich zu Alex.

„Alex, bitte entschuldige – ich verstehe das nicht. Vielleicht traf sie unterwegs auf einen Notfall oder die verdammten Scharfschützen sind überaktiv.“

Kaum war die Entschuldigung angekommen – er wollte den Gedanken an *Schlimmeres* verwerfen –, als Dara aus einer Seitenstraße auftauchte. Sie hatte sich früh genug auf den Weg zu dem vereinbarten Treffpunkt gemacht. Unweit der Abbiegung, die sie nehmen musste, war vor der letzten Straße zum Standort der UN-Fahrzeuge, in das dritte Haus zu ihrer Linken, ein schweres Geschoss eingeschlagen und hatte das Gebäude zerfetzt.

Der Autoreifenhandel, der neben diesen neuen, gerade entstandenen Trümmern sein Domizil gehabt hatte, war am Tag zuvor mit dem angrenzenden Gebäude eines kleinen Theaters in Schutt und Asche gebombt worden. Was nach diesem erneuten Treffer geschehen war, empfand Dara wie eine apokalyptische Szene. Zunächst hatte sich alles um sie herum verdunkelt; bis die Trümmer, ohne ihr Schaden zuzufügen, am Boden waren, verharrte sie in einer Nische. Schließlich wurden Dreck und Staub weniger und sie hatte sich umsehen können. Keine Verwundeten oder gar Tote. Die Vorsicht vor den immer brutaleren Angriffen und die Reaktionen darauf schienen in den zurückliegenden Monaten ausgeprägter geworden zu sein.

Dara hatte, nach wenigen Schritten, weiter in Richtung des Treffpunkts, auf den Resten der alten Bühne des kleinen Theaters, die bizarr und schräg in die Luft ragten, einen Mann mittleren Alters herumirren sehen, der offenbar auf der Suche nach etwas gewesen war. Bekleidet mit einem breitkrempigen Hut, einem schwarzen, langen Mantel und von dem Einschlag völlig mit Staub gepudert.

Sie war, sobald dies möglich wurde, in seine Richtung gegangen, um ihn anzusprechen. Erschrocken, doch langsam hatte er sich zu ihr gedreht. Sie sah die links und rechts an seinem Kopf herabhängenden Locken, wie sie meist von gläubige Juden getragen werden.

„Entschuldigung, kann ich Ihnen helfen?"

Er war, mit Tränen in den Augen, über die Trümmer der Bühnenbretter ein wenig in ihre Richtung herabgestiegen. In englischer Sprache, mit einem eigenartigen Akzent, war zögernd seine Antwort gekommen: „Wissen Sie, ich suche ein Bein."

Dara war erschrocken.

„Wie darf ich das verstehen, wenn Sie sagen, dass Sie hier ein Bein suchen?", fragte sie ihn.

„Das können Sie nicht wissen, wenn Sie mit unserer Religion nicht vertraut sind. Meine Schwester ist gestern hier gewesen, als die Granate einschlug. Sie wollte nach einem geflickten Reifen fragen. Sie kam ums Leben, wir haben viel von ihr gefunden, es war weit verstreut. Aber ihr Bein, ein Stück vom Bein fehlt, und es ist wichtig, dass der Körper komplett ist. Verstehen Sie? Wir haben sie in der Nacht bestattet. Ich will das Teil finden und nachbestatten lassen. Die Chewra Kadischa (eine *Bestattungsbruderschaft* jüdischer Gemeinden, die sich um die Vorbereitung der Bestattung kümmert) existiert hier nicht mehr und den *Bet ha-olam*, den jüdischen Friedhof, zu erreichen, ist nicht möglich, zu gefährlich. Wir mussten sie bei allen anderen zu Grabe tragen, in der Erde hinter dem Hochhaus. Es ist so traurig, ich weiß nicht, wie es weitergeht."

„Ich kann Sie gut verstehen, ich bin Ärztin und erlebe täglich das Grauen. Meistens ist es lebensgefährlich, die Verstorbenen zu bestatten. Es gibt nicht einmal mehr Särge. Die Toten aus unserer Klinik müssen wir in Tüchern übergeben. Werden Sie nach dem fehlenden Stück Ihrer Schwester weiterforschen, bis Sie es gefunden haben?“

„Ja, ich versuche es.“

„Und wenn es tief unter den Trümmern liegt?“

„Das wäre sehr schlimm, aber nicht zu ändern.“

„Es tut mir unendlich leid, was Ihnen widerfahren ist. Ich wünsche Ihnen alles Gute und seien Sie vorsichtig, es könnten noch weitere Geschosse folgen. Ich habe einen Termin und muss nun leider gehen.“

„Ja, ja, gehen Sie nur, auch für Sie alles Gute.“

Er hatte sich abgewandt, um weiterzusuchen. Und Dara wusste beim Blick auf ihre Armbanduhr, dass sie zu spät war. Atemlos, voll Staub vom Kopf bis zu den Schuhen, war sie kurz danach bei der Gruppe und den Fahrzeugen angekommen.

„Bitte, bitte entschuldigt. Scharfschützen und einschlagende Granaten haben mich aufgehalten.“

Sie ging auf Robert zu, gab ihm einen flüchtigen Kuss. Während sie versuchte, sich vom Staub, der ihren ganzen Körper in schmutziges Grau gehüllt hatte, zu befreien, entschuldigte sie sich bei Alex noch einmal ausdrücklich für die Verspätung.

„Komm, Dara, zum Glück ist dir nichts passiert. Lass uns einsteigen, Alex müsste mit seinen Männern schon unterwegs sein. – Alex“, rief er dem UN-Hauptmann zu, „Alex, alles klar, wir können los.“

Dieser nahm bei seinen Leuten im ersten Wagen Platz. Als sich der Treck in Bewegung setzte, schloss Robert sich an. So verließen sie die schützende *Wagenburg*, um über Seitenstraßen in erhöhtem Tempo die 17 im Westen, Richtung Mostar, zu erreichen.

Der Konvoi kam nach der Stadtgrenze ohne Zwischenfälle mit guter Geschwindigkeit zügig voran. Überall begrenzten zerbombte, eingestürzte und von Kugeln beschossene Gebäude mit leeren Fensterhöhlen den Weg. Immer wieder tauchten in Sichtweite auf Nebenstraßen und Waldrändern Truppen auf. Wiederholt konnten die Fahrer den Straßenschäden oder auf die Straße gestürzten Trümmer geschickt ausweichen, bis nach der Überfahrt über eine Brücke beim Ort Konjic, nach Verlassen des Zentrums, plötzlich

Schüsse einer automatischen Waffe die Geräuschkulisse stark veränderten.

Der Offizier wies seine Fahrer über Funk an, Vollgas zu geben, um den Konvoi geradeaus in ein nahes Waldstück zu lenken. Mit großer Geschwindigkeit donnerten die Fahrzeuge über einen schmalen Ackerweg in den Wald. Robert schloss sich gezwungenermaßen dieser Fahrweise an. Bei Jan verursachte das hektische Auf und Ab sehr starke Schmerzen im verwundeten Knie. Er verbiss sich die Tränen und stöhnte unablässig. Als alle Wagen eine kleine Lichtung erreichten, gab der Offizier das Zeichen zum Halt, stieg aus, ließ außer den in den Fahrzeugen verbliebenen Fahrern die Männer um sich versammeln und bat Robert dazu.

„Es ist nahezu sicher", erklärte er in englischer Sprache, „dass die Schüsse nicht uns galten, oft werden in dieser Zeit, die ohne Recht und Richter auskommen muss, zunehmend kleine, private Rachefeldzüge veranstaltet, das scheint mir eben der Fall gewesen zu sein."

Einer der Männer hob die Hand zur Wortmeldung.

„Sir, bitte geben Sie allgemeine Regeln für den Fall eines tatsächlichen Beschusses."

„Alles so, wie in der Einheit mehrfach besprochen. Wir werden", antwortete Alex, „wenn wir unter Beschuss geraten, uns blitzschnell separieren. Das Fahrzeug vor dem zivilen Wagen gibt ihm Deckung, da wir die bessere Armierung haben. Die Fahrzeuge auf der schusssicheren Seite verlassen und dahinter sammeln. Wir müssen unseren zivilen Begleitern die Möglichkeit geben, ihr Fahrzeug in den Schatten unserer Wagen zu bringen, da die verwundeten Kinder das Fahrzeug nicht so schnell verlassen können, wie es eventuell erforderlich sein müsste, ist das klar?"

Seine Männer antworteten mit einem leisen „Yes, Sir" und warteten mit fragender Miene auf den Befehl zur Weiterfahrt.

„Aufsitzen", rief Alex. Sie stiegen wieder ein, verließen die Lichtung zurück auf die Straße, um mit hoher Geschwindigkeit weiterzufahren. Vorbei an unzähligem, zerstörtem Militärgerät, vielen gesprengten Häusern und zerschossenen Kirchen und Moscheen, die hin und wieder mit der Hälfte des herunterhängenden Minaretts grotesk und unwirklich kulissenhaft aussahen. Nach eineinhalb Stunden war die Straße hinter Glogosnica derart von Granaten zerstört und so mit tiefen Kratern deformiert oder Trümmern übersät, dass die Kolonne auf eine Seitenroute ausweichen musste. Alex erklärte den Fahrzeugführern über Funk, er werde an geeigneter Stelle das Zeichen für einen Stopp geben, um eine Pinkelpause zu ermöglichen.

Nach weiteren Kilometern schrie er plötzlich für alle hörbar ins Mikrofon: „Deckt die Kinder, Sichtschutz, schnell!“

Robert wandte abrupt seinen Kopf halb nach hinten zu Jelica und rief: „Köpfe runter, Köpfe runter!“

Jelica zog blitzartig die Köpfe der Kinder auf ihren Schoß, hielt sie fest unten, neigte ihren Kopf ebenso weit es ging und wartete ab. Nach wenigen Minuten hörte sie über das Funkgerät wieder die Stimme von Alex. Dieser sagte im ruhigem Ton: „Alles ist wieder gut.“

Die Kinder richteten sich auf und Jan wollte wissen, was das gewesen war und warum.

„Jan, ich weiß es nicht. Wir müssen tun, was der Offizier sagt. Er will uns beschützen und möchte, dass keinem etwas passiert.“

Nach jedem schnell gefahrenen Kilometer auf unbefestigten Feldwegen wurde das Wetter besser. An einem großen Waldstück kam das Zeichen zum Anhalten und zur Pause. Die Wagen kamen hintereinander zum Stehen. Als Alex und seine Männer ausgestiegen waren, mahnte er: „Männer, vorsichtig sein, ich kann nicht erlauben, den Weg zu verlassen, es ist unklar, ob, was und wieviel vermint ist.“

Er ging zum Ende des Konvois, um Robert, Jelica und Dara zu warnen. Als er zum Führerhaus des Landrovers kam, schlug er Robert vor, sich bei der Weiterfahrt zwischen den UN-Wagen, an zweiter oder dritter Stelle, einzureihen.

„Ernsthaft, geht bitte nicht vom Weg in die Büsche, keiner weiß, ob Minen gelegt wurden, und ich halte es wirklich für besser, wenn du mit deinem Wagen zwischen uns bleibst. Außerdem will ich, dass die Kinder, möglichst getrennt, in unseren Wagen mitfahren, das erscheint mir sicherer. Wir werden vor Mostar die Hauptroute verlassen und nach Osten, Richtung Berge, ausweichen", erklärte er, „da wir keine genaue Information der militärischen Lage dort haben, die sich stündlich ändert. Vor unserem Aufbruch wurden schwere Gefechte gemeldet. Glaubt mir, ich hab's mir etwas gemütlicher vorgestellt."

Als Robert mit Alex etwas abseits der Fahrzeuge stand, um eine Zigarette zu rauchen, kam Robert auf das Kommando wenige Kilometer zuvor zurück.

„Was war eigentlich vorhin los? Warum wolltest du, dass wir die Kinder in Sichtdeckung bringen, ich habe keine Schüsse gehört und keine militärischen Stellungen entdeckt?"

Während sie sich zunächst nur ein paar Schritte vom Konvoi entfernt hatten, zog Alex seinen Freund noch zwanzig Meter weiter und gab die Erklärung.

„Es ging nicht um Schüsse oder Militär. Ich hatte in dem kleinen Waldstück in die zweite Baumreihe geschaut. Dort war ein Pärchen aufgehängt – einfach so. Die Beine baumelten circa zwei Meter über dem Boden. Wie ein gemeinsamer Selbstmord sah das nicht aus. Den Anblick wollte ich den Kindern ersparen."

„So eine Scheiße."

„Mir ist es wichtig, euch wohlbehalten an die Küste zu bringen."

„Danke, Alex, danke. Ich möchte noch, bevor wir uns verabschieden, die Adressen tauschen. Ich würde gerne mit dir, wenn das hier ein Ende hat, ein gutes Bier trinken."

„Bob, das ist eine gute Idee."

Sie kamen langsam zu den Pkws zurück und traten ihre Zigarettenstummel aus. Alex drehte sich zum Privatfahrzeug und gab die nächste Anweisung.

„Ich will, dass die Kinder in unsere Dienstfahrzeuge umsteigen, jedes Kind in einen anderen Wagen. Das erscheint mir sicherer."

Jan war eingeschlafen und Anka sah traurig und teilnahmslos zum Fluss Neretva hinunter, der sich durch dieses einst so schöne und friedliche Tal schlängelte, als Jelica ihre Hand ergriff.

„Anka, was ist los? Sei nicht traurig, schau, es ist doch nicht für immer. Wir möchten, dass es euch gut geht, dass nicht noch mehr passiert und müssen das tun, was man uns sagt, ja?"

Anka hatte die Bitte gehört, drehte sich trotzig zur Seite, um den Griff der Tür zu suchen. Als sie ausgestiegen war, bückte sie sich in die offene Tür, um ihren schlafenden Bruder zu wecken.

„Jan, hallo, wach werden!"

Jan streckte sich und als Jelica, die auf der anderen Seite neben ihm saß, zärtlich über seine Wange strich, kam ein leises „Ja."

„Jan, komm", bat ihn Anka, „du darfst in einem der weißen Wagen bei den Soldaten mitfahren."

„Ich will aber bei Mama bleiben!"

„Jan, bitte", sprach Jelica leise zu ihm, „es ist sicherer, in einen der anderen Wagen umzusteigen, du siehst uns ja, solange wir vor euch herfahren."

Vorsichtig schob Jan sein krankes Bein über das Ende der gepolsterten Rückbank. Als einer der Soldaten das sah, kam er hinzu, nahm Jan und trug ihn zu einem der Fahrzeuge. Die Männer, die sich abseits ihrer Fahrzeuge erleichtert hatten, kehrten zurück. Anka stieg mit den beiden Letzten in das Fahrzeug am Ende der Kolonne.

Weit nach dem im Süden der Stadt Mostar liegenden Flughafen erreichten sie über den eingeplanten Umweg wieder die Hauptroute. Zurück an der Neretva, ging die Fahrt weiter durch das vom Fluss geschnittene Tal. Dara war bei der Rast in den Fond zu Jelica gestiegen, sie wollte die restliche Zeit neben ihrer langjährigen Freundin verbringen. Als sie sah, dass Jelica mit nassen Augen, den Kopf zurückgelehnt, traurig auf den Fluss hinuntersah, versuchte sie Trost.

„Jelica, es ist doch nur für kurz und zum Wohl der Kinder. Sei nicht traurig, möglicherweise bist du bald zurück und bei Mirko."

„Dara, das alleine ist es nicht, es sind die Erinnerungen an die vielen schönen Stunden, die wir hier und an anderen Orten in diesem Tal, an diesem Fluss verbracht haben. Sieh dich doch um, Dörfer, Brücken, Kirchen, alles ist zerstört. Wie viel Zeit wird vergehen, bis es ähnlich ist, wie es einmal war? Wenn es überhaupt wieder so werden kann. Warst du je im Delta zur Mandarinenernte? Bei den wunderbaren Festen, zur Lada-Regatta? Diesem tollen Bootsrennen zwischen Metković und Ploce im August?"

„Jelica, es werden Zeiten kommen, in denen sich die Menschen hier wieder wohlfühlen. Wenn sie sich mit Freude und Vergnügen erneut hier aufhalten. Die Zeit heilt das – und ich bin wieder hier, ich kann es nicht versprechen, hoffe es jedenfalls."

Jelica wischte die Tränen, schluckte einige Male.

„Ja, ja, die Zeit heilt alles – ein guter Spruch. Diese Jahre hinterlassen Narben, tiefe Narben, und viele haben eben nicht die Kraft, darauf zu warten, bis die Wunden heilen."

Sie drehte den Kopf zu ihrer Freundin und ließ sich von Dara in den Arm nehmen. Das tat ihr gut, diese Freundin neben sich.

„Ich muss euch noch berichten, was sich auf dem Weg zum Treffpunkt ereignet hat. Ich wollte das nicht vor den Kindern erzählen."

Dara berichtete über die Begegnung mit dem Juden, über das vermisste Bein und die neuen Trümmer. Nach einigen Schweigeminuten fand Robert die Sprache wieder.

„Ich bin so froh, auf diesem Weg hier in eine trümmerlose Gesellschaft zu kommen. Dort ticken zwar viele nicht so richtig. Trotzdem, das hier muss man nicht länger haben."

Vor dem Ort Metković kam die Kolonne in ein von Soldaten gehaltenes Gebiet. Abseits war das unablässige Hämmern der Geschütze zu hören, bevor sie auf die Straßenkontrolle stießen. Sie hielten kurz an, um sich bei einem Offizier über eventuelle Gefechte auf der geplanten Route zu erkundigen.

„Die Strecke ist frei, gekämpft wird zurzeit nur dort drüben im Westen hinter den Hügeln, dann haben wir es."

„Was haben sie dann?", wollte Alex wissen.

Der Offizier grinste nur und wünschte gute Fahrt. Zwei weitere Kontrollen, bei denen sie auf fröhlich winkende Soldaten stießen, konnten sie problemlos ohne zu stoppen passieren.

Nach etlichen Kilometern tauchte erneut ein Posten auf. Die Soldaten gehörten dem Kažnjenička bojna, einem Sträflingsbataillon des Kroatischen Verteidigungsrates (HVO) an. Sie hatten die Straße durch quer gestellte Militärfahrzeuge blockiert. Erkennbar war die Einheit an grauen, ovalen Aufnähern, auf dem über einem Wappen ein blaues, senkrecht stehendes Schwert und darauf das Bild des Einheitenführers zu sehen war. Die von kroatischen

Emigranten gegründete und zunächst von Mladen Naletilić, auch *Tuta* genannt, geführte Truppe war ein internationaler Haufen, in dem Söldner aus vielen Nationen dienten, auch aus der DDR.

Alex ließ stoppen, nahm sein blaues Barrett, setzte es auf und stieg aus. Wenige Meter vor dem lässig auf ihn zuschlendernden diensthabenden Offizier blieb er stehen, um ihn in barschem, aber deutlichem Englisch zu erklären: „Es ist Ihnen doch klar, dass Sie keinerlei Rechte haben UNPROFOR-Fahrzeuge aufzuhalten, geschweige denn sie zu kontrollieren, und die Pressevertreter stehen unter unserem Schutz. Ist Ihnen die Resolution 761 der Vereinten Nationen nicht bekannt? Ich fordere Sie auf, die Blockade unverzüglich zu beseitigen."

Die Fahrer hatten die Scheiben heruntergelassen. Alex wandte sich an den Beifahrer des zweiten weißen Fahrzeugs und rief in englischer Sprache: „Geht mal auf 5,310 Mhz."

Dies war die allgemeingültige Funkfrequenz der UNPROFOR in Bosnien. Als er sich wieder dem Gegenüber zuwandte, dieser sich nicht von der Stelle bewegte und ihn nur dümmlich angrinste, holte er zu einem taktischen Bluff aus.

„Mein Stab in Sarajevo verfolgt unsere Fahrt mit SATNAV, wenn wir – wo immer – länger als eine halbe Stunde aufgehalten werden, beziehungsweise mehr als fünf Kilometer von der Route abweichen, steigen Cobras[33] auf, da dann vermutet wird, dass wir unerlaubt in Kampfhandlungen verwickelt wurden. Was diese Helikopter an Bord haben, dürfte Ihnen als Offizier bekannt sein."

Obwohl der Offizier mit dieser Information offenbar nicht wirklich viel anzufangen wusste, war sie so deutlich und offiziell, dass er die Stirn in Falten zog, mit den Augen rollte und seine Männer mit mürrischer Miene und einer läppischen Handbewegung anwies, ihre Fahrzeuge von der Straße zu nehmen. Als die Fahrbahn frei war, grüßte er kurz, indem er die rechte Hand flapsig an die Kopfbedeckung hob.

Alex kam mit der Information: „Diese Einheiten sind in die schweren Kämpfe um Mostar verwickelt", kurz zu Roberts Wagen. Die Fahrt wurde wiederaufgenommen, bis Alex auf einem sicheren Stück der Wegstrecke, ohne Ansiedlung in der näheren Umgebung, noch einmal anhalten ließ. Zunächst bat er seine Soldaten für eine kurze Unterweisung zu sich. Er kam dann zu Roberts Fahrzeug, öffnete die Tür der Fahrerseite, um mit Dara, Jelica und Robert zu sprechen.

„Die kroatischen Sondereinheiten, wie beim letzten Stopp, sind noch einigermaßen klar im Kopf und wissen, was auf sie zukommen kann, falls sie UN-Fahrzeuge attackieren. Bei echten Freischärlern ist das eine völlig andere Situation. Die sind eher rigoros und rücksichtslos und arbeiten ohne jede Regel. Falls wir auf dem letzten Stück bis zur Küste noch auf solche treffen, verhaltet euch absolut ruhig. Wenn ich das nicht sofort klären kann, bitte tut, was verlangt wird. Wir bringen das hinter uns."

Der Konvoi bewegte sich weiter auf die Küste zu. Alle atmeten tief durch, als die Fahrzeuggruppe ohne weitere Behinderung in einem großen Bogen aus Nordosten in die Stadt Neum einfahren konnte. Der in friedlichen Zeiten nur wenige Tausend Einwohner zählende Ort schien wie ausgestorben. Bis Kriegsausbruch lebten in dieser, schon immer zu Bosnien-Herzegowina gehörenden Gemeinde überwiegend Kroaten. *Der Krieg wird zwangsläufig hier eine Änderung herbeiführen,* dachte Jelica, als sie die verlassenen und zum Teil zerstörten Häuser sah. Erinnerungen an die vielen hier verbrachten Ferien wurden lebendig.

Die Militärfahrzeuge begleiteten Roberts Pressewagen bis zur Magistrale, die von Dubrovnik kommend über Split nach Nordwesten verlief. Auf einer freien Fläche, vor einem zerstörten Gasthaus, hielten alle Fahrzeuge an. Für die etwas mehr als zweihundert Kilometer von Sarajevo waren sie über sechs Stunden unterwegs gewesen.

Bis auf die Fahrer, die erneut aus Sicherheitsgründen hinter den Lenkrädern geblieben waren, verließen die Mitfahrer die Wagen. Sie verabschiedeten sich herzlich von Dara, Robert, Jelica und den Kindern. Als Alex seinem Freund ein aus seinem Notizbuch gerissenes Blatt mit der Heimatanschrift reichte, hörte Robert zum letzten Mal, dass einer der Soldaten per Funk ein kurzes Gespräch führte und die Koordinaten 42°56'N, 17°37'O des Standortes durchgab, bevor sie in Richtung Split verschwanden.

Die Kinder schauten dem Konvoi lange hinterher. Jelica musste sie ermahnen, wieder bei Robert in den Wagen zu steigen. Anka half ihrem Bruder, sein Bein einigermaßen auf ihrem und dem Schoß der Mutter zu lagern. Sie navigierte Robert über eine kleine Serpentinenstraße hinunter zum Haus der Verwandtschaft in der Nähe des Hafens.

Auf einer kleinen Parkfläche nahe beim Haus verließen alle den Geländewagen und waren froh, die Beine erneut ausstrecken zu können. Als sie das Haus erreichten und Jelica sah, dass es wie verlassen war, wurde sie etwas verlegen und verwarf den Gedanken, Dara und Robert zu einer kurzen erfrischenden Pause einladen zu können.

„Meine Hoffnung, euch bei meiner Schwester eine Erfrischung anbieten zu können, erfüllt sich nicht. Das macht mich endlos traurig."

Dara kam auf Jelica zu, nahm sie in den Arm.

„Jelica, ist schon in Ordnung, es weiß doch niemand, dass ihr ankommt. Gestern wusste bei dem Gespräch ebenso keiner von euch, dass ihr heute hier sein würdet. Die Überraschung ist noch groß genug, lass uns weiterfahren, bitte."

Jelica nickte. Als sie ihre Gepäckstücke aus dem Fahrzeug genommen hatten, bedankten sie sich bei Dara und Robert herzlich und verabschiedeten sich mit Küssen. Als Robert und Dara zurück in ihrem Fahrzeug saßen, die Türen zugeschlagen hatten, rannte Jelica noch einmal zur Beifahrertür und klopfte heftig ans Fenster. Dara öffnete und Jelica rief: „Dara, bitte gib mir ein Stück Papier und was zum Schreiben. Ihr habt doch nicht einmal die Anschrift von hier und ich nicht die von euch. Ich möchte, sobald ihr in der Schweiz seid, wissen, wie es euch geht – bitte!"

Dara gab ihr einen Stift und Robert reichte mit einem Bogen Papier eine Visitenkarte mit der Anschrift seines Zuhauses heraus. Jelica notierte die Anschrift von Elena und Giovanni, gab beides zurück und streckte noch einmal den Kopf in die offene Tür.

„Bye, ihr beiden, alles Glück der Welt und nochmals danke."

Sie schlug die Tür zu und winkend wartete sie, bis sie den Wagen an der nächsten Ecke, in Richtung Split, verschwinden sah. Sie ging zum Haus, klopfte und musste feststellen, dass wirklich niemand zu Hause war, der hätte öffnen können. Verlassen stand das kleine Haus mit dem winzigen Vorgarten in der Sonne. Kein Lebenszeichen war erkennbar.

Jelicas Schwager Giovanni war vor einigen Jahren als Tourist auf Urlaub an der kroatischen Küste unterwegs gewesen. Dort war er seiner Elena begegnet. Zurück in Italien, hatte er nach einigem Hin und Her sein Boot klar gemacht und war auf die andere Adriaseite zu seiner Geliebten, die aus Sarajevo angereist war, geschippert. Nicht viel Zeit war verstrichen, bis sie das kleine Gebäude erwerben und die Hochzeit feiern konnten. Giovanni hatte, als die administrativen Probleme und die Angst der Einheimischen vor neuer, sogar ausländischer, Konkurrenz überwunden worden waren, die erforderlichen Lizenzen erhalten, und verdiente seit damals mit der Fischerei ausreichend Geld. Irgendwann war er sogar Mitglied der örtlichen Fischereigenossenschaft geworden.

Nun stand Jelica mit den Kindern vor dem verlassenen Anwesen und Anka zog die Mundwinkel nach unten.

„Mama, das fängt gut an, wo sind die Tante und der Onkel?“

„Anka, ich kann das doch nicht wissen, nun sei nicht so komisch. Ich bin heilfroh, dass wir hier gesund gelandet sind und dass Dara und Robert uns mitnehmen konnten.“

„Ich bin nicht komisch, aber ich muss auf die Toilette, und wenn ich nicht bald ins Haus kann, weiß ich nicht, was passiert.“

„Meine Güte, warum hast du das nicht unterwegs erledigt, wir haben doch zweimal Pause gemacht?“

„Hätte ich vor all den Männern austreten sollen?“

„Bäume und Büsche waren genügend da.“

„Und Minen.“

„Ist ja gut, wenn Elena und Giovanni nicht kommen, gehen wir zu einem der Häuser und fragen, ja? Jan, kannst du hierbleiben und auf das Gepäck achten?“

Jan nickte. Die Fahrt und die Anspannung der vergangenen Stunden und das widerliche Geschaukel auf den schlechten Straßen und Wegen schienen ihn völlig erledigt zu haben. Er gähnte und ließ sich stöhnend beim Gepäck auf einer der Reisetaschen nieder.

„Anka, komm, wir schauen, wo es möglich ist", rief Jelica ihrer Tochter zu. Als sie sich in Bewegung setzen wollten, kam es schrill vom Ende der Straße: „Jelica-a-a!"

Jelicas Schwester ließ den Beutel fallen, den sie in der Hand trug, und rannte auf Jelica und die Kinder zu. Stürmische Umarmungen folgten. Giovanni nahm den Beutel auf und war ebenso überrascht, seine Schwägerin und die Kinder plötzlich vor sich zu sehen.

„Wo kommt ihr her, wo wollt ihr hin? Diese Überraschung, kommt schnell ins Haus, ihr seid doch durstig und hungrig?"

„Tante Elena", mischte sich Anka ein, „ich muss zuallererst auf die Toilette, bitte."

„Mein Schatz, ja, komm, du weißt doch noch, wo das WC ist?"

Mit einem gemurmelten „Glaub schon" verschwand Anka, als Elena die Tür geöffnet hatte, schnell zur Toilette. Sie nahmen die Gepäckstücke auf, stellten sie im Eingangsbereich des Hauses ab und Elena schob Jelica und Jan ins Wohnzimmer.

„Was wollt ihr trinken, was wollt ihr essen?

„Das sieht hier bei euch so komisch leer, so extrem aufgeräumt aus, was ist los?"

„Sagt mir zuerst, was ihr trinken wollt, wir erklären euch alles, am Telefon hatten wir ja keine Zeit und es erschien uns auch nicht angebracht.

„Limonade?", meldete sich Jan.

„Ja, Jan, aber nur selbst gemachte Limonade."

„Gut, für mich auch", war Anka zu hören, die zurückkam.

Jelica schaute fragend in die Runde.

„Also – alle Limonade?"

Elena ging zur Küche, kam mit Giovanni und einem Tablett voller gefüllter Limonadengläser zurück. Als die Gläser verteilt waren, sah man, dass Jelicas Schwester Probleme hatte, den Anfang für die angekündigten Erklärungen zu finden, und es fiel ihr leichter, zunächst mit Fragen an Jelica zu beginnen.

„Nun setzt euch doch erst einmal hin, das sieht ja aus wie bei einem Stehempfang. Jelica, was ist in Sarajevo, was ist mit euch.

Du hast mir gesagt, was den Kindern widerfahren ist, aber mehr nicht. Was machen Mirko und die anderen?"

Als sich alle niedergelassen hatten, schaute Jelica in die Runde und danach zu ihrer Schwester, mit dem Wissen, um eine detaillierte Erklärung nicht herumzukommen.

„Als wir beide in der Klinik waren, überfielen Tschetniks das Haus, zerschossen das Obergeschoss, benahmen sich in unserer Wohnung wie Vandalen und als sie zum Keller herunterkamen, in den die Kinder geflüchtet waren, vergewaltigten sie Anka. Jan, der versucht hatte durch ein Fenster zu fliehen, hätten sie um ein Haar erschossen. Wir hatten zunächst zwei größere Konvois ins Auge gefasst, um die Kinder in Sicherheit zu bringen. Nun sind wir bei euch gelandet, es wird zu gefährlich da oben."

Anka formte die ersten Worte eines Protests, sie wollte nicht, dass Details dessen, was ihr widerfahren war, verkündet wurden und hier schon gar nicht. Als sie sah, dass sich Elenas Augen mit Tränen füllten und Giovanni sprachlos danebensaß, vergaß sie ihren schon in Gedanken formulierten Einwand. Elena schluckte mehrfach, stand auf und drückte die Köpfe der nebeneinandersitzenden Kinder fest an sich.

„Mein Gott, das kann nicht wahr sein, diese gottverdammten Hurensöhne, was haben die mit euch gemacht?"

Als sie die Kinder losgelassen hatte und sich wieder umwandte, um sich zu setzen, brach Jan mit der unerwarteten Frage: „Mama, was sind Hurensöhne?", die im Raum stehende Spannung.

Jelica drehte den Kopf zu ihrem Sohn.

„Jan, das ist die Bezeichnung für sehr verachtenswerte Menschen, ich erkläre es dir später einmal ganz genau."

„Wie seid ihr jetzt hierhergekommen, war das nicht zu gefährlich?", wollte Giovanni wissen.

„Dara, eine meiner besten Freundinnen", begann Jelica, „sie war Ärztin in der Klinik und hat sich mit einem Pressemann aus der Schweiz verlobt. Robert heißt er. Und dieser Robert hat ihr neben einem Presseausweis noch einen österreichischen Pass organisiert, gefälscht natürlich. Er ist mit Dara auf dem Weg in die Schweiz. Sie konnten sich mit ihrem Wagen einem kleineren Konvoi von

UN-Wagen anschließen, der auf dem Weg nach Split war und haben uns mitgenommen."

„Normalerweise geht das wohl gar nicht, was war das für eine außergewöhnliche Truppe?", warf Giovanni ein.

„Robert hat sich mit einigen kanadischen Offizieren angefreundet, die haben es letztlich erlaubt. Ich hoffe, die Kinder können eine Zeit bei euch bleiben. Ich möchte, so bald es geht zurück, obwohl ich noch nicht weiß, wie das möglich sein wird."

„Oje", begann Elena, „das wird so nicht gehen."

Angst ließ Jelicas Augen feucht werden.

„Wieso, warum nicht?"

Um den Erklärungen baldmöglichst den Schrecken zu nehmen, mischte sich Giovanni in das Gespräch ein: „Jelica, du hast gesehen, dass es bei uns nicht so aussieht wie sonst, für uns ist das zurzeit kein befriedigendes Dasein. Wir können nicht mehr zum Fischfang raus, es ist zu gefährlich. Es herrscht eklatanter Mangel an allem, was wir für ein vernünftiges Leben brauchen. Durch Stromausfall wurden die Lebensmittel in unseren beiden Truhen zu Müll. Die meisten Geschäfte sind geschlossen, es fehlt wirklich an allem."

„Annähernd so schlimm wie bei uns, wie ist es mit der Gefahr, von Granaten und Geschützfeuer getroffen zu werden und wie kann es weitergehen?", wollte Jelica wissen.

„Die Gefahr, dass sich die Kriegshandlungen wieder bis zu uns ausweiten, scheint vorerst gebannt. In dieser Hinsicht ist es geradezu friedlich. Trotzdem haben wir uns entschlossen, für eine Zeit hinüber nach Italien zu gehen."

„Nein!"

„Jelica, ich glaube und da sind wir der gleichen Meinung, dass es gut ist, wenn ihr mitkommt. Ob ihr drüben bei uns bleiben könnt, oder ob Erik euch nach Deutschland holt, müssen wir zusammen mit Mama Albina besprechen."

„Ich kann doch nicht einfach abhauen, ich habe Mirko versprochen, zurückzukommen, sobald die Kinder in Sicherheit sind."

Ihre Lippen zitterten, eine grenzenlose Traurigkeit kroch in sie. Mit gesenktem Kopf, damit die Kinder nicht sofort sahen, wie deprimiert sie in diesem Augenblick war, saß sie stumm auf der Couch.

„Jelica“, versprach Giovanni, „ich werde es irgendwie schaffen, deinen Mirko zu verständigen, um seine Zustimmung zu erhalten. Es weiß keiner, wann der brutale Zirkus ein Ende hat, vielleicht geht es ja schneller, als wir alle befürchten. Wir werden, sobald wir das Notwendige erledigt haben, in einer der kommenden Nächte aufbrechen. In Italien wird es schon sehr viel besser aussehen.“

„Wie könnte man kurzfristig Mirko verständigen, Giovanni?“, wollte seine Frau wissen.

„Es wird eine Möglichkeit geben, wenn es nicht telefonisch klappt, kann vielleicht Lado per Funk mit irgendwem dort oben Kontakt aufnehmen, vielleicht kommen Journalisten mit einem Satellitentelefon vorbei.“

„Wer ist Lado?“, kam es von Jelica.

„Der Sohn von Josip. Du kennst Josip und hast ihn ab und zu getroffen, wenn du hier gewesen bist. Wir sind doch seit vielen Jahren befreundet. Das sind, außer Slavko, dem Hafenkapitän, mit dem wir ebenso befreundet sind und bei dem ich ganz offiziell ausklarieren muss, die Einzigen, die von unseren Plänen wissen. Lado erledigte in den normalen Zeiten den Funk mit den Fischerbooten draußen.“

„Onkel Giovanni“, mischte sich Jan ein, „was ist ausklarieren?“

„Jan, alle Schiffe, die den Hafen verlassen, um in ein anderes Land zu fahren, müssen sich abmelden. Sie müssen sagen, wann sie fahren, wohin sie wollen und wer alles mitfährt.“

„Bitte, Giovanni“, unterbrach Jelica, „versuche das bei Lado, Mirko wartet auf mich, er wird sich Sorgen machen, wenn er nichts hört.“

„Morgen, ihr Lieben, morgen gleich.“

Jan schaute seinen Onkel fragend an.

„Kann ich dabei sein, wenn ihr funkt, vielleicht mit Papa sprechen?“

„Dabei sein, ja, aber wir werden, wenn das überhaupt geht, nicht direkt mit deinem Papa reden. Vielleicht ist es ein Funkamateur, der irgendwo in Sarajevo noch funktionierende Geräte in Betrieb hat. Der muss die Nachricht an deinen Papa weiterleiten. Macht euch keine Sorgen wegen der Überfahrt. Wir haben das in zurückliegenden Jahren immer wieder gemacht."

Für den Abend bot Elena ihrer Schwester an, bei ihr im Doppelbett zu schlafen, die beiden Kinder sollten in ein kleines Gästezimmer unterm Dach verfrachtet werden und Giovanni sich auf die Couch im Wohnzimmer legen. „Für ein, zwei Nächte", murmelte er, „geht das schon."

Früh am Morgen machte sich Giovanni, nach mehreren vergeblichen Versuchen, Telefonkontakt mit Sarajevo zu bekommen, noch vor dem Frühstück auf zu Lados Eltern. Dass Lado Funkkontakt nach Italien, Slowenien und Ungarn hatte, wusste Giovanni, warum nicht auch nach Sarajevo. Als er das Haus erreichte, war nur die Mutter, Kata Krajic, anwesend.

„Kata, guten Morgen, heute muss ich euch früh stören. Sind deine beiden Männer anwesend?"

„Nein, Giovanni, die sind am Hafen. Ich weiß nicht, warum die es so eilig hatten, auf dem Boot etwas zu reparieren, die können sowieso nicht rausfahren. Von einer Talje hatten sie gesprochen, wobei das im Grunde völlig egal ist, ob das blöde Ding heute oder morgen wieder funktioniert."

Giovanni ging zum Hafen. Dort sah er Vater und Sohn auf ihrem Boot.

„Guten Morgen, ihr beiden. Was habt ihr so eilig zu reparieren? Wollt ihr es uns gleichtun und nach Italien schippern? So hintereinander her, wäre nicht schlecht. Wenn die Schmuggler einen von uns versenken, haben wir wenigstens noch ein zweites Boot."

„Morgen, Giovanni", rief Josip ihm zu. „So viel Humor am frühen Morgen? Ich halt's nicht aus."

Lado, der am Bug beschäftigt war, drehte sich kurz um und winkte Giovanni zu.

„Ja, Galgenhumor, bevor wir uns ins Ungewisse aufmachen. Zuvor brauche ich Lados Hilfe. Gestern sind überraschend Jelica und die Kinder gekommen, denen wurde übel mitgespielt, Jelica wollte die Kinder in Sicherheit wissen."

„Oho, die schöne Jelica ist da, so haben wir sie doch immer begrüßt, wenn sie zu euch kam? Und nun will, oder muss sie mit euch fliehen?"

„Scherz beiseite, Josip, sie wollte eigentlich nur die Kinder hier in Sicherheit wissen und hatte keine Ahnung, was wir vorhaben. Wir möchten unsere Pläne in keinem Fall verschieben und werden möglichst bald aufbrechen. Jelica dagegen will nach Hause zurück zu Mirko, der weiß aber nicht, dass auf der Strecke schon wieder herumgeballert wird. Sie kann zurzeit nicht zurück, wir wüssten auch nicht mit wem. Sie muss bei uns bleiben. Da wir auslaufen wollen, werden sie und die Kinder mitgehen müssen."

„Ja, wenn das Risiko nicht zu groß wäre, könnten die drei vorübergehend bei uns unterkommen. In diesem Fall möchte ich die Verantwortung aber nicht übernehmen – du verstehst das, Giovanni?"

„Natürlich, war nie so vorgesehen und deshalb bin ich nicht hier. Lado", rief er zum Bug des Bootes, an dem Josips Sohn beschäftigt war. „Lado, bitte komm doch mal herüber."

Lado legte sein Werkzeug auf das Deck und kam zum Heck.

„Giovanni, wo drückt der Schuh?"

„Lado, besteht die Möglichkeit, irgendwen in Sarajevo über Funk zu erreichen? Per Telefon geht es schon wieder nicht mehr. Nachdem Jelica aus Sicherheitsgründen nicht zurück kann und mit uns rüber nach Italien gehen wird, müssen wir Mirko verständigen. Der hat keine Ahnung, was los ist, und warum Jelica es nicht versucht."

„Ich hatte ein Rufzeichen von einem Funkkollegen dort. Habe von einem anderen Funker aus Zagreb erfahren, dass diesem sein ganzes Zeug in die Luft geflogen ist. Ich kann versuchen, pauschal auf verschiedenen Frequenzen zu testen, vielleicht haben wir ja Glück. Besser erst nach Sonnenuntergang."

„Prima, hoffen wir, es gelingt und dafür herzlichen Dank. Soll ich rüberkommen, wenn du den Versuch machst? Ich würde meinen kleinen Neffen, dem sie in die Beine geschossen haben, mitbringen."

„Gut, bring ihn mit – Garantie ausgeschlossen, ja?"

Giovanni machte sich auf den Weg zurück nach Hause, kam an der Bäckerei vorbei, die am Weg lag, und wollte noch etwas Gebäck mitnehmen, um den Kindern eine Freude zu machen. Es gab aber nichts, der Laden war geschlossen.

Als er sein Haus betrat, hatte sich Jelica in eine derart depressive Stimmung geschaukelt, dass Anka sich neben sie setzen musste, um sie zu trösten und ihr gut zuzureden.

„Jelica", rief Giovanni, „es wird ja alles gut. Lado wird es heute am Abend so lange versuchen, bis er Kontakt hat und so können wir Mirko verständigen. Und Mirko, glaub mir, ihn wird es sehr beruhigen, dass ihr bald in Sicherheit seid."

„Ja, Giovanni, aber er wird alleine sein und daher glaube ich nicht, dass er am Abend ins Haus zurückkehrt. Wenn ich mir vorstelle, dass er wochenlang in der Klinik neben seinem Schreibtisch auf der Pritsche liegt, bekomme ich Zustände, ist doch verständlich? Wer versorgt ihn? Wer macht seine Wäsche?"

„Jelica, es regelt sich alles, kommt Zeit, kommt Rat."

„Das sind Sprüche, Giovanni, ihr habt keine Vorstellung, wie entsetzlich die Jagd ist, die sie auf die Menschen machen."

„Doch, Jelica, annähernd schon, wir haben Berichte gelesen und mit Menschen gesprochen, die vor euch hier herunterkamen und die halbe Strecke durch minenverseuchte Wälder schleichen mussten. Wir haben sehr wohl etwas Ahnung."

„Entschuldige, so war es nicht gemeint."

Giovanni stand auf, ging zu Jelica, umarmte sie und strich ihr zärtlich über den Kopf.

„Ist schon gut, ich kann mir vorstellen, dass die Arbeit in der Klinik euch zusätzlich extrem belastet hat und ihr mit den Nerven am Ende seid. Darum ist es gut, dass ihr hier seid und dass wir hinüberfahren. Wenn wir Mirko erreichen, legen wir schon morgen Abend ab."

Nach dem bescheidenen Essen, das Elena bei Kerzenschein und einer alten Bootslaterne bereitet hatte, half Jelica beim Abwasch und beim Aufräumen, als plötzlich Elektrizität da war und es hell wurde. Giovanni machte sich mit Jan ganz langsam auf den Weg zu Lado. Die wenigen noch brennenden Lampen im Ort, die ein warmes gelbliches Licht spendeten, vermittelten einen friedlichen Eindruck, wie Giovanni ihn lange nicht empfunden hatte. Sie kamen zum Haus von Josip und Kata, klopften und traten ein,

„Guten Abend, wir hoffen euch nicht beim Essen zu stören, außerdem gehen wir gleich aufs Dach zu Lado, er ist doch schon oben?"

„Ja, ihr beiden, er wartet schon auf euch, vielleicht hat er es geschafft, Kontakt mit einem Funker aufzunehmen. Jan, schön, dich nach einigen Jahren wiederzusehen. Schrecklich, was die mit dir gemacht haben."

„Es geht schon wieder", antwortete Jan.

„Und die Schmerzen?", wollte Kata wissen.

„Da hab ich gute Medizin", antwortete Jan und sah seinen Onkel fragend an.

Lado hatte sich schon vor Jahren auf dem Flachdach des Elternhauses eine Ecke als Funkraum abgemauert und an der Hausseite eine Antenne angebracht, die weit über den Aufbau hinausragte. Um dort hinaufzukommen, musste man im Haus von Kata und Josip den Flur nach hinten und erst die Stein- und anschließend die Holztreppe hinaufsteigen.

„Wir gehen rauf und sehen uns später noch!", rief Giovanni Lados Eltern zu.

„Komm, Jan, ich nehme dich auf die Schulter, das sind zu viele Treppen für dein kaputtes Bein."

Er nahm Jan unter den Armen hoch, legte ihn sich wie einen Sack Mehl über die rechte Schulter und stieg über die vielen Stufen nach oben zum Funkraum. Auf dem Flachdach setzte er Jan vorsichtig ab. Nach einem Blick über den beleuchteten Ort, hinüber zum Meer, betraten sie den Raum, in dem Lado schon über Sprechfunk den Versuch unternahm, Sarajevo zu rufen.

Jan durfte sich sofort setzen und war fasziniert von den Geräten und den vielen, nicht verständlichen Geräuschen und Sprachfetzen, die aus den aufgestellten grauen Kästen kamen. Nach einer knappen halben Stunde drehte Lado sein Sprechfunkgerät zurück.

„Ich versuche es jetzt mit Tastfunk, Sprechfunk geht zur Zeit noch nicht."

Er rückte mit seinem Stuhl etwas zur Seite, drehte an verschiedenen Knöpfen der Geräte und setzte sich andere Kopfhörer auf. Jan lauschte den nie zuvor gehörten Morsezeichen, die Lado mit einem kleinen Gerät erzeugte, indem er mit den Fingern einen Hebel ganz kurz und schnell hin- und herwippen ließ, um sein Rufzeichen durchzugeben. Für alle Anwesenden stieg die Spannung. Nach über einer halben Stunde angespannter Versuche hob Lado die Hand, um anzuzeigen, dass er Kontakt bekommen hatte. Eine endlose Zahl von Morsezeichen war schon hin- und hergesandt, als er sich umdrehte.

„Wir haben eben vereinbart, auf Sprechfunk umzuschalten, bitte gib mir die Notizen von Jelica."

Giovanni zog den Zettel aus seiner Jackentasche, entfaltete ihn und reichte ihn Lado.

„Es muss ja nicht wörtlich sein, versuch nur, dass Mirko die Nachricht erreicht."

„Ja, Giovanni, ich warte nun, bis er mich anruft."

Sekunden später kam der Rückruf. Der Funker in Sarajevo, mit einer weichen, angenehmen Stimme, gab sein Rufzeichen durch und stellte sich als Kasim vor. Lado antwortete mit seinem Rufzeichen, nannte seinen Namen und den Standort und bat darum, die folgende, sehr dringende Nachricht in die Klinik in Sarajevo weiterzuleiten.

Er begann: *„Für Mirko Amata"*, gab anschließend die Anschrift der Klinik durch und an wen die Nachricht ausgehändigt werden sollte, falls Mirko nicht anwesend war. Er fuhr fort: *„Eine dringende Nachricht von seiner Frau Jelica. Wir sind gut angekommen! Kinder o.k. Giovanni und Jelena gehen nach Italien, wir werden mitgehen müssen, da meine Rückkehr aus militärischen Gründen vorerst zu gefährlich ist. Wir vermissen dich sehr. Melden uns, sobald es geht. Lieben dich über alles. Jelica und die Kinder."*

Lado schloss die Meldung, sein Gegenüber quittierte und beide Funker vereinbarten, in Kontakt zu bleiben.

„Er wird es erledigen, und wenn ein Funker sagt, dass er etwas erledigt, tut er das. Man kann sich darauf verlassen, Giovanni. Jelica wird beruhigt sein und Mirko die Nachricht erhalten. Vielleicht kann er sogar eine Antwort senden lassen. Ich werde später noch einmal auf Empfang gehen."

Lado blieb weiter im Funkraum, verabschiedete sich von Jan und Giovanni, der den Jungen wieder schulterte, um ihn über die Stufen nach unten zu befördern. Josip und Kata wünschten Giovanni noch einen schönen Abend, ehe er mit Jan das Haus verließ, um heimzukehren.

Sie waren kaum zurückgekehrt, als Elena ihnen entgegenkam und rief: „Mirko ist am Telefon. Es hat plötzlich geläutet, wir sind erschrocken, bevor wir realisierten, dass es das Telefon ist. Jelica spricht gerade und erklärt Mirko die Situation."

Jelica saß mit hochrotem Kopf neben Anka im Wohnzimmer, konzentriert unterhielt sie sich mit Mirko und bemerkte Giovanni und Jan nicht, als diese den Raum betraten.

„... ja, – das wird das Erste sein, wenn wir in Italien sind, ja natürlich. Du hast die Nummer von Mama Albina?"

„Ich hoffe, ihr meldet euch immer", sagte Mirko.

„Ja, Mirko, bestimmt, so oft wir eine Möglichkeit haben, versuchen wir es. Vielleicht sind wir bald wieder zusammen."

Sie lauschte angestrengt und konzentriert, zog immer wieder die Stirn kraus, als sei die Verbindung schlecht.

„Ich kann es bei dieser Entwicklung nicht glauben und es frustriert mich", erwiderte Mirko.

„Warum nicht? Mirko, sei kein Pessimist – es muss gehen."

„Die Serben planen eine neue Offensive."

„Wieso eine neue Offensive? Ich dachte, die haben ihr Pulver bald verschossen, bei der geplanten Initiative der NATO?"

„Wir werden sehen, ich hoffe sehr, euch bald wieder in die Arme nehmen zu können, ich liebe dich, ich liebe euch."

„Ja, Liebling, ich dich ebenso und bitte pass auf dich auf, grüße alle, die uns kennen, wir denken ständig an dich, an euch."

„Ich habe so verdammte Angst um euch, die Kinder tun mir so leid."

„Mirko, machen wir es uns nicht schwerer als es ist, und eine Option, die besser ist als das Angebot von Giovanni und Elena, gibt es nicht."

„Ja, mein Schatz, bleiben wir Optimisten."
„ Ja, danke, du auch. Bis bald, mein Schatz. Ich will dir die Kinder noch kurz geben, wer weiß, wie lange die Verbindung steht, ich versuche es trotzdem – Anka, komm, sprich mit Papa, tschau, Liebling."
Anka nahm den Hörer und lauschte.
„Hallo, Papa, hörst du mich?"
„Anka, Liebes, wie geht es dir? Ich freue mich, dass ihr gut angekommen seid."
„Ja, Papa, es geht mir gut."
„Kümmere dich bitte um Jan. Die Mama hat so viel um die Ohren."
„Natürlich tu ich das, verlass dich darauf."
„Anka, ich hoffe so sehr, euch bald wieder hier zu haben."
„Wir hoffen alle, dass es bald sein wird, Papa. Sei nicht traurig, alles wird gut. Ich gebe dir noch Jan, bevor die Leitung wieder zusammenbricht, ja?"
„Anka, ich liebe euch."
„Ja, Papa, wir lieben dich, tschau."
„Jan, komm, sprich ein paar Worte mit Papa, der jetzt dort oben ganz alleine ist."
„Hallo, Papa, hier ist Jan, mir geht es gut."
Er wandte sich zu seiner Mutter. „Mama, ich höre nichts mehr, es knattert nur noch."
Die letzten Worte hatte Mirko nicht mehr gehört, die Verbindung war abgebrochen. Jelica legte den Hörer auf und saß minutenlang stumm am Tisch.
„Jelica", rief Elena, um sie aufzumuntern, „du hast mit deinem Schatz gesprochen, das war doch wunderbar."
„Ja, es war wunderbar, seine Stimme zu hören und zu erfahren, dass alles nicht schlimmer geworden ist, als es schon war."
An diesem Abend saßen sie zusammen, bis eine Flasche des guten Weins, den Giovanni aus einem Versteck geholt hatte, leer getrunken war. Am darauffolgenden Tag gingen Elena und Giovanni zu Kata, Josip und Lado, um sich zu verabschieden, und mit den notwendigen Papieren und für einen letzten Gruß bei Slavko

vorbei. Das Ausklarieren, für das sich in diesen Zeiten kaum einer wirklich interessierte, war geregelt, die Crewliste geschrieben.

„Giovanni, Elena, ihr Wahnsinnigen, ich hoffe, ihr macht das Richtige und euer Sprit reicht. Es wird schwieriger mit den zusätzlichen Passagieren. Ein Dickschädel warst du schon immer, Giovanni. Ich wünsche euch alles, alles Gute“, dröhnte Slavko.

„Adios, Slavko, und grüße deinen Schatz zu Hause. Wir sehen uns ja bald wieder.“

Nachdem Elena sich ebenso verabschiedet hatte, schlenderten sie langsam zurück zum Haus, in dem Jelica und die Kinder auf das warteten, was in der kommenden Nacht geplant war.

Als die Sonne über der westlichen Adria untergegangen war und nur noch ein verschwommen-diesiger Schimmer am Horizont sich ausbreitete, trat Giovanni aus dem Wohnzimmer seines Hauses an die Treppe, die nach oben zum Dachgeschoss führte. Er rief seiner Frau auf Italienisch zu: „Elena, nun werden wir uns auf den Weg machen, was kramst du noch da oben? Wir wollen nicht mehr mitnehmen, als wir gepackt haben.“

„Ja, ich komme ja schon“, antwortete sie ihm auf Serbokroatisch, „ich habe nur noch einmal geschaut.“

„Ist gut, komm nun herunter, wir müssen zuerst das Haus dicht machen.“

Jelica wartete mit Anka und Jan still und mit fragendem Blick im Wohnzimmer auf der etwas zerschlissenen Couch. Sie war noch nicht mit sich im Reinen. Das war so nicht in ihrem Konzept. Die Idee war gewesen: Die Kinder müssen gesund werden und an der Adria bei Tante und Onkel bleiben, bis die Belagerung Sarajevos beendet ist. Gleich unter welchen Umständen. Sie wollte zu Mirko zurückkehren und die Arbeit in der Klinik fortsetzen. Unabhän-gig davon, wie kaputt sie seelisch schon vor dem Aufbruch in den Süden gewesen war.

Es gab jetzt und offenbar in absehbarer Zeit keinen Weg zurück. Als am Vorabend Elektrizität verfügbar war, hatten sie ausführlich Nachrichten gehört. Auf allen möglichen Strecken, die zurückführten, kam es vermehrt zu Kampfhandlungen, um jeden Acker wurde gemordet. Den einen waren die Moscheen zu viel, den anderen die christlichen Kirchen, oder die Kultur der Andersgläubigen. In Mostar wurde Jagd auf Muslime gemacht und auf alles, was muslimisch anmutete,

Als Elena wieder im Erdgeschoss ankam, nahm Giovanni Werkzeug und die dreißig Zentimeter langen fingerdicken Metallstäbe mit dem Gewinde am Ende, die er besorgt hatte, und rief Elena zu: „Du weißt, wo ich die Löcher gebohrt habe. Ich will von außen die Schrauben setzen, du versiehst sie mit den Muttern, ich ziehe sie von innen nach."

Türen und Fensterläden hatte er verstärkt, Löcher durch Holz und Mauerwerk bis nach innen gebohrt. Jetzt wollte er diese Stäbe, alle versehen mit einer großen angeschweißten Metallplatte, durch diese Bohrungen in der Wand von außen nach innen schieben.

„Ich gehe raus, bitte leg jeweils eine der kleinen Metallplatten aufs Gewinde, sobald du es siehst und schraube eine Mutter darauf."

Giovanni verließ das Haus und begann die vierundzwanzig Bohrungen mit den Schrauben zu versehen. Als alle Stäbe durchgesteckt waren und er im Haus die Muttern mit einem großen Schlüssel angezogen hatte, konnte man nicht den kleinsten Lichtschimmer im Haus wahrnehmen, so dicht hatte er es gemacht. Für die Eingangstür war von einem Freund ein Metallgitterzaun angefertigt worden und an die Verschraubungen neben der Tür geschweißt. Als er erneut alle Muttern nachgezogen hatte, ermahnte er zum Aufbruch.

„Habt ihr eure Sachen zusammen?"

„Ja, Giovanni", erwiderte Jelica kleinlaut.

„Jelica, nun sei nicht so traurig", versuchte Elena die Stimmung zu verbessern, „du rettest möglicherweise die Kinder und dich dazu. Mirko weiß Bescheid, er ist ein Mann und wird das überstehen. Ihr seid sicher sehr froh gewesen, als Mirko vom Militärdienst für die Klinik freigestellt wurde. Die Sorgen, die sich Frauen machen müssen, wenn der Mann als Soldat unterwegs ist, möchte ich nicht teilen. Vielleicht dauert es ja nicht mehr lange, bis dieser erbarmungslose Zirkus ein Ende nimmt."

„Es muss jetzt kein Optimismus verbreitet werden, keiner weiß, was kommt, und ob es nicht noch schlimmer wird. Stell dir einmal vor, die Tschetniks nehmen Sarajevo ein – ich darf nicht weiterdenken."

„Die NATO wird intervenieren, die Amerikaner und die UN. Milošević wird keine weiteren Schritte unternehmen, um seine ethnischen Säuberungen zu vollenden, davon bin ich überzeugt. Ein internationaler Gerichtshof soll in Den Haag eingerichtet werden oder ist schon eingerichtet, die müssen sich um all diese Schurken kümmern."

„Ja, ja, warten wir es ab."

Giovanni trug zwei vollgepackte Seesäcke vor die Tür und Elena ihre Reisetaschen. Jelica nahm die beiden großen, Anka klemmte sich die Handtasche ihrer Mama unter den einen Arm und ihren Violinkasten unter den anderen. Um den Schutz zu verbessern, hatte sie ihn in einen Beutel gesteckt. So traten sie vor das Haus, an dem Giovanni noch das Eisengitter schloss, das er schon vor Wochen mit zwei Sicherheitsschlössern versehen hatte. Er ging noch einmal zu jeder Ecke seines Hauses, sie nahmen das Gepäck auf und liefen, auf Jan Rücksicht nehmend und ihn stützend, hintereinander zweihundert Meter die Gasse hinunter, die zur freien Fläche vor der Pier und von dort hinüber zum Steg führte, an dem Giovannis Fischerboot in der Dunkelheit lag.

Er hatte in letzter Zeit mit seinem Schiff keine entfernungsmäßig längeren Ausfahrten gemacht und immer wieder versucht, kleinere Mengen Diesel zu organisieren, um damit den Tank aufzufüllen. Die vollständige Füllung des Tanks war nicht ganz gelungen. Doch er war überzeugt, dass es für die Überfahrt bis Italien ausreichte, inklusive einer Sicherheitsreserve.

Alle mussten ihr Gepäck neben dem Steg abstellen. Giovanni wollte es selbst Stück für Stück an Bord bringen und verstauen. Ein glücklicher Zufall, dass das auflaufende Wasser die Bordwand des Bootes noch nicht weit über die Molenkante gehoben hatte und damit das Anbordgehen erleichterte. Er begann mit dem Verladen der großen Seesäcke. Als alle Gepäckstücke an Bord waren, gab er Elena die Hand, zog sie über die Bordkante auf die Planken, und beide halfen den Kindern und Jelica auf das Schiff. Es war sehr dunkel geworden und der Himmel zunehmend bedeckt. Auf der Pier brannten nur zwei der alten Lampen, als Giovanni die letzte Schlinge, die sein Boot am Steg hielt, mit einer geschickten Bewegung löste, das Ruder umlegte und in einem weiten Bogen Fahrt aus dem schützenden Hafenbecken aufnahm.

Jelica, die Kinder und Elena waren durch das Steuerhaus die wenigen Stufen der alten hölzernen Treppe hinunter in die Kajüte gestiegen, die mit wenigen Quadratmetern vor den Laderäumen eingerichtet war. Giovanni vergewisserte sich, dass alle sicher an Bord waren, trat in den Führerstand, in dem Instrumente, Steuerrad und Niedergang waren, zurück, um dem röhrenden Motor etwas mehr Gas zu geben.

In seinen Kursnotizen waren für die Navigation alle Daten vorhanden. Alles was notwendig war, um das Boot sicher zum Ziel, in seine alte Heimat Manfredonia in der Provinz Foggia, circa hundert Kilometer nördlich von Bari, zu bringen. Sein Geburtsort war eine kleinere Stadt mit fast sechzigtausend Einwohnern. Sie war immer ein wichtiger Hafen für den Verkehr über die Adria und den Handel gewesen.

Für die rund hundertsechzig Seemeilen bis zum Kastell beim Hafen würden sie wohl zwölf bis fünfzehn Stunden benötigen – wenn es auf der Route keine größeren Probleme geben würde. Giovanni setzte neben dem Back- und Steuerbordlicht nur das Topplicht an der Spitze des Mastes, den er in den vergangenen Wochen inklusive aller notwendigen Beschläge mit der Begründung hatte überholen lassen: *Wenn es nicht mehr möglich ist, den Tank mit Sprit zu füllen, will ich trotzdem einmal auslaufen und wenn nötig, nur mit Segel.*

Mit gedrosseltem Motor fuhr er – als beabsichtigte er zum Fang auszulaufen – in nordwestlicher Richtung um die Halbinsel Pelješac. Als er den Kurs geringfügig ändern musste und das Boot ins Rollen kam, waren alle Gepäckstücke sicher verstaut, die Kinder saßen mit Jelica und Elena kommentarlos und stumm in der Kajüte, sie warteten auf die Dinge, die kommen sollten. Nach dem Bogen, den Giovanni um die Insel Korčula schlagen musste, als die Dünung wieder schwächer wurde, nahm er direkten Kurs nach Süden, zwischen den kleineren Inseln Lastovo und Sušac hindurch. Nachdem diese Punkte passiert waren, erhöhte er die Drehzahl, immer sein teures Radargerät im Auge behaltend. Er war stolz auf seine neue Technik, nur wenige seiner Kollegen waren so modern ausgerüstet. Leisten hätte er es sich nicht können, aber der Zuschuss von Mutter Albina aus dem Nachlass des Vaters auf sein Konto hatte es ihn ermöglicht.

Nun plante er auf der Höhe der winzigen Insel Palakruža den Kurs noch einmal geringfügig auf Südwest zu korrigieren. Er war bereit, sobald er Schiffsbewegungen wahrnehmen würde, den Motor abzustellen, die Positionslampen zu löschen, zu treiben und gegebenenfalls das einzige verfügbare Segel zu setzen, um lautlos und sehr langsam voranzukommen. Es war nach dem Sinn des Wortes eine Flucht und keine Vergnügungsreise.

Wann immer auf dem Schirm des Radargerätes irgendwelche Markierungen sich in die Richtung seines Bootes bewegen würden, könnten es nur militärische Objekte oder vielleicht auch Waffenschmuggler sein. Beiden wollte er, wenn vermeidbar, nicht begegnen. Keiner der Fischer, die er seit Jahren kannte, würde sich in dieser Zeit weiter als fünf Seemeilen hinauswagen.

Elena schloss in der Kajüte die kurzen verdunkelnden Vorhänge vor den Bullaugen und betätigte den Lichtschalter für die beiden kleinen Lampen über der Spüle und dem zweiflammigen Kocher. Jan faszinierte diese Kochstelle, die sich in ihrer kardanischen Aufhängung immer der Bewegung des Bootes anpasste, um in der Waagerechten zu bleiben.

Anka hatte die Augen geschlossen und konnte sich nicht vorstellen, was in Italien sein würde und wie es danach möglicherweise weitergehen könnte. Seit die Eltern ihnen erklärt hatten, dass sie sich bemühten, eine Fluchtmöglichkeit zu finden, um sie in Sicherheit zu bringen und als letzte Möglichkeit einen vorübergehenden Aufenthalt bei Onkel Giovanni und Tante Elena ins Auge gefasst hatten, war die Welt noch leidlich in Ordnung gewesen – falls sie gesund an der Adria ankommen würden. Nun aber war es eine völlig andere Situation. Sie waren gezwungen, mit ihrem

Fischeronkel, wie sie Giovanni nannten, nach Italien zu emigrieren. Obwohl es Giovanni *einen ganz normalen Besuch bei seiner Familie* nannte, so war es für Anka, Jan und Jelica doch tatsächlich eine Flucht, zumal eine erzwungene Weiterreise zum Onkel nach Deutschland nicht ganz auszuschließen war.

Anka hatte in den wenigen Stunden, die sie in Neum verbracht hatten, die Möglichkeit genutzt, um an Informationen über den *Fluchtweg* Italien und Deutschland zu kommen, alle verfügbaren Lexika und Karten hatte sie sich von Giovanni geben lassen und im Schein der provisorischen Beleuchtung studiert.

Elena unterbrach die Gedanken und Grübeleien, als sie rief: „Jetzt machen wir zuerst einen schönen heißen Tee. Ich habe Ingwer besorgt, das beugt vor, falls sich doch Seekrankheit bei uns bemerkbar macht und danach gibt es etwas zu essen."

Sie öffnete eine der unteren Klappen der Einbauten, hinter denen sich kleine Schränke verbargen. Drehte das Verschlussrad der dort stehenden Gasflasche auf und schloss die Klappe. Nachdem sie mit heftigen Auf- und Abbewegungen die Pumpe neben der Spüle betätigte, Wasser in einen Tiegel pumpte und eine der beiden Brennstellen entzündet hatte, war – subjektiv – etwas Gemütlichkeit im Raum.

„Jelica, in der dritten kleinen Klappe links ist Tee, die Sorte dürft ihr euch aussuchen, den Ingwer hab ich in meiner kleinen Tasche. Bitte in ganz dünne Scheiben schneiden und dazugeben."

Jelica sah die Kinder fragend an. Jan erwachte aus seiner Träumerei und rief: „Bitte Früchtetee, und was gibt es noch?"

„Jan, wir sind hier nicht zu Hause, erwarte bitte nicht, dass Tante Elena noch Kuchen gebacken hat."

„Nein", mischte sich Elena ein, „Kuchen habe ich keinen, aber ein paar Kekse sind immer dabei. Danach schneiden wir den letzten Schinken auf das Brot, das ich vorgestern gebacken habe."

„Schön", kommentierte Jan.

Elena ging die wenigen Schritte zum Niedergang, um Giovanni, der im Führerstand aufmerksam sein Radarbild beachtete und mit den Augen immer wieder die relativ ruhige See prüfte, zu fragen, ob er heißen Tee und Schinkenbrot wollte.

„Natürlich“, kam die Antwort. „Es wird eine verdammt lange Nacht werden“, murmelte er und hoffte sehr, dass er keinem fremden Schiff begegnen würde, das illegal Waffen transportierte. Die Mannschaften dieser Boote waren bekannt für ihre kurzen Prozesse. Er schaltete den Empfänger der Funkanlage auf einen Kanal, von dem er wusste, dass darüber solche Kontakte verwaltet wurden und hoffte, so frühzeitig genug etwas zu erfahren. In Neum wurde noch darüber diskutiert, wer Giovannis Boot kontrollieren dürfe und was auf diesem Törn eventuell zur Gefahr werden könnte.

„Wir können“, hatte Giovanni versucht zu erklären, „eher von einem Kriegsschiff, das im Auftrag der UN unterwegs ist, aufgebracht werden, als von Waffenschmugglern und anderen Illegalen. Etwas Zweckoptimismus ist dabei, denn wissen kann man das nie und ausschließen ebenso nicht.“

Seit Monaten kreuzten Fregatten, Lazarettschiffe und Versorgungseinheiten aus mehreren NATO-Staaten in der Adria. Diese Einheiten hatten den Befehl, für Ruhe im Seegebiet der nördlichen Adria zu sorgen, Waffenschmuggel zu unterbinden und einigermaßen Sicherheit zu gewährleisten.

„Macht euch keine Sorgen, es sind nur noch wenige, die illegale Geschäfte versuchen“, hatte er angefügt.

Nun war die Situation eine andere, die Anspannung war um einiges größer als erwartet und der Unterschied zwischen der Theorie auf der heimischen Couch und dem kleinen Raum am Ruder dieses Bootes auf offener See war zu spüren. Als Fischer hatte er weder Zeit noch Muße darüber nachzudenken, *was wäre wenn*. Jetzt konnten nicht nur die äußeren Umstände verdammt gefährlich werden. Es kam die Verantwortung für vier weitere Personen hinzu.

Nicht einmal ein halber Mond warf das spiegelnde Glitzern auf die Wellen, das er nach getaner Arbeit auf dem Heimweg vom Fang immer als beruhigend empfunden hatte. Nur das gleichmäßige Tuckern des alten Motors war gleich laut zu hören. Elena hatte den Tee fertig, nahm für jeden einen Becher, die baumelnd an Haken über den Köpfen hingen und verteilte die wohltuende Flüssigkeit. Sie gab Jelica eine Rolle süßer Kekse und bat sie, die in eine kleine Schale zu füllen.

Die Hand am Kinn stand Elena überlegend vor dem kleinen Klapptisch und wusste nicht mehr, in welchem Beutel sich das Brot befand.

„Jelica, schau doch bitte in den roten Beutel, ob ich das Brot dort eingepackt habe, wenn ja, so muss es obenauf liegen."

Sie selbst nahm sich den grünen Seesack vor und fand den Laib gleich beim Öffnen.

„Rechts über dem Herd in der Klappe ist das Brotmesser, schneid so viele Scheiben, wie ihr essen wollt. Für Giovanni und mich zunächst je zwei."

Von den mit Schinken belegten Broten packte Elena eines auf ein kleines Brettchen und reichte es Giovanni zusammen mit einem Becher Tee nach oben. Sie saß mit Jelica und den Kindern in der Enge der Kajüte. Alle wärmten sich die Hände an den Teebechern und aßen mit Genuss die Schinkenbrote.

Verflixt, was ist denn das, Giovanni sah aufs Meer hinaus. Positionslichter eines großen Schiffes kamen auf ihn zu. Es erschien ihm kindisch, nun den Motor zu drosseln und sich, wie ursprünglich geplant, *unsichtbar* zu stellen.

Das musste ein Kriegsschiff sein, für die war sogar ein Benzinkanister auf dem Radar sichtbar. Den Kanal am Funkgerät hatte er wieder umgestellt und hörte einen Anruf, den er nicht verstand. Als das Schiff noch ein gutes Stück entfernt war und die Fahrt schon nahezu gestoppt hatte, flammten riesige Scheinwerfer auf. Giovannis Boot war in helles Licht getaucht und von Bord war über Lautsprecher auf Serbokroatisch eine Stimme zu hören:

„Dies ist eine Einheit der UNPROFOR, wir sichern die Seewege in diesen Gewässern. Wir fordern Sie auf längsseits zu gehen, die Maschine zu stoppen und alle an Bord befindlichen Personen an Deck zu gehen. Wir müssen Ihr Schiff und die Besatzung kontrollieren."

Giovanni tastete sich mit langsamer Fahrt an die graue Bordwand der italienischen Fregatte. Ehe er sich versah, waren vier italienisch sprechende Soldaten mit automatischen Waffen an

Bord, immer angestrahlt von den starken Scheinwerfern. Giovanni rief auf Italienisch hinunter in die Kajüte: „Elena, Jelica, aufwachen, wir werden kontrolliert, kommt bitte alle nach oben." Er wiederholte den Satz auf Serbokroatisch. Es dauerte einige Minuten, Jan und Anka waren eingeschlafen. Elena und Jelica mussten Jan gemeinsam die kleine Treppe hinaufbugsieren. Als alle an Deck waren, kam ein Offizier auf Giovanni zu.

„Sind dies alle Personen an Bord, führen Sie Waffen mit sich? Ich muss Ihre Papiere, die persönlichen und die des Bootes, kontrollieren, ist das Ihr Boot?"

Giovanni erwiderte: „Dies sind alle Personen, Waffen haben wir keine an Bord und die Papiere müssen wir unten holen, das Boot gehört mir."

Jelica bekam bei der Frage nach den Waffen ein leichtes Kribbeln im Nacken. Was, wenn die das ganze Gepäck gründlich durchsuchten und die kleine Pistole finden würden, von der nicht einmal Giovanni wusste?

„Die Papiere dürfen Sie", rief der Offizier Giovanni zu, „nur in Begleitung holen, warten Sie und sagen Sie mir, warum Sie um diese Zeit unterwegs in Richtung Italien sind."

„Ich bin Italiener, meine Frau ist von da drüben", dabei deutete er zur dalmatinischen Küste, „wir sind auf der Flucht in die alte Heimat. Die Kinder sind bei einem Überfall nur knapp dem Tod entgangen, dies", er zeigte auf Jelica, „ist die Schwester meiner Frau und es sind ihre Kinder."

Der Offizier antwortete: „Wir werden jetzt hinuntergehen, um das zu überprüfen. Sie zeigen mir alle Papiere, wir durchsuchen Ihr Schiff, Ist es, wie Sie geschildert haben, können Sie die Fahrt fortsetzen."

Giovanni ging nach unten, der Offizier folgte ihm und Giovanni gab ihm in der Kajüte die Crewliste, auf der üblicherweise alle mitfahrenden Personen mit Name und Nationalität inklusive Passnummern aufgeführt sein müssen. Aus einem der kleinen Schränkchen mit den Klappen entnahm er die Bootspapiere und sein Patent, die Lizenz, den Eigentümernachweis und die Pässe. Der Offizier sah sich alles an und nickte. Sie stiegen beide zurück an

Deck. Mit militärischem Gruß verabschiedeten sich die Marinesoldaten und waren mit einem Schlauchboot so schnell verschwunden, wie sie aufgetaucht waren. Die großen Scheinwerfer erloschen und mit einer gigantischen Bugwelle setzte die Fregatte ihren Kurs fort.

Giovanni verstaute die Dokumente am gleichen Ort. Seine *Mannschaft* war beruhigt in der Kajüte und er zurück im Ruderhaus. Er ging auf Kurs und stellte nach einiger Zeit auf Automatik. Er verließ seinen kleinen Raum, trat aufs Deck hinaus, ging zum Heck, entnahm der vom Strom des Motors gespeisten Kühlkiste, die auch von den Matrosen kontrolliert worden war, zwei lange Schnüre mit etlichen Haken, an denen er schon zu Hause kleine Köder befestigt hatte.

Diese Schnüre knotete er an zwei Stangen und ließ diese, wie Ausleger, seitlich ins Wasser. Er hoffte, am Morgen Fische an den Haken zu finden, um in Italien seine Mutter damit zu überraschen. Die Kinder, durch die Kontrolle, das Getrampel an Deck und den unterbrochenen Schlaf etwas griesgrämig, rollten sich auf ihren Plätzen zusammen und entschwanden nach wenigen Minuten erneut in tiefen Schlaf. Für Jelica und Elena war es schon in der angehenden Nacht, durch die Enge in der kleinen Kajüte, schwierig, halb sitzend, etwas Schlaf zu finden. Durch die Unterbrechung der militärischen Kontrolle war alle Müdigkeit gewichen. Elena bereitete erneut Tee, reichte Giovanni einen warmen Becher nach oben und die Schwestern unterhielten sich.

Sie sprachen über ihre Jugend, die Eltern und das Haus. Über die ersten Jahre in der Stadt und den Zeitpunkt, zu dem sie eigene Wege gegangen waren. In Neum waren sehr früh Kämpfe ausgebrochen, als es um Dubrovnik ging und versucht wurde, dieses kulturelle Erbe von den Hügeln herab zu vernichten. Das war vorbei, die Vernichtungsmaschinerie wurde über Sarajevo und anderen Zentren eingesetzt. Lange hatten sie geplaudert. Jelicas Kopf war so voll. Sie konnte nicht alles aus sich herauslassen, fuhr aber dennoch fort: „Alles ist so nah, so wirklich und entsetzlich. Die Bilder aus Uganda, Zaire oder anderen Staaten auf anderen Kontinenten erschütterten uns, hier aber, wo es um die eigene Heimat, die eigene Haut, um die Familie geht, mitten in Europa, ich möchte mir das Herz herausreißen, so schmerzhaft ist das. Es klingt banal, ich habe die Eisdiele in der Zelnih beretki gesehen, in der wir oft saßen, und was jetzt davon übrig geblieben ist.

Das Theater mit seinen zerfetzten Säulen. Trümmer, das hat die Vergangenheit gezeigt, kann man immer wieder wegräumen und Gebäude neu bauen, aber wo bleiben die Menschen, die Angehörigen der vielen Tausend Toten, die Verkrüppelten, Verzweifelten, all jene, die irre geworden sind, weil ihre verwundeten Seelen nicht mehr heilen wollen und sie das nicht verkraften konnten, was ihre Augen sehen mussten. Oder die Geschändeten, der Würde und Zukunft beraubt? Ich habe noch so viele Szenen aus der Klinik im Kopf."

„Jelica, du musst dich freimachen. Du kommst nie in eine frohe, sorglose Zukunft, wenn du dich damit belastest."

Bis der neue Tag sich mit einem zarten dunkelgrauen Streifen am Horizont zeigen würde, versuchten die Schwestern Belastendes zu sortieren. Giovanni rief von oben: „Vielleicht noch ein paar Stunden."

„Giovanni, kann ich dich nicht für die nächste Zeit ablösen?", antwortete Elena hinauf.

„Prima, komm rauf."

Als Elena zu Giovanni in die Enge des Führerhauses trat, zeigte er hinaus aufs Meer.

„Ich habe auf Automatik gestellt und glaube nicht, dass wir noch einmal aufgehalten werden. Ich mache eine kleine Pause."

Die Kinder schliefen fest und Giovanni stieg hinunter und schlug sich in der Kajüte eine der Wolldecken um, setzte sich in eine Ecke und konnte sich eben noch bei Jelica über ihr Befinden erkundigen, als seine Augen zufielen und er geräuschvoll atmend Schlaf fand.

Als das Grau des Himmels sich in ein mit weißen Wolken versehenes Blau verwandelt hatte und Elena glaubte, den Küstenstreifen Italiens zu sehen, erwachte Giovanni.

„Entschuldige", knurrte er nach dem Aufstehen in Richtung Führerstand, „so lange wollte ich dich nicht alleine lassen."

Er sah sich um, als er Jelica nicht entdeckte, wusste er, dass seine Frau die letzten Stunden nicht einsam am Ruder verbracht hatte. Jelica meldete sich kurz darauf.

„Giovanni, wir sind beide hier oben, es geht uns gut."

Elena fügte an: „Sobald wir übergeben haben, gehen wir hinunter und machen Kaffee."

Er stieg nach oben, nahm die Schwestern in den Arm, um sich zu bedanken: „Na, ihr beiden Kapitäne, geht es euch gut?"

„Wie du siehst, ja."

„Bitte noch einen Moment, ich hatte Angeln ausgelegt. Mal sehen, was dran ist, ob überhaupt etwas dran ist."

Draußen auf Deck zog er die beiden Ausleger mit den langen Schnüre wieder an Bord. Backbords kamen nur leere Haken heraus, an der Steuerbordseite war ihm ein Fang gelungen.

Er klopfte an das Fenster, das die Sicht von der Steuerkonsole auf das Deck freigab, um Elena und Jelica die Fische zu zeigen, die er danach in die mit Metall ausgekleidete, festgezurrte Kiste warf. Er prüfte die Temperatur und schloss den Deckel.

Kurz nachdem sie die Plätze gewechselt hatten, vernahm Giovanni den angenehmen Duft des frisch gebrühten Kaffees. Als er den ersten heißen Becher neben sich stehen hatte, stieg seine Stimmung. Er war glücklich, diesen Schritt gewagt zu haben. Seit Kriegsausbruch war er nicht mehr in der alten Heimat gewesen, er freute sich auf ein Wiedersehen.

„Ihr Lieben, kommt einmal an den Niedergang."

Als Elena und Jelica an der untersten Stufe auftauchten, rief er hinunter: „Schaut, wir laufen direkt darauf zu. Die werden Augen machen. Bevor wir uns nähern, müssen wir noch darüber reden, wie wir uns verhalten, wenn außergewöhnliche Kontrollen stattfinden. Besser, ihr kommt kurz herauf."

Elena und Jelica schauten sich fragend an und stiegen die wenigen Stufen hinauf.

„Möglich ist, dass das Boot auf Sicherheitsausrüstung, Notsignale und so weiter überprüft wird. Es kann nicht viel anders sein als in den zurückliegenden Jahren, in denen wir drüben ankamen. Elena und ich auf Ferien bei der Verwandtschaft – das war's."

„Und wie wird es weitergehen?“, wollte Jelica wissen.

„Sobald das Einklarieren erledigt ist, überraschen wir alle zusammen Mama und Danola. Die werden sich wundern, dass wir kommen.“

„Und dann?“, entgegnete Jelica.

„Ihr erholt euch, wir versuchen Mirko und seinen Bruder zu erreichen und so können wir weiterplanen. Die Fische holen wir erst später von Bord.“

Er hatte kaum ausgesprochen, als von hinten starke Motorengeräusche und Sirenensignale zu hören waren. Sie wandten sich abrupt um und sahen ein größeres graues Boot mit angstmachender Geschwindigkeit von hinten auf sie zurasen.

„Scheiße“, schrie Giovanni, „was ist das denn?“

Etliche Bootslängen hinter ihnen änderte der *Verfolger* den Kurs nach Steuerbord. Als das Schiff an ihnen vorbeischoss, konnten sie die schwarze Aufschrift an den Seitenplanken lesen. *Guardia di Finanza*, der italienische Zoll, der vor der Küste kontrollierte, offensichtlich ein wichtiges Ziel im Auge hatte und sich kaum für ein windiges Fischerboot interessierte.

„Verdammt, nun reicht's, ich will jetzt in aller Ruhe in Manfredonia einlaufen.“

Bis auf die Höhe von Pugnochiuso lief er weiterhin den Kurs von 196° und legte anschließend das Ruder bei 230° an, auf den Hafen zu. Auf halber Strecke zum Hafen schaltete er auf Kanal elf und nahm Kontakt mit der Hafenmeisterei auf. Als er den Namen des Bootes und seinen eigenen durchgab, meldete sich Arminio. Giovanni begrüßte ihn und bat um einen Liegeplatz.

„Verdammt, Giovanni, wo kommst du denn her. Wir haben schon befürchtet, die Kommunisten hätten euch ins Jenseits befördert, bei dem, was man so hört.“

„Arminio, es sind nicht die Kommunisten. Kommunist ist heute sowieso keiner mehr. Zurzeit haut jeder auf jeden, es blickt niemand mehr durch. Wo kann ich mich hinlegen, Arminio?“

„Unten an der südlichen Mole, so hast du nicht weit zu mir herauf.“

„Tschau. Bis später.“

Er stellte noch einmal auf Automatik und stieg hinunter in die Kajüte, um aus einer der Schubladen eine kleine italienische Flagge zu holen. Wieder an Deck, befestigte er die Flagge unter der Querstange am Mast, auf Steuerbord, um einer internationalen Vorschrift zu genügen, aber auch um seiner alten Heimat Reverenz zu erweisen. Nach einer weiteren Stunde war die lange Tiefwassermole des Hafens umschifft und der alte Hafen mit seinen beiden Molenfingern erreicht. Giovanni drehte in einem weiten Bogen um die nördliche, etwas längere Mauer. Seine *Crew* war in das enge Ruderhaus gestiegen. Nur Jan schaute aus den schmalen Bullaugen unten in der Kajüte, um zu sehen, wo die Fahrt, die ihn so verdammt seekrank gemacht hatte, enden würde.

Elena ging an Deck und ließ die alten, an Tauen befestigten Autoreifen als Fender am Heck außenbords gleiten. Wo die Mole einen Knick machte und Giovanni sich für einen Liegeplatz entschieden hatte, warf er kurz vor dem Anlegen einen Anker, ging rückwärts mit dem Heck an die Pier und ließ dem Anker so viel Leine, bis das Heck mit den Fendern anlag.

Elena sprang an Land, Giovanni warf ihr das Tau hinüber. Gekonnt belegte sie den Poller auf der Backbordseite, eilte an Steuerbord für den zweiten Festmacher und vertäute das Boot.

„Jelica, bitte löse das dicke Brett und schiebe es herüber, sonst wird es schwierig für euch an Land zu gehen", rief Elena ihrer Schwester zu, die mittschiffs wartete.

Giovanni ließ seinen alten Diesel noch einige Sekunden tuckern, bis er den Schlüssel drehte und das Geräusch des Motors verstummte.

„Ihr Lieben", kam es von der Brücke, „the Eagle has landed!"

„Ein ziemlich zahmer Adler, dein Boot, Onkel Giovanni. Trotzdem gut, dass wir heil angekommen sind."

„War doch ein schöner Ausflug, mein Engel."

Anka ging auf ihren Onkel zu und umarmte ihn.

„Oho, das machen nur wenige meiner seltenen Passagiere. Anka, das tut richtig gut."

„Wo ist denn unser Jan?", rief Anka, nachdem sie sich von Giovanni gelöst hatte.

„Ich bin immer noch hier und bleibe hier unten, weil mir keiner nach oben hilft."

„Jan, ich komme."

Anka sprang zurück ins Steuerhaus und die wenigen Stufen hinunter in die Kajüte.

„Onkel Giovanni, bitte zieh Jan an den Armen nach oben."

Als Jan auf der untersten Stufe stand und die Arme weit nach oben streckte, zog Giovanni ihn hinauf.

„So, Jan, gleich ist es geschafft, auf dem festen Boden geht es dir wieder gut."

Sie halfen ihm aus dem Steuerhaus hinaus auf Deck und über das breite ausgelegte Brett auf die Pier. Giovanni trat aus der schmalen Tür, blickte hin und her, um zufrieden festzustellen, „es hat sich nichts geändert".

„Was würde sich hier ändern", antwortete Elena, „alte Leute, alte Schiffe, alte Steine und alte Vorurteile."

Giovanni nahm den negativen Kommentar seiner Frau nicht auf, lächelte und bat seine Mitreisenden: „Bitte bleibt hier, vertretet euch die Füße und werdet wieder munter. Ich muss kurz zum Hafenkapitän, das ist dort drüben in der *Viale Kennedy*, um einzuklarieren. Ich bin bald zurück."

Er trat die wenigen Schritte zurück ins Steuerhaus. Dort hatte Elena die Plastikmappe mit den Dokumenten und Pässen deponiert, die zur Einklarierung notwendig waren. Mit einem Griff an seine Gesäßtasche vergewisserte er sich, dass er sein Geld griffbereit hatte, die Liegegebühren mussten bei seinem alten Freund Arminio entrichtet werden.

Nach vielen Stunden in der Enge des Bootes tat es gut, sich die Beine auf der Pier zu vertreten und den Kreislauf wieder in Schwung zu bringen. Elena sah zu den Häuserreihen am Hafen, hob ihren rechten Arm und deutete auf ein schmales, ockerfarben gestrichenes Gebäude.

„Das Haus mit den roten Läden, seht ihr das? Dort gibt es den besten Kaffee in dieser Gegend. Sobald Giovanni zurück ist, möchte ich mit euch dort hin. Leckeren Kuchen haben die auch."

„Das ist ein schönes Willkommen, ich hatte schon befürchtet, dass wir in der Kajüte frühstücken würden“, kam Anka zu Wort.

Jelica, dem Frieden um sie herum noch nicht trauend, erschien das alles so unrealistisch. Sie dachte an das Gespräch, das sie mit Mirko führen wollte. Mit ihrem Mann in Sarajevo führen musste. Sie waren angekommen in Italien. Die Szene drüben auf der schmalen Uferstraße in der frühen Sonne, der klaren Luft. Zwei der für Italien so typischen kleinen Piaggio-Apes hielten an, um etwas zu liefern. Die letzten Fischer machten die Boote fest – wie in einem Urlaubsfilm.

Wir werden hinüberspazieren, einen guten heißen Kaffee trinken, Kuchen essen und den Kopf in die wärmende Sonne halten. In der Klinik wird sich, auch wenn die Nacht ruhig gewesen wäre, eine lange Reihe bilden. Mit Verwundeten, Gedemütigten und zu Krüppel geschossenen Menschen. Dieser Frieden hier – zumindest in mir ist er nur halb, nicht ehrlich. Ich werde Zeit brauchen, viel Zeit, dachte Jelica, während sie über das weite Rund des Hafens blickte.

In Richtung Ufer sahen sie plötzlich Giovanni, der wild gestikulierte. Das konnte bedeuten, *kommt herüber, so muss ich den Weg nicht zweimal machen.* Langsam, die Schritte Jans Krücken anpassend, spazierten sie hinüber zur Uferstraße, und Elena steuerte direkt auf das zuvor gezeigte Gebäude zu. *Pasticceria Fiore* stand in goldfarbenen Lettern auf den schmalen Scheiben und ebenso am Glas der Eingangstür. Vor der Konditorei waren mehrere kleine Tische aufgestellt mit Stühlen aus Metall. Die runden Kissen waren aus dem gleichen Stoff wie die Tischdecken genäht. Ein einladendes Ensemble. Giovanni rückte zwei der Tischchen aneinander.

Als alle Platz genommen hatten, schaute Jan sich erstaunt und fragend um: „Darf ich mir drinnen etwas aussuchen?“

„Jan, muss das sein?“, versuchte Jelica ihn zu bremsen.

„Natürlich darfst du, solange wir hier sind, wird keiner zu etwas gezwungen, wenn du etwas Leckeres gefunden hast, sag es uns, vielleicht wollen wir ja das Gleiche. Pass auf die Stufen auf.“

Jan stieg langsam von seinem Stuhl, setzte mit seinen Krücken vorsichtig einen Fuß vor den anderen und verschwand in dem kleinen Laden. Als er wieder an der Tür erschien, kam direkt hinter ihm die Besitzerin mit einem Teller. Anka leckte sich über die Lippen.

„Puhh, das sieht aber lecker aus, ich hätte gerne so etwas."

Sie sahen sich den Kuchen an, der mit Mandelsplittern und Marmelade verziert war. Giovanni schaute in die Runde.

„Wer außer Anka und mir will noch etwas?"

Alle wollten von den duftenden Kuchen. Giovanni orderte viermal Kaffee und für Jan einen Kakao.

„Und dann?", wollte Jelica wissen, nachdem der Kuchen serviert war und sie davon gekostet hatte.

„Wir rufen eine Taxe, holen unser Gepäck vom Boot und lassen uns zu Mama fahren, die wird schauen", erwiderte Giovanni strahlend.

„Können wir irgendwo an einem Telefon halten, ich will versuchen, Mirko zu erreichen?"

„Jelica, das kannst du von Mama Albinas Telefon aus machen, wir haben nicht so viel italienisches Kleingeld dabei."

„Ich muss, sobald die Banken öffnen, ein paar Dollar tauschen."

„Solange ihr Gast bei uns seid, muss kein Geld getauscht werden, du brauchst hier kein Bargeld."

„Giovanni, es ist mir peinlich. Wir wollen so schnell wie möglich Kontakt mit Erik aufnehmen."

„Jetzt atmet doch erst einmal richtig durch. Wie es weitergehen kann, darüber reden wir noch."

Das erste *Luftholen* in Italien war bald beendet. Giovanni zahlte und bat die Servicekraft um eine Taxe. Kaum hatte die Besitzerin den Hörer aufgelegt, kam der Wagen die Uferstraße herauf. Giovanni und Elena ließen sich zum Boot fahren, um das Gepäck in der Taxe zu verstauen. Der Wagen fuhr auf dem Weg zu Oma Albina erneut an der Konditorei vor. Jelica und die Kinder stiegen zu. Nach wenigen Minuten Fahrt hielt der Fahrer vor dem Haus, dessen Adresse ihm zuvor genannt worden war.

Im südlichen Teil, in einer Nebenstraße zur Uferpromenade, vor einem gepflegten, in hellem Gelb gestrichenen Einfamilienhaus, auf dem schönen, zum Meer hin mit Bäumen begrenzten Grundstück, konnte man eine ältere Frau in gebückter Haltung bei den Blumen arbeiten sehen.

Als der Fahrer das Gepäck ausgeladen, seine Fahrgäste die Türen zugeschlagen hatten und Giovanni die Geldbörse zückte, um ihn zu entlohnen, richtete sich die Frau auf. In der dunklen Arbeitskleidung sah sie älter aus als sie eigentlich war. Ihr Gesicht war fast faltenlos, mit nur wenigen Andeutungen vergangener Sorgen auf der Stirn und einigen Lachfältchen um die Augen. Sie machte den Eindruck, als hätte sie ein nahezu erfülltes Leben gehabt. Die grauen Strähnen in den Haaren gaben ihrem Erscheinen etwas Würdevolles.

Sie drehte sich um, sah zu den Gästen und schrie schrill und laut vor Entzücken. *„Gioooovannniiiii!“*, ließ ihr Werkzeug fallen, als sie sich aufgerichtet hatte, streifte ihre Hände wiederholt an ihrer Kittelschürze ab und kam so schnell sie konnte zur Straße gelaufen. Als sie das kleine Tor, das den Weg zum Haus verschloss, schnell öffnen wollte, verhedderte sich die Kleidung am Griff und sie wäre, hätte Giovanni nicht reagiert und sie aufgefangen, auf den Bürgersteig gefallen.

„Mama, willst du auf deine alten Tage noch Fliegen lernen?“

Sie fing sich lachend an seiner Jacke, hob den Arm scherzhaft, als wollte sie ihm eine runterhauen.

„Immer noch der Freche. Elena, wunderbar, dass ihr gekommen seid. Du konntest ihn immer noch nicht erziehen, was?“

Giovanni musste sich dem immer ungeduldiger werdenden Taxifahrer zuwenden, der auf sein Geld wartete.

„Mama, dazu ist es wohl zu spät, schau, Jelica und die Kinder sind mitgekommen.“

„Glaubst du, ich hab das nicht gesehen? So groß sind die geworden! Ich habe sie in den letzten Jahren immer nur auf Bildern gesehen und freue mich so.“

Sie umarmte alle mit viel Zuneigung. Es fiel ihr auf, dass Mirko nicht dabei war. „Was ist mit eurem Papa, konnte oder wollte der nicht mitkommen? Und was ist mit Jan geschehen?“

Während Elena sich umgedreht hatte, um beim Gepäck zu helfen, nahm Jelica die Oma am Arm.

„Mama Albina, wir erzählen dir alles in Ruhe."
„Na prima, kommt rein."
„Hätte ich's doch gewusst, ich hätte etwas vorbereiten können, und wie es noch aussieht bei mir, muss mich ja fast schämen."
„Du musst dich weder schämen noch entschuldigen. Bei dir ist es immer wie zu Hause. Sehr oft war ich nicht hier, aber in jeder dieser Stunden habe ich mich wohlgefühlt bei dir."
Mama Albina führte Jelica und die Kinder langsam in die große gemütliche Wohnküche.
„Setzt euch bitte und sagt mir, was ihr trinken wollt. Ihr seid doch ziemlich kaputt nach dem langen Ritt auf den Wellen. Giovanni glaubt immer, dass das allen so viel Spaß macht wie ihm."
„Es war schon in Ordnung und es ist eben kein Kreuzfahrtschiff. Aber das wussten wir ja, dass es etwas eng sein würde. Nur unser Jan wurde seekrank. Ansonsten war es eine neue Erfahrung. Als wir dich früher besuchten, kamen wir jedes Mal mit der Fähre."
„Ja, ja, früher, da war so manches anders. Wenn Giovanni und Elena gleich dabei sind, müsst ihr mir alles erzählen. Wir können Danola anrufen, die Geschwister haben sich lange nicht gesehen."
„Mama, ich freue mich, Danola wieder zu sehen, darf ich zuerst versuchen Mirko zu erreichen?"
„Aber natürlich, der wartet sicher schon. Hoffentlich funktionieren die Leitungen bei euch. Wie Giovanni mir beim letzten Gespräch erzählte, gab es Schwierigkeiten. Geh nur rüber und erledige das zuerst, das ist wichtig."
Jelica verließ die Küche, um am Ende des Flurs zum Telefon zu kommen. Sie wählte Mirkos Nummer in der Klinik, versuchte es über die Zentrale und letztlich sogar über die Notrufnummer des Krankenhauses. Die Leitung blieb stumm. Angst kroch ihr in den Nacken. Hatte sie nicht schon auf See, als die Wolken sich auflösten, bei gleißendem Licht und Sonnenschein daran gedacht, was in Sarajevo sein würde, wenn das Wetter dort ähnlich war. Nervös versuchte sie es erneut, erfolglos. Mutlos schlenderte sie zurück in die Küche. Mama Albina sah sie an und wusste, dass es keine Verbindung gegeben hatte. Sie ging auf sie zu, nahm Jelicas Hand und drückte sie an ihre Brust.

„Jelica, nur weil es jetzt nicht ging, heißt es doch nicht, dass es heute Abend oder morgen nicht klappt. Sei nicht traurig, versuche inzwischen, Erik in Deutschland zu erreichen, das funktioniert bestimmt. Er muss wissen, dass ihr sicher hier angekommen seid."

„Ja, ich versuche das."

Sie ging erneut zum Flur, als Elena, Giovanni und die Kinder, die das Gepäck ins Haus gebracht hatten, auf dem Weg zur Küche waren.

„Mama", rief Jan, „wo gehst du hin?"

„Ich versuche zu telefonieren. Euren Papa habe ich nicht erreicht und das geht mir enorm auf die Nerven."

„Was können deine Nerven dafür?"

„Das verstehst du nicht, geh bitte zur Oma und lass dir was zum Trinken geben."

„Wen rufst du jetzt noch an?"

„Ich versuche es mit Onkel Erik in Deutschland."

„Und das geht?"

„Ich denke doch."

„Sagst du uns, was besprochen wurde?"

„Jan, natürlich, es betrifft uns alle. Jetzt geh bitte in die Küche."

Jan nickte, öffnete die Küchentür und verschwand, während Jelica in ihrem kleinen Notizbuch blätterte, um die richtige Nummer zu finden. Es läutete in Deutschland sechsmal, Jelica wollte gerade auflegen, als sie Eriks Stimme hörte. Er war es nicht selbst, es war die Ansage seines Anrufbeantworters:

Hier ist der Anschluss von Erik Amata. Wenn du möchtest, dass ich zurückrufe, nenne mir bitte nach dem Piepton deinen Name und deine Nummer. Ich melde mich, danke.

Es dauerte noch ein paar Sekunden, bis das *Piep* zu hören war. Jelica musste allen Mut sammeln, um nicht sofort aufzulegen.

„Erik, ich bin's, Jelica, schön dass ich mich wenigstens so melden kann. Wir, das heißt die Kinder und ich, sind mit Giovanni und Elena nach Italien geflohen und nun bei Mama Albina. Du wirst die Nummer sicher haben. Bitte rufe, sobald es möglich ist, zurück. Falls ich nichts höre, rufe ich dich morgen noch einmal an. Tschau Erik, alles Gute."

Es ging ihr nicht gut, als sie den Hörer aufgelegt hatte. An die Wand gelehnt, suchte sie sich zu beruhigen. Die Summe der Ereignisse in den zurückliegenden Wochen hatte nicht nur ihr Selbstwertgefühl beschädigt. Jedes weitere Ereignis schien ihr eine Stufe zu viel. Nachdem sie etwas Kraft gesammelt hatte, löste sie sich, um zur Küche zurückzukehren.

„Jelica", rief die Oma, „hast du etwas erreicht?"

„Halb halb – ich habe Erik auf das Band gesprochen und ihn um Rückruf gebeten. Ich hoffe, er hat die Nummer."

„Giovanni", bat sie ihren Sohn, „bitte ruf deine Schwester an. Sie wird uns nie verzeihen, wenn wir sie beim Abendessen nicht bei uns haben."

„Ja, Mama." Nun stand Giovanni auf, ging zum Telefon und Albina servierte Fruchtsaft für die Gäste.

„Was", sie sah fragend in die Runde, „was wollt ihr denn heute Mittag und heute Abend zum Essen, Fisch, Fleisch, Pizza, Spaghetti?"

„Spaghetti", rief Jan in die Runde.

„Mittags oder abends?"

„Mittags, Oma."

„Und am Abend?"

Wieder meldete Jan sich zuerst.

„Pizza", rief er laut.

„Aber, du bist nicht alleine, was wollen denn die anderen. Jelica, was ist, was magst du?"

„Spaghetti heute Mittag ist ja schon nicht schlecht, ich würde gerne mal wieder Fisch essen."

Anka hob die Hand mit ausgestrecktem Finger, wie in der Schule.

„Ich bin dafür und Tante Elena sicher ebenso."

„Natürlich, ich weiß doch, wie spärlich die Versorgung bei euch in den vergangenen Monaten war und wie selten ihr frischen Fisch bekommen habt, wenn überhaupt."

„Prima", kommentierte Mama Albina, „Giovanni muss essen, was auf den Tisch kommt und Jan wird nicht böse sein, dass wir ihn überstimmt haben. Giovanni wird bei Pino Fisch besorgen."

Jan schüttelte den Kopf und lächelte.

„Dürfen wir beim Zubereiten helfen?“, wollte Anka wissen.

„Ihr dürft alle helfen, nur Jan bleibt besser sitzen, damit er keine Schmerzen im Bein bekommt, ja, Jan?“

„Ja, Oma, ist schon gut.“

Die Küchentür ging auf und Giovanni kam strahlend zurück.

„Was ist, Giovanni“, wollte Albina wissen, „was ist mit Danola?“

„Ja, Mama, ich habe mit ihr gesprochen. Zuerst hatte ich meine Stimme verstellt und so getan, als wäre ich ein anderer. Einer von ihren früheren Freunden, der nun zurückgekehrt ist, um sie zu heiraten. Es war lustig, sie hat es bemerkt und tüchtig geschimpft, freut sich aber sehr und will zum Abendessen kommen.“

Die Stimmung lockerte sich, Jelica schien in der ruhigen familiären und harmonischen Atmosphäre zu entspannen. Sie schilderte die dramatischen Ereignisse zu Hause. Alles, was sich im privaten und im dienstlichen Bereich ereignet hatte, ohne – der Kinder wegen – allzu sehr ins Detail zu gehen. Giovanni sorgte für Aufheiterung, indem er Storys vom Fischfang und vom Umgang mit den Kunden zum Besten gab. Er sprach darüber, was sie vor dem Krieg den Touristen immer verkauft hätten. Fische mit Namen, die es überhaupt nicht gab und Arten, die nie in der Adria gelebt hatten.

„Au“, rief er plötzlich, „ich muss noch was besorgen.“

„Ja, musst du, bei Pino Fisch holen“, erwiderte seine Mutter.

„Sofort, Mama, bei Pino.“

Er lächelte und verschwand. Aus dem Arbeitsraum neben der Eingangstür nahm er eine gelbe Plastikwanne, ging auf die Straße und hinüber zur Promenade, um einer Taxe zu winken, die ihn zum Boot brachte. Mit einem Blauflossen-Thunfisch und einem schönen jungen Schwertfisch in der Wanne kam er zurück. Seine Mutter war begeistert. Als er ihr erzählte, dass der Fang aus der Nacht und von seinem Boot stammte, blitzte Stolz in ihren Augen. Alle halfen zu gegebener Zeit bei der Zubereitung der Spaghetti und der Soße für den Mittag, und der Vorspeise, dem Fisch und den Beilagen für den Abend. Jan hatte sich auf die an der Fensterseite stehende Bank gesetzt, damit ihm *nichts entging*, wie er betonte. Kurz nach der riesigen Portion Pasta mit der köstlichen Soße nahm seine Haltung an Schräge zu, bis er mit einem kleinen Plumps auf der Bank zu liegen kam und eingeschlafen war.

Die Laternen an der Promenade brannten schon, als die Eingangstür des Hauses zuschlug und eine Stimme rief: „Hallоooo, ich bin da!"

Schnell stand Giovanni auf und ging hinaus in den Flur, um seine Schwester in den Arm zu nehmen und zu begrüßen.

„Es ist so gut, dich zu sehen, Schwesterlein. Wir geht es dir?"

„Bis auf Kleinigkeiten und deine Verarschung ganz gut."

„Was macht die Arbeit bei dem Anwalt?"

„Ja, ich bin noch bei ihm und endlich gibt er mir etwas mehr Geld. Wie war die Überfahrt mit unseren Flüchtigen?"

„Bis auf einen kurzen Stopp, ganz gut. Komm rein, die warten alle schon auf dich."

Danola zog den Blazer aus, nahm die Tasche und den Jutebeutel, den sie mit sich trug, und folgte Giovanni zur Küche. Dort ging sie zuerst auf Mama Albina zu, um sie zu begrüßen. Sie umarmte ihre Mutter, gab ihr einen Kuss, hob den Kopf und schnupperte: „Mama, das riecht schon wieder so toll bei dir."

Jelica streichelte Jan, der immer noch auf der Bank schlief, leicht über den Kopf. Jan kräuselte die Nase, stützte den Ellenbogen auf und schaute fragend in die Runde. „Mama, was ist?"

„Jan, Tante Danola ist da, komm, wach auf, es gibt bald Essen."

„Mhm, ja, hallo."

Danola wandte sich um und begrüßte Elena, Jelica und die Kinder herzlich.

„Anka ist inzwischen eine wunderschöne Lady, und Jan, der ist groß geworden. Es ist so schön, dass ihr einmal hier seid. Ihr müsst mir alles erzählen."

„Das ist nicht alles schön", mischte sich die Oma ein, „was die zu erzählen haben."

„Ich will es trotzdem hören und wissen, wie es weitergeht, gehen kann. Ist doch nicht geheim, Jelica."

„Nein, Danola, bestimmt nicht. Schon gar nicht für die Familie. Wir sind so froh, dass wir erst einmal hier sein dürfen, keine

Granateinschläge hören, alles so wunderbar friedlich ist und dass wir von Mama Albina verwöhnt werden."

Während des Essens kam Jelica auf Danolas Wunsch wieder auf das Geschehene zu sprechen, ohne die brutalen Details. Anka war das offensichtlich zu viel, sie zog die Stirne in Falten und sah Jelica vorwurfsvoll an.

„Anka, was ist? Tante Danola hat ein Recht zu erfahren, was vorgefallen ist und warum wir hier sind. Sollten wir nach Deutschland und dort bleiben müssen oder wollen, werden wir den Behörden auch einen detaillierten Bericht abliefern müssen. Alles haarklein und ganz genau, nur so besteht überhaupt eine Chance, bleiben zu dürfen. So ist das nun mal. Es ist schlimm, aber sei nicht sauer, ich komme ja gleich zum Schluss."

Sie hatte ihren Satz kaum beendet, als es klingelte.

Mama Albina schaute Jelica an.

„Das ist bestimmt Erik, für dich. Geh nur gleich dran."

Jelica erhob sich, verließ die Küche, ging und nahm im Korridor den Hörer ab.

„Jelica Amata."

„Jelica, hier ist Erik, wie geht es euch allen dort unten?"

„Endlich kann ich mit dir reden. Uns geht es so weit gut. Mirko konnte ich noch nicht erreichen, hoffe aber, dass es bald möglich ist. Wie geht es dir und Darinka?"

„Es geht schon."

„Klingt nicht gerade begeistert."

„Ist doch bekannt, wie das geht im Leben."

„Ja, Erik, ich weiß, aber ich weiß nicht was ich tue, sollte ich Mirko nicht erreichen."

„Das wird möglich sein. Wie geht es nun mit euch weiter, kurzfristig zurück könnt und wollt ihr ja nicht."

„Nein, wir wollten zunächst die Kinder in Sicherheit wissen. Dass ich nun hier bin, war nicht geplant. Die Kinder sollten ursprünglich bei Giovanni und Elena in Neum bleiben. Ich wusste nicht, dass die beiden nach Italien wollten. Aber wir alle zusammen können nicht hierbleiben. Besteht die Möglichkeit uns für überschaubare Zeit bei euch in Deutschland aufzunehmen?"

Erik ließ eine halbe Minute verstreichen, bevor er antwortete: „Ja, natürlich. Ich kläre das mit der Schulleitung und melde mich morgen. Ist das gut?"

„Natürlich, bis morgen."

„Ich rufe an, Jelica, bitte hab Geduld, alles wird gut werden. Bis morgen, tschau."

„Tschau, Erik, danke."

Jelica ließ den Hörer auf die Gabel gleiten, blieb an die Wand gelehnt stehen, um die Möglichkeiten, die ihr und den Kindern noch blieben, gedanklich durchzuspielen, bevor sie zurück in die Küche ging.

„Jelica, was ist?", wollte Mama Albina wissen.

„Du schaust nicht sehr entspannt aus."

„Er hat ziemlich gezögert, als ich ihn fragte, ob wir eine überschaubare Zeit bei ihm bleiben könnten."

„Aber das ist doch verständlich, dort müssen Darinka und er sich eben etwas einschränken", kam es von Giovanni.

„Er will das mit der Schulleitung abklären und morgen anrufen."

„Nach allem, was ich von seinem und Darinkas Erzählen weiß, hat er in seiner Hausmeisterwohnung genug Platz. Früher hat die Schulleitung darin gewohnt und manchmal Gäste. Die Wohnung hat bestimmt eine gewisse Größe."

„Durchaus möglich", erwiderte Elena, „es muss nicht nur kostenmäßig geklärt sein, die Schule wird darauf bestehen, dass es vom Bleiberecht aus, wie man das dort nennt, geregelt wird. Und dafür ist Erik verantwortlich. Ich kann mir durchaus vorstellen, dass Anka und Jan vorübergehend in einer Klasse dieser Schule aufgenommen werden können. Anka hat doch in Belgrad sehr gut Deutsch gelernt und Jan versteht das meiste schon."

„Das ist bestimmt nur ein kleines Problem, Tante Elena. Mama macht sich große Sorgen um uns und Papa. Ändern kann aber jetzt niemand etwas. Jan und ich, wir hoffen bald wieder zu Hause zu sein, mit Papa und ohne Krieg."

„Hätte ich mehr Platz, würde ich euch zu mir nehmen", fügte Danola an.

„Danola, das ist lieb. Das Problem wäre damit nicht aus der

Welt. Würden wir hier bei Mama Albina bleiben, müssten die Kinder ebenso in die Schule. Eine reguläre Anmeldung als Flüchtlinge wäre unumgänglich. Zumal wir keinerlei Versicherungen haben und den italienischen Asylantenprozess durchlaufen, das wäre erbärmlich. In Deutschland ist das besser geregelt und die Kinder können so gut wie kein Italienisch, aber einigermaßen Deutsch."

So wurden *für* und *wider* hin- und hergeschoben und diskutiert. Bis Danola einfiel, dass sie für die Kinder noch kleine Geschenke mitgebracht hatte.

„Jan, schau, ich hab dir etwas Kleines mitgebracht."

Sie überreichte ihm ein kleines Geschenk.

„Und für dich, Anka, dies hier."

Das Päckchen für Anka war kaum größer. Die Kinder machten sich ans Öffnen. Jan konnte es nicht erwarten, öffnete die Schleife in Eile und riss das schöne Papier ab. Zum Vorschein kam ein kleines Taschenradio.

„Tante Danola", rief er, stand schräg auf einem Bein und streckte beide Arme zu Danola.

„Ja, um Gottes willen, du wirst gleich umfallen."

Danola ergriff seine Hände und Jan schüttelte seinen Dank. Als Anka ihr Geschenk sehr sorgfältig geöffnet hatte, kam ein kompakter CD-Player zum Vorschein und darunter zwei neue CDs mit klassischer Violinmusik. Sie stand auf, ging zu Danola um sie zu umarmen.

„Danola", Jelica schaute etwas verlegen in die Runde, „das hat zu viel gekostet, du hättest das nicht tun sollen."

„Aber Jelica, wie und wann und wo könnte ich den Kindern eine Freude machen, ich sehe sie doch sonst nie."

Während Giovanni sich in der folgenden Stunde rührend mit Anka und Jan befasste, um ihnen die technischen Details ihrer Geschenke zu erklären, war Albina bei der Vorbereitung des Abendessens. Jelica und Elena gingen ihr zur Hand. In kürzester Zeit stand nicht nur eine Pastavorspeise auf dem Tisch, die durch Fisch abgelöst wurde, eine Nachspeise folgte und es war schon beinahe zuviel des Guten. Oma Albina strahlte, sie war überaus glücklich. Am späteren Abend, als den Kindern die Augen zufielen, wurden wie in einer Herberge die Betten verteilt. Elena und Giovanni kamen ins frühere Jugendzimmer, Jelica und Anka in das Zimmer, in dem früher Opa Nino gearbeitet hatte, hin und wieder wurden Gäste darin untergebracht. Als es hieß: *Jan wird in Parterre bei der Oma schlafen*, zog er die Nase kraus, musste aber einsehen, dass an der Planung nichts mehr zu ändern war.

Jelica rutschte zu Danola, um noch wenige Sätze mit ihr zu wechseln, bevor diese den Heimweg antrat.

„Danola, wir wissen ja nicht, wie lange wir hier sind und ob wir uns, bevor wir nach Deutschland reisen, noch sehen werden."

„Vielleicht geht es schnell, dass Erik kommt?"

„Ich weiß es nicht, aber wenn er kommen wird, können wir nicht so tun, als wäre es für uns zu früh."

Die Nacht war zu schnell vorbei. Jelica hatte schlecht geschlafen. Desorientiert war sie aufgewacht und als Erste leise aufgestanden. Sie hatte sich ins Bad geschlichen und, vor dem Spiegel stehend, ihr Aussehen begutachtet. Sie bereitete sich auf den Tag vor. Kaum dass sie aus dem Bad war, läutete das Telefon. Sie beeilte sich den Hörer aufzunehmen und meldete sich: „Amata."

„Jelica, bist du es?"

„Ja, Erik, guten Morgen."

„Jelica, wie geht es dir und euch heute?"

„Ich habe nicht allzu gut geschlafen und bin noch nicht wirklich munter."

„Jelica, ich werde gegen Mittag losfahren, irgendwo übernachten und morgen, am frühen Vormittag, will ich bei euch sein."

„Kommst du alleine?"

„Ja, natürlich."

„Wieso natürlich, das ist doch eine elende Fahrerei. Und wir können vorübergehend bei euch bleiben?"

„Bei mir, ja."

„Was heißt das, bei dir?"

„Das erkläre ich dir, sobald wir zusammen sind."

„Wir werden abreisebereit sein."

„Tschau, bis morgen."

„Tschau, fahr vorsichtig."

Jelica legte auf. Mama Albina kam, schon angekleidet, über den Flur auf sie zu und nahm ihre Hand.

„Jelica, hat Erik sich eben gemeldet?"

„Ja, er kommt morgen Vormittag, um uns zu holen."

„Meine Güte, warum so schnell?"

„Wahrscheinlich geht es nicht anders."

„Hast du schlecht geschlafen, warum bist du so früh auf den Beinen?"

„Ja, es war nicht erholsam, ich habe dummes Zeug geträumt."

„Das Bett war nicht schuld?"

„Nein, bestimmt nicht, sonst würde Anka ja schon auf sein. Ich helfe dir Frühstück machen, ja?"

„Prima, komm."

Als alle fertig und angekleidet waren und Jelica Jan die Schiene angelegt hatte, nahmen sie in entspannter Atmosphäre das Frühstück ein. Sie halfen Albina beim Vorbereiten der Mittagsmahlzeit. Jelica konnte Anka überreden, zusammen mit Elena und Giovanni einen Gang durch den Ort zu machen, während Jan, mit Schmerzen im Bein, bei der Oma im Garten blieb. Der Nachmittag und der Abend verliefen fast schon in Urlaubsstimmung. Nur Jelicas vergebliches Bemühen, eine telefonische Verbindung mit Sarajevo herstellen zu können, trübten die Stimmung, da sie nach jedem Versuch deprimierter wurde. Die folgende Nacht brachte ihr mehrfach ungute Träume, und sie war erneut die Erste, die am Morgen aufstand und im Bad verschwand.

Und wieder läutete das Telefon, als sie dabei war, sich anzukleiden. Klopfenden Herzens, immer in der Erwartung, Mirko am anderen Ende der Leitung zu hören, nahm sie den Hörer ab. Die Bluse war so schnell nicht greifbar, so warf sie ein Handtuch über die Schulter und eilte in den Korridor.

„Jelica Amata."

„Wer spricht da? Ich hab gehört, Giovanni ist gekommen. Hier ist Stefano, ich bin ein Freund von Giovanni."

„Und deshalb rufen Sie so früh an?", gab Jelica ziemlich verärgert Antwort.

„Giovanni schläft noch, bitte rufen Sie später an."
„Danke, tschau."
Sie hatte die Stufen der Treppe ins Obergeschoss, zum Zimmer, in dem Anka noch schlief, kaum erreicht, als es erneut läutete. Sie wandte sich um und eilte zurück.
„Jelica Amata."
„Jelica, ich bin's. Ich bin jetzt in Pescara, habe hier übernachtet und brauche noch rund zwei Stunden bis zu euch. Bitte macht alles fertig, ich möchte heute noch zurück."
„Erik, guten Morgen. Wird das nicht zu viel für dich? Ich werde, bis du eintriffst, mit den Kindern fertig sein."
„Ja, natürlich, ein endloser Schlauch wird die Rückfahrt bis nach Augsburg. Doch das ist mir lieber, als noch einmal zu übernachten, außerdem habe ich versprochen, bis morgen zurück zu sein."
„Ja, wir sind bereit."
Beim erneuten Versuch, ins Zimmer zurückzukehren, um sich fertig anzukleiden, kam ihr Mama Albina entgegen.
„Jelica, schon wieder kurz nach Mitternacht munter, was ist los?"
„Guten Morgen, Mama, halb sieben ist doch nicht Mitternacht. Zuerst hat ein Freund von Giovanni angerufen, Stefano. Er wird sich später melden, und kaum hatte ich das Gespräch beendet, rief Erik an. Er ist in Pescara und in circa zwei Stunden hier."
„Wunderbar, so haben wir noch etwas von ihm."
„Viel wird das nicht werden, er will sofort zurückfahren und sich nicht aufhalten. Es ist ein weiter Weg nach Deutschland."
„Ich weiß, wie weit das ist. Oh Gott, warum muss er sich das antun."
„Ich weiß es nicht, wahrscheinlich weil er bald zurück muss, an seine Arbeit in der Schule."
„Ja, lassen wir ihn erst einmal kommen. Hilfst du mir beim Frühstück?"
„Natürlich, einen Moment, ich bin noch nicht fertig angezogen."
Sie eilte die Treppe hinauf, als ihr Anka entgegenkam.
„Mama, guten Morgen, ich gehe ins Bad, ich muss duschen. Ist das Bad frei?"

„Guten Morgen, mein Schatz, ja, ich glaube es ist frei. Ich werde mit Oma das Frühstück machen. Und du, achte bitte auf deine Wunden. Duschen wäre nicht optimal."

Jelica zog die Bluse über und wechselte den Jeansrock gegen einen leichten bunten und beeilte sich, in die Küche zu kommen. Gemeinsam bereiteten sie das Frühstück. Nach und nach füllte sich der Tisch, bis wieder alle versammelt waren. Jelica berichtete kurz über ihr Gespräch mit Erik und seine Absicht, die Rückfahrt sofort wieder antreten zu wollen. Bis zur Ankunft sollte alles gepackt und alle bereit sein.

„Und, Giovanni, dein Freund Stefano hat angerufen. Er wollte sich wieder melden.

„Ich wusste gar nicht, dass der wieder hier ist. Ich warte, dass er sich meldet, ich weiß nicht, wo der jetzt wohnt."

Zwischen Beendigung des Frühstücks und der Ankunft Eriks folgten von Jelica weitere Versuche, Mirko zu erreichen. Ihre Stimmung sank, die Leitungen blieben tot.

Gegen zehn traf Erik ein. Nach einem großen Begrüßungshallo versuchte Mama Albina ihn zu überreden, das Mittagessen gemeinsam einzunehmen.

„Ohne Stärkung geht es nicht, das ist viel zu weit und spät wird es sowieso."

„Mama, es geht nicht, ich muss morgen wieder bereit sein, das habe ich versprochen und es bleibt mir nur wenig Zeit zum Schlafen, wenn wir zurück sind."

Jelica hatte mit Ankas Hilfe das komplette Gepäck im Korridor, nahe der Haustür, deponiert. Erik schnappte sich zwei Reisetaschen von Jelica, um sie ins Auto zu tragen.

„Jelica, ist das alles an Gepäck?"

„Ja, mehr einzupacken war nicht möglich."

Erik hatte schon alle Gepäckstücke im Wagen verstaut, als Mama Albina ihn in die Küche rief. Dort war nicht nur ein Schinken vorbereitet, sogar einige Dosen mit Eingemachtem aus dem eigenen Garten wollte sie mitgeben.

„Dies ist zum Mitnehmen, da ihr bald losfahren wollt."

Erik nahm Albina in den Arm und bedankte sich: „Mama, du

beschämst mich. Verzeih, aber es geht nicht anders. Ich muss mich an die Zusagen halten, die ich meiner Chefin gegeben habe."

„Oho, eine Chefin?"

„Ja, die Leitung der Schule ist weiblich, wie die meisten Lehrkräfte. Aber sehr gut, sehr nett und sehr korrekt."

„Versprochen ist versprochen, das muss man halten. Die Verantwortung für Jelica und die Kinder liegt nun in deinen und Darinkas Händen, ich hoffe, ihr kommt klar damit."

„Ich verspreche, beim nächsten Besuch länger zu bleiben und euch alles zu erzählen."

„Welche Strecke fährst du auf dem Rückweg?"

„Ich werde wieder an der Küste hochfahren, da ist weniger los als auf der Westseite. Erst die 89 bis Foggia, das geht am schnellsten. Dort kommt man auf die Autostrada 14. Ab da läuft es problemlos bis zur Abbiegung nach Bologna, weiter über Trentino, Bolzano, Richtung Österreich und Deutschland. Es sind mehr als tausend Kilometer und vor ein oder zwei Uhr heute Nacht werden wir nicht ankommen."

„Mamma mia, ich beneide dich nicht. Kommt rein und esst noch eine Kleinigkeit und trinken müsst ihr noch. Ich habe eine Tasche gepackt für unterwegs."

Alles wurde verstaut, eine typisch italienische Verabschiedungszeremonie folgte. Die Kinder setzten sich auf die Rückbank. Jan hatte in dem geräumigen BMW genügend Platz, sein geschientes Bein schräg zu legen, notfalls auf den Schoß seiner Schwester. Alle Fenster waren heruntergekurbelt und viele Arme winkten, als Giovanni ihnen laut hinterherrief: „Vidimo se uskoro u Sarajevo – bis bald in Sarajevo!" Mama Albina kehrte als Erste traurig ins Haus zurück.

„Ihr Lieben", sinnierte sie vor den Zurückgebliebenen, „es ist zwar wieder ruhiger, aber sie fehlen mir trotzdem schrecklich."

„Mama", tröstete Giovanni, „wir sind ja da und wir bleiben noch etwas länger."

„Das wäre ja fürchterlich, wenn ihr jetzt auch abreisen müsstet. Nein, solange die dort drüben ein verrücktes und tödliches Spiel spielen, bleibt ihr hier, basta."

Erik fuhr entsprechend den Hinweisschildern in Richtung Foggia zurück, um die Autobahn zu erreichen. Zunächst war *Stummheit* im Fond. Alle waren noch mit dem Erlebten, dem Abschied und den Gedanken an das Kommende beschäftigt.

Jelica, die auf dem Beifahrersitz saß, *erwachte* zuerst aus der Lethargie, klopfte Erik auf die Schulter, nicht, nur um ihn aufzumuntern, sie musste sich bedanken.

„Ich danke dir, dass du das alles auf dich nimmst. Es ist ja nicht nur die elende Fahrerei mit allen Kosten, es wird in Deutschland noch einiges zu regeln sein, das wir ohne euch niemals gut schaffen würden."

„Ohne mich", antwortete Erik. „Ich bin alleine."

„Was heißt das, alleine. Was ist mit Darinka?"

„Sie ist weg, einfach weg. Ich glaube, sie hat einen Partner."

Jelica zog die Stirn in Falten und atmete tief durch.

„Wieso das, kannst du mir das erklären, ohne zu sehr ins Detail zu gehen?" Dabei versuchte sie seine Aufmerksamkeit auf sich zu lenken, indem sie ihren Zeigefinger ausstreckte und, für die Kinder nicht sichtbar, nach hinten zeigte. Er verstand das Zeichen und nickte leicht.

„Ja, Jelica, die Differenzen waren wohl zu groß. Ich kann nicht sagen, dass wir uns auseinandergelebt und uns nichts mehr zu sagen hätten. Es waren die durch die Krise und den Krieg hervorgerufenen extrem unterschiedlichen Meinungen, die einfach nicht zu überbrücken waren. Sie hat am Schluss Kriegsverbrecher für Heilige gehalten, um es einmal etwas überspitzt zu formulieren. Einfach schizophren."

Die Kinder waren der Unterhaltung gefolgt und Jan war interessiert, etwas über die Wortbedeutung zu erfahren.

„Mama, was ist das, schizophren?"

„Jan", erklärte ihm der Onkel, „das ist vielleicht der falsche Ausdruck, eigentlich bedeutet das, dass die Person den Bezug zur Wirklichkeit verliert. Sie weiß nicht mehr, was richtig und was falsch ist, um es einfach auszudrücken. Im Grunde ist das eine Erkrankung im Kopf."

„Ist Tante Darinka krank im Kopf?"

„Nein, Jan“, versuchte Jelica eine ergänzende Erklärung, „sie hat nur völlig andere Meinungen als Onkel Erik und erlaubt offenbar nicht, dass jemand versucht, sie von Wahrheit und Richtigkeit zu überzeugen.“

„Was ist die Richtigkeit?“

„Ja, mein Schatz“, erwiderte Jelica, „es wäre gut, das zu wissen.“

„Ist sie nur stur und nicht krank?“

„Vereinfacht könnte man das so sagen“, ergänzte Erik.

„Und darum ist sie abgehauen?“

„Ja, sie konnte meine Überzeugung nicht akzeptieren.“

„Schade.“

Er stupste seine Schwester, die den Knopf des Kopfhörers im Ohr hatte, um CDs zu hören.

„Sag doch mal was.“

„Wozu?“

„Hast du nicht zugehört?“

„Brüderlein, ich höre Musik und du nervst.“

„Sag ich halt nichts mehr.“

Um daraus keinen Streit werden zu lassen, mischte sich Jelica ein.

„Jan, rede mit uns, lass Anka ihre Musik hören, bitte.“

Mit dieser Unterhaltung waren sie in die Nähe der Auffahrt zur A14 gekommen.

„Achtung, wir sind gleich auf der Autobahn. Dort müssen wir die Auffahrt Pescara–Bari–Bologna nehmen. Und ab hier wollen die Italiener Geld dafür, dass man die Straße befahren darf.“

Mit dieser sachlichen Ankündigung war die Diskussion um Darinka erst einmal beendet. Sie nahmen die Einfahrt auf die Autobahn, es war wenig Verkehr auf dieser Route. Erik beschleunigte auf die zulässige Höchstgeschwindigkeit. Als der Wagen gleichmäßig und ruhig dahinrollte, versuchte Jelica, etwas mehr über die Trennung von Erik und seiner Frau zu erfahren.

„Wo ist Darinka jetzt?“

„Sie hat eine kleine Wohnung in einem anderen Stadtteil.“

„Seht ihr euch?“

„Falls etwas zu regeln ist, wir sind ja immer noch ein Ehepaar.“

„Und wie herzlich oder frostig verläuft das?“

„Ruhig und sachlich, Zärtlichkeiten sind ausgeblendet. Schwierig wird es, wenn es zu den Themen Kriegsparteien oder Kriegsverbrechen kommt. Sie fängt damit an und ich kann meinen Mund nicht halten. Sie weiß genau, dass einige ihrer *Helden* demnächst als Kriegsverbrecher zur Fahndung ausgeschrieben werden.“

„Ich könnte meinen Mund auch nicht halten, bei dem, was wir in der letzten Zeit erlebt haben.“

„Ihr habt vieles, nehme ich jetzt an, mangels elektrischer Energie nicht mitbekommen.“

„Dafür haben wir es persönlich erlebt, nicht nur in der Familie. Täglich in der Klinik.“

„Bei uns liefen so fürchterliche Dinge in den Fernsehnachrichten, dass man sich als normal denkender Mensch in groben Zügen eine Meinung bilden konnte. Wir haben als Jugoslawen nie in irgendeiner Form so etwas wie extremen Nationalismus entwickelt. Wie könnten wir, bei unserer Abstammung. Darinka aber stammt, das glaubt sie nachweisen zu können und auch zu müssen, über Generationen aus einer serbischen Familie.“

„Das bedingt aber doch nicht, dass man Verbrechen, die offensichtlich welche sind, gutheißen muss. Jede Tat ist einem Individuum zuzuschreiben, gleich woher er kommt. Sie war doch noch ein Baby, als ihre Eltern damals nach Deutschland gegangen sind.“

„Das ist das Problem. Die einen sind die Guten, die anderen die Bösen. Für sie gibt es keine Fakten, nur schwarz-weiß.“

„Erik, das ist traurig. Vielleicht ändert sich ihre Meinung, falls irgendwann die Täter aus allen Gruppen vor Gericht erscheinen müssen.“

„Ich habe die Hoffnung ja nicht aufgegeben. Sie trifft sich zurzeit mit diesem Freund, einem sogenannten Landsmann, der sogar in Deutschland geboren wurde. Es ist mir zu hoch, sie kam als Kind, hat Serbien kaum erlebt. Im Grunde ist sie eine Deutsche. Sie spricht Deutsch und nur schlecht Serbokroatisch.“

„Kann ich vielleicht einmal mit ihr reden?“

„Um Gottes willen, nein. Das wäre nicht zielführend. Ich habe ihre Nummer, aber keinen regelmäßigen Kontakt. Sie weiß ja nicht, dass ihr kommt und würde dich für parteiisch halten, trotz allem, was passiert ist."

„Ich könnte ihr von den entsetzlichen Dingen berichten, die wir persönlich erlebt haben."

„Das wäre sinnlos, sie würde alles, was passiert ist, und was euch persönlich widerfahren ist, als eine Reaktion auf ein vorangegangenes wesentlich größeres Unrecht halten."

„Ob die Zeit diese Wunde heilt?"

„Möglicherweise. Wenn aber zu viel Zeit verrinnt, besteht die Gefahr, dass es nie wieder so wird, wie es einmal war. Voll Vertrauen, mit Liebe, Leidenschaft und voller Zukunftsperspektiven."

„Es macht mich traurig."

Er strich ihr über den Arm. „Sei nicht traurig, das Leben ist so und wir wissen nie, was auf uns zukommt."

„Wie hast du den Job erhalten, den du seit vielen Jahren machst? War es nicht möglich, in der Archäologie Arbeit zu bekommen? Ich meine, es ist doch schon etwas außergewöhnlich, dass ein Akademiker, zumal ein promovierter, als Hausmeister arbeitet."

„Man nennt das heute Facility-Manager, das klingt nicht ganz so banal, und weißt du was ich auf das Klingelschild zu unserer Wohnung geschrieben habe?"

„Sag's mir, ich kenne es ja nicht."

„Da steht in der ersten Zeile *Dr. Erik Amata* und in der zweiten Zeile darunter *Facility-Manager – akademisch*. Und manche, die das lesen, reiben sich die Augen."

„Verständlich, wo sonst gibt es akademische Hausmeister."

„Ja, Jelica, ich habe versucht, in meinen eigentlichen Beruf unterzukommen. In Deutschland ist es nicht anders als in anderen Ländern. Nahezu hundert Prozent der Arbeitsplätze in der Archäologie sind im sogenannten *Öffentlichen Dienst*. Was so viel bedeutet wie Staatsbediensteter. Entweder in den Hochschulen, bei Forschungsaufträgen oder in Museen. Da bleibt nicht viel für *freischaffende Künstler*, wie ich es bin. Professuren und Forschungsaufträge bekommt man als Ausländer, sofern man weltweit schon einen Namen hat, ansonsten ništa."

„Es wird gar nicht geprüft, was für Fähigkeiten vorhanden sind?"

„Das lässt sich aus den Veröffentlichungen in der Fachpresse und aus den Büchern, die man geschrieben hat, erkennen. In unserem früheren Jugoslawien war Archäologie ein Stiefkind, weil für gute Arbeit viele Reisen, Auslandsaufenthalte und damit einiges an Devisen notwendig waren."

„Und deine Promotion?"

„Dazu konnte ich nach Rom, Athen und Berlin reisen, immer nur wenige Tage. Viel war in Museen bei uns und aus der vorhandenen Literatur zu holen."

„Wie war noch mal das Thema? Hatte das nicht etwas mit *Knabenliebe* zu tun gehabt?"

Erik fing an zu lachen.

„Nein, auch wenn der Begriff in der Verwandtschaft gehandelt wurde, ich weiß das wohl. Aber nein, das war nur ein kleiner Aufsatz, in dem es um die Päderastie im antiken Griechenland ging. Ich wäre gerne bei dem Thema geblieben. Das, was aus der antiken Welt und aus späteren Epochen an Material vorlag, war schon zigmal ausgelutscht. Es war wissenschaftlich nicht mehr interessant. Hätte ich die Möglichkeit gehabt, nach Japan zu gehen, wäre mein Leben anders verlaufen. Dort gab es das gleiche in der frühen Samurai-Kultur als Wakashudō und in Afghanistan. Dort hätte ich gerne geforscht und wäre bei meiner Passion geblieben. Schließlich habe ich mich dem Thema Grabkultur und Keramik gewidmet und darüber promoviert. Es war mir geglückt, für einige Monate in die Po-Ebene und zu etruskischen Ausgrabungsstätten zu kommen. Das war's schließlich, mehr wurde nicht daraus.

In Deutschland hatte ich damals dreiunddreißig Bewerbungen geschrieben. Bis auf eine dreimonatige Aushilfsstelle in Berlin hat sich daraus nichts ergeben. Nach Augsburg bin ich gekommen, weil es eine der ältesten Ansiedlungen in Deutschland ist, initiiert von Kaiser Augustus und zurückzuführen auf die Zeit von circa siebzehn nach Christus. Daher auch der Name der Stadt. Die Stadt hat mir sehr gefallen und ich bin geblieben."

Die Unterhaltung brachte Erik und seine Mitfahrer bis nördlich von Pescara, eine Pause stand an. Erik fuhr auf einen Raststättenparkplatz. Im Rasthaus wurde eine Kleinigkeit zum Trinken gereicht. Wer sich erleichtern musste, konnte dies tun, und die Fahrt in den Norden wurde fortgesetzt.

Anka und Jan hatten die Augen geschlossen, schliefen immer wieder oder dösten vor sich hin. Erik konzentrierte sich auf den stärker werdenden Verkehr, und Jelicas Gedanken wanderten von der Unterhaltung mit ihrem Schwager zu Mirko in die Klinik. Hinter Bologna ging es kurz auf die A1 und weiter auf die A22, die Europastraße E45 in Richtung Verona und Brenner. Als die Kreuzungen, Überleitungen und Einfahrten am späten Nachmittag passiert waren, suchte Erik erneut eine Raststätte, diesmal für eine etwas längere Pause.

In der Nähe von Modena war er fündig geworden, als ein schweres Gewitter die Kinder aufweckte. Minutenlang mussten sie, auf dem Parkplatz stehend, im Wagen verharren, um von dem Sturm auf dem Weg in das Raststättengebäude nicht weggepustet zu werden. Als Sturm und Regenschauer weniger wurden, stieg Erik aus und machte zwei schnelle Schritte zum Kofferraum, um einen riesigen Regenschirm zu holen.

„Jelica, ich bringe dich zuerst ins Trockene und danach ein Kind nach dem anderen. Vielleicht Anka zuerst."

„Prima."

„Einen Moment, ich komme rüber."

Er ging um den Wagen, holte Jelica ab und geleitete sie zum Eingang. Anschließend Anka und dann Jan, der sich mit seiner Beinschiene aus dem Wagen gequält hatte. In der Wärme des Restaurants rubbelten sie sich die Arme, schauten sich um, fanden einen leeren Tisch in einer Ecke und fühlten sich nach dem kalten Sturm augenblicklich wohler.

„Ihr Lieben, was darf ich euch zum Essen holen, oder wollt ihr selbst schauen?"

„Oh ja", rief Jan, „selbst schauen ist gut."

Er stieg aus der Ecke, um zum warmen Büfett zu humpeln.

„Was ist mit euch?", ermunterte Erik Anka und Jelica, „kommt und sucht euch was Gutes aus."

Erik ging mit, um an der Kassensperre die Speisen zu bezahlen.

Als alle gewählt hatten, zurück am Tisch waren und das Essen genießen konnten, gab Erik noch Informationen zum weiteren Verlauf der Reise.

„Ich wünsche euch einen gesegneten Appetit. Wer Lust auf mehr hat, darf sich gerne mehr holen. Wir sind noch lange unterwegs. Ich hoffe, dass der Verkehr nicht mehr wird. Später machen wir noch einmal eine kleine Pause."

Als die Teller und die Getränkebecher leer waren, sammelte Erik das Geschirr ein und Anka half ihm, alles zu einem kleinen Trolley zu tragen. Nach dem Besuch der Waschräume spazierten sie langsam im Gänsemarsch zurück zum Wagen.

Erik unterstützte Jan und Jelica nahm ihn am Arm, um sich zu bedanken.

„Vielen Dank für Speis und Trank, es wird dich eine Stange kosten, bis wir wieder in Sarajevo sein werden."

„Erstens sind wir noch nicht einmal angekommen und zweitens ist es schön, dass wir zusammen sein können."

„Einsteigen, Türen schließen, Vorsicht bei der Abfahrt", rief er gut gelaunt. Im Fahrzeug ergänzte er: „Ich werde etwas einheizen, ihr habt nichts dagegen?"

„Das ist prima", kam es von Jan, „so wird es gemütlich."

„Wie weit ist es noch?", wollte Anka wissen.

„Also Minimum noch sechs Stunden, falls es glatt läuft."

„Ich werde schlafen, glaube ich."

„Das Beste, was ihr tun könnt", kommentierte Jelica.

Der Verkehr nahm zu, die Straßen wurden schlechter. Nach der Hälfte der Strecke, starker Regen hatte erneut eingesetzt, wurden kurz hinter Bozen alle Fahrzeuge in Richtung Norden auf eine schmierige Seitenstrecke ausgeleitet. Nach zwei Kilometern waren sie die Ersten an einer roten Ampel. Von rechts fuhren Baufahrzeuge auf die löcherige Piste. Als die Ampel Grün zeigte und die Fahrt fortgesetzt werden konnte, war vor ihnen ein schmutziges vollbeladenes Baufahrzeug und hinter ihnen hatten sich zudem mehrere beladene Kipper eingereiht. In wenigen Minuten waren von dem vorausfahrenden Fahrzeug alle Scheiben völlig zugedreckt. Mit dem Wischer versuchte Erik, die Sicht nach vorne freizuhalten. Als sie nach fünf Kilometern zurück auf die Autobahn kamen, vermochten der Regen und die Gischt der vor ihm fahrenden Wagen den Dreck nur teilweise abzuwaschen. Auf österreichischer Seite ließ der Starkregen nach, Erik fuhr wieder einen Rastplatz an. Außer Jelica wollte niemand das Rasthaus aufsuchen.

Jelica plante in der Raststätte wieder den Versuch zu machen, Mirko zu erreichen, bis sie verärgert feststellte, dass die Telefone nur mit österreichischen Münzen funktionierten. Deprimiert ging sie zurück zum Wagen. Die Kinder schliefen schon wieder. Erik hatte an der Tankstelle einen Eimer mit Wasser gefüllt und über die Windschutzscheibe gegossen. Der reinigende Effekt war nicht sehr groß.

„Da kann man nichts machen, wir können um diese Zeit nicht in eine Waschanlage fahren“, brummelte er vor sich hin.

„Ich hab eine ganz andere Frage“, begann Jelica, als sie wieder Platz genommen hatten. „Die haben uns an der Grenze einfach durchgewunken, wird da nicht mehr kontrolliert?“

„Die kontrollieren vor allem noch Fahrzeuge mit exotischen Kennzeichen. Ich hatte ganz vergessen, mit dir darüber zu reden. Im Falle dass wir, egal wo, kontrolliert werden, bitte zeige nicht die Papiere der Kinder und deinen Pass. Ihr habt kein Visum und keine Aufenthaltsgenehmigung darin. Rechtlich müsstet ihr euch zuerst bei den italienischen Behörden gemeldet haben und dürftet eigentlich nicht weiterreisen nach Deutschland.

Lass mich bei einer Kontrolle reden. Ich tue so, als seien wir eine Familie, waren im Urlaub und unser Sohn hatte einen Unfall. Dabei wurde deine Handtasche mit allen Papieren in der Klinik vergessen. Die Klinik ist verständigt und wird alles zu uns nach Hause schicken. Nachdem ihr alle Deutsch könnt, bitte im Fall einer Kontrolle nur Deutsch reden. Das ist glaubhaft, und meine eingetragene unbegrenzte Aufenthaltserlaubnis wird den Rest tun.“

„Mama, das ist aber Schwindel“, kam es von Anka, die durch die Kurverei wach geworden war.

„Ja, Anka, eine Notlüge. Oder möchtest du kurz vor dem Ziel noch in ein italienisches Internierungslager, voller Läuse und mit Tausenden Flüchtlingen aus allen Ländern?“

„Ist ja gut, hab verstanden und werde Deutsch reden.“

Als sie nach weiteren zwei Stunden die Grenze zu Deutschland ohne Kontrolle passiert hatten und auf der Autobahn in Richtung München fuhren, kam ein sonderbares Gefühl auf, als hinter ihnen ein Fahrzeug mit Blaulicht auftauchte. Erik fuhr langsamer, das zivile Auto mit dem Blaulicht überholte, es erschien eine Hand, die eine rote Kelle aus dem Fenster streckte und zum Anhalten aufforderte.

„So ein Mist“, murrte er, „kurz vor der Haustür.“

Hinter der grauen Limousine der Polizei kam Eriks Wagen zum Stehen, ein Mann stieg aus und lief auf das Fahrzeug zu. Er deutete an, dass der Fahrer die Scheibe runterkurbeln müsste. Erik betätigte den elektrischen Fensterheber.

„Guten Abend, bitte machen Sie den Motor aus. Ich hätte gerne Ihren Führerschein und alle Ausweispapiere“, erklärte der Beamte, der sofort seinen Ausweis gezogen hatte und ihn Erik präsentierte.

Erik bat Jelica auf Deutsch, die Papiere aus dem Handschuhfach zu nehmen, reichte den Führerschein und die Autopapiere dem Beamten, der durch seinen Kollegen in einiger Entfernung gesichert wurde.

„Und die Ausweise, bitte.“

Er nahm seinen Pass aus der Ablage und reichte ihn hinaus.

„Und die Ihrer Familie?“

„Da haben wir ein Problem“, begann Erik, „wir waren in Italien im Urlaub, unser Sohn hatte einen Unfall, Sie sehen die Schiene am Bein. Meine Frau hat durch diese Aufregung die Tasche in der Klinik vergessen, mit den restlichen Papieren. Wir haben die Klinik schon verständigt.“

„Wissen Sie, warum wir Sie angehalten haben?“

„Nein.“

„Ihr Wagen ist so verschmutzt, als hätten Sie in einem Acker gepflügt. Keines Ihrer Nummernschilder ist lesbar.“

„Oje“, gab er zur Antwort, „wir wurden auf eine Baustellenstrecke ausgeleitet, dabei haben uns die Fahrzeuge vollgespritzt.“

„Steigen Sie bitte aus und reinigen Sie wenigstens die Schilder sowie die Scheinwerfergläser und das Rücklicht. So können Sie nicht weiterfahren.“

„Papa“, rief Anka laut von hinten „es wird kalt, kann das Fenster wieder geschlossen werden?“

„Gleich, Liebes, gleich geht es weiter.“

Erik stieg aus, nahm einen alten Lappen aus dem Kofferraum, reinigte die Nummernschilder und die Gläser der Scheinwerfer notdürftig. Als er das erledigt hatte, wünschten die Beamten eine gute Heimreise, stiegen in ihr Fahrzeug und verschwanden.

„Was war denn das“, wollte Jelica wissen, als Erik wieder einstieg.

„Möglicherweise gehören die zu sogenannten Sonderfahndern. Das ist eine größere Gruppe zivil gekleideter Polizeibeamter, die unablässig, bis dreißig Kilometer von der Grenze, die Strecken im Auge behalten, vor allem die aus dem Osten.“

„Es ist jetzt nicht mehr weit, oder?“, war Anka erneut zu hören.

„Anka, du hast super reagiert.“

„Bin doch eine gute Schauspielerin und Lügnerin obendrein.“

„Anka“, beruhigte Jelica, „das war nur ein winziger, zweckdienlicher Schwindel, der keinem wehtat.“

„Bin ich froh, dass ich bald in einem Bett liegen kann.“

„Wir alle, Liebes, wir alle. Bald sind wir da“, tröstete Erik seine neue Familie. Über die östliche Umgehung Münchens kamen sie ohne weiteren Halt auf die A8, verließen in Augsburg-Ost die Autobahn und weitere fünfzehn Minuten später war ihr Ziel, das Schulgebäude mit Eriks Wohnung, erreicht.

Kurz nach ein Uhr in der Nacht, die Kinder schliefen wieder fest, fuhren sie die Einfahrt zur Garage hinunter, die Erik mit einem Funksignal öffnete. Vor der geöffneten Garage hielt er an: „Bitte alle aussteigen, die Fahrt endet hier.“

Die Kinder wachten auf und waren missmutig, zeigten keine Aufnahmebereitschaft für die Scherze des Onkels. Sie quälten sich aus dem Wagen und standen frierend an der Wand.

„Wir nehmen nur das Notwendigste mit hinauf, den Rest hole ich morgen früh. Jan, bitte warte unten, ich bringe dich nach oben. Wir haben leider noch keinen Lift in diesem alten Gebäude.“

Jelica nahm die Tasche mit den Kosmetiksachen und Schlafanzügen der Kinder, und Anka den Beutel mit ihren Utensilien.

Erik griff nach einer der großen Reisetaschen und stützte Jan, als sie langsam ins Haus gingen.

„Wir stellen das erst einmal in der Eingangshalle ab, ich muss den Wagen in die Garage fahren und komme sofort."

Als er zurückkam und jeder sein Gepäckstück hatte, durchquerten sie die Halle, kamen ins Treppenhaus, um über die alten Holzstufen in den dritten Stock zu gehen. Für Jan, an der untersten Stufe wartend, war das alles nicht einladend.

„Sind wir alleine hier in diesem großen Haus?"

„Aber ja, das ist eine Schule und außer uns niemand hier."

„Gut, ich warte, aber komm gleich wieder!"

„Wir gehen nur rauf, ich schließe auf, zeige deiner Mama und Anka, wo die Zimmer sind, und bin gleich wieder bei dir."

Als Jelica mit Anka und ihrem Schwager oben ankam, müde und abgespannt, überkam sie eine unendliche Traurigkeit. Erik schloss die Tür zu dem langen Korridor auf, an dessen linker und rechter Seite Räume lagen, die zur Wohnung und zur Schulverwaltung gehörten. Es roch nach altem Holz, Bohnerwachs und feuchtem Stuck. *Das,* dachte sie, *wird wohl nie mein Zuhause, nicht einmal vorübergehend.*

Wenige Minuten später kam der Onkel polternd die Treppe herunter. Er nahm Jan hoch, legte ihn über seine Schulter und brachte ihn nach oben in die Wohnung. Als Erik noch unten bei Jan war, unternahmen Anka und Jelica eine kurze, schnelle Inspektion der Räume. Erik hatte, um es in der Nacht nicht erst eine Diskussion zu entfachen, an jede Tür einen Zettel mit dem jeweiligen Namen gepinnt.

Alle Räume lagen an einem langen Korridor, an dessen hinterem Ende ein bodentiefes großes Fenster die Breite des Flurs einnahm. Der Aufteilungsentwurf sah vor, dass das erste Zimmer rechts, nach der großen Tür, die zum Treppenhaus führte, Ankas Zimmer sein würde. Außer dem Fenster, das zur Straßenseite zeigte, war ein zweites Fenster zur großen Fläche des Treppenabsatzes eingebaut. Diese Scheiben waren aus Milchglas und identisch mit dem Glas des Fensters auf der gegenüberliegenden Seite des Flurs.

Das dahinterliegende, etwas kleinere Zimmer war für Jan vorgesehen, und das dritte in der rechten Reihe, wieder etwas größer, für Jelica. Alle Räume der rechten Seite hatten Fenster zur Stadt, und Jelicas Bleibe eine zusätzliche Tür zum angrenzenden Bad. Nach dem Bad war die Küche angegliedert, und der letzte Raum, in der Ecke liegend, diente schon immer als Wohnzimmer, und hatte zu den beiden Eckseiten jeweils zwei große Sprossenfenster.

Gegenüber dem Wohnzimmer befand sich ein größeres Schlafzimmer mit zwei Fenstern auf der Stirnseite. In diesem größeren Raum stand das Doppelbett von Erik und Darinka. Jetzt nutzte Erik diesen Raum alleine. Die Wände der gesamten Wohnung waren, wie im neunzehnten Jahrhundert üblich, über drei Meter hoch und mit Stuckrosetten an den Decken verziert. In allen Räumen befanden sich dicke alte Zentralheizungskörper. Das Bad war vor wenigen Jahren mit neuer Wanne, Duschkabine, einem Doppelwaschbecken und neuen Armaturen modernisiert worden.

Die beiden Räume für Anka und Jan schienen zunächst noch dürftig mit Bett, Kleiderschrank und einem kleinen Tisch ausgestattet. *Je nachdem, wie lange die Verweildauer sein würde,* hatte sich Erik vorgenommen, *werden wir modernisieren.*

„Sehr gut“, sagte er, als er Jan, oben angekommen, von der Schulter lud und die Eingangstür abschloss.

„Ihr habt das Gepäck ja schon entsprechend verteilt. Wer hat noch Durst, Hunger?“

Die Kinder schüttelten im Takt den Kopf, nur Jelica bat um ein Glas Wasser. Sie schickte die Kinder nacheinander ins Bad und kramte für sich das Notwendigste aus den Taschen. Die Kinder bedankten sich bei Erik für die Reise, wünschten eine gute Nacht und verschwanden in den Betten. Als Ruhe eingekehrt war, ging Jelica zu ihrem Schwager, küsste ihn auf die Wange und bedankte sich mit traurigen Augen.

„Ich weiß nicht, wie wir das je gutmachen können. Es wird nicht einfach, und was für mich ganz schlimm ist, es wird deine Zeit und dein Geld kosten.“

„Jelica, ich liebe euch und ich liebe meinen kleinen Bruder. Dass ihr in Sicherheit seid, ist für mich ein großes Geschenk. Unvorstellbar, welche Gedanken ich in der letzten Zeit hatte, wenn die Berichte aus dem Kriegsgebiet über den Schirm flimmerten. Es ist gut, so wie es ist. Geh jetzt schlafen, es war ein anstrengender Tag."

„Ja, Erik, danke, schlaf gut, bis morgen."

„Gute Nacht, Jelica, und mach dir keine Sorgen."

Jelica ging hinaus auf den langen Flur und die wenigen Schritte zu ihrem Zimmer. Kaum, dass sie die Bettdecke bis zur Nase hochgezogen hatte, schlief sie.

IV

Dienstag, 22. Juni 1993 – Immigration

Das Haupthaus des Bertolt-Brecht-Gymnasiums, in dem sie untergebracht waren, war in nordwestlicher Richtung erbaut worden. Die aufgehende Sonne dieses schönen Sommertages erreichte zunächst nur die angebaute Turnhalle und die Fenster der Aula auf der Rückseite. Sie erhellte schließlich die über den Türen in den hohen Korridoren angebrachten Oberlichter bis an die Decken der Räume. Ein wunderschöner Tag war, den Meteorologen glaubend, zu erwarten. Der Himmel war bayerisch-blau und viele kleine flinke weiße Wolken zogen rasch über die Stadt in nordöstliche Richtung.

Jelica wurde sehr früh von den Glocken der St.-Ulrich-Kirche geweckt. Sie blieb im Bett, bis die Geräusche, die Erik im angrenzenden Bad verursachte, nicht mehr zu hören waren. Als er mit Geschirr in der Küche hantierte, stand sie auf, zog ihren Morgenmantel über und versuchte, die zweite Tür im Zimmer, die ins Bad führte, zu öffnen. Der im Schloss vorhandene Schlüssel drehte sich, die Klinke ließ sich nach unten drücken und die Tür war offen. *Nicht schlecht,* dachte sie, *direkt ins Bad gehen zu können, hat Vorteile.*

Sie ließ die Tür angelehnt, ging zum Eingang ihres Zimmers, der auf den Flur führte, um zu lauschen, ob eines der Kinder zu hören war. Als es ruhig schien, schloss sie die Tür und ging zurück ins Bad. Von der Müdigkeit der langen Fahrt, den Gedanken an Mirko und die Kinder, war ihr am Abend nicht im Detail klar geworden, was der Schwager versucht hatte zu erklären. Im Bad sah sie zwei Waschbecken, die Duschkabine, Toilette, ein Bidet und war angenehm überrascht.

Schnell den Morgenmantel abzustreifen, an den Haken neben der Tür zu hängen und sich unter die Dusche zu begeben, war ein fließender Vorgang. Sie duschte sich, als sei es möglich, den ganzen Stress, die Angst und den Frust der zurückliegenden Monate abzuwaschen. Weniger sorgenvoll als am zurückliegenden Abend, doch unablässig in Gedanken bei Mirko, machte sie sich bereit für diesen ersten Tag *in der Fremde*. Frisch, mit Rock und Bluse bekleidet, traf sie Erik in der Küche, der immer noch bei den Vorbereitungen fürs Frühstück war.

„Guten Morgen, Erik, hast du gut geschlafen nach dem langen Autostress?"

„Das kann man laut sagen, war ja ein verdammter Schlauch, die Fahrt von dort unten bis hier. Wir sollten es langsam angehen lassen heute. Für das Frühstück haben wir alles im Haus. Den Rest müssen wir besorgen und bis auf Weiteres bist du die Chefin im Haushalt. Versteh mich nicht falsch, ihr seid, bitte keine Widerrede, meine Gäste. Falls euch der deutsche Staat irgendwann einen Obolus zahlen wird, können wir weiterreden. Ist das in Ordnung? Die sogenannte Hauswirtschaft wird demnach dein Job, ja?"

„Natürlich ist das in Ordnung, ich werde mir alle Mühe geben. Du verstehst, dass es mich betrübt, dir auf der Tasche zu liegen. Du musst erlauben, dass ich von den Reserven, die ich mitgebracht habe, etwas beisteuere."

„Jelica, niemand, von dem ich es nicht will, liegt mir auf der Tasche. Ich bin glücklich, dass ihr hier und in Sicherheit seid. Nach dem Frühstück versuchen wir Mirko zu erreichen. Die Kinder werden hier schnell Freunde finden. Das restliche Gepäck habe ich gleich nach dem Aufstehen heraufgeholt."

„Und was ist mit dem Besorgen, das du erwähnt hast? Gibt es hier in der Gegend alles, müssen wir irgendwohin fahren?"

„Bäcker, Metzger und andere Geschäfte gibt es hier in unserem Viertel. Für größere Einkäufe im Supermarkt müssen wir hinauf in die Stadt."

„Hinauf? Wo oben ist da noch eine Stadt?"

„Wir sind hier in der Altstadt von Augsburg. Dem ältesten Teil, mit schmalen, romantischen Straßen und Gassen, recht verwinkelt, aber sehr schön, vor allem im Sommer. Hier ist nicht ausreichend Platz für einen großen Supermarkt. Es gibt Straßen und Treppen, über die man ins Stadtzentrum nach oben kommt. Ich werde euch das alles zeigen. Nach dem Frühstück müssen wir zum Einkaufen hinauffahren, bevor ich mit der Arbeit beginne. Sobald die Sonne etwas höher steht, sind von hier die Türme und Gebäude dort oben zu sehen."

„Danke, ich werde die Kinder wecken, ja?"

„Wir werden frühstücken und ich versuche inzwischen Mirko zu erreichen."

Jelica ging zu Ankas Zimmer, klopfte, und als sie ein gestöhntes *Ja* hörte, öffnete sie und sah Anka, die sich aufgerichtet hatte und versuchte, den Schlaf aus den Augen zu reiben.

„Guten Morgen, mein Schatz, gut geschlafen?"

„Oh, Mama, wie eine Tote. Entweder war ich so müde, oder die Luft hier ist zum Schlafen gut."

„Vielleicht beides, gut so."

„Ja, gut schlafen ist viel wert. Hoffen wir, dass es so bleibt. Wie war es bei dir?"

„Ich habe gut geschlafen. Hin und wieder bin ich mit Gedanken an euren Papa aufgewacht. Das ist normal."

„Ja, Mama, ich glaube schon. Ist das Bad frei?"

„Das Bad ist frei und der Onkel wartet schon mit dem Frühstück. Er hat es alleine vorbereitet."

„Gut, ich beeile mich. Jan schläft noch?"

„Ja, ich gehe, sobald du im Bad bist, ihn wecken."

„Mama, darf ich jetzt richtig und tüchtig duschen?"

„Ich glaube schon, es sind ja genügend Tage vergangen. Nur nicht zu sehr rubbeln, ja?"

„Nein, ganz vorsichtig und die Fäden piksen mich immer noch."

„Nur noch wenige Tage. Ich entferne sie dir. Und jetzt schnell ab ins Bad."

Anka zog ihr kleines Nachthemdchen aus, schlüpfte in ihren Bademantel und ging ins Bad. Jelica schloss die Badtür hinter Anka. Bevor sie den Schlafraum erreichte, kam Jan humpelnd mit Krücken heraus.

„Mama, guten Morgen."

„Jan, Schatz, schon munter? Ich wollte dich gerade wecken."

„Ich muss zur Toilette, Mama, wo war das?"

„Komm an meinen Arm und belaste nicht dein Bein. Wenn Anka schon unter der Dusche ist, kannst du kurz ins Bad."

Als sie das Bad betraten, zogen dicke Dampfschwaden zur Tür. Anka hatte diese Minuten lange herbeigesehnt. Für ihren Körper und für ihre Psyche. Abwaschen, alles abwaschen, rubbeln, bis die Haut rot wurde. Die verletzte Seele war nicht zu reinigen, so jedenfalls nicht. Wenngleich die Freude über das warme, prickelnde Wasser und der Spaß des erzeugten Schaums unübersehbar waren.

„Jan, komm, setz dich kurz hin. Anka ist sicher gleich fertig."

Jan zog seine Schlafanzughose herunter, streckte sein verwundetes Bein von sich und plumpste auf den Toilettenrand. Ankas Duschgenuss hatte kurz danach ein Ende. Jan stand auf, drückte die Spülung und mithilfe seiner Mutter schlossen sie, als Anka die Duschkabine öffnete, wieder die Tür des Bades von außen.

„Ein paar Minuten wird es noch dauern, leg dich noch einmal auf dein Bett. Ich helfe dir, sobald Anka fertig ist."

Die Tür zum Flur war noch nicht offen, als Erik rief: „Jelica, wo bist du, Mirko ist dran."

So schnell sie konnte, rannte Jelica in die Küche. Erik stand am Herd, mit dem schnurlosen Hörer am Ohr.

„Mirko, Jelica kommt. Ich wünsche dir alles Gute. Wir werden es immer wieder versuchen, vielleicht bleibt das Netz jetzt für eine gewisse Zeit stabil."

Mit ausgestrecktem Arm kam Jelica auf ihn zu, riss den Hörer an ihr Ohr und schluckte einige Male, bevor sie sich melden konnte.

„Mirko, Liebling …"

Es fiel ihr schwer weiterzusprechen. Als Mirko sich meldete, traten Tränen in ihre Augen. Sie versuchte ihr Schluchzen zu unterdrücken. Erik trat hinter sie, legte ihr den Arm um die Schultern und drückte sie an sich.

„Jelica, rede mit Mirko, es wird dir danach besser gehen."

„Mirko", begann sie, „ich kann kaum sprechen, so sehr habe ich dich vermisst und auf dieses Gespräch gewartet. Wie geht es dir? Bist du gesund? Wie ist die Lage?"

„Langsam, Schatz", erwiderte Mirko, „eins nach dem anderen. Mir geht es wie immer. Die Arbeit wird nicht weniger und das Elend ebenso. Was kann sich in drei Tagen verändern. Die wollen uns immer noch vernichten, schaffen es aber nicht. Nun zu dir und den Kindern, ich bin sehr, sehr froh, dass ihr gut dort angekommen seid."

„Darinka ist nicht hier. Die haben sich getrennt. Dein Bruder hat kein großes Problem damit. Ich wollte das nur erwähnen, damit du darüber Bescheid weißt und keine Angst hast, dass wir hier zu eng aufeinandersitzen und allen auf den Geist gehen."

Sie drehte sich um zu Erik, dieser hob beide Schultern und verzog den Mund, als wollte er sagen, *was würde es bringen, mich in Gram zu steigern?*

„Nein, Mirko, Erik geht es gut. Die Kinder und ich, wir haben alle ein eigenes Zimmer, und sobald es geht, wollen wir zu der Dienststelle, die das mit den Flüchtlingen regelt. Man muss sich anmelden, sonst ist man illegal."

„Jeli, bitte beteilige dich an den Kosten, drei Menschen zusätzlich, das wird zu viel für ihn."

„Ja, mein Schatz, soweit dein Bruder das zulässt."

„Wenn ich was zulasse?", wollte Erik wissen.

„Mirko hat gemeint, wir könnten dir nicht zu sehr auf der Tasche liegen. – Ja, Mirko, ich regele das schon. Bitte versprich mir, dass du, sobald es irgend möglich ist, kommst."

„Liebling, ich kann das Haus und meine Arbeit nicht einfach verlassen. Zuerst muss ich die Fenster oben abdichten. Ich habe hier im Materiallager dicke alte Plastiktaschen gefunden. Die durchsichtigen sackähnlichen Teile, in denen vor Jahren neue Matratzen geliefert worden waren."

„Ja, ich weiß, was du meinst. Hast du unsere Freunde gesehen? Sind die gesund? Und wie geht es Ervin?"

„Jeli, ihr seid doch gerade mal zwei Tage weg, es hat sich wirklich nichts geändert. Alle sind so weit in Ordnung."

„Ich wundere mich jetzt, dass die Leitung so lange steht. Bitte versuche, wann immer es geht, hier anzurufen. Und wir versuchen es umgekehrt, ja?"

„Ja, Liebling, ich gehe davon aus, dass sich bei den Kindern nichts geändert hat?"

„Nein, alles beim Alten. Nächste Woche werde ich bei Anka die Fäden ziehen und mit Jans Schiene müssen wir sehen, was machbar ist. Wir wollen versuchen, dass beide hier im Haus zur Schule gehen können. Sobald wir gefrühstückt haben, wollen wir oben in der Stadt einkaufen, Lebensmittel und anderes. Die Altstadt, wo wir sind, liegt etwas unterhalb des Zentrums, hat Erik mir erklärt."

„Jeli, nach den vielen Jahren kennt er sich aus. Und, bitte, ruf kurz in Manfredonia bei Mama Albina an."

„Hatte ich vor, heute Nachmittag."

„Nun lass uns zum Schluss kommen. Beim nächsten Anruf spreche ich mit den Kindern, ja?"

„Ja, Mirko, die sind noch in ihren Zimmern, beziehungsweise Jan ist im Bad und ich muss ihm gleich helfen. Er will zum ersten Mal versuchen, ohne Schiene zu duschen. Mal sehen, ob es geht."

„Schatz, er darf sich nicht übernehmen. Alles Liebe und Gute für euch, ich melde mich wieder."

„Ja, Mirko, danke. Bitte pass auf dich auf. Ich liebe dich, wir lieben dich, denke daran."

„Natürlich, ich euch auch, bleibt gesund. Bis bald, tschau."

Jelica ließ den Hörer in der Hand sinken, stand regungslos da und sah aus dem Fenster hinüber zum Turm von St. Ulrich.

„Jelica, hallo, jetzt sei nicht wieder traurig. Es geht Mirko gut, ihr konntet sprechen und alles ist in Ordnung. Vielleicht funktionieren die Leitungen nun öfter, eventuell sogar grundsätzlich."

„Ja, danke. Es hat gutgetan, ihn zu hören und zu wissen, dass nichts Außergewöhnliches passiert ist."

„Was sollte in der kurzen Zeit auch geschehen sein."

„Es kann innerhalb von Minuten sein, dass es Tod und Verderben regnet, oder die Tschetniks wieder ins Haus kommen. Die wollen immer noch die gesamte Stadt vernichten, inklusive der Menschen."

„Mirko weiß das, er wird sich vorsehen."

„Wie sehr ich das hoffe. Nun muss ich nach den Kindern sehen. Ich werde ihnen erst beim Frühstück vom Anruf berichten."

Jelica ging zur Küchentür, als Anka, fertig angezogen, frisch und zufrieden aussehend, hereinkam.

„Guten Morgen, Onkel Erik."

„Guten Morgen, meine Süße, gut siehst du aus."

„Wie ich mich auf das Frühstück freue."
„Bitte, nimm Platz. Am besten mit Jan an der Längsseite."
„Ja, danke. Mama, schaust du nach Jan. Er wollte nicht, dass ich ihm im Bad helfe. Dabei weiß ich doch, wie er aussieht, er ist ein süßer Junge. Die haben ihm so wehgetan."
„Alles wird gut", erwiderte Erik, als er sich mit Anka an den Tisch setzte.
Jelica ging zu Jan ins Bad, um ihm beim Abnehmen der Schiene und beim Duschen zu helfen.
„Jan, mein Schatz, wie schaut es aus. Wollen wir duschen?"
„Mama, wir, ich dachte, du hast schon geduscht."
„Aber ja, das ist nur so eine Rede. Möchtest du jetzt unter die Dusche?"
„Ja, sehr gerne, das Zeug muss ab."
Mit Zeug meinte er nicht nur die Schiene. Auch das Verbandmaterial vom Bein. Mit geschulten Griffen half Jelica, bis das Bein frei war und die große Narbe von der ersten Operation sichtbar wurde. Noch sehr rot, aber gut verheilt, konnte gegen das warme Wasser nichts einzuwenden sein.
„Jan, bleib bitte auf dem gesunden Bein stehen und halte dich an den Wänden der Kabine mit beiden Händen fest. Ich mache den Rest."
„Aber Mama", wollte Jan protestieren.
„Jan, das ist ganz normal. In den vielen Jahren meiner Arbeit im Krankenhaus habe ich schon vielen Männern geholfen. Manchen sogar den Popo gewischt."
„Iiih, das kannst du?"
„Was ist dabei, auch deinen Popo habe ich gewischt, das ist noch nicht lange her."
„Mama, da war ich noch ein Kind."
„Natürlich, ein kleinerer Junge. Erinnere dich, im Urlaub auf Hvar waren wir beim Baden doch alle nackt."
„Das ist schon soo lange her."
„Natürlich, komm jetzt unters Wasser, der Onkel und Anka warten schon, das wir frühstücken kommen."
Sie duschte ihren Sohn und er genoss es und fühlte sich beim

Abrubbeln offenbar sehr wohl. Jelica holte aus ihrem Zimmer neues Verbandmaterial, und als er versorgt war, half sie ihm in die Küche.

„Guten Morgen“, rief er den Anwesenden zu.

„Geht es euch gut?“

„Uns geht es gut, Jan, komm, wir helfen dir auf den Stuhl neben Anka.“

Als alle saßen, berichtete Jelica vom Gespräch mit Mirko. Die mürrische Laune der Kinder, die sich dabei einstellte, weil sie nicht zum Telefonieren gerufen wurden, verflog bald wieder. Gemeinsam wurde das Frühstück beendet, die Reste weggeräumt und das Geschirr in der Spülmaschine verstaut.

„Wir wollen nun hinauf in die Stadt, um einige Dinge zu besorgen. Die Frage ist nur, ob Jan sich das antun will. Es sind ja nicht nur immer die Stufen bis zur Garage und zurück, es ist vom Parkplatz jedes Mal ein gutes Stück zu laufen.“

„Jan“, ergänzte Jelica, „hast du verstanden, was der Onkel gesagt hat?“

„Natürlich, Mama, ich höre doch nicht schlecht.“

„Und?“

„Es ist ja nicht das letzte Mal, dass ihr einkaufen geht, ich gehe beim nächsten Mal mit, ja?“

„Sehr klug“, kam als Anmerkung von Anka.

„Ich dachte, das ist bekannt.“

„Was ist bekannt?“

„Dass ich klug bin.“

„Natürlich.“

Anka rutschte neben Jan auf den Stuhl und nahm ihn in den Arm.

„Was bringt ihr mir mit?“

„Was möchtest du denn?“

„Vielleicht Bananen.“

„Deine Mama und Anka werden die richtigen finden. Und nun müssen wir uns anziehen und den Einkauf hinter uns bringen. Ich muss mich später bei meiner Chefin melden, um festzustellen, wann wir zusammen zum *Amt für Aufenthalts- und Meldeangele-*

genheiten fahren können. Ich brauche dazu wieder einen freien Tag."

„Es tut mir leid, Erik, dass deine freien Tage so geopfert werden müssen."

„Das ist kein Problem, solange ich meine Arbeit mache."

„Gut, lasst uns fahren."

„Ich will unten im Büro herausfinden, ob die Chefin im Haus sein wird, wenn wir von unserem ersten großen Einkauf zurückkommen."

Im Sekretariat konnte er für den frühen Nachmittag einen Termin vereinbaren, an dem Jelica und die Kinder dabei sein soll ten. Das Einkaufen verlief mit großem Erstaunen Ankas über die unendlichen Möglichkeiten und die riesige Auswahl in den Geschäften. Sie wäre am liebsten alleine im Zentrum geblieben, um weiter zu bummeln und zu schauen. Es waren keine wirklichen Erinnerungen an die Zeit vor dem Krieg oder noch weiter zurück an den Lebensabschnitt in Belgrad. Alles erschien ihr so riesig und unüberschaubar.

Der Termin bei der Chefin ließ sie gemeinsam zum Mittagessen zurückkehren. Gegen halb zwei standen sie im Büro der Sekretärin. Die Tür zur Schulleitung öffnete sich und Eriks Chefin bat alle zu sich hinein. Nach den einleitenden Höflichkeiten stellte Erik Jelica und die Kinder vor. Im gleichen Atemzug bat er um den weiteren freien Tag, um bei den Meldebehörden vorstellig werden zu können.

„Gestern und heute, das wissen Sie, haben wir die Heizungstechniker im Haus, und für morgen, das wissen Sie noch nicht, haben wir ein Gespräch mit dem Vertreter des Bauamts angesetzt, bei dem ich Sie gerne dabeihätte. Auch wegen der Feuchtigkeit in der Ecke der Turnhalle."

„Blieben Donnerstag oder vielleicht Freitag. Wobei Freitag auf Ämtern immer etwas heikel ist. Donnerstag wäre besser."

„Gut, Erik, vereinbaren wir Donnerstag. Ein Tag regulären Urlaub, bitte geben Sie den Registrierzettel der Sekretärin."

„Darf ich noch kurz zu den beiden Kindern kommen?"

„Sie meinen diese beiden, die Kinder Ihres Bruders? Sie hatten erwähnt, dass sie dabei sein werden, wenn Sie aus Italien zurückkommen."

„Wie alt seid ihr denn?"

„Ich bin sechzehn", meldete sich Anka, „und mein Bruder ist zehn Jahre alt."

Jelica ergänzte: „Beide haben in Belgrad die Deutsche Schule vom ersten Schuljahr an bis 1990 besucht. Die entsprechenden Zeugnisse haben wir dabei."

„Das ist sehr gut, so dürften die Kinder kein Problem haben, am Unterricht teilzunehmen, wenn Sie den Aufenthalt geregelt haben und wir einen kleinen Einstufungstest gemacht haben."

„Schön, dass das so reibungslos geht, ich danke Ihnen", erwiderte Erik und ergänzte: „Darf ich noch einen Satz zur Vorgeschichte sagen?"

„Nur zu."

„Meine Schwägerin ist OP-Schwester und hat bis zum Donnerstag der vergangenen Woche in einer großen Klinik in Sarajevo gearbeitet. Ihr Mann, mein Bruder, ist in der gleichen Klinik heute noch als Ingenieur der Medizintechnik beschäftigt. Eine Woche zuvor wurde das Wohnhaus der Familie überfallen, die Kinder waren alleine zu Hause. Das Haus liegt am nördlichen Rand der Stadt. Anka musste eine brutale Vergewaltigung über sich ergehen lassen."

Als er dies erwähnte, drehte Anka sich um und sah demonstrativ aus dem Fenster.

„Und der kleine Jan wurde fast erschossen. Er konnte fliehen, doch ein Knie wurde getroffen. Das nur zur Information."

„Oho, Problemkinder? Und darum die Schiene."

„Problemkinder in keinem Fall, das klingt etwas sonderbar. Ich würde es so nicht formulieren wollen. Es sind liebe und ruhige Kinder. Ordentlich erzogen und intelligent. Anka ist eine hervorragende Musikerin, sie spielt Violine und hat ihr Instrument mitgebracht. Was die eventuellen Handicaps anbelangt, Anka verarbeitet zurzeit ihr Trauma, soweit dies möglich ist. Körperlich ist sie wieder ganz gesund. Bei Jan sieht es etwas anders aus. Das Knie wurde operiert, ist aber nicht in einem optimalen Zustand. Er trägt eine angepasste Schiene, die das Knie entlastet. Da sie nicht gut sitzt, kann er nur eingeschränkt laufen."

„Gut, Erik, Frau Amata, wir müssen und werden das bei allem, was ansteht, berücksichtigen. Kommen Sie doch bitte in den nächsten Tagen zu mir. Ich möchte unsere neuen Bewohner etwas besser kennenlernen und ihnen den Schulbetrieb zeigen."

„Natürlich tun wir das. Vielen Dank."

Erik verschob seine Mittagspause am darauffolgenden Tag und bemühte sich, beim *Amt für Aufenthalts- und Meldeangelegenheiten* der Stadt Augsburg erste Informationen zur Aufenthaltsgenehmigung zu erhalten. Die einzige Auskunft, die erteilt wurde, war der Hinweis auf ein notwendiges persönliches Gespräch und eine Terminabsprache für den folgenden Tag. Er konnte sich kaum noch an die Prozedur erinnern, die damals, als er aus dem noch existierenden Jugoslawien mit einem Visum eingereist war, gegolten hatte. Er rief Sybille Holter an, eine Anwältin, mit der er und Darinka seit Jahren gut befreundet waren. Da sie nach der Aussage ihrer Sekretärin noch Gerichtstermine wahrnahm, bat er um Rückruf.

Jelica hatte gegen Abend den Wunsch ihrer Kinder erfüllt und Spaghetti mit Fleischsoße gemacht. Dazu einen frischen Salat und als Nachtisch gab es Eiscreme. Viele Monate hatten sie zu Hause auf ein solches Essen verzichten müssen und schon bei Mama Albina nicht genug davon bekommen können. Die Nacharbeit zum Abendessen wurde erledigt. Erik hatte den Fernseher eingeschaltet. Er wollte mehr wissen, mehr aus der alten Heimat. Die Nachrichten waren gelaufen und es sah nicht gut aus im ehemaligen Jugoslawien. Gegen 21.00 Uhr läutete das Telefon. Es meldete sich die Anwältin.

„Erik, wie geht es dir? Schön, einmal von dir zu hören. Seit Darinka sich, ich hoffe nur vorübergehend, verabschiedet hat, bist du sehr schweigsam geworden. Wo drückt jetzt der Schuh?"

„Sybille, danke für den Rückruf, ich will dir nicht den Feierabend stören. Darum nur ganz kurz. Meine Schwägerin aus Sarajevo ist hier mit den beiden Kindern. Anka ist sechzehn und Jan zehn Jahre alt. Sie sind nach Italien geflohen und ich habe sie dort abgeholt. Die Kinder sind verwundet und traumatisiert. Die Details erzähle ich dir, wenn wir uns sehen. Nur ganz kurze Fragen zum Aufenthaltsrecht: Wie schnell muss man sich bei den Immigrationsbehörden melden?"

„Erik, das ist zu kompliziert, um es so ganz schnell zu machen. Wir müssen uns eventuell zusammensetzen. Zu deiner ersten Frage sagt das Gesetz *unverzüglich*. Natürlich ist da Auslegungsspielraum drin, es kommt immer auf die Umstände der Einreise an."

„Ich habe mir morgen freigenommen, um mit allen auf dieses Amt zu gehen, einen Termin habe ich für 10.30 Uhr."

„Macht das morgen. Geht gemeinsam, nehmt alle Papiere mit. Vergiss deinen eigenen Ausweis nicht. Dein Arbeitgeber sollte eine Art *Unbedenklichkeitszeugnis* für dich ausstellen. Darin wird nachgewiesen, für wen und wie lange du schon arbeitest und wie hoch dein Einkommen ist. Das ist so etwas wie ein Unterhaltssicherungsnachweis, noch so ein verrücktes Wort. Außerdem bitte die Pässe, Schulzeugnisse, Arbeitszeugnisse, Papiere über die Behandlung der Kinder und ähnliche Protokolle mitnehmen. Warte, was die zuständigen Sachbearbeiter euch sagen. Du, beziehungsweise deine Lieben müssen *Duldung* beantragen. Zurzeit besteht wegen der allgemeinen Gefahrenlage ein Abschiebestopp für Flüchtlinge aus Bosnien. Ihr müsst darum bitten, dass als Aufenthaltsort deine Wohnung in Augsburg genehmigt wird. Lass dir eventuell noch eine Bestätigung der Schule geben, dass dagegen nichts steht und in der Wohnung genügend Platz vorhanden ist."

„Das bedeutet?"

„Das bedeutet zunächst, dass sie der Abschiebung unterliegen, aber geduldet hierbleiben dürfen. In dieses Kriegsgebiet wird zurzeit nicht abgeschoben, der Gesetzgeber will das in Zukunft wieder ändern, nachdem Bosnien-Herzegowina politisch als eigener Staat anerkannt werden wird. Mit einer Duldung darfst du sogar arbeiten und zumindest der Junge muss in die Schule. Mach das so wie besprochen, die Behördenmühlen arbeiten langsam.

Sollten die nicht vernünftig reagieren, beantrage Bleiberecht aufgrund persönlicher Einladung nach § 84 Ausländergesetz, dazu habt ihr das Recht. Früher musste der Einladende in solch einem Fall alle Kosten für Unterhalt, Krankheit etc. tragen, das wurde nach verschiedenen Gerichtsentscheidungen inzwischen geändert, da die *Verhältnismäßigkeit* nicht gewahrt wurde.

Falls das nicht reichen sollte, gehen wir auf die subsidiären Abschiebungsverbote gem. 2, 3 und 7 Satz 2 Aufenthaltsgesetz, da aufgrund der Verletzungen und Traumatisierungen der Kinder Abschiebeverbot greift. Dabei werde ich dann auch aktiv."

„Meine Güte, ist das in jedem Land so kompliziert?"

„In den EU-Staaten wird es ähnlich sein. Lass dir im Schulbüro Kopien aller Papiere machen. Bei Duldung wird in die Pässe ein Streifen geklebt, eine Marke. Diese zeigt jedem bei einer Kontrolle, dass ihr hier geduldet seid. Bei anderen Verfahren, zum Beispiel beim Asylantrag, müssen die Papiere abgegeben werden. Außerdem besteht eine sogenannte Residenzpflicht. Das bedeutet, dass die Geduldeten den Landkreis, in dem sie leben, nicht verlassen dürfen. Ich rufe dich morgen Abend wieder an und wir verabreden uns, wenn es notwendig werden sollte, einen Termin bei euch. Wenn die sich querstellen, schalte ich mich sofort ein. Noch einmal, macht das bitte genau wie besprochen. Im Grunde können die gar nicht anders, bei Beantragung von Duldung."

„Herzlichen Dank, Sybille. Nicht nur weil ich Ausländer bin, fällt es mir schwer, mich damit auseinanderzusetzen."

„Denk dir nichts, Erik, das geht allen so. Es ist doch richtig, dass die Kinder auf die Deutsche Schule in Belgrad gingen und demnach Deutsch sprechen?"

„Ja, natürlich, und Jelica hatte begonnen, Deutsch zu studieren."

„Das ist prima, ich sehe die Genehmigungen positiv. Wir werden, falls es Widersprüche gibt, das gemeinsam regeln?"

„Sybille, herzlichen Dank noch mal. Wir reden morgen. Ich berichte dir, wie sich die Beamten verhalten und was meine Gäste zu erwarten haben."

„Alles klar, Erik, grüße deine Lieben. Übrigens, es wäre sinnvoll, bei irgendeiner Bank ein Konto für deine Schwägerin einzurichten, bevor ihr zum Amt geht. Bis morgen, schönen Abend noch."

„Tschau, Sybille."

Erik war an diesem trüben Morgen nach dem Frühstück ins Erdgeschoss zum Sekretariat gegangen, um alle Dokumente zu kopieren. Das Gerät war frei und er konnte so viele Kopien anfertigen, wie er benötigte. Als er zurück in der Wohnung war, rief er seine neue Familie zusammen, um das Vorgehen abzusprechen.

„Wir fahren hoch ins Zentrum und werden dort zuerst bei der Sparkasse vorsprechen“, schlug Erik vor.

„Eine Kontoeröffnung ist kein großer Akt, das geht schnell. Eure Mutter braucht das. Vielleicht fragen die bei der Behörde heute schon danach, damit das wenige, das der Staat euch geben wird, überwiesen werden kann. Und deine mitgebrachten Notgroschen kannst du dort ebenfalls einzahlen“, empfahl er Jelica. Nach der Kontoeröffnung fahren wir noch etwas weiter zu diesem sogenannten Ausländeramt. Bereitet euch auf etwas Wartezeit vor. Jan, möchtest du vielleicht noch eine Schmerztablette nehmen? Ich weiß nicht, wie viel wir laufen und wie lange du eventuell dort stehen musst.“

„Mama hat immer Tabletten dabei“, erwiderte Jan.

„Das Schlucken ist hier einfacher als bei irgendeiner Behörde, ich werde dir hier noch eine geben“, versuchte Anka ihn zu beruhigen.

„Ihr kennt die Problematik“, begann Erik erneut.

„Irgendwelcher Schwindel zieht nicht, die sitzen am längeren Hebel und haben alle Möglichkeiten.“

„Mama, was bedeutet das, am längeren Hebel sitzen?“

„Ganz einfach, die Beamten haben die Macht, uns nach Italien auszuweisen, uns in ein Asylheim hier in Deutschland zu bringen, oder dem zuzustimmen, was wir wollen. Nämlich hier bei Onkel Erik zu bleiben, bis wir wieder zurückkönnen. Wenn wir hier in Deutschland bleiben dürfen, können wir im Notfall sogar einen Arzt aufsuchen und diese Kosten werden übernommen. Das finde ich wichtig und großzügig.“

„Warum tun die das?“, wollte Jan wissen, „die kennen uns doch gar nicht.“

„Jan“, versuchte Erik ihn zu belehren, „der deutsche Staat ist wohlhabend, das heißt, es geht den meisten Menschen sehr gut, sie haben Arbeit, verdienen Geld und zahlen Steuern. Deshalb wurden die Gesetze gemacht, die es erlauben, anderen Menschen, die aus fremden Ländern kommen, in Not sind und kein Geld haben, etwas zu geben. Es ist doch schön und gerecht, dass die, die viel haben, denen etwas abgeben, die im Augenblick nichts haben."

„Mhm, so müsste das immer sein."

„Ja, mein Sohn, und jetzt geht bitte und zieht euch an, damit wir fahren können, der Termin rückt näher und es würde einen schlechten Eindruck machen, zu spät zu kommen."

Als sie die Behörde erreichten, mussten sie feststellen, dass es gar nicht so exklusiv zuging. Dass Deutschland ein begehrtes Asylland ist, das zeigte der erste Blick in die Flure. Vor allen Räumen saßen Dutzende Menschen aus vielen Ländern der Erde und träumten von einem Bleiberecht, möglichst für immer. Sie träumten von Arbeit, von Bildung und einer sicheren und gesunden Zukunft für ihre Kinder.

Der Termin, der zuvor vereinbart worden war, wurde um vierzig Minuten überzogen, und so freundlich zuvorkommend, wie Erik es erhofft und wie er es aus der Zeit, zu der er zum ersten Mal hier gewesen war, in Erinnerung hatte, war die Sachbearbeiterin nicht.

Über eine Stunde dauerte es, bis alle Fragebogen ausgefüllt waren, bis die Beamtin sie nach einer erneuten Wartezeit wieder ins Büro rief und ihnen mit einem strengen Gesichtsausdruck verkündete: „Wir werden zunächst auf Duldung gehen. Sie erhalten den Bescheid schriftlich. Die Duldung wird in Ihren Ausweisen vermerkt. Es könnte der Wunsch aufkommen, arbeiten zu wollen, Frau Amata, das dürfen Sie nur mit schriftlicher Zustimmung der Arbeitsverwaltung. Ihr Sohn unterliegt der bei uns gültigen, allgemeinen Schulpflicht."

Jelica war erstaunt, die Beamtin redete, als gäbe es in anderen Staaten keine Schulpflicht. Sie verabschiedeten sich und verließen schweigend das große Bürohaus. Die Erleichterung war zu spüren, als Erik verkündete, dass er alle zum Essen einladen wollte.

Jelica ging das Gespräch mit der Beamtin immer noch durch den Kopf.

„Erik, was ist die Arbeitsverwaltung?"

„Das Arbeitsamt, die Stelle, die offene Stellen vermittelt."

„Und ich könnte dort hingehen und fragen, ob die für mich eine offene Stelle haben?"

„Ja, natürlich. Aber das eilt doch wohl nicht."

„Wenn das möglich ist, möchte ich arbeiten."

„Wir werden in der nächsten Woche einmal hinfahren. Jetzt gehen wir erst einmal etwas essen."

„Prima, Onkel Erik, und wo gehen wir hin? Vielleicht zu einem Italiener?", wollte Jan wissen.

„Bei uns in der Nähe ist ein griechisches Lokal, die kennen mich schon. Wenn ihr darauf Lust habt, können wir das dort machen."

Jelica schien das nicht wirklich zu gefallen.

„Erik, du gibst schon genug Geld aus, das muss doch nicht wieder sein."

„Ich will das aber, weil ich das Gefühl habe, dass eine sehr wichtige Hürde genommen wurde und wir keine schlaflosen Nächte haben müssen."

„Nun gut. Wenn es dir einen gesunden Schlaf beschert. Bei mir sind das noch andere Dinge, die meine Träume beeinflussen."

„Das verstehe ich. Die Zeit bessert die Situation, oft in jeder Beziehung, und wenn wir zurück sind, rufen wir Mirko an und teilen ihm mit, was wir erreicht haben und dass dieser Tag im Grunde erfolgreich war."

„Damit bin ich einverstanden und hoffe so sehr, dass wir ihn erreichen und dass er gesund ist."

„Mama", sagte Anka, „das ist eine gute Idee. Ich denke so oft an Papa und wie es ihm geht."

V

Freitag, 30. Juli 1993 – Sarajevo-Tunnel

Mirko erwachte nach einer sehr unruhigen Nacht. Hoffnungsvoll, sich in der Klinik ein kleines Frühstück organisieren zu können, setzte er sich nach den üblichen Morgenritualen auf die Velosolex.

Bei Ervin, der ihn schon beim Verlassen der Auffahrt entdeckte, hielt er kurz an. Die alten Plastiksäcke, mit denen er geplant hatte, die Fenster wind- und regendicht machen zu können, waren zu voluminös, um sie auf dem Motorfahrrad aus der Klinik herauf zum Haus transportieren zu können. Er würde die Hilfe seines Nachbarn benötigen.

„Ervin, guten Morgen", begrüßte er seinen Nachbarn, „du bist, obwohl nicht notwendig, immer sehr früh munter."

„Ja, Mirko, so wird es dir in einigen Jahren ergehen – sechs Stunden Schlaf genügen. In dieser Zeit, mit dem andauernden Geballer, reicht mir oft noch weniger. Irgendwer hatte einmal gesagt, *nur die Dummen schlafen über fünf Stunden*, dem kann ich nicht ganz zustimmen, doch im Alter braucht man weniger, das ist schon richtig. Mirko, was kann ich für dich tun?"

„Kannst du mir die Folien, mit denen ich die Fenster abdichten will, herauftransportieren? Die sind zu groß für den kleinen Gepäckträger, und im Rucksack, das wäre nicht optimal. Ich versuche auch Treibstoff zu organisieren."

„Solange etwas im Tank ist, mache ich das gerne."

Sie verabredeten sich für den kommenden Tag, nach Sonnenuntergang auf dem Mitarbeiterparkplatz der Klinik. Mirko ließ das Mofa geräuschlos bergab laufen. Auf der Höhe von Mejtaš, in dem Bereich, in dem einige ausländische Botschaften und Konsulate residierten, musste er auf eine Seitenstraße ausweichen. Eine Granate hatte in der Nacht einen alten Baukran zerlegt, dessen verbogene und zerrissene Stahlteile die Straße versperrten.

In der Klinik angekommen, wurde Mirko ins Büro der Klinikleitung gebeten. Dort wurde ihm und den anwesenden Oberärzten, mit dem Verlangen der Geheimhaltung, mitgeteilt, dass der mit größten Schwierigkeiten unter dem Internationalen Flughafen Sarajevos hindurchgegrabene achthundert Meter lange Tunnel[34] endlich nutzbar sei. Zivile und militärische Spezialisten hatten in monatelanger Arbeit die *Röhre* geplant und schließlich realisiert.

Für die laufende Beschaffung von Ersatzteilen, Medikamenten und Material für den Klinikbetrieb wurde diese Passage dringend gebraucht. Seit Beginn der Belagerung war die Stadt von jeder normalen Versorgung abgeschnitten. Dreihunderttausend Menschen lebten in jeder Beziehung von Resten und von den bescheidenen Zuwendungen, die über die UN in die Stadt gekommen waren. Nach Vollendung dieses schwierigen Projekts, das von zwei Seiten geplant, begonnen und gebaut wurde, konnten nun Nacht für Nacht bis zu zwanzig Tonnen lebensnotwendiges Material durchgeschleust werden.

Der nördliche Eingang war in der Garage eines Wohnblocks im Stadtteil Dobrinja gegraben worden. Im Süden endete die Röhre in einem Einfamilienhaus, innerhalb der Gemeinde Butmir. Diese Gemeinde lag in einem von der bosnischen Armee gehaltenen, freien Korridor jenseits des Flughafens, außerhalb der Stadt. Über den Flughafen mit seiner über zweieinhalb Kilometer langen Rollbahn gab es kein Entkommen mehr. Er war militärisches Sperrgebiet und wer sich ohne Deckung auf den frei einsehbaren Flächen der Roll- oder Startbahnen bewegte, wurde erschossen.

So blieb der neue Tunnel als große Hoffnung für die Bürger der Stadt. Damit war es möglich geworden, obwohl umständlich und immer mit dem Risiko plötzlich einschlagender Granaten, Ersatzteile zu bestellen und diese zu erhalten. Für Mirko war von der Klinikleitung ein Ausweis besorgt worden. Dieser berechtigte ihn mit einer Person seines Vertrauens, nicht nur die Sperrzone im Bereich der Tunneleingänge, sondern den unterirdischen Durchgang direkt bis zum südlichen Ausgang zu betreten, um dort das georderte Material zu prüfen und in die Klinik zu befördern. Dies wurde für ihn und seine Kollegen jedes Mal zu einer zeit- und nervenaufreibender Zickzackfahrt.

Wie bei allen militärischen Auseinandersetzungen, gab es auch in Sarajevo eine Unzahl gesandter oder immer schon vorhandener

Spitzel und Informanten, die für die Gegenseite arbeiteten, das war allgemein bekannt. Einige arbeiteten für Deutsche Mark oder amerikanische Dollar und wieder andere waren aus Überzeugung oder für ein Schulterklopfen tätig. Sie beschafften wertvolle Nahrungsmittel, Treibstoff und andere Güter, die teilweise noch als Luftfracht auf dem Flughafen und neuerdings durch die schlammige Röhre unter dem Flughafen ankamen. Der Mehrheit dieser, oft kriminellen *Beschaffer,* kam es auf die Waren an, nicht auf Menschenleben.

Wir hatten manchmal, wurde glaubhaft von einem Überläufer aus einer Gruppe der Scharfschützen berichtet, *Spaß daran, den genauen Schnittpunkt der aufgemalten roten Kreuze zu treffen. Wir haben nicht nur auf die roten Kreuze geschossen. Uns wurde gesagt, denkt euch nichts dabei. Die da unten transportieren sogar Soldaten und viele Waffen mit diesen Fahrzeugen, was eigentlich verboten sei. Wie gesagt, denkt euch nichts, und wir haben uns nichts gedacht.*

Mirko hatte trotzdem vereinbart, die Fahrten, die notwendig wurden, mit einem alten Sanitätswagen und jeweils an einem anderen, nicht vorher bekannten Wochentag zu einer sehr kurzfristig anberaumten Zeit zu machen, um der Weitergabe der Informationen durch Spitzel zuvorzukommen.

Bei der Fahrt an diesem Donnerstag hatte er vergeblich auf Boris gewartet und schließlich, da dies keine Aktion gewesen war, die man hätte alleine machen oder verschieben können, kurzfristig den Hausmeister mitgenommen. Als sie am Tunnel ankamen, wurden sie genötigt, selbst durch die enge Schlammröhre auf die andere Seite zu waten. Die Brühe stand an manchen Stellen bis über die Knie. Die Beleuchtung war sehr spärlich und von der oft nur eineinhalb Meter hohen Tunneldecke tropfte es über lebensgefährliche Zwölf-Megawatt-Starkstromkabel.

Sie waren spät, fast zu spät dran. Der Fahrer des Lieferwagens, der bis in die Nähe des Eingangs auf der anderen Seite gefahren war, erklärte, als er sie sah, lapidar: „Du siehst, wir rauchen noch eine Zigarette, sobald die fertig geraucht ist, wären wir wieder gefahren, ob mit oder ohne euer Zeug.“

„Seid ihr wahnsinnig, wisst ihr nicht, was bei uns los ist?“

„Haben wir gehört, interessiert uns aber nicht. Das ist euer Kram, wir haben den unseren und der ist Scheiße genug. Warum wird das Zeug eigentlich nicht, wie zuvor, auf die andere Seite geschafft? Das klappt doch mit allem anderen auch“, wollte der Fahrer wissen.

„Könnte sein, dass es Mafiaeinfluss ist, der manchmal greift. Die legen doch nur noch Hand an, wo es etwas zu verdienen gibt. Sieht man die Preise für die Lebensmittel, die bei uns noch ankommen, erklärt sich manches.“

„Dann“, rief der Fahrer beim Einsteigen, „habt ihr ja einiges aufzuräumen, wenn die Scheiße irgendwann vorbei ist.“

Mirko antwortete nicht mehr, wandte sich um und versuchte, im Tunneleingang die Kartons auf eine der wenigen Transportkarren zu laden, die mit Muskelkraft hinübergeschoben werden mussten.

Dass die Belagerer der Stadt vom Bau dieser Versorgungsröhre unter der Startbahn hindurch wussten, war den Verantwortlichen klar. Den genauen Verlauf, die genaue Richtung konnten sie nur ahnen, zumal ihre Aufmerksamkeit auf eine falsche Spur gelenkt worden war. Trotzdem hätten wenige gut platzierte Granaten ausgereicht, diese Schleuse zu zerstören.

Gegen Mitternacht zurück in der Klinik, wurde das Material ausgeladen und zu entsprechenden Stellen beziehungsweise in die Werkstatt gebracht. Mirko verzog sich müde und ausgelaugt in sein Büro. So schnell als möglich wollte er sich auf das Notbett legen und endlich wieder richtig schlafen. Im dunklen Untergeschoss brannte nur die Notbeleuchtung. Weit hinten in einem kleineren speziellen Anbau liefen die geschützten Notstromaggregate, die für den nächtlichen Betrieb die Elektrizität erzeugten. Die normale Korridorbeleuchtung war, wo sie nicht unbedingt notwendig erschien, aus Sparsamkeitsgründen vom Netz genommen worden.

Mirko betrat sein Büro, griff rechts hinter sich, um die Deckenbeleuchtung anzuschalten. Eine Gänsehaut produzierende kurze Sekunde war er geschockt, als sich sein Bürostuhl mit der hohen Rückenlehne wie von Geisterhand zu drehen begann. Die halbe Drehung war beendet und er sah dort seine Kollegin und Freundin Nura Sirco, die mit seinem Mitarbeiter Boris seit einiger Zeit liierte Ärztin sitzen.

„Nura, du hast mich jetzt ziemlich geschockt. Guten Abend."

„Mirko, guten Abend. So geht es, wenn man sein Büro nicht abschließt. Jeder könnte all das ausräumen, was dir gut und wichtig ist."

„Eins zu null für dich. Ich hoffe, einen guten Nachtwächter in dir gehabt zu haben. Was treibt dich zu mir?"

„Ganz einfach und mit wenigen Worten zu sagen."

Sie begann zu sprechen und drehte sich von Mirko weg. Sie wollte nicht, dass er ihre feuchten Augen sah.

„Boris ist verschwunden, nicht nur aus meinem Leben, aus deinem Arbeitsbereich ebenso. Er hat sich davongemacht. Wohin, weiß ich nicht. Einen winzigen Zettel hat er hinterlassen, darauf steht: *Ich kann nicht weitermachen, muss mich um meine kleine Schwester kümmern, ich habe einen Hinweis auf ihren Verbleib, entschuldige.* Mehr nicht."

„Verdammter Mist, hat er nicht gesagt, wo er hinwill?", murmelte Mirko und ging auf Nura zu, die ihm immer noch den Rücken zuwandte und unmerklich schluchzte. Während er sie vorsichtig an den Schultern packte, konnte er fühlen, dass sie leicht zitterte.

„Nura, er wird wiederkommen. Er weiß, was er hier hat. An dir, an uns und er ist hier zu Hause. Vergiss das nicht."

Nura drehte sich mit dem Stuhl langsam um, sah Mirko trotzig an und erwiderte: „Alle, die weg sind, haben eine Heimat hier und lassen uns zurück. Du weißt es doch selbst, gehört deine Jelica nicht dazu?"

„Stopp, stopp, Nura, das ist etwas zu einfach. Du weißt, dass Jelica nur die Kinder an die Adria in Sicherheit bringen wollte, um danach zurückzukehren. Weder sie noch ich kannte die Pläne unserer Verwandtschaft in Neum."

„Das Ende ist aber, dass sie nicht zurückkommt. Keiner weiß, ob überhaupt und wenn, wann."

„Ja, es ist ein verdammter Mist. Ich habe vorhin daran gedacht, dass ich gleich wieder hier alleine im Büro liege und mir Sorgen mache, obwohl ich weiß, dass es ihnen jetzt gut geht, sofern man die seelischen Probleme außen vor lässt."

„Ich weiß nicht", antwortete Nura, als sie sich aus dem Stuhl erhob, „ob ich damit klarkomme. Ich kann nicht fantasievoll fühlen, da nichts mehr zu fühlen ist. Dabei geht es weiß Gott nicht nur um das kalte Bett, in das ich voraussichtlich an vielen der kommenden Abende steigen muss."

Mirko ging auf sie zu und nahm sie in den Arm.

„Wann immer du möchtest, können wir reden, Nura."

„Und reden befriedigt dich?"

„Nicht direkt, aber es kann manches erleichtern."

„Ich danke dir und komme darauf zurück. Ich schleiche mich nun über viele Ecken nach Hause in die leblose Umgebung. Ich danke dir, Mirko."

Sie griff in die rechte Tasche ihrer blauvioletten Hose und zog ein kleines Lederetui heraus.

„Ich habe noch diesen Schlüssel zur Wohnung von Boris. Ich kann und ich will nicht alleine dort sein. Darf ich den bei dir lassen?"

„Natürlich, vielleicht kommt er doch bald zurück."

„Vielleicht."

Nachdem sie ihm mit einer Hand zärtlich über die rechte Wange gestrichen hatte, hauchte sie nur noch „Tschau, bis morgen", ging zur Tür und verschwand.

Er rief ihr noch „Pass auf dich auf" hinterher und war sich nicht sicher, ob sie das noch gehört hatte. Immer noch etwas verwirrt von dieser Begegnung und der unerwarteten Neuigkeit, ließ er sich in seinem Bürostuhl nieder und dachte über die Situation nach. Auf einem an der Wand befestigten Kalender, den Boris zum Jahreswechsel mitgebracht hatte, strich er jeden Tag, den er ohne Jelica verbringen musste, mit roter Kreide ab.

Sein Blick fokussierte die kleinen Gemälde seiner Kinder aus früheren Schultagen, die er auf einer an der Wand befestigten Styroporplatte angepinnt hatte und wechselte hinüber zum Kalender, um die roten Kreuze zu zählen. *Nehme ich das morgen auf dem Papier erkennbare Kreuz von heute dazu*, dachte er, *sind es schon*

43 lange Tage. Viel Zeit mit Anspannung, Stress und ablenkender Arbeit, aber auch zu viele Nächte mit Einsamkeit, Begehren und Sehnsucht.

Sein Herz hatte klammerndes Verlangen nach Jelica, nach den Kindern, ohne Ende. Nie, niemals, im Bewusstsein dieses Fühlens während der einsamsten Stunden, hätte er diesem großen Entbehren zugestimmt. Auch nach dreiundvierzig Tagen war er nicht bereit, über Für und Wider, über Wenn und Aber zu diskutieren.

Die über das Schlafzimmer im eigenen Haus, oben am Stadtrand und über Italien nach Deutschland wandernden Gedanken wurden von Minute zu Minute unbewusster. Sein Kinn sackte auf die Brust und die achtzehn Stunden Aktivität forderten vom ausgelaugten, müden Körper Regeneration. Er stand auf, entkleidete sich teilweise, starrte unbeweglich für wenige Augenblicke auch die Fotos, die seinen Schreibtisch zierten, an, hob sich etwas mühsam auf das bereitstehende Ersatzbett und schlief nach wenigen Sekunden ein.

Der angespannte Abend, die ans Intime grenzende Begegnung mit Nura und sein unruhiges Unterbewusstsein, alles trug dazu bei, dass er nach fünf Stunden Schlaf erwachte. In dem Moment, in dem er seine Augen öffnete, konnte er die Umgebung, in der er sich befand, nicht sofort einordnen. Dann war ihm bewusst geworden, dass sich nichts geändert hatte, dass er, wieder einmal, im Büro erwacht war und dass, falls Nuras Andeutungen der Wahrheit entsprachen, er ab sofort für noch mehr verdammte Kleinigkeiten alleine zuständig sein würde.

Sehr schnell war aus den Andeutungen Nuras Gewissheit geworden. Vorbereitet für den Tag, unterbrach er plötzlich sein kleines Frühstück, um in den Nebenraum zu gehen, zu jenem Gerät, das Boris hätte fertigstellen sollen. Er fand eine Notiz auf einem kleinen Papierbogen, der mit dem Schraubenzieher am Gerät festgesteckt worden war.

Sorry, Mirko, ich muss mich um meine kleine Schwester kümmern und hoffe sie zu finden, ich habe große Angst um sie. So kurzfristig, dass ich nicht mehr mit dir sprechen konnte. Bitte habe dafür Verständnis. Boris.

Das war's ja wohl, dachte sich Mirko. *Was soll ich von mir, von der Gesellschaft und dem ganzen Rahmen, in dem ich mich bewege, halten, wenn ich nicht mitbekomme, dass sich so etwas anbahnt? Verdammt, Boris Micic, du hast mich reingeritten. War ich in den vergangenen Jahren doch immer der Meinung, dass so was wie Freundschaft zwischen uns besteht.*

Er war wütend auf sich selbst geworden, hatte den Zettel genommen und nicht weiter gefrühstückt, um auf direktem Weg das Chefbüro aufzusuchen.

„Mirko, was ist passiert?“, rief ihm die Sekretärin entgegen, die seine Erregtheit und die wütenden Augen sah, als er ungestüm ins Büro rauschte.

„Guten Morgen, Selma, das ist los“, war seine Bemerkung. Er reichte ihr die Mitteilung von Boris.

„Das sieht ja nicht gut aus, ich weiß, wie lange ihr täglich gearbeitet habt, wie soll es möglich sein, wenn du nur noch alleine bist. Warum hat er nicht wenigstens das ihm noch zustehende Geld vorher geholt?“

„Alleine weiterzumachen, das ist überhaupt nicht möglich. Der Chef soll sich überlegen, welchen jungen, technisch begabten Mediziner, möglichst ohne zwei linke Hände, er mir zur Seite stellen kann. Ohne funktionierende Geräte und Maschinen haben die Ärzte, mit denen noch zu rechnen ist, demnächst wenig zu tun. So sieht es aus. Dass ich nicht irgendeinen Heimwerker beschäftigen kann, liegt auf der Hand.“

„Klar, Mirko, ich werde das dem Chef vortragen, sobald er da ist und ihn bitten, sich bei dir zu melden. Hast du schon etwas von Jelica gehört?“

„Ja, einmal konnten wir kurz telefonieren. Sie ist mit den Kindern bei meinem Bruder in Deutschland. Was so nicht geplant war.“

„Das ist gut, dort ist sie sicher. Wie lange wird sie bleiben?“

„Sie hat doch gar keine Chance zurückzukommen. Nicht einmal ohne die Kinder und das nervt mich zusätzlich.“

„Mirko, es wird schon. Jelica fühlt bestimmt ähnlich. Es sind Tausende Familien auseinandergerissen. Wie muss sich eine Frau mit kleinen Kindern fühlen, die ins Ausland fliehen musste, während ihr Mann beim Militär ist?"

„So hoffnungslos war ich lange nicht. Es zeichnen sich keine Perspektiven ab. Weder hier im Haus noch privat."

„Das ist so, und an den Rädern, die das ändern könnten, drehen andere. Mirko, lass den Kopf nicht hängen. Es ist kein Trost, trotzdem, denke an die vielen, denen es noch mieser geht und die uns hier im Haus täglich begegnen."

„Ich versuche das schon lange, Selma. Und noch intensiver, seit Jelica weg ist. Heute sind es genau vierundvierzig Tage. Lass mich an die Arbeit gehen, bevor ich ausraste. Tschau."

„Komm noch einmal kurz vorbei, sobald ich den Chef informiert habe. Ich bin gespannt, was ihm dazu einfällt."

„Ist schon gut, er soll mich, sobald er Zeit hat, rufen lassen, tschau, Selma."

Mirko verließ das Büro und ging zur Treppe, die nach oben führte. Er wollte nicht in dumpfer Brüterei im Basement sitzen und auf einen *Lichtstrahl* warten. Immer zwei Stufen auf einmal nehmend, ging er hinauf, um hinüber in die Neurochirurgie zu kommen. Kurzfristig Stanka, der besten Freundin seiner Tochter, einen Besuch abstatten. Das würde ihn ablenken.

Beim Betreten des Krankenzimmers sah er das Mädchen Notenblätter studierend im Bett sitzen. Der Raum war nur noch mit vier Betten belegt. Zwei ältere Patientinnen schliefen, im vierten Bett lag ein kleineres Mädchen mit total verbundenem Kopf, an dem nur ein Auge sichtbar war, mit dem sie interessiert allem zusah.

„Stanka, guten Morgen. Wie geht es dir heute?", rief Mirko ihr mit gespielter Leichtigkeit zu.

„Nach deinem Aussehen zu beurteilen, scheint bald alles wieder in Ordnung zu sein? Oder täusche ich mich?"

Er ging auf sie zu und umarmte sie. Stanka erwiderte die herzliche Begrüßung und strahlte ihn an.

„Herr Amata, ich freue mich, dass Sie heraufgekommen sind. Ja, mir geht es wieder sehr gut nach dem Rückschlag und der Entzündung. Morgen soll ich, sofern der diensthabende Doktor grünes Licht gibt, endlich nach Hause dürfen."

„Ich freue mich für dich, Stanka. Wer wird dich abholen? Alleine kannst du nicht gehen."

„Nein, gewiss nicht. Meine Mama und meine Tante wollen kommen, sofern es draußen nicht zu gefährlich ist. Sonst müssen sie warten, bis es dunkel und trübe wird, und das macht mir nichts aus. Hauptsache nach Hause. Haben Sie etwas von Anka gehört? Hat sie es gut an der Adria?"

„Ja, sie hat es jetzt gut. An der Adria war ein längerer Aufenthalt geplant und dass meine Frau bald zurückkehrt. Daraus wurde nichts."

„Warum, was ist passiert?"

„Die Verwandten hatten schon die Pferde gesattelt, besser gesagt, ihr Boot bereit gemacht, um nach Italien zu fahren. Schräg hinüber nach Manfredonia. Mein Schwager kommt aus Italien. Dort konnte und wollte meine Frau mit den Kindern nicht bleiben, weil nicht abzusehen war, was die italienischen Behörden auf Dauer verlangen würden. Du weißt, dass sie zwar Deutsch, aber nicht Italienisch sprechen können. Mein Bruder hat sie nach Deutschland geholt. Immer in der Hoffnung, dass dieses Drama bald ein Ende haben wird."

„So weit weg ist sie, kann ich Anka dort erreichen?"

„Sobald die Telefone wieder gehen, bestimmt. Per Post, mit einem Brief, das wird zurzeit nicht funktionieren, weil nichts mehr funktioniert. Es könnte über das Rote Kreuz möglich sein. Ich werde dir morgen, sobald ich hier bin, Anschrift und Telefonnummer heraufbringen."

„Das freut mich. Ich will weiter in Kontakt bleiben, Anka von hier berichten und wissen, wie es ihr dort geht."

„Ich bin sehr froh über eure Freundschaft und die Zuneigung, die ihr füreinander empfindet."

„Es war in den zurückliegenden Jahren so gut, eine Freundin wie Anka zu haben, mit der ich über alles reden konnte und in dieser besonderen Zeit erst recht. Obwohl sie im Augenblick nicht an mein Bett kommen kann."

„Stanka, ich muss wieder an die Arbeit. Morgen schaue ich kurz rein. Vielleicht kann ich dabei deine Mama einmal begrüßen."

Mirko beugte sich zu Stanka, umarmte sie zart und verschwand, beim Hinausgehen rief er ihr ein „Bis morgen" zu.

Der Besuch bei Stanka hatte ihn positiver gestimmt. Langsam ging er hinunter in sein Büro, um die Arbeit aufzunehmen und sich mit Konzentration abzulenken. Er wollte sich nicht eingestehen, dass sein Herz keine Sprünge machte und sein Hirn vor Verlangen nach Jelica zu den klaren Gedanken, die notwendig gewesen wären, im Moment nicht befähigt war. Seit er damals in diesem Beruf begonnen hatte, konnte die Arbeit ihm Zufriedenheit und Ausgleich verschaffen. Jetzt, zu Konzentration kaum fähig, hielt er ihn für einen Scheißjob und wünschte sich, bei seinen Kindern und bei Jelica zu sein. Irgendwo in einer friedvoller Umgebung, ohne permanente Explosionen, ohne Hass und Vernichtungswillen, in Harmonie und Glück.

Er hatte zu Hause noch eine kleine Dose mit Pulverkaffee gefunden. Das inzwischen zusammengeklebte Kaffeepulver hatte er mitgenommen und musste es nun mit der Spitze seines Taschenmessers lösen. Der Inhalt teilte sich in verschieden große Klumpen. Er entnahm der Dose einen dieser Brocken, den er optisch auf zwei Kaffeelöffel schätzte, warf ihn in seinen Becher und goss sich eine nur annähernd an Kaffee erinnernde dunkelbraune Brühe auf. *Mit viel Zucker wird es gehen*, dachte er sich und gab drei Löffel davon hinzu. Nachdem sich nach mehrfachem Umrühren der Klumpen aufgelöst hatte und eine kleine Crema auf der Oberfläche erschienen war, nahm er ihn mit in den Nebenraum. Die Reparatur des Gerätes, die Boris schon begonnen hatte, musste beendet werden.

Mirko zwang sich immer wieder, konzentriert zu arbeiten. Er hatte sich vorgenommen, jene Gedanken zu vermeiden, die nichts mit seiner unmittelbaren beruflichen Tätigkeit zu tun hatten. Alle Abschweifungen zu Jelica, den Kindern, zu Nura und den vergangenen Abend wollte er vermeiden. *Das sollte mich einen Dreck interessieren, wo Boris geblieben ist. Wir sind Kollegen, ja, ein wenig Freunde. Nun aber…* es schien unmöglich, alles auszublenden, obwohl er sich vornahm, Arbeiten zu erledigen, die er seit einigen Wochen vor sich hergeschoben hatte. Was stets unerledigt blieb, belastete ihn.

Mirkos verschwundener Mitarbeiter Boris hatte sehr früh seine Wohnung in Mjetaš, knapp zwei Kilometer östlich der Klinik, verlassen und geplant, dem Hinweis zu folgen, den ihm ein alter Bekannter geben wollte. Widerwillig war er am Abend des Vortages der Einladung dieses Bekannten nachgekommen. Er hatte sich mit Boris in einem der noch existierenden privaten Clubs getroffen.

Mitten im Inferno, in einer zertrümmerten, dem Untergang geweihten Stadt, ohne Hoffnung, Perspektive, Schutz und Hilfe. Trotz Ausgangssperre trafen sich die schon feststehenden Gewinner der zerfetzten Metropole regelmäßig zu Cocktails, Essen und Geplauder, während sich der große Rest der Einwohner beim Anstehen für Brot und Wasser der Gefahr aussetzen musste, durch Heckenschützen tödlich getroffen zu werden.

„Sei mir nicht böse", hatte Boris zuvor argumentiert, „es kotzt mich an, dorthin zu gehen und diese feisten mit goldenen Kettchen behängten Idioten zu sehen. Wie sie sich über alles hermachen, was sie glauben, käuflich erwerben zu können."

„Mir gefallen die ebenso wenig. Aber nirgends gibt es so viele gute und brauchbare Informationen. Ich habe den Eindruck, dort wird über Dinge geplaudert, die sogar für die Regierung interessant wären."

„Alles Mafiosi – oben wie unten", hatte Mirko geantwortet.

Er dachte zurück an Zagreb, an sein Elternhaus und wie sehr er seinen herrischen Vater verabscheut hatte. Bei Ärger in der Landmaschinenwerkstatt war er öfter zurückgekommen und hatte seine Frau verprügelt, um sich abzureagieren.

Bis zu jenem Tag, an dem Boris sich schützend vor seine Mutter gestellt und seinen Vater, als dieser einmal voller Zorn mit einem Gewehr gekommen war, nur mit einem gezielten rechten Haken stoppen konnte. Ein Verbleiben im Elternhaus war danach nicht mehr möglich gewesen. Boris war nach Belgrad gefahren, hatte eine Mechanikerausbildung gemacht und war lange vor dem Krieg nach Sarajevo in diese Klinik gekommen.

Nun war er dieser Verabredung gefolgt. Der Bekannte wollte sich mit ihm in einem dieser Clubs treffen. Sie verbrachten dann schon mehrere Stunden in der großen Bar, in der unter anderem russische Prostituierte ihre Dienste anboten. Das Essen war gut, die Getränke und die hygienischen Verhältnisse tadellos. Wie eine friedvolle Lustinsel inmitten des Infernos. Boris fühlte sich von Anbeginn unwohl. Er wollte die Informationen, und nur aus diesem Grund blieb er, und wartete auf das Gespräch über Marica.

„Du, übrigens", begann der Bekannte endlich, nachdem sie sich lange über belangloses Zeug unterhalten hatten. „Ich habe sie gesehen, deine Schwester."

Boris hielt das für unglaubwürdig und erwiderte: „Du willst mich nicht verarschen, oder? Das Thema ist mir zu ernst, bitte lass uns die Sache seriös angehen. Meine kleine Schwester ist seit Jahresbeginn verschwunden. Dass sie nicht in Zagreb ist, habe ich erfahren. Ich hoffe nur, die bosnischen Serben haben sie nicht aufgegriffen."

„Nein, ehrlich", antwortete der Bekannte, „ich habe sie gesehen, beim Bahnhof an der Bushaltestelle."

„Das kann nicht sein, die Gegend ist zu gefährlich. Busse und Züge fahren schon lange nicht mehr. Also, was sollte sie dort, und was wolltest du dort?"

„Das weiß ich doch nicht, vielleicht wollte sie wegfahren."

„Nein, unmöglich. Ist das alles an Information, dafür sind wir hierhergekommen?"

„Mein Gott", sagte sein Gegenüber, „entspann dich doch, verdammt entspann dich und schau dir die tollen Mädchen an."

„Kannst du dir vorstellen, dass ich zurzeit andere Sorgen habe? Es geht um meine Schwester, morgen werde ich nach ihr suchen. Ich habe Angst um sie."

„Schau, dass du das selbst überlebst. Wir werden uns danach bestimmt wiedersehen. Dann musst du mir unbedingt von deiner Suche berichten."

„Ja, werde ich machen."

Nach weiterem, für Boris unsinnigem Gerede, verabschiedeten sie sich. Er musste einen großen Umweg machen, um unbeschadet seine Wohnung zu erreichen. Früh am darauffolgenden Tag machte er sich auf, um nach Marica zu suchen. Der Letzte, der ihn gesehen haben wollte, war ein Teppichhändler aus der Baščaršija, den auch Mirko seit Jahren kannte. In der Nähe des Holiday Inn Hotels wollte er Boris beobachtet haben, in ein intensives Gespräch mit einem Mann vertieft, offenbar mit einem ausländischen Journalisten, da dieser eine große Kamera umgehängt und eine schusssichere Weste getragen hatte.

VI

Teslić/Bosnien – Maricas Flucht

Boris konnte das, als er seine Wohnung und seine Arbeit verlassen hatte, um seine Schwester zu suchen, nicht wissen. Marica war im strengen Winter, kurz vor Jahreswechsel, in einer eiskalten Nacht, mit Bekannten in nördliche Richtung geflohen, um bei Verwandten Sicherheit zu finden.

Nun war sie den Soldaten, die sie wenige Wochen nach ihrer Flucht gefangen hatten, entkommen. Sechs Monate war sie an ihrem Vorhaben nach Sarajevo zurückzukehren, gehindert worden. Immer bedroht, zu Arbeit und Geschlechtsverkehr gezwungen. Sie war schwanger geworden, ihr Bauch hatte in diesen Monaten enorm an Umfang zugenommen. Der *serbische Bastard*, wie sie das in ihr wachsende Kind nannte und das sich oft mit heftigem Strampeln meldete, wollte nicht aus ihr heraus, was immer sie versucht hatte.

Zwanzig Mal war zuvor ihr Geburtstag zu Hause und später mit ihren Freundinnen in vertrauter Umgebung gefeiert worden. In diesem verfluchten Jahr war das nicht möglich. Ihr schlanker Körper war jetzt unförmig. Die dunklen, langen Haare strähnig und ungepflegt. Das Gesicht aufgedunsen und ihre Brust hatte an Gewicht und Umfang zugenommen. Die Freundinnen und die Familie weit weg. Trostlosigkeit, Einsamkeit und Wut hatten sich ausgebreitet. Sie hasste, was sie in sich trug.

Im bitterkalten Januar hatten die vier bosnischen Serben, alle in einem Alter zwischen dreißig und vierzig Jahren, sie aufgegriffen, als sie aus dem bereits brennenden Haus der Verwandten am Rande des ehemaligen Kurbades, der Banja Vrućica, geflohen war. Sie befand sich auf dem Weg ins Zentrum der Stadt, auf dem Weg ins Nichts.

Von den Verwandten war alles Greifbare hektisch in den alten Volkswagen geworfen worden, und ohne darüber zu reden, waren sie geflohen. Marica wollte nicht in dem schon total überladenen

Wagen die Flucht erneut in eine falsche Richtung versuchen. Sie zog es zurück in den Süden, nach Sarajevo. *Wie und mit wem wird sich finden*, hatte sie damals gedacht, auch wenn ihr die Strecke in den Süden zunächst als zu weit und zu unüberwindbar erschienen war. Auf dem Weg vom Kurbad, der Banja Vrućica kommend, war sie auf Teslić zugelaufen, einer Kleinstadt rund zwei Fahrstunden von Sarajevo. Wie naiv musste sie gewesen sein, sich freiwillig in einen Bereich zu begeben, dessen vollständige Okkupation durch bosnische Serben bereits lief. Sie hatte schon die halbe Wegstrecke hinter sich gebracht, als plötzlich ein Wagen neben ihr hielt. Die Männer in dem Fahrzeug waren zunächst höflich gewesen. Sie glaubte, nichts befürchten zu müssen. Innerhalb weniger Sekunden war sie in den nagelneuen Volvo gezogen und in ein Haus westlich des Usora verschleppt worden.

Dort war Marica in das heruntergekommene Gebäude, vor dem der Wagen abrupt zum Halten gekommen war, gestoßen worden. Das Tuch, mit dem sie sich gegen den schneidenden Winterwind hatte schützen wollen, wurde ihr vom Kopf gerissen. Sie nannten sie schmutzige Moslemschlampe. Alle Proteste und Hinweise auf ihre Identität und ihre kroatische Herkunft waren nutzlos geblieben.

„Sie halten sich doch für gebildete Menschen, wieso verstoßen Sie so eklatant gegen Völkerrecht und Menschenwürde? Was Sie machen, ist hochkriminell!“, hatte sie die Männer angeschrien, nachdem sie die drei ausgetretenen Stufen zum Eingang hinaufgeschubst wurde. Angewidert hatte sie vor dem Größten ausgespuckt.

„Du kennst den Paragrafen eins deines Völkerrechts, ja?“, war vom Anführer zu hören gewesen.

Kaum, dass er das ausgesprochen und dem Mann, der mit dem Autoschlüssel spielte, zugenickt hatte, war ihr brutal ins Gesicht geschlagen worden. Taumelnd hatte sie sich am Türpfosten fangen können.

„Aber, Buca, man schlägt doch eine so schöne Lady nicht, jedenfalls nicht so heftig“, war eine eher scherzhafte Zurechtweisung gewesen.

„Yes, Sir", war als Antwort, wie auf dem Drillplatz, gekommen, „es darf uns aber keiner beleidigen, das ist unser Paragraf eins."

Ob dieses Gesülze der Überzeugung entsprang, oder als Zeichen von Unterwürfigkeit, es schien jedenfalls der allgemeine Umgangston zu sein.

„Erzähl mal, wo hast du denn deine Schlauheit her?", wollte der Anführer wissen, während sie weiter in den Hausflur geschubst wurde. Nach längerem Schweigen hatte sie es vorgezogen zu antworten.

„Ich habe zuerst in Zagreb und danach auch in Sarajevo studiert."

„In Sarajevo hat sie studiert. Da unten bei den Hurensöhnen wird bald keiner mehr studieren, weil nichts mehr da sein wird, keine Universität und keine Studenten, von den beschissenen Professoren sowieso niemand. Das ist der Grund, warum du hierbleiben wirst, solange wir das wollen, verstanden? Es würde dir dort unten sowieso nicht mehr gefallen, glaub's mir. Und du kannst unsere Gemeinschaft positiv erweitern. Mit einem kleinen wunderschönen Serben. Ein Junge wird das bestimmt und schön wird er, bei dieser Mama. Es muss dir eine Ehre sein, einem Serben das Leben zu schenken."

Während sie danach in den großen Hauptraum gegenüber dem Eingang gedrängt wurde, hatte sie geschwiegen. Die Struktur der Gruppe wurde ihr bald danach klar. Einer, den sie Pukovnik nannten, was dem militärischen Rang eines Oberst der JVA gleichkam, war der Chef. Die anderen ließen weder Dienstgrade erkennen noch zeigten sie sich in Uniformen. Sie bewegten sich gegenüber dem körperlich wesentlich stärkeren Offizier in erbärmlicher Demut und stets devoter Haltung.

Das Haus und alle Räume darin waren verwahrlost, ungepflegt und es schien, als seien die Besitzer schon vor längerer Zeit geflohen oder liquidiert worden. Im großen Wohnraum, der zugleich Küche war, altmodisch, sehr rustikal, abgewohnt und schmuddelig, gab es nur den Kochherd als Heizung. Es blieb von Anfang an dem Anführer überlassen, mit ihr, unter dauernden Androhungen, zu schlafen und ihr den Rang einer *Ehefrau auf Zeit* zu geben. Es war ihr innerhalb der ersten Stunden klar geworden, dass man sie, würde sie nicht kooperieren, *abschaffen* könnte. Man würde sie in den Fluss werfen, in ein Gebüsch, vielleicht einfach in den Abfall, unbemerkt und unauffällig. Falls irgendjemand zufällig irgendwann ihren toten Körper entdeckte, würde er kaum Notiz davon nehmen.

Und, das wurde immer wieder angedeutet, es bestünde auch die Möglichkeit, sie zu einer ganzen Kompanie zu bringen, zum Beispiel nach Zvornik. In ein Lager, in dem sehr viele Mädchen und Frauen Massenvergewaltigungen über sich ergehen lassen mussten. *Ethnische Verunreinigungen* nannte es ein Journalist, der sich nicht nur ansatzweise tatsächlich damit auseinandergesetzt hatte.

Angewidert und ohne Reaktion hatte sie die wiederkehrenden Drohungen, Demütigungen und Brutalitäten über sich ergehen lassen.

„So viel Spaß in einer einzigen Nacht bei den Kameraden. Du kannst es dir nicht vorstellen. Danach sind wir ganz sicher, dass du das Kind eines Serben zur Welt bringen wirst. Was wir anschließend machen werden, wird geklärt, sobald der Wurf gelungen ist", wurde ihr unter zynischem Gelächter der Gruppenmitglieder angedroht.

Sie hatte in den ersten Nächten heftig Widerstand geleistet und damit die Gier ihres starken Peinigers umso mehr angefacht und, schließlich resignierend, sich diesem Schicksal auf Zeit, so ihre Hoffnung damals, ergeben. Alle anfallenden Arbeiten im Haus und für die Gruppe mussten von ihr verrichtet werden. Vom Verlassen des Schlafraums am Morgen, in dem sie jede Nacht mit dem Anführer zwangsweise verbrachte, bis spät am Abend, war ein Bewacher an ihrer Seite.

Sie war gezwungen worden, ihr Essen an einem kleinen Abstelltisch neben der Spüle einzunehmen. Ununterbrochen kreisten ihre Gedanken, sie dachte über Fluchtmöglichkeiten nach, suchte nach einer Chance, der unerträglichen Situation lebend zu entkommen. Keiner, außer dem Anführer, kam ihr über eine gewisse Distanz hinaus näher. Sie war des Führers Beute und dies ausschließlich. So kam, was kommen musste. Willenlos und vermeintlich angepasst, ertrug sie über Monate die wenig fantasievollen Begrapschungen und widerlichen sexuellen Akte in der Nacht. Zumeist alkoholisiert und stinkend war er immer und immer wieder angekrochen gekommen.

Als Studentin hatte sie einen Kommilitonen kennen und lieben gelernt. Sie waren nur wenige Monate ein Paar gewesen und es blieb nur die Möglichkeit, zweimal eine halbe Nacht zusammen verbringen zu dürfen, bis ihren Geliebten eines Tages der Einberufungsbescheid erreichte, der ihn kurzfristig zum Militär zwang. Lange hatte sie gelitten und sich in Sehnsucht verzehrt. Die mit Romantik und Zärtlichkeit behafteten Erinnerungen waren Inseln der Hoffnung in dieser Situation. In dem schmuddeligen kalten Haus, mit Gewalt und Vergewaltigung, hatten ihr die intensiven Gedanken an diesen jungen Mann und an die kurze und schöne Zeit zu Kraft verholfen.

Dann war das offenbar Unvermeidbare geschehen. Von dem feisten Offizier war sie geschwängert worden. Zunächst hatte sie versucht, den Zustand, solange es nur möglich war, zu verheimlichen. Bis zu dem Zeitpunkt, als ihr Leib so sehr an Umfang zugenommen hatte, dass es nicht mehr heimlich bleiben konnte.

Ihr Vergewaltiger entdeckte eines Morgens, wieder leidlich nüchtern, ihren dicker werdenden Bauch, streichelte ihn und freute sich. Es war nicht ersichtlich, ob diese Freude seiner bestätigten und sichtbaren sexuellen Kraft oder der Tatsache eines bevölkerungspolitischen Gewinns für die angedachte bosnisch-serbische Republik zu schulden war.

Marica prägte sich im Laufe der Zeit den immer gleichen Rhythmus der Gruppe ein. Zu bestimmten Zeiten ließ sich der Chef in Uniform zu einem militärischen Treffpunkt fahren, von dem sie nie erfahren konnte, wo er war und worum es dabei ging. Ein Zweiter begleitete ihn dabei als Bodyguard, sie nannten ihn Adjutant. Er trug stets, in einer Art Watschelgang, die Aktentasche hinter seinem Chef her. Dabei sah er noch wesentlich dämlicher aus als am Tisch. Dort stopfte er das Essen in solch unerzogener Weise in sich hinein, dass Marica immer wieder ein großer Brechreiz befiel. Ihre Übelkeit war von der Gruppe auf die Schwangerschaft zurückgeführt worden. Dies gestattete ihr, sich noch weiter abseits zu begeben, nicht immer am Essen teilnehmen zu müssen und weitere Fluchtpläne zu schmieden.

Die Zeit verging, Marica hatte sich wiederholt auf der Treppe zum hinteren Ausgang fallen gelassen. Das Kind, das sie nicht wollte, blieb ihr, und auch die blauen Flecken dieser Stürze waren längere Zeit sichtbar gewesen. Dem *Vater eines neuen Serben,* wie der Anführer sich nannte, kam das komisch vor. Er war misstrauisch geworden und aufmerksamer. Er sah einmal, eher zufällig, dass sie einen Sturz provozierte und schlug ihr danach so heftig ins Gesicht, dass die Wangen über das Jochbein hinaus blau anliefen.

In der Folge wurde sie vorsichtiger, versuchte trotzdem mit allem möglichen Zeug abzutreiben. Ab Mai war klar, dass das Kind eine Größe erreicht hatte, bei der eine zwanghafte Abtreibung ihr Leben gefährdet hätte. Einige Wochen später bot sich ihr unerwartet die Möglichkeit zur Flucht in Richtung Sarajevo.

Beim Einkauf war der Bewacher, der sich mit einem Zuviel von Essen und Wein den Magen verdorben hatte, auf der Suche nach einem WC. Er blickte bei seinem wiederholten Lauf in Richtung Toilette immer wieder zurück, um sie im Auge zu behalten. Unauffällig war sie trotzdem mit einem bärtigen Händler ins Gespräch gekommen. Der Bärtige hatte sie höflich lächelnd gegrüßt. Er war voller Ruhe, vertrauenerweckend und so ganz anders als die Männer der militärischen Gruppe. Sie ging das Risiko ein und vertraute sich ihm an.

„Bitte, ich werde gegen meinen Willen von diesem Mann und drei weiteren Männern festgehalten, ich muss fliehen. Können Sie mir eventuell helfen?"

„Pass auf", erwiderte der Händler, „ich fahre mehrfach im Monat Richtung Süden und habe die Unterstützung und Deckung einiger hoher Offiziere. In der kommenden Woche muss ich Fässer und anderen Kram transportieren. Jede Fahrt ist gefährlich, geht aber nicht anders. Falls du willst, nehme ich dich versteckt mit. Dann hoffen wir, dass wir es heil durch diese verdammte Front schaffen."

„Wie soll ich aus dem Haus kommen?"

„Kennst du dich hier aus?"

„Ein wenig, ein paar Mal war ich hier, vor dem Krieg."

„Gut, mein kleiner Lastwagen ist dunkelgrün angestrichen. Ich habe gesehen, ihr kommt immer am gleichen Tag zum Markt. In der Hoffnung, dass dies auch in der nächsten Woche so sein wird, werde ich den Wagen, mit laufendem Motor, so stellen, dass es nur wenige Meter bis zu den Marktständen sind. Du kannst das nicht übersehen. Sobald dein Bewacher seine Hand einmal nicht gerade auf dir liegen hat, springst du zu mir in den Wagen, ich gebe Gas und wir sind weg."

Marica erwiderte voller Angst: „Sollten die zuvor etwas merken oder andere Probleme auftauchen, werden sie mich liquidieren, weil ich hochschwanger bin und jetzt nur noch als Putzfrau benötigt werde."

„Hab keine Angst, es wird gehen."

Sie sah ihren Aufpasser auf der gegenüberliegenden Straßenseite zurückkommen, drehte ihren Körper etwas von dem Bärtigen weg und bedankte sich bei ihm durch die Zähne sprechend, wie ein Bauchredner.

„Danke, vielen Dank, Sie sind meine Rettung."

Der Begleiter näherte sich und schrie: „Verdammt, hast du nun endlich alles, Zeit war ja wohl genug?"

Sie lächelte ihn an. Mitleid vortäuschend sagte sie zu ihm: „Geht es dir nun etwas besser? Du musst dir tüchtig den Magen verdorben haben."

„Ja, was sonst?", kam es zurück.

Einen vollen Korb und einen großen, aus Sackleinen gefertigten Beutel schleppend ging sie vor ihm zurück zum Wagen. Und wieder dachte sie nur an Flucht. Was wäre, würde sie Korb und Beutel fallen lassen und so schnell wie möglich davonrennen? Er würde über die Behältnisse stolpern, vielleicht der Länge nach auf die Straße stürzen und sie nicht mehr einholen. Die schlimmere Version: Er könnte über die verstreuten Lebensmittel springen, sie mit seinem trainierten Körper erreichen, zusammenschlagen, ins Auto zerren und zurückfahren. Und dann? – Sie verwarf den Gedanken und versuchte sich auf den Termin in der darauffolgenden Woche zu konzentrieren. Auf die Flucht im grünen Auto, mit einem bärtigen Mann mittleren Alters, den sie nicht kannte und von dem sie nicht wusste, wo er sie abliefern würde, während ihr Bewacher abgelenkt war.

Der Termin kam, alles lief nach Plan. Sie hatte einen großen Topf mit leckerem kroatischem Eintopf bereitet. Die Männer saßen schmatzend, schlürfend und Zoten reißend um den Tisch, während sie Übelkeit vortäuschend, nicht aß und unablässig Wein in die Gläser der Männer goss.

„Warum isst du nicht und trinkst nichts? Und überhaupt passt es mir nicht, dass du dich von Männern in der Stadt anquatschen lässt, es passt mir nicht. Ich erfahre alles, sogar deine Gedanken. Also, versuch nie, mich reinzulegen."

Der biologische Vater ihres heranwachsenden Bastards war übel gelaunt. Trotzdem ließ er sich mürrisch den Eintopf schmecken und spülte mit viel Wein nach.

„Das hat nichts zu sagen", erwiderte sie. „In meinem Zustand ist Alkohol schlecht. Du willst doch, dass ich einen gesunden Serben zur Welt bringe und keinen Behinderten?"

„Halt die Klappe", kam es von der Bank, auf der Fahrer und der Anführer saßen. Bis auf den letzten Tropfen leerten die Männer die bereitgestellten Flaschen. Nachdem der erste Kopf betrunken auf die Tischplatte krachte, erhob sich der Offizier und befahl Bettgang.

„Bettzeit, Schluss jetzt!"

Sich zu Marica umdrehend, sabberte er noch kaum verständlich: „Du lässt das alles stehen und kommst mit."

Marica nicke und begleitete ihn ins Schlafzimmer am Ende des Flurs, in dem ein aus einer Villa geraubtes, großes Bett mit exklusiver Messingumrahmung stand und neuerdings ein kleiner Heizofen, der mit Kerosin betrieben werden konnte. Hier hatte er das Kind gezeugt und sich selbst in dem großen Spiegel, den er an der Zimmerdecke hatte anbringen lassen, bei Intimitäten zugesehen. In diesem Raum hätte sie längst eine Möglichkeit gefunden, ihn ins

Jenseits zu befördern oder wenigstens kampf- und bewegungsunfähig zu machen, wäre sie nur einmal mit ihm im Haus alleine gewesen. Im Schlafzimmer riss er ihr, nachdem er seinen feisten Körper entkleidet hatte, torkelnd die Oberbekleidung vom Leib, strauchelte und fiel quer übers Bett. Er rief noch: „Leg dich!"

Sie ließ sich neben ihn fallen. Beim Versuch, seine Hand auf ihre linke Brust zu legen, nahm sie den Arm am Ellenbogen und warf ihn zurück auf seinen Körper. Klatschend schlug er auf und ein lautes Schnarchen erfüllte den Raum.

Am nächsten Tag, dem Markttag, hatte sie sich unbemerkt mit mehrfacher Kleidung versehen und alles übereinander angezogen. Am Markt angekommen, sah sie bei ihren verschiedenen Einkäufen aus der Deckung heraus, den kleinen, grünen Lastkraftwagen. Ihr Begleiter war erneut nicht wirklich nüchtern vom Übermaß des roten Weins und passte nicht auf sie auf. Ihr den Rücken zukehrend, unterhielt er sich mit einer Marktfrau, die er offenbar kannte. Die war, als er auf sie zutrat, einen Schritt zurückgewichen, so sehr musste der Alkoholatem sie irritiert haben. Marica ließ Korb und Jutesack vor dem Kühler eines abgestellten Wagens langsam auf den Boden gleiten, ging wenige Schritte rückwärts, drehte sich blitzschnell um und rannte auf den kleinen Lastkraftwagen zu. Der Fahrer hatte sie gesehen und schob die Tür auf der Beifahrerseite mit dem Fuß auf. Marica sprang hinein, schlug die Tür zu, als der Wagen schon rollte. Der Bärtige fuhr mehrfach durch einige schmale Straßen innerhalb des historischen Ortes und kam danach zur Karadordeva, der großen Ausfallstraße in Richtung Süden.

„Bis Zenica sind es circa 75 Kilometer. Ich kenne die vielen Bereiche, in denen es brenzlig werden könnte, zuvor verstecke ich dich hinten. Hab keine Angst."

Nach einigen konzentriert gefahrenen Kilometern wollte er wissen: „Was bist du denn wirklich? Kroatisch, Muslim oder was? Erzähl mal, was und warum du in diese Situation gekommen bist. Ist das Kind von einem der Männer, die dich eingesperrt hatten?"

„Ja, vom Anführer. Er hielt mich für muslimisch, meine Eltern sind Kroaten. Er wollte mir unbedingt die Schande eines serbischen Bastards aufdrücken. Ich habe oft versucht, das Kind loszuwerden und mich absichtlich stürzen lassen. Ich weiß nicht, was die getan hätten, wenn es mir gelungen wäre."

„Was zum Teufel brachte dich hierher, und übrigens, serbische Kinder sind wie alle anderen. Nur, was die Erwachsenen aus ihnen machen und wie sie die Unschuld beim Großziehen verbiegen und zur Schuld degradieren, das unterscheidet sie im späteren Leben."

„Mir war nicht bewusst, dass der Krieg so schnell hier ankommen würde. Meine Verwandten ergriffen die Flucht, das Haus brannte schon. Ich war, bevor ich kam, der Meinung, hier sicherer zu sein als in Sarajevo. Das war einer meiner schlimmsten Irrtümer. Aber in Sarajevo erschießen sie rücksichtslos die Menschen, sobald sie nur vor die Tür gehen."

Sie streckte ihm die Hand hin: „Ich bin Marica."

Er ergriff die Hand und sagte nur „Miloš, schau dich um, die Häuser und Wohnungen aller Nichtserben sind weitgehend zerstört, das weißt du. So unvorsichtig darfst du nie wieder sein, es könnte dich das Leben kosten."

„Ich pfeif auf das Leben. Das Kind eines serbischen Vergewaltigers austragen ist kein Leben. Ich will es loswerden."

„Du versündigst dich, ist dir das klar? Am wenigsten Schuld hat das Kind. Ich hoffe, du kommst zu anderer Einsicht und bist eine gute Mutter. Pass auf, ich kann heute nur bis Zenica fahren. Weiter Richtung Süden kann es noch wesentlich gefährlicher werden als es hier oben ist. Ein gutes Stück vor Zenica musst du nach hinten umsteigen. Du versteckst dich zwischen dem zweiten Fass und der Kiste. Ich hab das schon so hingerichtet. Vor Zenica hole ich dich wieder heraus. Wir werden in Zenica zuerst Bilmišće erreichen, dort bei der Kaserne, musst du aussteigen."

Marica lächelte ihrem Retter dankbar zu. Sie wusste nicht, was sie davon halten sollte. Er begab sich in Gefahr, um einer schwangeren Kroatin zu helfen, ohne Gegenleistung, das konnte so nicht sein. Dass er kein Muslim war, wurde für Marica an dem Kreuz erkennbar, dass am Rückspiegel baumelte. Was war er wirklich?

Als er den Wagen anhielt, um sie in das Versteck kriechen zu lassen, nahm sie ihren Mut zusammen, um ihn zu fragen: „Miloš, was bist du, warum hilfst du mir? Muslim bist du auch nicht, das weiß ich inzwischen."

„Nein", entgegnete er. „Muslim bin ich nicht. Ich bin nur ein einfacher Mensch und ein orthodoxer Priester. Mein Glaube sagt mir, dass alle Menschen gleich sind und dass es nur einen Gott gibt, egal wie wir ihn bezeichnen, und dass ich verpflichtet bin, Menschen zu helfen, die meiner Hilfe bedürfen. Und nun steig bitte um."

Sie war perplex, verstört und sprachlos. Er half ihr über die Bordwand, um zu dem leeren Fass zu kommen. Im Halbdunkel, frierend und auf einer stinkenden Decke verharrend, dachte sie darüber nach, wie sie sich dankbar erweisen könnte. Während der Fahrt schloss sie die Augen, um durch den Spalt, durch den sie die Landschaft vorbeihuschen sah, die fürchterlichen Zerstörungen nicht sehen zu müssen, die links und rechts der Straßen angerichtet worden waren. Kein Haus, kein Geschäft war verschont geblieben. Unter den Trümmern mussten Berge toter Menschen und Tiere liegen. Nach wenigen Kilometern waren Schüsse und Granatfeuer zu hören, sie bekam panische Angst. Angst um sich und Angst um den Mann im Führerhaus, der auf dieser kurzen Wegstrecke ihr Leben gerettet und begleitet hatte.

Ohne nur einmal angstvoll und den offenbar vorhandenen Gefahren ausweichend, fuhr er mit gleichbleibender Geschwindigkeit weiter. Es erschien endlos weit. Die Schüsse und das Bersten der abgefeuerten Granaten wurde schwächer. Miloš nahm den Fuß vom Gas, hielt an, kam nach hinten und klopfte auf das Versteck.

„Weißt du, wo wir jetzt sind, schau dich um."

„Nein, wahrscheinlich kommt jetzt Zenica."

„Bald ja, aber pass auf. Das Sicherste für dich, weiterzukommen, ist Folgendes. Sobald wir da sind, ich meine in Zenica, wo du aussteigen musst, gehst du hinüber zu dem niederländischen Blauhelmsoldaten vor der Kaserne. Die haben dort ein Auslieferungslager und müssen in alle Richtungen fahren. Du bleibst so lange stur, bis sie dich nach Sarajevo mitnehmen. Offiziell dürfen die das nicht, tun das aber immer wieder und haben manchen Ärger damit. In Sarajevo verlässt du das Fahrzeug weit vor der Miljacka, im Norden, gleich wo. Achte darauf, dass dort keine Tschetniks sind und gehe nicht zu weit zum Fluss und ins Zentrum hinunter, die knallen dich sonst ab. Was wirst du tun? Gehst du nach Hause, wer ist da bei dir daheim?"

„Meine Eltern leben jetzt in Zagreb. Das heißt, jetzt nur noch meine Mutter. Mein Vater ist freiwillig zum Militär gegangen, Ich habe Schreckliches von ihm und seiner Einheit gehört. Sie sollen sich verhalten haben wie bosnische Serben einer Sondereinheit. Er soll in Stupni Do an einem Massaker beteiligt gewesen sein. Meine Mutter tut mir sehr leid. Ich werde zuerst meinen Bruder besuchen, der arbeitet in einer großen Klinik. Dort hoffe ich, dass sie mir den Balg wegmachen."

„Mein liebes Kind", antwortete der Bärtige und schob sie nach vorne zur Tür der Beifahrerseite, „ich hoffe, du wirst gesund und dankbar in Sarajevo ankommen, sei großzügig. Sei eine gute Mutter. Gib dem Leben eine Chance, es wird über fünfzig Prozent kroatisch sein, denk darüber nach", gab er lächelnd zu verstehen.

Auf diesen Einwand schwieg sie, in der Überzeugung, sich dem serbischen Zwang nicht zu beugen. Nach weiteren zwanzig Minuten ohne Zwischenfall erreichten sie Bilmišće und stiegen beide aus. Sie verabschiedete sich herzlich, und in einem Anflug von Sentimentalität gab sie ihm einen Kuss auf den grauen, zotteligen Bart.

„Auch dir viel Glück, schade, dass wir uns nicht unter anderen Umständen getroffen haben."

Er stieg wieder in seinen kleinen grünen Lastwagen. Nachdem er das Fenster heruntergekurbelt hatte, rief er noch: „Vielleicht sehen wir uns ja einmal wieder. Und pass auf dich und vor allem auf das Kind auf."

Er legte den Gang ein, gab Gas und verschwand in einer Seitenstraße. Marica stand ratlos an der Säule einer zerschossenen Tankstelle, an der er sie hatte aussteigen lassen. Sie versuchte sich zu orientieren, als plötzlich eine heftige Schießerei mit Gewehrfeuer begann, nah und gefährlich. Sie rannte zu dem zerbombten Serviceraum der Tankstellenstation und drückte sich an eine Wand. Mit der gleichen Abruptheit, mit der es begonnen hatte, trat nach wenigen Minuten wieder Ruhe ein. Langsam ging sie, immer nach vermeidbaren, unerwarteten Begegnungen schauend, auf die Kaserne und den Wachhabenden zu, der vor dem Eingang ruhig in einem Häuschen stand. Dort verlangte sie in englischer Sprache, mit dem Vorgesetzten zu sprechen. Der Posten schaute sie ungläubig an, schüttelte mehrfach den Kopf, als habe er keine Ahnung, wovon die junge Frau redete.

Nach einer Weile telefonierte er, ein junger Offizier erschien, hörte sich ihre Geschichte an und verschwand wieder. Nach längerem Warten kam ein älterer Offizier zum Tor, und in ihrer Sturheit, nach der Schilderung ihrer vergangenen Monate, schaffte sie es, dass sie einen Raum in der Kaserne abseits der Mannschaftsunterkünfte belegen konnte. Sie gaben ihr Bettzeug und Handtücher und boten ihr an, eine Nacht zu bleiben und gestatteten ihr sogar, sich zu duschen. Schon auf dem einfachen Militärbett liegend und mit zwei Wolldecken, die das UN-Emblem trugen, bedeckt, klopfte es an der Tür. Zwei sehr junge Soldaten erschienen und brachten ein Tablett mit einer Schale breiiger Suppe, in der zwei dünne Würstchen schwammen.

Am Morgen danach, es regnete ununterbrochen, der Himmel war zugepackt mit Regenwolken, wartete sie, bis der diensthabende Offizier erschien. Er bat sie, mitzukommen in sein Büro, dort erklärte er, dass dies der Rest an Wohltätigkeit gewesen sei und er sie jetzt auffordern müsse, das Militärgelände umgehend zu verlassen. Sie protestierte heftig und verlangte, mit einem Transport nach Sarajevo fahren zu dürfen. Der Offizier verneinte mehrfach, sie schrie ihn laut in Serbokroatisch an und war sehr überrascht, als sie bemerkte, verstanden zu werden.

„Sie werden mich nicht los in die Ungewissheit. Wollen Sie Ihr Gewissen mit zwei Leben belasten? Sie wissen ganz genau, dass ich alleine nie eine Chance habe, nach Sarajevo zu kommen. Ich werde hierbleiben, und sollten Sie mich mit Gewalt hinauszwingen, dann werde ich mich so heftig wehren, dass mein serbischer Bastard Ihnen vor die Füße fällt, haben Sie das verstanden?"

So sprachlos hatte sie selten einen erwachsenen Mann gesehen. Er antwortete in ihrer Sprache: „Das werden wir sehen", und verschwand. Sie ging zurück in den Raum, in dem sie die Nacht verbracht hatte, und wartete erneut. Weitere drei Stunden waren vergangen, als sie immer noch wartend in dem zugewiesenen Zimmer auf dem alten Feldbett saß. Plötzlich klopfte es heftig. Ein junger Offizier riss die Tür auf und rief in den Raum: „Mitkommen!" In diesem Ton hätte er noch *zum Erschießen* anfügen können, das hätte gepasst.

Er führte sie hinaus, sie überquerten einen großen Platz und gingen um zwei Lagerhäuser herum, auf einen beladenen Lastkraftwagen zu, dessen Motor bereits lief. In diesem Wagen saßen, abreisebereit auf der vorderen Bank, der Fahrer und zwei weitere Soldaten in Uniformen und hellblauen Helmen und auf der Rückbank ein weiterer in gleicher Uniform.

„Steigen Sie ein", rief der junge Offizier „und tun Sie absolut nur, was die Kameraden Ihnen befehlen, nicht mehr und nicht weniger. Sollte Ihr Verhalten etwas Unvorhergesehenes provozieren, sind die Soldaten berechtigt, Sie, egal wo, aus dem Fahrzeug zu werfen. Ich wünsche gute Fahrt." Dem Fahrer rief er zu: „Hevelhoff, Standortmeldung, ist das klar."

Der Offizier vor dem Wagen und die Soldaten im Fahrzeug hoben die Hände an die Helme und grüßten. Der Wagen fuhr stotternd an und aus dem Militärgelände hinüber auf die Schnellstraße in Richtung Süden.

Der Fahrer sagte nach wenigen Kilometern: „Wir werden eineinhalb Stunden brauchen und lassen Sie im nördlichen Teil Sarajevos, auf der Alipašina, dieser großen Straße südlich der Olympiaanlagen, aussteigen. Dort haben Sie, hoffentlich, nichts mehr zu befürchten."

Marica, ganz gedankenverloren, hatte nicht zugehört und schaute den Fahrer von schräg hinten so fragend an, dass dieser den Satz wiederholte.

„Danke", erwiderte sie, nachdem sie es verstanden hatte, „das ist gut, danke."

Wie schon auf der Fahrt nach Zenica, zogen die zerstörten Dörfer mit ihren bizarren Ruinen und ausgebrannten Häusern, bei strömendem Regen, am Fahrzeug vorüber. Auf der ganzen Strecke konnte sie bewusst nur zwei alte Frauen wahrnehmen, hin und wieder ein totes Tier auf einem verwahrlosten Gehöft, und immer wieder stehendes und rollendes Militär auf den Nebenstraßen. Als sie näher an Sarajevo kamen, schlug ihr Herz heftig.

Die Blauhelme wollten sich nicht weiter in die Karten schauen lassen, öffneten am angekündigten Ort wortlos die Tür zur hinteren Sitzreihe und ließen sie aussteigen. Nur der Fahrer rief ein „Alles Gute" in Englisch hinterher. Der Kraftwagen entfernte sich rasch und Marica stand im Regen auf dem die breite Straße begrenzenden Bürgersteig. Trotz der widerlichen Umstände war sie froh, angekommen zu sein. Angekommen in dieser Stadt, in der sie gelebt und in der sie als Studentin eine kurze, aber unbeschwerte und glückliche Zeit gehabt hatte. In der die Menschen gewesen waren, denen sie vertrauen konnte, die Zuneigung und Zärtlichkeit gaben und erhalten durften.

Völlig durchnässt lief sie die wenigen Kilometer weiter Richtung Süden, hinunter auf den Mali Park zu und bog ab zur Klinik, in der sie hoffte, ihren Bruder bei der Arbeit anzutreffen. Am Empfang angekommen, sah sie, dass der Pförtner, den sie im Beisein ihres Bruders einmal gesehen hatte, nicht im Dienst war. Sie ging trotzdem auf das Häuschen zu und sprach den dort sitzenden Mann an.

„Guten Tag, bitte, ich möchte zu Boris Micic."

„Den habe ich heute noch nicht gesehen."

Er musterte sie auf Vertrauenswürdigkeit und Ungefährlichkeit, man konnte ja nie wissen. Vielleicht hatte sie eine Bombe vor ihren Bauch geschnallt, weil er so dick war? Sein Misstrauen schwand, nachdem er sich überzeugt hatte, dass sie tatsächlich schwanger war. Er bat sie ins Untergeschoss zu gehen, und falls sie nicht weiterkäme, noch einmal zu fragen. Dort, im Büro oder in der Werkstatt auf der rechten Seite, wisse man Bescheid.

Mit einem leisen „Danke" wandte sie sich dem Eingang zu, durchschritt die Halle, an den vielen, bis zum Ausgang wartenden Patienten vorbei, die breite Treppe hinunter. Da unten nur die Notbeleuchtung brannte, brauchte sie wenige Minuten der Orientierung. Sie folgte dem leisen Klopfen auf der rechten Seite, bis sie vor der Tür stand, aus der die Geräusche deutlich zu hören waren. Sie klopfte mehrfach, als keine Reaktion kam, fasste sie Mut und öffnete die Tür.

Mirko fuhr erschrocken herum, einen Gummihammer in der rechten Hand, sah er aus, als müsste er sich wehren. Genauso überrascht sprach Marica ihn an.

„Entschuldigen Sie, ich wollte Sie nicht erschrecken."

„Was ist los", antwortete Mirko, „haben Sie sich verlaufen?"

Im gleichen Augenblick, als er ihren erbärmlichen Zustand sah, wusste er, dass das die falsche Frage war.

„Nein, es tut mir leid, ich suche meinen Bruder, der müsste hier arbeiten."

„Ihren Bruder?"

„Ja, Boris Micic."

„Nein, das kann nicht sein", sagte Mirco, „Sie sind die Schwester von Boris? Er ist unterwegs, er sucht Sie. Irgendwer muss ihm gesagt haben, er hätte Sie gesehen. Wo kommen Sie jetzt her?"

„Das ist eine längere Geschichte, darf ich etwas von den nassen Sachen ablegen?"

„Aber natürlich, möchten Sie etwas Warmes zu trinken, einen Tee, einen Pulverkaffee? Sie dürfen ganz ablegen, ich kann Ihnen Decken geben. So bekommen Sie eine Lungenentzündung. Sie können in den Raum nebenan gehen, falls Sie wollen."

„Sind Sie Mirko?"

„Ja, hat Boris von mir erzählt?"

„Ja, oft, und was Sie zusammen so machen."

Mirko berichtete von der Aussage Nuras am Abend und vom Schreiben, dass er morgens am Gerät gefunden hatte. Marica schwieg wenige Minuten und Mirko sah sie nur fragend an. Sie antwortete leise und ruhig.

„Ich weiß nicht, wer meinem Bruder etwas erzählt haben könnte, das stimmt alles nicht. Ich bin vor über einer Stunde erst hier angekommen. Weit oben bei den Olympiaanlagen bin ich aus einem UN-Wagen gestiegen. Bis gestern war ich in Teslić gefangen gehalten. Ich erzähle Ihnen das später genau. Darf ich mich abtrocknen? Kennen Sie einen Arzt, mit dem ich reden kann?"

Sie zeigte mit der rechten Hand auf ihren dicken Bauch.

„Ich will das Kind nicht."

Mirko zog die Stirn in Falten, schaute sie besorgt an und nickte.

„Lassen Sie uns nebenan gehen, dort habe ich Decken. Sie dürfen sich hinlegen."

Sie murmelte ein Danke, während Mirko sie in sein Büro führte.

„Machen Sie sich trocken, mummeln Sie sich ein, damit Ihnen warm wird. Ich hole einen Arzt, ja?"

„Danke, vielen Dank."

Mirko verließ sein Büro, ging nach oben, um Luka zu suchen. Im zweiten Stock entdeckte er ihn und konnte ihn gerade noch abhalten, über die hintere Treppe zu verschwinden.

„Luka, bitte einen Moment. Ich hoffe, du hast es nicht sehr eilig."

„Mirko, was ist los, wo brennt es?"

Mirko berichtete ihm, während sie auf die große Treppe zugingen, von dem Verschwinden des Kollegen, von dessen Suche und nun vom Auftauchen der kleinen Schwester.

„Ich habe den Eindruck, sie hat ein echtes Problem. Sie ist hochschwanger, sechster, eventuell schon siebter Monat, vermute ich. Lass es dir von ihr erzählen."

Als sie in Mirkos Büro kamen, saß Marica in zwei Decken gehüllt in seinem Drehstuhl. Ihre Haare hingen ins Gesicht und der Anblick war Mitleid und Zuneigung auslösend. Luka stellte sich vor und bat sie, ihm alles zu erzählen. Vom Aufenthalt bei den Verwandten bis zur Ankunft in diesem Büro. Als sie bei der Schilderung des ersten Treffens mit dem orthodoxen Priester angekommen war, bat Luka um eine Unterbrechung. Er musste auf seine Station, keiner wusste, wo er war und wie lange er wegbleiben würde.

Er kam zurück und Marica berichtete detailliert den Rest der Ereignisse. Sie erklärte unmissverständlich, dass sie lieber sterben wollte, als dieses mit Gewalt gezeugte Kind zur Welt zu bringen.

Luka wusste im ersten Augenblick nichts zu antworten. Er sah Mirko an, fand zu kühler Sachlichkeit zurück und bot an, erst einmal in der Klinik zu bleiben, in der Hoffnung, dass Boris bald zurück sein würde.

„Marica, ich gehe nach oben, hole aus der Gynäkologie das Übliche an Wäsche, Bettbekleidung und suche mit einer meiner Kolleginnen ein Zimmer, in dem noch Platz für ein zusätzliches Bett ist. Könnte das für Sie gut sein? Möchten Sie das?“

„Ja, Doktor, das ist gut.“

„Es könnte eine Weile dauern.“

„Das macht nichts“, antwortete sie, und Luka ging.

Sie blieb bei Mirko, bis Luka mit seiner Kollegin zurückkam und beide sie in die Gynäkologie brachten. Mirko konnte nicht weiterarbeiten, er saß vor seinem Schreibtisch, seine Gedanken ließen sich nicht ordnen. Er suchte nach einer Möglichkeit Boris zu finden. Die ihn überzeugende Sturheit, mit der diese junge Frau eine Abtreibung verlangt hatte, war Angst auslösend. Sie würde den Tod, in welcher Form auch immer, vorziehen, davon war er fest überzeugt.

VII

Sarajevo – Nuras Trost

Gegen Abend, voll Zufriedenheit, noch viel erledigt zu haben, ging Mirko in den hintersten Lagerraum, um die Folien für die Fenster zu holen. Eigentlich Müll und doch Wertstoff. Seine Gedanken schweiften wieder ab. Er dachte an die Zeit, in der sie noch mit Elan an Renovierung und Ausbau gedacht und einen geregelten vernünftigen Tagesablauf gehabt hatten, als er die sechs großen, schrecklich staubigen Matratzenhüllen aus einem hinteren Regal zog und zu einer Rolle formte, die er mit einer Schnur zusammengebunden hinüber in sein Büro trug.

Die Sonne war hinter den Bergen verschwunden, es wurde langsam dunkel und Mirko wollte Ervin, der mit seinem Auto auf dem Mitarbeiterparkplatz stand, nicht länger warten lassen. Er rief den leitenden Oberarzt an, um letzte Dinge zu besprechen und sich in den Feierabend zu verabschieden.

Über den hinteren Ausgang kam er an die frische Luft, atmete tief ein, ging zur Abdeckung des Fahrradständers und nahm, das Bündel unter den Arm geklemmt, die Velosolex. Er schob sie rasch auf Ervin zu, freute sich, ihn zu sehen und wieder einmal im Haus zu übernachten. Bei allem Mangel und den Einschränkungen, es war das Zuhause seiner Familie.

„Ervin, ich danke dir, wartest du schon lange?"

„Wenige Minuten, Mirko, hallo."

Mirko warf die Rolle mit den Folien auf die Ladefläche, hob das Motorfahrrad darauf und rieb sich die Hände an der Hose ab. Sie stiegen ein und Ervin wendete in einem großen Bogen. Nachdenklich und schweigend fuhren sie die Anhöhe hinauf.

„Ervin, herzlichen Dank. Leider habe ich mich noch nicht um Treibstoff kümmern können. In der kommenden Woche, ich verspreche es dir. Kommst du noch zu mir rein, wir können noch eine Kleinigkeit essen und ein Glas Wein trinken."

Ervin schüttelte mit dem Kopf, hob die Hand an die Schläfe und sagte: „Sei mir nicht böse, mir ist heute nicht ganz wohl. Ich weiß nicht, was los ist. Vielleicht das ständig wechselnde Wetter. Ich werde mich bald hinlegen."

„Ervin, solltest du etwas benötigen, wie Medikamente, Essen, Getränke, bitte sag es mir. Es ist dir doch bewusst, wenn wir beide uns hier oben nicht mehr unterstützen und uns vielleicht scheuen, dem Gegenüber anfallende Notwendigkeiten mitzuteilen und um Hilfe zu bitten, ist alles zu spät."

„Mirko, ich weiß das sehr zu schätzen und melde mich, versprochen. Herzlichen Dank."

Mirko hob das Mofa von der Ladefläche, lehnte es an die Seite des Wagens und nahm die Folie auf, klemmte sie wieder unter den Arm und ergriff sein Zweirad.

„Gute Nacht, Ervin. Zu dem Zeitpunkt, zu dem ich die Fenster mit den Folien dicht mache, werde ich einen halben Tag freinehmen. Anschließend setzen wir uns zusammen."

Ervin nickte und trippelte zu seinem Eingang. Mirko überquerte die schmale Straße, um zum Haus zu gelangen, das dunkel und unverändert war. Von der Vorfreude, am Abend wieder einmal zu Hause zu sein, die er noch während der Arbeit empfunden hatte, war nichts mehr geblieben. Im Gegenteil, es machten sich Einsamkeit, Sehnsucht und Kälte in ihm breit. Das Fahrzeug brachte er, wie so oft schon zuvor, über die schräge Betonplatte hinunter und hinter das Haus. Zu müde, noch einmal um das Haus zu gehen, benutzte er die Treppe zum Balkon und den Kücheneingang, um hinein zu gelangen.

Er machte sich bereit, bald schlafen zu gehen, um alle Regungen und Gefühle mit Träumen wegzuwaschen. Als er schon fertig war sich niederzulegen, ging er zu Jelicas Kleiderschrank, nahm aus dem dritten Fach von oben den Pullover, den sie zuletzt getragen hatte, und presste sein Gesicht hinein. Es war so gut, die wenigen noch anhaftenden Reste ihres Geruchs aufzunehmen, die Fantasie mit zärtlichen Gedanken zu beflügeln und möglichst etwas davon in seine Träume mitzunehmen. Er hatte die Tür des Zimmers nicht geschlossen. Als plötzlich das Telefon laut schellte, erschrak er derart, dass er Jelicas Pullover fallen ließ und verharrte. Er besann sich, ging rasch hinaus in den Flur und nahm den Hörer ab.

Mit „Ja“ meldete er sich.

„Mirko, was ist los, warum meldest du dich nicht richtig? Geht es dir nicht gut, ich sorge mich.“

Jelica rief an, tief besorgt und aufgeregt.

„Nein, Liebling, es ist so wunderbar, dich zu hören, ich habe große Sehnsucht. Ich wollte gerade in die Federn und war so halb am Träumen. Nie hätte ich geglaubt, heute noch mit dir sprechen zu können. Das tut so gut.“

„Schatz, was gibt es Neues? Bist du wieder jeden Abend oben im Haus?“

„Nein, es ist mir zu einsam hier. Heute hat mich Ervin abgeholt, ich habe die Folien mitgebracht für die Fenster, du weißt doch. Ich wollte sie nicht mit dem Moped transportieren, dazu sind sie zu groß. Schatz, was machen die Kinder?“

„Es geht uns allen gut, wir vermissen dich sehr. Jan hat schon Freunde gefunden, und Jelica probt in jeder freien Minute. Und was noch wichtig ist, wir bekommen künftig regelmäßig etwas Geld vom deutschen Staat. Das ist wunderbar, ich muss deinen Bruder nicht alles bezahlen lassen.“

„Wie viel zahlen die euch denn?“

„Ich weiß es noch nicht genau, doch es ist prima, dass wir überhaupt etwas bekommen.“

„Das ist toll, dass Erik nicht mehr alles alleine tragen muss. Lieber wäre mir, wir könnten zusammen sein und unsere Zukunft planen. Übrigens, Boris ist verschwunden.“

„Was, was heißt das, er ist verschwunden?“

„Er wollte nach seiner kleinen Schwester suchen, die ist aber inzwischen bei uns in der Klinik aufgetaucht. Sie wurde im Norden brutal vergewaltigt und gefangen gehalten, als sie auf dem Weg in den Süden war. Nach Monaten war sie hochschwanger und konnte mit der Hilfe eines Popen fliehen.“

„Oh Gott, wie geht es ihr nun?“

„Das ist eine längere Geschichte. Wir reden darüber, sobald wir uns sehen.“

„Mirko, vielleicht ist die Leitung gleich wieder tot. Den Kinder habe ich nicht gesagt, dass ich dich heute zu erreichen versuche. Sie würden warten, hier herumsitzen und enttäuscht sein, wenn keine Verbindung klappt. Gehst du jetzt gleich ins Bett? Bitte sei vorsichtig und bleib gesund, wir brauchen dich noch. Denk an uns. Ich bete jeden Abend, dass wir bald wieder zusammen sind."

„Du betest, weißt du denn überhaupt, wie das geht?"

„Sei nicht zynisch, Liebling, ich mach nun Schluss. Alles Liebe, ich liebe dich."

„So wie ich dich, Jeli, und nun kann ich gut schlafen. Alles Liebe für die Kinder, tschau."

Jelica hatte aufgelegt. In Mirko breitete sich ein friedliches Gefühl aus. Er ging zurück ins Schlafzimmer, hob Jelicas Pullover auf und roch noch einmal daran. Nachdem er das Kleidungsstück wieder in den Schrank gelegt hatte, kroch er ausgeglichen ins Bett und schlief bald ein.

Als er morgens erwachte, war es außergewöhnlich still. Keine Granaten, keine Gewehrsalven. *Was ist los*, dachte er sich, *wollt ihr verdammtes und elendes Gesindel endlich aufgeben oder sind euch kurzfristig die Granaten ausgegangen? Dass ihr keine Lust mehr habt, uns zu vernichten, kann ich nicht wirklich glauben.*

Dieser Gedanke schien ihm so weit hergeholt, dass er umschaltete auf das, was noch vom Gespräch am Abend in ihm war. Er dachte an Jelica, den Geruch ihres Pullovers, an die Kinder und die Sicherheit, in der er seine Familie wusste. Von ähnlichem Kaffeepulver wie jenes, von dem er im Büro die Brocken zerstoßen hatte, goss er sich nach einer Katzenwäsche einen Kaffee auf, nahm sein Notizbuch aus der Tasche, suchte eine leere Seite und riss sie heraus. Er musste für Ankas Freundin Stanka die Anschrift seines Bruder in Deutschland auf dem Zettel notieren.

Mit dem alten Motorfahrrad ließ er sich wie immer hinunter in die Stadt rollen. Ohne Zwischenfälle angekommen, kettete er es bei den Fahrrädern an und ging ins Basement in sein Büro. Als sein Jackett auf dem Bügel hing und er in seinen weißen Arbeitskittel geschlüpft war, wurde mehrfach an die Tür geklopft.

„Ja, bitte."

Die Tür öffnete sich und eine der Sekretärinnen übergab ihm ein Schreiben des Chefs.

Darin wurden ihm drei Personen als vorübergehende Mitarbeiter vorgeschlagen, von denen er sich einen aussuchen sollte. Drei Personen, die ihm völlig fremd waren. Von denen er weder Ausbildung noch Qualifikation kannte. Das war ihm zu wenig, gegen Mittag plante er erneut das Sekretariat des Chefs aufzusuchen.

Als er zwei Stunden später zum oberen Absatz der Treppe kam, lief ihm Nura in die Arme.

„Mirko, wie geht es dir? Ich komme gegen Abend kurz runter. Ich muss mit dir über Boris reden."

„Ich hoffe, es geht ihm gut, wo immer er ist. Was willst du mit mir bereden? Ich bin weder sein Bruder noch irgendwie mit ihm verwandt."

„Ja, ist klar. Trotzdem, ich gehe davon aus, es interessiert dich, du musst doch wissen, was los ist."

„Muss ich das?"

„Natürlich, ich komme ganz sicher zu dir", rief sie, schon im Weiterlaufen.

Mirko nahm die Treppen hinauf in die Neurologische Station, um Stanka die Anschrift in Deutschland zu bringen. Ihre Mutter und die Tante waren noch nicht eingetroffen und Stanka saß wartend im Zimmer. Sie plauderten eine Weile Belangloses. Mirko wünschte ihr zum Abschied alles erdenklich Gute und verließ das Zimmer wieder, um ins Sekretariat zu gehen. Dort wurden ihm die Qualifikationen der drei vorgeschlagenen Mitarbeiter unterbreitet. Er entschied sich für einen sechsundzwanzig Jahre alten Assistenzarzt. Dieser junge Mediziner hatte sich nach der Hochschulreife zunächst nicht entscheiden können. Er versuchte es mit zwei Semestern Elektronik, um danach, offenbar auf Druck seiner Eltern, den Weg zum Mediziner einzuschlagen.

Nach der Mittagspause wieder die üblichen Arbeiten. Gegen Abend wollte er, das Stück wurde dringend gebraucht, an einer kleinen Präzisionsdrehbank aus dem kurzen Teil eines Messingstabes einen winzigen Zylinder drehen, in den innen ein Gewinde zu schneiden war. Mirko hatte Routine im Herstellen von Ersatzteilen und es gelang ihm in kürzerer Zeit als gedacht.

Nachdem er die kleine Neuanfertigung mit Druckluft ausgeblasen und auf abschließende Sauberkeit geprüft hatte, kam Nura in die Werkstatt. Ohne Anmeldung, ohne anzuklopfen und in einer frisch-forschen Art, als sei sie schon seit geraumer Zeit ein fester Bestandteil seines Teams. In seine Überraschung und Verwunderung mischte sich eine kleine Portion Ärger.

Sie warf ihren Mantel über den Stuhl, der vor dem Regal mit den Produktbeschreibungen stand, und schob ihre Tasche ganz langsam darunter.

„Mirko, warum noch so fleißig an diesem trüben Sonntag", rief sie ihm entgegen.

„Ja, ich musste noch dieses Ersatzteil anfertigen, ich brauche das morgen für eine Reparatur."

Nura ging zu ihm, stellte sich berührungsnah mit dem Rücken an seine Brust. Sie nahm seine rechte Hand, in der er den kleinen Zylinder hielt und hob sie hoch, um durch die Öffnung des neuen Werkstücks blicken zu können. Dabei lehnte sie sich absichtlich so weit zurück, dass er den Geruch ihrer Haare, ihrer Haut und ihre Wärme spüren konnte. Sie bewegte den Kopf nach hinten und schaute mit weit geöffneten Augen zu ihm auf.

Mirko blickte über ihre Schulter, sah vom Hals auf ihre Brüste. Sofort dachte er daran, dass sie vor dem Eintreten noch zwei der Knöpfe ihres Arztkittels zusätzlich geöffnet haben musste. Solche Einblicke wurden in aller Regel sonst nicht gewährt. Er stierte auf die glatte warme Haut der wunderschönen Wölbungen, seine Blicke suchten das Übliche an Stütze für weibliche Brüste und er konnte feststellen, dass sie keinen Büstenhalter trug. Auch das konnte, wie der geöffnete Kittel, kein Zufall sein.

Langsam, sehr langsam, drehte sie sich um und atmete so tief ein, dass sich die Öffnung ihres Kittels noch etwas mehr spreizte. Nun konnte er links und rechts der kleinen Einbuchtung die Seiten ihrer makellosen Brüste sehen. Sie hatte seine Augen verfolgt und in diesen wenigen Momenten gesehen, dass sie Erfolg haben würde.

„Mirko", sprach sie, mit absichtlich sanft gehaltenem Ton, legte ihre Hände an seine Brust und atmete erneut tief ein, „du hast genug gearbeitet, mach endlich Schluss und wir reden noch ein wenig. Du hast doch ganz sicher noch irgendetwas zum Trinken in einem deiner Schränke."

Mirko war die Wärme in den Nacken und in die Lenden gekrochen. Er konnte es nicht ändern, wie auch? Sie hatte eine wunderbare Figur, tadellose Haut, weiche, schöne Haare und sehr gepflegte Hände und roch so verdammt gut. Sollte er sie nach Hause schicken? Sie für die nächsten Wochen verärgern? Sich auf dem Notbett ausbreiten, auf die Lippen beißen, die halbe Nacht keinen Schlaf finden und am Morgen bereuen, das Glück weniger Stunden versäumt zu haben?

Vielleicht könnte man das als Hilfsbereitschaft im Notfall abhaken. Er war sich nicht im Klaren, wie so ein Abend abzulaufen hatte. Ihm fehlte jegliche Erfahrung. Jelica war ihm in den zurückliegenden Jahren immer genug gewesen. Sie konnten sich gegenseitig jederzeit vorbehaltlos zufriedenstellen. Vielleicht wollte sie ja wirklich nur über Boris und die kleine Schwester reden, belog er sich selbst. Verwirrung machte sich breit.

„Mhm, ja, einen Moment", sagte er. Nahm zärtlich die beiden schlanken Hände von seiner Brust, küsste die Fingerspitzen und ging zu einem alten, in der linken Ecke des Büros stehenden Sideboard. Er öffnete eine der Schiebetüren, nahm eine Flasche Rotwein und zwei Gläser heraus.

„Na, sieht doch schon ganz gut aus. Meldest du dich noch ab, damit uns niemand stört?"

Mirko tat wie vorgesehen, knipste die Schreibtischlampe an und löschte die große, grelle Deckenbeleuchtung. Als Nura zur Tür ging und den Schlüssel von innen umdrehte, fühlte Mirko sich, als blase ihm ein Föhn in den Nacken.

„Wo hab ich den Korkenzieher gelassen?"

Das war mehr eine Frage der Verlegenheit als der Unwissenheit. Er zog eine der Schubladen des Schreibtischs auf und nahm den Flaschenöffner heraus. Routiniert wurde die Flasche entkorkt und die Gläser halb gefüllt. Nura ergriff eines der Gläser und ging auf Mirko zu, der vor seinem Bürostuhl stand. Er wich überrascht einen halben Schritt zurück und fand sich sitzend wieder. Nura griff nach dem zweiten Glas, machte eine halbe Drehung, spreizte die Schenkel und saß Sekunden später wie selbstverständlich mit einem zärtlichen Lächeln auf seinem Schoß.

„Prost, Mirko, jetzt vergessen wir einmal alles, was vor dieser Tür ist, alles und überall. Du bist ein Mann und ich eine Frau, mit allem, was dazugehört. Wir sind nicht die Angehörigen eines Ordens und müssen uns nichts vormachen."

Während sie ihm dies in leisen, nahezu flüsternden Tönen sagte, kam ihr Gesicht immer näher. Das letzte Wort war kaum noch richtig zu verstehen, als sie ihre vollen Lippen auf seinen Mund presste. Sie küssten sich lange und leidenschaftlich. Er hatte seine Hände an ihre Hüften gelegt und zog sie ganz sanft zu sich. Langsam nahm sie seine rechte Hand, hob sie hoch in ihren Ausschnitt. Nachdem er den Kittel zur Seite geschoben hatte und ihre feste Brust in seiner Hand fühlte und die steigende Erregung spürte, gab er seinem Verstand endgültig eine Auszeit.

Mit Leidenschaft praktizierten sie anschließend, was Menschen beiderlei Geschlechts immer praktizieren, wenn Einsamkeit, Sehnsucht, Lust und der Hormonhaushalt die Vorbereiter sind, um alles wieder in ein erträgliches, ausgeglichenes Lot zu bringen. Etwas hektischer und unbeherrscht entkleideten sie sich gegenseitig, immer wieder die Oberkörper aneinanderreibend. Nura war nur mit Slip und Arztkittel bekleidet zu ihm gekommen und stand schon nackt vor ihm, als er noch umständlich an seinen Socken fummelte. Sie befreite ihn routiniert von seiner Unterwäsche. Sich fest umklammernd schoben sie sich gegenseitig zu dem Notbett, verhedderten sich etwas in der auf dem Boden verstreuten Kleidung und vollzogen, auf der schmalen Liege, was sie in diesem Augenblick beide nicht verhindern wollten.

Nachdem sie ausgepumpt und entspannt eng aneinandergeschmiegt und nur mit einem weißen Laken bedeckt auf der etwas zu schmalen Pritsche lagen, regte sich bei Mirko schon so etwas wie ein schlechtes Gewissen. Er war bereit, jetzt ein Gespräch über die Partnerschaften zu beginnen und wollte keinen Aspekt aussparen. Als er tief Luft holte, um den richtigen Ansatz zu diesem Gespräch zu finden, verschloss Nura ihm mit ihrem schlanken Zeigefinger den Mund, kroch mit ihrem Kopf unter das Laken, um ihn mit dem Mund spüren zu lassen, dass dies noch nicht der geeignete Augenblick war, ein schlechtes Gewissen mit unpassenden, desillusionierenden Gesprächen zu entlasten.

„Genieße", rief sie ihm zu, als sie grinsend den Kopf kurz aus dem Laken streckte.

„Mirko, jetzt ist jetzt und morgen ist morgen. Was uns in diesem Augenblick guttut, kommt nicht wieder, glaube mir."

„Oh Gott, ja. Irgendwann in dieser Nacht müssen wir aufhören, sonst können wir morgen nicht arbeiten."

„Arbeit, ja, Mirko. Die Arbeit ist oft so widerlich, dass ich nicht weiß, welches Geschlecht das meine ist. Jetzt hier weiß ich es und es ist wunderbar, lass es uns genießen."

„Ja, Nura, ja."

Mirko kniff die Augen zu und ließ seine Kollegin tun, was immer sie tun wollte. An ihm und mit ihm. Es kommen sicher wieder ganz miese Tagen und dann würden Stunden wie diese gebraucht, um sich erinnern zu können und den Verstand nicht zu verlieren. Sonst blieb in dieser Zeit das Leben nur zur Aneinanderreihung oft sinnloser Versuche, glückliche Momente zu produzieren, als Bollwerk gegen Einsamkeit und Sehnsucht. Insbesondere jetzt, wo niemand davon ausgehen konnte, gesund zu überleben, oder überhaupt zu überleben. Minuten, allenfalls Stunden zählten, nicht Wochen und Monate.

Gegen Mitternacht schliefen sie, eng aneinanderliegend, sich umklammernd, ein. Mirko stand Stunden später frierend auf, griff zwei der Wolldecken, um sie über das dünne Laken zu legen, unter dem sie weiterschlafen konnten.

Eine schwere Explosion holte beide, noch lange vor dem Wechsel des Nachtdienstes zur Tagschicht, zurück in die Realität.

Nura sah Mirko fragend an, nahm seinen Kopf zwischen ihre Hände und küsste ihn auf die Nasenspitze.

„Mirko, alles gut?"

„Ja, Nura, lass uns aufstehen. Möchtest du einen Pulverkaffee?"

„Ein warmer Kaffee wäre gut, ja. Ich möchte, sobald es geht, hinten raus, um vorne wieder reinzukommen."

„Wie meinst du das?"

„Mirko – es soll so aussehen, als käme ich von zu Hause.“

„Das ist gut, ich wollte dich um Diskretion bitten. Hier läuft so viel in falsche Bahnen, da müssen wir nicht noch etwas, für Außenstehende Negatives, dazu beitragen.“

„War das ein falscher Abend, eine falsche Nacht, Mirko? War das negativ?“

„Nein, Nura, so war das nicht gemeint, alles war gut, ich danke dir dafür. Versteh mich richtig. Ich meine, wir geraten in Erklärungsnot und ernten Blicke, nicht nur bei Kolleginnen und Kollegen. Das will ich dir und mir ersparen.“

Als er den Kaffee aufgebrüht hatte und beide die Becher in den Händen hielten, lächelte sie ihn an.

„Wir haben doch beide Schauspieltalent.“

„Sicher haben wir das, was nicht ausschließt, dass wir doch irgendwann zwischen die Backen eines gewaltigen Schraubstocks geraten können.“

„Gut gesprochen, mein heißer Techniker. Danke für den Kaffee. Ich werde mich nun hinten hinausschleichen und vorne wieder neu erscheinen.“

Sie stellte den leeren Becher ab, zog ihren dünnen Mantel über den Kittel, nahm die Handtasche und zog los. Als sie sich später in ihrer Station im Waschraum der Ärzte wusch und die Zähne putzte, stutzte eine Kollegin.

„Nura, was ist los, nicht zu Hause gewesen?“

„Doch schon“, log sie, „ich hab mich nur, weiß der Teufel warum, in der Zeit geirrt.“

Die Leitung der Station, auf der Marica ein Bett hatte belegen können, blieb äußerst zurückhaltend. Das medizinische Personal war einfühlsam bemüht und noch in der Hoffnung, sie überzeugen zu können, das heranwachsende und gesunde Kind auszutragen. Sogar der letzte noch anwesende Psychologe der Klinik wurde bemüht. Die Ärzte setzten, ohne Marica zu informieren, Beruhigungspharmaka ein. Alle diese Versuche blieben bei ihr ohne nennenswerte Wirkung. Am dritten Tag, sie sah nach Körperpflege und Frühstück frisch und gepflegt aus, versammelten sich außer

Luka zwei weitere Ärzte, die Gynäkologin und Stationsleiterin nach dem letzten Bissen des Frühstücks an ihrem Bett.

„Marica", begann der Oberarzt, „Sie kommen, wie unsere Untersuchungen ergaben und Sie selbst uns berichten konnten, in den siebten Monat. Sie sind gesund, das Kind ist gesund und in diesem fortgeschrittenen Stadium werden Sie in keiner der erreichbaren Umgebungen einen Arzt finden, der Ihre Schwangerschaft unterbricht. Das wäre medizinisch kaum vertretbar und ethisch überhaupt nicht. Wir haben alle einen Eid geschworen. Wir müssen Leben retten und erhalten und nicht lebensfähige Kinder vernichten. Ihr Wunsch ist, nach dem, was Sie uns geschildert haben, für jeden von uns verständlich. Wir bitten Sie trotzdem, gemeinsam nach einer einvernehmlichen Lösung zu suchen. Wir werden Sie in allem unterstützen, Ihnen helfen. Haben Sie noch Fragen?"

„Nein", antwortete Marica trotzig und fuhr fort: „Ich danke Ihnen sehr für das, was Sie in den vergangenen Tagen für mich getan haben. Bezahlen kann ich Sie nicht, weil ich außer der Kleidung, mit der ich hier ankam, nichts habe. Vielleicht wenden Sie sich an meinen Bruder, sobald er wieder hier ist."

„Marica", ergriff Luka das Wort, „es geht jetzt und hier nicht um Geld, um Bezahlung, es geht um Ihr Leben und das Leben Ihres ungeborenen Kindes."

„Lieber Doktor", gab sie zur Antwort, „mir geht es nicht darum, dass ich nicht weiß, wo ich leben kann, wie ich mich und das Kind ernähren sollte. Nein, mir geht es darum, ich habe es wiederholt gesagt, dass dieses Kind von einem schmierigen, brutalen und rücksichtslosen serbischen Soldaten gewaltsam in mich gepflanzt wurde. Ich will das nicht, wahrscheinlich könnte ich es nur hassen. Wollen Sie, dass eine Mutter ihr Kind hasst?"

„Nein", mischte sich der Assistenzarzt ein, „keine Mutter sollte ihr Kind hassen müssen. Oft ändert sich die Haltung von einer Minute auf die nächste. Sobald Sie das kleine nackte und unschuldige Wesen zum ersten Mal in ihre Arme nehmen können, glauben Sie uns."

„Ich – will – das – nicht!" Fast buchstabierend, brachen diese Wörter laut aus ihr heraus.

„Beruhigen Sie sich, bleiben Sie noch eine weitere Nacht und sprechen Sie morgen mit uns, ja?"

Sie nickte. Alle Anwesenden kamen nacheinander ans Bett und gaben Marica die Hand, bevor sie nachdenklich das Krankenzimmer verließen.

„Marica", rief Luka, der sich als Letzter verabschiedete, „ich schaue, auch wenn Sie mich kurzfristig sehen möchten, sofort vorbei, Sie müssen nur Bescheid geben. Haben Sie im Moment noch einen Wunsch?"

„Nur etwas zum Trinken, das wäre schön, die Schwester wird es mir bringen können, danke."

Luka verließ das Zimmer. Wenige Minuten später kam eine junge Schwester und brachte ein Glas mit Tee. Die beiden älteren Frauen und die Mädchen, die mit ihr im Zimmer lagen, hatten teilnahmslos und ohne Regung die Unterhaltung verfolgt. Nur eine der älteren Frauen sah Marica an und schüttelte immer wieder mit dem Kopf.

Die große Regenfront wurde weiter nach Ungarn in die Pannonische Tiefebene verfrachtet. Der Himmel war in kurzer Zeit wieder sonnig und klar, bis die weißen Wolken seidige Ränder bekamen und die Dunkelheit sich über dem Tal ausbreitete. Das bescheidene Abendessen war verzehrt worden, ein weiteres Glas mit Tee geleert und die Medizin bereits im Magen. Marica wurde mit zunehmender Dunkelheit depressiver und drehte sich zur Wand.

Die Gedanken rotierten unaufhaltsam, ihr Kopf wollte explodieren. Sie sah immer und immer wieder den Offizier bei sich, auf sich. Diesen ekelerregenden über und über behaarten Körper, der sich schnaubend und stöhnend in sie ergoss. Wut und Entsetzen breitete sich aus, dieser psychische Stress brachte ihren Dopaminhaushalt völlig durcheinander, zu viel dieses Hormons schoss ins Blut, und eine Psychose begann sich zu entwickeln. Sie weinte hemmungslos ins Kissen und fand trotz der übermächtigen Müdigkeit keinen Schlaf. Die Nacht war klar. Endlose Explosionen großer Granaten, die auf die Stadt niedergingen, und blitzende Gewehrsalven bildeten eine Kulisse von todbringenden Tönen. Als der Mond immer noch fahl in die Betten leuchtete, aber erste feine Streifen des neuen Morgens zu sehen waren, verließ Marica leise ihr Bett und beendete eine Nacht, die ohne Schlaf geblieben war.

Sie lief mehrfach von der Tür zum Fenster und besuchte danach die Toilette, öffnete wenig später leise den Schrank, nahm ihre aus Mischgewebe gefertigte Jacke heraus und zog diese über das dünne Klinikhemd. Mit den Gummilatschen verließ sie leise das Zimmer, schaute vor der Tür in den rechten, dunklen Teil des Korridors, der zur Treppe führte, und nach links. Sie sah, dass die diensthabende Schwester in einem der Krankenzimmer zu tun hatte, dessen Tür offen stand. Nur wenig Zeit verging, bis Marica das Treppenhaus erreicht hatte. Ohne einem Menschen begegnet zu sein, kam sie zum Ausgang. Nun musste sie am Pförtner vorbei und entschloss sich zu rennen. Mit der rechten Hand die Jacke zuhaltend, lief sie über die Stufen hinunter, am Pförtner vorbei in Richtung Osten, wo sich die Alipašina, über die sie am vergangenen Samstag gekommen war, mit der Maršala Tita kreuzte.

Der Pförtner hatte sie weglaufen gesehen und nur den Kopf geschüttelt. Schon außer Atem, mit einem Blick voller Wut und Tränen in den Augen, bog sie nach rechts und hinunter auf den Fluss Miljacka zu. Intensives Gewehrfeuer und Einschläge unzähliger Granaten bildeten eine infernale Unterhaltung. Kurz danach stand Marica am nördlichen Ende der schon halb zerstörten Skenderia-Brücke, die einen Wechsel auf die andere Seite noch möglich gemacht hätte.

Sie blieb auf der Nordseite, grabschte sich die Jacke von den Schultern, warf sie in hohem Bogen in den Fluss und in einer verzweifelten Geste, mit weit aufgerissenen Augen, riss sie das dünne Hemd entzwei und entblößte ihren dicken, schwangeren Leib. Sie schrie mit einer sich überschlagenden Stimme in Richtung Süden, den Kopf immer wieder hin und her schlagend: „Könnt ihr mich sehen, schaut her, ihr Verbrecher. Erschießt ihn endlich, diesen Bastard in mir und mich dazu. Es ist ein sinnloses Scheißleben, ich will nicht mehr. Nun tut es doch endlich, er gehört doch euch, ihr habt ihn in mich gepflanzt, ihr verdammten Hunde."

Mehrfach schlug sie sich heftig klatschend mit der flachen Hand auf den nackten Bauch, weinte hemmungslos und wiederholte laut kreischend: „Hier, hier, hier, warum passiert nichts?"

Obwohl sie in den gegenüberliegenden Häusern keine schussbereiten Gewehre oder Scharfschützen wahrnehmen konnte, musste ihr Ausnahmezustand von den Soldaten auf der anderen Seite des Flusses durch die Zielfernrohre gesehen worden sein. Mit dem Finger am Abzug, waren ihre Präzisionsgewehre auf die kreischende Stimme gerichtet. Doch kein Schuss fiel. Als sie wieder zu schreien begann: „Schießt endlich, ihr Schweine, es ist mir egal, schießt …", kam auf der Hiselastraße aus dem Westen ein mit zwei jungen Männern besetztes Motorrad mit überhöhter Geschwindigkeit angerast.

Die jungen Männer mussten Marica aus einer gewissen Entfernung und Deckung gesehen haben. Ihr sonderbares Verhalten hatte sie so irritiert, dass der Fahrer, die Gefahr ignorierend, kurz stoppte. Sie realisierten, dass Marica darum bat, erschossen zu werden, und in akuter Gefahr war. Der Beifahrer riss sie vom Brückenabsatz zum Motorrad, warf sie, bevor sie reagieren konnte, hinter den Fahrer auf den verlängerten Sitz, schwang sich stehend auf die hinteren Fußstützen und bückte sich nach vorne, um Marica festzuhalten, als der Fahrer wieder Gas gab.

Vor dem Nationaltheater bog er mit erhöhter Geschwindigkeit in die Kulovića ab, übersah die neuen Trümmer und fuhr ungebremst gegen den Stumpf einer Säule, die vom Parkplatz beim Jugendtheater herübergeschleudert worden war. Die Maschine krachte dagegen und alle auf dem Motorrad wurden über diese Teile hinweg auf die Straße katapultiert.

Zwei Soldaten der ABiH, die in einem Geländewagen auf dem nahen Parkplatz standen, hörten die Unfallgeräusche. Sie sahen hinüber, stiegen aus und rannten auf die Verunglückten zu. Über ein Funkgerät forderte ein Soldat ein zweites Fahrzeug an. Der Beifahrer, der auf dem Motorrad stehend mitgefahren war, konnte sich alleine erheben. Erst schaute er verdutzt in die Runde, schüttelte dann seinen blutverschmierten Kopf wie ein Hund, der nassgespritzt worden war, hob mit der rechten Hand seinen linken Arm hoch und bemerkte, dass er unterhalb des Ellenbogengelenks gebrochen war. Er hielt ihn fest. Weinend setzte er sich auf eines der großen herumliegenden Trümmerstücke der vormals klassischen Säulen.

Marica und der Fahrer blieben bewusstlos liegen. Die beiden Soldaten prüften Augen und Atmung auf Lebenszeichen und schienen zufrieden. Als das zweite Fahrzeug eintraf, luden sie die beiden vorsichtig auf die Ladefläche, schoben den Beifahrer mit dem gebrochenen Arm auf die hintere Sitzbank und fuhren in gemäßigtem Tempo zur Klinik. Kurz nach dem Anfahren kamen die beiden Bewusstlosen wieder zu sich. Marica stierte in den Himmel. Der junge Mann musste sich übergeben und wäre, hätte es der Beifahrer nicht rechtzeitig bemerkt, daran erstickt. Der Verletzte quiekte vor Schmerzen in sonderbaren Tönen.

In der Klinik wurden sie mit zwei auf Rollen beweglichen Liegen, vorbei an wartenden Patienten, in die Notaufnahme gebracht. Der zweite junge Mann, mit dem gebrochenen Arm und blau angelaufenem Unterkiefer, biss die Zähne aufeinander und trabte auf eigenen Beinen hinterher. Marica konnte kaum reden und fragte in der Notaufnahme leise stammelnd nach Dr. Luka.

Luka war noch nicht im Haus. Nura, die gerade eingetroffen war und von der Vorgeschichte nichts wusste, erkannte die Schwester ihres abhandengekommenen Liebhabers. Sie hatte sich mehrfach mit Boris und Marica getroffen. Sie starrte sie mit Entsetzen an.

„Marica, was ist passiert, wo kommst du her?"

„Nura, hilf mir, hilf mir."

„Hast du starke Schmerzen?"

„Ja, am schlimmsten im Bauch, aber auch im Bein und in der Schulter rechts."

Nura ließ in der Notaufnahme zunächst ein Schmerzmittel injizieren. Die Untersuchungen begannen, Aufnahmen wurden gemacht und die Gynäkologin hinzugezogen. Nach dieser Prozedur wurde Marica wieder auf ihre Station gebracht, zu ihrem Bett, aus dem sie in der Morgendämmerung geflohen war.

Die Schlussbesprechung der an den Untersuchungen beteiligten Ärzte fand noch im Notaufnahmeraum statt. Marica lag erst kurz in ihrem Bett, als Nura zu ihr kam.

„Marica, wie geht es dir jetzt?“

„Ich hab einen Fehler gemacht, ich lebe noch.“

Nura überging den Einwand, der ihr sonderbar vorkam, sie wollte schildern, was die verschiedenen Untersuchungen ergeben hatten.

„Ich gehe davon aus, dass du ertragen wirst, was ich dir jetzt zu berichten habe. Fangen wir oben an. Die Schmerzen, die du in der linken Schulter spürst, hängen mit dem Oberbauch zusammen und kommen, so sieht es jedenfalls aus, von der Milz. Der Unfall verursachte eine leichte Ruptur, einen Riss der Milz. Deine Schulter ist in Ordnung. Dein rechter Oberschenkel leider gebrochen. Was ich dir außerdem sagen muss, fällt mir sehr schwer, ist aber unumgänglich und wird dir zu dem Leid der Verletzungen vor allem seelischen Kummer verursachen.“

Marica sah Nura mit versteinerter Miene und großen Augen an, als erwartete sie eine Nachricht über ihren verschollenen Bruder.

Mit den Worten „Du bist schwanger“ versuchte Nura ihrer Unterredung eine positive Wendung zu geben, konnte aber den zweiten Halbsatz „Dein Kind ist bei dem Unfall ums Leben gekommen“ nicht vermeiden.

„Wir müssen dich operieren und das tote Baby entfernen. Deine eingerissene Milz wird von selbst heilen. Dein Bein müssen wir eventuell mit Schrauben versehen.“

Nach einer Schweigeminute fuhr sie fort: „Das weitere Vorgehen wird der Anästhesist mit dir besprechen. Du darfst mich jederzeit rufen, ich komme und wir reden.“

Marica zog das Kissen vor ihr Gesicht und begann zu weinen.

„Sei nicht traurig, Marica, du bist noch so jung und hast alle Möglichkeiten, du wirst wieder gesund. Ich werde dir gleich ein Medikament bringen lassen, damit wird alles erträglicher sein. Und über mich und deinen Bruder reden wir später ausführlich, sobald du das alles weitgehend hinter dir hast, ja?“

„Ja, ist schon gut“, antwortete Marica kaum hörbar.

Nura strich zärtlich über ihre Haare, wartete einen Moment und verabschiedete sich.

„Alles, alles Gute. Ich komme, sobald es geht, versprochen.“

Gegen Mittag erschienen zwei Pfleger im Zimmer und schoben Marica mit ihrem Bett in den Operationsbereich. Mit einem Kaiserschnitt entnahmen die Ärzte kurz danach das tote Baby. Der Bruch des Beines, der sich als relativ glatt herausstellte, musste nicht mit Platte und Schrauben fixiert werden. Die Orthopäden richteten unter Narkose die Knochen aus und packten das Bein in einen Mantel aus Gipsbinden. Mit Gipsbein und ohne dicken Bauch lag sie am darauffolgenden Nachmittag in ihrem Bett, als Nura sie erneut besuchte.

„Marica, hallo, wie geht es dir jetzt?"

„Nura, es ist gut dich zu sehen. Es tut noch weh, im Leib und im Bein. Das, warum ich beinahe ums Leben gekommen wäre, ist erledigt, und nun denke ich immer wieder daran, was wäre gewesen, hätte ich das Kind bekommen. Wie wäre es gewesen, wie hätte es sich entwickelt. Muss man ein Kind über die Vergewaltigung informieren, wie es ihm sagen? Ich weiß nicht, ob mir das gelungen wäre."

Nura hatte von den Kollegen den ungekürzten Inhalt der Krankengeschichte gehört, blickte Marica zunächst nur fragend an und unterhielt sich dann mit gedämpfter Stimme über längere Zeit mit ihr.

Es war offensichtlich, dass Boris verschwunden blieb und Nura fühlte sich in gewisser Weise verantwortlich für Marica. Sie hatte beschlossen, sich um sie zu kümmern, solange Boris weder auffindbar noch zurück war. Bevor sie an diesem Abend den Heimweg angetreten hatte, war sie hinunter zu Mirko gegangen.

„Mirko", rief sie ihm zu, „ich treffe dich immer nur beim Arbeiten, es ist Abend, lass es gut sein, morgen ist ein neuer Tag."

„Ach, Nura, wer weiß, was morgen ist."

„Mirko, warum ich da bin. Ich will mich etwas mehr um Marica kümmern."

Sie schilderte in groben Zügen, was sich ereignet hatte und bat Mirko um den Schlüssel zur Wohnung, in der sie mit Boris eine wunderschöne Zeit und unzählige leidenschaftliche Stunden verbracht hatte. Bevor sie sich mit ihrem neuen Schützling auf den

Weg machte wollte, zu einem ersten Besuch in der Wohnung, bemühte sie sich bei der Personalabteilung um einen Zeitvertrag für Marica. Bevorzugt als Stationshilfe. Mit dem Gedanken, Marica täglich öfter zu begegnen, um zu sehen, was sie zu tun hatte und wie es ihr erging. Sie musste vier Gesprächstermine wahrnehmen, alle Details aus Maricas Vergangenheit immer und immer wieder schildern, bis positiver Bescheid kam und ihr Schützling eine Art Praktikum antreten konnte.

Viele Wochen später war es, Marica war genesen und hatte sichtbar zu ihrer alten Fröhlichkeit zurückgefunden, als sie die doch deprimierenden Details über den Verbleib ihres großen Bruders erfuhr. In wenig präzisen Andeutungen berichtete ein Patient, er sei mit Boris oben bei den Olympiaanlagen gewesen. Sie seien in einen Hinterhalt geraten, konnten fliehen und sich zunächst verstecken. Boris sei, als er glaubte, die Lage habe sich beruhigt, plötzlich aus dem Versteck losgesprintet und mehreren Tschetniks direkt in die Arme gerannt. Aus seinem Versteck konnte sein Begleiter sehen, dass sie ihn zunächst gefesselt hatten und kurz danach mit ihm verschwunden waren.

VIII
Augsburg – Reimers Entdeckung

Frank Reimer stand an diesem warmen Sommermorgen, leger gekleidet, vor dem prächtigen Altbau in der Adenauerallee in Augsburg und drückte zum wiederholten Mal den Messingknopf neben dem Namensschild *Prof. Reimer/Ellen Reimer-Höhrl.* Als es einen kleinen Knacks gab, wusste er, dass Ellen den Hörer abgenommen und damit die Eingangskamera eingeschaltet hatte.

„Ellen, bitte mach auf, ich möchte kurz hochkommen."

„Was willst du, du hast doch ein neues Domizil?"

„Ich brauche verschiedene Dinge und ich will mit dir reden", erwiderte er.

„Reden – mit mir? – Warum?"

„Ja, bitte mach auf."

Das leise Summen des Türöffners gab den Riegel frei, er konnte in den weiten Eingangsbereich treten und ging die wenigen Schritte über den Marmorboden zum Lift. Er ließ den Lift kommen, um sich in den vierten Stock zur Dachterrassenwohnung befördern zu lassen. Die Wohnung, in der er die letzten achtzehn Jahre mit seiner Frau Ellen verbracht hatte. In die Räume, in denen sie, wie es auf einigen Türschildern zu lesen ist, gelebt, vor allem geliebt, gelitten, hin und wieder gestritten und Freude empfunden hatten. Und dies bis wenige Wochen nach dem verhängnisvollen Segeltörn zwischen Korsika und Sardinien, im vergangenen Jahr.

Der Lift stoppte, die Tür öffnete sich automatisch. Reimer verließ den Lift und sah, dass Ellen den Eingang zur gegenüberliegenden Wohnung bereits geöffnet hatte. Er ging hinüber und trat ein.

„Ellen, wo bist du?" Er betrat nach dem Eingangsbereich den weiträumigen Wohnraum, der zur Terrasse hinaus mit einer riesigen Glasfront abgetrennt war. Eines der verschiebbaren Elemente war türbreit zur Seite geöffnet. Als er hinaustrat, lag seine Frau, nur mit einem neuen Bikini bekleidet, auf einer der Liegen, die sie gemeinsam vor wenigen Jahren angeschafft hatten. Frank unterdrückte das aufkommende Verlangen, sich spontan zu ihr zu legen. *Ich war bescheuert, bei dieser Frau freiwillig auszuziehen*, schoss es ihm durch den Kopf.

„Ellen, hallo, wie geht es dir? Ich bin am Laden vorbeigekommen und habe das Schild gesehen. Du hast die ganze Woche Betriebsferien? Das ist außergewöhnlich."

„Es gibt genug Apotheken in der Stadt, die geöffnet haben. Nachdem sich zwei meiner Kräfte krankgemeldet hatten und Dorothee im Urlaub ist, dachte ich mir, eine Woche Auszeit zu gönnen. Was führt dich zu mir?"

„Ich brauche noch etwas von meinen Sommersachen und eine bestimmte Partitur."

„Willst du deine neue Bleibe nicht aufgeben und zurückkommen?"

Frank ging hinüber zu einer weiteren aufgestellten Liege, setzte sich, nahm die Sonnenbrille ab, fuhr sich mit gespreizten Fingern durch die Haare und lächelte.

„Es war kurzsichtig, und ganz ehrlich, am wenigsten hat mir der verdammte Winter in dem Altbau da drüben gefallen. War wohl mehr Wut auf mich selbst, als ich meinen Koffer nahm. Du konntest ja nichts dafür, dass ich mir die Finger zertrümmert hatte. Auch wenn dein Zynismus mich nicht aufgebaut und viel dazu beigetragen hat."

„Nein, für deine Tollpatschigkeit konnte ich wirklich nichts und ebenso wenig dafür, dass du plötzlich kein Stargeiger mehr sein konntest. Du hast dich dämlich angestellt, sonst hätte dich die Talje nicht getroffen und deine Finger wären noch so schön, flink und intakt, wie sie einmal waren."

„Wir müssen das jetzt nicht erneut durchkauen. Du verstehst aber, dass mir das alles kurzfristig den Boden unter den Füßen weggezogen hat. Es macht mich nicht glücklicher, dass die Versicherung nun endlich zahlt. Du weißt, dass es mir nie ums Finanzielle ging. Keine Konzerte mehr, kein Quartett, keine preiswürdigen Einspielungen, das hat mich Lebensfreude gekostet."

„Du bist Chef des Mozart Ensembles München, du hast eine Professur an der Akademie, das ist doch genug Arbeit und Anerkennung. Für viele in deinem Alter bestimmt ein nie zu erreichender Erfolg."

„Aber hundert Prozent zufrieden war ich nur, sobald ich alleine auf der Bühne stand."

„Eitelkeit, reine Eitelkeit, wann ist man schon einhundert Prozent zufrieden."

„Das hast du nie verstanden und wirst es nie verstehen. Du hast nie den auf dich bezogenen Beifall gehört, Lobeshymnen im Feuilleton provoziert. So kannst du nicht wissen, wie man sich fühlt, wenn das über Nacht, auch noch aus eigener Dummheit, ein Ende hat. Auf wen sollte ich wütend sein, endlos lange auf mich selbst? Das klappt nicht, entweder es gelingt einem, diese Depressionsklappe zu schließen oder man endet in einem der Bezirkskrankenhäuser, in der geschlossenen Abteilung."

„Ich fühle mich als Apothekerin sehr gut. Und es hat nichts damit zu tun, dass alle Medikamente nur eine Armlänge entfernt sind. Meine Bühne ist die Ladentheke mit den vielen Kranken, die davorstehen, und es ist gut, dass du langsam runterkommst. Du warst in deinen, nennen wir es einmal Glanzzeiten, ab und zu ziemlich abgehoben. Und erst die dummen Dinger, die sich an dich geschmissen haben, manchmal war's mir zu viel. Möchtest du etwas trinken?"

„Hast du noch Holundersaft vorrätig, der würde mir den Durst löschen."

„Einen Augenblick."

Ellen setzte sich, schob den linken Fuß auf den Boden und schwang das rechte Bein über die Liege, bis die Füße nebeneinanderstanden.

„Du bist noch immer voll Schwung."

„Wer rastet, der rostet."

Sie stand, ohne sich zu stützen, und verschwand durch die Küchentür, die zur Terrasse offen stand, um nach wenigen Minuten mit zwei Gläsern, gefüllt mit verdünntem und gekühltem Holunderblütensaft, zurückzukommen.

Sie reichte ihrem Mann eines der Gläser in einer Prosthaltung.

„Prost darf man ja bei dem Zeug nicht sagen, obwohl es immer wieder sehr erfrischend ist. Das ideale Getränk für die wenigen warmen Tage."

„Wunderbar, ich danke dir. Um auf unser Gespräch zurückzukommen, Ellen. Das waren keine dummen Dinger, wie du es nennst, sondern reife Frauen, die Ahnung von Musik hatten, und in aller Regel ging es nur um Musik."

„In aller Regel – und der Rest?"

„Ellen, lassen wir es gut sein, ich weiß, was ich falsch gemacht habe, ich kenne meinen Part, wie du deinen kennst, sonst hätte ich mich moralisch nicht allein über Wasser halten müssen."

„Mein Lieber, wann kann, besser gesagt, muss ich wieder mit dir rechnen?"

„Falls es geht, zum nächsten Ersten."

„Gut, soll ich Veuve Clicquot kalt stellen, oder tun wir so, als hättest du nur eben mal die Zeitung geholt?"

„Beides gefällt mir – und sei mal ehrlich, können wir auf Dauer ohne einander?"

„Ich wahrscheinlich schon, das hab ich in dem zurückliegenden knappen Jahr versucht zu üben!"

Er ließ mit Stirnfalten und hochgezogenen Augenbrauen erkennen, dass das Gespräch für ihn in eine kritische Phase kam.

„Da schau her, ist da mehr im Spiel als das erwähnte große Luftholen?"

„Frank, du wirst jetzt albern, bitte spiel nicht den Eifersüchtigen, das ist kindisch. Du kommst am nächsten Ersten – wann wirst du da sein, morgens oder abends?"

„Ich nehme mir frei und komme morgens und bleibe garantiert abends. Ellen, komm, freu dich ein wenig. Wir sollten in diesem Jahr deinen Geburtstag feiern – willst du?"

„Ich will, und was machst du bis dahin?"

„Ich habe genug zu tun. Heute möchte ich noch zum alten Balthasar, der Antiquitätenhändler in der Altstadt, wir waren zusammen einmal bei ihm. Er bietet eine Originalnotation von Johann Adam Hiller an, die würde ich gerne erwerben."

„Du sammelst weiterhin Notenoriginale?"

„Solange es die Brieftasche möglich macht."

„Gut – meldest du dich noch vor dem Ersten?"

Frank erhob sich von der Liege, ging zu Ellen. Sie wehrte sich nicht, geküsst zu werden. Sie war eher verwundert, dass es nur ein Hauch von Kuss war, der ihre Lippen streifte.

„Ja, ich melde mich, alles Gute."

„Dir auch – und mach keinen Mist."

Reimer erhob sich, trank den Rest des Saftes, stellte sein Glas auf den kleinen Mahagonitisch neben der Liege seiner Frau und wandte sich noch einmal Ellen zu.

„Dito – bis bald."

Er drehte und schritt durch die große Glastür, verließ die Wohnung und fuhr hinunter. Auf dem Bürgersteig war er geblendet von der Sonne, setzte seine Sonnenbrille auf, verharrte kurz und überlegte, über welche der alten Gässchen der Altstadt es zum Antiquitätenhändler näher sein würde.

Er entschied sich für den Weg über den Hunoldsberg, vorbei am alten Gymnasium, das er einst besucht hatte. Auf dem Weg über das Kopfsteinpflaster dachte er über seine Ehe nach und daran, dass Ellen im kommenden Monat erst vierundvierzig Jahre alt werden würde, und er zufrieden sein müsse, mit seinen zweiundfünfzig eine intelligente, sehr attraktive Frau wie Ellen an seiner Seite zu haben.

Er lief die schmalen Straßen hinunter, kam über das Fabrikgässchen und näherte sich der Abbiegung, die hinunter zum Bertolt-Brecht-Gymnasium führte. Jene Schule, die damals, als er noch einer der Schüler gewesen war, über dem Portal die in Stein gemeißelte Inschrift „Einstein-Schule" getragen hatte.

In der Nähe der Schule wurden seine Schritte langsamer. Er vernahm leises Violinspiel, versuchte sich zu orientieren, sah sich um und hörte in die Höhe der Häuser hinauf, ob irgendwo Klassik Radio oder aus einem Fenster die Musik einer aufgelegten CD zu ihm drang. Nahe der Schule wurde die Musik deutlicher. Er war wie elektrisiert, ein im Nacken beginnendes Kribbeln kroch seinen Rücken hinunter, so faszinierend war, was er hörte.

Vor der breiten Treppe des Schulgebäudes blieb er stehen und war sich sicher, dass die Klänge aus der Schule kommen mussten.

Außergewöhnlich, dass ein Flügel des Eingangsportals offen stand, am schulfreien Samstag. Viele Jahre lagen zwischen dem letzten Besuch dieses Hauses und heute. Trotzdem – es war ihm vertraut. Eine Stufe nach der anderen nehmend, schritt er durch die große offen stehende Tür in die Halle, blieb wieder stehen, um erneut zu lauschen.

In einer außergewöhnlichen Interpretation wurden Teile des zweiten Satzes von *Beethovens Violinkonzert Nr. 2 in d-Moll* mit großer Präzision gespielt. Eine Aufnahme, wie er vermutete, die er aber keinem der ihm bekannten Interpreten zuordnen konnte und er kannte alle Großen seiner Zunft.

Fasziniert kam er durch die Eingangshalle zur breiten Holztreppe, die in die oberen Klassenräume und weiter oben in die darüberliegende Aula führte. Vorsichtig und langsam nahm er eine Stufe nach der anderen. Als er den Absatz der zweiten Etage erreichte, verweilte er. Erschreckend erschall plötzlich hinter ihm eine dunkle Stimme mit leichtem Akzent. Er wandte sich um. Ein Mann in einem blaugrauen Arbeitskittel stand dort, ein Handwerker, wie er vermutete.

„Wer sind Sie, was wollen Sie hier?", rief dieser und fuhr fort: „Die Schule ist heute geschlossen. Sie wissen, dass Samstag ist."

„Entschuldigen Sie bitte, ich hörte diese Musik, diese Violine, Beethovens zweites Violinkonzert, das hat mich fasziniert. Ich möchte sehr gerne wissen, wer diese Violine spielt."

„Fasziniert – ist das alles, deshalb kommen Sie hier herauf? Ich bin der Hausmeister und die Musik macht meine Nichte oben. Jeden Tag übt sie dort, oben in der Aula."

„Das ist unglaublich, wie sie spielt. Ich bin selbst Musiker und Musikpädagoge, ich kann das beurteilen."

„Und was beurteilen Sie?"

„Die Art ihrer Interpretation, ihre Präzision, usw."

„Und nun – jetzt haben Sie ihre Interpretation gehört und jetzt dürfen Sie wieder gehen."

„Aber bitte, ich muss sie sprechen."

„Wen müssen Sie sprechen, Sie reden doch schon mit mir, ist das nicht genug? Ich hab noch zu tun, verstehen Sie?"

„Nein, ja, Ihre Nichte würde ich gerne sprechen, sie ist unverkennbar ein großartiges Talent, bitte, ermöglichen Sie mir kurz mit ihr zu reden."

„Ich will es versuchen. Ich weiß, wenn wir oben sind, wird sie, sobald ich die Tür zur Aula öffne, aufhören zu musizieren. Das tut sie immer. Sie müssen wissen, sie ist noch nicht lange hier und in Bosnien ist ihr in dem verdammten Krieg viel Schlimmes widerfahren."

„Das ist schrecklich und bedauerlich. Darf ich mich kurz vorstellen? Mein Name ist Reimer, Professor Reimer. Ich wohne in Augsburg und habe vor vielen Jahren dieses Gymnasium besucht. Ich unterrichte zurzeit an der Musikhochschule in München und habe selbst viele Konzerte gegeben. Bitte, ich bin ganz vorsichtig, ich werde sie ganz sicher nicht erschrecken."

Erik, Ankas Onkel und Hausmeister, ging mit dem Professor die restlichen Treppenstufen hoch und fast geräuschlos die wenigen Meter zur Tür der Aula, aus der Ankas Musik durch das Haus bis hinunter auf die Straße drang. Er drückte vorsichtig die Klinke herunter. Als die Tür nur einen Spalt geöffnet war, verstummte die Musik. Er wandte sich zu Reimer, nickte und sagte: „Na, ich hab's Ihnen doch gesagt."

Leise öffnete er den Türflügel ganz und winkte dem Professor, dass er ihm folgen möge. Auf dem Hocker, der vor einem großen Flügel stand, saß Anka. Sie hatte Violine und Bogen sinken lassen und ein ernster, trauriger Blick streifte die beiden Männer.

„Guten Tag", begann Reimer, „entschuldigen Sie, dass wir stören. Ihr Onkel war so freundlich, mich heraufzubitten. Darf ich Ihnen sagen, dass Sie wunderbar gespielt haben!"

Anka antwortete nicht und sah verlegen zu Boden.

„Jetzt", begann ihr Onkel, „haben Sie Anka gesehen, wir sollten sie weiter üben lassen und wieder gehen."

„Nein, bitte, ich muss doch mit ihr reden, bitte erlauben Sie. Darf ich fragen, wie Sie heißen?", fragte Professor Reimer zu Anka gewandt.

„Sie heißt Anka, Anka Amata und sie ist Flüchtling, Immigrant sozusagen. Ich habe es Ihnen doch bereits gesagt. Sie kommt aus dem Krieg in Sarajevo, aber geboren ist sie in Belgrad“, antwortete Erik, bevor Anka etwas sagen konnte.

Beide gingen mehrere Schritte auf Anka zu.

„Und wer hat Ihnen das Violinspiel beigebracht?“

Anka hob den Kopf, sah beide fragend an und antwortete langsam: „Die Schule und Irina Kurlakova.“

„Sie hat schon im Vorschulalter gespielt und später, mit Privatunterricht, neben dem Musikunterricht in der Deutschen Schule in Belgrad“, warf ihr Onkel ein.

Reimer wandte sich zu Anka, wusste sich nicht richtig zu artikulieren und begann: „Sie spielen so gerne dieses Instrument, von dem ich übrigens glaube, dass es ein sehr gutes ist. Wenn Ihnen das so viel Freude macht, müssen Sie auf eine Musikhochschule gehen. Mein Name ist Reimer, ich habe in München eine Professur für Violine. Und ich weiß, wovon ich rede, glauben Sie mir. Ich habe das schon draußen und beim Heraufkommen gehört, Sie sind außergewöhnlich talentiert.“

„Herr Professor, wollen Sie nicht wiederkommen, zu einer Zeit. In der ihre Mutter da ist?“, warf der Onkel ein.

„Eine gute Idee. Ich lasse Ihnen meine Karte hier und Sie rufen mich an, um einen Termin auszumachen.“

Er zog seine Brieftasche aus der Jacke, entnahm ihr eine Visitenkarte, und gab sie Erik.

„Anka, es war sehr schön, Ihr Spiel zu hören, und Sie kennenzulernen. Sollten Sie auf die Hochschule für Musik in München wollen, werde ich versuchen, alle Hindernisse aus dem Weg zu räumen. Ich wünsche Ihnen beiden ein schönes Wochenende und eine gute Zeit.“

Erfreut und nachdenklich lief er langsam die große Holztreppe wieder hinab, verließ das Haus und stand ungläubig auf der großen Steintreppe vor seiner alten Schule, schüttelte mehrfach den Kopf, als wollte er nicht wahrhaben, was er wenige Minuten zuvor erlebt hatte. Er setzte seine Sonnenbrille wieder auf, ging wenige Schritte, um erneut stehen zu bleiben und darüber nachzudenken, was ihn eigentlich veranlasst hatte, in die Altstadt zu gehen. Es fiel ihm wieder ein, und zwei Straßen weiter um die Ecke biegend, konnte er, schon vor dem Eingang des Antiquitätengeschäfts stehend, die zuvor gehörten Noten immer noch einzeln auf dem Papier sehen und den Klang ihrer Interpretation hören.

Beim Betreten des Ladens schlug eine über der Tür angebrachte größere Messingglocke so fürchterlich laut, dass der Klang alle leisen Beethovennoten aus seinem Kopf verdrängte. Nach wenigen Sekunden kam der alte Balthasar aus einem der hinteren Räume zu dem antiken Tresen, nickte ergeben und wischte sich die Hände an seiner gestreiften Weste ab.

„Ich grüße Sie, Herr Professor, was kann ich an diesem schönen Tag für Sie tun?"

„Herr Balthasar, Sie haben eine Originalnotation von Johann Adam Hiller im Angebot. Darf ich mir diese einmal ansehen und Sie nach dem Preis fragen?"

„Aber natürlich, Herr Professor."

Er wandte sich um, ging zu einer Vitrine an der rechten Ladenseite, entnahm einer Schublade weiße Baumwollhandschuhe und streifte sie sich über. Anschließend zog er aus der geöffneten Lade eine alte Papprolle. Als er am Tresen zurück war, fischte er mit zwei Fingern die Noten aus der Rolle heraus und breitete sie langsam auf dem Glas auf.

„Voilà, Herr Professor, darf ich Ihnen Handschuhe geben oder kann ich die Seiten wenden – wie Sie möchten."

„Es wird mir reichen, dass Sie die Seiten umdrehen und mir den Preis der Blätter nennen, bitte."

„Einen Preis habe ich leider noch nicht. Ich muss noch ein Gutachten machen lassen, auf Wunsch des Eigentümers, für den ich diese Blätter verkaufe."

Reimer ließ beim Anblick der Noten ein leises Zischen vernehmen, indem er den Großteil seiner Atemluft durch die Zahnreihen abgab. Im Kopf instrumentierte er die handgeschriebenen Stücke, die er vor sich liegen sah, vernahm Teile dieser Musik aus der Zeit Mozarts und war begeistert über den Zustand der Notenblätter.

„Billig sind die nicht, das ist mir klar. Bitte verständigen Sie mich, sobald sie den Preis ermittelt haben. Meine Telefonnummer haben Sie noch?"

„Lieber Herr Professor, die Blätter sind sehr wertvoll, sobald ich mehr weiß, melde ich mich bei Ihnen. Ihre Nummer habe ich mir bei Ihrem letzten Besuch notiert."

„Danke, Herr Balthasar."

Reimer, ging um den Tresen herum, um sich zu verabschieden.

„Ich hoffe, bald von Ihnen zu hören und wünsche noch einen schönen Tag."

„Danke, Herr Professor, auf Wiedersehen."

Er wandte sich zur Tür, verließ den Laden und erst draußen wurde ihm klar, dass er während der im Geschäft verbrachten Zeit wieder an Anka und ihr Violinspiel gedacht hatte. Er lief planlos durch die Altstadt. Erst als die Sonne flacher am Horizont stand und die Schatten der Häuser die alten Kopfsteinpflaster überlagerten, machte er sich auf den Heimweg.

Am nächsten Tag, den er überwiegend in seiner angemieteten Zwei-Zimmer-Wohnung verbrachte, wartete er voller Ungeduld auf den Anruf, um den er den Hausmeister der Schule gebeten hatte. Das Telefon blieb stumm, auch an dem darauffolgenden Montag. Zurück aus Tutzing, wo er die Sommerakademie leitete, fand er nur den Anruf einer Studentin auf dem Anrufbeantworter. Keine Frage, kein Hinweis der Mutter. Er zweifelte an sich und dachte darüber nach, ob er sich falsch verhalten hatte.

Er entschloss sich, am nächsten Tag gegen Abend erneut sein altes Gymnasium aufzusuchen und hoffte, die Familie und die Tochter anzutreffen. Er war fest entschlossen, dem jungen Talent alle Wege zur Akademie zu öffnen, ihr die Zugangsberechtigung zu verschaffen und sie zu fördern. Die Aufnahmebedingungen waren im Regelfall schon außergewöhnlich hürdenreich, und er wusste, dass es trotz seiner Reputation Schwierigkeiten geben würde, zumal nicht alle der sogenannten Entscheidungsträger ihm wirklich wohlgesonnen waren.

Die heimliche Freude einiger weniger Kollegen war zu spüren gewesen, als er nach seinem tragischen Unfall erst einmal *weg vom Fenster* gewesen war. So sehr weg jedenfalls, dass er keine hochwertigen Konzerte mehr geben konnte, dass er das von ihm gegründete Quartett verlassen und sich fortan überwiegend der Ausbildung in der Akademie zu widmen hatte und teilweise dem kleinen Mozart Ensemble.

Zurück in seiner Wohnung, war die erste Überlegung nicht wie üblich, was und wo er sein Abendbrot zu sich nehmen sollte. Obwohl sein Magen zwischenzeitlich Bedarf angemeldet hatte, hielt sich der Professor nicht mit solchen Gedanken auf. Er zog sich etwas legerer an, entließ seine, wie er es nannte, *Arbeitsklamotten,* auf den stummen Diener in der Fensternische seiner etwas muffigen Wohnung und ging mit Sportblouson und Cordhose bekleidet die übel riechende gewachste Altbautreppe hinunter.

Die paar Straßen ließ er schnell hinter sich und freute sich auf das bevorstehende Gespräch mit Ankas Familie. Vor dem Schulgebäude hielt er kurz an. Als keine Töne von Ankas Violine zu hören waren, schob er den alten, nicht verschlossenen, wuchtigen Flügel des Portals auf, um über die ihm vertraute Treppe in die zweite Etage zu gelangen. Dort sah er sich um und nahm den langen östlichen Flur mit den großen Sprossenfenstern. Er lauschte, als in diesem Bereich alles ruhig blieb und er nichts hören konnte, ging er in die entgegengesetzte Richtung, und dort war ebenso nur Ruhe.

Wie beim ersten Besuch musste er noch zwei Teiltreppen in den dritten Stock nehmen. Dort brachte ihn die freie Fläche des Treppenhauses zur gegenüberliegenden Aula, in der er am Samstag zuvor Ankas Violinspiel gehört hatte. Die Tür zur Aula war nur angelehnt und der Raum leer. Als er seinen Kopf aus dem geöffneten Türspalt zurückzog, waren von gegenüber Stimmen zu vernehmen. Er ging hinüber.

Auf der anderen Seite sah er sofort, dass dort, wo in seiner Jugend die Schulverwaltung Büros und der Direktor seine große Wohnung gehabt hatten, die Wohnung der Familie sein musste. Die Tür zu diesem speziell abgetrennten Bereich stand offen. Im Türbogen blieb er stehen, und, um sich bemerkbar zu machen, rief er: „Hallo – ist jemand zu Hause?"

Er wiederholte den Ruf und bekräftigte ihn mit mehrmaligem heftigem Klopfen an den Türrahmen. Eine der von diesem Korridor abgehenden Türen öffnete sich nach einer Weile und ein Junge, dessen rechtes Bein in einer Schiene eingeklemmt schien, sah neugierig um den Türrahmen und kam humpelnd aus dem Raum auf den Professor zu.

„Hallo, zu wem wollen Sie?"

„Entschuldige, dass ich so eindringe. Ich möchte zu einer jungen Dame, die Anka heißt, und zu ihrer Mutter. Kannst du mir zeigen, wo ich sie finde?"

„Anka ist meine Schwester, kommen Sie."

Reimer ging zu dem Jungen, der im mittleren Bereich des Flurs stand und nun humpelnd, sein geschientes Bein immer wieder anhebend, auf eines der am Ende des Korridors liegenden Zimmer zusteuerte. Ohne anzuklopfen öffnete er die Tür, und Reimer, der ihm gefolgt war, konnte in ein altmodisch eingerichtetes Wohnzimmer blicken, in dem zumindest der Versuch unternommen worden war, Gemütlichkeit zu simulieren.

Neben zwei älteren Sesseln bestand die Einrichtung aus einer vor den beiden Fenstern zur Straßenseite stehenden viersitzigen Couch, die halb mit einer Wolldecke in modernem Muster bedeckt war. Der davorstehende Tisch war, wie es in den Siebzigerjahren Mode wurde, auf der Oberfläche mit Mosaik belegt, darauf stand eine filigrane Messingschale mit Obst.

An einer der Kopfseiten der Couch befand sich ein älterer Ohrensessel, und auf der freien Fläche zwischen dem anderen Ende des Tisches und der Wand war, neben einer Ablage, ein etwas modernerer mittelgroßer Sessel zu sehen.

Die rechte Wandseite des Raums war vollständig mit hohen Schrankwänden verdeckt, während auf der gegenüberliegenden Seite neben einer geschlossenen Tür nur ein zwei Meter breites Bücherregal die große Fläche unterteilte. Unterschiedliche, überwiegend ältere Bände füllten diese Regale zu einem Drittel, der Rest war dekoratives Vermögen zeigend mit Vasen, Schalen und Nippes belegt.

Als Reimer eintrat, knarrte der alte Holzfußboden, den unter der Couch bis mehrere Meter in den Raum ein Industrieperser bedeckte. Reimer schaute kurz oben an die über allem hängende drei Meter hohe Zimmerdecke aus dem neunzehnten Jahrhundert, in der sich mittig um die Kordel, an der eine mächtige Lampe hing, ein Stuckkranz mit stilisierten Rosen befand.

„Mama", rief der Junge Jelica zu, „Mama, der Mann möchte mit dir sprechen und mit Anka."

Erschrocken ließ Jelica die Zeitung auf den Tisch gleiten und mit geweitetem Blick sprang sie auf.

„Guten Tag, ist etwas mit meiner Tochter?"

„Nein, bitte beruhigen Sie sich, hat Ihnen der Onkel Ihrer Tochter nicht gesagt, dass ich mich über einen Anruf von Ihnen freuen würde? Ich hatte ihm meine Karte mit der Nummer gegeben."

„Ja, dieser Onkel ist mein Schwager und Hausmeister hier. Er hat etwas gesagt von einem Professor, sind Sie das?"

„Nun, ich nehme an, dass er mich gemeint hat. Um auf den Punkt zu kommen. Mein Name ist Reimer, Professor Reimer."

„Entschuldigung, Herr Professor, bitte nehmen Sie doch Platz. Mein Name ist Amata, Jelica Amata, und wie Sie sehen, ich bin die Mutter. Wir sind hier – Gott sei Dank – beim Bruder meines Mannes gut untergekommen. Darf ich Ihnen etwas anbieten, vielleicht einen Kaffee oder etwas Kaltes?"

„Oh nein, danke", entgegnete Reimer, überrascht von der offenen und gastfreundlichen Art Jelicas, „nein wirklich nicht, ich wollte nur kurz mit Ihnen und Ihrer Tochter ..."

„Entschuldigung, die ist nebenan bei einem Mädchen, mit dem sie sich etwas angefreundet hat, aber erklären Sie mir bitte, was Sie zu uns geführt hat."

„Nun ja, ich habe am vergangenen Samstag, als ich unten auf der Straße in die Nähe der Schule kam, Violinspiel vernommen. Ich bin den Tönen nachgegangen, hier heraufgekommen und habe festgestellt, dass es Ihre Tochter war, die so ausgezeichnet spielte. Ihren Schwager bat ich, Sie zu bitten, mich anzurufen. Wissen Sie, dass Ihre Tochter außerordentlich begabt ist? Sie ist ein großes Talent und muss unbedingt, ich wiederhole mich, die Musikhochschule besuchen."

„Wie stellen Sie sich das vor? Sie musste aus familiären Gründen vor der Hochschulreife die Schule in Belgrad verlassen, um mit uns nach Sarajevo zu gehen. In Sarajevo ist jetzt Krieg, die Schulen sind geschlossen. Ich bin, um das Leben der Kinder zu retten, mit ihnen geflohen. Beide haben Schreckliches erlebt und bis heute nicht überwunden. Wie Sie sehen, haben wir andere Sorgen und ich bin glücklich, dass die Kinder hier den Anschluss nicht ganz verlieren und endlich in Sicherheit sind."

„Aber ich will Ihnen doch helfen und insbesondere Ihrer Tochter. Wir können die Probleme analysieren und eine Lösung finden, glauben Sie mir."

„Lieber Herr Professor, es gibt keine Probleme, die zu analysieren sind, die Sie lösen könnten. Wir leben hier auf Duldung der deutschen Behörden und sind froh, dass es das gibt. Duldung bedeutet, dass es lediglich eine nicht vollzogene Abschiebung ist. Was wiederum heißt, dass wir immer auf gepackten Taschen sitzen müssten. Wir dürfen Bayern nicht verlassen. Mein Sohn bräuchte dringend eine zweite Operation für sein zerschossenes Knie – aber mit dem Status der Duldung …?"

„Zerschossen, mein Gott, das tut mir leid, das habe ich nicht gewusst …"

Mit leichtem Lächeln, das ihren Worten die Schärfe nehmen sollte, fuhr sie fort: „Sie wissen vieles noch nicht, Herr Professor Reimer. Und Sie wollen das Kind nach München auf die Akademie schicken?"

„Sobald Sie und Ihre Tochter einverstanden sind, versuche ich alle behördlichen Hürden aus dem Weg zu räumen."

„Herr Professor, wir werden an Deutschland nur die besten Erinnerungen haben und hoffentlich bald zurückgehen können. Wir wollen, sobald Krieg und Belagerung in Sarajevo ein Ende haben, zurückkehren. Wenn das während der von Ihnen ins Auge gefassten Ausbildung wäre, erscheint mir das schlechter, als diese Ausbildung erst gar nicht zu beginnen."

„Ich verstehe Ihre Ängste, Sie wollen für Ihre Kinder das Beste. Ich bin jedoch der festen Überzeugung, dass eine umfassende Ausbildung in dem Bereich, in dem Ihre Tochter jetzt schon außerordentlich gut ist, sehr wichtig wäre."

Jelica sah sich etwas verlegen im Raum um, bevor sie dem Professor erwiderte: „Gut, ich werde mit meiner Tochter, meinem

Schwager und ich werde mit meinem Mann, der noch in Sarajevo ist, reden, sobald wir eine Verbindung bekommen."

„Darf ich mit Ihrem Anruf rechnen?"

Reimer zog seine Brieftasche aus der Jacke, entnahm wieder eine Visitenkarte und reichte sie Jelica.

„Meine Karte. Unten finden Sie meine Privatnummer. Rufen Sie mich am besten unter dieser Nummer an. In München können Sie mich nicht erreichen, wegen der Semesterferien. Ich bin immer so gegen 18.00 Uhr zurück."

Reimer stand auf, klappte seine Brieftasche zu und ließ sie wieder in der Innentasche seines Sakkos verschwinden. Jelica erhob sich und streckte ihre Hand aus, um sich zu verabschieden.

„Herr Professor, ich danke Ihnen, dass Sie sich so viel Mühe um unser Kind machen wollen. Danke nochmals."

„Sie werden nach einiger Zeit überzeugt sein, dass es sinnvoll ist, das Talent Ihrer Tochter zu fördern. Bitte, rufen Sie mich in jedem Fall an, sobald es möglich ist."

Reimer verabschiedete sich von Jelica, ging zu Jan, der wieder ins Wohnzimmer gekommen war, gab ihm die Hand, klopfte ihm mit den Worten „Alles wird gut" auf die Schulter und schritt zur Tür, um die Schule zu verlassen. Gedankenverloren spazierte er zurück zu seiner Wohnung. *Wieso*, dachte er, *stoße ich immer auf solchen Widerstand, wenn ich mich engagieren möchte und meine Hilfe anbiete, vielleicht sollte ich das ganz einfach bleiben lassen.*

Er war mit seinen Sachen, die er aus der gemeinsamen Dachterrassenwohnung mitgenommen hatte, zurückgekehrt. Mit seiner attraktiven Frau hatte er das Wochenende danach in einem noblen Hotel am Tegernsee verbracht, um ihren Geburtstag zu feiern. Das Mädchen mit der Violine war in seinem Gedächtnis nicht mehr vorrangig präsent, als eines Abends die Telefonmelodie zu hören war. Er hatte einen schlechten Tag. In Tutzing war es ihm zu viel geworden. Er hasste es, Studenten zu unterrichten, die es mit viel Glück in die Akademie geschafft hatten. Immer war er bemüht, höflich und rücksichtsvoll zu sein. An diesem Tag hatte er die Beherrschung verloren und eine Studentin angeschrien. *Schauen*

Sie hinaus, die Bäume verlieren nicht die Blätter, weil zu viel Wind sie abreißt, sie schütteln sie ab, weil so fürchterliche Töne zu ihnen dringen, erzeugt von Ihnen mit Ihrem Instrument. Nachdem er sie weinen sah, war er war auf sie zugegangen und hatte um etwas mehr *Heimarbeit* gebeten.

Vom Telefon erklangen erneut, statt eines ordinären Läutens, die wenigen einprogrammierten Noten aus Mozarts *Kleiner Nachtmusik*. Er vermutete einen seiner Studenten am anderen Ende. Ellen, die in der Küche das Abendbrot bereitete, kam an die Tür und rief ihm verärgert zu: „Hörst nicht, oder hast du heute keinen Bock?"

Er stammelte eine Entschuldigung, ging zum Telefon, nahm den Hörer ab und meldete sich mit einem „Ja, bitte".

„Entschuldigung, ist dort Professor Reimer oder habe ich mich verwählt? Mein Name ist Amata, Jelica Amata."

„Ja, natürlich, hier ist Reimer. Frau Amata, dass Sie doch noch anrufen, das freut mich sehr. Ganz ehrlich, ich hatte schon nicht mehr daran geglaubt."

„Entschuldigung, es war so viel zu regeln und wir haben lange über das gesprochen, was Sie gesagt haben, als Sie bei uns waren und mit meinem Mann musste ich sprechen. Würden Sie noch einmal bei uns vorbeikommen wollen?"

„Natürlich, wann wäre es am besten für Sie?"

„Samstag wäre gut, gegen Mittag vielleicht, geht das?"

„Einen Moment, ich muss in meinem Kalender nachsehen."

Er nahm den Hörer, ging zur Anrichte, auf der sein Jahresplaner lag, und schlug den Samstag auf.

„ Ja, am kommenden Samstag, gegen 11.30 Uhr, bin ich bei Ihnen."

„Danke, Herr Professor, bis Samstag."

„Ja, bis Samstag, auf Wiederhören."

Der Anruf hatte ihm den Tag gerettet, seine Laune war schlagartig besser geworden. Der durch die Wohnung ziehen Duft ließ ihn zur Küchentür gehen.

„Liebling, welches Geschirr möchtest du, das ich auflege?"

„Was ist jetzt los, bist du aus deinem Olymp wieder gelandet?"

„Ja, ich hatte ein aufbauendes Telefonat."

„Mit einer Studentin."

„Mit der Mutter einer Vielleichtstudentin, ich habe dir davon erzählt. Das Mädchen aus Sarajevo, unten im Gymnasium."

„Die Favoritin des Talentsuchers?"

„Wenn es denn so wird, ja."

„Na prima, decke bitte die weißen Rosenthal-Teller."

Die Harmonie für diesen und die kommenden Abende war gerettet.

Das Wochenende kam und Reimer bereitete sich auf das Gespräch mit Mutter und Tochter vor. Er war fest davon überzeugt, dass es ihm gelingen würde, dieses Ausnahmetalent an die Akademie zu holen. Er verließ die Wohnung viel zu früh. Ellen war nach dem Frühstück in ihre Apotheke geeilt und keiner konnte ihn jetzt aufhalten.

Er nahm denselben Weg wie beim ersten Besuch. Gegen 11.30 Uhr stand er vor dem Gymnasium. Der große Türflügel war geschlossen, aber nicht verriegelt. Er öffnete und schritt zielstrebig durch die Halle, die knarzenden Holzstufen hinauf in die letzte Etage. Er erschrak, als ihm in diesem Moment durch den gegenüberliegenden Korridor Jelica mit einem Wäschekorb unter dem Arm entgegenkam.

„Herr Professor, hallo, so pünktlich?"

„Ja, Frau Amata, ich grüße Sie, es ist mir wirklich wichtig."

„Kommen Sie, meine Tochter ist in der Aula."

Jelica stellte ihren Korb zur Seite und ging zur Tür der Aula voraus. Als sie den großen Saal betraten, saß Anka, ihren Geigenkasten auf den Knien haltend, vor dem Flügel. Im Spiel von Licht und Schatten sah sie wie auf dem Ölgemälde eines holländischen Meisters aus. Von der Seite beleuchtete die Sonne ihren Körper. Die reine, etwas getönte Haut, die nun leicht gewellten, länger gewordenen dunklen Haare glänzten. Sie hatte sie auf der rechten Seite über die Schulter nach vorne gekämmt. Reimer ging auf sie zu, nahm ihre schlanke, gepflegte Hand, hielt diese einige Sekunden und begrüßte Anka.

„Guten Tag, Anka, wie geht es Ihnen?"

„Danke, es geht schon."
„Das klingt nicht sehr glücklich."
„Herr Professor, Glück ist so relativ", gab Anka zurück.
„Ein weises Wort aus einem jungen Mund. Darf ich zur Sache kommen?" fragte er, sich an Jelica wendend.
„Natürlich, deshalb sind Sie ja hier."
„Anka, Sie lieben Musik, Sie lieben Ihr Instrument, dem Sie, ich habe es gehört, ungemein gute Musik entlocken. Und dazu meine Frage, hätten Sie grundsätzlich Lust, anders ausgedrückt, könnte ich Sie mit der Aussicht begeistern, die Akademie für Musik in München zu besuchen? Das klingt nun etwas geschraubt. Ich weiß nicht, wie ich es anders ausdrücken kann, ohne Sie vor den Kopf zu stoßen."
Anka sah auf ihr Instrument und nach einer kleinen Pause den Professor lächelnd an.
„Herr Professor, warum so kompliziert. Ich möchte jeden Tag Musik machen und ich möchte das mein Leben lang. Ich hatte in Belgrad gute Lehrerinnen. Doch das ist lange her und das meiste habe ich selbst probiert, bis ich es einigermaßen konnte."
„Und Sie, Frau Amata, sind Sie einverstanden, dass ich Ihre Tochter etwas unterstütze?"
„Grundsätzlich ja. Die erste Frage, die ich leider stellen muss, ist die, was kommt dabei finanziell an Verpflichtungen auf uns zu. Wie Ihnen bekannt sein dürfte, bekommen Asylanten, in unserem Fall Geduldete, nur eine geringe finanzielle Hilfe. Meinen Bruder, der hier im Haus beschäftigt ist, möchte ich in keinem Fall zusätzlich belasten. Er kommt schon für den Großteil der Kosten auf."
„Das sollte Ihnen kein Kopfzerbrechen bereiten. Für Hochbegabte", Anka konnte bei dem Begriff ein Lächeln nicht verbergen und senkte ihren Kopf, „und Anka ist hochbegabt, gibt es Sonderregelungen, Stipendien und Zuschüsse."
Anka hob ihren Kopf, stand auf, legte ihr Instrument auf den Flügel und lehnte sich daran.
„Ich möchte überhaupt nicht, dass meine Mutter sich noch mehr Sorgen machen muss, wie sie das alles finanziell schafft, Herr Professor. Was muss ein Schüler können, um die Akademie besuchen

zu dürfen. Welche Grundvoraussetzungen muss er mitbringen, um überhaupt akzeptiert zu werden?"

„Sie meinen die Zulassungsvoraussetzungen?"

„Puh, ein kompliziertes deutsches Wort, die Zulassungsvoraussetzungen. Solche Begriffe sind uns in den Anträgen für den Aufenthalt und die Duldung begegnet, ziemlich schwierig. Und wir hatten bei Weitem bessere Vorbedingungen als die meisten ausländischen Bewerber. Mein Onkel ist schon zehn Jahre hier. Mama hat Germanistik studiert und ich habe, mit meinem Bruder, die Deutsche Schule in Belgrad besucht. Mein kleiner Bruder leider nur kurz, wir sind nach Sarajevo gezogen."

„Sie würden ein Jungstudium beginnen und – das glaube ich – schnell *weiterspringen*. Die Zulassungsvoraussetzungen für dieses Jungstudium ist eine sogenannte Hauptfachprüfung, die in aller Regel nicht länger als eine halbe Stunde dauert. Dabei werden Ihnen folgende Aufgaben gestellt."

Der Professor hob beide Hände, bei jeder Aufgabe, die er aufzählte, streckte er einen Finger der rechten Hand aus, den er zuvor mit der linken Hand aufklappte.

„Die Tonleiter und zerlegte Dreiklänge durch drei Oktaven.
Eine Etüde.
Ein Satz aus einer Sonate von J. S. Bach.
Ein Satz aus einer Sonate für Violine und Klavier.
Ein Satz aus einem Konzert.
Ein Satz aus einem moderneren Stück.
Und Spielen vom Blatt."

Nach der fünften Aufgabe hatte er noch zwei Finger der linken Hand dazugenommen.

„Das dürfte keine Schwierigkeit für Sie sein? Ich werde Ihnen in der kommenden Woche alle Informationen und Unterlagen, ich will sagen, alles noch ausführlich und schriftlich zukommen lassen. Sie können die Informationen in Ruhe studieren, und für die Fragen, die auftauchen werden, dürfen Sie mich jederzeit anrufen. Könnte sein, dass etwas unklar oder unverständlich ist. Was wir als *zweiten Schritt* unternehmen, ist die Sonderzulassung zu dem bald beginnenden Semester. Die Anmeldefrist und der Termin für die

Eignungsprüfung sind bereits verstrichen. Ich werde in jedem Fall versuchen, noch eine außerordentliche Prüfung zu arrangieren."

„So viel Arbeit wollen Sie sich aufladen?", entgegnete Jelica.

„Darf ich einmal Ihre Violine sehen, Anka?"

Anka drehte sich zum Flügel, öffnete ihren Violinkasten, entnahm ihm das Instrument und reichte es Reimer.

Reimer nahm es vorsichtig in beide Hände, ging zum ersten Fenster hinter dem Flügel, zupfte an den Seiten, klopfte auf den Korpus, lauschte hinein und warf einen Blick in das f-Loch. Er kam die wenigen Schritte zurück zu Anka und Jelica, legte das Instrument wieder vorsichtig zurück.

„Sie wissen", wandte er sich an Jelica, „dass dies ein wertvolles Instrument ist. Den genauen Wert kann ich nicht benennen, aber es gibt, sollten sie das nicht geschickt anstellen, vielleicht Probleme mit den Zollbehörden."

„Probleme, warum Probleme, welcher Art Probleme und ausgerechnet mit dem Zoll, nur weil ich ein gutes Instrument spiele?", wollte Anka mit geweiteten Augen wissen.

„Es ist wunderbar, dass Sie das Instrument mitgebracht haben. Die Zollbeamten sehen das oft leider etwas anders. Die vermuten immer Missbrauch. Zum Beispiel, Sie würden die Violine verkaufen wollen, oder Ähnliches."

„Verkaufen, die Violine ist seit Generationen in unserer Familie, wer um alles in der Welt würde die verkaufen?", erklärte ihm Jelica.

„So wird es ja bleiben, nur, die Beamten denken etwas um die Ecke. Für die Steuer- und Zollbehörde haben Sie illegal einen teuren Wertgegenstand eingeführt."

„Eingeführt, was soll das denn wieder heißen, wir haben nur unser Eigentum mitgebracht."

„Für mich ist das nicht nur gut, es ist bewundernswert. Um keinen Ärger zu bekommen und vielleicht Hunderte von Euro Strafe zahlen zu müssen, zusätzlich zu den Zollgebühren, schlage ich vor, dass Sie in den nächsten Tagen bei der Zollbehörde anrufen, einen Termin vereinbaren und Ihr Instrument anmelden. Warten Sie bitte, bis ich Ihnen die versprochenen Papiere sende. Ich lege ein Schreiben dazu, das Sie zur Zollbehörde mitnehmen."

Anka zog eine kleine Schnute, nickte und gab sich damit einverstanden.

„Für mich ist das in Ordnung, Herr Professor, Sie kennen sich aus mit solchen Sachen. Wie ist das mit den Terminen, wann würde diese Prüfung stattfinden? Und ab wann dürfte ich nach München kommen, in die Akademie – wenn alles klappt?"

„Diese Eignungsprüfung ist jeweils im Juni, demnach, wie ich schon erwähnt habe, vorbei. Im September ist die Immatrikulation möglich. Zuvor müssen wir noch die Hochschulzulassung bekommen, da Sie die Hochschulreife in Belgrad nicht mehr machen konnten."

Und lächelnd fügte er an: „Das ist, ich muss mich wiederholen, bei Ihrer Begabung keine große Sache."

Jelica seufzte tief. „Du meine Güte, so viele Widerstände und nur weil das Kind gerne mit Musik weitermachen möchte."

„Es hat seine Vorteile, Frau Amata. Sie glauben ja nicht, wer sich an der Akademie unter falschen Voraussetzungen eine Zulassung erschleichen will."

„Verflixt", rief Jelica, „ich hab meine Waschmaschine vergessen. Entschuldigung, Herr Professor, Sie kommen bestimmt wieder vorbei?"

Sie reichte Reimer die Hand und verschwand aus der Aula, um sich im Keller um die Wäsche zu kümmern.

„Anka, ich möchte mich jetzt verabschieden. Ich finde es wunderbar, dass Sie weitermachen wollen. Ihre Eltern werden stolz auf Sie sein und meine Unterstützung ist Ihnen gewiss."

Er ging auf Anka zu, reichte ihr die Hand. Als ihre schmalen Finger in seiner Hand lagen, hielt er sie wieder wenige Sekunden länger fest, als es notwendig gewesen wäre, in dem Glauben, ihr damit Zuneigung und Vertrauen vermitteln zu können.

„Auf Wiedersehen, Herr Professor, sobald ich das Schriftliche habe, konzentriere ich mich auf die verlangten Stücke."

„Auf Wiedersehen, Anka, ich freue mich."

Langsam und nachdenklich ging er zur Tür, drehte sich noch einmal lächelnd um und verließ die Schule. Gut gelaunt, als sei ihm ein Sieg zugefallen, machte er sich auf den Heimweg.

Am vierten Tag nach seinem Besuch traf der Brief mit den detaillierten Zulassungsbedingungen für die Musikakademie bei Anka ein, mit einem Schreiben für die Zollbehörde. Ankas Stimmung veränderte sich ins Positive und sie hatte imaginäre Bilder einer erfolgreichen Musikkarriere vor sich. Mit Freundinnen und Freunden, die sie finden würde, da war sie sicher, spielend auf einer Bühne vor großem Publikum – Glück pur, so empfand sie es in diesem Augenblick.

„Anka, bitte", versuchte Jelica sie zu bremsen, „vor den Erfolg haben die Götter den Fleiß und den Schweiß gesetzt, so oder ähnlich lautet ein kluges Sprichwort."

„Ja, Mama, ich weiß doch, dass ich noch viel lernen muss. Ich freue mich, dass ich Menschen kennenlernen kann, die ebenso viel Freude an der Musik haben und mit denen ich eventuell gemeinsam musizieren kann."

„Jetzt müssen wir erst einmal abwarten, ob das so überhaupt zu machen ist, wie der Professor gesagt hat. Der war mir etwas zu optimistisch. Onkel Erik muss mir sagen, wo diese Zollbehörde ist, wir werden, so schnell es geht einen Termin machen. In keinem Fall will ich mit solchen Stellen Ärger haben."

„Wollen die Zollbeamten die Violine sehen und muss ich die mitnehmen?"

„Davon gehe ich aus. Wir werden das vorab telefonisch klären. Vergiss nicht, dass du dich als Studierende an der Hochschule für Musik in München vorstellen musst. Du bist noch nicht eingeschrieben, aber der Professor hat es so empfohlen."

Am Donnerstag darauf rief Jelica das Zollamt an und bat um einen Termin und um die Öffnungszeiten. Sie brachte ihr Anliegen vor und wurde belehrt, dass eine solche Anmeldung innerhalb eines Jahres nach Einführung erfolgen müsse und somit genug Zeit blieb. Sie bestand auf einem Termin in naher Zukunft und wusste schon vorab, dass sie es wieder mit echten Beamten zu tun haben würde, mit deutschen Beamten.

Als sie Tage später mit ihrem Schwager, Anka und der Violine zum Zollamt fuhr, bestätigten sich ihre Erfahrungen. Sie mussten, obwohl weit und breit kein anderer Bittsteller anwesend war, über fünfzig Minuten warten, bis ein in Zivil gekleideter Mann mittleren Alters sie in sein übel riechendes Büro bat. Es war gegen Mittag und er begrüßte sie mit: „Guten Morgen, Sie wollen bei mir etwas anmelden?“

„Ja“, antwortete Jelica, „die Violine. Aber nicht nur anmelden, befreien lassen, als ein für die Ausbildung unerlässliches Instrument.“

„Ihren Ausweis haben Sie dabei?“

„Natürlich“, sagte Anka, „Mama, bitte gib dem Herrn meinen Ausweis.“

Er sah sich die Eintragungen auf dem Ausweis an.

„Aha, Duldung, und warum wollen Sie das Instrument anmelden?“

„Weil meine Tochter auf die Musikakademie geht, hier die Bestätigung.“

Sie öffnete ihre Handtasche und reichte dem Beamten das Schreiben des Professors.

„Soso, und das mit Duldung.“

„Ja“, mischte sich Erik ein, „und für längere Zeit, vielleicht für immer. Hätten Sie nun die Güte, das Instrument zu registrieren. Sie studiert schließlich damit, wie aus dem Schreiben zu entnehmen ist.“

„Glauben Sie, ich kann nicht lesen?“

„Davon gehe ich aus, ich meine, natürlich können Sie lesen.“

„Was hat das Ding für einen Wert?“

„Das Ding, wie Sie das nennen“, konterte Jelica, „ist eine hochwertige Violine und schon mehrere Generationen im Besitz unserer Familie.“

Nun wurde Anka ungeduldig.

„Das spielt doch keine Rolle, wir wollen sie nicht verkaufen und müssen mit der Anmeldung keine Einfuhrabgaben bezahlen. Schreiben Sie meinetwegen tausend, zehntausend, oder was immer Sie wollen.“

„Natürlich müssen Sie bezahlen, meine Arbeit. Glauben Sie, wir alle arbeiten umsonst?“

Sogar Erik wurde es langsam etwas zu bunt.

„Ihre Gebühren bekommen Sie schon noch, werden Sie nun wirklich und endlich das Instrument registrieren?"

„Ich muss es erst sehen."

„Anka", bat Jelica, „bitte sei so gut und nimm die Violine kurz aus dem Kasten."

Anka öffnete den alten Violinkasten, nahm das Instrument aber nicht heraus und stellte den Kasten vor den Beamten auf den Schreibtisch. Er streckte die Arme aus und griff mit einer seiner übergroßen Hände nach der Violine. Blitzschnell war Anka aufgestanden, schob seine Hand weg und entnahm das Instrument selbst.

„Haben Sie nun Angst, dass ich das kaputt mache?", wollte der Beamte von Anka wissen.

„Entschuldigen Sie, Sie sehen nicht so aus, als hätten Sie das Spiel auf einer Violine studiert."

„Nein, aber Schlagzeug kann ich."

„Gut", sagte Jelica, „macht es Ihnen etwas aus, jetzt endlich zur Tat zu schreiten?"

„Was denn nun", wollte er wissen, „wir sind doch nicht bei der Kripo."

„Nein, aber beim Zoll", meinte Erik, „und es wäre sehr liebenswürdig von Ihnen, uns jetzt den entsprechenden Bescheid auszustellen."

Der Beamte vertiefte sich in seinen eigenartigen Computer, und nach weiteren zehn Minuten begann sein alter Nadeldrucker zu rattern. Er stand auf, ging zur anderen Seite des Büros und entnahm dem Drucker zwei Seiten. Zum Schreibtisch zurück, unterschrieb er beide Blätter und füllte noch ein kleineres Formular per hand aus.

Er reichte Jelica das kleinere Blatt.

„Mit dem müssen Sie zuerst zur Kasse, die Gebühr bezahlen und danach kommen Sie wieder zu mir."

Anka klappte ihren Instrumentenkasten zu, nahm ihn demonstrativ unter den Arm und zu dritt verließen sie das Büro. Vor der Tür stöhnte Erik: „Ich halt's nicht aus, das kann doch nicht wahr sein."

Jelica ging zum Ende des langen, mit billigem Material belegten Korridors, auf das Leuchtschild *Kasse* zu. Sie klopfte an die Scheibe. Relativ schnell war die Gebühr entrichtet, sie kam zurück zu Anka und Erik.

„Bitte“, bat Erik, geh noch einmal hinein und hole die Bestätigung, „wir warten hier.“ Jelica ging zur Tür des Büros, klopfte und nach einiger Wartezeit rief der Beamte sie herein. Er händigte ihr die Bestätigung der sogenannten Befreiung aus und sie verabschiedete sich.

Auf der Heimfahrt saßen sie schweigend in Eriks Wagen, jeder seinen Gedanken nachhängend. Erik musste sich auf den starken Verkehr konzentrieren. Jelica dachte an die Aufnahmeprüfung, die Anka bevorstand und für die sie viele Stunden üben musste, und sie dachte an ihren Sohn, der einen gewaltigen Wachstumsschub hinter sich hatte, dessen Beinschiene zu klein geworden war und ihm unablässig Schmerzen bereitete. Auch Ankas Gedanke waren bei ihrem Bruder, für den sie nach wie vor eine tiefe Liebe und Zuneigung empfand und immer auf der Suche nach Dingen war, mit denen sie ihm eine Freude bereiten konnte. Mit gemischten Gefühlen dachte sie daran, dass er nach den Sommerferien unten in die Schule gehen und beim Sport, seiner liebsten Beschäftigung, wieder abseits stehen müsste. Dass er mehrfach, mit dieser verdammten Schiene, die vielen Stufen zu bewältigen haben würde und sie sich viel Zeit nehmen müsste, ihn zu fördern und ihm bei seinen Aufgaben zu helfen.

Mehr als ihren Vater nicht zu erreichen störte sie, dass sie von jeder Nachricht ihrer Freundin abgeschnitten war. Unzählige Briefe hatte sie auf den Weg gebracht und nie eine Antwort erhalten. Seit sie aus der Klinik entlassen worden war, nichts, absolut nichts.

Wie und wem konnte sie ihre glückliche Stimmung, mitteilen, wenn nicht ihrer besten Freundin? Über den Alltag zu berichten und über ihre Sorgen, den Bruder betreffend. Dass die wichtigen Dinge wie die Anmeldung, der Aufenthalt, die Freigabe ihres Instruments und großartig, die Bekanntschaft des Professors, so reibungslos erledigt werden konnten, all das hätte sie Stanka gerne mitgeteilt.

„Ich kann mir nicht vorstellen“, hatte Jelica gesagt, als sie über die Briefe gesprochen hatten, „dass zu Hause irgendein Postbote unterwegs sein wird, um unsere Nachrichten in irgendwelche Briefkästen zu werfen. Die Gefahr ist zu groß. Möglicherweise sind alle Briefe angekommen und liegen jetzt irgendwo in einem Depot und die Säcken beginnen zu modern.“

IX
Mirkos Nächte

Abend für Abend saßen Erik und Jelica vor dem Fernsehgerät, um Berichte über die Kämpfe in der Heimat und die bekannt gewordenen Gräueltaten zu hören und zu sehen. Nahezu ein festes Ritual. Sobald die Kinder sich in ihre Zimmer zurückgezogen hatten, kochte Jelica Tee und stellte von den Keksen, die Erik gerne nebenbei naschte, ein paar bereit. Sie schob den Sessel so, dass Erik die Trauer in ihren feuchten Augen nicht sofort sehen konnte.

„Jeli", sagte eines abends Erik zu ihr und klopfte ihr mehrfach auf die Schulter, bis sie sich umdrehte. Er sah sie fest und bestimmt an. „Jeli, es hat auch mit mir zu tun, was im kaputten Jugoslawien geschieht. Ich lebe schon viele Jahre hier, trotzdem quälen mich schlimme Gedanken. Insbesondere seit Darinka sich vom Acker gemacht hat. Ich würde lieber zu Hause leben, und mit zu Hause meine ich jetzt meine alte Heimat. Was habe ich dort für Chancen? Eher gar keine. So ist das, als akademischer Facility-Manager in Nemačka. Da muss ich wohl bis zur Rente durch."

Immer wieder versuchte er ernste Anmerkungen und deprimierende Erkenntnisse zum Schluss seiner Ausführungen durch einen Scherz zu lockern. Oft schossen Jelica trotzdem die Tränen in die Augen und sie bat Erik, in Sarajevo anrufen zu dürfen. Es folgten endlose Versuche im Haus und ebenso oft vergeblich in der Klinik.

An vielen dieser Abenden schien es ihr, als sei die Verbindung, obwohl der Ruf zunächst rausging, an der Grenze abgeschnitten. Vielleicht wurden die Impulse schon beim Verlassen Deutschlands getrennt. Verzweiflung machte sich allenthalben breit. Scherze wurden zwecklos und Erik musste viel Einfühlungsvermögen aufbringen, ernsthafte Depressionen fernzuhalten.

Mitunter gelang es ihm, die Stimmung aufzuhellen, indem er den Telefonhörer nahm, in Italien anrief, um danach den Hörer sofort an Jelica weiterzureichen. Nach mehreren dieser Gespräche mit Mama Albina, ihrer Schwester oder mit Giovanni wusste sie, was es bedeutete, das Gespräch so abrupt zu erhalten – umschalten und Positives zulassen. Als Elena während eines der Gespräche andeutete, eventuell im Frühling auf Besuch zu kommen, machte sich bei Jelica Optimismus breit.

War zu viel Trostlosigkeit über sie gekommen und sie glaubte, das nicht länger auszuhalten, versuchte sie ihre Freundin Dara in der Schweiz zu erreichen. Unter der Nummer, die Alex auf seiner Visitenkarte stehen hatte, meldete sich niemand. Nicht einmal ein Anrufbeantworter, auf dem man die Bitte um Rückruf hätte hinterlassen können.

Die wenigen Tage mit Freude, Entspannung und Vergnügen konnte die Trennung von Mirko und allem, was in der Vergangenheit so wichtig gewesen war, nicht aufwiegen. Sehnsucht, Trostlosigkeit und Angst bereiteten ihr Nächte mit wenig Schlaf, bis nach vielen Tagen wieder ein Ruf über die Grenzen hinausging und sie überrascht wahrnahm, dass in Sarajevo, in Mirkos Büro, endlich einmal das Telefon läuten musste.

Sie war nach den Spätnachrichten nicht sofort zu Bett gegangen, hatte den Fernseher ausgeschaltet, war lange nachdenklich sitzen geblieben und hatte dann spontan einen weiteren Versuch unternommen, Mirko zu erreichen. War dies zu Hause nicht möglich, konnte er nur auf seinem Notbett in der Klinik, hinter dem Schreibtisch, liegen und musste das Telefon läuten hören.

Als in der belagerten Stadt der Hörer abgenommen wurde und sich zunächst niemand meldete, lief ihr ein eiskalter Schauer über den Rücken. Geschockt, voller panischer Angst wartete sie. Endlich meldete sich jemand. Aber nicht Mirko, der Geliebte, den sie so sehr zu sich sehnte, um dessen Leben sie fürchtete. Eine weibliche Stimme war zu hören.

„Ja bitte, Mirkos Büro hier."

„Entschuldigung, was ist da los?", rief Jelica in den Hörer. „Wo ist Mirko, hier spricht Jelica, seine Frau.

„Jelica, hallo, hier ist Nura. Wie geht es dir?"

„Mir geht es gut, was ist bei euch los, ist Mirko nicht da?"

„Doch, der ist da, wir haben gearbeitet."

„Ihr habt gearbeitet, mitten in der Nacht und du hast ihm geholfen, medizintechnisch, oder?"

„Ich gebe dir Mirko."

Sie hörte es flüstern und es vergingen einige Sekunden, bis Mirko den Hörer nahm und sich meldete.

„Jeli, hallo, guten Abend, wie geht es dir?", kam es relativ einsilbig vom anderen Ende.

„Mirko, was ist dort los? Nura sagte, ihr arbeitet. Was ist das für eine Arbeit nach Mitternacht, verdammt, ich will es wissen."

„Warum regst du dich auf? Bleib ruhig, ich habe viel Arbeit und wir hatten Kleinigkeiten zu tun."

„Seit Tagen raubt es mir den Schlaf, dass ich dich nicht erreiche. Ich wusste nicht einmal, ob du noch am Leben bist, es verursacht Frust und Depression und du erzählst mir, dass ihr mitten in der Nacht Kleinigkeiten zu tun habt. Du an ihr und sie an dir, oder wie soll ich das interpretieren? Ich will es jetzt wissen, erkläre es mir."

„Jeli, es ist nicht, wie du glaubst."

„Mirko, wie ist es, wenn eine sehr attraktive junge Frau, deren langjähriger Freund sich davongemacht hat, nicht zu Hause ist um diese Uhrzeit, sondern bei dir im Büro? Zumal sie einen brutal anstrengenden Schichtdienst hat? Ich bin entsetzt. Gut, ich weiß, wie schwer es ist und dass das Elend immer größer wird, musst du auf diese Weise Trost suchen, Mirko? Ich bin deine Frau und bin hier ungewollt mit zwei Kindern gelandet, sag mir jetzt die Wahrheit."

„Jeli, bitte bleib ruhig, mein Bruder und die Kinder müssen das doch nicht mitbekommen."

„Ich pfeife auf alles mitbekommen, das ist mir jetzt scheißegal, vielleicht schreie ich es aus dem Fenster. Ihr solltet beide im Erdboden versinken. Erzähl mir nicht, dass es einfach so über euch gekommen ist und ihr nichts dafür könnt, insbesondere du. So etwas kommt nicht einfach so über einen, wie die Granaten über die Stadt. Wie lange geht das schon? Sag es mir."

„Jelica, es ist nicht wert, dass du dich aufregst. Du weißt, dass ich dich liebe, dass ich die Kinder liebe und bei euch sein möchte, besser noch, euch bei mir haben möchte."

„Demnach liebst du zwei Frauen und du liebst zwei Kinder, habe ich da richtig gezählt oder sind da noch mehr?"

„Wieso regst du dich so auf, mitten in der Nacht."

„Verdammt, weil du etwas tust, mitten in dieser Nacht, das sich nicht gehört und mit dem ich in diesem Augenblick nicht wirklich fertig werde. Willst du, dass ich dir noch fröhliche Entspannung wünsche, dir gut zureden soll, verdammt, in diesem Augenblick bist du dabei etwas in mir zu töten."

„Ja, Jeli, es ist so negativ, wie du das sagst. Hast du vergessen, was hier los ist? Seit du weg bist, seit Dara weg ist, wurde es noch viel schlimmer. Im Juli hat einer an einem einzigen Tag dreitausendsiebenhundertsiebenundsiebzig Granaten gezählt. Das sind mehr, als auf Dubrovnik in drei Monaten geballert wurden. Hast du eine Ahnung, was das bedeutet? Kannst du dir vorstellen, wie es danach hier zuging und wie es weiter zugehen wird?"

„Ich war lang genug in der Granatenscheiße zu Hause, erzähl mir nichts davon. Ich kann mir vorstellen, wie es zugeht, ich habe dort gelebt und die Tage und Nächte mitgemacht, bis zur Verzweiflung mitgemacht, hast du das vergessen? Was haben die Granaten mit euren Treffen auf dem Ersatzbett mitten in der Nacht zu tun? Darum geht es im Augenblick und um sonst nichts. Die Kinder haben an Jans elftem Geburtstag ein Lied für dich gesungen und mir und nicht nur mir sind dabei die Tränen geflossen. Wofür, Mirko, wofür? Für welchen Wert?"

„Jeli, lass uns vernünftig reden. Nura nimmt dir nichts weg. Ich bin dein Mann und werde das immer bleiben. Mit diesem Gedanken solltest du dich beruhigen und jetzt ins Bett gehen. Ich versuche dich morgen zu erreichen und wir reden weiter, ja?"

„Falls du das Gespräch abwürgen willst, nun gut. Ich bin mir nicht im Klaren, was ich morgen den Kindern sagen werde, oder besser sagen muss."

„Sag ihnen bitte nichts, Jeli, bitte, glaub mir, alles wird gut."

Nach dieser Floskel beendete Jelica das Gespräch. Noch lange saß sie mit feuchten Augen im Sessel und versuchte die vielen wirren Gedanken zu ordnen und dem, was sie am Telefon erfahren hatte, den richtigen Stellenwert zu geben. Sie haderte tagelang mit sich, dachte darüber nach, wie viel am *Scheitern ihrer Ehe*, so sah sie das inzwischen, sie sich selbst zuzuschreiben hatte. Den Kindern gegenüber erwähnte sie nichts und begann Tagebuch zu führen, in der Hoffnung, die Situation im Nachhinein besser analysieren zu können. Erik hatte kurz danach die Veränderung ihres Verhaltens bemerkt und sie zur Rede gestellt. Es war ihm aufgefallen, dass ihr Drang zum Telefon und die endlosen vergeblichen Versuche, Sarajevo zu erreichen, merklich nachgelassen hatten. Tagelang war er ein aufmerksamer Beobachter, sah das Auf und Ab in ihrer Stimmung. Eines Abends, als die Kinder schon schliefen, schaltete er ohne Vorwarnung das Fernsehgerät aus und wurde direkt.

„Jelica, was ist los, du bist nicht so eine tolle Schauspielerin, dass ich nicht merke, wie du leidest. Dass deine Versuche, Mirko zu erreichen, seltener geworden sind und du, bei keiner Verbindung, fast erleichtert auflegst. Was hat Mirko getan, dass es dich so verstört hat?"

Jelica stand auf, ging zu einem der Fenster, durch die man über die friedlich daliegende Altstadt in die Nacht hinaussehen konnte. Unmerklich begann sie zu weinen, biss sich auf die Lippen und entschloss sich, Erik alles zu erzählen. Sie endete mit dem Hinweis, dass sie seit jener Nacht nicht mehr mit Mirko gesprochen hatte, dass dies nicht geplant war.

„Jeli", versuchte Erik eine Antwort zu formulieren, „analysieren wir doch einmal, was passiert ist. Wer war der Veranlasser? Wie gut kennst du diese Nura? Kann es nicht die Wut und der Frust dieser weiblichen Seele gewesen sein? Wollte sie, indem sie mit deinem Mann schläft, nicht Rache an ihrem verschwundenen Geliebten nehmen, von dem sie, und so weit scheint manchmal das Gefühl den Verstand zu vernebeln, eigentlich wissen musste, dass er es möglicherweise nie erfuhr. Du kennst Mirko besser als ich, obwohl ich sein Bruder bin. Glaubst du wirklich, dass die Initiative von ihm ausging?"

„Das ist doch fürchterlich egal, von wem das ausging, er hat mitgemacht, hat sich hinreißen lassen und es wird ihm obendrein Spaß bereitet haben und Befriedigung gebracht, so ist es doch."

„Geht davon und damit deine Welt unter? Ist es nicht so, dass da mehr in dir ist, dass du dich nach ihm sehnst, dass du ihn liebst und bei ihm sein möchtest? Sogar, wenn die Initiative von beiden ausging. Was ist bei all dem schrecklichen Leid, der Not, den Zerstörungen, dem grenzenlosen Elend in unserer Heimat der ganzen Angelegenheit für eine Bedeutung beizumessen? Ich kann mir nicht vorstellen, dass er mit dir und den Kindern nicht in der Zukunft eine glückliche Familie haben möchte, sobald das wieder möglich ist."

„Ich hasse ihn."

„Das ist so schnell gesagt und so sehr unwahrscheinlich. Was sich zwischen vielen Menschen im ehemaligen Jugoslawien ausgebreitet hat, das könnte man eventuell Hass nennen. Du hast vielleicht Wut auf deinen Mirko, aber du möchtest nicht, dass er sich abwendet und auf Scheidung plädiert, nur weil er in einer außergewöhnlichen Situation sich mit einer vielleicht außergewöhnlichen Frau falsch verhalten hat."

„Er hat mit ihr geschlafen, offenbar nächtelang, während ich vor Angst um ihn fast umkam."

„Er lebt noch und ich gehe davon aus, er liebt dich noch. Ich werde versuchen, ihn zu erreichen, mit ihm sprechen und eine Entscheidung erzwingen. Sobald das erledigt ist, bitte ich dich, selbst wieder mit ihm zu reden."

„Warum willst du, dass ich mit ihm rede, warum ruft er nicht an? Er muss doch inzwischen wissen, wie sauer ich bin."

„Er ist ein starker Mann und dieser starke Mann hat Angst. Angst vor den Konsequenzen, die du möglicherweise ziehen würdest. Wäre das nicht so, hättest du es längst erfahren. Das mit dieser Nura ist eine Episode. Es kränkt dich und es sorgt dich. Du hast Angst, dass Trümmer einer Ehe, deiner Ehe, zu den vielen Trümmern, die es schon gibt, dazukommen könnten. Will er nicht den ersten Schritt machen, versuch du das. Jeli, du bist mir immer als die Stärkere in eurer Ehe vorgekommen. Nun hab die Kraft, alles wieder auf das richtige Gleis zu schieben. Ich werde meine dazugeben und ihm die Flügel, die ihn zu seiner Kollegin getragen haben, stutzen. Ich bin der ältere Bruder, was ich sage, hat immer noch eine gewisse Bedeutung."

Ein ganz feines Lächeln ging über Jelicas Gesicht, und Erik hatte den Eindruck, dass das Eis zu schmelzen begann. Dass seine

Schwägerin der Angelegenheit das Gewicht gab, das sie verdiente, als Episode in einer extrem schweren Zeit.

Erik versuchte, mehrere Tage Anschluss zu bekommen. Als es ihm gelungen war, wieder einmal mitten in der Nacht, und Mirko sich schlaftrunken meldete, war seine erste Frage: „Bist du alleine, Mirko?"

„Was heißt das, Erik, bist du alleine?"

„Ich weiß, dass du einige Nächte nicht alleine warst und hätte dazu gerne eine Erklärung oder wie immer du das ausdrücken möchtest. Nennen wir es ein Statement. Deine Frau verzehrt sich hier vor Sorge um dich, um deine Gesundheit, auch die seelische, sogar um dein Leben, und du liegst wie ein alter Hahn auf einer Kollegin."

„Erik, ich muss doch sehr bitten. Bitte nicht vulgär werden. Ich habe mich, zugegeben, zu einem kleinen amourösen Abenteuer hinreißen lassen. Das war nicht lang, ich wiederhole, eine ganz kurze Episode. So ist es gewesen, und wenn du die näheren Umstände kennen würdest, hättest du vielleicht etwas mehr Verständnis dafür."

„Als Single vielleicht, ich bin hier in einer familiären Gemeinschaft mit meiner Schwägerin, deiner Frau, und die hängt so in den Seilen, dass sie mir verdammt leid tut. Das will ich heute ändern und erwarte von dir, ihr gegenüber eine ausdrückliche Erklärung, dass dir an deiner Ehe etwas gelegen ist und dass diese Art Episoden, wie du es nennst, einmalig war und ein Ende gefunden hat. Haben wir uns richtig verstanden? Du wirst nicht weiter Mist bauen und zu allem Elend eine gescheiterte Ehe produzieren. Du kannst mir das, was ich hören möchte, noch kurz bestätigen. Ich gebe Jelica anschließend den Hörer und hoffe sehr, dass du ihr das Richtige mitteilen wirst. Ich gebe ihr den Hörer und verlasse den Raum. Ihr könnt ungestört und unbeeinflusst miteinander reden."

„Erik, du hast doch, als du mich geweckt hast, gemerkt, dass ich alleine bin. Demnach ist das mit Nura kein Thema mehr und ich hoffe, Jeli nimmt mir das ab."

„Das hoffe ich und übergebe nun."

Erik gab Jelica, die das Gespräch zwischen den Brüdern angehört hatte, den Telefonhörer und ging hinüber in sein Schlafzimmer. Es mussten mindestens zwanzig Minuten vergangen sein, als Jelica an seine Tür pochte.

„Jelica, bleib bitte im Wohnzimmer, ich komme rüber."

Als er zurück ins Wohnzimmer kam, wischte Jelica die letzte Träne aus dem Augenwinkel und lächelte.

„Erik, ich danke dir. Mirko hat so kleine Brötchen gebacken, dass er mir schon wieder leidgetan hat. Er war so endlos lieb, dass ich ihn hätte in die Arme nehmen können. Warum macht ihr Männer immer wieder so einen Mist? Es ist so unnötig und so verdammt demütigend, auch für den, der sich wieder einschleimen muss. Für diese wenigen Sekunden, in denen der Hormontopf überläuft."

„Wie recht du hast. So sind die Männer geschaffen. Jäger und Sammler und oft treibt es Männer dazu, nachwuchsschaffende Gelegenheiten zu sammeln. Wie du schon sagst, der Hormontopf. Ich kann mir nicht vorstellen, dass da mehr ist, mehr war, als eine kurzfristige schnelle Entspannung."

„Mit Liebe wird es nichts zu tun gehabt haben, das glaube ich nicht. Warten wir ab, ich will zu ihm halten, kann das aber nicht innerhalb weniger Minuten aus meiner Seele fegen. Nenn es Stolz, Verletztheit, Eitelkeit. Es ist eben so."

„Jeli, ich verstehe dich. Können wir sagen, dass der Tag noch ein überschaubar gutes Ende nahm? Lass uns schlafen gehen. Morgen früh geht die Sonne auf, wenn die Welt insgesamt nicht heil ist, du wirst mit anderen Gedanken den Tag beginnen. Mit Zuversicht hoffe ich. Die Kinder müssen nichts davon erfahren, es würde sie zusätzlich ängstigen."

„Natürlich nicht, Erik, sie leiden genug unter der Trennung."

Jelica ging zu Erik, bedankte sich und umarmte ihn, bevor sie im Bad verschwand, zu Bett ging und endlich eine Nacht ohne quälende Albträume verbrachte.

X

Višegrad, BiH / Boston, USA – 24. Juli 1993

Franco Barić, der an jenem unheilvollen Abend die Dreiergruppe angeführt hatte, war während der Zeit in der Sondereinheit viel herumgekommen. Er hatte viel erlebt und viel probiert. Perversionen ausgekostet und war im Grunde unzufrieden geblieben. Nach den verschiedenen Kommandos, denen er zugeteilt worden war, und seiner Beteiligung an der Belagerung Sarajevos, bei der er etliche Monate mitgemacht und weder unterwegs noch vor Ort keine Schweinerei ausgelassen hatte, musste etwas Neues geschehen. Was er in seinem bisherigen Leben *erreichen* konnte, war eher zufällig, er hatte sich nie wirklich bemühen müssen. Von Anfang an. Vom Erlangen des Sportlehrerdiploms bis zur schnellen Ausbildung zum Fallschirmjäger und später als Mitglied der Sondereinheit *Weiße Adler*.

Jetzt ließ er sich beurlauben, *nur ein paar Tage, bald bin ich wieder hier*, hatte er glaubhaft lügend verkündet. *Wir hauen, wenn ich zurück bin, noch mal so richtig drauf.* Er war ein brutaler Gernegroß, das war seiner Truppe bekannt, und bei diesen speziellen Leuten wusste man solche Typen zu schätzen. Kein Auftrag wurde lange diskutiert, kein Befehl abgewandelt und keine Sache, für die er – inzwischen *Unteroffizier* – das Kommando bekam, war ihm zu schmutzig, zu brutal. *In wenigen Monaten könne er*, das hatten ihm seine Vorgesetzten versichert, *bei seiner Vorbildung, seinem militärischen Können und als ausgebildeter Fallschirmjäger, in Anerkennung seiner guten Leistungen, Offizier werden.*

Das Leben bietet, so konnte man ihn öfter vernehmen, *viele Seiten, vielleicht noch bessere.* Zunächst behielt er seine Uniform an. Der erste Tag des Urlaubs brachte ihn nach Pale. Dort besetzte er einen Platz auf einem der Militärfahrzeuge, die in Richtung *Višegrad* fuhren, circa eine Stunde östlich von Pale. In das berüchtigte *Hotel Vilina Vlas* wollte er, wieder einmal. Dort fand er nicht nur mehrere Hundert verschleppte Mädchen jeder Altersstufe zur freien Auswahl und zu jedem Zweck. Alles, inklusive des vielen

Alkohols, stand kostenlos zur Verfügung. In diesem Hotel befand sich das Hauptquartier der *Weißen Adler*.

Bei jedem seiner Besuche dort wurde er Zeuge und oft auch Teilhaber an weiteren Verbrechen. Die Grenzen der Scheußlichkeiten flossen ineinander. Ein Jahr zuvor, bei seinem letzten Besuch in dieser Stadt, war er unter anderem Zeuge bei der Ermordung einiger Zivilisten gewesen. Unter den Opfern war ein sechs Monate altes Baby gewesen. Dies Kleinkind kam auf der Višegrader Mehmed-Paša-Sokolović-Brücke, durch Željko Lelek[35], einen lokalen Polizisten, zu Tode.

Der Polizist Lelek, später des Massenmordes und der Massenvergewaltigung angeklagt, soll zwei Frauen, darunter jene mit dem Baby, auf die Brücke getrieben haben. Dort habe er das Kind in einer Weise getötet, dass selbst der spätere Ankläger Schwierigkeiten hatte, die Tat zu schildern. Nachdem das Baby tot war und als Leiche im Fluss schwamm, wurden die Frauen ermordet. Er zwang danach zwei weitere Zivilisten, die leblosen Körper in die Drina zu werfen, und tötete anschließend auch diese beiden.

Bilder, Eindrücke und Erlebnisse dieser Art perlten an Barić ab wie Regentropfen auf Lotusblättern und hinterließen keine Spuren in seinem Gewissen. Eher das Gegenteil war der Fall, es beflügelte seine perversen Fähigkeiten. So zog es ihn einmal, als er durch einen Streifschuss mehrere Tage außer Gefecht und beurlaubt worden war, nach Foča[36].

Dort traf er Typen seines Schlages wie Dragoljub Kunarac[37], der bosnische Mädchen im Alter von zwölf Jahren aussortieren, in sein Haus in der Osmana-Đikić-Straße 16 bringen und von Kameraden vergewaltigen ließ. Ein ganz spezieller Kamerad, Radomir Kovač, lud Barić und andere zu vergleichbaren Vergnügen in sein Haus.

Als dieser ihm junge muslimische Mädchen zum Kauf anbot, erschien ihm das unlogisch und lästig. Er konnte doch die wunderschönen Mädchen kostenlos haben und mit ihnen machen, was immer ihn gelüstete. Warum sie zuvor als *Eigentum* erwerben?

In *Višegrad* hatte er, bevor er zu den Kommandos bei Sarajevo stieß, zum ersten Mal *Milan Lukić*[38] getroffen, einen der Anführer der *Weißen Adler*. Auch über diesen Lukić gab es einige grausamen Geschichten. Eine lange Liste von Verbrechen war ihm angelastet und offenbar von ihm *abgearbeitet* worden. Unter anderem die Ermordung von einhundertzweiundvierzig bosnischen Bürgern ein Jahr zuvor. Die Opfer waren in Häuser eingeschlossen worden, die anschließend in Brand gesetzt wurden.

Im Februar des laufenden Jahres wurden in Štrpci neunzehn bosnische Bürger entführt und in einem der berüchtigten Lager nahe Višegrad gefoltert und ermordet. Wieder waren Lukić und seine Männer dafür verantwortlich.

Hier, in dieser bosnischen Kleinstadt *Višegrad*, wollte *Franco Barić* zum letzten Mal seine perversen Verlangen stillen, bevor sein Plan, sich aus dem Staub zu machen, Realität werden würde. An möglichst vielen jungen Frauen, die in bosnischen Dörfern willkürlich ergriffen und herangeschleppt wurden, wollte er sich ausgiebig *erfreuen*. Er nutzte, als der Abend schon heraufzog und der Tag verblasste, zunächst die Gelegenheit für einen kleinen Bummel durch die Stadt. Er war erfreut, sich in serbischer Sicherheit wiegen zu können. In einem von zugereisten Zivilisten *übernommenen* Café nahm er etwas Alkohol zu sich und nach viel Gerede, bei dem sich die Anwesenden wie üblich gegenseitig das Recht für ihr Vorgehen bestätigten, trat er wieder hinaus. Dann sah er sich *gezwungen*, ein Fahrzeug zu akquirieren, das ihn zu besagtem Hotel bringen musste. Er hielt mit dem Revolver in der Hand einen vorbeikommenden Pkw an und mit dem Befehl: *Sofort zum Vilina Vlas,* zwang er den Fahrer, ihn in das berüchtigte Hotel zu fahren.

Es dauerte lange, bis er am nächsten Morgen nach Vergewaltigungen, Brutalität und schweren Körperverletzungen, die er Mädchen und Frauen zugefügt und die ihm wie immer Vergnügen bereitet hatten, zu sich kam. Umdunstet vom Nebel des kostenlosen Alkohols der Nacht, war er das, was er *vorübergehend fertig* nannte. Er konnte sich nur an wenige Momente erinnern. An die junge Muslimin zum Beispiel, die mit dem blutroten, seidenen Kopftuch. Die, wo immer sie herkam, keine Jungfrau mehr war.

Sie hatte ihn begeistert mit ihrer samtenen dunklen Haut, dem seidigen Haar. Mit ihrem trainierten Körper, den schönen dunklen Augen und dem Spiel, das sie zunächst mit ihm spielte, in der Absicht Rücksicht und Wohlwollen bei ihm etablieren zu können. Er glaubte die Fähigkeit zu besitzen, in weibliche Herzen und weiter noch in weibliche Seelen blicken zu können und fühlte sich, schon nach kurzer Zeit, casanovagleich, nur eben heftiger. Das Spiel kippte, als er sich nicht mehr so richtig für voll genommen und als großer Krieger respektiert sah.

Was blieb, war die Gier eines angetrunkenen, machtbesessenen Verbrechers. Er nahm sie, schlug sie, trat sie brutal, warf sie nackt aus dem schmuddeligen Zimmer und predigte, ihr hinterherkeuchend: *Sei froh, dass noch alles an dir dran ist und lass dich nicht wieder bei mir blicken.*

Er erinnerte sich schwach an die anwesenden höheren Dienstgrade, auch an jene mit den blauen Barretten auf dem Kopf und den Einsatzabzeichen auf der Brust. Und an die Offiziellen der Stadt und jene vom Land, die sich ähnlich verhielten wie er, auch wenn sie Frauen in diesem Hotel keine Brüste abschnitten. All die, die mehr sein wollten als sie je werden konnten, die ihm an der Bar auf die Schulter geklopft hatten, um ihm, dem Mitglied dieser *Special Forces, die gute Arbeit verrichteten,* zu gratulieren. Und jene, die davon sprachen, hier *endlich die reifen Früchte* ernten zu dürfen, *die ihnen,* wie sie meinten, *schon lange zustanden.*

Das war am dritten Tag des, das wusste nur er, letzten Urlaubs als Soldat und *Weißer Adler.* Er hatte sich entschlossen, die Uniform auszuziehen und zu desertieren. Nachdem ihm mehrfach zu Ohren gekommen war, dass sich in Den Haag etwas etablierte, das sich *Internationaler Gerichtshof* nannte. Dort würden alle Verstöße gegen Kriegsrecht, Völkerrecht und Menschlichkeit geahndet werden. *Blödsinn,* wie er sich einzureden versuchte. *Wie konnte so etwas funktionieren?*

Verstöße, was sind das überhaupt? Stöße ja, machte er sich lustig und dachte dabei an junge Mädchen, *aber Verstöße, alles Quatsch.* Was dennoch blieb, war eine gewisse Unsicherheit. So zog er auf seinem Rückzug, in sicherer Entfernung zu *Višegrad,* an einem ruhigen und unbeobachteten Ort seine Uniform aus und streifte die mitgebrachte Zivilkleidung über. Er schlug sich, manche Fahrgelegenheit, aus der Befürchtung entdeckt zu werden, auslassend, bis Belgrad durch. Stets bedacht, nicht als Deserteur erkennbar zu sein. In der Hauptstadt schlüpfte er bei Verwandten unter. Zwei Tage später kleidete er sich nach einem Friseurbesuch in feines Tuch und begab sich zur amerikanischen Vertretung.

In *Tarnen und Täuschen* hatte er es im bisherigen Leben zum Könner gebracht und so konnte er dem fragenden Botschaftsoffizier *glaubhaft versichern*, dass *man* ihn aus ethnischen Gründen verfolge und dass der einzige Ausweg, ihn zu retten, die Immigration in die Freiheit der Vereinigten Staaten sei.

„Dort“, erklärte er genauso glaubhaft, „lebt in Boston eine meiner älteren unbescholtenen Schwestern. Sie ist amerikanische Staatsbürgerin, nachdem sie zehn Jahre zuvor die Greencard[39] gewonnen und nach sieben Jahren Aufenthalt die Staatsbürgerschaft der Vereinigten Staaten angenommen hat.“

Und da wolle er hin, sich eine Arbeit suchen und ein *ehrlicher Staatsbürger* sein, gelobte er überzeugend. Man gab ihm eine befristete Aufenthaltsgenehmigung für zwei Jahre, um die Angelegenheit danach zu überprüfen. Er flog über Wien und Atlanta nach Boston. Während des Zwischenstopps meldete er sich telefonisch bei seiner Schwester an. Nach der Ankunft in Boston waren die Arme, die ihn aufnahmen, nicht so weit geöffnet, wie er sich das zuvor erhofft hatte.

Er landete am späten Abend, seine Schwester hatte Mühe, ihren Spätjob so zu legen, dass sie ihn am Flughafen in Empfang nehmen konnte. Strahlend und gut gelaunt, in gepflegter Freizeitkleidung und mit einer alten, übergroßen Reisetasche und einem gestohlenen Diplomatenköfferchen stand er vor ihr.

„Schwesterlein, es ist so wunderbar, dich zu sehen. Ich freue mich, endlich hier zu sein.“

„Das Schwesterlein lassen wir lieber. Schön, dass du es tatsächlich einmal schaffst, mich zu besuchen. Die Zeiten werden nicht besser.“

Sie genierte sich etwas in ihrer abgewetzten Kleidung, die sie für die Reinigungstour am Abend immer trug, vor ihm zu stehen. Was das wohl für einen Eindruck machte, nein, sie musste das erklären.

„Ich komme direkt von einer meiner Arbeitsstellen."

„Arbeitsstellen, wie viele hast du denn?"

„Zurzeit drei."

„Du musst ja ein Vermögen machen."

Seine Schwester hielt sich zurück, darauf zu antworten. Sie war Witwe geworden, hatte einen arbeitslosen erwachsenen Sohn und drei Jobs, mit denen sie sich beide über Wasser hielt, in ihrem bescheidenen Häuschen, das sie als Nachlass erhalten hatte. Dort in Charlestown, einem Stadtteil von Boston, in der Washington Street gelegen, wo der Geräuschpegel der Rutherford Avenue noch deutlich zu hören war und sogar der Verkehr der Interstate 93 ziemlich laut herüberschwappte, konnte ihr Bruder ein winziges Zimmer belegen.

Die Fahrt im klapprigen Toyota verlief gedämpft, nur staunende Kommentare ihres Bruders, der permanent aus dem Fenster sah, waren auf dem Weg zu ihrem Haus zu hören.

„Ich freue mich, dass du gekommen bist, ist ja nun schon ein paar Jahre her, seit wir uns sahen, aber", klärte sie ihn auf, „du wirst dich sobald wie möglich nach Arbeit umsehen müssen und sei es unten im Hafen, oder am Flughafen bei einer Reinigungskolonne. Dort würde es noch Möglichkeiten geben, habe ich gehört."

Diese ernüchternden Worte packte seine Schwester ihm schon am ersten Morgen beim gemeinsamen Frühstück auf den Tisch. Das entsprach nun gar nicht dem, was er sich als *anderes Leben* in der Zeit als er noch ein *Weißer Adler* gewesen war, in schönen Farben ausgemalt hatte.

„Putzen, ich? Ja, wer bin ich denn. Vielleicht Aufseher über ein Dutzend schmutziger, schwarzer Arbeiter. Schau dir einmal meine gepflegten Hände an, die werde ich mir hier nicht ruinieren! In unserer tapferen Armee war ich was, ich war Offizier – Unteroffizier", fügte er etwas leiser an.

„Das zählt hier nicht und interessiert keinen. Wir werden sehen", erwiderte seine Schwester.

„Du kannst in keinem Fall Monate, Jahre bei mir bleiben, ohne finanziell etwas beizutragen. Ich schaffe das nicht einmal mit meinen drei Jobs. Bevor es Winter wird, muss ich zusätzlich etwas Geld für die Heizung beiseitelegen."

Er dachte nach, wie weit er mit seinen rund achtzehntausend Dollar Kriegsbeute, die er in verschiedenen Währungen zusammengeraubt hatte, kommen würde. Er hatte sie nicht nur unangemeldet ins Land gebracht, seiner Schwester gegenüber wollte er diesen Besitz verschweigen. Mit der Überlegung: *Ich hab doch nicht umsonst gekämpft*. Ebenso behielt er das Vermögen an goldenem Schmuck, den er als seinen gerechten Lohn aus Kriegsbeute in Belgrad in einem Versteck gebunkert hatte, für sich. Mit diesem Gedanken blieb er wortlos am Frühstückstisch sitzen. Seine Schwester hatte den Eindruck, als sei er doch in sich gegangen und dachte wirklich über ihre Worte und Arbeitsalternativen nach.

„Ich möchte mich erst einmal überall umsehen. In der Gegend und in der Stadt, damit ich nach Hause finde, wenn ich alleine unterwegs bin."

So ließ er sich von seinem Neffen, dem er ab und zu eine Tankfüllung spendierte, herumfahren. Wurde zum südlich gelegenen Constitution Center gebracht, blieb halbe Tage an der gleichnamigen Marina. Träumte von einer großen Jacht mit schönen Frauen und besuchte mehrfach das ehemalige Kriegsschiff, die *USS Constitution*, die südlich des Highway Nr. 1 in einem eigenen Hafenbecken als *Museum* liegend, an die Seeschlachten von 1812 erinnerte.

Er machte sich mit den Busfahrplänen, die an der Haltestelle um die nächste Straßenecke aushingen, vertraut, kaufte sich Broschüren und Publikationen über Waffen, über Kriege und Gemetzel, las jeden Artikel, den er über den noch tobenden Kampf im ehemaligen Jugoslawien fand. *War ja mal meine Heimat*, dachte er.

Dass er dabei kriminell mitgewirkt hatte, konnte er zu jeder Zeit geschickt verschweigen, sobald in den verschiedenen Bars, die er besuchte, die Sprache auf die Kampfhandlungen kam. So vergingen Wochen des wenig süßen Nichtstuns. In verschiedenen Ausgaben des Boston Globe fand er immer wieder sehr detaillierte Berichte über die Ereignisse in der Heimat, die ihn mitunter beunruhigten. Es wurden, so war in verschiedenen Artikeln zu lesen,

Männer gesucht, die er persönlich oder namentlich kannte, und die während ihrer Unternehmungen nicht immer die *Genfer Konvention* in der Tasche hatten. Sie kämpften ja für die *gerechte Sache.* Er schlug sich Tage und Nächte um die Ohren. Seine Schwester wunderte sich, dass er oft nicht bei ihr zum Essen erschien und trotzdem nicht hungrig war. Zwölf bis vierzehn Stunden verbrachte sie täglich in einem Steakhouse als Küchenhilfe und in zwei verschiedenen Motels als Reinigungskraft.

Der *amerikanische Traum* war für sie ausgeträumt. Alle Kontakte zu Immigrantenorganisationen und Einzelpersonen beziehungsweise Immigrantenfamilien aus ihrer ehemaligen Heimat hatte sie nach vielen Enttäuschungen abgebrochen. Hoffnungsvoll war sie nach dem Gewinn der Greencard den Weg in die neue Welt gegangen, um den Mann, den sie in Dubrovnik kennengelernt hatte, zu treffen.

Die Anerkennung ihres Physikdiploms, mit einem hervorragenden Abschluss, war ihr in Aussicht gestellt worden. Ebenso die Möglichkeit einer beruflichen Tätigkeit an der Boston University. Eine der größten Hochschule in den USA. Als die Gremien realisierten, dass sie Diplome eines kommunistischen Landes anerkennen sollten, verweigerten sie das und ihre Hoffnungen lösten sich schneller auf als Butter in der Sonne.

Nun lag ihr der Bruder auf der Tasche, sie drängte ihn zur Arbeit. Die Angst, ihn versorgen zu müssen, wenn er ernsthaft krank werden würde, vielleicht in einen Unfall verwickelt, raubte ihr den Schlaf. An jedem Wochenende kaufte sie zu den vielen kostenlosen Anzeigenblättern, die den Briefkasten füllten, ein halbes Dutzend Zeitungen und studierte akribisch die Stellenangebote. Sie hoffte, nicht nur für sich etwas Lukrativeres zu finden, ihrem Bruder und ihrem Sohn wollte sie einen Job verschaffen. Als Franco eines Nachts weit nach Mitternacht zurückkam, sie nicht schlafen konnte und Zeit in ihrem alten Jogginganzug vor dem TV-Gerät verbrachte, stellte sie ihn zur Rede.

„Kannst du mir vielleicht sagen, wo du dich die vielen Nächte immer herumtreibst?"

„Du weißt doch, ich bin auf Arbeitssuche."

„Mitten in der Nacht? Verarschen kann ich mich selbst. Wo suchst du Arbeit, bei der Mafia, im Rotlichtmilieu?"

„Ich wusste gar nicht, dass es hier Mafia gibt. So puritanisch, wie die sich hier geben."

„Nicht alle sind puritanisch, manche sind richtig fortschrittlich republikanisch, und Mafia gibt es überall, das weißt du. Im Übrigen, es ist egal, ob puritanisch oder was immer. Ich verdiene mein Geld ehrlich und ich habe mir, seit ich damals in dieses Haus zu meinem Mann gezogen bin, eine gewisse Reputation aufgebaut. Mein Ruf hier ist untadelig und das wird so bleiben, ob mit dir oder ohne dich."

Er zog sich mit den Füßen, abwechselnd die Hacken festhaltend, die Schuhe aus, streifte seine Freizeitjacke ab und warf sie über einen der Sessel, bevor er antwortete.

„Und was hat dir das gebracht? Drei fürchterliche Jobs, die dir nur gerade das bringen, mit dem du so um die Runden kommst, wie du selbst gesagt hast."

Seine Schwester sah ihn wütend an.

„Ehrliche Arbeit hat noch nie geschändet, und du müsstest dich ab und zu an unsere Eltern erinnern und an das, was sie uns beigebracht haben. Wir konnten nur studieren, weil sie alles mit ihrer Hände Arbeit erwirtschaftet hatten. Schon die Deutsche Schule kostete sie damals viel zusätzliche Energie. Denk mal darüber nach. Ohne die Arbeit unserer Eltern könntest du kaum Englisch sprechen. Du hast dich verändert seit damals. Spitzensportler wolltest du werden, nach dem Gewinn der Stadtmeisterschaft und dem Sportlehrerdiplom. Was ist daraus geworden? Hast du überhaupt keinen Ehrgeiz mehr?"

„Stell dir einmal vor", konterte er, „da ist in einer wirklich tollen Wohngegend eine riesige Villa, alles super, alles vom Feinsten. Der Besitzer und seine Familie haben eine, wie du es nennst, *tolle Reputation*. Sie haben wunderbare Nachbarn und Anerkennung über alle Maßen, weil sie großzügig sind. Sie machen Spenden an Kirchen, Schulen und Kindergärten. Dieser gute reiche Mann aber ist ein Mafioso und verdient seine Millionen, indem er Menschen betrügt, Menschen ermorden oder verhungern lässt, nur das weiß dort keiner. Was sagt uns das? Geld stinkt nicht, und solange man es hat, klopfen einem alle auf die Schultern, unabhängig davon, wie und wo du es *verdient* hast."

„Pfui Teufel, sag ich da nur. Langsam stelle ich mir wirklich die Frage, warum du so plötzlich aus Serbien wegwolltest, oder muss man besser mutmaßen, dass du wegmusstest."

„Mach dir keine Hoffnungen auf diese Art, Schwesterlein, ich musste nicht fliehen. Wäre mir nur irgendeiner auf den Fersen gewesen, hätte ich ihn kaltmachen können, kurz und lautlos, wie man es mir detailliert beigebracht hat. Noch einmal, ich bin freiwillig hier."

„Aber die Hände schmutzig machen möchtest du dir nicht?"

„Bestimmt nicht mit schmutziger Arbeit."

„Manager kommen nicht als Immigranten hierher, sie fangen in aller Regel als Tellerwäscher an."

„Du meine Güte, dieses Märchen gibt es noch, ich glaub's nicht. Nun bin ich müde und will schlafen gehen."

„Ich hoffe ja immer noch, dass du dich ernsthaft bemühst, Arbeit zu finden, so jedenfalls kann es nicht weitergehen."

Er stand schon an der Tür zum Flur, um in seinem Zimmer zu verschwinden.

„Gute Nacht, Schwesterlein, sorg dich nicht um mich. Es geht mir gut."

„Noch geht es dir gut, noch. Gute Nacht."

Monate vergingen, er hatte gelegentlich einen Job als Auslieferungsfahrer für einen Verlag, der eine amerikanisch-afrikanische Wochenzeitschrift herausgab. Ohne Versicherung, ohne Garantie. Im März des darauffolgenden Jahres kam er an einem Samstag spät in der Nacht vom Ausfahrerjob zurück ins Haus seiner Schwester und fand in seinem Zimmer einen Brief der amerikanischen Einwanderungsbehörde.

Für den Mittwoch der darauffolgenden Woche, konnte er lesen, war ein Termin für eine *Anhörung* anberaumt worden. Gründe wurden nicht genannt. Sofort beschlich ihn das Gefühl eines tiefen Unbehagens. Er sah augenblicklich seine Abschiebung vor sich und dachte daran, dass in Den Haag vielleicht doch Akten und

Aussagen vorliegen könnten, die ihn belasten würden. Er entschloss sich, schon am darauffolgenden Wochenende das Land wieder zu verlassen.

Sonntags saß er grübelnd und unlustig beim gemeinsamen Frühstück, als seine Schwester, als er ihr das Schreiben mit der Einladung zur Anhörung gezeigt hatte, zur Sache kam.

„Du kannst dir für Mittwoch nichts anderes vornehmen, ich kenne den Laden, die haben das nicht so gerne, vergebens zu warten. Einer Vorladung muss man pünktlich folgen und ordentlich erscheinen."

„Ich weiß nicht, was die von mir wollen. Ich habe ein ungutes Gefühl und fliege doch lieber erst einmal nach Hause."

„Was, du willst ausreißen, hast du ein schlechtes Gewissen, was ist nur los?", entgegnete seine Schwester und ergänzte: „Es könnte doch die Daueraufenthaltsgenehmigung sein, die sie dir endlich aushändigen wollen. Millionen Menschen würden sich darüber freuen."

„Es könnte, ja, es könnte alles sein. Sogar die Abschiebung und das brauche ich nicht, ich gehe freiwillig."

Seine Schwester, aufgewühlt von den Neuigkeiten und abwechselnd Trauer und Freude empfindend, schwieg darauf. Montags fuhr er mit öffentlichen Verkehrsmitteln zum Boston International Airport. Er konnte es nicht begründen, wollte aber in jedem Fall einen Flug über Frankfurt oder Paris vermeiden. In der Annahme, dass es italienische Beamte nicht so genau nahmen mit dem Abgleich gesuchter Personen, blieb als Alternative die Route Boston – Atlanta – Rom – Belgrad. Er buchte diesen Flug für den darauffolgenden Tag.

Als er am Dienstag seine Sachen zu packen begann, gab ihm seine Schwester noch einen kaum gebrauchten chinesischen Hartschalenkoffer. Sie wollte, dass er wie ein normaler Reisender aussah und nicht wie einer, der auf der Flucht ist.

„Damit du unterwegs einen guten Eindruck machst."

„Das mache ich doch immer", erwiderte er.

Sie begleitete ihn zum Bostoner Logan Airport und wunderte sich über seine stete Unruhe.

„Was ist los, du tust tatsächlich so, als seien sie hinter dir her. Warum schaust du dich dauernd um? Wir flüchten von einer Ecke in die nächste, warum? Keiner will dich hier verhaften oder dir etwas wegnehmen, dies ist ein freies Land, mit freien Menschen. Du erweckst langsam den Eindruck, als hättest du ein schlechtes Gewissen."

„Es ist nur der Abschied, ich hab mich hier ja wohlgefühlt."

„Ich gehe davon aus, dass du zurückkommst, noch ist deine Aufenthaltsgenehmigung nicht abgelaufen. Ich werde die Immigration informieren, dass du kurz nach Hause fliegen musstest."

„Tu das, wir werden sehen."

Und wieder sah er sich um, als würde er verfolgt. Er verabschiedete sich nicht wirklich herzlich, hauchte seiner Schwester einen Kuss auf die Wange, winkte einmal kurz, und erst nach der Sicherheitskontrolle, als er vor dem Gate saß, an dem seine Maschine angedockt hatte, wurde er etwas ruhiger.

In Atlanta, bei der Ausreise aus den Vereinigten Staaten, als der Beamte der Passkontrolle, vor dem er stand, plötzlich einen Kollegen dazurief, stieg seine Nervosität ins Unerträgliche und eine ungute Wärme breitete sich in ihm aus. Er überwand sie, als er sah, dass es nicht um ihn ging. Nachdem der Beamte seinen Pass zugeklappt hatte, ihn anlächelte und ihm eine gute Reise wünschte, fühlte er sich wieder wohl.

XI

Augsburg – 1993/1994 – Anka/ein Täter

Nachdenklich stand Anka alleine in der Aula des Gymnasiums. Sie ließ nach dreistündiger intensiver Probe ihr Instrument sinken und dachte über die vergangenen Wochen nach. Die außerordentliche Hauptfachprüfung war bestanden und die Zulassung zur Hochschule erteilt. Für den 18. Oktober, elf Uhr, war die Immatrikulationsfeier geplant, als öffentliche Veranstaltung und für den großen Konzertsaal in der Musikakademie. Alle, sogar Onkel Erik, wollten dabei sein.

Die Zurückstufung ihres Bruders, der nach der Ankunft die erste Klasse des Gymnasiums überspringen durfte, machte sie traurig. Er hatte mit den Fremdsprachen Probleme. Anka entschloss sich, ihn noch mehr bei seinen Aufgaben zu unterstützen.

Jelica war lange Zeit etwas distanziert geblieben, sofern es um Kontakt nach Sarajevo zu ihrem Mann ging. Bis eines Tages ein langer, mit der Hand geschriebener Brief von Mirko ankam. Wo und wer für ihn den Brief zur Post gegeben hatte, war nicht ersichtlich und konnte nicht geklärt werden. Er trug eine italienische Briefmarke. Jelica las ihn wieder und wieder und ihre seelische Verfassung wurde im Allgemeinen stabiler und fröhlicher. Schatten warfen allenthalben die Nachrichten am Abend. Die sichtbare Diskrepanz zwischen dem Leben in Deutschland, mit all seinem Überfluss, mit der endlosen Konsummentalität und der würdelosen, erzwungenen Armut, mit dem grenzenlosen Leid der Menschen in ihrer Heimat.

Es kam der 18. Oktober und die feierliche Immatrikulation, mit Ansprachen und Musik zwischen den Beiträgen der Dozenten. Professor Reimer hatte sich im Anschluss noch lange mit der Familie unterhalten. Ab diesem Zeitpunkt war Anka Studentin mit Pflichten und Privilegien. Am Abend danach konnte sie ein langes Telefongespräch mit ihrem Papa führen und ihm alles berichten.

Mit Jelica war Anka am darauffolgenden Samstag in München durch die Stadt spaziert. Beide hatten, als sie sich auf den Heimweg machten, einen größeren Betrag der aus Sarajevo mitgebrachten Barreserven ausgegeben, um Anka für den Besuch der Akademie ein entsprechend angemessenes Outfit zu besorgen.

Jelica versuchte hin und wieder, eine ihrer Qualifikation genügende Arbeit zu finden. Sie konnte sich nicht vorstellen, irgendwann ohne eigenes Geld zu sein. Von den geringen Zahlungen, die vom Staat überwiesen wurden, gab sie den Kindern ein kleines Taschengeld und steuerte einen Teil zum täglichen Unterhalt bei. *Es geht,* wie sie Erik mehrfach deutlich zu machen versuchte, *nur um die zusätzlichen Kosten für Energie, Heizung, Wasser, Telefon usw.* Es war unverständlich für sie, dass Mirko nicht darauf einging, wenn sie davon sprach, sich Arbeit zu suchen, und setzte sich mit Eriks mehrfach geäußerter Vermutung auseinander.

„Jelica, angenommen, du würdest deinen Wünschen entsprechend Arbeit in einer der großen, modernen Kliniken finden. Und darüber hinaus ein gutes Gehalt bekommen, das wesentlich mehr Kaufkraft hat als dein Gehalt in Sarajevo, würdest du, vorausgesetzt die Schweinereien hätten ein Ende, kündigen und mit den Kindern zurückgehen?"

Diese Frage hatte sie sich bisher so nie gestellt. Jeder Monat, den sie länger in der Immigration war, erschien ihr, als sie darüber nachdachte, quälend. Und sie kam zu dem Schluss, dass sie nur mit ihrer Familie zusammen sein wollte. In Deutschland, Bosnien oder wo immer auf dieser Erde, und jederzeit zurückgehen würde, sofern Mirko der alten Heimat nicht den Rücken kehren wollte.

Der Winter war nicht mehr allzu weit, mit allen Ausgaben, die zusätzlich notwendig würden. Sie versuchte, weiter intensiv ihren Mann in Sarajevo zu erreichen, um mit ihm alles zu besprechen. Auch um den Kinder die Möglichkeit zu geben, mit ihrem Vater zu reden. In der Weihnachtswoche kam eine Reihe freier Tage für alle und in der darauffolgenden Neujahrswoche ebenso, die Kinder hatten Ferien. Erik war unterwegs gewesen und mit einer wunderschönen, zwei Meter großen Nordmanntanne zurückgekehrt. Sie schmückten den Baum gemeinsam am Vormittag des Heiligen Abends.

Als Jelica in der Nacht zum zweiten Feiertag nach vielen Versuchen eine Verbindung zu Mirko bekam, schlug die Trauer wieder gnadenlos zu, sie konnte die Tränen nicht zurückhalten. Mirko bemühte sich um Trost und berichtete ihr von den überraschend schönen Stunden, die er über die Feiertage bei Luka und dessen Familie verbringen durfte.

„Ich habe mir hier im Büro auch ein kleines Bäumchen gezaubert", ergänzte er, „aus vielen Drähten und bunten Metallstückchen. Ganz futuristisch sieht das aus und es glitzert wunderschön. Jeli, sorg dich nicht, wir wissen zwar nicht wann, aber es kommt die Zeit, wo der ganze Mist ein Ende haben wird und dann wird alles gut."

„Hast du noch genug zu essen und bei Ervin vorbeigeschaut?", wollte Jelica wissen.

„Zweimal in der vergangenen Woche war ich oben. Beide Male war Ervin nicht zu Hause, weiß der Teufel, wo er sich herumtreibt. Ich werde morgen wieder nach ihm sehen. Hier hatten sie gestern oben im Casino ein schönes Weihnachtsmahl bereitet. Ich weiß nicht, wie sie das gemacht haben, bei dem herrschenden Mangel so ein vergleichsweise gutes Essen zu zaubern."

„Ja, Mirko, alles wird gut", versicherte ihm Jelica. Sie konnte signalisieren, dass Vergangenheit vergangen war und sie nach vorne blicken wollte. Dass sie Zukunft erhoffte, gemeinsame Zukunft.

„Jeli, wir werden wieder schöne und fröhliche Zeiten haben und wir werden erleben, wie aus unseren Kindern erfolgreiche Erwachsene werden und wir werden stolz auf sie sein."

So ging es noch eine Weile hin und her. Als die Turmuhr von St. Michael mit lauten Schlägen Mitternacht verkündete, einigten sie sich, das Gespräch zu beenden.

Ein Jahr, das so elendig angefangen hatte, endete so bitterkalt und ohne Hoffnung. Jelica und die Kinder waren, wie schon in der Vorweihnachtszeit, unglaublich erstaunt über den Überfluss an allem, den endlosen Listen von Veranstaltungen zum Jahreswechsel. Als die ersten Silvesterraketen den Himmel erhellten und ein nicht enden wollendes Geknalle ansetzte, traten alle an die offenen

Fenster, die zur Stadt führten. Anka schüttelte den Kopf und sah Erik an: „Onkel Erik“, wollte sie ein Gespräch beginnen, doch Erik gab ihr zu verstehen, dass er bei dem Lärm nichts verstand. Erst viel später, als das Feuerwerk weniger wurde, konnte sie fortfahren: „Ich wollte dich fragen, wer das bezahlt, dieses gigantische Geblitze und Gedonner?“

„Jeder für sich, meine Liebe, jeder für sich. Der eine kauft mehr von dem Zeug und der nächste weniger. Manchmal kommt ein Konkurrenzdenken auf. Dabei will der eine Nachbarn dem anderen zeigen, dass er es sich leisten kann.“

„Entschuldige, aber das ist doch wohl endlos blöde.“

„Auch meine Meinung. Ich stelle mir vor, dass wieder hundert Millionen Mark innerhalb einer halben Stunde verknallt werden, dabei bekomme ich Zustände, obwohl es schön anzuschauen ist.“

„Wann hast du zum letzten Mal so etwas in die Luft geschossen?“

„Im ersten Jahr, als ich ganz neu hier war, da habe ich mich ein wenig beteiligt, weil ich dachte, das muss so sein.“

Bei allem, was in den folgenden Monaten an Nachrichten zu sehen und zu lesen war, wollte Anka analysieren. Für und Wider abwägen, den Wahrheitsgehalt herausfiltern. Sie hatte Kommilitonen kennengelernt, zwei Mädchen und einen jungen Mann, mit denen sie eine kleine Freundesclique bildete und über alles diskutieren konnte.

„Es wird“, hatte sie verlauten lassen, „nicht nur über Kunst und Musik gesprochen. Nur eines der Mädchen ist aus Deutschland, und in allen anderen Heimatländern meiner Freunde gibt es große Probleme.“

Die Tage wurden wieder länger, die Temperaturen stiegen und Jelica dachte vermehrt daran, dass schon so viel Zeit vergangen war, seit sie die Heimat verlassen hatten und geflohen waren. Über Sarajevo war der Teufel los, in vielen Landesteilen ließ man es zu, dass wieder und wieder Tausende gequält und getötet wurden.

Bei allem Komfort und aller Wunscherfüllung, das sorglos-satte Konsumieren in Westeuropa nagte an ihr. Jelica wurde die Bilder im Kopf nicht wirklich los, die Bilder, die sie mitgebracht hatte, aus der Klinik, und die Bilder, die allabendlich in den Nachrichten zu sehen waren. Die Freude der Kinder, an allem was ihnen geboten werden konnte, war Glück für Momente.

An einem Samstag im Mai des neuen Jahres waren sie zum Frühstück versammelt, als Erik die Frage stellte: „Ich muss heute eine Matte aus der Turnhalle nach München zu einer Spezialfirma bringen und würde mich freuen, wenn mich jemand begleiten könnte. Wer hat Lust dazu?“

Jan sah einmal vom Teller auf, schüttelte sachte den Kopf und frühstückte weiter. Jelica sah danach Anka an, als sei die Frage nicht an alle gerichtet gewesen.

„Anka, wie schaut es mit dir aus, möchtest du Onkel Erik nicht begleiten?“

„Ja, mhm, vielleicht schon. Ich kann aber nicht diese schwere Matte schleppen.“

„Das musst du nicht“, erwiderte Erik, „die liegt schon auf dem Wagen und in München wird einer aus dem Betrieb, die das Ding reparieren, uns helfen.“

„Warum nicht, wann willst du fahren?“

„Möglichst bald, die machen am Mittag zu.“

„Ich helfe Mama noch die Bettwäsche zu wechseln und zieh mich danach schnell um.“

„Bitte melde dich, sobald ihr fertig seid, ich bin in der Halle“, gab der Onkel von sich, bevor er aufstand und im Haus verschwand.

„Schatz, das mit der Wäsche schaffe ich alleine, zieh dich besser um, bevor Erik wieder sauer wird.“

„Mama, ausgemacht ist ausgemacht.“

„Mir wäre es wirklich lieber, du gehst gleich.“

„Aber Mama, müssen wir ihm Honig um den Bart streichen?“

„Du weißt, wie sehr ich Zwist dick habe.“

„Ich weiß, was tut Jan an diesem schönen Vormittag?“, wollte Anka, an ihren Bruder gewandt, wissen.

„Mhm, mit Mama reden.“

„Oho, mit Mama reden.“

„Worüber denn?“

„Über Papa, wann er kommen kann und so."
„Sagt ihr mir, zu welchem Ergebnis ihr gekommen seid, sobald ich zurück bin?"
„Ja, wenn du möchtest."
„Nun ist es gut, ihr beiden", warf Jelica ein.
„Anka, zieh dir jetzt etwas anderes an."
Anka sah auf die große Küchenuhr, die neben dem Geschirrschrank an der Wand hing, stand auf, umarmte von hinten ihren Bruder, gab ihm einen Kuss und verschwand in ihrem Zimmer. *Es macht mich so glücklich,* dachte Jelica, als sie sah, mit welcher Zärtlichkeit Anka ihren Bruder umarmte.
Jan zog sich in sein Zimmer zurück und Jelica kümmerte sich weiter um die Wäsche. Vor ihrem Schrank stehend entschied sich Anka für die neue Jeans, die ihr der Onkel geschenkt hatte, und den älteren, lachsfarbenen Pulli, der aus der dunklen Jacke als erfrischender Farbtupfer herausschaute. Noch die weißen Turnschuhe anziehen und *die Rüstung für die Großstadt ist perfekt,* dachte sie belustigt.
Sie drehte sich noch mehrfach vor dem Spiegel, gefiel sich und eilte hinüber in die Küche, um *Ade* zu sagen.
„Vielleicht zeigt dir der Onkel noch etwas Schönes unterwegs", munterte Jelica ihre Tochter auf.
„Mama, auf der Autobahn?"
„Ihr fahrt doch nicht nur Autobahn, die ist ja irgendwo zu Ende, und es geht in die Stadt."
„Ich glaube nicht, dass Onkel Erik Zeit für Lustbarkeiten hat."
„Was ist das denn für ein Wort? Könnte ja sein, dass er einmal anhält, um dir etwas zu zeigen."
„Ja, Mama, ich geh nun runter."
Mit einer flüchtigen Umarmung und einem schmatzenden Kuss verabschiedete sie sich.
Sie traf ihren Onkel in der Turnhalle, beim Überprüfen der restlichen Matten, die alle nicht mehr neu, aber noch nicht so verschlissen waren, dass eine Reparatur notwendig geworden wäre.
„Ich bin bereit", rief Anka ihrem Onkel zu.
„Gut, fahren wir."

Der Kleintransporter aus dem Fuhrpark der Stadt stand in der Hofeinfahrt vor Eriks Garage und war über den schmalen Seitenausgang der Halle zu erreichen. Erik öffnete die Beifahrertür, ließ Anka einsteigen, ging um den Wagen und stieg mit Schwung auf den Fahrersitz.

„Wie lange werden wir brauchen?"

„Drei Stunden je nach Verkehr."

„Bis zum frühen Nachmittag?"

„Ja, wird es werden. Hast du noch etwas vor?

„Nichts was eilt, vielleicht einen Brief an Stanka schreiben und etwas Musik machen."

Sie verließen die Altstadt, um über die Berliner Allee zur Autobahn zu gelangen. Dass Erik, der schon zehn Jahre in dieser Stadt lebte, sich auskannte, war für Anka selbstverständlich. Die Autobahn war bald erreicht und Erik gab Gas.

„Ich hoffe zwar, dass wir schnell und glatt hinkommen. Trotzdem, besser, wir beeilen uns."

Als sie sich der Münchener Stadtgrenze näherten, unterbrach Erik die einschläfernde Routine. „Ich freue mich, Anka, dass das mit der Akademie so geklappt hat und du fleißig bist. Die denken alle sehr positiv über dich und glauben, dass du riesige Chancen nach dem Abschluss hast. Das macht mich echt stolz."

„Ja, nur nicht übertreiben. Ich habe gesehen, dass es genügend andere gibt, die gut sind."

Anka war es zunehmend peinlich zu hören, dass der Onkel über sie sprach, sie wollte weg vom Thema Akademie, hob den Arm und zeigte in die Richtung, in der man den Fernsehturm sehen konnte.

„Bei meiner täglichen Fahrt mit dem Zug nach München zur Akademie sieht man nicht viel. So ist es interessanter. Auf den Turm möchte ich einmal."

„Machen wir, ganz sicher. Er läuft uns nicht weg."

Als sie nach einer weiteren halben Stunde im Stau standen, kratzte sich Erik am Kinn und kam zu der Überzeugung: „Ich hätte vielleicht besser außen herumfahren sollen und nicht mittendurch. Jetzt müssen wir weiter."

Sie erreichten Trudering und den angesteuerten Betrieb in der Wasserburger Landstraße, in dem die dicke Ledermatte reparieren werden sollte. Erik bog auf das Grundstück ein, fand längsseits am Zaun, der das Grundstück umgab, einen freien Parkplatz. Drehte, als er sicher war, dass er korrekt stand, den Schlüssel herum, öffnete die Tür und sprang hinaus.

„Muss ich mitkommen?", wollte Anka, die nach ihm ausgestiegen war, wissen.

„Nein, das mach ich schon, schau dich etwas um."

Anka ging auf das Gebäude zu. Als ihr ein kleiner Lastwagen entgegenkam, musste sie zur Seite springen. Sie drehte sich, lief zur anderen Seite des Geländes und sah hinüber zum Gebrauchtautohandel, der auf dem Nachbargrundstück sein Geschäft und viele, noch gut aussehende Pkws im Angebot hatte.

Sie schlenderte zum Zaun, schaute zu den Autos, die dort zum Verkauf aufgestellt waren und sah zur Straße, als ein Feuerwehrwagen mit Getöse und Blaulicht stadtauswärts fuhr. Sie wandte sich wieder um, als ein Mann mittleren Alters, bayerisch gekleidet, auf einen der ausgestellten Wagen zuging. Hinter diesem Interessenten bewegte sich langsam in die gleiche Richtung gehend ein jüngerer Verkäufer, mit stoppeligen Haaren, aber gepflegt. Er trug ein helles Hemd und saubere Jeans.

Anka sah ihn, schüttelte heftig den Kopf, wandte sich ab und schaute wieder zu ihm. Der junge Mann hatte für alles, was nicht auf seinem Grundstück geschah, kein Auge, zu sehr war er am Verkaufsgespräch interessiert. Anka schritt langsam, im Schatten eines jungen Baumes, noch einige Meter näher an den Zaun. War es ein Kloß oder ein Schrei, der ihr im Hals stecken blieb, es lief ihr eiskalt den Rücken herunter. Sie sah deutlich die Narbe, die über seine linke Augenbraue lief und sie sah das Ohr, dem ein kleines Stück des Ohrläppchens fehlte.

Vor allem aber nahm sie den Blick wahr, der sie eher zufällig streifte, sie sah die Augen. Es klickte im Gedächtnis und die Erkennung war hundertprozentig, das Bild war zurück. Sie hatte ihn als jenen Typen identifizieren können, der, so ihre Annahme, sie vergewaltigt und ihren Bruder zum Krüppel geschossen hatte. Er war es, der Einzige, der im Keller die automatische Waffe in der Hand gehalten hatte.

Sie überwand den Schock und konzentrierte sich auf den kurzen Rückweg zum Wagen. Sie sah, dass die Ladeklappe schon wieder geschlossen war und ihr Onkel abfahrtbereit stand. Er unterhielt sich noch mit einem Mitarbeiter der Firma.

„Anka“, rief er, als er sie kommen sah, „wo steckst du? Wir können heimfahren, ich bin erst einmal fertig.“

Als ihr Onkel sich bereit machte, den Wagen wieder zu besteigen, wollte sie, um zur Sachlichkeit zurückzufinden, wissen, wann denn das gute Stück geflickt und fertig sei.

„Ich verstehe das zwar nicht, die brauchen sechs Wochen. Offenbar haben die viel zu tun“, antwortete er und war mit Schwung wieder am Lenkrad.

Anka stieg auf der Beifahrerseite zu und mit einigen Hin- und Hermanövern wendete er den Wagen und fuhr hinaus auf die breite Straße, die er bis zur nächsten Ampel stadtauswärts nehmen musste, um in einem schnellen Bogen auf der anderen Seite der durch einen Grünstreifen getrennten Fahrbahnen zurückzufahren.

„Ich werde nun nicht durch die Stadt fahren, bei der nächsten Möglichkeit biege ich ab, um auf die Ostumgehung zu kommen. Du hast doch nichts dagegen?“

„Nein, wenn wir nicht in die Stadt zum Eisessen fahren wollen, ist der schnellste Weg der beste.“

„Aber Anka, zum Eisessen fahren wir einmal mit viel Zeit und in aller Ruhe. Das ist eine gute Idee, wir verbinden das mit einem Besuch auf dem Turm.“

„Glaubst du, dass es dort gutes Eis gibt?“

„Keine Ahnung, es ist wohl schon fünf Jahre her, dass ich dort gewesen bin.“

Mit Belanglosigkeiten wollte sie ausblenden, was sie wenige Minuten zuvor gesehen hatte. Erik erreichte die Ostumgehung und fuhr auf der A 8 weiter Richtung Augsburg. Bis zur Ausfahrt Augsburg-Ost gab es keine weiteren Fragen oder gar Gespräche. Nach zwei Stunden und vierzig Minuten waren sie wieder zu Hause.

„Ich muss noch im Amt anrufen, vielleicht brauchen die den Wagen und holen ihn ab. Anka, ich danke dir, dass ich nicht alleine fahren musste. Eisessen in München ist versprochen."

„Danke im Voraus, ich werde dich dran erinnern."

Über den Seiteneingang der Halle gingen sie zurück ins Hauptgebäude und die Treppen nach oben in die Wohnung.

„Mama, wir sind wieder da", rief Anka schon im Flur.

„Anka, mein Schatz, ich muss mich entschuldigen. Deine Fäden, die ich entfernen wollte, habe ich total vergessen und du hattest nicht mehr davon gesprochen."

„Aber Mama, die habe ich mir schon vor langer Zeit irgendwann selbst entfernt, als ich im Bad war und mir die Haare gewaschen hatte. Es hat nur schrecklich gekitzelt und jetzt muss ich unter die Dusche."

Sie duschte sich ausgiebig, wie sie es mehrfach täglich in den vergangenen Wochen getan hatte. Ihre Gedanken gingen zurück nach Sarajevo, in den Keller und zu Jan, der nun ein Krüppel war, obwohl er das nicht ganz so sehen wollte.

Ab dem Augenblick, in dem sie den jungen Serben entdeckt hatte, brannte der Gedanke in ihr. Sie forderte Gerechtigkeit, für sich und vor allem für ihren kleinen Bruder, und sie wusste bereits wie. Rache, nein, sie empfand nicht wirklich den Wunsch, sich zu rächen für die ihr angetane Verletzung, Demütigung und Entehrung. Nein, keine Rache, jedenfalls nicht bewusst im eigentlichen Wortsinn. Nur Gerechtigkeit.

Es waren weder Staatsanwälte da noch Richter, vor die sie ihn hätte bringen können. Wer würde ihr glauben, sie war eine geduldete Ausländerin. Wie Beweise liefern, er behauptete wahrscheinlich, sie noch nie gesehen zu haben. Vielleicht war er nicht einmal illegal in München und hatte Unterstützer. Wie sonst würde er als Autoverkäufer ganz offen arbeiten?

Was du selbst machst, das ist gemacht. Verlass dich nicht zu sehr auf andere, die oft nur ihren Vorteil im Auge haben, hatte Oma Albina ihr in Italien noch mit auf den Weg gegeben. Sie musste handeln und sie wollte handeln, der Entschluss war gefasst. Möglichst bald, wer wusste, wie lange er noch dort arbeitete?

Eine gute Woche lag zwischen dem Entschluss und der Möglichkeit, ihn in die Tat umzusetzen. Bepackt mit Violine, Noten, Büchern und allem, was so benötigt wurde, erschien es ihr aber schwierig. Wohin mit all den Sachen? Erst zum Bahnhof, alles in ein Schließfach? Sie verwarf den Gedanken und wartete auf einen Tag, an dem sie die Violine und andere Dinge nicht mitnehmen musste.

Nervös, fahrig und sonderbar erregt lief Anka in ihrem Zimmer vom Schreibtisch zum Fenster und zurück. Es war Sonntag. Sie, ihr Bruder, die Mutter und ihr Onkel waren alleine in dem großen Schulgebäude. Der Nachmittag ging mit dem täglichen Üben und einer kleinen Diskussion über Vorsicht und Rücksichtnahme im Allgemeinen und in der Familie im Speziellen in den Abend über.

Wenn nicht jetzt, wann dann, so ihre Überlegung, als sich ihr Onkel, ihre Mutter und ihr Bruder zu den Pflanzkübeln, die auf dem großen Flachdach der Turnhalle standen, verabredeten. *Jetzt kann ich endlich die Baby-Browning holen. Es wird kompliziert genug sein, oben im Hochschrank über Mamas Bett den kleinen Kasten auf Anhieb zu erwischen, in dem die alte, geladene Damenpistole seit unserer Flucht aufbewahrt ist.* Eines der wenigen Dinge, die Jelica, obwohl illegal, nach Deutschland hatte bringen können. Diese kleine Pistole, mit den elfenbeinfarbenen Griffschalen, auf denen in einem großen Oval der Markenname *Browning* eingraviert war. Nur 275 Gramm schwer, lediglich 104 Millimeter lang und etwa 72 Millimeter hoch, mit kleiner, aber entsprechend angewandt, tödlicher 6,35-Millimeter-Munition.

Ankas Uropa, der den gleichen Namen wie ihr Opa trug, wurde 1899 in Italien, in einem kleinen Ort mit dem Namen Latte, zwischen Ventimiglia und der französischen Grenze geboren. Es war nie aufzuklären, welche Dienste er dieser reichen Französin, von der er die Browning kurz vor dem Ende des Zweiten Weltkrieg geschenkt bekommen hatte, erweisen musste.

Für einen Tag wollte Anka in den Besitz der Waffe kommen, nur einen Tag. Die Situation schien geeignet. Am kommenden Montag stand nur Musiktheorie auf dem Plan, die Violine und *anderes*

Zeug, das sonst in der Akademie gebraucht wurde, durfte zu Hause bleiben, die Hände waren frei für alles.

Sie sah in den wenigen Sekunden, die sie beim nervösen Durchschreiten ihres Zimmer am Fenster verbrachte, jedes Mal hinüber auf die Turmuhr von St. Michael. Vielleicht fünfzehn Minuten blieben ihr. Die Stimme ihrer Mutter und Jans Stimme, die sie im Treppenhaus erwartete, konnte sie dort noch nicht hören. Beide sollten zu Erik kommen, der sie, wie verabredet, auf dem Dach der Turnhalle über die Blumen informieren wollte. Als Anka sich entschloss, noch einmal an ihrem Schreibtisch Platz zu nehmen, waren überraschend die Schritte, auf die sie gewartet hatte, zu vernehmen und kurz danach Eriks Stimme. Übel gelaunt, er hasste Verspätungen.

Die Treppen zur dritten Etage mussten Mama und ihr Bruder gemeinsam wieder in den zweiten Stock abwärtsgehen und den kleinen Gang zur Tür, die auf das Flachdach führte. Etwas später hörte sie die Schritte im Treppenhaus, mit den unverkennbaren Stößen, welche die Schiene von Jan verursachten. Die Stimmen entfernten sich. Das Zuschlagen der Metalltüre war zu hören, alles spannte sich in ihr.

Sie stand auf, streifte die kleinen Ballerinas von den Füßen, verließ ihr Zimmer und ging geschwind die wenigen Schritte zur Wohnzimmertür. Als sie sicher sein konnte, alleine zu sein, nahm sie den kurzen Weg zum Schlafraum ihrer Mutter. Leise durch die Tür, aufs Bett springen, die Schrankklappe darüber öffnen, den kleinen Kasten greifen, öffnen, die Pistole an sich nehmen, die Box zurückstellen, Bett verlassen, wieder ordnen und zurück – das war eine Sache von zählbaren Sekunden.

Den Behälter bereits in der Hand, gab die Matratze einseitig nach, Anka fiel über die Bettkante, schlug mit dem Knie auf und war für einige Sekunden verwirrt. Sie schaute sich um, sah sich und die kleine Holzbox an, die sie noch fest in der Hand hielt. Sie gewann wieder das Gleichgewicht unter den Füßen, ordnete die Bettdecke und entfernte sich im gleichen Tempo, in dem sie gekommen war. Zurück in ihrem Zimmer, suchte sie zunächst nach einem Versteck für die Waffe. Sie öffnete jede der drei Schubladen der alten Kommode gegenüber ihrem Bett, schloss die beiden oberen wieder und fand in der unteren, in der linken, hinteren Ecke, in der die Winterpullover lagen, den geeigneten Platz für das Kästchen mit der Waffe.

Da sie genau wusste, wie wenig Zeit ihr am Morgen zwischen Aufstehen, Duschen, Anziehen und Frühstück bleiben würde, nahm sie die kleine Baby-Browning aus der Box, untersuchte das Magazin, schaute in den Lauf und war mit den drei Patronen, die sich noch im Magazin befanden, zufrieden. Mehrfach schob sie den kleinen Sicherungshebel hin und her. Es musste schnell gehen, angesichts des Täters, wenn sie ihn wirklich treffen wollte.

Das musste reichen. Ihrem über alles geliebten kleinen Bruder hatten sie *das Leben gestohlen*, wie sie es nannte. Sie wollten ihn erschießen und hatten ihn dabei so schwer verletzt, dass sein Bein nur mit Operationen wieder brauchbar werden könnte. Er litt sehr, sie sah es täglich, und es machte sie sehr traurig und wütend. Obwohl er nie darüber sprach, sie wusste, wie sehr er litt. Sie wollte etwas für ihn tun – Gerechtigkeit.

Es war ihr bewusst, wenn das nicht wirklich so laufen würde wie geplant, wäre alles aus. Die Behörden könnten die Details erfahren, die Duldung würde aufgehoben, alle Zukunftsplanungen über den Haufen geworfen, die Musikakademie nicht mehr betretbar. Sie würden zusammen innerhalb weniger Tage abgeschoben werden – abgeschoben, wohin? Zurück in den Krieg?

Die kleine Waffe noch einmal in der Hand wiegend, sah sie in den Spiegel und erschrak vor sich selbst. Trotz trat in ihre Züge, sie dachte sich Mut an. Sie verstaute das Werkzeug ihrer vermeintlichen Gerechtigkeit erneut in der Ecke der Schublade, um es am Morgen, bevor sie das Haus verlassen musste, in die alte Ledertasche, in der sie ihre Noten, Schminktäschchen und die wenigen persönlichen Dinge transportierte, einzupacken. Nur eine volle Woche war vergangen, seit sie mit ihrem Onkel unterwegs gewesen war, als sie den Täter mit den kurzen Haaren aus der Dreiergruppe, der damals in der Garage zu Hause das automatische Gewehr getragen und wohl auch die Schüsse auf ihren kleinen Bruder abgegeben, eindeutig wiedererkannt hatte.

Alle Bilder jenes Abends, alles was im Untergeschoss des Elternhauses geschehen und bevor sie bewusstlos geworden war, blieb wie programmiert in ihrem Kopf gespeichert. Zum Wiedererkennen reichten ihr alleine die Augen. Bei diesem Mann war es nicht sonderlich schwierig. Das Ohrläppchen, die Narbe, die den Haarstrich der Augenbraue sehr deutlich unterbrach. In diesem Fall war nicht der geringste Zweifel möglich.

Alles war genau geplant. Es musste sein. Der Plan für den Montag gewährte etwas mehr Zeit und ihr neuer Bekannter, schön, jung, französisch und Marcel genannt, den sie noch nicht *Freund* nennen mochte, hatte bei der Rückfahrt am Freitag erwähnt, dass sich seine Heimfahrt am Montag verzögern würde.

Mit öffentlichen Verkehrsmitteln – so ihr Plan – musste sie vom Königsplatz zur Wasserburger Landstraße kommen. Das *Wie* hatte sie bei der Information im Untergeschoss des Marienplatzes in München erfahren können. Dort hatte sie geduldig in der Schlange gestanden und gewartet, bis sie an die Reihe kam.

„Nehmen's am Königsplatz die U2 bis Trudering. Am Bahnhof Trudering bekommen's den 193er Bus, der nach Haar fährt. In der Wasserburger Landstraße müssen's eben schau'n, wo sie aussteigen, wenn's keine Hausnummer wissen."

Sie musste an dem Schalter, hinter dem eine korpulente, kurzatmige Frau mit bayerischer Aussprache saß, nachfragen, da diese der hochdeutschen Sprache nicht wirklich gewachsen war.

„Bei einer Streifenkarte für diese Fahrt, wie viele Streifen muss ich für eine Fahrt entwerten?"

„Zwoa – zwei", sagte sie, und zur Bekräftigung streckte sie den Arm aus und zwei Finger, wie ein Siegeszeichen, und als sei sie nicht sicher, dass das Wort *zwei* die richtige Übersetzung für *zwoa* ist, wandte sie sich von Anka ab und wies den nächsten Kunden an, näher zu treten.

Anka hatte sich, als sie mit ihrem Onkel unterwegs gewesen war und vor dem Grundstück spazierte, den Straßennamen eingeprägt, als ganz plötzlich dieser Soldat in Begleitung eines Kunden dicht an ihr am Zaun entlang auf ein zu verkaufendes Fahrzeug zugelaufen war.

Das Grundstück lag zwischen zwei Bushaltestellen. Das stadtnahe Bushäuschen befand sich ungefähr fünfundsechzig Meter vor dem Autohandel und der nächsten Haltestelle weiter stadtauswärts rund achtzig Meter danach. Das Tor, die gebrauchten Pkws, den blauen Container auf dem Grundstück, sie sah alles vor sich. Nach der *Erledigung* und der Rückkehr in die Wohnung zu Hause in Augsburg wollte sie einen ruhigen Moment abwarten. Die kleine Pistole auf dem gleichen Weg, möglichst ohne zu stolpern, mit dem Kästchen zurück in den Schrank über dem Bett der Mama zu bringen. Der erste Schritt war getan. In Gedanken saß sie an ihrem Schreibtisch, als ihre Mutter an der Tür klopfte, um zum Abendessen zu rufen, erschrak sie heftig.

„Anka, das Essen steht auf dem Tisch, wenn du schon nicht hilfst, so sei wenigstens pünktlich am Tisch."

„Ja, Mama, entschuldige, ich komm ja schon."

Sie musste ihre extreme Nervosität überspielen, in ihrer aufgewühlten Verfassung Gleichgültigkeit zeigen. Es war eine Sache, die *sie* zu erledigen hatte, die nur *sie* erledigen konnte. Natürlich ging es sehr wohl um ihren Bruder, sobald sie darüber nachdachte. Direkt aber nur um einen Täter, ihr Bruder war Opfer.

Anka zog sich an diesem Abend nicht wie gewohnt zum Üben mit ihrer Violine in die Aula zurück. Sie verbrachte ihn in ihrem Zimmer, um noch einen Brief zu schreiben. Wieder und wieder unternahm sie einen Versuch, ihre Freundin Stanka in Sarajevo per Post zu erreichen. Acht Briefe waren bisher auf die Reise gegangen, nicht eine Antwort eingetroffen. Unfähig, sich wirklich zu konzentrieren, wurde es nur eine kurze Mitteilung.

Sie verschloss den erneuten Versuch in einem genormten Umschlag, klebte eine Marke mit Blumenmotiv darauf, legte den Brief in ihre Ledertasche und verkroch sich rasch in ihrem Bett, um nicht, wie üblich, mit der Familie die neuesten Nachrichten aus der Heimat verfolgen zu müssen. Sie wollte sich mit eigenen Gedanken ablenken. Ihren Plan noch einmal durchspielen. Als es in ihrem Zimmer dunkelte, konnte sie nicht verhindern, dass sich die unzähligen Bilder der vielen Tage und Nächte in Sarajevo in ihr Bewusstsein drängten. Sie sah in den Bergen über der Stadt das

Aufleuchten der Mündungsfeuer der Geschütze, das oft den Schlaf geraubt hatte. Das, wenn es nicht mit infernalischem Lärm verbunden gewesen wäre, wie friedvolles Wetterleuchten hätte wirken können.

Nach einer wenig erholsamen Nacht erwachte sie sehr früh, blieb im Bett und ihre Gedanken sprangen wie ausgeschüttete Pingpongbälle. Nicht nur ungeordnet, von Emotionen überlagert. Sie konnte sich auf nichts konzentrieren und war froh, als es Zeit wurde, im Bad zu verschwinden. Sie ließ sich etwas mehr Zeit, in der Hoffnung, die Erregung dämpfen zu können. Ihre Mutter bemerkte beim Frühstück ihre fahrige Unkonzentriertheit.

„Anka, was ist mit dir, du bist so abwesend?"

„Nichts, Mama, ich habe nur nicht sehr gut geschlafen."

„Du brauchst die Violine heute nicht?"

„Heute gibt es nur Theorie, Harmonielehre, Notation, usw."

Mühsam schleppte sich die Unterhaltung über die Zeit. Keiner war zur frühen Stunde in der Stimmung für ein tiefer gehendes Gespräch. Anka verschwand nach dem Frühstück in ihrem Zimmer. Der Wetterbericht war gut, sie kleidete sich sommerlich, mit Bermudas, Bluse und Bolero, wechselte in eine lange Hose, dünnen, kurzärmeligen Pulli mit spitzem Ausschnitt. Schlüpfte in ihre Sommersandalen, das letzte Geschenk des Onkels.

Als sie sicher sein konnte, dass alle noch in der Küche saßen, öffnete sie die untere Schublade der Kommode, hob die Pullover an und nahm die kleine Pistole heraus. Blitzschnell verstaute sie die Waffe in ihrer Tasche unter den Noten.

Pfeifende Fröhlichkeit vorspielend, verabschiedete sie sich und fuhr mit dem Bus zum Hauptbahnhof, um den Regionalzug nach München zu erreichen. Absichtlich stieg sie in den hinteren Wagen, um nicht doch noch mit dem liebenswerten, französischen Cello-Kommilitonen zusammenzutreffen. Sie traf ihn immer im Zug und sonst auch sehr gerne, nur eben heute nicht. Die Gespräche während der dreiviertelstündigen Fahrt waren stets unterhaltsam, mal lustig, mal ernst. Sie war im Gegensatz zu ihm noch nicht bereit für eine engere Freundschaft. Ihre Seele war zu fest geklammert von den Brutalitäten, dem Erlebten in Sarajevo und der

Flucht. Von den Schmerzen, dem Ekel, dem Trauma, das ihr zu Hause in der Garage aufgeladen worden war.

Sie legten den Weg zur Musikhochschule regelmäßig gemeinsam zurück, trotzdem, sie konnte nicht zu mehr bereit sein. Dass er aus Frankreich kam, war bei seinem Akzent nicht zu überhören und sie fand es lustig. Details über sein Leben und seine Familie wollte sie noch nicht wissen.

In München verharrte sie nach der Ankunft wenige Augenblicke, bevor sie den Zug verließ. Die nach Augsburg fahrenden Bahnkunden drängten in die Waggons, um sich Sitzplätze für die Rückfahrt zu sichern, als sie auf den Bahnsteig hinaustrat. Langsam schlenderte sie in Richtung U-Bahn, um ganz sicher zu sein, dass sie keine Bekannten aus dem Zug mehr traf und Konversation machen musste.

Sie war in diesem Augenblick und darüber hinaus den ganzen Tag nicht in der Stimmung für belanglose Unterhaltungen irgendwelcher Art. Zu viele unterschiedliche, zum Teil verworrene Gedanken und Überlegungen kreuzten sich in ihrem Kopf. *Wenn DAS vorbei sein wird*, so einer der hoffnungsvolleren Gedanken, *kann ich mich wieder auf andere Dinge konzentrieren.*

Mühsam folgte sie den Ausführungen der Dozenten, verließ vor der letzten Vorlesung die Hochschule, um ihren Plan zu realisieren. Schnell hinunter zur U-Bahn, zwei Streifen stempeln, nicht auffallen, nach Trudering fahren, den Bus zur Wasserburger Landstraße nehmen. Obwohl die große Mittagshitze schon vorüber war, traten auf dem Weg zur U-Bahn Schweißperlen auf ihre Stirn und in den Achselhöhlen wurde es feucht. Sie verband den heftigen Schweißausbruch mit der Aufregung und dem Bevorstehenden und nicht mit der föhnigen Wetterlage, die an diesem Tag viele Aktivitäten in der Stadt ausbremste.

Zwei Streifen waren schnell auf der Mehrfahrtenkarte entwertet. Sie verstaute den Fahrausweis in ihrem kleinen Utensilienbehälter und legte diesen zurück in die alte Ledertasche. Diese hielt sie, nachdem sie in der U2 einen Sitzplatz eingenommen hatte, so fest auf ihrem Schoß umklammert, dass die Gelenke ihrer Hände blutleer und weiß erschienen. Plötzlich erschall hinter ihr eine raue unangenehme Männerstimme: „Fahrscheinkontrolle, darf ich um Ihre Fahrausweise bitten?“

Ein etwa vierzig Jahre alter Mann, im Aussehen eher erinnernd an einen, der seinen Schlafplatz unter einer Isarbrücke hatte, trat zwischen die Sitzreihen und hielt den Passagieren seinen Ausweis vor die Nase. Anka öffnete die Tasche einen Spalt, griff hinein, zog das kleine Täschchen heraus, um den Fahrschein zu finden und diesen dem mürrischen Kontrolleur zu zeigen.

Als er sie anschaute, grummelte er, etwas leiser als bei seiner Ansage: „Ist Ihnen nicht gut, Fräulein?“

„Doch, wieso?“

„Weil Sie so schwitzen bei dem schönen Klima in dem Zug hier, daherin ist doch kein Föhn.“

„Nein, nein, es ist alles in Ordnung, ich musste mich nur etwas beeilen, danke.“

„So, dann ist ja alles prima“, sagte er und ging eine Reihe weiter, um die nächsten Fahrgäste zu kontrollieren.

Am Bahnhof Trudering stieg Anka aus, schlenderte hinüber zum 193er Bus, der schon fahrbereit an der Haltestelle stand. Sie stieg in der Mitte ein und setzte sich auf den ersten freien Platz am Ausgang. Es waren nur wenige Fahrminuten bis zu jener Haltestelle, an der sie den Bus verlassen wollte. Der Bus hielt nach dieser kurzen Strecke. Sie stieg als Letzte aus, um die restliche Entfernung zum Grundstück zu Fuß zurückzulegen. Zu jenem Grundstück, auf dem sie vor drei Wochen den Mann entdeckt hatte, dem sie das Gleiche zufügen wollte, was er in Sarajevo ihrem kleinen Bruder angetan hatte.

Sie blieb kurz stehen, wartend, bis der Bus weitergefahren war, sah zurück in die Richtung, aus der sie gekommen war, und in die Gegenrichtung. Beruhigt stellte sie fest, dass sich niemand in der Nähe befand. Rasch die Tasche öffnen, die kleine Waffe entnehmen, entsichern und in die Hosentasche stecken, war ein einziger fließender Vorgang.

Lieber Gott, dachte sie und gleich darauf, dass dies vielleicht doch nicht der richtige *Adressat* sei, um Hilfe zu erflehen. Trotzdem, sie musste und wollte diese Bitte zu Ende denken. *Lieber Gott, gib, dass er heute da ist und gib, dass er alleine ist. Damit diese Aktion nicht völlig umsonst war.*

Als sie das Grundstück erreichte und der Schweiß erkennbar Nässe an ihrer Kleidung verursacht hatte, sah sie, dass das große brusthohe Tor, die eigentliche Pkw-Ein- und Ausfahrt, circa zwei Meter geöffnet stand. Sie ging hindurch, über den planierten Kies auf den hinter den Autoreihen aufgebauten blauen Container zu, dessen Tür nur eine Handbreit offen stand. Sie war wenige Meter entfernt, als die Containertür plötzlich ganz geöffnet wurde. Der Typ erschien auf der obersten Stufe.

„Je später der Abend, um so schöner die Gäste", brachte er unpassend und in einem kaum verständlichen Deutsch hervor.

„Bitte, kommen Sie herein, es ist hier drin nicht so schwül wie draußen."

Er ging voraus in den Raum. Als er die Mitte erreichte und sich umdrehte, um sich hinter dem Schreibtisch auf einen Sessel fallen zu lassen, betrat Anka den Raum, schloss rasch die Tür bis auf eine Handbreit hinter sich und stellte ihre Tasche, immer den Blick auf ihn gerichtet, in der Nähe der Tür ab.

„Der Chef kommt erst in einer Stunde, aber ich darf Sie schon fragen, was Sie für Wünsche haben. Wir können Ihnen fast jeden Wunsch erfüllen. Im Zusammenhang mit einem guten Pkw natürlich", gab er grinsend von sich und alles wieder in einem mit der deutschen Sprache wenig verwandten Idiom.

„Natürlich", erwiderte Anka und sah ihn konzentriert an. *Was,* so dachte sie, *was musste in diesem Kopf abgehen? Was musste darin sein an Brutalität, Verderbtheit, Dummheit und Gewissenlosigkeit?*

Anka stand circa zwei Meter vom Schreibtisch entfernt. Er bot ihr mit ausgestrecktem Arm den Stuhl vor dem Tisch an.

„Bitte nehmen Sie Platz und wir unterhalten uns über Ihre Wünsche, wir haben von allen verfügbaren Pkws die Daten und mehrere Bilder gespeichert und wir haben viele Autos."

Anka überlegte, wie sie ihn dazu bringen konnte, die Deckung hinter dem Schreibtisch zu verlassen und deutete auf das Bild eines Cabrios, das mit Klebefilm an der Seitenwand befestigt war.

„Das gefällt mir."

Sofort sprang er vom Stuhl auf. Da der Himmel sich verdunkelte und er mehr Licht benötigte, sah er sich um, griff zum Lichtschalter und ließ die über dem Schreibtisch hängende Neonröhre aufleuchten.

Anka war einige Meter zurückgewichen. Umgewandt, sah er plötzlich in die Mündung der Pistole, die sie mit ausgestrecktem rechten Arm, gestützt mit der linken Hand – so hatte sie es im Film gesehen–, auf ihn gerichtet hatte. Die kleine Waffe sah nicht gefährlich aus, eher wie ein Spielzeug. Ein gefährliches Spielzeug, mit kleinem Kaliber.

„Ich sage dir nun meinen Wunsch, du Schwein. Du hast meinen kleinen Bruder zum Krüppel geschossen. Dafür musst du büßen und dafür, was du mit mir alles gemacht hast."

„Was ist, wer sind Sie, was wollen Sie? Ich bin hier Autoverkäufer", stammelte er zunächst in seinem ungelenkten und schlechten Deutsch.

Anka fuhr in Serbokroatisch fort: „Du bist ein Mörder, ein Vergewaltiger, ein elender Verbrecher, ein gottverdammtes Schwein. Dieses Zeichen kennst du bestimmt."

Sie nahm die Pistole in die linke Hand und griff mit der Rechten, ihn nicht aus dem Auge lassend, in die Hosentasche und brachte den Aufnäher mit dem Weißen Adler hervor, den sie ihm mit ausgestrecktem Arm entgegenhielt.

„Ich kenne dich, ich habe dich endlich gefunden und ich will Gerechtigkeit", schrie sie ihn an.

Sichtlich überrascht, erschrocken und geschockt wich er zurück zum Schreibtisch. Wieder gefasst, versuchte er den starken Krieger.

„Was willst du?", wollte er auf Serbokroatisch wissen. „Und was willst du mit dem Spielzeug? Mir Angst machen? Du weißt gewiss, was ich kann und was ich mit dir gleich mache, du Schlampe."

Überraschend wurde es draußen noch dunkler, ein Gewitter zog herauf, es begann heftigster Regen, dem Blitz und Donner folgten. Anka blieb wie angewurzelt stehen, zitterte am ganzen Körper. Blitzschnell ließ sie das Pad wieder in ihrer Hosentasche verschwinden, ergriff die Pistole erneut mit beiden Händen und versuchte auf seine Beine zu zielen. Sie hatte nicht wirklich die Kraft, vielleicht nicht den Mut abzudrücken. Er sah ihr Zittern, ihre Unsicherheit und ihre Angst, die Pistole zu benutzen. Ohne sich umzudrehen, griff er hinter sich, ertastete etwas auf dem Schreibtisch, als seine Hand vorschnellte, sah sie einen großen Brieföffner aus Metall in seiner Hand. Mit einem Ausfallschritt sprang er auf Anka zu, ließ seine Hand mit dem stilettähnlichen Werkzeug nach vorne schnellen, gezielt auf ihre Brust.

Er setzte zu einem weiteren Schritt an. Anka erkannte den Ernst der Situation, befürchtete nicht lebend aus dem Container zu kommen, schloss die Augen und fast gleichzeitig mit dem nächsten Donnerschlag fiel der erste Schuss, der dem Angreifer den Oberschenkel seitlich durchschlug. Ein heftiger Windzug ließ mit einem Knall die Tür zufallen. Geschockt und überrascht verharrte der Serbe mit dem Brieföffner Bruchteile von Sekunden, besah sein Bein, und als er wieder aufblickte, bereit seine Attacke fortzusetzen, schloss Anka wieder ihre Augen und schoss ein zweites Mal. Sie traf ihn mitten zwischen die Beine in die Hoden. Dies musste so infernalisch schmerzhaft für ihn gewesen sein, dass er mit einem extrem hohen piepsenden Schrei und Spucke vor dem Mund auf die Knie ging.

Anka öffnete die Augen. Zitternd und weinend wich sie langsam rückwärts zu ihrer Tasche, ergriff sie, verstaute die Pistole, öffnete die Tür und verließ den Raum mit schnellen Schritten, durch den strömenden Regen, in Richtung Bushaltestelle auf der anderen Straßenseite. Geschockt, seelisch und nervlich am Ende, lief sie wie in Trance schleppend bis zur übernächsten Haltestelle Richtung Trudering zurück. Sie setzte sich im Wartehäuschen und konnte den Tränenfluss nicht unterdrücken.

Völlig aufgelöst saß sie in der Ecke auf der Bank, als sich eine alte Frau mit einem großen Regenschirm näherte und sie auf Bayerisch ansprach: „Du bist ja ganz nass geworden, warum hast du denn keinen Schirm mitgenommen, du weißt doch, wie unsicher das Wetter ist. Schau, wie grässlich deine Haare nun herunterhängen und dein Sach' ist ganz nass. Hast noch sehr weit heim?"

Anka schüttelte den Kopf, sie wollte nicht in ein Gespräch verwickelt werden. Zu verwirrend und extrem war, was wenige Minuten zuvor geschehen war. Trotz der Gedankenfetzen, die durch ihren Kopf schwirrten, bildete sich langsam das Bewusstsein, dass sie aus Notwehr gehandelt haben musste. Sie sah sich selbst. Mit erhobener Pistole vor ihm stehend, auf seine Knie zielend und bereit abzudrücken. Da hatte etwas in ihr blockiert, sie konnte den Zeigefinger, der den Schuss auslösen sollte, nicht bewegen. Erst als es um ihr Leben ging, hatte sich diese Blockade gelöst. Die Linie 193 kam, Anka blieb im Wartehäuschen sitzen. Sie wollte so nicht in den Bus, ohne eine Ahnung, wie sie den Zustand ändern konnte, bis der nächste Bus in circa zwölf Minuten kam. Aus der Tasche kramte sie ihren Kamm und ein Päckchen Papiertaschentücher, um sich Haare und Gesicht etwas abzureiben und einen Pferdeschwanz zu binden. Sie streifte das Wasser von ihrem Pulli. Als sie feststellen musste, dass das zwecklos war, zog sie ihn kurzerhand aus, um ihn auszuwringen. Wieder angezogen und glatt gestrichen, stieg sie aus den Sandalen, rollte ihre Söckchen von den Füßen, wrang diese auch aus und verstaute sie in der Hosentasche.

Nach diesen kleinen äußerlichen Verbesserungen sah sie den nächsten Bus kommen, stieg ein, kramte mit noch feuchten Fingern ihre Karte aus dem Täschchen, um zwei Streifen für die Rückfahrt zu stempeln, und suchte sich einen Platz in einer Reihe, in der sie alleine sitzen konnte. Beim Anfahren des Busses schloss sie die Augen und überlegte, was der Serbe nun unternehmen würde. Warten, bis sein Chef kam? Selbst einen Krankenwagen rufen, vielleicht abschließen und zum nächsten Arzt eilen? Wahrscheinlich ohne entsprechende Legitimation. Was für eine Erklärung würde er liefern? Sie konnte es sich nicht vorstellen. Vielleicht war er registriert, gesucht, illegal in Deutschland und hatte gar keine Chance, irgendwen zu rufen oder aufzusuchen, ohne in die Fänge der Justiz zu geraten.

Er tat ihr fast leid. Diese Gedanken versuchte sie zu verdrängen. *Es war Notwehr und es war gerecht.* Sie sah ihren kleinen Bruder vor sich, wie er sich täglich mit seiner Schiene herumquälen und die alten Treppenstufen bewältigen musste und dass er alle Träume von einer Karriere als Sportler längst beerdigt hatte.

Der Inhaber des Autohandels kehrte kurze Zeit nach Ankas Attacke zurück. Er betrat den Container und sah seinen Mitarbeiter immer noch stöhnend auf dem Boden in einer Blutlache liegen. Dieser erzählte seinem Chef eine abenteuerliche Story von zwei Russen, die ihn ausrauben wollten. Daraufhin nahm sein Chef aus einem der Metallspinde einen großen alten Pullover und zwei Handtücher, half dem jungen Serben auf die Beine und band ihm den Pullover um die Hüften. Stützend brachte er ihn zu seinem Pkw. Bevor er ihm auf den Beifahrersitz half, faltete er die beiden alten Handtücher mehrfach, um den Sitz zu polstern und so das austretende Blut aufzufangen.

Er fuhr ihn, nachdem er alles abgeschlossen, gesichert und telefoniert hatte, zu einem serbischen Arzt, der in München studiert hatte und schon vor sechsunddreißig Jahren seinen Abschluss hatte machen können. Nach ein paar Jahren in einer städtischen Klinik, konnte er als junger Mediziner im Stadtteil Bogenhausen eine Praxis eröffnen.

Dort, in der Possartstraße angekommen, fanden sie keinen nahe liegenden Parkplatz und mussten den Wagen in der Cuvilliésstraße abstellen. Der Autohändler versuchte mit dem Verwundeten, ohne große Aufmerksamkeit zu erregen, die Praxisräume im zweiten Stock zu erreichen und half dem Humpelnden zum Eingang.

Arzt und Autohändler kannten sich schon lange. In Gesprächen und Unterhaltungen, wenn sie sich gelegentlich zu Festtagen trafen, hatte der serbische Mediziner betont, dass er, sobald er den Verdacht hatte, an einer illegalen Sache zu sein, die Behörden verständigen würde und erst recht jetzt, wo doch die jugoslawische Welt dabei war sich aufzulösen. Er war nicht geneigt *aus falsch verstandener Zuneigung zu Landsleuten* seine Approbation zu verlieren. Er hatte mit seinen Mitarbeiterinnen vereinbart, dass sie, sobald er bei der Behandlung irgendwo einen spitzen Pfeil malte, die Nummer eines bestimmten Beamten der Kriminalpolizei im Präsidium, die er in seinem Büro hinterlegt hatte, verständigen sollten. Nachdem die Praxis erreicht war und der junge Serbe sich mithilfe des Arztes und der Assistentin stöhnend auf die Pritsche im Behandlungsraum gelegt hatte, schnitt die medizinische Assistentin, die hastig Gummihandschuhe übergestreift hatte, die Hose auf. Ihr Chef half ihr, die blutige Kleidung abzuziehen. Der Arzt sah sich zunächst die Wunde am Oberschenkel an. Sofort war zu erkennen, dass es keine Unfallverletzung war. Er sah einen glatten Durchschuss am Rand des Oberschenkels. Sie entfernten wortlos die blutdurchtränkte Unterhose. Die Assistentin verzog den Mund und die Augenbrauen hoch und trat erschrocken einen Schritt zurück. Ein Hoden, der am oberen Ende durchschossen und von der Versorgung abgetrennt war, hing herab.

„Ich muss Ihnen eine örtliche Betäubung spritzen, sonst kann ich nicht weitermachen", erklärte der Mediziner dem jungen Mann in serbokroatischer Sprache.

„Bitte, bleiben Sie ruhig liegen und schließen Sie die Augen."

Immer noch stöhnend und halb abwesend streckte sich der Patient aus. Mit einem Stift malte der Arzt einen kleinen Pfeil auf den verletzten Oberschenkel. Es glich einem Hinweis auf die Einschussstelle. Er bat die Assistentin um Bupivacain, ließ die Spritze mit dem Anästhetikum aufziehen, platzierte die Nadel an der Innenseite des Oberschenkels in der Leistengegend. Die Assistentin reichte ihm das notwendige Material, wie Desinfektionsmittel, Skalpell, Verbandmaterial, usw. Nachdem er ein großes grünes, steriles Tuch mit einer Öffnung in der Mitte über dem Wundbereich ausgebreitet hatte, verließ die Assistentin kurz den Behandlungsraum.

Der Anschein wurde erweckt, dass alles, was der Mediziner nun zu tun hatte, zu viel für sie war. Sie folgte der Anweisung ihres Chefs, ging zum Büro und telefonierte mit dem Beamten im Präsidium. Nach ihrer Rückkehr war der zerstörte Hoden entfernt, die Wunde vernäht und der Oberschenkel ebenfalls versorgt. Vom unverletzten Hoden bis zum Einschuss am Bein war nur noch die rotbraune Farbe des Desinfektionsmittels zu sehen. Der Arzt und seine Assistentin verbanden und verklebten Oberschenkel und Schritt, soweit ihnen dies notwendig und sinnvoll erschien.

„Bitte, bleiben Sie noch etwas liegen, ich spritze Ihnen ein etwas länger anhaltend wirksames Schmerzmittel. Sie müssen in den kommenden zwei Wochen das Bein unbedingt ruhig stellen, nicht belasten und die Medikamente, die ich Ihnen mitgebe, pünktlich einnehmen. Sie dürfen nicht selbst mit einem Pkw fahren. Zur Nachversorgung lassen Sie sich in acht bis zehn Tagen wieder zu mir bringen."

Die Assistentin hatte nach Anlegen des Verbands einen Patientenbogen geholt, um die notwendigen persönlichen Daten aufzunehmen. Sie wollte nach der Krankenkasse fragen, da schritt der hinzugekommene Autohändler ein und erklärte, dass er das mit dem Doktor persönlich regeln werde. Vierzig Minuten später gingen sie, der Chef seinen Angestellten stützend, zum Aufzug. Der Patient hielt seine zerschnittene Hose zusammen, sie fuhren hinunter und traten auf die Straße hinaus, nicht wissend, dass sie, sobald sie das Haus verließen, unter Beobachtung der Polizei standen. Der Serbe bog, gestützt von seinem Chef, in die Cuvilliésstraße ein, um nach wenigen Autolängen den Pkw zu erreichen, mit dem sie gekommen waren.

Nach quälend langen Minuten, die der Exsoldat zum Einsteigen benötigte, fuhren sie zu einem älteren Haus in den Stadtteil Trudering zurück. In der Matterhornstraße bewegte sich das Fahrzeug des Autohändlers schließlich im Schritttempo, auf der Suche nach einem geeigneten Parkplatz. Nicht weit entfernt von einem der älteren Häuser fand der Fahrer eine offene Lücke und fuhr hinein. Er stieg aus und half dem Verletzten vom Beifahrersitz aus dem Wagen. Nach wenigen gewechselten Worten hob er die Hand zum Gruß und der junge Serbe humpelte langsam zu dem alten Haus schräg vor ihnen, um den Seiteneingang zu erreichen.

In diesem Gebäude hatte er mit weiteren Illegalen bei einem schon lange in München wohnenden Landsmann Unterschlupf gefunden. Zwei Beamte der Polizeigruppe OK (Organisierte Kriminalität) waren ihnen von der Praxis aus in einem Zivilfahrzeug unbemerkt gefolgt. Sie fanden etwa fünfzig Meter entfernt eine Parklücke, stellten das Fahrzeug ab und schlenderten auf das Haus zu. Während der eine Beamte sich an der Häuserreihe wie gelangweilt hin- und herbewegte, das Haus immer im Blickwinkel, ging der zweite Beamte zum Eingang und notierte sich dort die Namen, die an vier von sechs Klingelknöpfen gut lesbar waren. Alle

Namen waren, so berichtete er seinem Kollegen, nicht gerade *urbayerisch*. Bei der Überprüfung per Funk stellte sich heraus, dass nur einer der Bewohner ordnungsgemäß gemeldet war und ein weiterer der Bewohner seit Monaten von der österreichischen Justiz gesucht wurde.

„Nun, wann machen wir's und was ist mit dem Richter?", wollte der jüngere der beiden Beamten von seinem Kollegen wissen.

„Du kennst den Begriff *Gefahr im Verzug*?"

Als sein Kollege nickend Kenntnis bekundete, fuhr er fort: „Na also, ich würde sagen bei Sonnenaufgang. Ohne SEK (Spezialeinsatzkommando) wird das nicht laufen. Wir müssen den Laden im Auge behalten. Ich rufe einen zweiten Wagen, du bleibst hier, ich fahre zurück und bespreche das mit der Einsatzleitung."

Nach weniger als zehn Minuten traf der zweite Zivilwagen mit gleichaltrigen Kollegen ein. Einer stieg zu dem Wartenden ins Auto und der ältere Beamte fuhr mit dem Kollegen zurück zum Präsidium. Nach zwei Stunden kamen sie zum Einsatzort zurück. Es war geklärt, dass das SEK am folgenden Morgen bei beginnender Dämmerung das Haus stürmen, die Personen überprüfen, sie gegebenenfalls entwaffnen, festnehmen und alle Räume durchsuchen würde. Zwei der jungen Polizisten bildeten das Beobachterteam für die erste Nachthälfte und konnten bis zum Eintreffen des SEK ergänzt werden. Die Nacht verlief sehr ruhig. Bis auf zwei pöbelnde Betrunkene, die gegen Mitternacht die Beamten für zwei Schwule beim Rendezvous hielten, gab es keine besonderen Vorkommnisse.

Kurz nach vier Uhr kreuzten die Fahrzeuge des SEK in Seitenstraßen auf. Die Beamten in Zivil mit Jeans, dunklen Poloshirts bekleidet, zogen ihre ballistischen Westen an und streiften die gestrickten Mützen, die nur einen Schlitz für Nase und Augen freiließen, über. Setzten ihre Helme mit dem breiten Visier auf, prüften ihre halbautomatischen 9-Millimeter-Brownings, nahmen einen Doppelrammbock und liefen geräuschlos auf den Eingang des Hauses zu, während eine weitere Gruppe das Gebäude an allen Ecken sicherte. Nach Erreichen des Eingangs drückte ein Beamter alle Klingelknöpfe auf einmal. Keinerlei Geräusch des Türöffners war zu hören, die Tür blieb verschlossen, sofort kam der Rammbock zum Einsatz. Mit zwei kräftigen Stößen flog das Schloss der Eingangstür durch die Luft, die Tür war geöffnet und die Beamten stürmten in den Eingangsbereich und sicherten sich augenblicklich gegenseitig.

Auf der Treppe, die zum oberen Geschoss führte, erschien schlaftrunken ein junger Mann, nur mit einer Boxershorts bekleidet. Er sah die Beamten und riss die Arme hoch, ergab sich zitternd und wurde mit Handschellen gesichert. Während ihn ein SEK-Mann bewachte, durchsuchte die Gruppe alle Räume. Im zweiten Zimmer fanden sie den verletzten Mann aus der Arztpraxis.

Die beiden Angetroffenen durften sich unter Bewachung ankleiden, mussten, soweit überhaupt vorhanden, ihre Papiere abgeben und wurden in eines der bereitstehenden Einsatzfahrzeuge verbracht. Während zwei Beamte mit einer ersten Vernehmung begannen, durchsuchten die SEK-Männer das Haus nach Waffen und Drogen. In einem Versteck hinter einem alten Schrank fanden sie zwei Pistolen und die dazugehörende Munition.

Die im Haus Festgenommenen wurden den Spezialisten einer Sondereinheit im Landeskriminalamt übergeben. Nach mehrstündigen Verhören hatten die Beamten Details, mit denen sie arbeiten konnten. Der in den Boxershorts Festgenommene war ein achtundzwanzigjähriger Mazedonier. Er war illegal über Ungarn und Österreich eingereist und bereits vom ICTY[40] zur Fahndung ausgeschrieben.

Gegen den auf dem Autohof verletzten Serben lag nichts vor. Er blieb während der Vernehmung bei der Version des Russenüberfalls. Er sei das Opfer einer Verwechslung, wiederholte er immer wieder. Nach der Untersuchung durch den Amtsarzt wurden beide in Untersuchungshaft genommen. Nach erneutem Abgleich bei Interpol und Bundeskriminalamt waren die Festgenommenen weder in der Bundesrepublik noch in den Nachbarländern straffällig geworden. Bei den auf den gefundenen Waffen gesicherten Spuren wurde keine Übereinstimmung mit Fingerabdrücken der Festgenommenen festgestellt.

Die Staatsanwaltschaft ordnete die Aussetzung eines Verfahrens nach § 48 (Strafbarkeit des illegalen Aufenthaltes) an und verfügte die sofortige Überstellung des Mazedoniers an den Internationalen Gerichtshof in Den Haag und die sofortige Ausweisung des Serben, entsprechend § 62 AufenthG, nach Feststellung der Transportfähigkeit durch den Amtsarzt.

Das SEK behielt das Haus, in dem der Serbe und der Mazedonier festgenommen wurden, weiterhin unter Beobachtung. Gegen Abend erschienen drei Personen, ein älterer, braun gebrannter Mann mit Glatze, ein weiterer, circa vierzig Jahre alt, und ein junger, sportlicher Typ. Das Trio, das man unter anderen Umständen für Opa, Vater und Sohn hätte halten können, ging auf die Eingangstür zu. Vor der Tür stehend, sah der Alte die beschädigten Beschläge, stutzte und drehte langsam den Kopf zu den anderen, als wollte er eine schnelle Flucht verabreden. Bevor sie sich überstürzt entfernen konnten, wurden sie von den Beamten überwältigt und festgenommen.

Bei dem Vierzigjährigen, einem Albaner, konnte eine geladene Waffe sichergestellt werden. Bei dem Älteren, einem Serben, wurde etwas später die Übereinstimmung seiner Fingerabdrücke mit jenen auf den Waffen, die hinter dem Schrank gefunden worden waren, bewiesen. Diese beiden hatten einen legalen Aufenthaltstitel für die Bundesrepublik in ihren Pässen, während sich der junge Mann illegal im Land aufhielt. Sie wurden dem Haftrichter vorgeführt und Untersuchungshaft angeordnet.

Während die beiden Älteren sich bei der Vernehmung in Widersprüche verwickelten und mit Waffenschiebereien in Verbindung gebracht werden konnten, wurde der jüngere des Trios später in sein Heimatland Serbien abgeschoben.

Anka hatte auf dem Rückweg im Bus wie in Trance wieder zwei Streifen gestempelt, war geistesabwesend zurück zur Bushaltestelle beim Bahnhof in Trudering gefahren. Der Fahrer rief zum zweiten Mal ins Mikrofon *Endstation, bitte alle aussteigen* und konnte nur sie meinen. Als letzter und einziger Fahrgast stand sie erschrocken auf und verließ den Bus, überquerte die Straße. Vor der Treppe, die hinab zur U-Bahnstation führte, ging es ihr etwas besser. Am Gleis wartete sie auf die Einfahrt des nächsten Zuges Richtung

Innenstadt. Sie versuchte, den Ablauf der letzten Stunde gedanklich zu rekonstruieren, konnte sich aber nicht erinnern, die kleine Waffe wieder in der Tasche deponiert zu haben. Sie hob sie rasch mit der linken Hand an, öffnete mit der Rechten und griff hinein. Am Boden konnte sie die Pistole fühlen, atmete tief durch und ließ die Tasche wieder zwischen die Füße auf den Boden gleiten.

Mit der U-Bahn fuhr sie über den Königsplatz zum Hauptbahnhof. Mehrere Rolltreppen brachten sie in die Haupthalle. Auf der Anzeigentafel für die abfahrenden Züge verglich sie die Zeiten mit der großen Uhr in der Halle. Neun Minuten bis zur Abfahrt des nächsten Zuges nach Augsburg, Gleis 16.

Langsam schritt sie zum Gleis, lief weit nach vorne zum Anfang des Zuges und stieg in der Mitte des zweiten Wagens ein, auf einem leeren Platz nahe der Tür. Die Tasche auf dem Schoß, dachte sie über alles nach, was sich seit dem Verlassen der Musikhochschule am Nachmittag ereignet hatte. Wie unwirklich, wie gefährlich das gewesen war. Wie naiv sie in den Container gestapft und nur mit Mühe dem Angriff entgangen war. *Ich werde mir morgen früh gleich eine Zeitung kaufen, vielleicht war es doch nicht, wie erhofft, geheim geblieben.*

Auf dem Heimweg, zwischen dem Bahnhof und der Wohnung im Gebäude des Gymnasiums, geriet sie noch einmal in einen Regenschauer. Sie bemühte sich ihre Schritte nicht zu vergrößern. Es war eine willkommene Möglichkeit, den schon in München verursachten Zustand ihres Aussehens zu begründen.

„Kind, wie siehst du denn aus“, wurde sie prompt von ihrer Mutter begrüßt.

„Komm, zieh dich schnell um, du wirst uns noch krank, und nimm künftig einen Regenschirm mit!“

„Ja, Mama, es kam so plötzlich.“

Nach dieser Antwort verschwand Anka im Bad, entkleidete sich und duschte sehr lange. Sie wickelte das große Badetuch um ihren Körper, eilte in ihr Zimmer und rubbelte sich mehrfach gründlich ab. Sie beendete den wärmenden Trocknungsvorgang und blieb, wie damals in Sarajevo, nackt vor dem großen ovalen Spiegel des alten Kleiderschranks stehen, um sich anzusehen.

Trotz allem, was geschehen war, mit mir und meinem Körper, dachte sie, *trotz allem – trotz allem, ich beginne mir wieder richtig zu gefallen.*

Einige Augenblicke verweilte sie, um sich in einer eher wohlgefälligen denn narzistischen Art zu begutachten. Wieder zufriedener und beruhigter, kleidete sie sich an. Sie öffnete die Tür ihres Zimmer einen Spalt und lauschte. Alles war ruhig, sie schloss die Tür wieder und entnahm ihrer Tasche die kleine Pistole, versteckte diese erneut in dem Kästchen, in der dritten Schublade der alten Kommode. Ein günstiger Augenblick, die Waffe zurückzulegen, würde sich schon ergeben.

Am darauffolgenden Wochenende täuschte sie *üben müssen* vor. Jelica und Erik gingen mit Jan zu einem Musikantentreffen auf den Rathausplatz. Konzentriert und ohne Hektik nahm Anka die Waffe aus der Lade und wickelte sie in ein Handtuch. Beim Verlassen des Zimmer ging sie vor bis zur Freifläche vor der Treppe. Erst als sie ganz sicher sein konnte, dass sie alleine war, betrat sie das Zimmer ihrer Mutter. Innerhalb weniger Minuten konnte sie die kleine Pistole zurücklegen, Bett, Kopfkissen und Decke wieder in Ordnung bringen und das Schlafzimmer verlassen.

Die Familie kam nach mehreren Stunden Abwesenheit langsam wieder die Treppe herauf. Sie hörten Anka in der Aula üben. Sie hatte sich Paganini vorgenommen, immer und immer wieder den gleichen schwierigen Satz.

XII
Belgrad / Wien / München – Barić' Identität

Ohne Probleme zurück in Belgrad, vermied Franco Barić den Kontakt zu Familienmitgliedern. Er grub in einer dunklen Nacht das deponierte Gold aus dem Versteck und traf zwei Tage später zufällig einen Kameraden, der mit ihm während der Ausbildung einige Wochen zusammen gewesen war. Der Schreck fuhr beiden in die Glieder.

„Rajko, wo kommst du denn her?"

„Franco, hallo, das kann ich dich fragen, hast du Urlaub oder bist du vielleicht …?"

„Hältst du die Schnauze, verrate ich es dir."

„Denk dir nichts, ich hab's kapiert. Bin in der gleichen Situation. Die Zeit, die ich unterschrieben hatte, war vorbei. Mein Versprechen weiterzumachen, hab ich nicht mehr gehalten."

„Komm, wir trinken ein Bier da vorne um die Ecke."

„Gut, let's go, muss uns ja niemand hier sehen."

„Demnach, Franco, hast du deine Verpflichtung einseitig gelöst, um es einmal so auszudrücken."

„Ja, das kommt der Sache schon sehr nahe. Es hat mir einfach nicht mehr genügt, und viel zu holen war nicht mehr in den Büschen und Wäldern über Sarajevo. Ich weiß nicht, wo sie dich hingeschickt hatten. Wollten *wir* Weiber, waren das jeweils solche Umstände, dass mir die Lust verging."

„Mir ging es ähnlich", erklärte ihm Rajko, „ich hab noch den Angriff auf Goražde im März mitgemacht. Im April startete die große Offensive gegen die Stadt, und plötzlich mischten die NATO-Bomber mit. Für mich war der Spaß damit vorbei, ich war so schnell weg, dass es zunächst keiner bemerkt hat."

Nach dem weiteren Austausch von Erinnerungen verabredeten sie sich immer mal in einem Café außerhalb des Zentrums und in einer Ecke der Lobby des Hotels, in dem Franco eingebucht hatte. Alle Fragen drehten sich um *was willst du tun, was hast du vor.* Für ihn war klar, dass er den Rest seines Lebens nicht in Serbien verbringen würde. Unklar war ihm und seinem früheren Kollegen, ob sie als fahnenflüchtige Deserteure galten, es war daher extreme Vorsicht geboten. Sie sprachen darüber und über das neue Tribunal in Den Haag.

„Was hast du dir vorzuwerfen?“, wollte sein Kumpan während eines der Treffen wissen.

„Ich hab mir gar nichts vorzuwerfen, ich hab getan, was alle getan haben, und es tat mir oft gut. Hin und wieder war es etwas mehr. Es werden die selbst ernannten Richter sein, die versuchen werden, mir und allen anderen etwas vorzuwerfen.“

„Wer außer Gott kann da Zeuge sein?“

„Lass Gott aus dem Spiel, der war nicht dabei.“

„Ich hab von der Möglichkeit gehört, den Namen zu ändern. Wir werden uns schlau machen.“

Die Exsöldner tranken noch ein paar Pils und vereinbarten einen neuen Termin, bevor sie auseinandergingen. Als sie sich wenige Tage später wieder trafen, begrüßte ihn sein Kamerad mit strahlenden Augen und voller Freude.

„Was sagst du nun, beim letzten Mal war ich noch Rajko Vesić und nun steht Momir Nikolić vor dir. Hier schau, das ist mein neuer Pass. Ich habe stundenlang meine neue Unterschrift geübt. Nach Wunsch tragen die dir sogar einen neuen Geburtsort ein, von dem man weiß, dass dort alle Register verbrannt sind und keiner mehr nachforschen kann, toll was?“

Der Abend wurde länger und der Erzählung von Rajko alias Momir nach war es nur ein Gang zur entsprechenden Stelle. Dort musste man eine glaubhafte Schilderung vortragen, mit Angaben der Einheiten, des Einsatzortes und der Gegner, von denen man glauben musste, dass sie einzelne Kämpfer erkennen und sich rächen würden. Glaubwürdig machen, dass man zu den vielen gehörte, die für Volk und Vaterland unbezahlbare Dienste geleistet hatten und nun möglicherweise der Verfolgung unterlagen und um ihr Leben fürchten mussten.

„Und schwupp, kassieren die deinen alten Pass und du darfst dir einen anderen Namen ausdenken für ein neues Dokument. Sogar dein Alter kannst du frei wählen, in gewissem Rahmen natürlich nur, und bevor deine letzte Einheit erfährt, was mit dir ist, bist du nicht mehr auffindbar."

„Das gefällt mir", pflichtete Franco ihm bei, „noch in dieser Woche werde ich das machen. Du siehst, man lässt die alten Kämpfer nicht verkommen. Eine gute Sache, und vielleicht nach Österreich, vielleicht nach Deutschland das hat Zukunft, kommst du mit?"

„Glaub nicht, hab da eine kennengelernt, ein wunderbares Mädchen. Einzige Tochter, der Vater importiert Stoffe aus Italien. Schon in der dritten Generation sind die hier, sehr gut etabliert, aber leider kroatischen Ursprungs."

„Du bist ein Verräter."

Beide lachten herzhaft, klopften sich nach einigen Flaschen Bier freundlich auf die Schultern und fanden das Leben doch ganz angenehm.

„Ich gehe trotzdem in ein anderes Land, die Chancen sind dort, nehme ich an, größer."

„Sobald du den neuen Pass hast, lass es mich wissen. Ich muss doch deinen neuen Namen kennen."

„Gib mir deine Anschrift, irgendeine Adresse, ich schreib dir. Damit du weißt, wo ich gelandet bin, und vielleicht hast du Lust zu kommen."

Erneut verabredeten sie sich. Sein Kampfgefährte hatte jetzt seine neue Freundin dabei. Sie war so wunderschön, grazil, gepflegt und gut proportioniert, dass er sie nicht *unter der Decke* halten wollte. Seine Augen glänzten vor Stolz.

„Darf ich vorstellen, das ist Dagmar, mein Schatz. Dagmar, das ist Franco Barić, einer meiner alten Kampfgefährten."

Dabei sah er Franco fragend an. Der verstand den fragenden Blick, reagierte aber nicht, spielte den Charmeur und begrüßte das schöne Mädchen herzlich. Er wollte nicht, dass außer seinem *neuen Freund*, der ihn auf die Idee gebracht hatte, den Namen zu wechseln, jemand davon wusste. Es war ein schöner Abend. Seine Lust auf junge Frauen war nach der Begegnung mit der schönen Kroatin wieder enorm gestiegen. Es kam noch einmal zu einer letzten Verabredung.

Zuvor hatte Franco beschlossen, diesem *Kampfgefährten* von seiner auch schon erfolgten Namensänderung nichts zu erzählen und so zu tun, als sei er nicht mehr allzu sehr daran interessiert. Der Abend näherte sich mit Müdigkeit und Gähnen dem Ende. Sein Freund gab ihm eine Anschrift in Novi Banovci, einem Ort an der Donau, nördlich von Belgrad, und wollte wissen: „Wann hast du denn gedacht, ins Ausland zu gehen? Es eilt doch nicht und wir könnten noch eine gute Zeit zusammen haben."

„Ich fliege nach Wien, wann ich zurück bin, weiß ich nicht. Ich werde dir bestimmt eine schöne Karte schicken."

„Das ist jetzt aber eine Überraschung. Ich wollte dich zu meiner Geburtstagsfeier einladen. Da kommen viele nette Leute", dabei lächelte er süffisant, „und tolle Mädchen, viele hübsche Freundinnen meiner Kleinen."

„Leider, geht nicht, hab schon gebucht."

Sie verabschiedeten sich und sein Kamerad wusste, dass er ihn so bald nicht wiedersehen würde. Einzig die Karte, auf der kleine Fotos von Wiener Sehenswürdigkeiten abgebildet waren, erreichte ihn zwei Wochen danach. Francos Befürchtungen, der neue Pass würde bei der österreichischen Vertretung, bei der er ein Touristenvisum für drei Monate beantragte, Probleme machen, waren unbegründet gewesen. Im Gegenteil, sein Aussehen und sein Auftreten wurden positiv bewertet und in wenigen Minuten der *Urlaubsaufenthalt* genehmigt.

Franco war in Wien, wie er glaubte, *wieder in der Zivilisation angekommen.* Zwei Wochen sah er sich in einigen Wiener Bezirken und dem Wiener Gürtel um, der am Abend teilweise zum Rotlichtmilieu mutierte. Er hatte davon geträumt, einige der Schönheiten in die Hack'n zu transportieren, wie man das *auf den Strich schicken* im Milieu nennt, sehr schnell aber mitbekommen, dass den dort herrschenden Zuhälterstrukturen eine ganz andere Brutalität eigen war und diese großen Wert auf *Reviertreue* legten.

Er verwarf den Gedanken wieder. Es war ihm nicht daran gelegen, einer Polizeistreife in die Fänge zu laufen. Sein Ziel war nicht, nur von der Substanz zu leben, bis seine Barmittel aufgebraucht und die Schatulle leer war. Er verdingte sich als Kellner. Natürlich illegal, in einem gepflegten *Balkangrill,* im 6. Wiener Bezirk.

Die Besitzer, ein Kroate und ein Slowene, was er sowieso nicht verstand, waren für ihn *nationale Neutronen.* Sie lebten schon lange in Wien und er konnte sie nicht aus der Reserve locken, um ihre *Stammeszugehörigkeit* gegeneinander auszuspielen.

„Wir sind schon sehr lange hier und wollen beide nur unseren Spaß haben, mit diesem Laden Geld verdienen und vielleicht werden wir irgendwann sogar Österreicher."

„Ja, geht's noch? Österreicher werden, wenn schon einen Teil der Identität zurücklassen, dann wenigstens Deutscher werden."

„Das ist etwas schwieriger, weil", erwiderte darauf sein kroatischer Arbeitgeber, „weil, wir waren ja schon mal alle Österreicher. Nicht direkt, aber unsere Vorfahren. Und für die meisten Deutschen kommt vom Balkan, außer Essen, doch nichts Gescheites."

„Na, schau'n wir mal, wie man hier sagt. Für mich ist die Story noch nicht zu Ende", erwiderte er.

Sein slowenischer Chef ging allabendlich zum Eingang des Restaurants, öffnete die verriegelte Tür und drehte das daranhängende Messingschild um. Darauf standen auf der einen Seite untereinander die Wörter *geöffnet, otvoriti, odprite, aperto, open* und auf der Rückseite der Text *geschlossen, zatvoren, zaprto, chiuso, closed.* Diese Vielsprachigkeit war gedacht, Internationalität zu suggerieren, obwohl sich selten außer Kroaten, Bosniern und Serben andere Nationalitäten zum Genuss der Balkan-Küche einfanden.

Als die ersten Gäste kamen, gab Franco als neue Servicekraft gekonnt den erfahrenen Kellner und versuchte bei allen Gästen, die nur annähernd als Frau erkennbar waren, den Charmeur. Diese Bemühungen wurden, wie seine Chefs erkennen konnten, immer öfter erfolgreich. In der alten und in der neuen Heimat erfuhr keiner etwas über das neue Leben Franco Barić' und dessen Identität. Der neue Pass auf den Namen Gerasim Macura war gut und er ließ sich seit seiner Einreise in der französischen Variante *Gérard* rufen. Die Verwandtschaft hielt ihn für verschollen.

Mehrfach im Jahr war mit Kontrollen im Restaurant zu rechnen, Beamte auf der Suche nach illegal Beschäftigten in der Gastronomie. Die Kontrollen fanden in aller Regel kurz nach Öffnung bzw. am späten Abend statt. Typische Wiener Beamte, von Weitem als solche erkennbar und inzwischen persönlich bekannt. Die Chefs hatten ihm Anweisung gegeben, auf ein bestimmtes Zeichen sich an einen der hinteren Tische zu setzen und sich wie ein Gast zu benehmen. Der jeweils Anwesende der beiden Besitzer würde ihm, um den Schein zu wahren, ein Essen servieren.

Ein wunderbarer Frühling kam und er verbrachte seine freien Tage oft auf der Donauinsel, auf der im Nudistenbereich viel frische, total nackte Haut schöner Wienerinnen zu sehen war. Es gelang ihm immer wieder, seine von Testosteron eingeschränkte Sicht zu klären und mit weicher, warmer, weiblicher Haut für kurze Zeit einig zu werden.

Der Sommer kam und er hatte bereits, eher amüsiert als ängstlich, zwei dieser Kontrollen verfolgt und weiter erfolgreich serviert. Immer seltener kamen Wiener aus dem 6. Bezirk in den *Balkan Grill.* In Touristenkreisen jedoch musste eine Empfehlung die Runde gemacht haben. Deutsche, Holländer und ab und zu ein Franzose, ein britisches Pärchen kamen, um sich mit Ćevapčići, Ražnjići, Pljeskavice und Djuvedj-Reis verwöhnen zu lassen.

Eine Deutsche, die sich mehrfach für wenige Tage in Wien aufhielt, hatte seine Aufmerksamkeit geweckt. Die volle weibliche Figur, die sehr gepflegte Erscheinung, mit dunkelbraunem, schulterlangem Haar und Augen, die dunklen Mandeln glichen, gefiel ihm. Nur ihre Brust war für seinen Geschmack etwas zu mächtig, im Verhältnis zum Rest des Körpers.

Beim ersten Besuch war ein sattes Trinkgeld auf dem Tisch liegen geblieben. An der Tür hatte sie sich noch einmal umgewandt und ihm ein gelächeltes Servus zugerufen. Er war angetan. Beim dritten Besuch der Lady startete er eine diskrete Anbahnung.

„Sie sind beruflich in Wien?“, begann er zunächst mit einer sehr distanzierten Konversation.

„Wie man es nimmt.“

„Sie meinen halb und halb?“

„Nein, doch eher privat, aber keine Touristin.“

„Sie kommen aus Deutschland?“

„Ja, aus München."
„Oh, interessant, eine schöne Stadt", erwiderte er und dachte sich, *jetzt spinn dich aus und rede nicht so um den Brei.*
„Ich kann's Ihnen ja sagen, ich hab eine ältere, schon etwas gebrechliche Tante hier, um die ich mich wieder einmal kümmern muss, es tut's ja sonst keiner."
„Das ist sehr lobenswert, dass Sie das tun. Lebt die Tante hier in der Nähe, im 6. Bezirk?"
Die Antwort konnte er nicht abwarten, die Küche hatte fertige Gerichte signalisiert und die Gäste mussten bedient werden. Als er den anstehenden Service beendet hatte und die Münchnerin noch ein Glas des Grünen Veltliners erbat, blieb er noch einmal wenige Minuten am Tisch stehen, schob die kleine Blumenvase und den Aschenbecher gekonnt hin und her, zupfte die Deckserviette glatt und bat sie mit einem Hundeblick: „Können wir uns nicht einmal außerhalb unterhalten?"
„Sicher, wann haben's denn frei?"
„Montag."
„Geht in Ordnung, Montag um're zwei, da vorne an der Eck'n bei dem Kino, wenn's recht ist."
„Abgemacht."
Nachdem sie ihr Glas geleert, die Rechnung bezahlt und wieder ein dickes Trinkgeld hinterlassen hatte, verschwand sie, wie gewohnt, mit einem noch breiter gelächelten *Servus*. Die sich nach dem ersten Treffen anbahnende Beziehung war ein gutes taktisches Manöver für ihn.
„Ich bin die Katharina und du?"
„Mein Name ist Gerasim Macura, ich würde mich freuen, du nennst mich einfach *Scherar*, weißt du, so wie die Franzosen das Gérard aussprechen. Den Akzent darfst du dir sparen."
„Gut, Gérard, nun musst du mich küssen, das gehört schließlich zu einer solchen Zeremonie."
Er küsste sie zaghaft und sie erwiderte die Berührung ähnlich.

Ja, hatte er schon nach wenigen Wochen auf Anfrage seines Chefs geantwortet, *sie gefällt mir, offenbar ist sie nicht arm und man kann ja nie wissen, für was das noch gut ist. Man muss jede Entwicklung im Auge behalten.*

Sie erlaubte ihm wenig leidenschaftliche Küsse. Zu mehr, gab sie ihm zu verstehen, sei sie aufgrund noch nicht allzu lange zurückliegender Ereignisse in ihrem Leben erst später bereit. Und so kam ihm die Idee, beim Inspizieren des geraubten Goldes, einen, wie er es nannte, *Büchsenöffner* einzusetzen. Den harmlos klingenden Begriff konnte man bei ihm mit *Beineauseinandermacher* übersetzen.

Er suchte aus der Fülle der vielen Teile, die in seinem bescheidenen Appartement vor ihm lagen, einen kleinen goldenen Anhänger aus. Dieser hatte die Form des bei Muslimen beliebten Symbols für Fatimas Hand. Welchem seiner unzähligen Vergewaltigungsopfer er dieses Amulett vom Hals gerissen hatte, konnte er nicht mehr auf die Reihe bringen.

So schloss er sein wollenes Bündel wieder und verstaute es in der alten Schatulle, die er in der hinteren Ecke seines Kleiderschranks unter alten Schuhen versteckte. Durch Anhauchen und es auf dem Hemdärmel reibend, gab er dem kleinen Schmuckstück den notwendigen Glanz zurück. Während eines folgenden vormittäglichen Besuchs der Innenstadt erwarb er unter einem Vorwand in der großen Schmuckabteilung des Kaufhauses Steffl ein kleines ausgepolstertes Kästchen. Vor dem nächsten Rendezvous verpackte er Kästchen samt Schmuckstück in einer neuen Papierserviette, um es seiner Eroberung zu präsentieren.

Sie war sehr angetan und erlaubte ihm seitdem bei jedem Treffen etwas mehr intimen Spielraum, bis sie ihm nach einer weiteren Woche offenbarte, dass sie es eigentlich nicht mehr aushalte und sich selbst mehr wünsche. Ab diesem Zeitpunkt schlief sie nicht mehr bei ihrer Tante. Sie buchten ein Doppelzimmer im *Hotel Kummer*, es lag bequem im gleichen Bezirk. In einem der Zimmer fand er in einer Broschüre den Spruch: *Life isn't about finding yourself, life is about creating yourself.* Den wollte er sich merken, der entsprach so ganz seiner Lebensplanung.

In den folgenden Wochen trafen sie sich im Hotel. Sie war sehr begeistert von seiner Potenz, von der Heftigkeit, mit der er sie nahm, seinem trainierten Körper und den Variationen, die er bot. Von seinem erbeuteten Geld hatte er, nach seiner Einschätzung leichtsinnigerweise, seine Garderobe aufgebessert. Er nannte sie Vollweib und empfand die Beziehung *ausbaufähig*. Insbesondere im Hinblick auf eine zunächst nicht voraussehbare Zukunft in Deutschland, zumal sie in mehrfachen Andeutungen durchblicken ließ, dass da ja noch ihr Business sei und ein verlässlicher Partner vonnöten.

Er hingegen deutete in kleinen Nebensätzen an, dass seine Mutter aus Österreich kam. Sein *Alter,* womit er seinen Vater meinte, aus Belgrad, und er auf Initiative der Mutter die ersten acht Schuljahre in der deutschen Schule in Belgrad verbracht hätte. Nach der Hochschulreife, in Richtung Sportdiplom, habe er sich bei seinen Eltern, die ihm immer wieder in seine Lebensplanung hineingeredet hätten, *abgeseilt*, um sein eigenes Leben zu leben.

Von seiner Schwester, die in Amerika lebe, habe er erfahren, dass die Eltern geschieden wurden und die Mutter nach Österreich zurückgezogen sei. Jetzt, nach der *Portion Lebenserfahrung der letzten Jahre*, sei er an weiteren familiären Kontakten aber nicht interessiert. Ein seriöser Lebensstil schwebe ihm vor. Im Anschluss an eines der Treffen im *Hotel Kummer*, als sie noch auf eine Erfrischung an der Hotelbar saßen, gab er zu erkennen, dass eine gemeinsame Zukunft für ihn eine ebenso schöne Vorstellung sei wie für sie.

„Eine Lebenspartnerschaft, eine Partnerschaft für den Rest des Lebens, kann ich mir nur in einer Ehe vorstellen. Weißt du, es hängt zu viel für mich davon ab. In meiner Branche muss es verlässlich zugehen", gab sie, ganz nebenbei, ihr Cocktailglas zwischen den Fingern drehend, von sich.

In Gedanken hatte er, da sie ihm nach den vielen Treffen immer noch nicht sagen wollte, um welche Art Geschäfte es sich handelte, schon einmal durchgespielt, heimlich hinterherzureisen, um sich selbst zu überzeugen, um was es eigentlich ging.

„Weißt du, da wir schon von Partnerschaft sprechen", entgegnete er, nahm seine Zigaretten aus der Jackentasche und klopfte eine über dem linken Zeigefinger aus der Schachtel, ohne sie anzusehen, „musst du die Karten auf den Tisch legen und mir offen und ehrlich sagen, wie du dein Geld verdienst.“

„Gut“, begann sie, „wir sind so weit, Ehrlichkeit gegen Ehrlichkeit.“

Er spielte unterdessen mit seinem Zigarettenpäckchen, nahm die noch nicht brennende Zigarette wieder aus dem Mund und versuchte sie zurück in die Packung zu stecken.

„Hei“, begann sie, „hörst du mir überhaupt noch zu?“, sie schubste ihn an der Schulter und fuhr fort: „Ich war mit einem Kroaten verheiratet – und …“

„Ach du Scheiße“, rutschte es ihm heraus.

„Wieso Scheiße, sei nicht so ordinär. Es waren schöne Jahre und wir haben uns in München gemeinsam eine gute Gastronomie aufgebaut. Leider hat es mit dem Kinderkriegen nicht geklappt. Vor zwei Jahren kam mein Mann bei einem Verkehrsunfall ums Leben, ausgerechnet in Österreich, da könnte man wirklich Scheiße sagen. Ich habe später meinen Mädchennamen wieder angenommen, um offen zu sein für die Zukunft.“

„Entschuldige, das ist mir nur so rausgerutscht. Und seit zwei Jahren machst du den Betrieb alleine?“

„Ja, mit Angestellten und meiner Schwägerin, die ist nicht beteiligt, nur angestellt und vertritt mich. Er war ja ihr Bruder.“

„Und du bist überzeugt, das wirft genug ab?“

„Sobald wir wieder richtig loslegen. Wir haben viele Stammgäste, darunter Prominente, und wir haben bis heute einen guten Ruf. Seit dem Tod meines Mannes haben wir alles etwas langsamer laufen lassen und keine Werbung mehr gemacht.“

„Wie stellst du dir die einzelnen Schritte vor? Wir gehen nach München, du weihst mich in die Geheimnisse deines Geschäfts ein und wir machen das gemeinsam?“

Den Gelangweilten spielend, ließ er wieder eine Zigarette aus der Packung rutschen und sah sie an.

„So in der Art, ja. Ich hab’s ja angedeutet, zuerst heiraten und anschließend den nächsten Schritt.“

„Prima“ – er sah sich schon nach Geschäftsschluss beim Geldzählen, und das Standesamt zu vermeiden, würde ihm gelingen.

„Wann, meinst du und wo?"
„Sagen wir zu Weihnachten?"
„Welche Weihnachten, die der Katholiken oder der Orthodoxen?"
„Wir sind hier nicht in Belgrad", antwortete sie gekränkt.
„Gut, im Dezember, und wo? Hier, in Wien, in München?"
Bei dieser Frage begann es unablässig in ihm zu arbeiten. Diesen Akt musste er irgendwie vermeiden.
„Dös", gab sie nun gelangweilt von sich, „dös is' mir wurscht."
„Was heißt jetzt das, dass es dir wurscht ist? Ich kann mit diesem Begriff nichts anfangen."
„Ganz einfach, dass es mir egal ist. Ich kann die Papiere beim nächsten Besuch mitbringen und du bestellst deine notwendigen Unterlagen in Belgrad, oder wo auch immer."
„Das geht nicht, was glaubst du, wie es dort zugeht, dort ist immer noch Krieg."
„Gut, aber vielleicht in deiner Gemeinde."
„Von dieser Gemeinde ist nichts mehr übrig, die gibt es nicht mehr, dort sind nicht nur alle Akten verbrannt."
„Möglicherweise geht es mit einer eidesstattlichen Erklärung. Du hast doch einen Pass? Können deine Chefs in dieser Sache für dich bürgen? Da müssen wir uns erkundigen, noch eine kleine Unterschrift und wir sind Eheleute. Wär' schon schön, weil ich dich mag. Du warst doch und bist nicht verheiratet?"
„Nein", dabei hob er die rechte Hand mit drei ausgestreckten Schwurfingern, „ich schwöre es."
„Nun gut, ich glaube dir ja. Du weißt, die Beamten wollen's, ganz gleich wo sie sitzen, möglichst genau und vor allem immer schwarz auf weiß."
Nach einer Pause bat sie ihn: „Komm, lass uns noch einmal nach oben gehen, uns bleibt nicht mehr viel Zeit, ich muss morgen zurück."
„Und wann kommst du wieder?"
„Sobald ich sicher bin, dass alles gut läuft in München und ich die Papiere habe."
„Dauert das lange? Ich halt's sonst nicht aus."

„Oh, mein Süßer, so schlimm ist es?"

„Ja, schon, und ich möchte wissen, wie es weitergeht und ob überhaupt. Das Hotel hier mag ja Tradition haben, aber alles etwas zu borniert. Wenn unser Distanzverhältnis anhält, möchte ich die Betten wechseln."

Sie nahm ihn an der Hand und zog ihn die Treppe hinauf. Oben taten sie sich gegenseitig *Gutes*, wie sie es nannte, gingen anschließend lange gemeinsam unter die Dusche. Mit den Bildern von Bedienungen auf dem Oktoberfest, die er aus dem Fernsehen im Kopf hatte, ging er davon aus, dass große Brüste in Bayern üblich und normal seien und er sich damit anfreunden müsse. Nackt vor dem Spiegel hielt er seinen Körper regelmäßig für den besseren und dachte zurück an die unzähligen jungen Frauen mit dem Feuer in den tiefdunklen Augen. *Schade*, sagte er sich, *vielleicht kann man im Leben wirklich nicht alles haben.* In der Lobby zurück, ließ sie ihren Flug rückbestätigen, bevor sie sich verabschiedeten. Er musste zu seinem Kellnerjob und sie wollte unbedingt zum Naschmarkt, um noch Kleinigkeiten und Geburtstagsgeschenke für ihren Neffen zu kaufen.

„Die Hochzeit", erklärte er beim ersten Anruf seiner Geliebten nach dem Gespräch mit seinen Arbeitgebern, „können wir vergessen."

„Wie meinst du das?"

„Keine Bürgen, keine eidesstattliche Erklärung, nichts. Meine Chefs wollen das nicht, da ich nur mit Touristenvisum hier bin und sie sich strafbar machen, dass die mir damit geholfen haben. Daran sind die nicht interessiert."

„Schmeiß doch nicht gleich die Flinte ins Korn. Such dir einen Flug aus, ich hole dich hier ab."

„Ich würde lieber mit der Bahn kommen."

„Ich weiß nicht, was daran besser ist. Nimm die Bahn. Sobald du dich für einen Zug entschieden hast, rufe mich an. Ich werde am Bahnhof sein."

„Ich kann dir erklären, was besser ist. Falls ich in eine Kontrolle komme, bin ich anschließend zwangsweise auf dem Weg nach Belgrad. Ich gehe im Augenblick davon aus, dass die Kontrollen im

Zug nicht so eng sind wie am Airport. Dort wird, da kenne ich mich aus, automatisch geprüft."

„Natürlich, ich freue mich, ob Flugzeug oder Bahn. Bis bald – und bleib mir treu."

„Das weißt du doch." Und in Gedanken fuhr er fort, *du glaubst doch wohl nicht, dass du mich an die Kette legen kannst, so einmalig bist du nun wieder nicht.*

„Tschau, Schatz, lass mich nicht zu lange warten."

„Das hört sich an, als brauchst du eine Arbeitskraft?"

„Sei nicht so böse, du weißt warum, und einen Bettenwechsel hattest du vorgeschlagen und nicht ich, stimmt's?"

„Ich werde mich morgen schlaumachen."

„Tschau", rief sie noch und schmatzte derart ins Telefon, dass er erschrocken den Hörer etwas vom Ohr nahm und sich mit einem distanzierten lauten „Tschau" verabschiedete.

Spät am Abend in sein Appartement zurückgekehrt, kam er ins Grübeln, überdachte seine Situation. Er war sich nicht mehr so sicher, dass das geplante Engagement in München seinen *Easy-going-Lifestyle*, den er sich schon in den Staaten gewünscht hatte, realisieren ließe. So kam der Entschluss, weder eine Airline noch einen Zug der österreichischen Bahn für den Transport nach München zu nehmen. Sein *nur auf Zeit* in Österreich würde drüben in Deutschland automatisch zu einem *illegalen Aufenthalt*, das wurde ihn nun klar. Bei der Kontrolle am Airport und einer doch immerhin möglichen Kontrolle in einem Fernzug würde er ohne Visum auffliegen und nach Serbien, zumindest erst nach Österreich und danach Richtung Serbien zurückgeschickt werden. Asylantrag in Deutschland nach Einreise zu stellen, das war bedingt möglich. Er hatte sich informiert und wusste, dass in der Regel ein Visum für Deutschland schon in Belgrad hätte beantragt werden müssen, so die Auskunft, obwohl – die meisten machten das mit dem Asylantrag erst nach der illegalen Einreise und ließen die in seinen Augen so widerliche Prozedur über sich ergehen.

„Ohne Visum aufgegriffen, wanderst du erst einmal hinter Gitter. Oder, gegebenenfalls noch schlimmer, in eine Gemeinschaftsunterkunft mit Indern, Afrikanern und ähnlichem Zeug."

So hatte ihn einer aufgeklärt, mit dem er bei der österreichischen Vertretung gewartet hatte.

Seine neue Freundin hielt er für clever, sie würde das regeln. Schon in der darauffolgenden Nacht rief er sie nach Arbeitsschluss an. Der Hörer wurde in Deutschland abgenommen, es erklangen lautes Stimmengewirr und Musik aus seiner früheren Heimat, dem ehemaligen Jugoslawien, im Hintergrund. Sentimentale Bilder und Gefühle erreichten sein Bewusstsein, und seine Liebe, am anderen Ende, musste mehrfach nachfragen.

„Hallo, wer spricht denn da? Mit wem hab ich denn die Ehre?"

Er verscheuchte den Anflug von Heimweh. „Ich bin es, Gérard. Wie ich höre, ist bei dir noch ziemlich was los."

„Gérard, Liebling, warum rufst du so spät an, ist etwas passiert? Hier feiert einer seinen runden Geburtstag, dabei wird es immer etwas lauter, das ist es, was du hörst."

„Du, ich kann nicht mit irgendeinem öffentlichen Transportmitteln kommen. Ich habe darüber nachgedacht, das ist mir zu riskant ohne Visum."

„Und was schlägst du vor?"

„Kannst du mich mit dem Auto abholen, an deinem Ruhetag?"

„Natürlich, das geht, lass mich darüber nachdenken und etwas vorausplanen, ich rufe dich morgen bei der Arbeit an, ist das in Ordnung?"

„Wir können aber nicht groß diskutieren."

„Ja, ist schon klar, ich kenne doch den Laden."

„Bis morgen."

„Bis morgen, Schatz."

Sie hatte aufgelegt. Seine seltenen Gedanken, mit einem Gemisch von Schwermut, Heimweh und Sentimentalität, wollten nicht aus dem Kopf. Er trat vom öffentlichen Fernsprecher auf die Straße und wollte diese Empfindungen nicht zulassen. Auf der anderen Straßenseite saßen im Pub, das er schon kannte, noch Gäste. Er ging hinüber, um sich ein paar Guinness zu erlauben, und damit die kleine Fläche seiner Seele, die mit dem Unrat der Sentimentalität belastet war, zu reinigen und wieder in der Realität anzukommen.

Am Tag danach bewegte er sich ziemlich lustlos zu seiner Arbeitsstelle. Erst als kurz nach der Öffnung des Restaurants das Gespräch aus Deutschland kam, stieg die Stimmung.

„Guten Tag, Liebling", schmatzte sie, „ich komme am Montag und hole dich, recht so?"

„Ja, natürlich, und suche dir eine Route aus, du weißt schon."

„Ja, ja, ich hab da schon was im Kopf, keine Angst. Du weißt doch, wir kommen immer dorthin, wo wir hinwollen."

„Gut, um wie viel Uhr wirst du eintreffen?"

„Ich bin gegen zehn beim Hotel Kummer, das ist am einfachsten, da kennen wir uns aus."

„Schön, und wie lange dauert die Fahrt?"

„Kommt auf den Verkehr an, vielleicht vier Stunden."

„Gut, ich warte."

„Prima, ich freu mich und muss nun Schluss machen, ich hab einen Termin beim Steuerberater. Tschau, Liebling."

„Tschau, bis Montag."

Besser gelaunt und ging ihm die Arbeit leichter von der Hand. In einer kleinen Pause nahm ihn sein kroatischer Chef zur Seite.

„Du hast eine größere Reise vor?"

„Nein, nur am freien Tag einen Ausflug, mit der Deutschen, in den Wiener Wald. Die kennt zwar die Stadt, aber nicht diese wunderschöne Umgebung."

„Die kennst du doch auch nicht."

„Ja, eben deshalb wollen wir uns das anschauen und da fügt es sich gut, dass wir am Montag Ruhetag haben."

„Und am Dienstag bist du wieder hier?"

„Ja, natürlich!"

Ich werde den Teufel tun und dir das alles auf die Nase binden, wenn ich weg bin, bin ich weg, dachte er sich. Die unangenehme Fragerei hatte er dick und war froh, dass sein Chef sich zufriedengab und er sich wieder der Arbeit zuwenden konnte.

Sonntag, am späten Nachmittag, kam er von seinem letzten Besuch der Donauinsel zurück. Ziemlich frustriert über seine Erfolglosigkeit bei den unzähligen Anläufen, eine der nackten Wienerinnen aufzureißen, die dort Vor- und Nachurlaubsbräune zu generieren versuchten.

Er packte in seinem Appartement die Habseligkeiten in den chinesischen Hartschalenkoffer, den ihm seine Schwester geschenkt hatte. Nahm Socken und Unterwäsche wieder heraus und holte das Kästchen mit dem Beutegut aus der Ecke des Kleiderschranks, um es tief im Koffer zu verstauen. *Muss ja nicht gleich gesehen werden*, so sein Gedanke. Er schloss den Koffer ab und prüfte noch einmal alle Schubladen und Fächer, bevor er hinausging. Dort wollte er noch einmal um die Ecke, auf ein oder zwei Gläser gutes Bier, und träumte sich in eine sorglose Zukunft mit genügend Geld und ohne Probleme.

Am Montag früh erwacht, ließ er sich Zeit und fuhr, ohne den Rest seiner ausstehenden Miete zu zahlen, mit der U3 bis Neubaugasse in der Nähe des Hotels, um dort zu frühstücken. Seine Vermieter waren zum ersten Mal nicht pünktlich zu Monatsbeginn an der Tür erschienen, um die Miete im Voraus zu kassieren. Mit einem Kreuzfahrtschiff waren sie unterwegs und hatten ihm stolz den Prospekt gezeigt. *Selbst schuld, habt's eh genug Geld*, dachte er sich.

Katharina hatte, wenige Minuten vom Hotel entfernt, in der Andreasgasse einen Parkplatz gefunden und kam strahlend in die Lobby. Sie tranken noch zusammen einen Saft, sie zahlte, hakte ihn beim Hinausgehen unter und kurze Zeit später waren sie mit ihrem BMW auf der E60 in den Westen unterwegs.

„Ich habe mir gedacht", erklärte sie ihm, „wir fahren Richtung Salzburg, etwas in die Pampa und weiter im Süden hinüber ins Bayerische. Die Kontrollen an diesen kleinen Grenzübergängen sind dort mäßig und man wird uns für Münchner halten, die eine Tagestour gemacht haben."

„Du musst es wissen, ich war noch nie dort."

„In Bayern machen wir am Chiemsee Mittagspause und ich zeige dir, was es in meiner Heimat an Köstlichkeiten gibt."

„Gut", sprach er, „vorerst hast du das Kommando."

Sie zog die Stirn kraus und schaute ihn von der Seite an. Diese Aussage war für sie nicht einzuordnen.

„Meine Wohnung hab ich direkt über dem Restaurant, das heißt, nicht direkt darüber, was mir lieber gewesen wäre. Sie liegt im zweiten Stock und das ist manchmal mühsam ohne Lift. Dir hab ich das Zimmer gerichtet, das mein Mann zu einem Büro umfunktioniert hatte. Wofür brauche ich noch ein Büro? Einen Ordner für die Ausgänge, einen für die Eingänge, einen für Geräte und einen für die Steuer und das Auto, basta. Dafür gibt es überall einen Platz."

„Ja, das stimmt", gab er kleinlaut seinen Kommentar und befürchtete den Versuch, in eine Mädchen-für-alles-Position gedrängt zu werden, wo doch sein Bestreben ein Leben ohne Sorgen, finanzielle vor allem, mit viel Spaß und Freiheit, war. Da er keine Lust hatte, sich über Geschäft, Arbeit, Räume und prominente Gäste zu unterhalten, zeigte er gespielte Begeisterung für die vorbeiziehende Landschaft, durch die sie fuhren.

An der Grenze wurden sie durchgewunken. Wenige Minuten zuvor, in geringem Abstand vor ihnen, musste ein Wagen auf einen Kontrollplatz fahren, da war ihm zunächst etwas heiß geworden. Die Grenze lag hinter ihnen, es lichtete sich die Stimmung, und beim Essen am Chiemsee war Harmonie aufgelaufen und die beiden völlig entspannt. Sie erreichten nach einem längeren Stau auf der A99 München. Katharina musste etliche Seitenstraßen abfahren, um dann doch, unweit des Restaurants und der Wohnung, einen freiwerdenden Parkplatz zu finden. Um die Ecke biegend, nur noch wenige Meter von ihrem Betrieb, konnte man die sechs großen Fenster, den breiten Eingang und die Leuchtreklame *Adria Grill* darüber sehen.

„Wow", rutschte es Gérard ziemlich laut heraus, „so groß hatte ich mir das nicht vorgestellt, sieht echt nach Arbeit aus."

„Lieber Gérard, ohne Fleiß kein Preis. Den Spruch kennst du doch. Wir werden gemeinsam leichter schaffen, was ich mit meinen Leuten eine ziemlich lange Zeit alleine geschafft habe."

Sie bogen zur kleinen Toreinfahrt ein, und als er den zum Biergarten ausgebauten Innenhof sah, warf er seine Stirn in Falten und dachte an noch mehr Arbeit und wie er es möglich machen würde, dass ihm genug Zeit für *Sonstiges* bleiben würde. Vor der ersten

Tischreihe bog seine neue Chefin und Geliebte zum hinteren Eingang. Sie öffnete die zweifach verschlossene Tür zum Treppenhaus und so ging es zum ersten Mal in die Wohnung.

Sie stapften in den zweiten Stock, über dem an diesem Ruhetag geschlossenen Restaurant, und noch bevor sie ihm alle Räume zeigen konnte, erfrischten sie sich unter der Dusche und entspannten sich mit aller Heftigkeit in dem mit geblümter Bettwäsche bezogenen Doppelbett. Gegen Abend drängte sie darauf, ihn durch die Räume und hinunter ins Restaurant zu führen. Stolz gewährte sie einen Blick ins Reservierungsbuch mit den vielen Namen lokaler Prominenz. Sie wollte ihn in die Details der Schicki-Micki-Szene einweihen, doch er schaute gelangweilt zum Fenster hinaus. Damit wusste er nichts anzufangen. Das würde sich in wenigen Monaten ändern, wenn er mit dem halbseidenen Teil der Szene in Berührung käme und persönliches Business witterte, diskret und abseits des langweilenden Restaurantbetriebes.

Sie verabredeten, dass er bei einer möglichen Kontrolle ohne Hektik verschwinden, und falls alles zu spät sein würde, sie ihn als Verwandten des verstorbenen Ehemannes ausgeben wollte. Ihre Schwägerin musste noch eingeweiht und zum *Mund halten* verdonnert werden. Gegebenenfalls zu einer stimmigen Aussage, falls es dazu käme.

Die Wirtin war ernsthaft bemüht, ihrem neuen Partner alles detailliert zu erklären. Von der Warenwirtschaft, mit Großhandel, Lieferservice, Brauerei und Weinimport bis zu den Details der Speisen, die permanent im Angebot waren, und jenen, die als sogenannte Specials zusätzlich auf der Tageskarte erschienen.

Sein Interesse war bescheiden. Er nickte alles ab, als habe er verstanden. Seine Gedanken kreisten vermehrt um den Profit und die Kontakte, die er suchte. Es musste genügend Landsleute in der Stadt geben und einige, die *gedient* hatten und in vergleichbarer Situation waren wie er selbst. Ob ultrakonservative Nationalisten, Angeber, kleine Wichte. Ihm war es egal, Hauptsache, er konnte sich in der eigenen Sprache unterhalten und weitergehende Pläne schmieden.

Er nannte es *Luft holen* und *den Kopf klarkriegen*, wenn er nach Betriebsschluss nicht sofort zu ihr in die Federn stieg. Er verschwand unter der Dusche. Küchendunst und der damit anhaftende Geruch störten ihn beim Ausgehen. So zog er sich frisch an und war weg. Bis zu einer ersten Auseinandersetzung ging dieses Spiel gut.

Irgendwann saß Katharina an der Kante ihres Bettes im Schlafzimmer. Er kam pfeifend aus der Dusche, im Begriff, sich frische Wäsche anzuziehen, wollte er in sein Zimmer. Sie überlegte, wie sie ihn nun zu sich zitieren könne. Ob mit *Liebling*, mit *Schatz* oder *Gérard*, das erschien ihr, in diesem Moment, alles ziemlich unpassend. Sie stand auf, ging zur Tür und rief laut: „Würdest du bitte einmal zu mir in mein Schlafzimmer kommen. Wir müssen reden."

Seine Zimmertür stand offen und er musste ihre Bitte gehört haben. Ohne Reaktion pfiff er weiter eine Melodie, die ihr fremd war. Sie verlor die Geduld, ging zu seinem Zimmer und wiederholte sich.

„Würdest du bitte einmal zu mir ins Schlafzimmer kommen. Wir müssen reden."

Er war dabei, sich ein frisches Hemd überzuziehen, drehte sich langsam um und schaute sie an.

„Reden, über was?"

„Über uns."

„Aha, und warum?"

„Es läuft aus dem Ruder."

Der Begriff war ihm nicht geläufig und antwortete mit der Gegenfrage: „Wer rudert und wo?"

„Frag nicht so blöd. Und erkläre mir einmal, wo du an fünf Tagen von den sieben, die eine Woche hat, nachts hingehst und warum. Natürlich bin ich hin und wieder müde. Aber lange nicht so, dass uns keine Zeit für etwas anderes bleiben würde."

„Wie meinst du das, Liebling?"

„Den Liebling kannst du dir sparen. Ich nenn dich nicht mehr so. Dein Verhalten ist nicht das eines Lieblings. Nun möchte ich, dass du mir eine Antwort gibst, bevor ich ausraste."

„Was heißt, du rastest aus?“

„Ich bin enttäuscht und ich bin wütend. Was ist aus dem leidenschaftlichen Gérard vom Hotel Kummer geworden. Ein Stenz, der sich in der Nacht herumtreibt. Ich hoffe nur, du gibst nicht mein Geld aus.“

„Aber Schatz, ich treffe mich doch nur mit ein paar Landsleuten, damit ich meine Muttersprache, *ist ja eigentlich Österreichisch und ich müsste Vatersprache sagen*, nicht verlerne. Mit dir kann ich die ja leider nicht üben.“

„Mir ist klar“, schrie sie ihn an, „bei deiner Potenz genüge ich dir nicht und es sind meiner Meinung nach Landsleutinnen, die dir die Nacht verschönern.“

„Nein, du irrst dich, es ist so, wie ich gesagt habe.“

„Lüg mich nicht noch an“, schrie sie noch lauter, stürmte auf ihn zu, hob die Hand, als wollte sie ihm eine auf die Wange klatschen und hatte nicht mit seiner Reaktion gerechnet.

Was danach knallte, war eine Ohrfeige, die er ihr verpasste. Dies verursache bei ihr zwei unsichere Schritte rückwärts und ein großes Erstaunen in den Augen.

„Du darfst nicht die Hand gegen einen Mann erheben und schon gar nicht gegen einen serbischen Mann. Hast du mich verstanden? Nun sind wir wieder gut, das Thema ist erledigt, und wenn ich zurückkomme, wecke ich dich und wir haben Spaß.“

„Wir werden keinen Spaß mehr haben“, sagte sie mit Tränen in den Augen, sich die Wange haltend, „und bei der kleinsten Sache mit mir oder meinen Mitarbeitern gegenüber fliegst du raus. Mal sehen, wo du ohne ein Visum bleibst. Vielleicht schicken sie dich nach Belgrad zurück, wo du hingehörst.“

Sie drehte sich langsam um, ging hinüber in ihr Schlafzimmer und schlug die Tür heftig hinter sich zu. Sie entkleidete sich und wartete mit der Dusche, bis sie die Wohnungstür ins Schloss fallen hörte. Er hatte einen kleinen Teil seines Charakters offenbart. Sie wusste nach diesem Abend, dass es eine dunkle Seite gab, in der mehr verborgen zu sein schien, als sie bisher erleben durfte.

XIII
Sarajevo – Ervins Verschwinden/Mirkos Reise

„Du wirst wohl so viel Zeit haben, dich um den einzigen Freund und Nachbarn zu kümmern, der uns noch geblieben ist", rief Jelica erregt in den Hörer, nachdem sie mit Mirko einige Belanglosigkeiten ausgetauscht hatte und auf die Situation in Sarajevo und das eigene Zuhause zu sprechen kam.

„Jeli, natürlich. Morgen, sobald ich hier fertig bin, fahre ich zum Haus und sehe nach, was mit ihm los ist. Er hätte sich ja auch einmal melden können. Ich hatte ihm mehrfach angeboten, ihn zu unterstützen, sollte ihm etwas fehlen. Warum du dich so aufregst, statt dich zu freuen, mit mir sprechen zu können, verstehe ich nun nicht."

So bekam das Gespräch,worauf sie sich gefreut hatte, noch eine unangenehme Richtung und hinterließ den Eindruck, dass Mirko innerlich noch nicht endgültig mit den Stunden, die er mit Nura verbracht hatte, fertig war. Die Erinnerungen schienen zu süß, zu erotisch und noch stimulierend zu sein. *Warum sonst*, so Jelicas Gedanken, *fährt er nicht nach Hause und schläft in seinem eigenen Bett? Oder ertappe ich mich jetzt bei Eifersucht?* Um wieder auf wichtige Gedanken zurückzukehren, kam sie auf die Berichte zu sprechen, die sie am Vorabend zusammen mit Erik und den Kindern gesehen hatte.

„Mirko, gestern am Abend haben wir neue Berichte gesehen. Bilder willkürlicher Erschießungen wurden gezeigt. Es war so schrecklich, dass ich Jan die Augen zugehalten habe. Habt ihr, hast du davon gehört?"

„Ja, es kommen immer wieder Berichte über schlimme und noch extremere Gräueltaten."

„Erinnerst du dich an den Abend, als unser Chef seine Ansprache zur Lage machte? Danach hatten wir mit unseren Freunden ein wenig über menschliche Würde und Perversionen gesprochen und sind damals zu dem Ergebnis gekommen, dass es bei der Entwicklung zum Homo Sapiens Versäumnisse gegeben haben musste.

Wo ist das erschlossene Bewusstsein zu den eigenen Handlungen, wo sind die ethischen Grundsätze? Offenbar gibt es bei bestimmten Menschen keine Wechselwirkung zwischen ihrem zerebralen Vermögen und anderen Faktoren."

„Oh, oh, Mirko, was wir nun machen, ist so etwas wie Entwicklungs- und Existenzphilosophie, oder?"

„Ja, ein endloses Thema, lass uns zum Schluss kommen und hoffen, dass die Verursacher dieser alles übertreffenden Verbrechen doch irgendwann zur Rechenschaft gezogen werden können. Jeli, ich wünsche dir trotzdem eine geruhsame Nacht. Tschau, alles Liebe."

„Ja, Mirko, auch dir alles Liebe. Am Wochenende telefonieren wir wieder zusammen mit den Kindern. Gute Nacht."

Damit endete der Ausflug in die Philosophie. Jelica ging in Augsburg zu Bett und Mirko lag noch lange wach auf seinem Klinik-Notbett in Sarajevo und hing seinen Gedanken nach.

Er verließ am darauffolgenden Tag die Klinik früher als gewohnt und, wie geplant, über den hinteren Ausgang, fuhr noch bei Helligkeit, die rundherum einschlagenden und alles zerfetzenden Geschosse ignorierend, trotzig bergan zum eigenen Haus. Brachte die Velosolex über die Abfahrt hinunter in den Hof und beschloss, hinüberzugehen, um nach Ervin zu sehen. Auf der Höhe der Häuser angekommen, trieb ihn der Durst zunächst über den Haupteingang in die eigene Wohnung. Er öffnete die Tür und trat in den Flur. Rein aus Gewohnheit wandte er sich um und sah in den in der Tür eingelassenen Briefkasten. Darin fand er einen Schlüsselring, in den zwei Schlüssel eingezogen worden waren, und einen zugeklebten Briefumschlag. Er riss ihn auf und entnahm eine Notiz von Ervin.

Lieber Mirko, für alle Fälle. Ich weiß noch nicht, wann ich zurück bin. Viele Grüße, Dein Freund Ervin.

Überrascht und irritiert sah er sich die Schlüssel an und wollte augenblicklich hinüber zu Ervins Haus. Er überquerte die Straße und ging die wenigen Meter abwärts auf das Anwesen des Freundes zu. Nichts, keinerlei Hinweis auf eine persönliche Anwesenheit oder ob Ervin mit dem alten Gefährt unterwegs war. Mit einem unguten Gefühl wandte sich Mirko zunächst zur Garage und öffnete das schwere Tor. Die Garage war leer und sein Nachbar, so seine Vermutung, irgendwo in der Stadt. Über den kleinen Garten hinter dem Haus kam er zur vorderen Eingangstür. Dort nahm er den größeren der beiden an dem Ring befestigten Schlüssel. Die Tür ließ sich damit problemlos öffnen. Mirko rief nach dem Eintreten Ervins Namen. Nichts war zu vernehmen. Es kostete ihn etwas Überwindung, weiter in die Wohnung vorzudringen. Im Wohnzimmer sah er sich um und entdeckte auf der Vitrine rechts neben der Tür Ervins Waffe. Sie lag vor der Lampe, mit der er ihnen beim Auffinden der Kinder geleuchtet hatte. Das Gewehr erkannte Mirko als die alte Meffert, mit der sich Ervin verteidigen wollte. Davor, neben einem kleinen Karton mit Munition, lag ein Briefumschlag. Mirko griff nach dem Umschlag und las statt einer Anschrift: *Für Mirko und Jelica, falls mir etwas zustoßen sollte und ihr davon Kenntnis erhalten habt! Euer Ervin.*

Mirko musste schlucken, ein großes Gefühl der Unsicherheit kam über ihn. So ungut und zwingend, als sei er sicher, das Ervin bereits etwas passiert sein musste. Er legte den Brief zurück, verließ das Haus und ging gedankenversunken zurück in die Wohnung. Entgegen seiner Gewohnheit schloss er die Eingangstür sofort hinter sich ab, nahm in der Küche einen Becher des abgestandenen Wassers und goss etwas von dem restlichen, extrem süßen Himbeersirup hinein, der noch aus den Beständen der verstorbenen Schwiegermutter stammte.

Unfähig sich zu konzentrieren, unternahm Mirko danach den Versuch, Jelica telefonisch zu erreichen. Die Verbindung kam nicht zustande. Er öffnete ein Glas der eingemachten halbierten Birnen, das er im Vorratsraum fand, aß davon die Hälfte des Inhalts und holte sich aus dem noch unaufgeräumt aussehenden Wohnzimmer das in einer Ecke liegende, alte Taschenradio. Die Batterien waren herausgeschleudert. Nach dem Wiedereinsetzen blieb das kleine Radio so stumm wie zuvor.

Längere Zeit saß er noch am Fenster und schaute auf die Stadt, in der er an diesem Abend nur ganz vereinzelt Explosionen sehen konnte. Er dachte darüber nach, dass die meisten Menschen, die noch um ihn waren, den Eindruck erweckten, man könne sich an diesen perversen Zustand, den steten Mangel, das todbringende Granatfeuer mit den vielen Opfern und an die vielen mordenden Heckenschützen gewöhnen.

Es wurde frisch, er fröstelte und entschloss sich, sein Bett aufzusuchen. Schon liegend, blieben seine Gedanken lange bei der neuen Situation, und er kam zum Ergebnis, an den kommenden Tagen nach Ervin zu suchen. Möglicherweise war er bei Bekannten untergeschlüpft. Er hatte erlebt, wie unsicher es am nördlichen Stadtrand wurde. Mirko hoffte, Ervins Auto irgendwo zu entdecken. Sein der Logik widersprechender Optimismus verführte ihn zu diesem hoffnungsvollen Nachdenken vor dem Einschlafen.

Bevor er sich am Morgen auf das Motorfahrrad setzte, um bei dichten Wolken und leichtem Regen hinab zur Klinik zu fahren, machte er erneut einen Versuch, eine Verbindung nach Deutschland zu bekommen. Im gleichen Augenblick, als in Deutschland der Hörer abgenommen wurde und er seine Begrüßung sprechen wollte, brach die Verbindung wieder zusammen.

Seine Werkstatt in der Klinik war durch den jungen Mediziner und verhinderten Techniker Kosta verstärkt worden. Gegen Mittag wies Mirko ihn zu einzelnen Arbeiten an und verließ danach sein Büro, um auf weniger gefährlichen Umwegen ins Zentrum zu gelangen. Er kannte in der Džidžikovac die große Polizeistation. Diese wollte er zuerst aufsuchen, um sich zu erkundigen, wo überall in der Stadt Listen von Vermissten und eventuell von Getöteten geführt wurden. Die Station war leicht erreichbar und die Beamten überraschend zugänglich. Sie brachten ihn in einen Nebenraum. Dort verwies einer auf die auf zwei Tischen angeordneten Papierstapel.

Er begann mit seinen Erklärungen: „Dies sind nachgewiesen bereits getötete Mitbürger, die Stapel links sind Menschen, die vermisst gemeldet wurden. Auf den Rückseiten finden Sie Bildmaterial der entsprechenden Personen. Entweder wie sie zu Lebzeiten aussahen oder so, wie wir sie gefunden haben. Wann haben Sie den Gesuchten zuletzt gesehen?“, wollte der Polizist wissen.

„Es muss vor gut einer Woche gewesen sein."

„Die neueren Fälle", setzte er seine Erklärungen fort, „haben wir immer im Kopf, es sei denn, sie werden durch aktuellere Opfer überlagert. Sie müssen deshalb nicht alles durchsuchen. Doch der Name alleine hilft uns nicht weiter. In nur wenigen Fällen hatten die Getöteten Papiere dabei. Können Sie ein unverkennbares Merkmal nennen, das zur Identifizierung reicht. Falls Ihr Freund überhaupt getötet wurde und sich nicht irgendwohin abgesetzt hat, vielleicht versteckt hält. Sie würden lange und vergeblich suchen. Nicht jeder der vermisst Gemeldeten hat das vorher angekündigt."

Mirko zog die Stirn in Falten und dachte darüber nach, was er den Beamten nennen könne.

„Ja, alt war er eben, sehr hager und so groß, ungefähr wie ich."

„Alter ist leider kein unverkennbares Merkmal, alt sind viele."

Mirko erinnerte sich, dass er Ervin, auch bei der größten Hitze, nur mit langen Ärmeln gesehen hatte. Einmal darauf angesprochen, war Ervin zunächst stumm geblieben. Schließlich hatte er den rechten Ärmel hochgekrempelt und auf seinen Bizeps verwiesen. Dort, auf dem Oberarm, war der Kopf eines Tigers sichtbar geworden und darüber ein kleineres Tattoo, das den nackten Oberkörper eines wohlgeformten, langhaarigen Mädchens zeigte.

Das ist eine Jugendsünde und ich schäme mich dafür. Deshalb zeige ich das nicht in der Öffentlichkeit, hatte er damals gesagt. Mirko wollte ihn mit dem Hinweis, dass viele solche Jugendsünden hätten, trösten.

Der Polizeibeamte bemerkte die nachdenkliche Art.

„Ist Ihnen noch etwas eingefallen zu meiner Frage nach den unverkennbaren Merkmalen?"

„Ja, er hat, ich möchte nicht sagen hatte, da wir ja nicht wissen, wo er ist, er hat auf dem rechten Oberarm eine Tätowierung. Den Kopf eines Tigers und darüber einen etwas kleiner gestochenen Oberkörper einer langhaarigen, gut gearbeiteten nackten Lady. Beide Bilder waren farbig ausgelegt. Daran kann ich mich erinnern und er wäre damit bestimmt zu identifizieren."

„Das ist schon sehr gut, Tätowierungen sind unverkennbar, wir werden sehen. Im Moment ist hier nichts Derartiges bekannt. Sollten wir etwas erfahren, meldet sich ein Kollege bei Ihnen. Ich muss mir nur noch notieren, wo wir Sie finden."

Der Polizist nahm ein Formular und trug die Daten ein, die Mirko ihm nannte, bevor er sich verabschiedete.

„Vielen Dank und ich melde mich bei Ihnen, falls ich etwas höre oder ich ihn treffen sollte."

Mirko verließ die Büros der Polizei. Der Regen hatte nachgelassen und die dunklen Wolken waren durch einen strahlend blauen Himmel abgelöst. Er bewegte sich weiter auf die Innenstadt und das alte Zentrum zu und blickte in alle Gassen, die für ihn einsehbar waren und die er gefahrlos erreichen konnte.

Außer den Zwischenspurts, die jeder Passant einlegen musste, der die Hoffnung hatte, eine von den Heckenschützen einsehbare Straße unbeschadet zu überqueren, gab es keine Besonderheiten. An diesem Vormittag wollten die Bediener der todbringenden Haubitzen einen weiter nordöstlich liegenden Stadtteil zerlegen.

In der Kaptolstraße entdeckte er, ein gutes Stück aufwärts, einen Wagen, der Ervins altem italienischen ähnelte, aus der Distanz gesehen, die ihn davon trennte. Von Haus zu Haus die Eingänge zum Schutz aufsuchend, bewegte er sich die Straße aufwärts, zu dem Wagen. Näher gekommen, wurde die Hoffnung enttäuscht. Es war ein vergleichbares Modell, doch einige Jahre jünger.

Nach der Überlegung, wieder zurückzugehen, vernahm er, überrascht und irritiert, in der Nähe eine Glocke, die zwölf Uhr schlug. Mirko blieb stehen und lauschte dem vollen Ton. *Unglaublich,* so sein Gedanke, *was eine einzige Glocke auslösen konnte. An Erinnerungen, Gefühlen, Träumen und Bildern einer heilen Welt. Hier in einer Straße Sarajevos, in der innerhalb der nächsten Sekunden Tod und Verderben produziert werden könnten. In der viele Bewohner nur von einer Minute zur nächsten ans Überleben dachten.*

Die durch den Klang der Glocke verursachte Gänsehaut wollte er inklusive der auslösenden Gedanken wieder loswerden. Gedanken, die ihn in seine Kindheit, in den Schutz der Eltern, in die Geborgenheit der aus Kindersicht heilen Welt zurückversetzen wollten. In dieser Stunde war Konzentration für den Rückweg verlangt. Ein Weg, der beschwerlich und gefährlich werden würde.

Richtung Klinik gehend und immer wieder kleine Spurts einlegend, setzte sich ein neuer Gedanke im Kopf fest. Gegen Ende der Woche, der Tag war vorgemerkt, war wieder Material in Empfang zu nehmen, das durch den schlammigen Tunnel kam. Der zweite Mann musste Kosta sein.

Die weitergehende Überlegung und damit die Möglichkeit, die Röhre unter der Rollbahn des Flughafens zu nutzen, um auf die andere Seite in die *Freiheit* zu gelangen, war eine Idee, die er im Kopf hatte und die er seinen Vorgesetzten unterbreiten wollte. Die Erlaubnis, unter der Rollbahn des Flughafens hindurch aus der Stadt zu kommen, war dauerhaft vorhanden. Nun musste noch ernsthaft und glaubwürdig darüber gesprochen werden, dass es dringend notwendig und sinnvoll sei, die Ersatzteile für eine vor einer Woche endgültig funktionsunfähig gewordenen Herz-Lungen-Maschine und für eine der kleineren stillgelegten ECMOs, die in der Intensivmedizin dringend gebraucht wurden, selbst beim Hersteller in Deutschland zu besorgen.

Diese Geräte hatte er immer wieder mit Teilen der schon früher ausgefallenen Maschinen reparieren können. Jetzt mussten neue Komponenten her. Er war auch Kardiotechniker und wusste, worum es ging. Mehrere Patienten hatten den Transport hinauf zu den Koševo-Kliniken, bei denen noch intakte Systeme liefen, nicht überlebt. Nicht nur der Gefahren wegen, die vor allem in Breka, etwas weiter nördlich von Koševo lauerten. Er dachte an den Ärger, den der Tod eines hohen ABiH-Offiziers ausgelöst hatte. Beim Weitertransport war zu viel Zeit verstrichen, es hatte nicht gereicht, sein Leben zu erhalten.

Mirkos Gedanke war, die Ersatzteile in München, beim Hersteller der Geräte, zu besorgen. Für ihn ein weiterer und seiner seelischen Verfassung nach der wichtigste Grund für diese Reise, das Wiedersehen mit seiner Familie. Er stellte Überlegungen an, wo und wie er den schwierigsten Teil der Strecke nach der Durchquerung der Tunnelröhre vor sich haben würde. Schon einen Tag später bemühte er sich um einen Termin für ein Gespräch mit der Direktion und wurde auf den Dienstag der darauffolgenden Woche vertröstet. Der Ausflug in die *schlammige Unterwelt,* wie er den Tunnel nannte, verlief wie gewohnt. Im täglichen Ablauf des Klinikbetriebes hatte sich nichts geändert. Bei der Fülle der Schwer- und Schwerstverletzten, die stündlich angeliefert wurden, war Daras Abgang ein herber Verlust. Das war das, was er Jelica und den Kindern berichten konnte, die er am folgenden Wochenende telefonisch erreichte.

Es wurde Dienstag. Um 9.30 Uhr stand Mirko im Direktionsbereich. Die Kollegin brachte ihn zum Chef. Nach einer ernsten, höflichen Begrüßung kam es zu einem längeren, sehr sachlichen Gespräch. Unter der Erörterung aller wesentlichen Aspekte hatte er beim Verlassen des Büros die Unterstützung für sein riskantes Beschaffungsvorhaben.

„Nur an einem Detail könnte es noch scheitern, Mirko", hatte sein Chef ihm mit auf den Weg gegeben, „ich muss Devisen beschaffen und bitte Sie, mir überschlägig den notwendigen Betrag zu nennen."

„Ich werde das", hatte Mirko geantwortet, „aus den alten Lieferlisten und Rechnungen zusammenschreiben und mit einigen Prozent Aufschlag wegen der gestiegenen Preise werde ich den Betrag kalkulieren können."

Zwei Abende bis gegen Mitternacht saß er über alten Begleitpapieren und Rechnungen. Sortieren, Preise notieren, Ersatzteilnummern festhalten und den benötigten Betrag überschlagen. Die Listen und Kostenaufstellungen konnte er komplett am Freitagvormittag persönlich überreichen. Am Nachmittag besuchte ihn überraschend Nura in Maricas Begleitung. Nura hatte Nachtdienst während der laufenden Woche. So attraktiv und selbstbewusst wie immer trat sie nach einem kaum bemerkbaren Klopfen ein. *Sie hat ein verdammt gutes Gespür dafür, mit wenigen Kleidungsstücken ihre Vorteile ins rechte Licht zu rücken*, schoss es Mirko bei ihrem Anblick durch den Kopf.

Der Besuch mutierte zunächst in eine Situation voller Verlegenheit. Seit Jelica durch Nuras ungeschicktes Verhalten von der Zweisamkeit auf dem Ersatzbett erfahren hatte, war seine *Geliebte auf Zeit* in den Folgenächten ferngeblieben. Sie hatten sich im Haus getroffen, aber nie erneut verabredet.

Nun stand sie wieder in seinem Büro. Die Haare zum Pferdeschwanz gebunden, ließ dies ihr schönes, schmales Gesicht noch jugendlicher erscheinen. In einer attraktiven roten Bluse, dem engeren dunklen Rock und zarten Schuhen mit schmalem Absatz.

Nach der Begrüßung setzte sie sich an den Rand des Bettes hinter dem Schreibtisch und lächelte. Ein Lächeln, das aus positiven Erinnerungen kam und Mirko in Verlegenheit brachte. Er sah Marica an, die ebenfalls sehr gepflegt auftrat, aber den Eindruck der *kleinen Schwester* trotz perfekter Schminke nicht überspielen konnte. Mirko versuchte durch ein sachliches Angebot etwas von seiner momentanen Verwirrtheit abzulenken.

„Darf ich euch einen Kaffee machen? Marica, mach es dir auch bequem, nimm Platz. Kann ich etwas für euch tun?"

„Mirko, wir wollten dir nur mitteilen, dass zwischenzeitlich nichts von Boris zu erfahren war. Überall, wo wir uns erkundigt, wo wir nach ihm gesucht haben, kein Lebenszeichen. Marica ist sehr froh, die Arbeit hier im Haus und die Wohnung von Boris zu haben. Nichts von ihm zu hören und nichts zu wissen, macht sie an vielen Tagen traurig."

„Leider", erwiderte Mirko, „weiß ich auch nicht mehr als ihr. Er ist verschwunden, wohin auch immer. Kaffee?"

„Ja, ein Kaffee wäre gut", antwortete Marica leise.

„Gut, mach mir bitte auch einen", fügte Nura an.

Mirko ging zu der alten Anrichte, schaltete das Heizgerät ein, auf dem der Wassertopf stand, um heißes Wasser zu bereiten, und füllte im Anschluss in drei der bereitstehenden Becher je einen stark gehäuften Löffel des bröckelnden Kaffeepulvers.

„Zucker?"

„Ja, bitte zwei Löffel für mich", bat Marica. Nura wollte ihn schwarz und ohne Zucker.

„Was habt ihr beiden denn vor, einen gemütlichen Stadtbummel mit Eis schlecken oder ähnlich geht ja gerade nicht."

„Nein, ich wollte Marica noch Bereiche der Klinik zeigen, die sie nicht kennt. Dann gehen wir zu mir und machen es uns gemütlich."

„Wann musst du wieder hier sein, Nura?"

„Gegen Abend bin ich wieder da und hoffe, es wird eine nicht zu turbulente Nacht. Wir wünschen uns allen dicken Nebel, dauerhaften, starken Regen, eine geschlossene Wolkendecke und so etwas in der Art. Ganz anders war das, was wir uns früher um diese Jahreszeit erhofft hatten."

„Mir geht es ähnlich, ich will heute nach Hause, besser gesagt, nach oben ins eigene Bett. Zwischendrin brauche ich das und da ich einen Freund und Nachbarn suche, kann ich gleich nachschauen, ob er wieder angekommen ist."

„Welchen Nachbarn suchst du?"

„Den alten Ervin von gegenüber. Der ist samt Auto verschwunden. Ich war schon bei der Polizei. In deren Listen ist er nicht. Deshalb bin ich optimistisch und hoffe, dass es ihm gut geht."

„Hat er etwas Besonderes, an dem man ihn erkennen kann? Ich meine nur, falls ich ihn sehen sollte. Ich bin ja mehr und öfter in der Stadt als du."

Mirko goss den Kaffee auf, reichte die Becher zu und erwiderte: „In seinem alten italienischen Auto, das nur noch annähernd die rote Farbe hat, in der es einmal gespritzt wurde, ist er unterwegs. Der Rest ist schwierig. Das Einzige, und das habe ich der Polizei gesagt, sind seine Tätowierungen auf dem rechten Arm. Den entblößt er nur ungern. Deshalb ist das so einfach nicht zu sehen, er trägt immer Hemden mit langem Arm."

„Was hat er denn auf dem Arm?"

„Das, was viele Männer sich in jungen Jahren machen lassen. Den nackten Oberkörper einer schönen langhaarigen Maid und darunter etwas größer einen Tigerkopf mit Verzierungen."

Mit dem Kaffeebecher zwischen beiden Händen wurde Nura nach dieser Erklärung plötzlich sehr ernst. Stumm, ernst und nachdenklich geworden, sah sie zu Marica, zum Fenster, wieder zu Marica und schließlich Mirko in die Augen.

„War er sehr hager, um nicht zu sagen abgemagert, mit grauen Haaren und eingefallenen Wangen?"

„Ja, Nura, was ist los? Hast du ihn gesehen? Wo ist er?"

„Ja, Mirko, er wurde gebracht, ich weiß nicht mehr in welcher Nacht. Schwer verletzt, ohne Schusswunden, brutal misshandelt.

In seiner Verfassung hatte er keine große Chance zu überleben. Er war bei Bewusstsein, doch unfähig zu sprechen. Was uns auffiel und geschockt hat, war eine abgebrochene Messerklinge. Sie steckte noch in dem tätowierten Tigerkopf."

Mirko wandte sich um, stellte seinen Kaffeebecher auf den Schreibtisch und schaute zum Fenster. Nura trat hinter ihn, legte ihm die rechte Hand auf die Schulter.

„Mirko, es war besser so für ihn, schon beim Transport in den OP-Trakt war sein Leben zu Ende. Bei uns hat er nicht mehr lange gelitten. Er ist in einer friedlicheren Welt. Wir haben lange gerätselt. Die ihn auf dem Gewissen haben, müssen ihn für einen Anhänger von Arkans Tigern gehalten haben, nachdem sie seine Tätowierungen gesehen hatten. Sonst wäre er möglicherweise mit dem Leben davongekommen."

„Scheiße, alles Scheiße, entschuldigt bitte."

Mirko sprach sehr leise und drehte sich um und schluckte.

„Er hat mir, bevor er losfuhr und ich weiß nicht, wo er hinwollte, seinen Haustürschlüssel mit einem Zettel, auf dem stand *für alle Fälle*, in unseren Briefkasten geworfen."

„Es ist sehr traurig, sich nicht verabschieden zu können. Ich fühle ähnlich bei Gedanken an Boris und hoffe, dass er noch lebt", sagte Marica.

Nura fuhr fort: „Das geht mir genauso, wir hatten eine gute Zeit zusammen und er war plötzlich nicht mehr da."

„Nura, glaubst du, dass wir die Stelle finden könnten, wo sie ihn hingebracht und bestattet haben?"

„Da alle, die hier nach unten in den Totenraum gebracht werden und keinen Namen haben, mit einer Nummer gekennzeichnet werden, müsste das möglich sein. Solltest du seine Grabstelle besuchen wollen, bitte, Mirko, warte damit. Es ist zurzeit extrem gefährlich."

Schweigend und in Gedanken tranken sie ihren Kaffee. Nura und Marica verabschiedeten sich danach. Mirko hatte beim Hinausgehen der beiden den Eindruck, dass bei den Kolleginnen eine tiefere Beziehung entstanden war, nicht nur eine Kollegialität. Mirko dachte an den Brief, den er auf der Anrichte in Ervins Haus gefunden hatte, und beschloss ernsthaft, an diesem Tag hinaufzufahren.

Unbeschadet erreichte er in der Dunkelheit das Haus, zündete in der Küche mehrere Kerzen an, ergriff eine neue Kerze und ging hinüber zu Ervins Anwesen. Den Eingang, die Haustür und das Schlüsselloch konnte er ohne Licht ertasten. Bei Ervin strich er im Hausflur ein Streichholz an. Die mitgebrachte Kerze spendete so viel Licht, wie er benötigte, um im Wohnzimmer den Brief und die hinter dem Gewehr stehende Batterielampe zu sehen.

Er nahm die Lampe an sich, schaltete sie ein, und in dem plötzlich grellen Licht sah er, dass alle Fenster von innen mit starken Riegeln verschlossen waren. Ein ungutes Gefühl befiel ihn, er nahm den Umschlag an sich und verließ Ervins Haus, schloss die Tür ab und ging zurück in die eigene Wohnung. In der Küche löschte er alle Kerzen. Im Licht von Ervins Lampe riss er den Umschlag auf und las:

Liebe Jelica, lieber Mirko, liebe Kinder, wenn Ihr dies in den Händen habt, wird irgendetwas passiert sein. Ob wir uns danach noch einmal sehen werden, liegt nicht in meiner oder Eurer Hand. Sollte das nicht mehr möglich sein, so ist dies mein letzter Wille. Mein gesamtes Eigentum soll Euch gehören. Ohne irgendeine Ausnahme. Das wenige, das noch auf der Sarajevo Sipad Bank (vielleicht heißt die nach dem Schlamassel ganz anders, eventuell gibt es sie nicht mehr) zu finden ist. Die Kontonummer steht auf der beigefügten Karte. Das wenige an Geld gehört Euren Kindern. Ich habe zurzeit so große Sehnsucht, vielleicht ist es auch Heimweh, nach dem Ort meiner Kindheit, und wage den Weg dorthin, in der Hoffnung, auch wieder zurückzukommen. Falls es irgendwie möglich ist, möchte ich meine letzte Ruhe hier finden, denn hier habe ich noch sehr schöne Jahre erlebt. – Euch wünsche ich alles, alles Gute, eine friedvolle, glückliche Wiedervereinigung der Familie und eine bessere Zeit – Euer Ervin

Nach dem Lesen des Briefes hatte Mirko feuchte Augen und er dachte daran, was man Ervin angetan hatte. Wie er gequält wurde und wo es passiert war, bevor ihn zwei unbekannte Männer in der Nacht in die Klinik geschleppt hatten. Mit diesen niederschmetternden Hass erzeugenden Gedanken konnte er nicht ins Bett gehen. Ervins Lampe brachte Licht in den Flur und zum Telefon. Er hatte das bohrende Bedürfnis, mit Jelica zu sprechen, und war entschlossen, es so lange zu versuchen, bis sie sich melden würde.

Der Ruf ging, ihn wunderte nichts mehr, sofort durch und in Deutschland läutete es.

„Amata."

„Erik, guten Abend. Ihr seid hoffentlich noch munter."

„Mirko, noch eine Überraschung an diesem Tag, ich hoffe, es geht dir einigermaßen gut."

„Ja, körperlich wie immer, nur seelisch bin ich etwas angekratzt. Sie haben unseren Nachbarn und Freund Ervin getötet. Lass dir von Jeli erzählen, wer und was er für ein Mensch war."

„Das kann nicht sein, dass das immer so weitergeht. Wir sehen hier im TV schreckliche Dinge aus der Heimat. Bei Gott, Mirko, das ist so widerlich, ich gebe dir Jelica, pass auf dich auf, Bruder."

Jelica, die mit Erik die Spätnachrichten auf der alten Couch verfolgt hatte, war beim Läuten des Telefons unruhig geworden, aufgestanden und zu Erik gegangen. Sie hatte gefühlt, dass etwas passiert sein musste. Erik gab ihr den Hörer.

„Mirko, guten Abend, was ist passiert, bist du in Ordnung?"

„Ja, Jeli, keine Sorge, mir geht es wie immer. Ich habe aber eine weniger schöne Nachricht."

Nach einer längeren Pause kam die Mitteilung: „Sie haben Ervin getötet."

Jelica blieb erst für einige Augenblicke stumm, und schrie danach, nicht schrill, aber deutlich: „Nein, Mirko, nein, nein!"

„Doch, Jeli, bitte beruhige dich. Ich habe ihn gesucht. Ich war bei der großen Polizeistation, in der Džidžikovac. Dort konnten sie mir nicht weiterhelfen. Ich habe es in der Klinik erfahren. Die Erkennung war nur durch die Tätowierungen auf dem Arm möglich. Er wurde in einer Nacht, schon halb tot, eingeliefert und starb auf dem Weg zur Notoperation."

Er vermied es, ihr zu sagen, wer ihm die Neuigkeit überbracht hatte. Jelica begann zu weinen und im Hintergrund konnte man Erik hören, der sie zu trösten versuchte.

„Wo haben sie ihn beerdigt, Mirko?“

„Schatz, es geht nur noch auf der Freifläche hinter der Klinik, es hat sich nichts geändert, weder bei den Scharfschützen noch beim Beschuss mit schwerer Munition. Ervin wollte noch einmal in seine Heimat. Sehnsucht und Heimweh haben ihn getrieben. Er hat uns einen Brief hinterlassen, über den reden wir, wenn wir uns sehen.“

„Sehen, Mirko, du fantasierst. Wenn wir uns sehen, wann, wo – das wird nicht gehen.“

„Vielleicht bald, Jeli. Ich kann es schaffen. Ich versuche die Teile, die wir benötigen, in Deutschland zu besorgen und komme zu euch.“

„Liebling, du bist wahnsinnig. Du musst den gleichen Weg, wahrscheinlich den gleichen Weg nehmen, auf dem Ervin umkam. Das geht nicht gut.“

„Jeli, Ervin ist nicht durch den Tunnel gegangen, das hätte ihn tausend Dollar oder Mark gekostet, und allzu weit kann er noch nicht gewesen sein, sonst wäre er von den Männern nicht zu uns in die Klinik gebracht worden. Wir wissen es nicht, wie Ervin und schon gar nicht, wo er umkam. Außerdem hält man mich nicht für einen von Arkans Tigern, was bei Ervin offenbar der Fall war. Ich bin dabei, alles in die Wege zu leiten und werde dich informieren. Jeli, täglich kommen zwanzig Tonnen Material über eine sichere Route und diese Route werde ich nehmen. Ich verspreche dir, wenn es für mich zu gefährlich wird, lasse ich es. Vertrau mir, ich vermag das, nach den Fahrten zum Tunnel, die wir schon gemacht haben, realistisch einzuschätzen.“

„Das ist ein Versprechen und ich erinnere dich daran.“

„Ja, Jeli, das ist es. Ich wollte nicht zu Bett gehen, bevor ich dir das erzählt habe. Lass uns zum Schluss kommen, denk nicht immer darüber nach. Grüße die Kinder, alles Liebe. Gute Nacht.“

„Ja, Mirko, gute Nacht, pass auf dich auf, alles Gute.“

Mirko legte den Hörer auf. Er hatte etwas Ruhe gefunden, lag bald im Bett und schlief sofort ein.

Am nächsten Morgen fand er im Büro auf seinem Schreibtisch eine Notiz der Direktion mit einer Terminvorgabe für den Nachmittag. Da er noch nicht wissen konnte, ob ihn das terminierte Gespräch zu einem positiven Ergebnis bringen würde, hellte die vorgefundene Notiz seine Stimmung nicht auf.

Etwas ruhelos arbeitete er über den Mittag hinaus, um pünktlich im Büro des Chefs zu erscheinen. In ungewohnt guter Stimmung, mit einem leichten Lächeln, verkündete ihm dieser: „Mirko, wir haben fast alle Hindernisse aus dem Weg geräumt. Fast, das heißt, dass noch das Visum für Deutschland bestellt werden muss. Die neue Botschaft Deutschlands, die erst seit dem 1. Juli in den Unis-Türmen, beim Holiday Inn, drüben in Marin Dvor, residiert, hat noch keine Visa-Abteilung und muss diese über Zagreb anfordern. Soll ich es veranlassen oder wollen Sie selbst dort vorsprechen?"

„Das sind erfreuliche Neuigkeiten. Schneller geht es vermutlich, persönlich bei der Botschaft zu erscheinen. Ein gewisser Papierkrieg wird notwendig sein."

„Gut, tun Sie das möglichst bald. Die Devisenfrage, Aus- und Einfuhr haben wir geregelt. Sie müssen die, wie ich aus den Unterlagen ersehen habe, zum Teil schweren Ersatzteile nicht selbst schleppen. Veranlassen Sie einen versicherten Eiltransport über die örtliche Zentrale des Roten Kreuzes. Die Papiere dazu stellen wir und die vom Roten Kreuz in Deutschland aus."

„Vielen Dank, dass Sie das so schnell in die Wege geleitet haben. Sobald ich meinen Pass zurückerhalte, melde ich mich."

„Vorab schon einmal alles Gute."

Mirko verließ das Büro in Hochstimmung. Er wusste, dass bis zum Reiseantritt trotzdem Wochen vergehen konnten. Zurück im Büro, sah er die Unterlagen durch, die er für wichtig ansah, und notierte einige Anschriften. Er kramte die uralte Straßenkarte von Europa, die er ganz unten in der Vitrine verwahrte, heraus. *Eigentlich,* so seine Gedanken, als er die Entfernungen einschätzte, *ein Katzensprung.*

Nachdem er alles aussortiert hatte, was er mitnehmen wollte oder musste, in einem Hefter abgelegt und mit zwei herausgerissenen Seiten aus dem Autoatlas versehen hatte, blieb nicht mehr viel Lust auf technische Arbeit. Er überprüfte den Arbeitsplan und kam zu dem Ergebnis, dass der nächste Tag genug Stunden haben würde und gab seinem Kollegen Kosta Tipps, bevor er sich auf den Heimweg machte.

Unbedingt musste er mit Jelica sprechen. Er brannte danach, seiner Frau die Neuigkeiten mitzuteilen. Er hatte kaum die Jacke an die Garderobe im Flur seiner Wohnung gehängt und sich die Hände gewaschen, eilte er zum Telefon. Jelica meldete sich.

„Jelica, Schatz, wieso klappt das heute wieder so schnell? Wo ist Erik? Ich bin ja fast geschockt."

„Mirko, so schön dich zu hören. Keine Ahnung, warum wir heute so schnell zueinanderkommen konnten. Vielleicht, weil es Neuigkeiten gibt?"

„Jeli, du hast Neuigkeiten, ich habe auch welche. Erzähl du zuerst."

„Etwas Gutes und etwas Schlechtes, was möchtest du zuerst hören?"

„Besser die schlechten Neuigkeiten zuerst."

„Jan ist gestürzt."

Mirko spürte, wie sich sein Herz zusammenzog, wie sich einige Schweißperlen auf seiner Stirn sammelten und er Luft holen musste, bevor er antwortete.

„Jeli, was ist passiert, wie konnte das geschehen, wie geht es ihm, wo ist er jetzt?"

„Im Krankenhaus, hier in der Stadt, in einer der größeren Kliniken. Er ist hängen geblieben und gefallen. Unten am Hauseingang ist ein Tor, davor ein paar Stufen, da ist es passiert. Von der Schiene ist beim Sturz ein Teil abgesprungen."

„Du meine Güte, musste er operiert werden?"

„Die Ärzte meinen, dass es besser wäre, sein Knie wieder in einen einigermaßen normalen Zustand zu bringen, er wächst ja weiter. Danach kann er eine neue Schiene, eine *mitwachsende*, wie sie es genannt haben, bekommen."

„Ist es weit in die Klinik, von euch aus, meine ich. Kannst du täglich zu ihm gehen?"

„Mach dir keine Sorgen, wir besuchen ihn, so oft es geht. Auch Erik und Anka sind meist dabei. Es geht ihm schon besser, die Operation steht noch bevor. Dazu muss ich noch einwilligen."

„Ja, natürlich, tue das bitte. Ich hoffe so sehr, dass er danach, ich meine später, wieder richtig laufen kann."

„Hoffen wir doch alle, Mirko. Sorg dich nicht, er ist hier in sehr guten Händen. Ich habe mich in der Klinik umgesehen. Es ist unglaublich, wie wir arbeiten mussten und unter welchen hygienischen Bedingungen. Die Klinik ist fantastisch hier, ich würde so gerne dort arbeiten."

„Liebling, das muss doch nicht sein. Du wolltest mir noch eine positive Neuigkeit berichten."

„Ja, hätte ich beinahe vergessen. Ich habe mich schon in der Klinik beworben, die Details erzähle ich dir, sobald ich selbst mehr weiß. Wir haben von Dara einen Brief aus Israel bekommen. Meine Karten und Briefe in die Schweiz wurden ihr nachgesandt. Robert hat sich breitschlagen lassen und ging als Korrespondent dorthin. Zuvor haben die beiden geheiratet. Stell dir vor, die haben ohne uns geheiratet!"

„Das ist schön für sie. Und da wir kurzfristig nicht nach Israel konnten, sagen wir einfach, wir sind dienstlich stark verhindert gewesen. So nennt man das wohl. Irgendwann, Jeli, schauen wir uns die Welt an und dazu gehört Israel. Wenngleich, über die Politik dort kann man heftig diskutieren."

„Du bist ein Optimist, wie immer, Mirko."

„Deshalb komme ich dich bald besuchen."

„Mach jetzt keine Scherze, bitte. Danach ist mir nicht."

„Aber mir, und es ist kein Scherz. Es wurde alles geregelt, lediglich mein Visum fehlt noch. Das wird von der deutschen Vertretung in Zagreb angefordert. Nach der Anerkennung Bosnien-Herzegowinas haben verschiedene Länder begonnen, Botschaften zu etablieren. Ich weiß nicht, wie das läuft. Die Bürger werden beim Brot- und Wasserholen abgeknallt und die Ausländer errichten Residenzen, einfach so. Übrigens, die Strecke über den Korridor, den die ABiH sichert, ist nicht sehr gefährlich. Alle Waren, die durch die Röhre jetzt in die Stadt gelangen, kommen über diesen Weg. In diesem Punkt kann ich dir die Sorge nehmen, Jeli."

„Nein, ich sorge mich trotzdem. Du musst uns unbedingt alle Details berichten, bevor du dich auf den Weg machen wirst."

„Ist doch selbstverständlich. Sobald ich alles zusammenhabe, melde ich mich und…"

Danach brach die Verbindung ab und Mirko dachte über das nach, was Jelica ihm berichtet hatte. Alles klang optimistisch, seine Sorge um Jan blieb ihm; er nahm sie mit ins Bett und sie blieb in seinen Träumen.

Am Dienstag in der letzten Juliwoche bereitete Mirko sich auf die Reise vor. Auf weiten, aber relativ sicheren Umwegen kam er wieder zur Deutschen Botschaft in einen der Unis-Türme und konnte seinen Pass mit dem Visum für Deutschland abholen, das er Wochen zuvor beantragt hatte. Zurück in der Klinik, nahm er bei Selma im Sekretariat alle notwendigen Papiere und die Devisen in Empfang.

„Mirko", ermahnte ihn die Kollegin, „ich gehe davon aus, dass wir dich spätestens in einer Woche wieder hier sehen werden und hoffentlich gesund."

„Ganz sicher, Selma, ich kann das nicht dem jungen Kollegen überlassen und mein Reisegrund ist nicht nur das Luftholen in einer mehr oder weniger heilen Welt und das Wiedersehen mit meiner Familie. Wir müssen die zweite noch reparierbare HLM wieder funktionsfähig machen, darum geht es."

„Wann, mit wem, wie und unter welchen Umständen du unterwegs sein wirst, haben wir dir ausgearbeitet. Am Donnerstag musst du dich um 9.00 Uhr auf der anderen Seite des Tunnels bei einem gewissen Oberst Sukalo melden. Alle Details stehen in den Papieren. Wir haben in Zusammenarbeit mit dem Oberkommando der Armee geplant, darum tragen einige Schriftstücke auch den Stempel *Verschlusssache/Vertraulich*. Du solltest sie entsprechend gesichert bei dir tragen."

„Demnach bin ich ab sofort Geheimnisträger?"

„Nein, so extrem ist das nicht. Darum hat der Oberst, mit dem wir hier verhandelt haben, gebeten, diese Papiere nicht einfach irgendwo offen liegen zu lassen oder sogar zu vergessen. Keiner, der nicht involviert ist, sollte alle Details kennen. Das ist, glaube ich, auch zu deiner Sicherheit."

„Morgen werde ich unten verschiedene Dinge erledigen, den Kollegen Kosta anweisen und hoffen, dass es keine größeren technischen Probleme während meiner Abwesenheit gibt. Selma, bis nächste Woche alles Gute, und falls jemand nach mir fragen sollte, ich habe außer Haus zu tun. Das klingt immer plausibel."

„Mirko, komm gesund zurück."

Mit diesen Worten ergriff sie seine Hand, schlug den linken Arm um ihn und drückte ihn an ihre große Brust. Diese herzliche Vertraulichkeit überraschte Mirko angenehm. Sie tat ihm gut und er erwiderte diese Geste der Zuneigung.

„Bis bald, Selma, auch dir alles Gute."

Er nahm den Schuber mit den Papieren, wandte sich an der Tür noch einmal um, winkte kurz und ging hinunter in seinen Arbeitsbereich. Kosta stand ratlos wartend in der Werkstatt vor Teilen eines Röntgengerätes und wusste nicht weiter. Mirko kramte aus dem Rollschrank in seinem Büro den Ordner mit Konstruktionsplänen und Explosionszeichnungen des Gerätes, rief Kosta zu sich und erklärte die Zusammenhänge. Am späten Nachmittag wurde er für eine kleinere Justierung in den Operationstrakt gebeten. Auf dem Rückweg kam ihm im Bereich der Notaufnahme, offensichtlich unter großem Stress, Nura entgegen. Sie war mit schnellen Schritten auf dem Weg zum Waschraum und hielt ihren rechten, stark blutverschmierten Arm in die Höhe, und versuchte mit der linken Hand die Tropfen aufzufangen.

„Nura, was ist passiert?", rief Mirko ihr entgegen.

„Schnell, bitte öffne mir die Tür. So ein Mist, drüben läuft plötzlich kein Wasser mehr."

Mirko sprang gegenüber auf die Tür zum Waschraum zu und riss sie auf. Nura trat ans Waschbecken, schob den großen Hebel, mit dem der Hahn zu öffnen war, mit dem Ellenbogen zur Seite und wusch das tropfende Blut ab, streifte die Gummihandschuhe von den Händen, warf sie in den Müllbehälter, wusch sich erneut und murmelte dabei Schimpfwörter.

„Die hat keine große Chance", erklärte sie Mirko, der damit nichts anzufangen wusste. Mit *die* meinte sie eine jüngere Frau, der ein Splitter die Halsschlagader zerrissen hatte. Ein mit ihr befreundetes Ehepaar, von dem sie sich kurz zuvor verabschiedet hatte, konnte die Ader solange abdrücken, bis sie in der Notaufnahme lag.

„Welche Schäden der Blutverlust hinterlassen hat, kann im Moment keiner sagen. Möglicherweise hat sie danach Probleme."

Nura trocknete ihre Arme, pustete sich eine Haarsträhne aus dem Gesicht, eilte zur Tür und rief Mirko zu: „Danke, wir sehen uns, ich muss zurück."

„Ruf die Haustechnik fürs Wasser, Nura."

Sie war so schnell verschwunden, dass Mirko nicht wusste, ob sie den letzten Hinweis überhaupt noch gehört hatte.

Der Mittwoch war angefüllt mit Erklärungen für seinen Kollegen und die notwendigen privaten Vorbereitungen. Schon am Mittag fuhr Mirko zurück zur Wohnung. An den Fenstern zur Wetterseite wollte er noch in Form geschnittene Folien anheften. Einen ganzen Tag hatte er für die komplette Sicherungsaktion eingeplant, die zusammen mit Ervin vorgesehen gewesen war. Seinen Freund und Nachbarn gab es nicht mehr und die Folien lagen herum. Die Zeit, die er an diesem Tag dazu brauchte, war angefüllt mit Gedanken an ihn und an die gnadenlose und brutale Art seiner Peiniger.

Die Löcher in den Obergeschossscheiben, mit den größten zerschossenen Flächen, hatte Mirko gegen Abend mit der schützenden Folie geschlossen. Erschöpft und ausgepumpt beendete er diese Arbeit, räumte die wenigen Werkzeuge zurück und ging in die Küche. Das Glas der konservierten Birnen war gekippt und mit Schimmel bedeckt. Er beseitigte die Reste und fand im Vorratsraum noch einen kleinen Behälter mit Ayvar und eine geschlossene Packung Zwieback. Er war überzeugt, dass es richtig sein würde, den Magen damit zu füllen.

Der Donnerstag war verplant. Sein von der Klinik organisierter Transport jenseits des Tunnels schien gesichert. Den Weg bis zum Eingang der Röhre wollte er mit seinem Kollegen Kosta in einem alten Sanitätsfahrzeug zurücklegen. Konkret, sicher und die zu erwartenden Gefahren kalkulierbar, war ihm sein Vorhaben noch in den letzten Gedanken vor dem Einschlafen erschienen. Mit

Jelica zu telefonieren war nicht möglich gewesen. Die innere Unruhe würde ihn früh aufwachen lassen und genügend Zeit für einen erneuten Versuch bieten.

Die Hoffnung, bei Morgengrauen ohne Weckhilfe zu erwachen, wurde enttäuscht. Gegen sieben schreckte er durch ein ungewöhnlich heftiges Geräusch hoch, war sofort hellwach und sah auf die Uhr. Nach wenigen Minuten kam er aus dem Bad, zog sich an und machte dazwischen immer wieder Versuche, eine Telefonverbindung nach Deutschland zu bekommen. Es war ihm wichtig, sein Versprechen, in jedem Fall anzurufen, einzulösen. Er räumte die Wohnung etwas auf, sortierte seine Utensilien in eine große Reisetasche und füllte die Fläche unter dem Reißverschluss noch mit zwei leichteren Pullovern und dem Rest des Zwiebacks vom Vorabend. Eine Verbindung mit Deutschland kam nicht zustande. Das Haus war wenig später verschlossen und alle Eingänge kontrolliert. Mirko klemmte seine Reisetasche auf den Gepäckträger der Velosolex und ließ sich ohne Motorkraft, bei leichtem Nieselregen, hinunter zur Klinik rollen. In seinem Büro angekommen, folgten weitere Telefonversuche, auch dabei ging kein Ruf durch. Er rief wenige Minuten nach acht Uhr den Kollegen zum Aufbruch.

„Kosta, wir sollten uns jetzt langsam auf den Weg machen. Bis du bereit?"

„Nachts, Mirko, sieht man nicht viel von der Gefahr, und die Verursacher sehen uns nicht. Heute ist das etwas anders, oder?"

„Nun gut, solange die Sonne nicht scheint und die Idioten freie Sicht haben. Wir wollen sehen, ich bin guter Dinge."

Die am Abend geplante Route schien ihm gefahrloser. Sowohl für den Hinweg, den er fahren wollte, als auch für den Rückweg, den sein Kollege leider allein zu überstehen hatte. Noch fiel leichter Nieselregen auf die Stadt herunter. Im Südosten waren schon kleine blaue Streifen am Himmel zu entdecken. Dies wies auf eine Wetterbesserung und möglicherweise einen strahlend blauen und klaren Tage bis zum Mittag hin.

Der Knall der zuschlagenden Türen war noch im Ohr. Mirko raste los. Sie mussten in den Westen, um auf die Kurta Schorka in

Butmir zu gelangen. Dort war, in einer Garage, die zu Apartmenthäusern gehörte, der nördliche Eingang des Tunnels angelegt worden. Um den Scharfschützen kein Ziel zu bieten, ging die Fahrt zunächst ein Stück Richtung Westen auf den Bahnhof zu, um danach in den Süden und über die Miljacka zu gelangen.

Dass es ein Fehler war, nicht die gleiche Route zu nehmen, die sie üblicherweise bei den Nachtfahrten nutzten, bemerkten sie bald. In der Vojničko Polje waren sie zu früh abgebogen. Kurz bevor sie auf die Höhe eines Hauses kamen, in dem einmal eine Bankfiliale geöffnet hatte, zerriss eine Granate die Front des Gebäudes. Die Trümmer stürzten zum größten Teil auf die Straße. Mirko musste mit einem plötzlichen Haken über den gegenüberliegenden Bürgersteig ausweichen. Als er auf den Randstein donnerte, wurde ihm das Lenkrad aus den Händen geschlagen.

„Scheiße, Scheiße, jetzt sind wir schon mittendrin“, schrie Mirko, „Kosta, festhalten, ich versuche es weiter östlich über die niedrigeren Wohngebiete.“

Er raste weiter, bog links in eine Wohnstraße, schlug einen weiteren Haken nach rechts in eine schmale Gasse, um gleich wieder links einzubiegen. Die verzweifelte Fahrerei wiederholte sich mehrfach, und wieder auf einer breiteren Straße Richtung Süden, zerriss ein Geschoss die Frontscheibe des Wagens. Feine Glassplitter verteilten sich in den Gesichtern und im Inneren des Fahrzeugs.

„Verdammt, das kann doch nicht sein“, schrie Mirko zum wiederholten Mal. Aus Kostas Gesicht war das Blut gewichen. Ihm war übel geworden, er hatte die Hoffnung, den Kugeln und Granaten noch entkommen zu können, bereits aufgegeben, als ein weiteres Geschoss den unteren Teil der Tür auf der Fahrerseite durchschlug und das Projektil seinen zerstörerischen Drang erst aufgab, nachdem es durch Mirkos linke Wade gezischt war.

„Kosta, verdammt, mich hat etwas getroffen“, rief Mirko, raste noch eine Kreuzung weiter und in die gegenüberliegende große Durchfahrt eines Wohnkomplexes, die zu den Garagen im Innenhof führte. Er trat brutal auf die Bremse, der Wagen schleuderte wenige Meter, rutschte rechts an die Wand der Durchfahrt und blieb stehen. Soweit sie sehen konnten, bot dies fürs Erste Schutz.

Mirko öffnete seine Tür, zog das Hosenbein hoch und besah die durch die Kugel verursachte Wunde. Aus dem Loch sickerte ein wenig rötliche Flüssigkeit heraus.

„Kosta, das brennt höllisch und meine Reise ist hiermit beendet. Du wirst zurückfahren müssen. Ob das zurzeit Sinn macht, ich kann's nicht glauben. Entweder das Wetter wird sehr schlecht und wir sind etwas sicherer, sonst müssen wir bis heute Abend warten und ohne Licht eine Flucht versuchen."

„Mirko, darf ich es dir sagen?"

„Was, dass du jetzt schon fahren willst?"

„Nein, dass ich Angst vor dieser Fahrt hatte und deine Mitteilung, dass ich alleine die Rückfahrt machen müsste, diese Vorstellung Horror für mich war. Was machen wir mit deiner Wunde?"

„Schau bitte über der alten Liege, oben, unter einer der Klappen, dort müsste noch altes Verbandmaterial sein."

Kosta stand vorsichtig auf, verließ das Führerhaus, den Blick gebannt aus den Fenstern nach draußen gerichtet, tastete er sich hinter den Sitzen in den Bereich, in dem früher Patienten transportiert worden waren. Durch die Wände der hell gestrichenen Einfahrt drang genügend Licht in den Wagen. Kosta fand hinter der Klappe älteres Material. Darunter mehrere Binden, Pflaster, Tücher, Gazeteile, eine Schere und Klammern, deren Verwendungszweck ihm fremd war. Er nahm von dem alten Material zwei Binden, die Schere und einen größeren Streifen des Pflasters und stieg zu Mirko zurück.

„Mirko, soll ich versuchen, deine Wunde zu verbinden?"

„Ja, du bist doch jetzt der Fachmann. Schneide zuvor das Hosenbein ein Stück weit auf, so geht es leichter. Wenn du mich verbunden hast, schau noch einmal hinten in alle Behältnisse, vielleicht liegen noch Schmerzmittel dort herum, das ist ein ganz eigenartiger, sehr tief brennender Schmerz."

Kosta schnitt von unten Mirkos Hose auf, belegte die Öffnungen mit Gazeteilen und begann vorsichtig rundherum die Wade mit Ein- und Austrittsloch zu verbinden.

„Ich habe, während du hinten warst, getestet, ob Nerven, vielleicht Knochen beschädigt wurden. Ist wohl eine reine Fleischwunde. Würden wir hier nicht in der Falle sitzen, hätte ich jetzt gesagt, Glück gehabt. So aber müssen wir warten, ob das Glück tatsächlich noch auf unserer Seite ist. Der Himmel, das kann ich am Ende der Durchfahrt sehen, hat zugemacht. Nur noch Grau statt Blau und Weiß. Vorteilhaft wäre ein Unwetter mit sehr tief hängenden Wolken, oder ein Nebel, so dick wie in einer Waschküche der Dampf. Kein Schütze, der es auf uns oder unsere Reifen abgesehen hätte, würde zielen können. Wüsste ich nicht, dass jede Strecke nach Butmir tagsüber gleich gefährlich ist, wären jetzt Vorwürfe angebracht."

„Mirko, mach dir keine Vorwürfe. Wir haben kein schusssicheres Fahrzeug, mit dem wir zum Tunnel hätten fahren können. Ich glaube, bei der Stärke deiner Waden muss ich noch eine zweite Binde dazunehmen."

„Nimm so viel du brauchst, es ist hoffentlich genug vorhanden, und bitte schau nach einem Medikament."

Mirko hatte dicke Schweißperlen auf der Stirn. Kosta verband ihn fachgerecht, fixierte den Verband quer und längsseits mit Pflasterstücken, zog die Hose wieder gerade und ging erneut in den rückwärtigen Teil des Wagens. Er zog mehrere der eingebauten Laden auf und fand in einer der unteren Schubladen, mit deren Öffnungsmechanik er sich erst vertraut machen musste, verschiedene angebrochene Medikamentenpackungen, die er alle, Mirko über die Schulter reichend, auf den Schoß legte.

„Du hast mehr Erfahrung mit dem alten Zeug, manche Namen sind mir vertraut, bei anderen müsste ich erst den Wirkstoff studieren und mit gutem Gewissen kann ich dir eigentlich nichts empfehlen. Wer weiß, wie alt das Zeug ist."

„Ist schon in Ordnung, einige davon kenne ich und werde mit dem Zwieback etwas davon schlucken. Mit diesen alten Wagen wurden in den vergangenen Monaten, bis auf unsere Besorgungsfahrten, nur Verwundete aufgesammelt und schnell zur Notaufnahme gebracht. Die Reaktivierung war aus der Not geboren."

Mirko sah auf seine Armbanduhr, schüttelte den Kopf und murmelte: „Jetzt sollte ich drüben sein, auf der anderen Seite und du auf dem Heimweg."

„Mach dir keine Gedanken, es ist, wie es ist“, erwiderte sein Kollege und sah ihn mitleidsvoll an.

„Nun müssen wir die Teile wieder ordern und warten, warten. Die Sehnsucht nach meiner Familie wird größer und größer.“

„Das tut mir am meisten leid. Obwohl du kaum darüber gesprochen hast, ich weiß, wie sehr du dich gefreut hast.“

„Ja, Kosta, das, was wir Schicksal nennen, ist ein Roulettespiel. Wenn wir nur auf Rot oder Schwarz setzen, die Kugel rollt, wohin sie will und wir sitzen hier in der Falle. Sollen wir den Versuch wagen, abzuhauen oder auf die Nacht warten, was meinst du?“

„Ich bin nicht der Mutigste und bleibe gerne weiter am Leben. Hier auf die Nacht warten – ich weiß nicht, ob das gut ist. Kommt eine klare Nacht, haben wir ähnliche Probleme.“

„Du hast recht. Demnach wagen wir mit Vollgas eine Rückfahrt. Du musst ans Steuer. Mit dem linken Bein die alte Kupplung treten würde für mich schwierig. Glaubst du, es geht?“

„Mitgefangen, mitgehangen, Mirko. Lass uns die schnellste Route wählen. Wir werden dort drüben im Hof drehen und mit Vollgas losbrettern. Sind wir schnell genug, können die Idioten schlecht zielen.“

„Bitte, Kosta, gib mir aus meiner Tasche etwas Zwieback, der liegt obenauf. Ich muss mir zwei dieser Tabletten reinschieben und vermute, die schmecken zum Kotzen gut.“

Nach der Medikamentengabe und mehrfach ausgetauschter Argumente kalkulierten sie das Risiko und wählten eine Strecke, die alle Bereiche von Hochhäusern umging, meist durch Straßen mit niederer Bebauung führte und trotzdem schnell zu befahren war. Sie wendeten im Innenhof und in rasanter Fahrt, wie zuvor besprochen, starteten sie die Rückfahrt. Es ging zunächst in einem leichten Bogen über die Džemala Bijedića zurück in den Osten der Stadt. Dort wurde das Fahrzeug, kurz vor Erreichen der Drinska in Pofalići, erneut unter Beschuss genommen. Die Scharfschützen trafen statt des Führerhauses nur die hinteren Seitenscheiben. Kosta nahm den Fuß nicht mehr vom Gas; bis sie jenseits der Franca Lehara wieder auf das alte Zentrum zukamen, rasten sie weiter und erreichten die Klinik. Auf dem Betriebsparkplatz hinter dem Haupthaus parkten sie den Wagen. Kosta hing sich Mirkos Tasche über die linke Schulter, stützte seinen Chef mit dem rechten Arm und über einen der rückwärtigen Eingänge kamen sie zum Hauptflur. Der Zufall wollte es, dass nach wenigen Schritten Nura, die auf dem Weg in die zweite Etage war, ihnen begegnete.

„Hallo, ihr beiden. Was ist los, Mirko, bist du gestolpert?"

„Nein", antwortete Kosta, bevor Mirko zu Wort kam, „er hat einen Wadendurchschuss und muss versorgt werden. Wo können wir rein?"

„Mirko, wie das denn, wo seid ihr gewesen? Kannst du noch auftreten, ist das Wadenbein betroffen?"

„Nein, Nura, alles nicht so schlimm. Es muss gereinigt und desinfiziert werden, meine ich."

„Alles nicht so schlimm, genau wie dein Splitter unlängst, das ist typisch Mirko, kommt nach vorne in Raum 4."

Sie mussten warten, bis ein von Medikamenten umnebelter Patient herausgefahren wurde. Mirko ließ sich mit Kostas Hilfe auf eine der beiden Liegen nieder. Nura sprach kurz mit der diensthabenden Assistentin und mit Mirko.

„Ich muss mich schnell oben entschuldigen, bin sofort wieder hier und mache das gleich. Bitte, drei Minuten, Mirko."

„Ja, Nura, geh nur, das Schlimmste haben wir sowieso hinter uns."

Nura kam, wie angekündigt, kurz danach wieder in die Notaufnahme. Sie betäubte Mirkos Unterschenkel mit Injektionen, reinigte mit Kostas Assistenz den Schusskanal und verband das Bein.

„Mirko, ich gebe dir Antibiotika und Schmerztabletten. Bitte die wertvollen Antibiotika zehn Tage täglich nehmen und von den anderen höchstens sechs am Tag. Kosta, du kontrollierst das, und schau dich nach Krücken um. Mirko, solltest du die Krücken aus Stolz oder anderen dummen Gründen nicht benutzen, wirst du lange Zeit Probleme haben. Ich empfehle dir dringend, das Bein ruhig zu stellen. War ich jetzt einmal deutlich genug?"

„Ja, Frau Doktor, ich bin ja brav und nun lass uns bitte hinuntergehen."

„Und“, rief ihm Nura beim Hinausgehen zu, „du wirst den Teufel tun und mit deinem verdammten Moped nach Hause fahren.“

„Nein“, antwortete Mirko noch, „du weißt, wo du mich finden und nachprüfen kannst.“

Kosta half ihm vor der Tür auf einen frei werdenden Stuhl in der Reihe der wartenden Patienten.

„Mirko, bitte einen Moment, ich hole dir die Krücken.“

Er eilte zum Ende des Korridors, um in einem Depot des Quergangs danach zu suchen. Er fand in einem der Regale nur noch alte, ungepolsterte und mit verrosteten Stellschrauben versehene Paare. Eine davon brachte er Mirko.

„Sorry, nichts Besseres mehr vorhanden. Ich hoffe, sie werden dich tragen.“

„Gib her, das geht schon.“ Mit dieser zögernden Zustimmung hüpfte er mit Kostas Unterstützung hinunter in sein Büro.

„Kosta, bitte sei so gut und gehe noch einmal zu Nura. Falls sie mich doch besuchen kommt, soll sie mir bitte unbedingt etwas zum Essen mitbringen.“

Kosta ging hinauf, er konnte Nura nirgends finden, stieg schließlich noch die restlichen Treppen zum Casino hoch, schlang eines der angebotenen Sandwichs in sich hinein und nahm Mirko eine große Tasse mit Bohnensuppe und ein Sandwich mit. Die Mitteilung von Kosta, Nura nicht gefunden zu haben, irritierte Mirko. Er begann ein wenig über seine Erwartenshaltung nachzugrübeln. War mit dem spontanen Satz *du weißt, wo du mich findest*, gegenüber Nura eine Hoffnung ausgedrückt, ein Wille bekundet oder doch nur eine schnell dahingesprochene Floskel verwendet, er wusste es selbst nicht?

Über zwei Stunden hatte er entgegen dem Rat der Kollegin und Ärztin, zu ruhen und das Bein zu entlasten, an der kleinen Drehbank verbracht. Zweifel und Hoffnung abwägend, zwischen Aus- und Einschalten der Maschine hatte er immer wieder gelauscht und erwartet, die kleinen energischen Schritte von Nura zu hören. Außer dem schneidenden Wind, der ein aufziehendes Gewitter ankündigte, drangen nur die Detonationen weit entfernter Granateneinschläge zu ihm.

Am Nachmittag, bevor sein Kollege und die Sekretärin im Vorzimmer des Chefs sich in den Feierabend abmeldeten, packte er seinen Schuber und den Umschlag mit den *vertraulichen Dokumenten*, zog sein Sakko über, in dem die Brieftasche mit den Devisen steckte, und versuchte mit seinen Krücken zum Sekretariat zu kommen. Mit der Vorstellung, sich nicht an den Patientenschlangen vorbeibewegen zu wollen, stieg er noch eine Etage weiter hinauf. Oben im Treppenhaus quälte ihn seine Verletzung.

Im Sekretariat angekommen, wich Selma erschrocken zurück. Er bat sie, kaum im Büro, um ein Glas Wasser, mit dem er zwei der Schmerztabletten hinunterspülte, die er vorsorglich in der Hosentasche hatte. Stichwortartig erklärte er den Vorfall.

„Warum kommst du erst jetzt herauf?"

„Ich weiß es selbst nicht, Selma, Verwirrung, keine Ahnung."

Dann schilderte Mirko den Beginn und das Ende seiner begonnenen Reise ausführlicher. Sie schüttelte den Kopf, begutachtete seinen Verband und wies darauf hin, dass die Wunde zu bluten begonnen hatte. *Mist*, dachte er, *ich sollte, wenigstens dieses Mal, auf Nura hören.*

Mirko ließ sich die Rückgabe der Dokumente und des Geldes quittieren. Selma rief einen Pfleger, der ihm zurück ins Basement half. Nura kam an diesem Nachmittag nicht und sie kam am Abend ebenso wenig. Mirko dachte, mit einem Buch auf dem Notbett liegend, an den letzten Besuch, als Nura und Marica bei ihm gewesen waren. Mit wie viel zärtlicher Vertrautheit zueinander sie gegangen waren. Diese Szene konstruierte schon damals Bilder in seinem Kopf. Bilder von der Zärtlichkeit zwei schöner, nur wenig bekleideter Frauen, die in seiner Vorstellung um vieles vollendeter sein musste als die eines Heteropärchens. *Was ist das jetzt, Testosteronüberschuss, Verlangen, oder was*, mit diesem Gedanken versuchte er zurück in die Sachlichkeit zu gelangen. Eine weitere Tablette hatte er eingeworfen und konnte einschlafen.

Mirko erwachte später, rollte sich vom Bett auf das gesunde Bein und erreichte mit zwei gehüpften Schritten den Schreibtischstuhl. Wieder war sein einziger Wunsch, mit Jelica zu reden. Der Bruder in Deutschland meldete sich, Mirko atmete tief ein. Erik deutete dies als Problem und rief: „Hallo, wer ist dran, was ist los? Mirko, bist du es?“

„Ja, Erik, alles in Ordnung. Ich habe nur Luft geholt. Wie geht es euch? Ist Jeli da?“

„Uns geht es wie immer, Mirko, Jelica ist drüben bei Anka in der Aula, kannst du einen Moment warten, ich hole sie.“

Es polterte etwas, Erik hatte den Hörer auf einer harten Unterlage abgelegt. Nach einer Weile vernahm er Jelicas energische näher kommenden Schritte.

Sie meldete sich: „Mirko, guten Abend, es ist so sonderbar. Was ist passiert, wie geht es dir?“

„Wie kommst du darauf, dass etwas passiert ist?“

„Mirko, sag es mir, bitte. Ich fühle das, was ist los?“

„Ja, es ist nichts Großartiges. Ich wollte heute die Reise antreten, wir waren schon unterwegs, aber noch in der Stadt …“

Mirko schilderte den Feuerüberfall, seinen Wadendurchschuss und erklärte das Vorhaben zunächst für gescheitert und beendet.

„Ich hatte dir versprochen, dass ich aufgebe, sobald es zu gefährlich würde und es wurde zu gefährlich. Jetzt müssen wir eventuell wieder sehr lange warten, bis wir uns sehen, Liebling. Wirst du damit klarkommen?“

„Ich komme damit klar, mein Lieber. Glaube mir, die Sehnsucht lässt mich manchmal nicht zur Ruhe kommen. Doch ich bin abgelenkt durch die tägliche Arbeit, durch die Kinder und Erik. Jan ist wieder zu Hause. Die Mediziner haben tolle Arbeit geleistet. Mit der neuen Schiene kann er prima laufen, sie ist verstellbar und seine Knieoperation hat die Situation verbessert. Er muss zurzeit noch täglich Medikamente nehmen, auch wegen eventueller Entzündungen. In fünf bis sechs Monaten wird er nach Auskunft der Ärzte ohne Schiene laufen können. Wir freuen uns darauf.“

„Und wie geht es Anka in der Schule?“

„Sie macht sehr gute Fortschritte, ich spreche öfter mit dem Professor, der ihr geholfen hat. Sie ist für ein Konzert vorgesehen.“

„Es ist ein verdammter Mist, dass ich das alles nur so rudimentär mitbekomme und nicht dabei sein kann. Ich hatte so sehr gehofft, es zu euch zu schaffen. Bist du enttäuscht?“

„Ich wollte von Anfang an nicht, dass du dich in diese Gefahr begibst, so schön das Resultat hätte sein können.“

„Wir werden alles, wirklich alles, was uns an Erlebnissen, Freude, Liebe und schönen Stunden gestohlen wurde, nachholen, das verspreche ich dir jetzt noch einmal.“

„Mirko, versprich nicht zu viel. Keiner weiß, wie lange wir darauf warten müssen. Hoffnungen, die zu Enttäuschungen führen, sind nicht gut.“

„Es soll wieder ein Versuch unternommen werden, die Streithähne an einen Tisch zu bekommen.“

„Ja, Hoffnung, Trost, Träume. Mirko, halten wir daran fest. Bis heute fand jedes Desaster irgendwann ein Ende. Wir dürfen uns, hier in der kleinen Schulbibliothek, Bücher ausleihen. Ich habe schon einige gelesen. Zurzeit lese ich eines über die Bürgerrechtsbewegung in den USA. Mir kommt ein Satz aus diesem Buch ins Gedächtnis, den Martin Luther King einmal gesagt hat, der lautet: *Sie können die Träumer töten, aber nicht den Traum*. Daran, Mirko, sollten wir denken, täglich. Uns den Traum bewahren.“

„Ja, Jeli, ich versuche das, jeden Tag und erst recht, seit Ervin den Tod fand. Weil die Reise zu euch vorerst ein sehr ungutes Ende nahm, will ich dir kurz das berichten, was ich mit dir besprechen wollte. Ich habe drüben in Ervins Wohnzimmer so etwas wie ein Testament gefunden. Ervin hat darin nicht nur den Kindern sein restliches Barvermögen, soweit das nach dem Krieg noch vorhanden wäre, hinterlassen. Er hat uns das Haus gegeben, mit allem, was darin und drumherum ist. Bis auf sein altes Auto, das ist nach wie vor verschwunden.“

Jelica schwieg nach dieser Mitteilung. Bevor sie antwortete, musste sie schlucken und tief Luft holen.

„Mirko, mir wäre lieber, wir könnten noch einmal mit ihm, in einer friedlichen Zeit, an einem lauen Sommerabend bei einem Glas Wein zusammensitzen. Das alles macht mich tieftraurig. Ich gehe davon aus, du lässt erst einmal alles, wie es ist. Du kannst nicht vorhersehen, welche der Häuser in unserer Gegend noch abgefackelt werden. Ervin hatte doch Verwandtschaft in Ungarn, was ist damit, müssen die nicht verständigt und beteiligt werden?“

„Ich habe die Schlüssel und bis auf die große Lampe, die mit den Batterien, habe ich nichts genommen. Es steht, wie Ervin es verlassen hat, das Haus ist verschlossen. Mir würde die Kraft und die Lust fehlen, irgendetwas anzupacken oder zu räumen. Wenn es wieder möglich ist, muss erst die rechtliche Seite geklärt sein. Zuvor dürfen wir, das vermute ich, nichts unternehmen. Lass uns das zu gegebener Zeit gemeinsam klären und in Angriff nehmen. Sich jetzt weitere Gedanken machen, bedeutet Kraftverschwendung. Was ich noch herüberholen werde, ist seine gute, alte Waffe, mit der er sich verteidigen wollte. Die lag auch bei dem Brief, den ich als Testament verstehe, mit einer Schachtel Munition. Würde es noch einmal schlimm hier oben, müsste ich eventuell Gebrauch von der Waffe machen."

„Mirko, du redest wieder wie ein Krieger. Haben wir nicht eben und oft zuvor vom Glauben an eine friedvolle Zukunft gesprochen? Ich wünsche mir so sehr, dass du nie eine Waffe in die Hand nehmen musst."

„Mich verteidigen darf ich. Ich war doch mein ganzes Leben ein Pazifist, obwohl ich das nie nach außen gekehrt habe. Bitte, keine Angst haben. Ich werde mir keinen dieser Verbrecher suchen, um ihn zu erschießen."

„Den Gedanken könnte ich nicht ertragen, Mirko. Lass uns nun zum Ende kommen."

„Noch schnell etwas ganz anderes, Jeli. Hast du noch genug Geld, um dir Kleidung und was man so braucht, zu kaufen?"

„Ja, sorge dich nicht. Ich war sparsam mit dem, was ich mitgebracht habe, davon habe ich noch etwas."

„Etwas ist nicht viel, ich hatte schon Geld für dich eingepackt. Verdammt, alles umsonst und…"

Die Verbindung brach ab, die Leitung war stumm und nur ein lautes Summen war zu hören. Mirko legte den Hörer auf, stützte sich mit den Unterarmen auf den Schreibtisch, legte seinen Kopf darauf und schlief in Gedanken an Jelica und die Kinder fest ein.

Gegen Mitternacht erwachte er mit heftigen Nackenschmerzen und benötigte einige Zeit, um sich zu orientieren. Nachdem er die Uhrzeit erkannt hatte, entkleidete er sich, um den Schlaf auf dem provisorischen Bett fortzusetzen. So schnell wie er gehofft hatte, kam er nicht zur Ruhe. Es quälte ihn, mit Jelica nicht detaillierter, intimer sprechen zu können. Wieder einmal das Innere nach außen kehren, vertraut sein und intim. In diesem Umfeld von Verderbtheit Zärtlichkeit erfahren und geben, und sei es nur mit Worten. Viele Gedanken waren präsent, bis der Schlaf all dem ein Ende machte.

XIV
Augsburg/München – Ankas Konzert

Erik war mit den Kindern Ende September zum ersten und einzigen Mal nach München zum 161. Oktoberfest gefahren. Anka wollte sich dieser Freizeitgestaltung, im Hinblick auf das Konzert, lieber verweigern. Als es darauf hinauslief, das Vergnügen abzublasen, hatte sie zähneknirschend zugestimmt, um ihrem Bruder den Spaß nicht zu verderben. Die Freude hielt sich in Grenzen. Jan konnte mit seiner Schiene nicht wie er wollte, Ankas Gedanken waren bei ihrer Musik. Zu viele Menschen und schlechtes Wetter gaben ihnen den Rest. Erik bedauerte das und so liefen sie nach wenigen Stunden schon wieder in der warmen Wohnung ein.

Jelica, die sich währenddessen mit einer leichten Erkältung hingelegt hatte, war erschrocken aufgewacht und hatte befürchtet, dass etwas passiert wäre. Die Kinder verabredeten beim Abendessen, im kommenden Jahr mit Erik und ihrer Mutter, so sie noch in Deutschland sein sollten, den Spaß richtig auszukosten. Sie hatte am Abend mehrfach vergeblich versucht, mit Mirko zu telefonieren. Die Abstände zwischen den Gesprächen waren im Verlauf des Jahres immer größer geworden. Auch wenn Mirko, sobald sie ihn erreichte oder er anrief, Zuneigung, Familienzusammenhalt und, was ihm gar nicht lag, sogar Liebe versicherte. Es gefiel Jelica nicht. Er hatte sein Leben riskiert, um sie zu besuchen, die Sehnsucht angeheizt. Sie hätte das in dieser Weise nie zugegeben, war sich selbst aber klar darüber, dass die Liebe auf Distanz, für eine Zeit, deren Ende nicht mehr planbar war, leiden musste.

Sie war wissend genug und medizinisch versiert, um zu erkennen, dass Männer damit größere Schwierigkeiten haben können als Frauen. Liebesintensität hin oder her und Sehnsucht, wie auch immer. Sie wollte ihn öfter am Telefon haben und vielleicht einmal intimere Sätze hören und sagen, als dies im Beisein der Kinder oder Eriks möglich war. Dieses Leben, in komfortabler Sicherheit mit den Kindern, war in hohem Maß unbefriedigend. So plante, sie sich noch intensiver um Arbeit zu bemühen. Während Anka in der

Aula übte und Jan, den die Fahrt nach München mehr angestrengt hatte, als er zugeben wollte, eingeschlafen war, blieb sie geistig abwesend. Einem Gespräch, das ihr Schwager begann, konnte sie eine gewisse Zeit nicht folgen. Erst als die Konzentration, mit der sie auf das Läuten des Telefons wartete, nachließ, unterhielten sie sich über Ankas Eifer, mit dem sie täglich in der Aula übte.

Ein *Öffentliches Konzert mit Orchester und Solisten* wurde seit einigen Wochen angekündigt. Für den großen Konzertsaal der Hochschule für Musik waren alle Vorbereitungen getroffen worden. Als Termin stand der 16. Oktober auf den Plakaten, ein Sonntag, Beginn 19.30 Uhr. Als Dirigent war der Japaner Jauro Kadiro genannt, ein Gastdozent an der Hochschule.

Im Programm wurden die einzelnen Stücke und die Interpreten aufgelistet. Eine Reihenfolge, die man als qualitative Steigerung ansehen konnte und sollte. Bei den insgesamt elf Programmpunkten stand Anka Amata, Violine, mit Marcel Ledoux, Cello, an neuntem und Anka noch einmal alleine auf dem letzten Programmpunkt, offenbar als Höhepunkt der Veranstaltung.

Seit der Terminfestlegung steigerte sich die Aufregung von Tag zu Tag und von Probe zu Probe. Anka war, soweit sie nicht in München sein musste, nur noch in der Aula zu finden. Sie schlang das Essen hastig in sich hinein, um keine Zeit zu verlieren, und war kaum noch für das Alltägliche ansprechbar. Üben, üben und nochmals üben war oberste Priorität. Mehrmals in der Woche, seit der Festlegung der Teilnehmer und der Musikstücke, kam Marcel aus dem Stadtteil Oberhausen zu ihr, um mit ihr gemeinsam in der Aula zu proben.

Es war nicht zu leugnen und unübersehbar, dass sie ihn sympathisch, sehr sympathisch fand. Es überraschte sie hin und wieder, dass die Gedanken vor dem Einschlafen sich immer öfter mit ihm beschäftigten, und dass sie, sobald der Zug nach München zum Einsteigen bereitgestellt wurde, durch die Waggons ging, bis sie ihn antraf. Auch die gemeinsamen musikalischen Seiten waren von Interesse. Sollte sie eine ehrliche Aussage über ihn machen, müsste diese lauten: *Ich mag ihn sehr und freue mich, sobald ich ihn sehe.*

Das Trauma war nicht mehr dominierend existent. Dass der Ekel vor dem Geruch eines Mannes, vor den männlichen Stimmen und Gebärden, dass der Wunsch, jeden Tag mehrfach zu duschen, dass all dies in den vielen Monaten, die vergangen waren, weniger geworden war, fiel Jelica besonders auf.

Für das Zusammenspiel der beiden hatten die Pädagogen das Duett für *Violine und Cello op. 7 von Z. Kodály* und das für *Violine und Cello von Boccherini* ausgesucht, während für Anka, als Solistin, das *Konzert für Violine in D-Dur op. 35 Part 1 von Tschaikowsky* und das *Capriccio Nr. 24 von Paganini* gewählt worden waren.

Falls, das hielten die Organisatoren für nicht sehr wahrscheinlich, eine Zugabe erforderlich sei, so habe sie freie Hand etwas auszuwählen, wurde ihr gesagt. Anka entschied sich, nach dem stürmischen Paganini, für die ruhige und einschmeichelnde *Romanze F-Dur op. 50 von Beethoven*, die sie für die Zugabe besonders proben wollte. Den Klavierpart dieser Romanze, darüber dachte sie nach, würde einer der Lehrer übernehmen müssen.

Einen Tag vor dem Konzert, es war ein kühler Samstag mit Regen- und Graupelschauern, war Jelica mit Anka nach München gefahren. Jelica war sehr stolz auf ihre Tochter und wollte weder Geld noch Mühe scheuen. Für Ankas Auftritt mussten ein schönes Kleid und Schuhe gekauft werden. Haarschmuck und ein neues, feines Tüchlein für die Halsbeuge, auf dem das Instrument ruhen würde, waren auch notwendig.

Erik war bemüht, für Jan passende und festliche Bekleidung zu finden. Sie waren, während Jelica und Anka in München einkauften, in die Stadt zu einem großen Bekleidungsgeschäft gefahren und mit einer Hose-Jacke-Kombination wieder zurückgekehrt.

Erik hatte seinen einzigen, seit Jahren im Schrank verwahrten Anzug, mit vielen Mottenkugeln in den Taschen, hervorgeholt. Den Anzug, mit dem er sich bei seinen endlosen Archäologie-Bewerbungen Jahre zuvor vorgestellt hatte.

„Nichts Modernes, aber immer noch brauchbar, oder?“, wollte er von Jelica wissen, und Jelica hatte ehrlich geantwortet: „Bei uns in Sarajevo würde ich jetzt sagen, geht schon noch, aber hier, bei dem Angebot, ich weiß nicht.“

„Jeli", murmelte Erik, „für den einen Abend, was soll's. Gut, gibt Anka mehr Konzerte, kaufe ich mir was ganz Tolles, versprochen."

Dabei blieb es. Jelica hatte Sakko und Hose frühzeitig an die Luft gehängt, um wenigstens den fürchterlichen Geruch des Mottenmittels zu entfernen.

„Gelingt uns das nicht, musst du ihn kurzfristig in die Reinigung bringen, das ist wohl klar."

Erik hatte nur genickt und gehofft, dass die frische Luft und etwas Körperspray das erledigen würden. Jelica ließ sich beim Friseur ihre schönen Haare etwas in der Länge egalisieren und wollte zu Hause versuchen, die grauen Strähnen selbst herauszufärben.

Die Spannung steigerte sich, nachdem sie am Tag des Konzerts Eriks Angebot, mit dem Wagen nach München zu fahren, ausgeschlagen hatten und den Zug wenige Minuten nach 16.00 Uhr nahmen. Anka hatte sich mit Marcel verabredet und wollte, dass er schon bei der Fahrt mit dabei war und sie im Zug, in dem sie eine Bankreihe hinter der Familie Platz genommen hatten, noch etwas besprechen konnten. In München bummelten Jelica und Erik mit Jan durch die Stadt und kamen auf Umwegen gegen 19.00 Uhr in der Akademie an. Anka und Marcel waren so schnell es möglich war zur Hochschule geeilt, um ihre gemeinsamen Musiktitel für das Konzert ein letztes Mal durchzugehen. Kurz vor 19.30 Uhr standen alle Interpreten, die Instrumente in den schweißnassen Händen haltend und gequält vom Lampenfieber, hinter der Bühne. Das Licht wurde langsam gedimmt, das viele Geschwätz weniger und der erste Interpret angekündigt.

Das Publikum im voll besetzten Konzertsaal war so fachkundig wie verständnisvoll, wenn es einmal zu kleineren Fehlgriffen während des Vortrags der jungen Künstler gekommen war. Nach einer dreiviertel Stunde wurde eine kleine Pause angesagt. Es folgten die Programmpunkte sieben und acht und danach Anka und Marcel. Dass dies nicht nur zwei besondere Talente, sondern nahezu ausgereifte Interpreten waren, wurde vom Publikum nach dem Duett von Beethoven mit lang anhaltendem Beifall belohnt.

Der zehnte Interpret war ein junger Klaviersolist. Der Student aus Moldawien spielte den ersten Satz von *Tschaikowskys Klavier-*

konzert Nr. 1 b-Moll, op. 23 und nach diesem begeistert aufgenommenen und zwanzig Minuten dauernden Klavierteil kam der letzte Programmpunkt. Anka betrat leicht zitternd die Bühne.

Nicht mehr in Rock und rotem Bolero, wie beim Auftritt mit Marcel. Nun machte schon der Anblick, den sie dem Publikum bot, Eindruck. Eine Mitarbeiterin der Akademie hatte ihr geholfen und in dem neuen, mit wenig Spitze versehenen, weißen, fließenden Kleid, ihren dunklen langen Haaren, der gepflegten Haut, dem dezenten, aber sichtbaren Ausschnitt und dem krönchengleichen Haarschmuck war sie für die meisten der Anwesenden ein unvergessliches Bild an Anmut und Zerbrechlichkeit.

Während Anka sich verbeugte, drehte Jan seinen Kopf zu Jelica und flüsterte ihr zu: „Mama, Anka ist so schön."

„Ja, Jan, sie ist wunderschön."

Sie stand im Rampenlicht und sah mit ihren großen dunklen Augen über das Publikum hinweg auf die Wand, am hinteren Ende des Konzertsaals. Sie platzierte ihr kleines, neues Tüchlein am Hals, neigte den Kopf gering und interpretierte das Violinkonzert von Tschaikowsky in wunderbarer Weise. Anhaltender Beifall war der Lohn für die gelungene Darbietung.

Bevor ich ein neues Stück übe, hatte sie einmal gesagt, *überlege ich, mit den Noten vor Augen, was der Komponist gefühlt haben mag, in welcher Stimmung und Umgebung er war, als er das komponierte.*

Diese Bilder konnte man bei ihren Interpretationen erkennen. Das war beim Violinkonzert zu spüren und beim anschließenden Capriccio von Paganini um so mehr zu hören. Der erneut sehr lange Beifall und einzelne Zugabe-Rufe veranlassten die Professoren, ihr das Zeichen für die gewählte Zugabe zu geben.

Anka legte ihr Talent in dieses letzte Stück des Konzertabends und spielte Beethovens Romanze in F-Dur, bei der sie der junge moldawische Solist auf dem Flügel begleitete. Dieses populäre Stück weckte bei vielen Besuchern romantische Rückblicke und verursachte bei einigen feuchte Augenwinkel.

Bevor der letzte Vorhang gezogen war, betrat die Mitarbeiterin der Hochschule, die ihr beim Umkleiden geholfen hatte, mit einem großen Blumenstrauß im Arm die Bühne und überreichte diesen Anka. Ohne Karte oder einen anderweitigen Hinweis auf den Absender. Anonym kam der Strauß und anonym sollte der Verehrer zunächst bleiben. So war es wohl beabsichtigt. Dies war außergewöhnlich und unüblich, das wusste Marcel nicht, als er ihn bestellt hatte. Der Beifall endete und die Zuschauer strömten diskutierend dem Ausgang zu. Anka kam verschwitzt in die Garderobe. Sie hatte die Begeisterung nicht realisiert und von der Zuneigung und Verehrung des Publikums nicht viel mitbekommen.

Stumm saß sie einige Minuten in der Ecke. Jelica, die Erik gebeten hatte, mit Jan draußen zu warten, konnte sich zu den Garderobenräumen durchfragen und legte Anka nach dem Eintreten die Hand auf die Schulter. Anka kam geistig und seelisch wieder zu sich, stand auf und fiel ihrer Mutter um den Hals.

„Danke, Mama, für den Abend."

„Kind, wieso bedankst du dich bei mir? Ich, wir alle haben zu danken. Du warst wunderbar."

„Ist der Professor noch da? Er wollte uns alle zum Essen einladen, er hat Plätze im Restaurant bestellt. Und ich möchte, dass Marcel dabei ist. Ich habe ihn gebeten zu warten. Wir sollten ihn rufen."

Jelica half Anka beim Wechseln, der notwendigen Erfrischung und beim Ankleiden. Reimer erschien, als sie umgezogen war.

„Anka, es war großartig", sagte er. „Der Fleiß und die Mühe haben sich gelohnt. Es passt zwar nicht hierher, doch ich muss vorwarnen. Melden sich in den kommenden Wochen Agenten oder Produzenten, bitte machen Sie immer Rückfragen bei mir und geben Sie keine Zusagen. Ich kenne die meisten dieser Herren. Die haben in aller Regel nur Profit im Auge."

Jelica zog die Augenbrauen hoch: „Herr Professor, das wäre uns im Traum nicht eingefallen."

„Ich darf Sie alle bitten, jetzt gehen wir dinieren. Wo ist denn der Rest Ihrer Familie?", fragte er und sah dabei Jelica an.

„Die warten draußen", antwortete sie und fügte an, „Ihre Frau ist dabei?"

„Ja, sie war im Publikum und kommt zum Restaurant, sie kennt das Lokal. Es ist nur wenige Minuten von hier."

„Herr Professor, ich würde gerne Marcel dazubitten?"

„Natürlich, heute Abend alles, was Sie möchten, Anka."
Anka ging zur Herrengarderobe und kam mit Marcel zurück.
Der Professor an Marcel gewandt: „Marcel, neben Ankas Soloauftritt waren Sie beide für mich der Höhepunkt des Abends."
„Danke, Herr Professor, und danke für die Einladung."
Sie verließen gemeinsam den Konzertbereich und trafen am Eingang auf Erik, der mit Jan plauderte. Jan kam so schnell er laufen konnte auf Anka zu, fiel ihr um den Hals und rief: „Anka, das war so schön und du warst so schön."
„Danke, Jan, das ist lieb von dir. Ich freue mich, dass es gefallen hat, aber Marcel war genauso gut."
„Natürlich, ihr beide seid gut."
Anka und Marcel trugen ihre Instrumente unter dem Arm und die kleine Gruppe ging zum Restaurant *Adria Grill.*
„Das ist ein gutes Restaurant. Ihre internationalen Gerichte sind immer frisch und wohlschmeckend. Ich war oft mit meiner Frau dort", gab Reimer auf dem Weg seinen Gästen zu verstehen.
„Und da Sie mit dem Zug unterwegs sind, wird Ihnen ein gutes Glas Wein schmecken. Ich habe den Vorteil, dass meine Frau heute den Wagen fährt und die Einzige ist, die sich zurückhalten muss."
Der Professor ging ins Restaurant voran die zwei Stufen hoch, öffnete die Tür und nach wenigen Schritten kam ihm die Wirtin Katharina strahlend entgegen.
„Herr Professor, einen wunderschönen Abend. War das Konzert erfolgreich? Wohl wie immer, wenn Sie etwas planen!"
„Liebe Kati, es war wunderbar und die Besten der heutigen Vorstellung haben wir bei uns."
„Und alle hungrig? Ich habe hinten im Nebenraum eindecken lassen, da sind Sie ungestörter, bitte sehr."
„Kati, Sie wissen immer, was das Beste für uns ist. Ich hatte einen Tisch für sechs Gäste bestellt. Ich vermute, es wird keine großen Probleme machen, dass wir sieben sind?"
„Es ist kein Problem, ein Gedeck mehr aufzulegen."
Katharina ging voran, gefolgt von Reimer und seinen Gästen. Für sechs Personen war mit Deck- und Mundservietten, Platz-, Suppenteller und dem entsprechenden Besteck eingedeckt. Zwei

Weingläser und ein Wasserglas standen am Rande der Teller. Blumenschmuck und Kerzen ergänzten die Dekoration.

„Dort in der Ecke ist Platz für Ihre Garderobe, dort dürfen Sie gerne ablegen. Ich lasse noch schnell das Gedeck bringen“, erklärte Katharina, nachdem alle den Nebenraum betreten hatten.

Jelica platzierte die große Tasche mit der Bühnenbekleidung unter dem ungedeckten Tisch, der bei der Garderobe stand, und Anka legte ihren schönen Strauß darauf. Jan bedingte sich aus, neben seiner Schwester und seiner Mutter sitzen zu dürfen. Auf der gegenüberliegenden Tischseite, die den Blick zum großen Gastraum gewährte, hatten Marcel und Erik noch nicht richtig Platz genommen, als Frau Reimer-Höhrle ins Nebenzimmer kam. Sie gab ihrem Mann einen flüchtigen Kuss und gratulierte Anka und Marcel zu ihren gelungenen Auftritten. Nach der Begrüßung von Jelica, Erik und Jan belegte sie den Stuhl neben Erik.

Katharina kam zurück, brachte das zusätzliche Gedeck, zündete die Kerzen an und ging zu der Empfehlung des Tages über.

„Was halten Sie von einer Langustencremesuppe mit Croutons zum Anfang oder einer Hochzeitssuppe mit Nockerln? Außerdem heute, nicht auf der Karte zu finden: sautierter Barsch mit Petersilienkartoffeln. Und Kasseler in Brotteig mit selbst gemachten Apfelmaultaschen haben wir im Angebot. Und natürlich die Karte. Zum Nachtisch gibt es noch unsere Spezialität, den Maronenkuchen. Sie haben die Wahl. Darf es vorab ein guter Wein sein?“

„Natürlich, Katharina, wir schauen kurz in die Weinkarte, und Sie dürfen aufnehmen.“

Mit einem „Natürlich, bitte sehr“, teilte sie die Weinkarten aus. „Ich bin gleich wieder zurück“, fügte sie an und ging in den großen gemütlich eingerichteten Gastraum, um ankommende Gäste zu begrüßen. Sie kam nach wenigen Minuten zurück und Reimer erklärte: „Auf meinen Rat haben wir uns alle für einen Peljesac entschieden. Ich kenne die Plavac-Trauben, da ist so viel kroatische Sonne drin. Der wird allen schmecken.“

„Eine gute Wahl, und das jüngste Mitglied der Truppe?“

„Darf ich Coca-Cola haben?“, meldete sich Jan.

„Natürlich, bekommst du Coca-Cola.“

Katharina ging hinaus, die Getränke zu veranlassen. Kurz darauf kam eine ebenso bayerisch anmutende Bedienung, brachte den Wein, den sie gekonnt servierte, und Jans Getränk.

„Darf ich die Essen aufnehmen, oder haben Sie noch nicht gewählt?“, wollte sie wissen.

„Noch ein paar Minuten“, sagte der Professor lächelnd, worauf sie wieder in Richtung Theke verschwand.

Bis auf Reimers, der die Tagesspezialitäten, Kasseler in Brotteig mit Apfelmaultaschen orderte, bestellten alle aus der normalen Karte. Jelica und Anka das Balkanpfännchen, mit gemischten Spezialitäten aus der Heimat. Erik wollte Wiener Lammchops, Frau Reimer Leber mit Apfelscheiben, Marcel und Jan Schnitzel. Auch die Dessertorder war so unterschiedlich wie die der Hauptspeisen. Der letzte Nachtisch, ein Crêpe mit heißen Himbeeren und Vanilleeis, wurde Marcel serviert. Über die gesamte Zeit, in der das Essen serviert und verzehrt wurden, in der sie zusammensaßen und sich unterhielten, war es ein wundervoll entspannter Abend.

Viele Scherze kreuzten den Tisch, es wurde gelacht und es wurden wiederholt Komplimente ausgetauscht und mehrere Flaschen des kroatischen Weins geleert. Als die ersten Ermüdungserscheinungen sichtbar wurden und Jan sich kaum noch aufrecht halten konnte, schaute Reimer auf seine Taschenuhr.

„Frau Amata, Sie haben sich bestimmt über die Rückfahrmöglichkeiten erkundigt. Bitte, welchen Zug möchten Sie nehmen?“

„Ja, natürlich, Herr Professor, wir sollten langsam diesen wunderschönen Abend beenden.“

Reimer sah in die Runde. „Darf ich noch Wünsche erfüllen?“

Seine Gäste schüttelten nacheinander, leicht lächelnd, den Kopf. „Ich werde kurz hinaus zur Wirtin gehen, einen Augenblick bitte, ich bin gleich zurück.“

Er zog seinen Blazer an und ging in den großen Gästeraum zur Wirtin, um die Rechnung zu begleichen. Danach nahm er zufrieden lächelnd die Mäntel und half den Damen reihum hinein. Noch im Nebenzimmer bedankten und verabschiedeten sich alle von ihm und seiner Gattin. Sie mussten eine andere Richtung zu ihrem Parkplatz nehmen.

Danach schritten Erik, Marcel und Jan zum Ausgang, riefen einen *Dank* und *Auf Wiedersehen* in die Richtung, in der die Wirtin stand, und traten an die frische Luft hinaus. Jelica folgte ihnen. Anka hatte die Tür erreicht, als sie erschrak und ihrer Mutter nachrief: „Mama, einen Moment, ich habe meine Blumen vergessen."

Sie drehte sich um und ging zurück in den Nebenraum, um den Strauß zu holen. Die Blumen in der rechten Hand haltend, sah sie zum Ausgang, an dem Jelica wartete, hob den Strauß und winkte kurz damit. Die Tür zwischen dem Ende der Theke vor der Zwischenwand, die das Nebenzimmer vom Gastraum trennte und durch die man ins Treppenhaus gelangen konnte, öffnete sich mit einem knarzenden Geräusch. Anka, die zielstrebig in Richtung Ausgang gehen wollte, erschrak. Sie drehte sich halb um, und wie ein kalter Blitz durchfuhr ein Schauer ihren Körper. Sie sah einem Mann, der den Gastraum betreten wollte, ins Gesicht, einem Mann, den sie kannte. Einen Mann, dessen Bild so intensiv wie kein anderes in ihr Gedächtnis gebrannt worden war.

Für Sekunden stand sie wie angewurzelt, schaute schnell nach links und nach rechts, um sich zu vergewissern, dass dies Realität war. Der Mann, eine gepflegte, vollere Erscheinung, war stehen geblieben und sah nur eine junge, schöne Frau vor sich. Anka machte einige Schritte auf den Mann zu. Ihre dunklen Augen weiteren sich. Nicht wie es beim Paganinispiel zu sehen gewesen war, ohne die funkelnde Freude und zufriedene Konzentration. Hass spiegelte sich jetzt in ihnen und in der Überraschung so viel Wut, Entsetzen und Stolz. Anka holte tief Luft, schnaufte in rascher Folge mehrfach laut durch die Nase und schrie laut: „Du verdammtes Schwein, du elender Hund, was machst du hier, du Verbrecher? Wo kommst du her? Was willst du hier? Warum hat dich nicht längst der Teufel geholt?"

Sie trat noch zwei Schritte näher auf ihn zu, hielt plötzlich ihren wunderschönen, großen Blumenstrauß mit beiden Händen fest umschlossen und schlug so heftig links und rechts auf ihn ein, dass sie nach wenigen Sekunden nur noch Reste der Stiele in der Hand hielt und dicke Schweißperlen auf ihre Stirn getreten waren. Sie sah Franco Barić vor sich, ohne Zweifel. Das Entsetzen wurde nicht weniger, sie spuckte vor ihm aus und fletschte die Zähne, als wollte sie ihm an die Gurgel. Sie war fest entschlossen, ihm die Stiele der Blumen ins Gesicht zu stoßen. Er fing ihre Arme ab und schob sie zurück, obwohl er kaum noch etwas sehen konnte. Sein weißes Hemd und die gesamte Kleidung waren voller Blütenstaub und grüner Kleckse, sein Gesicht kaum noch erkennbar.

Anka hatte Tränen der Wut in den Augen und wollte erneut auf ihn losgehen. Jelica, schon an der Tür, schaute, durch den Lärm aufmerksam geworden, zurück und lief blitzschnell zu Anka. Sie packte ihre Tochter an den Schultern und hielt sie zurück. Die Gäste im fast voll besetzten Restaurant ließen ihre Bestecke auf die Teller fallen, um zu verfolgen, was sich am Ende der Theke abspielte. Die geschockte Wirtin war, ihrem Geliebten zu Hilfe eilend, um den Tresen geflitzt und rief im Lauf der Bedienung zu: „Ruf die Polizei, hier ist eine Verrückte unterwegs, mach schnell!"

Während Jelica große Mühe hatte, Anka zu beruhigen, wischte Franco Barić sich den Schmutz aus dem Gesicht und wandte sich an seine Partnerin. In einem entsetzlichen Ton jammerte er in schlecht gefärbtem österreichischem Tonfall: „Katharina, ich weiß nicht, was das ist. Die ist einfach auf mich losgestürmt, und sieh mal, wie ich nun aussehe. So kann ich dir unmöglich helfen."

Anka drehte sich zu Jelica um und flüsterte ihr, mit zitternder Stimme und immer wieder nach Luft ziehend, zu: „Er ist es, Mama, er ist es, Franco Barić, der aus dem Keller zu Hause. Wie kommt dieses Schwein hierher?"

Und zur Wirtin gewandt, erklärte sie lautstark: „Dieser Mann, den ich hier und jetzt umbringen könnte, heißt Franco Barić. Er ist der Mann, der mich gequält und vergewaltigt hat. Der mir die Ehre und den Stolz nehmen wollte und der dafür verantwortlich ist, dass mein Bruder zum Krüppel geschossen wurde und schwer verletzt ist. Das Schwein hat offenbar geglaubt, dass wir beide tot sind, als er den Tatort verlassen hat. Wir rufen jetzt die Polizei."

„Die ist schon unterwegs und das, was Sie da von sich geben, kann überhaupt nicht sein", mischte sich Katharina ein.

„Dieser Mann ist ein Verwandter meines verstorbenen Gatten und heißt Gerasim Macura, genannt Gérard. Und Sie entschuldigen sich jetzt für Ihr Benehmen und diese infamen Anschuldigungen. Gérard, bitte hol deinen Pass."

Sie hatte noch nicht ganz ausgesprochen, als zwei Beamte in Zivil und zwei Schutzpolizisten in Uniform das Restaurant betraten. Sie sahen den besudelten Täter, bekamen die Erregung in der Ecke mit und gingen auf direktem Weg zum hinteren Ende der Theke.

„Ganz ruhig bleiben, Gérard, ganz ruhig bleiben. Wir klären das auf", zischte Kati ihrem Partner zu.

„Guten Abend, mein Name ist Ebner, ich bin Hauptkommissar. Wir waren vom Hauptbahnhof unterwegs, als wir den Funkspruch bekamen. So schnell sind wir selten", schob er lächelnd nach, zog den Ausweis aus der Seitentasche seiner Jacke, zeigte ihn kurz der Runde und schob ihn wieder ein.

„Das ist Hauptkommissar Gerber, und die Kollegen in Uniform sind Polizeiobermeister Schneider und Polizeimeister Steller, und nun will ich wissen, was hier los ist und wer Sie sind. Bis auf die Wirtin ist mir niemand bekannt. Deshalb hätte ich gerne Ihre Papiere gesehen. Die Damen zuerst."

Er sah Jelica mit herausforderndem Blick an, sein Kollege stellte sich in der Nähe der ins Treppenhaus führenden Tür auf. Die beiden Uniformträger gingen zum Ausgang und blieben dort stehen.

„Mein Name ist Jelica Amata, ich bin mit meinen Kindern Anka und Jan – er ist mit meinem Schwager bereits vor der Tür – aus Sarajevo geflohen, nachdem dieser Mann, er war Söldner, mit zwei weiteren Söldnern unser Haus überfallen, zum größten Teil verwüstet, unsere Tochter vergewaltigt und unseren Sohn fast erschossen hatte. Ich verlange die sofortige Festnahme."

„Langsam, gnädige Frau, langsam, so schnell geht das nun doch nicht", erwiderte der Beamte und verlangte erneut die Ausweise. Er prüfte sie zusammen mit seinem Kollegen, verharrte etwas länger bei den Ausweisen von Anka und Jelica.

„Sie sind demnach nur vorübergehend hier, geduldet."

In dem Ton, in dem er diesen Satz herausließ, hätte er auch sagen können: *Sie haben also die Pest, oho.*

Er drehte sich zu Franco Barić, alias Gerasim Macura, und bat ihn um seinen Ausweis.

„Geh, Gérard, spring doch schnell hinauf und hol deinen Pass, damit die Sache hier geregelt wird. Herr Kommissar, er ist ein Cousin meines vor zwei Jahren verunglückten Mannes, vielleicht erinnern Sie sich, er ist zu Besuch hier."

„Ist schon gut, Ihr Verwandter wird den Raum trotzdem nicht verlassen, bitte holen Sie seinen Pass, er kann Ihnen bestimmt die Stelle nennen, an der er liegt. Wir müssen das prüfen."

Franco Barić alias Gérard wurde es nach langer Zeit wieder einmal so richtig heiß im Nacken. *Jetzt,* so dachte er, *ist die Kugel auf die falsche Zahl gerollt. Geht die Kati nach oben und findet in der Kassette neben meinem Pass das Geld und den Schmuck, muss ich hier erst einmal ausziehen.* Er zog einen kleinen Schlüsselbund aus der Hosentasche, hob ihn hoch und ergriff einen der kleineren Schlüssel, um ihr die Anweisung zum Öffnen der Kassette zu geben.

„In der rechten Lade im Kleiderkasten, in der Kassette, innen ganz obendrauf, liegt mein Pass."

Die Präzision seines Hinweises war so dumm wie unnötig, auch dass er das Wort *obendrauf* deutlich langsamer und lauter aussprach. Er glaubte nicht wirklich daran, dass seine Gespielin die Box nur aufklappte, den Pass nahm und wieder verschloss. Nein, er musste auf etwas anderes sinnen und schaute zur Tür, zu den Fenstern, und schloss jeden Fluchtversuch in diesem Augenblick aus. Was außer einem Visumvergehen sollte passieren, sein Pass war schließlich ein Original.

Der leitende Beamte hielt noch alle Ausweise in den Händen, als Katharina mit dem fast neuen Dokument ihres Freundes und wütend-blitzenden Augen zurückkam. Der zweite Beamte nahm den Pass, sah eine Seite nach der anderen an und blätterte die leeren Seiten bis zur letzten durch. Er studierte das Bild, Name und Wohnort. Auf den ersten Blick war nichts Außergewöhnliches zu entdecken. Er gab ihn an den älteren Beamten weiter. Der studierte ebenso, blätterte, schüttelte den Kopf und kam zur Sache.

„Herr Macura, in diesem Dokument, in Ihrem Reisepass, können wir keinen Aufenthaltstitel finden. Es müsste Ihnen bekannt sein, dass Sie als serbischer Staatsbürger ein Visum für den Aufenthalt in Deutschland beantragen müssen, bevor Sie einreisen?"

„Nein, Entschuldigung, das habe ich nicht gewusst und hat mir keiner gesagt", begann Macura seinen dummdreisten Versuch, hier glimpflich davonzukommen.

„Bei uns sagt man", erwiderte der Beamte, „Dummheit schützt vor Strafe nicht. Sie werden uns begleiten müssen."

„Bitte, wie kommen Sie darauf, dass dieser Mann ein anderer ist?", wollte er von Jelica und Anka wissen.

„Er hat einen gültigen Pass, einen echten obendrein, mit dem Namen, den er uns genannt hat, und Ihre Anschuldigungen sind bei dieser Sachlage gewaltig. Sie sollten Beweise dafür haben und gut überlegen, was Sie von sich geben. Vielleicht hat er einen Doppelgänger, möglicherweise gibt es einen weiteren Mann, der genauso aussieht."

„Herr Kommissar, mein Sohn ist draußen vor der Tür, bitte rufen Sie ihn herein, er wird diesen Mann auf der Stelle identifizieren. Obwohl er ihn hier noch nie gesehen hat. Wagen Sie es, für den eventuellen Schock übernehme ich die Verantwortung. Meine Tochter hat ein von Medizinern und Pädagogen bestätigtes sogenanntes eidetisches Gedächtnis, Sie wissen, was ich damit meine. Sein Bild ist bei ihr im Gedächtnis eingebrannt."

„Der Begriff des eidetischen Gedächtnisses ist mir bekannt und ich kenne Menschen mit dieser Begabung. Was aber hat das hiermit zu tun? Außerdem ist das noch kein Beweis dafür, dass dieser Mann die Person ist, die sie beschreiben, und dass er die Taten begangen hat, derer Sie ihn bezichtigen."

Jelica konterte: „Erlauben Sie mir den Hinweis, dass dieser Mann für kurze Zeit an der deutschen Schule in Belgrad engagiert worden war. Aushilfssportlehrer könnte man das nennen. Er wurde von der Schule verwiesen, musste wegen ungebührlichen Verhaltens gehen. In den Archiven ist sicher ein Bild von ihm vorhanden. Alle, Schüler und Lehrer, hatten Ausweise, die mit Passbildern versehen wurden. Bitte halten Sie den Mann fest, fordern Sie das Foto an, und sobald die wahre Identität feststeht und Sie sich überzeugt haben, dass unsere Angaben richtig sind und er der ist, den meine Kinder kennen. Schauen Sie in den Fahndungslisten des Internationalen Gerichtshofs nach. Die Taten, die er bei uns begangen hat, sind nicht die einzigen, das wird durch die Tatsache garantiert, dass er Mitglied der *Weißen Adler* war. Eine Sondereinheit, die scheußlicher Verbrechen beschuldigt wird. Dafür kann meine Tochter Ihnen einen Beweis vorlegen."

Jelica dachte an den Aufnäher, den Anka von der Uniform gerissen und behalten hatte. Sie war sich sicher, dass das gestickte Wappen von Anka mit auf die Reise genommen wurde.

„O là, là, nun aber mal langsam, liebe Frau, was wir machen und wie wir vorgehen, überlassen Sie uns. Trotzdem danke ich Ihnen für die Hinweise, denen wir natürlich nachgehen. Die Wirtin wird uns Papier geben, auf dem Sie diesen Aliasnamen und weitere Ihrer Angaben notieren und dazu brauche ich natürlich Ihre Namen und Ihre Anschrift. Es wird nicht zu umgehen sein, dass wir die Aussagen schriftlich aufnehmen und Sie zu ins Präsidium kommen müssen. Bitte bringen Sie alle Beweismittel mit, die sie besitzen. Ein Termin wird telefonisch mit Ihnen vereinbart."

Erik war mit Marcel und Jan schon langsam in Richtung Bahnhof spaziert, in der Erwartung, dass Jelica und Anka folgen. Als dies nicht der Fall war, schlug er vor zurückzugehen. Wieder kurz vor dem Restaurant, wunderten sie sich über den geparkten Polizeiwagen. Erik öffnete die Restauranttür, Jan folgte ihm und zuletzt Marcel. Die Sicht ins Lokal wurde frei, Erik ging auf Anka zu und Jan erkannte Franco Barić. Er stieß einen Schrei aus, sprang zur Tür, riss sie auf und rannte hinaus auf die Straße. Marcel folgte ihm sofort und holte ihn hundert Meter vom Restaurant entfernt ein. Jan zitterte heftig, weinte und rief immer wieder *der, der*…

Erik kam dazu, redete beruhigend auf ihn ein und wollte wissen, was Jan mit *der* meinte. Immer von Schluchzen unterbrochen, stieß Jan heraus: „Der hat Anka wehgetan, der war das."

Erik konnte Jan überreden, langsam mit ihnen zum Restaurant zurückzugehen, zumal die Polizei vor Ort sei.

„Jan, schau, da steht schon der Polizeiwagen, hab keine Angst. Die nehmen ihn jetzt bestimmt mit."

Erik ging ins Restaurant, ignorierte den Beamten und rief Franco Barić zu: „Der Junge, mit dem ich eben hereinkam, ist in panischer Angst wieder hinausgerannt, weil er Sie erkannt hat."

„Nun gut“, wandte sich der Kommissar wieder an Barić, „es kommt ja eins zum anderen. Sie werden mitkommen, das wenigste, was Sie erwartet, ist die Abschiebung nach Österreich, von dort sind Sie gekommen, dorthin müssen Sie zurück, Sie haben ein bereits ungültiges Visum für Österreich, darüber müssen die Kollegen dort befinden. Und was Ihnen von den Damen und dem jungen Zeugen zur Last gelegt wurde, werden wir prüfen.“

Franco Barić ahnte, dass die Überprüfung und die Konzequenzen daraus nicht so ganz seiner Lebensplanung entsprechen würden und machte ernsthafte Überlegungen, sich noch in dieser Nacht aus dem Staub zu machen. Er sah sich die Beamten der Reihe nach an, alle waren etwas älter, gut genährt, rundlich und dem Augenschein nach etwas aus der Übung, was die sportliche Seite anbelangte. Auch wenn der leitende Beamte seinen neuen Pass eingesteckt hatte. Geschickt angestellt, müsste es auch ohne gehen.

An Katharina gewandt, bat der Kriminalbeamte: „Bitte, holen Sie für Ihren Verwandten entsprechende Bekleidung. Und etwas Papier für die Notizen.“

Katharina entfernte sich und kam mit einem neuen Dufflecoat, einem Schal, Handschuhen und einem kleinen Block zurück. Franco Barić zog die Sachen sofort an. Jelica schrieb die eigenen Namen, die Anschrift und den Namen Franco Barić auf. Franco nahm seine Partnerin in den Arm und versprach sich zu melden.

„Wir wünschen Ihnen noch einen schönen Abend und bitten Sie, sich nach Absprache zur Verfügung zu stellen.“

Mit einem von allen Polizisten gemurmelten *Auf Wiedersehen* verließen sie das Restaurant. Vor dem älteren Beamten und Franco Barić entfernten sich die uniformierten Polizisten, und der zweite Zivilbeamte folgte ihnen als Letzter. Der Wagen, mit dem sie vorgefahren waren, stand direkt am Eingang. Einer der Polizeimeister war zuerst am Fahrzeug und öffnete die Tür zum Fond. Der nun unmittelbar hinter ihm laufende Franco Barić startete im gleichen Moment und rannte wie ein Hundertmeterläufer los. Bis die Polizeibeamten die Schrecksekunde überwunden hatten, war er um die nächste Straßenecke verschwunden. Sie sprangen, sich gegenseitig behindernd, in den Wagen. Der Ältere schrie zum Fahrer: „Los, hinterher!"

Jelica, Anka und Erik trafen vor dem Ausgang wieder auf Marcel und Jan, als von Marcel ganz trocken das Statement kam: „Jetzt ist er weg, flutsch, weg war er. Das ging sehr schnell und ob die den wieder einfangen?" Dabei zog er die Schultern hoch.

„Was, wer ist weg?", wollte Jelica wissen.

„Na der, den die Polizei ins Auto schieben wollte. Der hat sich einfach umgedreht und ist weggelaufen, ganz schnell."

„Du meine Güte, wie dämlich muss man sein", gab Erik dazu, „lassen die den einfach abhauen, statt ihm zuvor noch die Handschellen anzulegen."

Jelica legte ihren Arm um Anka, eng aneinander gingen sie langsam in die Richtung zum Hauptbahnhof. Dort angekommen, konnten sie mit einem kleinen Spurt den Zug gerade noch erreichen. Jelica und Erik bemühten sich während der Fahrt vom Geschehen der letzten Stunde abzulenken und sprachen über das Konzert, über das gute Essen und den Professor. In Augsburg verabschiedeten sie sich herzlich von Marcel und nahmen eine Taxe für die Heimfahrt.

Franco Barić war verschwunden. Die zu Hilfe gerufenen Streifenwagen und die anschließende Fahndung blieben an diesem Abend erfolglos. Hauptkommissar Ebner ließ den Wagen zurück zum Restaurant fahren, stieg aus und ging hinein. Er sah Katharina in einer hitzigen Diskussion mit zwei Gästen und der bayerisch anmutenden Bedienung, nachdem sie zuvor versucht hatte, beruhigend auf alle einzuwirken. Kati kam dem Kommissar entgegen.

„Herr Kommissar, was soll ich davon halten? Es ist doch ungeheuerlich, was die Frau gesagt hat und der Mann, der wieder hereinkam."

Der Kommissar zog sie zum Ende der Theke, um etwas Diskretionsabstand zu den Gästen zu schaffen.

„Verehrte Katharina, irgendetwas ist faul mit Ihrem Verwandten. Er hat sich abgesetzt, kurz vor dem Einsteigen in unser Fahrzeug ist er abgehauen. Das hätte er nicht tun sollen. Da ist mehr, nicht nur ein Visumvergehen, viel mehr, glauben Sie mir. Darf ich einmal den Raum sehen, in dem dieser Mann lebt oder gelebt hat?"

„Aber natürlich, bitte kommen Sie, wir wohnen im zweiten Stock. Und da ist alles in Ordnung. Er ist ja, ich hab's sicher schon erwähnt, zu Besuch und hat nur hin und wieder mal einen Teller an den Tisch gebracht, bevor die Speisen zu kalt wurden, Sie verstehen."

„Katharina, für die Schwarzarbeit bin ich nicht zuständig, das wissen Sie doch, das macht der Zoll. Kommen wir durch diese Tür hinauf zur Wohnung?"

„Ja, bitte folgen Sie mir, der Raum ist in meiner Wohnung, oben in der zweiten Etage."

Schnaubend kamen Sie im zweiten Stock an und Kati führte ihn direkt in das für Franco Barić hergerichtete Zimmer. An der geöffneten Tür drehte sich Ebner um und gab zu verstehen: „Darf ich mich einmal darin umsehen, Sie wissen, mit einem richterlichem Beschluss dürfte ich dås sowieso."

„Ja, natürlich, sehen Sie nur."

Der Kommissar begann rechts hinter der Tür mit seiner Inspektion, ließ kein Buch, keine Illustrierte und kein Paar Schuhe aus. Beim Kleiderschrank durchsuchte er die Taschen aller Kleidungsstücke, zog die Schubladen, die unten am Schrank eingebaut waren, auf, und entdeckte in der rechten Schublade die Kassette.

„Er hat Ihnen doch den Schlüssel gegeben, kann ich den bitte einmal haben?"

Kati zog den kleinen Bund aus der Tasche ihres Dirndls. Der Polizist nahm die Box aus der Schublade, stellte sie auf den Tisch, fummelte den richtigen Schlüssel am Bund und öffnete die Kassette. Zunächst packte er einige Geldbündel in vier verschiedenen Währungen auf die Platte, er nahm den eingerollten Stoff, der unter dem Geld gelegen hatte, legte ihn auf den Tisch und rollte ihn auf.

Zum Vorschein kamen die meisten Stücke des bei den Überfällen und Misshandlungen erbeuteten Schmucks. Der Beamte sah Katharina nur fragend an, nachdem er einige der Teile näher inspiziert hatte, und wartete auf Erklärungen. Die fragenden Blicke wurden noch deutlicher. In der Ecke der Lade, in der die Box platziert gewesen war, fand er eine in mehreren übereinandergezogenen Socken steckende Pistole. Nun, das war jetzt seine verdammte Pflicht, musste er ernsthaft dienstlich werden.

„Frau Gschwendtner, haben Sie der Erklärung, die Sie uns gegeben haben, noch etwas hinzuzufügen bezüglich der Verwandtschaft dieses Herrn und seines Aufenthalts, meine ich?"

„Ja, ich habe diese Kassette heute, als ich den Pass holte, zum ersten Mal gesehen und dabei das Geld entdeckt. Aber nicht diesen Inhalt, den Schmuck, meine ich. Ich weiß nicht, wo der herkommt und warum er mir davon nichts gesagt hat. Die Pistole hab ich noch nie gesehen."

Sie erklärte, wie die Bekanntschaft zustande kam. Dass sie dringend wieder eine Hilfe im Geschäft und für ihr Leben gebraucht und dass sie Franco Barić, alias Gerasim Macura, als hervorragende Bedienung in Österreich entdeckt hatte.

„Teile dieses Schmucks stammen vermutlich vom Hals muslimischer Frauen, und was glauben Sie, wie ein Kellner, der zunächst in Wien und nun bei Ihnen schwarz arbeitet, an dieses Gold, an den Schmuck gekommen ist?"

„Ich weiß es nicht, ehrlich. Er hat mich hereingelegt und jetzt bringt es mir einen Riesenärger. Dieser Hund, dieser dreckerte."

„Frau Gschwendtner, die Fahndung läuft. Ich versichere, er wird sich bei Ihnen melden. Für einen neuen Pass benötigt er Geld und Gold. Kommt es zu einem Kontakt, machen Sie bitte keinen Fehler. Unabhängig davon, ob wir Ihre Telefone überwachen oder nicht, wir erwarten Ihre Hilfe. Was Frau Amata am frühen Abend gesagt hat, ist nach diesem Eindruck die Wahrheit."

„Natürlich, Herr Kommissar, ich will den Kerl in keiner Weise unterstützen und versichere Ihnen meine Zusammenarbeit."

„Haben Sie einen Schlüssel für diesen Raum?"

„Der muss an dem Bund von ihm sein."

Der Kommissar packte Schmuck und Geld wieder ein, zog den Schlüsselbund ab und probierte den größten der Schlüssel am Schloss der Zimmertür aus, indem er mehrmals auf- und zuschloss. Es folgte der Rest der Durchsuchung des Raumes und des Bettes, in dem Franco geschlafen hatte. Beide verließen danach das Zimmer, der Kommissar schloss ab.

„Sind hier noch Schlüssel dabei, die Sie benötigen? Bitte machen Sie mir die beiden, die ich eben benutzt habe, ab, die will ich mitnehmen und Sie haben bestimmt nichts dagegen."

Katharina drückte an dem Ring, der die Schlüssel zusammenhielt, ein kleines Häkchen wurde sichtbar und gab alle Schlüssel frei. Den Zimmer- und den Kassettenschlüssel überließ sie dem Beamten, den Rest schob sie sich in die Tasche. Sie gingen die Treppen hinunter in Richtung Gastraum. Kurz vor der Tür zum Restaurant blieb der Polizeibeamte stehen, drehte sich um und sagte: „Frau Gschwendtner, was in dieser Angelegenheit noch auf Sie zukommt, kann ich im Augenblick nur vermuten. Sie sagen, dass er sich als Cousin Ihres verstorbenen Mannes ausgegeben hat und dass Sie keine Ahnung von seinem Vorleben und dem illegalen Aufenthalt hatten, so werden die Konsequenzen für Sie überschaubar sein."

„Danke, Herr Kommissar, dass Sie so viel Verständnis für mich haben. Ich bin so bitter enttäuscht von diesem Mann."

Er wies auf die hintere Eingangstür, die zum Biergarten führte: „Kann ich dort hinaus, das wäre einfacher und ohne ein zusätzliches Aufsehen."

„Ja, natürlich, einen Moment, ich mache Ihnen auf."

An der Tür verabschiedete er sich von der Wirtin, trat hinaus auf die Straße und ging zum Dienstwagen, in dem sein Kollege wartete.

XV

München/Salzburg – Oktober 1994

Franco Barić hätte am liebsten den Weg zum Hauptbahnhof eingeschlagen. Sein Outfit war den Polizisten bekannt und längst in der Personenbeschreibung der Fahndung verbreitet. Er wurde gesucht, davon war er überzeugt, so verwarf er den Gedanken wieder. Am und im Hauptbahnhof trafen sich die meisten Ausländer und zweimal hatte er dort schon Personenkontrollen beobachtet. Obwohl der Oktoberabend nicht alle in die Wärme der Hallen trieb, er musste vermeiden, dort aufzukreuzen.

Es war ihm gelungen, innerhalb einer halben Stunde, mit kontrollierten Zwischenstopps, unbemerkt bis zur Feldherrnhalle, diesem der florentinischen Loggia dei Lanzi nachempfundenen Bau im Zentrum Münchens zu kommen. In einem angrenzenden Weinlokal lief offenbar eine größere Feier und unzählige Gäste standen, in eleganter Garderobe und mit Gläsern in den Händen, scherzend auf den Stufen dieses Baudenkmals. Dort legte er eine Verschnaufpause ein, bis er nach kurzer Erholung, wachsam die Straßen auf und ab schauend, in einer Seitengasse gegenüber dem Nationaltheater eine alte Pension entdeckte.

In den zurückliegenden Monaten hatte er, fast regelmäßig, in unbemerkten Augenblicken und vor dem täglichen Kassensturz im *Adria Grill* kleinere Beträge als sein *Taschengeld* abgezweigt. Immer noch mit dem Gedanken, seine Barbestände für die wichtigeren Vorhaben zu bewahren, obgleich er nicht wusste, wie diese Vorhaben aussehen würden.

Vor der Eingangstür der Pension, die sich im vierten Stockwerk eines Altbaus befand, zählte er sein Barvermögen und kam auf einen Betrag von 238 Mark. Er läutete und stapfte, nachdem der Öffner die Tür freigegeben hatte, hinauf. Die ältere Besitzerin war überrascht und froh, wenigstens noch einen Gast für diese Nacht zu haben. Nach Ende des Oktoberfestes vor einigen Tagen hatte sich keiner mehr zu ihr verirrt. Sie zeigte ihm das Zimmer, er nickte, und als sie seinen Ausweis sehen wollte, *wegen der ordent-*

lichen Anmeldung, berichtete er ihr, dass er aus Österreich komme, mit seinem Bruder unterwegs sei und seinen Bruder am gleichen Tag während einer Besichtigung aus den Augen verloren und ihn bis jetzt nicht wiedergefunden habe.

„Wir wissen, was wir für morgen geplant haben und wo. Ich werde ihn dort treffen. Im Rucksack meines Bruders, verstehen Sie, dort sind meine Papiere und mein Geld. Wir wollten uns heute erst am Abend um eine Unterkunft bemühen", erklärte er der alten Dame mit gespielter Verlegenheit.

„Für die Übernachtung, das bekomme ich im Voraus bitte, wenn Sie glauben, nur eine Nacht bleiben zu können, wie Sie sagen."

„Ja, natürlich", sagte er, „so viel habe ich doch bei mir."

Er zog ein kleines Notizbuch, in das er die zusammengefalteten Scheine gelegt hatte, aus seiner Hosentasche und bezahlte. Auf dem Meldezettel schrieb er den erfundenen Namen *Oskar Pichler* und notierte als Adresse die Anschrift des Hotels Kummer im 6. Wiener Bezirk.

Nach einer oft gestörten Nachtruhe stand er früh auf und verschwand, ohne die Betreiberin der Pension gesehen zu haben. In einer Bäckerei, weiter unten in der Straße, die gerade den Laden öffnete, kaufte er sich eine Brezel und zwei süße Gebäckstücke aus Blätterteig. Die Backwaren verzehrend lief er auf Umwegen zum Marienplatz. Am Infoschalter der Verkehrsbetriebe wartete er hinter zwei Touristinnen. Als er an der Reihe war, bekam er Auskunft und erstand einen Fahrschein für eine Einzelfahrt hinaus zum erst zwei Jahren zuvor eröffneten neuen Flughafen.

Niemand kann ohne gültige Ausweispapiere ein Flugzeug besteigen. Beim Buchen fängt das schon mit dem Namen an. Von wegen, Namen sind Schall und Rauch. Warum sollten die mich am Airport vermuten, meinen Pass haben sie doch schon. Wissen demnach, dass ich mit dem Flugzeug nicht weiterkomme. Diese Gedanken gingen ihm durch den Kopf, als er, den Gelangweilten spielend, in der S-Bahn auf dem Weg zum Airport aus dem Fenster sah.

Er hatte zweimal Verwandte seiner jetzt so plötzlich abhandengekommenen Geliebten, die aus Köln angereist waren, dort abgeholt und zum Abflug wieder hinausbefördert. Üblicherweise war er mit Katharinas Wagen unterwegs gewesen, und bei allen Fahrten nie in eine Kontrolle geraten. In seinen Gedanken sah er die Möglichkeit, einem wartenden oder anstehenden Passagier in einer unkontrollierten Minute die Papiere, vielleicht die Jacke inklusive der Papiere entwenden zu können. So wollte er an einen Reisepass gelangen. Wenn dabei noch Bares abfallen sollte, um so besser.

Dort angekommen, hatte er den neuen Dufflecoat eng zusammengelegt, dass nur wenig der Außenseite erkennbar war. Schlendernd und Passagier spielend, blickte er sich um. Am zweiten Imbissstand auf seinem Weg durch die Einkaufshalle verweilte er. Die Betreiber waren noch mit den Vorarbeiten für das Tagesgeschäft beschäftigt. Einem wartenden, sichtlich hungrigen Kunden, dem Aussehen nach aus den Weiten der Sahara und offenbar Franzose, jedoch der deutschen oder englischen Sprache nicht mächtig, musste das bedienende Mädchen die einzelnen Speisen erklären.

Ob er nun koscheres Essen wünschte, oder sicher sein wollte, dass er in keinem Fall etwas vom Schwein bekam, war nicht zu erkennen. Er gestikulierte mit einer Heftigkeit, die es Franco erlaubte, die hinter dem Fluggast auf dem Gepäcktrolley über seinem Koffer gelegte Jacke an sich zu nehmen. Franco bedeckte sie mit seinem Mantel und ging auf geradem Weg in die gegenüberliegende Herrentoilette. Die Totalinspektion des fremden Kleidungsstück brachte ihn nicht weiter. Alle Taschen waren, bis auf alte Quittungen, leer. Er ließ das Sakko in der Kabine hängen. Als er wieder in die Halle hinaustrat, war vom Imbissstand bereits Gezeter und Geschrei zu hören.

Er besann sich, *so komme ich hier nicht weiter, will ich nicht meine letzte Chance verspielen, muss ich nach Österreich, zurück nach Wien.* Die Chance, auf diese Weise an einen Pass zu gelangen, sah er nach diesem Versuch erst einmal als minimal an. Beim Weiterschlendern traf er auf einen kleinen Schalter, an dem Transfers nach Österreich in Minibussen angeboten wurden. Davor standen zwei junge Männer, die sich über die Grenzmodalitäten zwischen Österreich und Deutschland unterhielten. Franco trat, Interesse am Text einer Werbetafel vortäuschend, näher heran und hörte, dass die

Fahrgäste der kleinen Busse an der Grenze selten kontrolliert würden. Nach wenigen Minuten buchte er bei *Tirol-Airport-Express* für die nächste Fahrt einen Platz nach Salzburg. Da bis zur Abfahrt noch Zeit blieb, kaufte er in einem Geschäft für Reiselektüre eine preiswerte Karte von Salzburg und Umgebung und verbrachte die knapp zwei Stunden Wartezeit auf verschiedenen Toiletten. Zwischen diesen Sitzungen versuchte er, an Münzfernsprechern, die in den Ecken neben den Toiletten installiert waren, seine Geliebte in der Wohnung über dem Restaurant zu erreichen.

Als Katharina sich nach mehrfach vergeblichen Versuchen endlich meldete, begann er kurz und knapp mit seiner befehlenden Mitteilung: „Kati, hör mir jetzt nur zu. Was die da am Abend erzählt haben, ist alles nicht wahr. Ich bin der, den du kennst. Ich brauche den Inhalt der Kassette in meinem Schrank, weißt schon, wo der Pass lag. So können wir wieder zusammenkommen. Ich melde mich und sage dir dann, wann und wo wir uns treffen. Vielleicht meld ich's der Elli und die kann es dir dann sagen. Ich habe einen neuen Pass und fliege jetzt erst einmal weg, bis die Wogen sich geglättet haben. Tschau, meine Liebe."

Katis Stimmung war dahin, sie trauerte dem *Haderlumpen,* wie sie ihn jetzt auf Bayerisch bezeichnete, nach. *Er war doch,* rief sie sich ins Gedächtnis, *ein heftiger und fantasievoller Liebhaber. Aber wenn ich ernsthaft darüber nachdenke, vielleicht hätt' er mir das Geschäft kaputt gemacht und Ärger werd' ich sicher noch kriegen. Warum hat er mich nicht einen Satz sagen lassen?*

Eine langatmige Antwort wollte Barić nicht abwarten, nach dem letzten Wort hängte den Hörer wieder ein. Mit Elli hatte er die vollbusige bayerische Schönheit gemeint, die am Vorabend als Bedienung tätig gewesen war und deren Privatnummer er sich vor Wochen schon notiert hatte. Mit der Überzeugung, die Fahnder, so sie denn mitgehört hatten, hinters Licht geführt zu haben, schritt er mit erhobenem Haupt zum Kleinbus.

An der Einstiegsstelle traf er auf ein älteres Ehepaar und auf die zwei, dem Anschein nach schwulen Männer seines Alters, deren Gespräch er belauscht hatte. Außerdem standen eine hübsche junge Salzburgerin und ein älterer Österreicher, der sich sonderbare

Stocknägel an seinen Filzhut hatte nähen lassen, an. Die junge Salzburgerin verteilte an die Mitfahrenden, nachdem die Stadtgrenze Münchens hinter ihnen lag, fröhlich scherzend Schokolade, die sie aus ihrem Urlaub in Belgien mitgebracht hatte.

„Dös is a net besser als was unsere Mozartkugeln san", grantelte der alte Mann aus dem Umland von Salzburg, nachdem er ungezogen schmatzend ein Stück der Schokolade verzehrt hatte.

„Ich finde die Schokolade hervorragend, fast zu gut zum Verzehr", erwiderte Franco, während die anderen Fahrgäste weiterfutterten. Er bereute seine Einmischung kurz darauf.

„Was san denn Sie für aner, san Sie überhaupt an Österreicher? Kennen's Eana überhaupts aus? Ausschaun tun's wie a anderer und wann Eana die Mozartkugeln net schmecken ..."

„Bitte", Franco wollte antworten, dass er davon nichts gesagt habe, befürchtete jedoch, dass die Diskussion sich zuspitzen würde. Kurz vor der Grenze bei Bad Reichenhall bat er unter dem Vorwand, dass ihm übel sei, die Busfahrerin, ihn aussteigen zu lassen. Er verschwand hinter einer Böschung, und als er nach über dreißig Minuten nicht zurück beim Bus war, rastete der Österreicher völlig aus und fing widerlich zu schimpfen an. Die Fahrerin setzte ihren Bus in Bewegung, ohne länger auf Franco zu warten.

Er hatte nicht wirklich und ernsthaft geplant, mit dem Bus bis Salzburg zu fahren. Als er schon Platz genommen hatte, war ihm das zu mutig erschienen, die Grenze so offen und risikofreudig ohne Papiere zu überschreiten. Über die *grüne Grenze* wollte er es wagen. Sein Fernziel war der *Balkan Grill* in Wien. *Ich habe lange genug trainiert, mich in Feindesland zu bewegen*, war einer seiner Gedanken, nachdem er die Straße verlassen hatte.

Er lief ein längeres, schmales Sträßchen Richtung Osten, kam an einen kleinen Wald, den er durchquerte, und fand einen Kilometer weiter an der Kreuzung zweier Wege eine Bank. Dort legte er Rast ein und studierte die am Flughafen erworbene Karte. Beim anschließenden Zusammenfalten fasste er den Entschluss, bis Gois, einem kleinen Ort hinter der Grenze, südlich von Salzburg zu laufen, sich dort für die Nacht eine Unterkunft zu suchen. Zunächst hatte er das Problem, über die Saalach, einen kleinen deutschen

Fluss, der nördlich der Autobahn die Grenze bildete, zu kommen. Er kannte weder Brücken noch Stege, so blieb ihm nur die Möglichkeit, noch einmal zurückzugehen, um auf der Autobahn den Fluss zu überqueren. Vor der kleinen Ortschaft Walserberg musste er durch einen Wald. Er blieb immer wieder stehen, sondierte das Gelände, nahm Abkürzungen, und war froh, am Abend zuvor seine halbhohen Schaftstiefel angezogen zu haben. Frischer kalter Wind war aufgekommen. Fünf Kilometer hatte er berechnet, würden es sein. Eine, höchstens zwei Stunden.

Das Gelände war schwierig. Er konnte sich verschätzt haben. So zog er sich die rot gefütterte Mütze seines Dufflecoats über den Kopf und lief abseits der Wege, mit Sichtschutz der Bäume, als plötzlich eine sonderbar hohe Männerstimme schrie: „Halt, stehen bleiben, keinen Schritt weiter, ich derschieß dich sonst!"

Scheiße, was ist denn das nun, kann doch nicht sein, dass die mir schon auf den Fersen sind, war sein erster Gedanke. Er drehte sich mit leicht abgewinkelten Armen um und sah den Doppellauf eines Jagdgewehrs vor sich, gehalten von einem schmächtigen Jagdgehilfen in grünen Loden, den er gleichaltrig einschätzte.

„Jetzt ham wir dich endlich. Dös machst net noch mal."

„Entschuldigen Sie bitte", erwiderte Franco, „Sie irren sich, ich weiß nicht, was Sie meinen. Ich bin hier nur am Wandern."

„Und dafür gehst im Privatwald querfeldein? Und wie du ausschaust, net wie a Wanderer. Und wann hast unsern letzten Hochstand an'zünd'? Es hat dich dort einer gesehen, mit deiner roten Mütz'n. Host was gegen Jäger?"

„Das muss ein Irrtum sein", sagte Franco, lächelte den Jäger an und ging mit leicht erhobenen Händen auf ihn zu. Dieser wurde nervös und schrie: „Bleib steh'n, ich schieß sonst!"

Franco, immer noch sachlich und überlegend, wie er diese Situation meistern konnte: „Sie werden doch keinen Mord begehen und alles aufgeben. Zwischen Gitterstäbe schauen, wenn Ihre Freunde jagen gehen, wollen Sie das wirklich? Was glauben Sie, wie hoch die Strafe für den Mord an einem unschuldigen Wanderer ist?"

Während der Jagdgehilfe sich diesen Gedanken durch den Kopf gehen ließ und über die Konsequenzen eines Schusses aus nächster Nähe nachdachte, war er für Sekunden unaufmerksam. Franco machte einen Ausfallschritt, ergriff mit beiden Händen den Doppellauf der Flinte, drehte sich blitzschnell und zog das Gewehr über die Schulter. Der Besitzer der Waffe konnte die Attacke nicht mit gleicher Geschwindigkeit abwehren. Als er auf Francos Rücken klatschte, öffnete er seine Hände, die Flinte war frei. Er stieß einen schrillen Schrei aus, sah auf seinen anschwellenden Zeigefinger, der aus dem Gelenk gesprungen war, und hüpfte wenige Schritte zurück.

Franco hatte sich so blitzschnell, wie der Griff zur Flinte erfolgt war, wieder umgedreht, hielt die Waffe in der Hand und ging langsam auf ihn zu.

„So, Herr Jäger, jetzt zeige ich Ihnen, was man mit unschuldigen Bürgern nicht machen, doch mit Jägern tun darf, die so dämlich sind wie du. Man sollte ihnen eine kleine Lektion erteilen, was den Anstand und den Umgang betrifft."

Als er eine knappe Armlänge vor ihm stand, schlug er ihm dermaßen heftig mit der flachen Hand ins Gesicht, dass dieser über sein rechtes Bein abdrehte und zu Boden ging. Beim Bemühen, wieder hochzukommen, versetzte ihm Franco einen Tritt ins Hinterteil, so gezielt, dass er erneut ins Moos sank.

„Jetzt steh auf und benimm dich wie ein Mann. Du bist doch bestimmt mit dem Auto hier. Los, antworte mir, du Pfeife. Nun gut, da gibt es drei Möglichkeiten."

Während er den schmächtigen Jäger zu einer Lichtung vor sich her trieb, zählte er auf.

„Nummer eins: Ich knall dich ab, nehme dein Auto und fahre weiter, statt zu laufen. Nummer zwei: Ich lasse dich laufen, nachdem ich dir erneut in den Arsch getreten habe, nehme auch dein Auto mit, und Nummer drei: Du fährst mich wie ein Privatchauffeur, wo immer ich hinwill und ich sitze neben dir mit dem Gewehr im Anschlag, damit du nicht auf dumme Gedanken kommst. Nun sage mir, wie hättest du es denn gerne? Welche meiner Varianten bevorzugst du?"

„Nix hätt ich gerne, das werden Sie noch bereuen, das, was Sie getan haben mit mir."

Franco konnte nicht wissen, dass der junge Mann im grünen Gewand nicht alleine auf der Suche nach dem Brandstifter war, der aus Jägerhass verschiedene Hochstände in der zurückliegenden Woche zu Brennholz gemacht hatte. Sein Jagdfreund, der den Schrei gehört und aus dem Dickicht mit seinem Fernglas das Geschehen hatte verfolgen können, verließ seine Position und schlich sich in die Richtung der Kontrahenten. Franco sah auf dem Feldweg, hinter der Lichtung, den Pkw stehen.

„Da ist ja das Auto, so ein schöner Geländewagen und mit Ladefläche. Darauf transportiert ihr eure toten Viecher, ihr Idioten, hab ich recht? Der wird uns weit bringen, glaube ich."

Sie erreichten den grün gespritzten Wagen. Franco kommandierte seine Geisel zur Fahrerseite, nötigte ihn einzusteigen, und rief ihm zu: „Gib mir die Schlüssel und mach keinen Blödsinn."

Er erhielt die Schlüssel und ging um die Ladefläche, die mit ihrem Ende kurz vor dem Waldrand und nahe an einem Gebüsch stand, herum. Er hatte die Beifahrertür noch nicht erreicht. Als er für einen kurzen Moment nicht voll aufmerksam war, spürte er den Lauf einer Doppelbüchsflinte zwischen seinen Rippen.

„Stehen bleiben und ganz ruhig sein! Bauen Sie keinen Mist und Sie bleiben am Leben", rief eine sonore Stimme ihm ganz ruhig zu und etwas lauter zu dem im Auto sitzenden Partner gewandt, „hei, Georg, lass dich langsam aus dem Auto fallen, grad vor die Tür. Ich weiß nicht, ob der hier mit deiner Büchse nicht doch das Spinnen anfängt und auf dich schießen wird."

Man hörte mit ein wenig Knarren, dass die Tür auf der Fahrerseite geöffnet wurde. Der kleine Schatten des jüngeren Jägers verschwand neben dem Wagen.

„So, jetzt können Sie nichts mehr kaputt machen. Lassen Sie die Flinte fallen und zwar nach hinten. Keine Sorge, ich habe voll geladen. Kein Trick der Welt würde Ihnen helfen. Ich bin seit vielen Jahren Jäger und war Soldat."

Das war jetzt kein Jungspund, der mit ihm sprach. Ein groß gewachsener stattlicher Jäger in mittlerem Alter und leicht ergrauten Schläfen kommandierte ihn in militärischem Ton. Franco erkannte die Ausweglosigkeit, zögerte, stellte die erbeutete Waffe neben sich auf den Boden und gab ihr einen Schubs, dass sie nach hinten wegkippte.

„Nun gehen Sie fünf Schritte geradeaus und legen sich mit ausgestreckten Armen auf den Boden, los vorwärts! Ihre Fingerabdrücke sind auf der zweiten Waffe und Notwehr wäre immer glaubhaft. Ich hoffe, Sie sehen das genauso."

In Francos Gehirn tobte es, welche Möglichkeiten, aus dieser Situation heil herauszukommen, er sich auch ausdachte, kam er immer zu dem Schluss, dass es zu keinem guten Ende führen würde. So tat er wie befohlen, ging die fünf Schritte nach vorne, zögerte jedoch sich mit seinem schönen neuen Mantel in den Dreck zu legen.

„Ja, ich sehe das ein. Das schöne neue Wams würde zu schmutzig. Ich will Sie sauber abliefern", rief ihm der Jäger, der die Waffe im Anschlag hatte, zu. Mit einem Lächeln befahl er Franco, immer die Waffe auf ihn gerichtet, sich auf das am Wegrand in wenigen Meter Entfernung liegende Langholz zu setzen.

„Georg, steh auf, nimm deine Gewehr und halt ihn in Schach."

Der Jüngere kam, vom schmierigen Boden ziemlich eingesaut, um den Wagen herum.

„Jetzt", schrie der Jüngere seinem Kollegen zu, „hau ihn in den Dreck, schau wie ich aussehe, warum schonst du ihn? Ich will ihn dreckert sehen, a Schwein ist er eh."

„Reg dich nicht auf, Georg, das ist schon richtig so, wie ich das mache. Ich werde mich auf die Ladefläche setzen. Du führst ihn zurück zum Auto und lässt ihn ebenfalls aufsteigen. Während du dich ans Steuer setzt und zur Polizei fährst, halte ich ihn hinten in Schach, und fahr nicht zu schnell um die Kurven", rief er seinem Kumpel lachend zu, „nicht, dass wir ihn noch verlieren."

„Los, aufsitzen", schrie der schmächtige Grünrock Franco zu, „und die Plane da oben, die lässt du für meinen Kollegen liegen, verstanden? Da wird wenigstens dein Arsch dreckig."

So endete die Flucht Franco Barić' auf eine dümmliche Art in dem kleinen Wald bei Salzburg.

Wäre ich doch nur auf der anderen Seite der Autobahn weitergelaufen. Aber wäre, hätte, könnte, er verwarf die Gedanken und dachte an die nächste Fluchtmöglichkeit, die sich bieten würde. Mit einem holprigen Transport wurde er zur nächsten Polizeistation gebracht. Noch auf der Ladefläche des Wagens legten Beamte der Wache Franco Handschellen an und versuchten anschließend in einem Nebenraum des Gebäudes ein erstes Verhör.

Als sie in seiner Kleidung keinerlei Personaldokumente finden konnten und er zu keiner Aussage zu bewegen war, brachten sie ihn nach Salzburg aufs Präsidium. Schon zum Beginn des Verhörs in Salzburg, von versierten, zivilen Kriminalbeamten durchgeführt, versuchte er es zunächst mit einem falschen Namen und einer abenteuerlichen Story, die nach Verschleppung klang.

Die Beamten, die seine Kleidung inspiziert hatten, legten den Fahrschein der Verkehrsbetriebe München, das Ticket für den Transport mit dem *Tirol-Airport-Express,* sein kleines Notizbuch und seine restlichen Barreserven in deutscher Währung auf den Tisch. Das war genug, sie nahmen Kontakt mit dem Präsidium in München auf.

Aus München waren die notwendigen Informationen zu erhalten. Bevor er zur Abholung bereitgestellt wurde, kam noch einmal einer der verhörenden Beamten in die Zelle, in der sie ihn verwahrten, schüttelte den Kopf und sagte nur: „Der Kas ist jetzt gegessen. Dumm gelaufen, der Herr aus Serbien. Etwas mehr Zusammenarbeit wird man in München von Ihnen verlangen."

Die Beamten aus München präsentierten den internationalen Haftbefehl und brachten ihn zurück ins Polizeipräsidium München. Die Spezialeinheit, die dem Innenministerium unterstand und sich gezielt mit der Suche der annähernd einhundertfünfzig flüchtigen Kriegsverbrechern aus dem ehemaligen Jugoslawien beschäftigen musste, begann mit einem längeren Verhör. Das entsprechend der Taktik von mehreren Beamten abwechselnd geführt wurde, und über Stunden ging. Franco Barić schwieg zu allem.

Am Mittwoch nach dem Konzertabend der Musikhochschule rief am späten Nachmittag ein Beamter der Spezialeinheit aus München in Augsburg an. Jelica war mit den Vorbereitungen für das Abendessen beschäftigt und in Gedanken versunken. Sie unterbrach die Vorbereitungen, als das Telefon läutete, voller Gewissheit, mit Sarajevo Verbindung zu haben.

„Mirko, wie schön ...", meldete sie sich.

Ihr Gegenüber in München, im Glauben, die falsche Nummer gewählt zu haben, sagte lediglich: „Entschuldigung, da bin ich falsch, wie ist Ihr Name, bitte?"

„Amata, Jelica Amata, und wer sind Sie?"

„Polizei München", kam es vom anderen Ende. Es trat eine Pause ein. In Jelica wuchs Enttäuschung, und die Pause erschien ihr zu lang. Sie stellte die Frage: „Ja bitte, was möchten Sie?"

Und eine Erklärung, die Jelica wieder etwas beruhigte folgte.

„Sie sind Frau Amata?"

„Ja, worum geht es?"

„Frau Amata, ich bin Mitglied der Spezialeinheit. Sie sind die Mutter der jungen Frau mit dem Namen Anka und des Jungen mit dem Namen Jan, ist das richtig?"

„Ja, da ist richtig, und meine Tochter ist auf dem Weg nach Hause, sie war heute in der Musikakademie."

„Das ist nicht so wichtig für mich. Wir brauchen Ihre Tochter und Ihren Sohn, die Zeugen der Geschehnisse in Sarajevo waren, für eine Aussage und für eine erneute Identifikation des Täters. Können Sie mit Ihren Kindern am kommenden Montag gegen zehn Uhr morgens ins Präsidium nach München kommen, es ist für uns sehr wichtig."

„Natürlich, wir werden das ermöglichen. Gibt es etwas Neues in der Angelegenheit?"

„Ja, der mutmaßliche Täter wurde in Österreich aufgegriffen und nach der Abklärung verschiedener Dinge an uns überstellt. Wir leiten jetzt die Vorermittlungen und sind dabei, wie ich schon gesagt habe, den mutmaßlichen Täter zu verhören."

„Entschuldigen Sie, was heißt *mutmaßlich*? Mit diesem Begriff kann ich nichts anfangen."

„Das bedeutet, dass wir einen Verdächtigen haben und vermuten, dass er bestimmte Taten begangen hat. Diese Taten sind nicht bewiesen, ein Geständnis liegt nicht vor. Er wird intensiv befragt."

„Also ein vermuteter Täter."

„Ja, so in etwa könnte man das nennen. Ich kann mit Ihnen und Ihren Kindern rechnen?“

„Ja, können Sie.“

„Ich bedanke mich und wünsche einen schönen Abend, auf Wiederhören, Frau Amata.“

„Auf Wiederhören“, antwortete Jelica etwas konsterniert und dachte darüber nach. *Sie hatten ihn gefangen. Das stand jetzt fest. Er konnte nichts mehr verursachen, keines seiner scheußlichen Verbrechen begehen. Jetzt fehlten die Zeugenaussagen. Wenn diese für glaubhaft gehalten und eventuell das Bild aus der Schule in Belgrad vorliegen würde, wäre seine Identität gesichert.* Jelica konnte sich von den Gedanken, die sich mit dem Täter, den Taten und den Umständen beschäftigten, nicht lösen. Sie wollte ihre Tochter bitten, den Aufnäher, den sie im Keller während der Tat von der Uniform gerissen und mitgebracht hatte, als Beweisstück mit ins Präsidium zu nehmen. Auf keinen Fall wollte sie die Unterlagen und Berichte der Klinik der Polizei vorenthalten.

Jelica unterbrach ihre Arbeit erneut, ging in ihr Zimmer, nahm die Dokumente aus dem Ordner und schob den Umschlag mit den Papieren in ihre Handtasche. Kurz danach kam Jan von einem Freund und bemerkte die geistige Abwesenheit seiner Mutter und die langsame Art, mit der sie das Abendessen bereitete.

„Mama, was ist, was denkst du? Geht es dir nicht gut?“

„Doch, Jan, es geht mir gut. Es geht mir sehr gut, wenn ich weiß, dass meine Kinder in Ordnung sind. Ich hatte ein Gespräch mit der Polizei in München. Sie haben den Mann gefasst, der vor dem Restaurant geflohen ist, den ihr aus dem Keller von zu Hause kennt.“

„Wird der nun erschossen oder aufgehängt? Er hat ja schlimme Sachen gemacht.“

„Nein, Jan, aufgehängt oder erschossen wird, soweit ich informiert bin, in Europa nur noch in Weißrussland. Nur für ganz, ganz schlimme Taten und nach einem Gerichtsurteil. Was zurzeit im Krieg geschieht, das ist etwas anderes. Ich vermute, der Mann wird so lange verhört, bis er die Wahrheit sagt. Bis er erzählt, was er getan hat. Er kommt vor ein internationales Gericht, und, wenn genug

Aussagen und Zeugen vorhanden sind, wird er zu einer Strafe verurteilt, hoffentlich zu einer sehr langen Strafe."

„Zu welcher Strafe?"

„Jan, das weiß ich nicht. Wenn er schuldig ist und vielleicht noch weitere Taten begangen hat, wird er sehr lange eingesperrt."

„Gut so, das muss ich gleich Anka sagen, wenn sie kommt."

„Bitte überfalle sie nicht damit. Wir können beim Essen darüber reden, Onkel Erik soll auch erfahren, was los ist, ja?"

Jelica und die Kinder trafen Vorbereitungen für die Fahrt nach München, für die Begegnung mit Polizei und Täter, während Erik zum Schulbeginn in die erste Etage ging, um die Entschuldigung bei Jans Klassenlehrer zu veranlassen.

In München begrüßte sie ein älterer Beamter sehr freundlich. Jelica musste sich und die Kinder durch die Ausweise identifizieren. Danach saßen sie lange mit dem Beamten, einer Beamtin und der Polizeipsychologin zusammen, um Fragen zu beantworten und von den Ereignissen zu Hause in Sarajevo zu berichten.

Als Anka das abgerissene Patch der *Weißen Adler* aus ihrer Tasche zog und den Beamten vorlegte, war zunächst nur ein verlegenes Erstaunen wahrzunehmen. Sie sah die Beamten an und begann stockend zu berichten, wie und warum sie an das Stoffstück gekommen war und warum sie es noch bei sich trug.

Nach den Unterschriften, die Jelica und Anka im Anschluss an das Gespräch auf dem Protokoll leisten mussten, wurden sie zu einer Glaswand geführt, durch die sie den Täter, der im angrenzenden Raum an einem gegenüberliegenden Panel stand, sehen und identifizieren konnten, während dieser, zynisch lächelnd, in dem Flur zu der verspiegelten Fläche blickte. Er musste wissen, wer, für ihn unsichtbar, zur Identifizierung gekommen war.

„Ich wusste schon im Restaurant mit Gewissheit, dass er das ist und ich weiß es nun. Sein Bild, obwohl er etwas verändert aussieht zu damals, ist unauslöschbar in mir vorhanden."

Der Beamte und seine Kollegin, die neben Anka und Jan standen, nickten sich zu. Jan hatte sich anfangs geweigert, an dieser Identifizierung teilzunehmen. Nach Jelicas geduldigem Zureden drehte er sich im Beisein der Polizeipsychologin und eines Beamten ganz kurz um. Auf die Frage: „Jan, war dies der Mann, der mit zwei anderen Männern das getan hat, über das wir zuvor gesprochen haben?“, nickte er und rief relativ laut ein einziges Mal, bevor er sich rasch wieder umdrehte: „Ja, der war das.“

Das Patch, die Aussagen und das inzwischen durch die Deutsche Schule übermittelte Bild führten zur eindeutigen Identifizierung Franco Barić'. Der gefundene Schmuck, das Geld, die Pistole aus der Wohnung über dem Restaurant und der Haftbefehl des Internationalen Strafgerichtshofs (ICTY) genügten, um ihn auch ohne Geständnis an das Gericht in Den Haag zu überstellen.

In Den Haag wurde er schon kurz nach Beginn der Verhandlung davon überrascht, dass sieben der vielen von ihm und seinen Mittätern gequälten und misshandelten Mädchen und Frauen den Mut hatten, die Taten zu bezeugen. Sie konnten die Verbrechen mit Ort und Uhrzeit benennen. Es irritierte ihn, dass einer seiner Mittäter aus dem Kreis der *Weißen Adler* sich in Erwartung einer milderen Strafe als Kronzeuge zur Verfügung stellte.

Der Prozess gegen ihn und andere der Sondereinheit *Weiße Adler* dauerte sieben Monate. Franco Barić wurde wegen Kriegsverbrechen, Verbrechen gegen die Menschlichkeit, Mord in vier nachgewiesenen Fällen, Vergewaltigung in siebzehn Fällen, wegen Raub und Plünderung zu lebenslanger Haft verurteilt. Anka ließ nie, auch später nicht, ein Wort über ihren privaten *Rachefeldzug* verlauten. Sie und Jan gaben auf dem Präsidium in München bereitwillig Auskunft zur Beschreibung der beiden jüngeren Täter und detaillierte Hinweise über deren Aussehen. Wer die Phantombilder erhalten würde, die ein Beamter nach ihren Angaben fertigte, erklärte ihnen keiner.

Nach dieser Prozedur auf dem Präsidium, das war von Jelica schon zu Hause geplant, wollte sie für die Kinder einkaufen und zur Ablenkung mit ihnen in ein Kaffeehaus gehen. Sie sah die Möglichkeit, mit dem Kauf schöner neuer Unterwäsche für Anka, das Kapitel *Vergewaltigung und Traumatisierung im Keller* wenigstens teilweise abzuschwächen und die Gedanken umzulenken in eine für Ankas künftiges Leben positivere Richtung.

Für Jan, der von seiner verhassten Schiene bald endgültig befreit werden würde, sah sie den Kauf von schönen, bequemen Schuhen vor. Seit den Schussverletzungen hatte er nie mehr gute Schuhe getragen und die alten, aus dem Bestand von Sarajevo, waren viel zu klein geworden.

„Anka“, rief Jelica ihrer Tochter zu, die nach dem Verlassen des Präsidiums an den Schaufenstern eines Modehauses stand.

„Ja, Mama, schau, die hellblaue Jacke ist wunderbar, leider viel zu teuer.“

„Komm, mein Schatz, der Obergangster ist gefasst, obwohl die beiden anderen noch frei herumlaufen, heute ist für uns alle so etwas wie ein Feiertag.“

„Mama, aber …“

„Keine Widerrede, kommt mit, wir wollen sehen, ob das gute Stück passt, oder vielleicht eine vergleichbare Jacke vorhanden ist, die dir gefallen würde.“

Mit einer dicken Tüte in Ankas Hand und einem breiten, zufriedenen Lächeln verließen sie wenig später das Geschäft.

„Und jetzt muss du mir noch einen Wunsch erfüllen, Anka.“

„Mama, was kann ich dir für einen Wunsch erfüllen, ich hab kein Geld, dir etwas zu kaufen.“

„Nein, umgekehrt, ich möchte, dass du dir dort drüben in dem Geschäft, ja schau nur, das mit den wunderschönen Dessous, dass du dir dort eine Garnitur aussuchst, und während du dich dort umschaust, gehe ich mit Jan weiter die Straße abwärts, dort unten, ihr seht das gelbe Werbeschild, schicke Schuhe kaufen.“

„Mama, was sind Dessous?“

„Jan, das ist sehr schöne und fein gearbeitete Unterwäsche für Mädchen und Frauen.“

„Puh“, rief Jan zu seiner Schwester, „Anka, der Kalender geht falsch, es ist schon Weihnachten.“

„Nein, das ist es noch nicht. Ich freue mich nur sehr, dass die fürchterliche Angelegenheit, wenigstens teilweise, ein Ende gefunden hat. Anka, bitte geh dort hinein und such dir etwas aus. Wir schauen inzwischen nach Schuhen für Jan. Sobald wir welche gekauft haben, kommen wir und holen dich ab.“

„Würdet ihr meine Jacke mitnehmen, Mama?"
„Ja", rief Jan, „gib sie mir."
Anka gab ihm die große seidenglänzende Papiertüte, lächelte und ging auf der andere Seite der Fußgängerzone in das Geschäft mit der feinen Unterwäsche. Der Schuhkauf für Jan zog sich hin und Jelica unterbrach, um Anka abzuholen. Sie hatte sehr schöne Wäsche gefunden, die mit nichts, was sie bisher kannte, vergleichbar war. Als Jelica den Laden betrat, kam sie ihr entgegen, fiel ihr um den Hals und bedankte sich.
„Schatz, noch gehört es uns ja nicht, erst müssen wir bezahlen."
Anka nahm die mit zarten Blüten bedruckte Plastiktasche, Jelica zahlte und beide beeilten sich, um zu Jan zurück ins Schuhgeschäft zu kommen.
„Mama, schau, diese sind stabil und diese sind schön. Du weißt doch, wenn der Onkel uns wieder zum Essen einlädt, dafür sind die prima, oder?"
Verschmitzt lächelte er, drehte seinen Kopf zu Anka und kniff ein Auge zu.
„Sehr gut", sagte Jelica, „vielleicht ist ja doch schon Weihnachten, wir nehmen natürlich beide, wenn du sie hoffentlich richtig anprobiert hast."
„Hab ich, die Frau mit der blauen Schürze hat mir geholfen."
„Das waren genug Anstrengungen, nun möchte ich mit euch ins Kaffeehaus, ja?"
„Mama, heute ist ein toller Tag", fügte Jan an.
„Der Anfang des Tages konnte mich nicht begeistern", ergänzte Anka, „doch jetzt."
Nach Torte, Kaffee und Kakao fuhren sie zurück. Erik spielte, als sie wieder zu Hause eintrafen, zunächst den Traurigen.
„Dass ihr überhaupt noch einmal zurückkommt. Ich habe schon gedacht, die hätten euch behalten."

XVI

Sarajevo – 20. Oktober 1994

Die Fülle des Geschehenen war so umfangreich, dass Mirko sich die endlosen Schilderungen am Telefon ersparen wollte und erneut beschloss, eine Fahrt nach Deutschland zu wagen. Einige Tage mit der Familie verbringen, um danach alles wieder im Lot zu wissen. Seine Wunde war gut verheilt. Er plante, die umständliche Prozedur erneut auf sich nehmen.

Sein altes Visum im Pass war nicht mehr gültig. Beim ersten Gedanken an eine erneute Reise hatte er sich geschworen, die Nachtroute zum Eingang des Tunnels zu nehmen und nicht dem Wunsch zu erliegen, einen schnelleren Weg zu finden. Ein neues, weniger ausführliches Gespräch folgte mit der Klinikleitung. Die Organisation der Fahrt, die jenseits des Flughafens durch das Militär zu bewerkstelligen war, und die Devisenfrage mussten folgen.

In keinem Fall sollte sein junger Kollegen dabei sein. Er wollte damit das Risiko ausschließen, der Medizintechnik eventuell den letzten Mann zu rauben. Rücksichtnahme mischte sich in seine Gedanken. Kosta hätte ab dem Zeitpunkt, zu dem er ihm die Teilnahme an der Fahrt, vor allem die alleinige Rückfahrt, erklären würde, schlaflose Nächte. Als feinfühliger Techniker und sensibler Mediziner, war er in seinen Eigenschaften wunderbar. Nicht das Geringste an ihm hätte je einen Krieger abgegeben.

In der Zeit, in der er auf das neue Visum und die Devisenbeschaffung der Direktion warten musste, war es Mirko an einem wolkenverhangenen, dunklen Abend gelungen, in die Baščaršija, zum Haus seiner Freunde Alma und Omid zu wandern.

Es ging ihnen gut, alles stand wie beim letzten Besuch, als er mit Jelica bei ihnen gewesen war. Es gab viel zu erzählen und wieder wunderbares Essen. Von der Rückkehr vom Treffens im Juni des vergangenen Jahres und der Verwundung wollte Mirko erzählen. Von der Reise, die Jelica mit den Kindern machen musste, bis zum Versuch, durch die Röhre nach Deutschland zu gelangen und über seine Verwundung unterwegs, berichtete er.

Nach mehr als drei Stunden verabschiedeten sich die Freunde herzlich, wünschten Mirko alles Gute und versäumten nicht ihm zu sagen, dass sie ihn für mutig hielten. Unbeschadet kam er kurz vor Mitternacht zurück ins Büro und zu der provisorischen Unterkunft. In die Tür geklemmt fand er eine zugeklebte Nachricht.

Mirko, ich habe Nachtdienst. Wenn ich eine Verschnaufpause ermöglichen kann, kann sein bei diesem Wetter, komme ich, und wenn du schläfst, wecke ich dich. Freue dich mal so richtig – Nura.

Nein, nein, dachte Mirko, *muss ich in dieser Nacht nicht haben.* Er wollte am Abend noch einen Telefonversuch nach Deutschland machen, hatte es in der Vorfreude, Alma und Omid zu sehen, völlig vergessen und ein schlechtes Gewissen. *So sollte ich die Potenz dieses schlechten Gewissens nicht künstlich erhöhen, indem ich Nura hereinlasse.* In aller Eile schloss er die Tür ab, putzte sich an dem kleinen Waschbecken die Zähne, zog sich halb aus, löschte das Licht und lag gerade erst wenige Minuten, als es pochte.

„Mirko, ich glaube, ich habe da eben noch Licht gesehen? Bitte, komm, mach auf, wir können uns etwas Plauderei genehmigen, ich habe eine Flasche dabei, nur reden, sonst nichts."

Reden, dachte Mirko. Und er dachte an jenen Abend, der mit Reden begonnen hatte. Er schloss bewusst die Augen, verhielt sich ruhig, und die Bilder dieser wunderschönen Frau, die jetzt vor seiner Tür stand, tauchten aus der Erinnerung auf. Er sah sie nackt, von unzähligen Scheinwerfern warm angestrahlt, vor sich. *Mein Gott, soll ich sie gehen lassen?* Die Situation verwirrte ihn.

Sie klopfte wieder, dieses Mal leiser und an das Milchglas der Scheibe, das im oberen Teil der Tür eingelassen worden war, und Mirko hielt sich die Ohren zu, indem er je einen Finger hineinsteckte. Er verglich sich mit Odysseus vor der Insel der Sirenen, wo seine Gefährten sich mit Wachs die Ohren verstopften, damit sie den Gesang nicht hören und ihm nicht erliegen konnten.

„Mirko, ich weiß, dass du da bist. Wieso bist du neuerdings ein Feigling, wir wollen doch nur reden und der Rest, das hängt doch alles nur von dir ab. Ich verstehe dich nicht, mach auf, bitte."

Sie klopfte noch zweimal an die Scheibe, es dauerte eine Weile, bis er hören konnte, dass sie sich leise entfernte. Lange lag er halb wach und die Bilder vermischten sich. Bevor er einschlief, schon nahe an Träumen, sah er Sirenen, Jelica, Marica und Nura.

Das Erwachen, lange vor dem Morgengrauen, aus einem nie erlebten Albtraum. Trotz der verhangenen, regenreichen, trüben Nacht, hatten sich die Verursacher der kriegerischen Perversionen entschlossen, mit allen Geschützen wahllos auf die Stadt zu zielen. Mehrere Granaten schlugen in bereits zerstörte Gebäude, eine zerlegte einen Teil der Ufermauer der Miljacka in der Altstadt.

Der schwerste aller Treffer, in diesem Teil der schon zerfledderten Stadt, traf die Klinik, als Mirko wach auf dem Notbett lag. Er krachte auf die Nordostecke des vierten Blocks, der mit seinen sechs Stockwerken direkt an das Haupthaus angebaut war. Die Detonation war so gewaltig, dass Teile der übereinanderliegenden Zimmer der oberen drei Stockwerke wie mit einem Käsemesser über die Ecke abgetrennt wurden.

Die umherfliegenden Trümmer hatten in allen Gebäuden Schäden verursacht und in dem schräg gegenüber stehenden kleinen Flachbau, der bisher immer gesichert schien, ein Notstromaggregat zerstört. Chaos war ausgebrochen. Jeder, außer dem Personal der Notaufnahme, der sich einigermaßen auf den Beinen halten konnte, eilte zum Einschlagsort, um zu helfen.

Aus dem obersten Stockwerk waren die drei Betten, die im Bereich der zerstörten Ecke standen, und in den zwei darunterliegenden Etagen jeweils zwei Betten verschwunden. Sie wurden mit Patienten in den nach unten gestürzten Trümmern verschüttet.

Einheiten der Armee, der Feuerwehr, das gesamte Personal waren bis zum darauffolgenden Abend auf der Suche nach Überlebenden. Bis zum zweiten Stock wurden die zerfetzten Zimmer geräumt und versucht, die traumatisierten Patienten zu betreuen.

Die Bilanz nach der Suche ergab: sechs tote Patienten, eine getötete Krankenschwester und eine schwerst verwundete Patientin. Darüber hinaus bei dreizehn Personen Verwundungen, durch die Explosion oder durch Trümmerteile während der Bergung. Nura wurde durch eine herabrutschende Betonplatte die linke Hand derart gequetscht, dass das oberste Glied ihres Ringfingers eine Totalfraktur erlitt und amputiert werden musste. Nach der Behandlung ließ sie sich nach Hause bringen und in den kommenden Wochen konnte sie nur sehr eingeschränkt verfügbar sein.

Mirko war am späten Abend, an dem die Suche nach weiteren Opfern eingestellt wurde, seelisch am Ende. Ins Büro zurückgekehrt, hatte er von innen abgeschlossen und war am Schreibtisch niedergeschlagen zusammengesackt. In Gedanken an Jelica, deren Nähe, Wärme und Zuneigung ihm in dieser Situation so sehr fehlten, hielt er sich situationsbedingt für ein Wrack und beschloss in dieser Nacht, die geplante Reise vorerst nicht anzutreten und dies der Geschäftsleitung am darauffolgenden Tag mitzuteilen. Er erklärte dies mit seiner totalen physischen und psychischen Erschöpfung.

Langsam schlich sich wieder ein verdammter Winter in Sarajevo ein. Die Not wurde durch den Mangel an Treibstoff und Nahrungsmittel weiter vergrößert, die Verbrechen nicht weniger und die Verzweiflung greifbar. Die Vorstellung, dass sich die Menschen nach Jahren mit diesen Gegebenheiten arrangierten, die Notsituation als Alltag empfanden, war nicht zu erkennen. In der Notaufnahme ging es zu wie in besten *Dara-Zeiten*, so Mirkos Ausdruck bei einem der folgenden Telefonate mit Jelica.

Er hatte ihr die Situation mit allen Facetten und den Einschlag der Granate im Detail geschildert und war auch auf das rutschende Betonteil zu sprechen gekommen, das Nura ein Glied ihres Ringfingers gekostet hatte. Er war sich nicht klar, ob die eintretende Pause etwas mit Schadenfreude zu tun gehabt hatte. Schadenfreude bei Jelica in einer solchen Situation? Er musste die sich selbst gestellte Frage verneinen.

Seine Freunde in der Baščaršija wussten um Mirkos Zustand. Um seine Einsamkeit und Sehnsucht. Orvid tauchte wenige Tage nach dem Geschosseinschlag bei Mirko im Büro auf, um ihn für die Weihnachtstage einzuladen und bat ihn, über Nacht zu bleiben. Mirkos Freude war groß. Er bat darum, keine Umstände zu machen. Mit wirklichen Freunden zusammen zu sein, sei Geschenk genug. Ohne geschmückten Baum waren dies ebenso erholsame Stunden mit wunderbaren Gesprächen, und das würde er immer betonen wollen, mit muslimischen Freunden. Es tat ihm gut und er kam psychisch wieder auf die Beine.

An vier Abenden konnte er mit allen sprechen, seine Ängste und Sorgen loswerden und sich mit hoffnungsvollen Gedanken füllen. Den Kindern ging es gut, sein Bruder würde dafür sorgen, dass die Stimmung nicht in den Keller sackte.

Als der Frost nachließ und er an einem Abend im März ins Haus zurückkehrte, war eine der alten Wasserleitungen geplatzt. Das in den Rohren noch vorhandene Wasser war ausgelaufen und hatte den Boden des Kellers mit dem daraufliegenden Holz zentimeterhoch unter Wasser gesetzt. *Wenigstens etwas Gutes,* dachte Mirko. Durch das Wasser war der zuvor immer noch vorhandene Blutfleck verschwunden. Er steigerte sich in die Arbeit, das Holz umzuschichten, um danach das Rohr auszutauschen.

Nach diesem arbeitsreichen Tag sprach er mit Jelica und stellte die Frage, die er schon so lange im Kopf mit sich trug, nachdem sie sich über die Fortschritte der Verhandlungen, die den Krieg beenden sollten, ausgetauscht hatten.

„Jeli, warum feiert ihr nie richtig die Geburtstage? Die der Kinder und deinen. Oder habt ihr mir das immer nur verschwiegen? Es war doch hier bei uns jedes Mal ein kleines Fest."

„Mirko", entgegnete Jelica, „das ist ganz simpel. Wir können hier nicht fröhlich und sorglos jeden Geburtstag feiern und so tun, als sei alles in Ordnung, während dir in der Klinik die Bomben auf den Kopf fallen. Ich hoffe, du verstehst das."

Mirko schwieg einen Moment.

„Ja, Jelica, ist ja gut. Ich verstehe dich. Und noch etwas, am politischen Horizont ist ein kleiner Schimmer. Es sieht aus, als würden die Gespräche zwischen den Kontrahenten mit etwas mehr Substanz geführt. Stell dir vor, die lassen Izetbegović nicht vom Flughafen aus zu den Verhandlungen fliegen. Er muss sich durch die schlammige Röhre quälen. Sie wollen ihm nun einen Stuhl auf Rollen bauen. Ich versteh das nicht, er ist doch gut zu Fuß. Vielleicht haben sie Angst, dass er schmutzige Schuhe bekommt?"

Nach diesem entspannenden Dialog, kurz bevor sie sich verabschiedeten, erwähnte Mirko noch, dass er vielleicht einen erneuten *Anflug*, wie er seine Reiseplanungen nannte, wagen wollte.

„Mirko, bitte, ich habe Angst. Es hat sich doch nichts gebessert. Wie soll das sicher möglich sein."

„Was Izetbegović kann, sollte mir auch gelingen. Mein Versprechen vom vergangenen Jahr gilt nach wie vor. Wenn die Gefahr zu groß wird, breche ich ab."

„Wann soll das sein, welches Datum hast du geplant?"

„Liebling, das weiß ich noch nicht. Ursprünglich, insbesondere nach dem Treffer hier im Spätherbst, wollte ich nicht mehr. Jetzt auf den Frühling zugehend, ist der Wunsch wieder vorhanden. Ich will nichts überstürzen, irgendwann im Sommer. Ich hatte doch erklärt, wie das mit den Vorbereitungen läuft."

„Ja, ja, der Frühling. Ernsthaft, Mirko, bitte informiere mich."

„Natürlich, ich rufe, sobald es möglich ist, wieder an."

„Übrigens, noch ganz kurz. Anka konnte zum ersten Mal, seit wir weg sind, mit Stanka reden und ist gehüpft vor Freude. Stanka sagte ihr, dass zwischendurch immer wieder stundenweise Schulunterricht stattfand."

„Wunderbar, vielleicht wird es doch etwas besser, in kleinen Schritten. Bitte grüße alle."

„Ja, natürlich, tschau, mein Schatz."

„Tschau, Jeli."

Es ging in den April, den Mai und in den Sommer über. Mirko hatte auf Umwegen seinen Pass wieder zur Deutschen Botschaft gebracht und wartete. Alle weiteren Reisevorbereitungen waren getroffen. Er sprach einmal in der Botschaft vor. Das Dokument war nicht angekommen. Beim zweiten Versuch, den Pass zu holen, wurde versucht, die Verlegenheit zu überspielen.

Beim dritten Versuch, bei dem er den gefährlichen Weg zu den Unis-Türmen hinter sich bringen konnte, wurde ihm erklärt, der Pass sei nicht mehr auffindbar. Es sei ihnen unglaublich peinlich und unvorstellbar, dass so etwas vorkommen könne. Es gäbe keine Erklärung dafür. Sie würden alle Hebel in Bewegung setzen, seinen

Pass zu finden. Bis Anfang August tat sich nichts. Dann kam ein Bote und brachte eine Mitteilung ins Sekretariat. Selma fand es nicht so wichtig und kam am übernächsten Tag zu Mirko ins Büro.

„Mirko, ich hab einen kleinen Brief für dich, entschuldige, dass ich erst heute damit ankomme, ich hab's übersehen."

„Selma, Selma, diplomatische Post und du übersiehst die wichtigsten Dokumente. Worum geht es denn?"

„Keine Ahnung, steht sicher darin."

Sie gab Mirko den Brief. Als er ihn las, schüttelte er den Kopf.

„Mirko, was ist?"

„Selma, mein vermisster Pass war, aus Versehen, mit Diplomatenpost, nach Deutschland gegangen und liegt nun wieder hier in der Botschaft. In den Unis-Türmen kann ich ihn abholen. Ob ein Visum eingestempelt wurde, steht nicht im Brief."

„Wann wirst du ihn holen?"

„Sobald es möglich ist. Ich möchte einen neuen Versuch starten, es bis Deutschland zu schaffen."

„Gut, wenn du das Visum hast, komm bitte nach oben, damit wir den Rest regeln."

„Mach ich, Selma, ich danke dir."

Mit einem „Bis morgen, Mirko" verschwand sie in ihr Büro.

In Augsburg bereitete schon die Ankündigung von Daras Besuch allen große Vorfreude. Jelicas Freundin hatte geplant, den Flug von Tel Aviv nach Genf in München zu unterbrechen. Als sie am Flughafen, durch die Zolltür kommend, auf den Ausgang zuging und Jelica sie entdeckte, kamen beiden die Tränen. Sie wollten nichts verbergen, ihrer Freude über das Wiedersehen freien Lauf lassen. Sie fielen sich in die Arme und standen regungslos, sich fest umarmend in der Menschenmenge, bis Anka näher kam und fragte: „Entschuldigung, dürfen wir auch mal?"

Dara ließ Jelica los und eine fröhliche Begrüßung folgte. Sie hatte schon von Israel aus einen Mietwagen gebucht. Während die Ladys den Wagen abholten, ging Erik mit Jan in die Parkgarage und fuhr auf dem Rückweg voraus. Aus den zwei Nächten, die Dara bleiben wollte, wurden vier. Alle Nöte, Ängste, Frust und

Verzweiflung der vielen vergangenen Monate breiteten sie aus, um das Innerste etwas zu glätten und, wie Dara es nannte, einen Hoffnungspool anzulegen. Nach Absprache mit Erik waren sie oft alleine unterwegs und hinausgefahren in die Westlichen Wälder oder an einen der vielen Seen im Alpenvorland.

Nach den Abendessen wurde zusammen mit Erik und Anka weitergeplaudert. Jelica kam über die vielen Stunden des Nachdenkens auf die Frage, die schon gestellt worden war, zu einem endgültigen Entschluss. Ob mit oder ohne Arbeit in Deutschland, sie wollte zurückzukehren und den Versuch machen, das alte Leben mit Mirko und den Kindern in Sarajevo fortzusetzen.

Sie unterhielten sich über Robert, Nura, Marica und Boris, über die Verwandten in Italien, vor allem über Mirko und die Arbeit. Dara, mit Robert als politischem Korrespondenten an der Seite, hatte keine direkten *Insiderinformationen*, aber Details, die nicht nur in Jelica Hoffnung schürten, als sie von den geplanten Verhandlungen in den Vereinigten Staaten berichtete.

„Eine Konferenz, auf Initiative von Präsident Clinton, ist für den Herbst, spätestens Winter geplant. Ihr wisst, dass der Sicherheitsrat die Beendigung der Belagerung beschlossen hat."

„So oft haben die schon etwas beschlossen", antwortete Jelica, „und nichts wurde daraus, alles geht so weiter wie seit Jahren. Wenn die in Genf permanent zusammensitzen und orakeln, hat die Welt den Eindruck, als würden die dort auf Kosten der UN Urlaub machen."

„Aber", sagte Dara mit dem Versuch, positive Stimmung zu verbreiten, „wir wissen, dass die NATO auf Ersuchen der UNPROFOR die Sperrzone unter Feuer genommen hat und Angriffe fliegt. Zurzeit bereiten ein amerikanischer NATO-Admiral und der britische Kommandeur Maßnahmen für eine Luftoperation vor."

„Dara", Anka meldete sich, „dabei werden wieder unschuldige, schon genug gequälte Menschen zu Opfern."

„Anka, wie soll man, wenn alle diplomatischen Bemühungen fruchtlos bleiben, wie soll man Gewalt stoppen? Es geht nur mit noch mehr Gewalt und der Androhung einer Apokalypse."

„Was ist das, eine Apokalypse?", wollte Jan wissen.

„Vielleicht nicht ganz der richtige Ausdruck, Jan. Eigentlich bezeichnet man damit so etwas wie den Weltuntergang damit."

„Das ist gut. Das wünsche ich denen, die uns überfallen haben und Sarajevo kaputt machen."

Die wenigen Tage und Abende vergingen zu schnell. Nur die Stunden mit Bummeln in der Stadt, in Cafés und Restaurants, hatten sie zu politikfreien Zeiten erklärt und sich daran gehalten. Auch die Abschiedsstunde würde nicht ohne Trauer zu bewältigen sein. Dara lud die ganze Familie inklusive Erik nach Israel ein. Ihr Abflug brachte neben wenigen Tränen sehr hoffnungsvolle Momente.

Jelica und Erik waren erneut mit zum Flughafen gefahren. Das Verabschieden sollte kurz sein, so war es abgesprochen. Jelica konnte sich kaum lösen. Dara, die schon auf die Passkontrolle zuging, hob noch einmal die Hand und rief ihr zu: „Sve u zivotu je prolazno" (Alles im Leben geht vorbei), und ergänzte: „Jeli, wirklich alles. Gleich wie schlimm es ist und endlos traurig."

Dara war weg, Jelica lehnte sich an Eriks Brust. Sie ließ sich in die Tiefgarage hinunterführen und mit Zureden trösten.

„Jeli, für Weihnachten haben sich Elena und Giovanni angekündigt, und wenn es wirklich zutrifft, dass die Weltgemeinschaft mehr Druck macht, ist die schlimmste Zeit bald vorbei."

„Erik, du bist lieb mit deinem Trost. Deinem Bruder fallen die Granaten auf den Kopf, meine liebste Freundin fliegt ab, und wir liegen dir auf der Tasche."

„Na", sagte Erik nach einer Pause, „das ist eine sonderbare Mischung. Jetzt hast du alles in einem Satz abgelegt. Wieso sorgst du dich so? Außer Mirko ist keiner der Familie in Gefahr. Wobei ich vermute, dass die in Sarajevo wissen, was zu tun ist. Denk daran, Jelica, Anka ist sehr erfolgreich und Jan geht es viel besser."

„Ich weiß es doch, Erik. Ich sollte nicht klagen und will mich künftig etwas zusammenreißen, versprochen."

„Nur nichts in dir vergraben, was herausmuss, sollte gesagt werden. Ich bitte darum. Übrigens habe ich die tollen Kritiken nach Ankas Konzert aus zwei Zeitungen herausgeschnitten und habe die extra doppelt gekauft. Es wäre schön, wenn ich ein kleines

Album über die Zeit, die Anka hier verbringt, machen könnte. Das Traurige, Komische und Lustige, alles muss da hinein."

Der August näherte sich dem Ende. Jelica hatte, nachdem Erik preiswert Obst eingekauft hatte, zusammen mit Anka an mehreren Tagen Marmeladen gekocht und in Gläsern konserviert. Sie hatte sich gewundert, dass Anka nicht mehr, wie lange Zeit zuvor, sehr viel Zeit in der Aula verbrachte, um zu üben. Wenn nichts auf dem Kalender stand, das für die Familie zu erledigen war, hatte sie sich, seit die Semesterferien begonnen hatten, immer wieder in die Stadt verabschiedet und war gelöst und zufrieden nach zwei oder drei Stunden zurückgekehrt. Wenn sie mit ihrer Mutter alleine war, das war Jelica aufgefallen, sprach sie öfter über Marcel. Über die Treffen in der Stadt oder die Fahrten nach München. Und immer öfter über Marcels Leben, aus dem sie fast täglich neue Details erfuhr und diese auch erzählte.

„Anka, mein Schatz", hatte sie einmal ganz beiläufig beim Einfüllen der Marmelade gefragt, „gibt es da etwas, was ich vielleicht wissen sollte oder dürfte?"

„Nein, Mama, nichts Wichtiges. Dass ich ihn mag, hast du schon gemerkt. Er ist so höflich, sehr lieb und hilfreich. Ich glaube, ich hab ihn ziemlich lieb."

„Und wie schaut es bei ihm aus?"

„Er ist zärtlich und nach dem Konzert", sie zögerte etwas, bevor sie ihre Mutter ansah und fortfuhr, „hat er mich geküsst. Ich meine nicht nur so französisch. Und die Blumen, du weißt schon, die, mit denen ich dort… Die Blumen waren von Marcel."

Nach der Neuigkeit begann sie zu lachen, Jelica zog die Stirne in Falten. Mit der Lachattacke wusste sie nichts anzufangen.

„Was macht dich so lustig?"

„Die Professoren waren stinksauer, weil das bei Studenten absolut unüblich ist, dass es nach einem internen Konzert Blumen gibt. Sie haben lange gerätselt, woher die kamen und ich habe mich dumm gestellt. Bis vor wenigen Tagen wusste ich das ja selbst nicht. Marcel hat gesagt: *Wenn mir das vorher bekannt gewesen wäre, was sich an dem Abend noch abspielte, hätte ich einen dicken Knüppel mit einbinden lassen*. Damit hat er sich verraten. Ich habe ihn geküsst und mich bedankt. Es war der erste große Strauß in meinem Leben."

„Und das erste große Konzert, und ich hoffe, es folgen noch viele Konzerte und Sträuße."

„Weißt du", fuhr Anka sehr zögernd fort, „dass ich mir überlegt habe – nur zunächst als eine Art Vorstellung –, dass ich vielleicht", sie zögerte und sah ihre Mama wieder ernst an, „dass ich vielleicht Medizin studieren möchte."

Jelica blieb vor Überraschung der Mund offen. Sie holte Luft, und bevor sie antworten konnte, ergänzte Anka: „Mir ist klar, was du nun sagen möchtest. Musik ist zurzeit mein ein und alles, aber kann es das bis an mein Lebensende sein? Könnte ich nicht die beiden Sachen verbinden? Musik kann Therapie sein und das weiß ich nicht nur von der Hochschule. Sie ist mir sehr, sehr wichtig und als Ärztin arbeiten zu können, muss genauso wundervoll sein. Du warst doch lange genug in der Klinik."

„Mein liebes Kind, ich bin erstens keine Ärztin und zweitens waren die Umstände, zu denen ich noch in der Klinik tätig war, für eine lange Zeit nicht sehr erfreulich. Die waren vielmehr angstmachend und frustrierend."

„Du hast öfter über die Erfolge gesprochen. Wenn es euch gelungen war, einem Menschen das Leben zu erhalten, oder ein Kind zu retten, das ohne euch gestorben wäre."

„Anka, das sind schöne Augenblicke. Du bist jetzt schon so erfolgreich mit deiner Musik. Nicht finanziell, das kann noch kommen. Die Begeisterung der Fachleute, der Professor, sie sehen dich schon als Violinistin ganz weit oben, was immer das bedeuten mag. Möchtest du jetzt so einfach aufhören?"

„Nein, möchte ich nicht. Es sollte möglich sein, beides zu machen, und wenn ich nicht in der Carnegie Hall oder in der Royal Albert Hall lande, bricht die Welt nicht zusammen, für mich jedenfalls nicht. Ich habe die meiste Zeit wirklich für mich musiziert, natürlich", dabei lächelte sie breit, „kann man nicht verhindern, dass es jemand hört und ebenso schön findet."

Jelica fand es beglückend, mit ihrer Tochter solche Gespräche führen zu können, und bat Anka, sich weiter mit ihr über alles zu unterhalten. Die Marmeladenorgie, ein Begriff von Erik, wurde beendet, Abendessen bereitet, und Jelica schlug Anka beim Essen vor, doch einmal Marcel einzuladen.

„Muss das sein“, mischte sich Jan ein.

Anka legte den Arm um Jan, zog ihn an sich und küsste ihn.

„Jan, keine Angst, keiner nimmt mich dir weg. Wir zusammen werden immer die Größten sein, ganz bestimmt.“

„Ja, ist schon gut“, kam es kleinlaut zurück.

Mirko war es nach drei Tagen, spätabends, gelungen, Jelica ans Telefon zu bekommen. Sie spürte sofort die Niedergeschlagenheit und befürchtete, dass eine weitere Granate Opfer gefordert hatte.

„Mirko, was ist, was ist passiert?“

„Jeli, schrecklich. Ich war erneut in der Deutschen Botschaft. Meinen Pass haben die jetzt gefunden. Ohne Visum. Das muss wieder in Zagreb angefordert werden. Ich werde langsam verrückt. Kurzfristig wollte ich zu euch. Nichts, wieder einmal, nichts.“

„Mirko, sei nicht traurig. Wir mussten so lange warten, die wenigen Wochen zusätzlich schaffen wir doch auch noch. Wenn du die Reise für Weihnachten planen kannst, wird es schön sein. Elena und Giovanni wollen kommen. Das wäre so wunderbar.“

„Du hältst das so lange aus und sagst das nicht nur so?“

„Nein, Mirko, ernsthaft. Wir wären wieder zusammen und hätten eine glückliche Zeit.“

„Gut, so plane ich das und hetze mich jetzt nicht ab. Ich muss morgen hinüber zur Botschaft und den Antrag ändern.“

„Und ich streiche das ganz dick im Kalender an.“

In diesem Augenblick fiel die Stimmung bei Jelica, eine Pause trat ein, Mirko fühlte den negativen Trend.

„Jeli, was ist? Worüber denkst du nun nach?“

„Ich habe daran gedacht, wie schlimm es wäre, wenn du kurz vor Weihnachten absagen müsstest. Wenn schlimme Kämpfe toben, die Beschießung wieder intensiver wird und am Ende etwas passiert.“

„Du meinst, dass mir etwas passiert?“

„Ja, Mirko, das stimmt mich traurig und depressiv.“

„Jeli, du musst nicht so oft im Voraus schon schwarzmalen. Es geht uns den Umständen entsprechend gut. Vielen geht es schlechter als mir. Sei nicht traurig, wir werden öfter telefonieren."

„Das sollten wir, so oft es geht."

„Lass uns nun zum Schluss kommen, Jeli. Ich wünsche dir eine gute Nacht, träume positiv."

„Allenfalls von dir. Gute Nacht, ich versuche positiv zu denken."

„Tschau, Liebes."

Es war eine der Nächte, in denen Mirko kaum zur Ruhe kam und sein Schlaf ständig unruhig blieb und von Geräuschen unterbrochen wurde.

In den folgenden Wochen hatten beide den Eindruck, als würde sich die Situation etwas bessern. Wann immer sie miteinander reden wollten, kam eine Verbindung zustande. Und Mirko hatte, wenn er hinauffuhr ins Haus, Elektrizität und fließendes Wasser. Er fühlte sich schon fast wieder wie zu Hause. Die Bedrohung durch die Belagerung wurde nicht weniger und kaum schwächer. So hielt er es für Zufall und verknüpfte keine Hoffnungen damit.

Ende September löste Erik sein Versprechen ein. Zusammen waren sie mit dem Zug nach München zum Oktoberfest gefahren. Sie hatten den großen Festzug angeschaut und waren anschließend bei strahlendem Sonnenschein und ungewöhnlicher Wärme durch alle Straßen auf dem riesigen Areal gegangen. Vor einem der Zelte saßen sie an einem Biertisch, aßen Hähnchen und Rettich und waren bei dem Versuch, sich mit Japanern zu unterhalten, kläglich gescheitert. Erik war in Spendierlaune gekommen und hatte den Kindern jede Freude gelassen, ohne sie zu bremsen. In dem Bewusstsein, wie er später Jelica sagte, dass es vielleicht im darauffolgenden Jahr nicht mehr möglich sein würde.

Anka war nach den Semesterferien Jelicas Rat gefolgt und hatte ihren Freund Marcel an einem warmen Tag, auf dem Weg nach Hause, für den nächsten Samstagabend zum Essen eingeladen und das strahlend beim Abendbrot verkündet.

„Du meine Güte, daran habe ich ja gar nicht mehr gedacht. Wenigstens haben wir noch morgen und übermorgen", rief Jelica.

„Mama, du musst keine Hochzeit ausrichten, nur ein Abendessen und dabei helfe ich."

„Ich helfe nicht", murrte Jan mit schlecht gelauntem Blick, „muss ich eigentlich dabei sein, bei diesem Essen?"

„Jan, bitte", rügte ihn Erik, „du bist doch kein kleines Kind mehr, und wenn ich das richtig in Erinnerung habe, nach dem Konzert, hast du dich prächtig mit diesem Marcel verstanden."

„Das war etwas anderes", knirschte er zurück.

„Wir werden ein gutes Essen machen und einen schönen Abend haben", beendete Jelica den aufkommenden Streit.

„Nach meinen Vorstellungen würde er sich bestimmt über ein Essen freuen, wie wir es zu Hause immer gemacht haben."

„Mama, das ist eine gute Idee", sobald ich morgen aus München zurück bin, helfe ich dir. Und unser lieber Jan", dabei legte sie ihren Arm über seine Schulter, „hat vielleicht Lust zu helfen."

„Mal sehen", sagte er.

Der Samstag kam, Anka war eine halbe Stunde vor dem vereinbarten Termin hinunter zur Eingangspforte gegangen, um auf Marcel zu warten. Sie wollte ihn nicht unter den Augen der Familie begrüßen. Er hatte nicht nur Anka ein kleines Blumensträußchen mitgebracht. Jelica war sehr überrascht, dass er auch ihr Blumen überreichte. Der Abend blieb entspannt und lustig. Insbesondere, wenn Marcel von seinen Disputen erzählte, die er mit seinem Opa immer führen musste.

Mit Eriks Einkaufsunterstützung hatten Jelica und Anka, Sarma (Kroatische Krautwickel), Ćevačići, Surlice (eine kroatische Beilage) und zum Nachtisch Čupavci, aus Schokolade und Kokosraspeln, vorbereitet. Ein wunderbares Mahl, auf das sich alle gefreut hatten und das Marcel zu schmecken schien.

Gegen halb elf bedankte Marcel sich mehrfach, verabschiedete sich und Anka ließ es sich nicht nehmen, ihren Gast bis hinunter zum Ausgang zu begleiten. Ein minutenlanger, zärtlicher Abschied folgte. Als sie zurück in der Küche erschien, strahlte sie.

„Dir geht es gut, oder?", wollte Jan wissen.

„Ja, so kann man das bezeichnen."

Es wurde November 1995, der dritte Winter in der Immigration. Die Kälte bereitete sich darauf vor, alles zu übernehmen. Die Farben zu schlucken und die Hoffnungen. In Sarajevo lagen weiße Trümmer, gnädig eingedeckte Trostlosigkeit mit einem Tuch aus Schnee. Wer jetzt starb und nicht gefunden wurde, blieb konserviert bis weit in das neue, vielleicht wieder verfluchte nächste Jahr.

Am 21. November, ein widerlich kalter Dienstag, kam die Nachricht. Gleich einem Blitz stand in Sarajevo alles für Minuten still und in vielen Herzen erhöhte sich die Frequenz, ebenso in den Herzen der vielen, die im Ausland Zuflucht gesucht hatten. Doch jeder erkannte bald, dass den Truppen über der Stadt die Munition noch lange nicht auszugehen schien. In der Beziehung hatte sich nichts geändert, es keimte trotzdem Hoffnung auf.

Unter der Vermittlung von Präsident Clinton waren Alija Izetbegović, Slobodan Milošević, Franjo Tuđman als Kontrahenten, Jacques Chirac, Helmut Kohl, Wiktor Tschernomyrdin, Warren Christopher und Richard Holbrooke als US-Sonderbeauftragter für den Balkan wieder einmal zusammengekommen.

Der Druck der Weltgemeinschaft und die darin enthaltenen Drohungen waren so stark geworden, dass sich die Kontrahenten nach vielen Wochen mit Feilschen und Tricksen, unter großem Druck, auf ein Abkommen einigen mussten. Alija Izetbegović, der, wie sich später herausstellte, gegenüber seinem Volk übel getrickst hatte, war wieder einmal auf die primitive Lore gesetzt und durch die schlammige Röhre geschoben worden, um sich mit den Widersachern und Kriegsgegnern in Dayton im Staat Ohio zu treffen. Die Texte des späteren Vertrags lagen zur Paraphierung vor.

Am 14. Dezember sollte der Vertrag in Paris von Slobodan Milošević, Franjo Tuđman und Alija Izetbegović endgültig unterzeichnet werden. Die Nachricht war kaum verklungen, da kam Skepsis auf, dass wieder nur mit gezinkten Karten gespielt worden war, dass sich niemand an Versprechen halten wollte.

Erik hatte trotzdem eine Flasche teuren Champagner gekauft. Er glaubte an das, was in den Nachrichten verbreitet wurde. Jelica wollte aus diesem Anlass ein ganz besonderes Essen zubereiten, um wenigstens die Hoffnung in dieser Botschaft gebührend zu feiern.

Bei der Verlesung der Nachricht im Fernsehen kamen ihr Tränen. Tränen, die nicht nur durch das bald mögliche Ende eines todbringenden Albtraums, sondern durch die Gedanken an das endlose Leid und die vielen Trümmer in der Heimat verursacht waren.

An diesem Abend telefonierte sie über eine Stunde mit Mirko. Er war in der Wohnung und wog sich im Glauben, das fließende Wasser, die vorhandene Elektrizität und das nicht unterbrochene Telefonat seien schon Erfolge dieses Abkommens. Aus Italien kam ein Anruf und sogar Dara meldete sich aus Israel, um dieser Hoffnung, endlich einer berechtigten Hoffnung zu glauben. Nur die eine Million geflohenen Menschen, die dieser Krieg verursacht hatte, waren skeptisch, ob sie je in ihre Heimat zurückkehren könnten. Und die in der Immigration Lebenden, ob mit Asyl oder Duldung, ebenso. Nur wenige waren bereit, sofort die Koffer zu packen. Zu oft waren sie enttäuscht worden.

Die Waffen schwiegen noch nicht, die Truppen standen unverändert und die perversesten unter den Quälern hatten weiter ihre Freude am Schmerz und der Todesangst vieler Opfer. Bei Jelica hielten sich Trostlosigkeit und Hoffnung die Waage. Sie dachte an Rückkehr, Aufbruch und Aufbau. Sie konnte die Zweifel nicht beseitigen, die mit den negativen Gefühlen einhergehen mussten, wenn sie in die zerstörte Heimat zurückkehren würde.

Angst kroch ihr ins Herz und die Befürchtung, dass die aus Einsamkeit und Sehnsucht gewachsene Hoffnung auf eine Fortsetzung der Beziehung zu Mirko und das zu erwartende Glück sich als Fata Morgana erweisen könnte. Sie hatten beide die vergangenen Jahre in extrem unterschiedlichen Welten gelebt. Was wäre, wenn das vollkommene Glück der frühen Jahre, die Zeit des Aufbaus und der Hoffnungen keine Fortsetzung finden könnte.

Sie dachte daran, dass Mirko sein Eigenleben aufgebaut hatte, nicht nur in der Veränderung der äußeren Umstände. Innerlich musste er, wie sie selbst, einen neuen Rhythmus gefunden haben, der es gegebenenfalls nicht mehr ermöglichen würde, auf einem gemeinsamen Gleis in eine neue friedliche Zukunft zu fahren. Mit dem zu erwartenden tiefem Vertrauen, mit Glück und dem endlosen Willen für Neubeginn und Aufbau.

Als Mirko erneut anrief, begann er: „Jeli, wenn das wirklich so ist, wenn die Verbrecher uns das Wasser nicht mehr abdrehen und unsere Stromerzeugung lahmlegen, kann ich unser Haus vorbereiten. Es wird ein unvergesslicher Empfang werden."

Jelica schluckte zunächst, um ihm dann ihre Enttäuschung unter die Nase zu reiben: „Hattest du nicht die Hoffnung verbreitet, dass wir Weihnachten zusammen verbringen können? Mit Elena und Giovanni, die bestimmt dabei sein würden."

„Natürlich, Jeli, die Situation hat sich aber, wenn das wirklich so sein wird wie verkündet, geändert, und ich freue mich gigantisch, hier alles für eure Ankunft vorbereiten zu können."

„Mirko, lass mich eine Nacht darüber schlafen. Im Moment kann ich das nicht verdauen und keiner weiß, was wirklich sein wird, ja?"

„Ist in Ordnung, mich und alle um mich herum verwirrt das auch zunächst. Ich werde nachher, wenn es nicht zu gefährlich ist, noch einmal hinunterlaufen, in die Altstadt zu unseren Freunden. Ich möchte deren Meinung hören."

„Mirko, bitte, bitte sei vorsichtig, gute Nacht, wir telefonieren morgen erneut."

„Ja, Jeli, gute Nacht und sei nicht traurig. Wenn das, was zurzeit angekündigt ist, wahr ist, sollten wir uns freuen. Gute Nacht."

Für die Kinder war die Nachricht, die das Abkommen beinhaltete, eher frustrierend. Anka war in ihren Zukunftsträumen so weit, dass sie sich schon in Sarajevo auf der Universität sah, und Jan hatte Angst, seine neuen Freunde nie mehr sehen zu können.

Beim Abendessen am darauffolgenden Tag – Anka war etwas depressiv zurückgekehrt, wohl mit der Befürchtung, sich von Marcel bald verabschieden zu müssen –, versuchte Jelica die Wogen noch etwas zu glätten, nachdem Jan zu nörgeln begonnen hatte und von seinen Freunden sprach.

„Mein lieber Sohn", erklärte sie ihm, „wir sind noch hier und bleiben noch hier. Onkel Erik", dabei sah sie Erik an, der ihr zunickte, „traut der ganzen Sache nicht so richtig. Er hat zwar die Hoffnung, dass sich die Herren an das Abkommen halten. Ob das Kommandeure und Generäle auch möchten, die doch immer nach militärischen Erfolgen gieren, das steht auf einem anderen Blatt. Das Ergebnis für uns hier ist, alles bleibt vorerst, wie es ist."

Sich zu Anka drehend, wollte sie wissen: „Hast du dich nicht auf ein Studium in Sarajevo gefreut? Nur, mein Schatz, die Sonderkonditionen, mit denen du hier die Hochschule besuchen kannst, die wirst du nicht mitnehmen können. Hast du schon einmal daran gedacht, dass du zu Hause erst die Schule beenden musst, um die Hochschulreife zu bekommen?"

„Nein, Mama, das habe ich nicht. Ich habe sehr wohl daran gedacht, dass uns ein Schreiben der Asylbehörden erreicht, in der sie uns mitteilen, dass der Krieg zu Ende ist und wir gefälligst abreisen sollen."

Danach trat Stille in der Abendrunde ein. Erik fand als Erster wieder Worte, um das über der Familie hängende Schwert zu entschärfen: „Ihr Lieben, es wird nicht so heiß gegessen wie gekocht wird. Warten wir es doch erst einmal ab. Die Ratifizierung in Paris, die Asylbeamten sind nicht überschnell und wir überlegen in aller Ruhe, wie wir weitermachen."

„Onkel Erik", rief Jan, „das machen wir. Es ist doch nichts passiert, bald haben wir Ferien und das wird wieder sehr schön sein."

„Denkst du eigentlich immer an das, was dir Spaß macht?", wollte Anka von ihrem Bruder wissen.

„Nein", antwortete Jan, „ich denke an uns alle."

So ging es noch eine Weile hin und her, bis Jelica der Diskussion ein Ende bereitete und darauf hinwies, dass wirklich noch nichts geschehen sei, was Angst verbreiten müsste.

Es wurde Dezember und viele, nicht unterbrochene Gespräche konnten geführt werden. Die Kinder genossen die Weihnachtsmärkte, die Vorweihnachts- und Festtage. Elena und Giovanni reisten aus Italien mit dem Zug an und brachten für alle Geschenke und Hoffnung mit. Hoffnung, bald zurückkehren zu können, in ihr kleines Haus in Neum.

„Es wird möglicherweise schwierig, mit dem Fischfang so weiterzumachen wie bisher", erklärte Giovanni bei einem der Gespräche, „vor unserer Haustür, nach Norden wie nach Süden, wird eine neue und sehr nahe Grenze sein", und nach etwas Nachdenkzeit fuhr er fort: „Irgendwie finden wir eine Lösung."

Nach der Unterzeichnung des Vertrages in Paris schwand der Optimismus wieder, die Belagerung Sarajevos, schon kurz nach dem Beginn der Belagerung überwiegend in den Händen der neu gegründeten VRS (Armee der Republik Srpska) und der mordenden Sondereinheiten, wurde nicht beendet, die Truppen nicht abgezogen und die Scharfschützen machten für jedes Opfer weiter ihre Kerbe ins Holz.

Erst als sie am 29. Februar 1996, auf massiven Druck der am Vertrag beteiligten Mächte, ihre Truppen zurückzogen, ging ein Aufatmen durch die Bevölkerung. Genau eintausendvierhundertfünfundzwanzig Tage hielten diese Truppenteile und Milizen die Stadt umzingelt. Tag und Nacht waren von den umliegenden Hochhäusern und Hügeln Granaten auf die bosnische Hauptstadt geschossen und Angriffe geflogen worden.

Mirko hatte Jelica während eines sehr langen Gesprächs gebeten, die Reise in die alte Heimat für Ende März vorzubereiten, und wenn alles erledigt sei, Fahrkarten bis Zagreb zu lösen. Er versprach Luka zu bitten, mit ihm zusammen nach Zagreb zum Bahnhof zu fahren, um seine zurückkehrende Familie in Empfang zu nehmen. Jelica war überzeugt, dass ab Februar die Kämpfe und der fürchterliche Beschuss endgültig beendet sein würden.

Nach dem Gespräch mit Mirko begann sie mit Vorbereitungen für die Abreise. Jan musste in der Schule, Anka in der Hochschule abgemeldet werden. Sie wollte Professor Reimer und seine Frau zu einem Abendessen einladen und musste Gespräche mit den Immigrationsbehörden führen. Jan musste für eine letzte Konsultation zu seinem behandelnden Arzt. Lediglich das auf der Bank eingerichtete Konto wollte sie nicht auflösen und ein wenig Geld dort belassen. Für einen Urlaub, eine Rückkehr mit Mirko.

Der so lange ersehnte, doch auch traurige Tag des Abschieds kam zu bald. Ersehnt, der Vollzähligkeit der Familie wegen und der Sehnsucht nach alter Ordnung, nach vertrauten Bildern und Lauten, dem Wiedersehen mit Freunden und Familie. Befürchtungen schlichen sich in die Herzen und Gemüter, weil Freunde zurückbleiben mussten, die großartige Gastfreundschaft des Onkels auslief, die gewonnene Routine ein jähes Ende fand und, das wollte keiner offen aussprechen, Komfort und Konsum in der vorhandenen Fülle lange nicht mehr in dem Maß erzielt werden würden.

Die Fahrkarten waren gekauft, Abschiedszeremonien in vielfältiger Art vollzogen und mehr Gepäckstücke gefüllt, als zunächst geplant und geschätzt. Sie fuhren an einem Samstag, morgens gegen sieben Uhr zusammen nach München. Mit dem Regionalzug, den Anka sonst immer benutzt hatte. Anka beteiligte sich während der Fahrt nicht an der Unterhaltung. Als zum letzten Mal die bekannte Landschaft am Abteilfenster vorbeizog, tropften versteckte Tränen auf ihren Pulli. Marcel saß neben ihr und hielt ihre rechte Hand. Er wusste, was in Anka vorging und konnte die Situation nicht meistern. Nun reden, Anka zu veranlassen, ihren Kopf mit dem tränenverhangenen Blick zu wenden, wollte er nicht. Er schwieg und schob seinen Kopf so weit zu ihr, dass sie seinen Atem im Haaransatz spüren konnte. *Ich bin bei dir, bis zur letzten Minute*, waren seine Gedanken, als Anka während der Stopps auf den Zwischenstationen den Kopf senkte.

Der großzügige Onkel saß stumm auf dem Nebensitz, der Professor machte einen stillen, traurigen Eindruck. Zur Überraschung war Jans Lehrerin gekommen und zwei seiner Freunde. Auf dem Weg zur anderen Seite des Bahnhofs in München nahm der Professor Anka zur Seite und versprach ihr eine *offene Tür*, falls sie zurückkommen wollte. Es blieb bis zur Abfahrt nicht viel Zeit, der Zug stand bereit. Anka ging mit Marcel etwas zurück, hinter einen der großen Stahlträger, die das Dach hielten. Dort flüsterten sie sich Versprechen und tauschten ununterbrochen Zärtlichkeiten.

Nach der herzlichen Verabschiedung aller und der letzten Aufforderung einzusteigen, betrat Anka nach Jelica, die Jan beim Einsteigen half, den abfahrbereiten Zug. Das, was sie hören konnten, bevor sich die automatischen Türen schlossen und sich der Zug nach Zagreb langsam in Bewegung setzte, war für Anka bestimmt und kam von Marcel, als er rief: „Ja te volim, bon voyage, gute Reise, vidimo se uskoro u Sarajevo, bis bald in Sarajevo.“

Fußnoten

1 Koševo-Kliniken – das größte Medizinzentrum der Stadt Sarajevo.

2 Grbavica - Stadtteil im Südwesten Sarajevos.

3 Mahalas – Bezeichnung für gefügte alte Stadtteile, mit eigener Moschee etc.

4 Miljacka – 36 km langer Fluss. Größtenteils parallel zur Hauptverkehrsachse Sarajevos, der *Zmaja od Bosne*, von Ost nach West fließend. War in weiten Teilen die Grenze der Belagerungstruppen.

5 Belagerung – ab 5.4.1992 Belagerung und Blockade Sarajevos. Sie endete am 29.2.1996. Nach offiziellen Angaben wurden in dieser Zeit, alleine in dieser Stadt 11541 Menschen, dar-unter 1400 Kinder, durch Scharfschützen, Granatwerfer oder persönliche Rache getötet. Die Dunkelziffer ist um vieles höher.

6 Milošević – Slobodan Milošević, geb. 1941 in Požarevac, Serbien, gest. 2006 in Den Haag-Scheveningen, im Gefängnis des UN-Kriegsverbrechertribunals (ICTY). 1999 noch während seiner Amtsausübung als Präsident Serbiens (in Jugoslawien) vom Kriegsverbrechertribunal wegen Völkermordes angeklagt. Musste nach Massendemonstrationen in Belgrad zurücktreten und wurde 2001 vom später ermordeten serbischen Ministerpräsidenten Zoran Đinđić an das UN-Kriegsverbrechertribunal ausgeliefert.

7 Mladić – Ratko Mladić, geb. 1942 in Božanovići, ehemaliger bosnisch-serbischer General, von 1992 bis 1996 Oberbefehlshaber der Armee der, nicht anerkannten bosnischen Serbenrepublik (Vojska Republike Srpske/VRS). Zahlreiche Kriegsverbrechen und Verbrechen gegen die Menschlichkeit werden ihm vorgeworfen, die Belagerung Sarajevos und das Massaker von Srebrenica im Juli 1995, bei dem bis mind. 6970 bosnische Männer und Jugendliche ermordet wurden. Im Mai 2011 in Serbien festgenommen und ausgeliefert. Seit 1995 gab es eine Anklage des Internationalen Strafgerichtshofs für das ehemalige Jugoslawien (ICTY), wegen gemeinschaftlich mit Radovan Karadžić geplanten Völkermords an den bosnischen Muslimen beschuldigt wird. (Urteil gegen Mladić wird für März 2017 erwartet.) Zu Mladić vor dem ICTY, siehe auch: http://www.icty.org/ x/cases/mladic/cis/en/cis_mladic_en.pdf.

8 Karadžić – Radovan Karadžić, geb. 1945, bosnischer Serbe, Arzt, Psychiater und Autor. Lebte bis zur Selbständigkeit in Sarajevo. Kontrollierte, mit Hilfe Ratko Mladić', sehr früh große Teile Bosnien-Herzegowinas. Beteiligt an der Belagerung Sarajevos, den „ethnischen Säuberungen" und Übergriffen auf bosnische/kroatische Zivilisten. Die Einnahme Srebrenicas im Juli 1995, geschah auf seinen Befehl, mit circa 40000 bosnische Vertriebenen. Davon die Erschießungen, siehe unter *7 Mladić*. Karadžić versteckte sich nach Ausstellung des intern. Haftbefehls. Festnahme am 21.7.2008 festgenommen. Seit 30.7.2008 in Untersuchungshaft des ICTY. Vorwurf: Völkermord, Verbrechen gegen die Menschlichkeit, Vertreibung, Mord und Folter, Verstöße gegen das Kriegsrecht, Terrorisierung der Bewohner von Sarajevo. (Urteil gegen Karadžić wird bis Okt. 2015 erwartet). Siehe auch: http://www.trial-ch.org/de/ressourcen/trial-watch/trial-watch/pro-fils/profile/119/action/show/controller/Profile/tab/fact.html

9 VRS – Armee der Republik Srpska und JNA – Jugoslawische Volksarmee.

10 Sondereinheiten – wie Weiße Adler *(siehe 25)*.

11 ABiH – Armee von Bosnien-Herzegovina (auch ARBiH).

12 Velosolex – ein von 1946 bis 1988 gebautes Fahrrad mit Hilfsmotor auf dem Vorderrad.

13 Dobrinja – Stadtteil nördlich des Internationalen Flughafens von Sarajevo.

14 Borislav Herak – Serbe aus Sarajevo. Anklage des Mordes in 32 Fällen und Vergewaltigungen in 16 Fällen, darunter sehr junge Mädchen. In Sarajevo 1993 zum Tode verurteilt. Urteil wurde in Haft umgewandelt. Am 11.11.2012 aus der Haft entlassen. (Siehe auch ZEIT-Archiv: http://www.zeit.de/1993/25/eine-kugel-in-den-ruecken-wo-das-herz-ist)

15 Baščaršija – alter Stadtteil Sarajevos mit Taubenplatz und Basarstraßen.

16 Pale – Stadt (ca. 30000 Einw.) 20 km östlich von Sarajevo, zur Entität Republika Srpska innerhalb Bosniens-Herzegowinas gehörig. (Entität ist ein Teilstaat – ohne Anerkennung – innerhalb eines anerkannten Staates. Hier Landesteile, in denen nur noch wenige Nichtserben leben.)

17 Meffert – eine Bockbüchsenflinte mit Rouxverschluss der Firma Imanuel Meffert, gebaut in Suhl/Thüringen, 1903 bis 1966.

18 Tschetnik – Ursprung im Wort Tscheta, was Kompanie, Truppe, Schar etc. bedeutet. Unter der Bezeichnung *Tschetniks* kämpften während des Krieges serbische Freischärler in Kroatien und Bosnien. Einige mussten sich für Verbrechen vor dem ICTY verantworten.

19 f-Loch – Das f-Loch der Violine bewirkt einen besseren und deutlicheren Klang. Auch der Resonanzkörper wird durch das f-Loch (Größe/Platzierung) beeinflusst.

20 Eidetisches Gedächtnis – ein *fotografisches* Gedächtnis. Allgemein beschreibt der Begriff die Fähigkeit, sich an Einzelheiten einer optischen Information sehr präzise zu erinnern.

21 Vilina Vlas heute, wie vor dem Krieg, ein Bade- und Kurhotel außerhalb Višegrads *(siehe 21)*, in Kiefernwäldern gelegen. Schon im Oktober 1992 begannen Milan Lukić, Oliver Krsmanović, Dragutin Dragicević und Djordje Sević mit Folterung und Tötung wahllos gefangen genommener, bosnischer Zivilisten. In diesem Hotel wurden während des Krieges bis zu 200, überwiegend junge muslimische Frauen und Mädchen gefangen gehalten, zu sexuellen Zwecken missbraucht und gefoltert. Siehe auch: Bakira Hasecic, Vorsitzende der Vereinigung weiblicher Kriegsopfer in Bosnien-Herzegowina und Details/Namensliste auch unter: Višegrad_ massacres.

22 Višegrad – eine Kleinstadt mit ca. 20 000 Einwohnern, in der Entität Republika Srpska, nahe der Grenze zu Serbien. Durch ethnische Säuberung serbischer Einheiten und lokaler Kräfte weitgehend von der bosnischen Bevölkerung *befreit*. Unzählige (veröffentlichte Zahlen sind sehr unterschiedlich und gehen von 200 bis 3000 aus) bosnische Muslime, Kinder, Frauen und ältere Menschen wurden am 14. Juni 1992 in einem Haus in der Pionirska-Straße bei lebendigem Leib verbrannt. Verantwortlich: Milan und Sredoje Lukić. Dreizehn Tage danach verbrannten sie mit ihren Helfern in der Gemeinde Bikavac ca. 60 Zivilisten auf die gleiche Weise. (Quellen: Uni Graz, siehe Literaturhinweise)

23 UNPROFOR – United Nation's Protection Force (Schutztruppe der Vereinten Nationen).

24 Izola – Stadt in Slowenien, an der Adria mit ca. 16 000 Einwohnern.

25 Neum – Eine kleine Stadt mit ca. 5 000 Einwohnern, in einer Bucht der Halbinsel Pelješac, dem einzigen direkten Adriazugang für Bosnien-Herzegowina.

26 Weiße Adler – Sondereinheit, die zum Beginn des Krieges 1991/92 von Dragoslav Bokan und Mirko Jović (beide später nicht aktiv involviert) gegründet wurde. Mitglieder der Weißen Adler wurden vor dem ICTY verurteilt, u.a. auch Milan Lukić, 2009 schuldig gesprochen, zu lebenslanger Haft verurteilt und Mitar Vasiljević, 2004 zu 15 Jahren verurteilt, 2010 vorzeitig entlassen. Vojislav Šešelj sagte vor dem ICTY aus, dass die Organisation von Jović ins Leben gerufen worden sei, dieser aber bald die Kontrolle verloren habe. Entsprechend der Protokolle des ICTY wurden von den Weißen Adlern zahlreiche Kriegsverbrechen während des Kroatien- und Bosnienkrieges begangen, Massaker in Višegrad, Verbrechen in Foča, Gacko usw. Milan Lukić sei für den Tod von mehr als 100 bosnischen Muslimen persönlich verantwortlich, urteilte die Berufungskammer in Den Haag. Auch für den Tod der Frauen und Kinder in den brennenden Häusern sei er verantwortlich. Die Berufungsrichter sprachen auch den 51 Jahre alten Cousin Sredoje Lukić wegen Beihilfe an den Kriegsverbrechen für schuldig. Sie reduzierten in weiteren Verfahren seine Strafe von 30 auf 27 Jahre Gefängnis. Milan Lukić war 2006 aus Argentinien (fünf Jahre im Versteck) an das Tribunal ausgeliefert worden. Sein Cousin Sredoje hatte sich dem Gericht in Den Haag 2006 gestellt. (Quelle: Protokolle des ITCY, Autorenrecherche; siehe auch Literaturnachweise)

27 Tiger (Arkans Tiger) – 1990 von Željko Ražnatović gegründet. Paramilitärische serbische Freiwilligengarde (Srpska Dobrovoljačka Garda). Im Krieg an ethnischen Säuberungen mit Vergewaltigungen, Vertreibungen und Massakern beteiligt. Arkans Tigern wird u.a. die Tötung von mehr als 100 Patienten des Krankenhauses von Vukovar und die Tötung von mehr als 200 Zivilisten in Bijeljina angelastet. Gegen Ražnatović erhob der ICTY im Sept. 1997 Anklage wegen Völkermord und Vertreibung von Nichtserben aus Teilen Bosnien-Herzegowinas. Am 15.1.2000 wurde Ražnatović in der Lobby des Hotels Intercontinental in Belgrad zusammen mit zwei Leibwächtern erschossen. (Quelle: Autorenrecherche)

28 Rote Barette – Die Crvene Beretke, (von Dragan Vasiljkovic gegründet) offiziell Jedinica za specijalne operacije, JSO (Einheit für Spezialoperationen), eine 1991 aufgestellte serbische paramilitärische Einheit, hat vergleichbar *gearbeitet* wie die genannten und andere Sonder- einheiten.

29 Hypovolämisch – ist die Verminderung des Volumens einer Flüssigkeit. Hier die Verminderung der sich im Blutkreislauf befindenden Menge Blut.

30 Sniper (Heckenschützen) – Die in diesem Fall aus erhöhter Lage (höhere Häuser) mit Präzisionsgewehren auf alles schossen, was sich bewegte. (Snipers Alley)

31 Hinterhauptbein (Os occipitale) – der hintere, untere, knöcherne Teil des Schädels

32 Genfer Konventionen – Sie enthalten Regeln zum Schutz von Personen in bewaffneten Konflikten (Krieg). Siehe: http://www.admin.ch/opc/de/classified compilation/19490186/in-dex.html)

33 Cobras – Kampfhubschrauber der Firma Bell/USA.

34 Sarajevo-Tunnel – Mitte 1993 fertiggestellter Tunnel (800 m) unter der Rollbahn des Flughafens. Er hatte im Stadtteil Dobrinja, nahe der Kurta-Schorka-Straße einen nördlichen Eingang und endete in dem nicht besetzten Gebiet, jenseits der Landebahn, in der Gemeinde Butmir. Nach der Fertigstellung gab es damit die Möglichkeit, Lebensmittel, Treibstoff, Medikamente und Waffen in die Stadt zu bringen.

35 Željko Lelek – Die Details zu diesem Satz stammen aus: Massenvergewaltigung - Krieg gegen die Frauen, Alexandra Stiglmayer (Hg.), Fischer, 1994, Taschenbuch

36 Foča – eine Stadt im Osten Bosnien-Herzegowinas. Jetzt in der Republika Srpska, grenzt an Montenegro. Zurzeit ca. 25 000 Einwohner.

37 Kunarac – Dragoljub Kunarac, auch als Zaga und Dragan bekannt geworden, geb. 1960 in Foča. Gefängniskommandant, wurde wegen Vergewaltigung, Folterung an 12- bis 15-jährigen Mädchen 2001 zu 28 Jahren Haft verurteilt, sein Stellvertreter Radomir Kovac zu 20 Jahren und Zoran Vukovic, ein weiterer Mittäter, zu 12 Jahren. (Quelle: Protokolle des ICTY: http://www.icty.org/x/cases/kunarac/acjug/en/ kun-aj020612e.pdf

38 Milan Lukić – ehemaliges Mitglied der paramilitärischen Weißen Adler *(siehe auch 25)* in der Republika Srpska. Hat auch in Deutschland, der Schweiz und in Serbien gelebt, bevor er 1992 nach Višegrad kam.(Quelle: Protokolle des ICTY)

39 Greencard – Als Greencard wird eine unbeschränkte Aufenthalts- und Arbeitsbewilligung für die Vereinigten Staaten bezeichnet. Sie wird in Auflage von vielen Tausend Stück bei einer jährlich stattfindenden Lotterie verlost. Teilnahme nur noch über das Internet.

40 ICTY – Der internationale Gerichtshof wurde durch Resolution 827 des UNO-Sicherheitsrats vom 25. 5. 1993 geschaffen und ist zuständig für die Verfolgung schwerer Verbrechen, die seit 1991 in den Jugoslawienkriegen begangen wurden.

Weiterführende Informationen und Literatur

International Criminal Tribunal for the former Yugoslavia (http://www.icty.org) Insbesondere auch: http://www.icty.org/action/cases/4

Indira Durakovic (Magisterarbeit): *Massenvergewaltigungen im Bosnienkrieg 1992–1995*, Universität Graz, 2008

Marie-Janine Calic: *Ethnic Cleansing and War Crimes, 1991–1995*, West Lafayette, Purdue University, 2005

Barbara Boreta: *Spoiling in Peacemaking, Die HDZ und die HVIDRA als Spielverderber in Post-Dayton Bosnien und Herzegowina,* VDM Verlag Dr. Müller, 2010

Agilolf Keßelring: *Bosnien-Herzegowina. Wegweiser zur Geschichte*, F. Schoeningh GmbH, 2005

Erich Wiedemann (Spiegelreporter): *Keine Uniform zum drin sterben*, 1991

medica mondiale e.V., Hülchrather Straße 4, D-B670 Köln, www.medicamondiale.org

Gabriela Mischkowski: *Materialien zur Gleichstellungspolitik*, Hrsg. Bundesministerium für Familie, Senioren, Frauen und Jugend in Kooperation mit medica mondiale, Bonn, 2002. *„Damit die Welt es erfährt"*. Sexualisierte Gewalt im Krieg vor Gericht. Der Foca Prozess vor dem Internationalen Kriegsverbrechertribunal, zum ehemaligen Jugoslawien.

HUMAN RIGHTS COMMITTEE, Document submitted in compliance with a special decision of the Committee: *Bosnia and Herzegovina*, 1993. CCPR/C/89. (Additional Info from State Party) BOSNIA AND HERZEGOVINA 1992 – Office of the United Nations High Commissioner for Human Rights Geneva, Switzerland

Trettere/Müller/Schwanke/Angeli/Richter: *„Ethnische Säuberungen" in der nordostbosnischen Stadt Zvornik von April bis Juni 1992.* Ludwig Boltzmann Institut für Menschenrechte

Amnesty International/Jahresbericht 1999

Ruth Seifert/Soziologin: Diverse Publikationen zu diesem Thema

Katja Iken: Spiegel-Online/Zeitgeschichte *Sarajevo nach dem Krieg „Die schlimmsten Wunden sind unsichtbar"*, 2012

Gesellschaft für bedrohte Völker: diverse Publikationen, Postfach 2024, D-37073 Göttingen, E-Mail: info@gfbv.de, www.gfbv.de

Cornelia Zirpins: *Vergewaltigung – Analyse eines Kriegsverbrechens,* in: Wissenschaft & Frieden, 1997

Ed Vulliamy: *The Bloody Trail Of Butchery At The Bridge*, siehe: https://genocideinvise-grad.wordpress.com/tag/ed-vulliamy/

Alexandra Stiglmayer: *Massenvergewaltigung – Krieg gegen die Frauen*, Kore Verlag, Freiburg im Breisgau, 1996 und Fischer 1994

Tim Dertwinkel, ETH Zürich, International Conflict Research: *Konfliktregion 1: Balkan/Ex-Jugoslawien*, 2006

http://www.icty.org/x/cases/karadzic/trans/en/100505ED.htm

http://balkanwitness.glypx.com/report2010-5.htm

https://genocideinvisegrad.wordpress.com/tag/musici/

http://en.wikipedia.org/wiki/Višegrad_massacres

http://en.wikipedia.org/wiki/List_of_massacres_in_Bosnia_and_Herzegovina